Das Haus am Ende des Weges ...

Auf den Spuren von Edgar Allan Poe

Ku

von

den besten Autoren

Inhalt

Das Haus am Ende des Weges ...	Kerstin Surra	6
Ein altmodischer Brief	Willi R. Vogel	46
Die Prüfung	Sonja Schindler	58
Die Krähe	Marianne Labisch	69
Clock Acht	Ulrike Zimmermann	82
R. I. P.	Hendrik Blome	102
Albtraum	Thomas Linzbauer	115
Meine Heimkehr	Martina Richter	120
Helene	Kristina Edel	131
Albtraum in Dessertville	Alf Glocker	140
Spurlos	Achim Stößer	155
Das ewige Band	Angelika Emmert	158
Das Strassenschiff	Anja Kubica	174
Blaubart auf dem Hügel	Barbara Kühnlenz	177
Eine Leiche killt man nicht	Beate Schmidt	186
Rote Steppe Hóngsè Cǎoyuán	Charly Kappel	194
Ein schönes warmes Kaminfeuer	Christa Huber	208
Schatten-Sein	Christin Feldmann	211
Nacht der Groteske	Christina Schmidtke	217
Kirmesromantik	Danielle Weidig	221
Der Klang der Welt	Detlef Klewer	230
Der schreckliche Gombologk und das Seelengefängnis	Carmen Matthes	240
Oben	Sabine Jacob	254
Der Tag des Zitronenfalters	Norbert J. Wiegelmann	270
Bilder des Grauens	Susi Laubach	273
Gefangen	Paola Reinhardt	281
Das Testament	Ev v.d.Gracht	287
Es war im Herbst 2012	Erik Schreiber	294
Hinter dem Vorhang	Michael Rapp	301
Wolfsfreiheit	Dr. Utz Anhalt	305

Finis feinste Blutwurst	Eva Mileder	319
Friedhof	Cornelia Koepsell	322
Partyleben	Sven Linnartz	325
Nichts ist vergessen	Ulla Stumbauer	333
Villa Grauenfels	Valentina Kramer	340
Flüsternde Stille	Simone Hehl	344
Tödliche Liebe	Jan Vlasák	365
Über ein Mädchen, dessen Geschichte böse ausging	Sonja Fischer	381
Road's end Inn	Veronika Lackerbauer	397
Lucas erster Fall	Raimund J. Höltich	418
Baobab	Shayariel	420
Eintagsfliege	Veronika Wehner	427
Der Spiegel der Seele	Thomas Karg	439
Gerd, bist du es?	Werner Leuthner	452
Knöpfe	Sabine Frambach	455
Die Zypressen	Oliver Henzler	460
In Ewigkeit Amen	Norbert Lütke	471
Sommernacht	Max Heckel	486
Spuren	Markus Cremer	488
Der Abgrund	Horst-Werner Klöckner	495
Totenruhe stört man nicht	Helmut Brüggemann	503
Die Gasse	Heike Knaak	522
Der Phoenix	Gerhard Fritsch	525
Die Nonne als Vamp	Heinz-Helmut Hadwiger	532
In einer zerschnittenen Nacht	Christoph Gross	544
Die Ratten von London	Carola Kickers	546
Ein ungewöhnliches Andenken	Bernd Polster	551
Die Akte Hotzel	Andreas Schumacher	554
Der Schneemann von Wagenitz	Uwe Gronau	565

Schweitzerhaus Verlag

**Schrift * Wort * Ton
Karin Schweitzer**

Frangenberg 21 * 51789 Lindlar
Telefon 02266 90 48 640
eMail: info@schweitzerhaus.de
Copyright: Schweitzerhaus Verlag, Lindlar

Satzlayout und Umschlaggestaltung:
Karin Schweitzer, Lindlar

Gedruckt in Deutschland
Papier FSC zertifiziert

Besuchen Sie uns im Internet:
www.schweitzerhaus.de

Auflage 2013
ISBN: 978-3-86332-019-5

Das Werk einschließlich aller seiner Teile ist urheberrechtlich geschützt. Jede Verwertung ist ohne Zustimmung des Verlags unzulässig. Das gilt insbesondere für Vervielfältigungen, Mikroverfilmung und die Einspielung und Verarbeitung in elektronischen Systemen.

Das Haus am Ende des Weges

...

Auf den Spuren von Edgar Allan Poe

Das Haus am Ende des Weges ...

Kerstin Surra

07. Oktober 1849
Ich erzähle euch diese Geschichte, damit ihr daraus eure Lehre ziehen mögt. Denn so wir forschen und uns täglich Neues, Unbegreifliches sich eröffnet und seine Geheimnisse Preis gibt, so kann doch manches Mal aus purem Forscherdrang das Grauen entspringen und Türen geöffnet werden, die besser verschlossen geblieben wären. Drei Menschenkinder schauen die Nacht und ihr werdet sehen, dass sie es besser hätten wissen müssen. Doch richtet selber und überlegt euch wohl, wie ihr gehandelt hättet, wenn ihr ins Unbekannte hättet blicken dürfen.

Eves Blick wanderte von den alten, kunstvoll geschwungenen Gitterstäben des Zaunes über den geheimnisvollen, verwilderten Garten hinüber zu dem mächtigen, trutzigen Gebäude. Düster und fremd blickte das Haus aus scheinbar blinden Augen auf das Mädchen hinab, wie stolz auf seine verblätterte Schönheit, die nicht nur von der Zeit, sondern auch von der Bauwut seiner zahllosen, eigenwilligen Besitzer so verdreht worden war, dass sie seltsam verstörend wirkte. Als trüge es die schizophrenen Gefühle einer ganzen Ahnenreihe zur Schau. Im Gefühl der Nacht, durchzogen von Dunkelheit schien es immer noch prachtvoll, lebendig. Als hätte es eine eigene, vielschichtige Persönlichkeit.
War es nicht eigenartig, unnatürlich, wie die schwere Eingangstür mit den zierlichen Schnitzereien an den barocken Fenstern und den Fratzen am Giebel harmonisierten, als hätte sich das Haus all dies zu eigen gemacht und umgeformt, bis es zusammen passte? Etwas Neues wurde. Bollwerk oder Schloss, Festung oder Palast, Tempel oder Gefängnis? Oder alles zusammen? Wer war der erste Bauherr gewesen, wie seine Träume von einem

Dasein in diesen Mauern zum Leben erwacht? Welche Schicksale hallten noch in seinen Mauern nach, welche Geschichten summten um seine Winkel und Erker, seine Türmchen und Spitzen, aufgesetzt und angebaut und drangelehnt?
Eve fürchtete sich vor seiner Vertrautheit. Als wäre es die steingewordene Abbildung ihrer Selbst. So zusammen gesetzt und wieder zerstückelt. Schön und faszinierend und doch so seltsam, dass nur die wenigsten Menschen ein warmes Gefühl für sie entwickeln konnten.
Es blieb stets eine Distanz, die sich ihr Gegenüber oft nicht erklären konnte. Wenn Eve lächelte, dann schwang auch immer eine Traurigkeit mit darin, die jeden frösteln ließ, außer ihren Bruder Charles, dem das so vertraut war, weil er dieselbe Traurigkeit, Verlorenheit unter all den geerdeten Menschen spürte, wie Eve. Ein *nicht-dazugehören*, das er durch seinen gewinnenden Charme wett zu machen wusste. Eve besaß diese Gabe nicht. Sie konnte nicht spielen, was nicht war.
Gleich, als sie einen ersten Blick auf das Haus geworfen hatte, verstand sie, warum ihr Bruder Charles das erst kürzlich von einer entfernten Verwandten geerbte Monstrum so liebte. Er, der von allen skurrilen Dingen fasziniert war, hatte ihr in seinen geheimnisvollen, reichen Briefen von diesem Ort vorgeschwärmt. Seine Forschungen, sein Wissensdrang, seine Lust am Übernatürlichen, die ihn in Heidelberg an der Universität immer ein wenig zum Außenseiter gemacht hatten, zumindest was seine wissenschaftliche Reputation betraf, fanden hier anscheinend genug Nahrung, um ihn den Spott und die eigenen Zweifel an der Existenz des *Anderen, Unerklärlichen*, die auch den Gläubigsten zuweilen plagen konnten, vergessen zu lassen.
Hier fand er genug Inspiration, um all die Arbeit zu leisten, die zu lange unerledigt auf seinem Gemüt gelastet hatte. Denn Charles betrieb diese Wissenssuche in dieser durchaus nicht ungefährlichen Disziplin nicht nur

aus reinem Forscherdrang, sondern auch aus dem Gefühl heraus, es der Menschheit zuliebe zu tun, die den Kräften jenseits unserer Vorstellungskraft hilflos ausgeliefert war. Wäre es möglich, diese Kräfte zu verstehen, zu regulieren, ja zu bannen, wie anders könnte das Leben aussehen, befreit von Angst und Zweifeln, wie stark das Menschengeschlecht werden, wenn es nicht von der Frucht nieder gedrückt wurde, die jeden denkenden Menschen einfach ergreifen musste, dachte er an den Tod, das Jenseits und seine zahlreichen Gefahren. Denn Charles war überzeugt, dass nicht jeder Tote das Glück besaß, direkt in das herbei gesehnte Paradies auffahren zu können. Allzu viele wurden in Zwischenwelten gefangen gehalten, lebten Geisterleben, griffen mit kalten Händen nach dem noch warmen, pulsierenden Dasein der Lebenden. So viele neue Erkenntnisse, die in letzter Zeit für Aufmerksamkeit gesorgt hatten, bestätigten Charles in seiner Auffassung. Die faszinierenden Versuche eines Anton Mesmer, der das Fluidum entdeckt hatte, das alles durchdringende Prinzip, beeinflussbar durch Magnetismus und Hypnose, oder Isaac Newton, der vom Äther sprach, und ein Übertragungsmedium der elektromagnetischen Kräfte meinte. Dies alles sagte doch nur, dass es Unsichtbares gab, sie alle umgab. Umhüllte und veränderte. Könnte man all das sichtbar machen. Doch in letzter Konsequenz war das ein Gedanke, den Eve zuweilen verdrängte. Was, wenn der menschliche Verstand nicht ausreichte, um alles zu sehen, was, wenn es gut war, dass der Mensch mit Blindheit geschlagen war? Für Charles galten solcherlei Einwände nicht. Er wollte den Schleier abreißen, der sie von dem trennte, was sie noch nicht verstanden, aber sehr wohl spürten. Besonders Charles und Eve, diese Beiden, die mit allzu großer Sensibilität geschlagen waren.

So lange wähnte Eve sich alleine mit ihrem Bruder auf dem Weg durch den Nebel, der sich immer weiter lichtete und Schreckliches ans Licht treten ließ. Jede neue

Idee, die Charles durch den Kopf schoss, brauchte auch Versuche. Mutig warf er sich selber in das Unterfangen, wenn die Art des Experimentes dies zuließ, doch zuweilen musste er Beobachter sein, ohne von Schmerzen oder Zuständen heimgesucht zu werden. Dann blickte er seine Schwester mit diesen großen Augen an und sie ließ sich stets auf alles ein, was er ersann. So groß war ihr Vertrauen, dass sie niemals am Gelingen eines Versuches zweifelte, wenn sie auch schon das ein oder andere Mal unangenehme Erfahrungen gemacht, ja einen Blick hinter den Vorhang geworfen hatte.

Von dem, was sie erblickt hatte, war eine graue Strähne über ihrer linken Schläfe in ihrem sonst noch glänzend braunen Haar zurückgeblieben. Und eine tiefe Angst, die sie vor Charles verbarg, um ihm kein schlechtes Gewissen zu machen, dass er sie dem ausgesetzt hatte, die sie ihm aber unmerklich entfremdete, weil er diese Angst nicht kannte, noch verstanden hätte. Für ihn war alles Erkenntnis, reine Freude, große Entdeckerlust. Charles hatte keine Farbe, die dem Grauen einen Namen hätte geben können, in seiner Gefühlspalette.

All das nahm Eve hin, weil sie eine Liebe mit ihrem Bruder verband, die weit über das geschwisterliche Gefühl hinausging, das die meisten Schwestern für ihren Bruder empfanden. Er war alles für sie. Sonst besaß sie nichts und niemanden. Von ihm getrennt zu sein, war eine Qual, die sie krank und elend machte. Zuweilen fühlte Eve sich dann so schwach und losgelöst von ihrem Körper, dass dies einer Seelenwanderung sehr nah kam. Sie fühlte, wie sie verblasste, als würde ihrem Körper die Essenz zum Leben fehlen. Charles war der Äther, der die Luft erfüllen musste, die Substanz, die ihre Zellen beieinander halten musste. Das Fluidum, das sie verlor, wenn Charles sich zu tief in seine Welt verlor, und sie vergaß. All das nahm Eve hin, umgab ihn, ohne, dass er es merkte, umsorgte ihn, liebkoste ihn unmerklich und hielt ihn am Leben, wenn er vergaß, was der Mensch brauchte, außer dem Studieren und Lernen, nämlich Essen und Licht und Luft.

Wenn er dann von seinen elektrifizierenden Magneten aufschaute, seine brodelnden Tinkturen für einen Moment vergaß und zu ihr hinüber sah, zu ihr, die ihn beobachtet hatte, beschützt, dann lächelte er, nur für sie, dieses eine Lächeln, das nur ihr alleine gehörte, dann war es gut. Dann war es genug und Eve war ganz da, im Hier und Jetzt. Vollständig.

Dann lernte er Mei kennen. Tochter aus besserem Haus. Ruhig, schön, strahlend. Fasziniert von seiner Zerstreutheit, angetan von seinem Charme, seinem guten Aussehen, seinem Lächeln, das nun Mei gehörte, hatte sich eine stille Liebe zwischen den beiden ungleichen Partnern entwickelt, die Eve außen vor ließ. Sie nur noch duldete. Charles tat das nicht bewusst. Dazu lebte er zu sehr in seiner eigenen, kleinen Welt. Er stieß Eve nicht fort, doch es gelang ihr auch nicht mehr, ihn zu umfließen, wie sie es gewohnt war.

Eve fühlte, wie sie langsam in ihre kleinsten, unteilbaren Teile zerfiel, nur noch zusammen gehalten von äußerster Willenskraft. Dann hatte Charles das Haus geerbt und war hierhergekommen, um sich einzurichten. Das Bauwerk war dermaßen heruntergekommen, und es unmöglich war, dass Eve dort wohnen konnte. Zu viel wäre noch zu reparieren, hielt Charles seine Schwester hin.

Doch in einem seiner letzten Briefe hatte Charles Eve und seine Verlobte Mei gebeten ihn zu besuchen. Besuchen? Wusste Charles nicht, dass er sie tötete, wenn er sie noch länger von sich fern hielt? Er konnte sie nicht alleine lassen mit dem Grauen, in das er sie doch erst gestoßen hatte. Wie sollte sie ihm das sagen? Könnte er es überhaupt verstehen? Seine stets beschwichtigende Art nahm nichts ernst genug, um ihn zu beunruhigen. Aber nun sollte Eve ihm wieder nah sein dürfen. Wenn sie auch nicht wusste, für wie lange er es gestattete. Was, wenn er Mei heiratete? Nachdem er nun das Haus und

das Grundstück geerbt hatte und aus tiefster Armut hoch gehoben worden war in die Sphäre der Menschen, die sich von den in Armut Vergessenen abhoben, war eine Heirat nicht mehr ausgeschlossen. War sie dann überflüssig? Was sollte aus ihr werden? Sollte er sie gänzlich vergessen?
Nachdem alle Vorbereitungen getroffen waren, hatten sich Mei und Eve auf die schier endlose Reise über holprige Wege und durch einen stürmischen, kalten, verregneten Herbst begeben. Einsame Poststationen, knorrige Bäume am Wegesrand, die ihre flehenden Arme in einen grauen, unbarmherzigen Himmel reckten, matschige, vom Regen unterspülte Straßen, wechselnde Gefährten, die sie in ihre Sitze drängten, viel zu nah und viel zu aufdringlich, laute Wirte und launige Weiber, die mit ihren knotigen Fingern nach den feineren Stöffchen ihrer längst klammen und beschmutzten Kleider griffen. Kaum sprachen sie miteinander, denn die Trostlosigkeit dieser Reise, an deren Ziel doch die Erlösung lag, wollte sie schier übermannen. Es war, als führen sie durch ein Land der Verlorenen. Eine Welt, für die es keine Rettung gab.
Endlich gelangten sie an ihr Ziel, die Koffer landeten neben ihnen im Staub, der aufwirbelte, als die Kutsche vorwärts stob, immer weiter, und weiter, unaufhaltsam. Für Eve und Mei blieb die Zeit stehen. Endlich.
Doch wo war Charles? Er war nicht wie verabredet an der Poststation erschienen, um sie abzuholen. Ein Wagen? Nein, der stand nicht zur Verfügung, nur eine Hand, die ihnen den Weg wies. Und die Frage, ob sie wirklich dorthin wollten?
Dorthin?
Der zahnlose Mund war nicht bereit, noch mehr Auskunft zu geben, es war wohl alles gesagt.
Der Mond schien heute so groß, beinah blutrot. Mei öffnete müde das Gittertor. Es sang in den Angeln, als wäre es jahrelang nicht benutzt worden. Unberührt, angerührt

von nichts, als von der Zeit und den Elementen, die auf diesem Hügel ungestört ihr Werk vollbringen konnten. Ein leidvoller Ton, der sich mit dem Gesumme der Blätter auf dem Weg zusammen tat, der zum Haus hinauf führte und dem Wispern des Windes, der lispelnd, leise flüsternd, davon abriet, durch dieses Tor zu gehen, auf diesem Weg zu wandeln unter diesen Bäumen hindurch. Mei verhielt einen Moment den Schritt und neigte den Kopf, lauschte ebenso wie Eve, sah mit einem besorgten Ausdruck in den dunklen Augen zu ihr hinüber, ging dann jedoch mutig weiter in die undurchdringliche Finsternis des Gartens. Sie liebte aufrecht und gerade und würde vor keiner Gefahr zurückschrecken, die ihrem Geliebten drohen mochte. Ihr strenges, schwarzes Kleid berührte den Staub zu ihren Füßen, wedelte langsam in bedächtigen Bewegungen über das nasse Gras und hob es doch nicht an, als würde sie es gar nicht bemerken.
Eve folgte ihr nicht, konnte es nicht, wollte es nicht. Irgendetwas hielt sie davon ab. Stattdessen beobachtete sie Mei, bis diese in dem Ungeheuer aus Quarz und Backstein verschwunden war. Plötzlich hatte Eve das Bedürfnis sich umzudrehen und weg zu laufen. Als könnte man seinem Schicksal entrinnen. Was würde sie erwarten, wenn sie jetzt nicht fortging? Sie fürchtete sich davor, dass das Haus ein Spiegel sein könnte, in dessen Abgrund sie ihre eigene Seele gespiegelt sehen würde. Dieses schwarze Stück Dreck, in das sich das weiche Federflaum verwandelt hatte, mit dem wir alle in die Welt geboren werden.
All die schlechten Gedanken in ihrem Inneren waren, wie der Mörtel in dieses Haus, in ihren Leib gedrungen, und all das, was sie wünschte und sehnte, wie der Film, der Fenster erblinden ließ und die Lunge erstickte.
Das schlechte Gewissen presste ihr den Körper zusammen. Sie hasste Mei und sie liebte ihren Bruder über die Gebühr und all das zusammen war so gegen Gottes Plan und ab von jeder Norm, dass es sie selber schaudern ließ

in ihrem kleinen puritanischen Herzen. Gedanken, die sie hegte ... Schnell nahm sie ihren winzigen Koffer und eilte so schnell es die müden Beine erlaubten auf das Haus zu. Dort war Charles, all ihr Flehen, ihr Sehnen war dort. Was sollte die Verdammnis sein, gegen das Vermissen, das sie fühlte, wenn er nicht an ihrer Seite war? Welche Pein sollte größer sein als diese Leere?

In ihrer Zerrissenheit schluchzte sie kurz auf, weil sie nicht länger schweigsam dulden konnte und es klang wie der klagende Gesang des Tores und das raue Wispern des Laubes und das Schleifen des Windes. Es klang wie dieses Haus.

Dann dachte sie an Charles und nahm alle Kraft zusammen, schloss die Augen vor den säuselnden Schatten, die sie stets umgaben, füllte sich mit Dunkelheit, um der Nacht zu entgehen.

Heftig warf sie die Eingangstür ins Schloss, sperrte die Stille des Gartens aus und dann öffnete sie ganz langsam die Augen, wie um sie an das Grauen zu gewöhnen, dass sie erwartete.

Gebannt löste Eve sich von der Tür, stieß sich von ihr ab, hinein in die Stille des Hauses und schaute sich um. Ein warmes Gefühl durchströmte sie und aller Schrecken war vergessen. Sie liebte das Haus jetzt schon. Es vibrierte im selben Zug des Atems wie Eve. Schlug im selben Takt seines Herzens.

Die Nacht warf bizarre Gestalten auf die vergilbten Tapeten. Schatten glitten über alte, angeschrammte Möbel, ausgetretene Teppiche und mottenzerfressene Vorhänge aus verblichenem Brokat, gleich Tänzern aus vergessenen Tagen. Aus Tagen, als alle diese Dinge noch schön und neu gewesen waren. Das Mädchen wollte nach Charles und Mei rufen, um all das mit ihnen zu teilen. Doch ihre Stimme blieb stumm. Zu sehr glich die Stimmung der heiligen Atmosphäre in einer Kathedrale, angefüllt mit den Seelenspuren, die die Betenden in flüchtigen Jahrhunderten hinterlassen hatten. Angefüllt

mit ihren wispernden Stimmen und dem Scharren ihrer Füße. Doch strömte dieses Haus nicht das wohltuende Licht, nicht die stille, fröhliche Einsamkeit einer Kirche aus. Es war vielmehr erfüllt von dieser Dunkelheit, die hinter den brennenden Kerzen lauerte, Dunkelheit und Frösteln, einer Spannung, die Eve mit der Energie erfüllte, die sie sonst für Charles geopfert hatte und ein seltenes Lächeln auf ihre mit einem Mal schönen Lippen, weil rot wie Blut, zauberte. Eve ließ sich von dieser Stimmung durchströmen und fühlte sie wie Elektrizität, die sie umfloss. Achtlos ließ sie ihren Koffer stehen, drehte sich einmal um sich selber, als wollte sie alles auf einmal sehen, langsam, ergriffen, erschaudernd vor der Größe dieser Halle. Aber es war nicht Größe oder Reichtum, die sie beindruckte, sondern der Zauber, der sie wie eine unsichtbare chemische Substanz umgab. Die sie nicht fassen konnte, nicht riechen, noch sehen. Doch fühlen, weil deren Elemente mit ihren eigenen zusammenstießen und versuchten, denselben Raum zu füllen. Was, wenn es gelang? Was würde geschehen? Sie musste es mit Charles besprechen. Noch niemals hatte sie so etwas Aufregendes gefühlt. Kaum wagte sie zu atmen, um das schlafende Haus nicht zu wecken. Wie im Traum zog sie sich am Geländer der breiten Treppe empor und ging den langen Gang entlang, der sich vor ihr erstreckte. Vorbei an alten Anrichten, verstaubt, zerbrochen, gesammelt, wunderschön. Entlang einer schier endlosen Galerie von Gemälden, Menschen, Geschichten, Erinnerungen, so lange vorbei und vergessen. Es dürfte nicht vergessen sein, dachte Eve, einer sollte sich erinnern.
Durch dieses in Öl gebannte Spalier drang Eve immer weiter in die zunehmende Finsternis des Flures vor.
Plötzlich zerbrach diese Finsternis. Ein Lichtstrahl fiel schonungslos aus einer angelehnten Tür auf zerschlissene Läufer. Eve öffnete die Tür in der Erwartung endlich Charles zu sehen. Sie blickte in ein kleines, gemütliches Zimmer. Sie wusste gleich, dass dies Charles Reich war.

Wie heimelig und bekannt ihr alles war. Mei drehte sich nicht um, als Eve herein trat, blickte weiter in die Nacht hinaus. Leise sagte sie: „Seine Sachen sind alle da. Aber Charles ist es nicht."
Plötzlich wich die leichte Unruhe über Charles Fernbleiben einer tiefen, schmerzlichen Angst.
Eve konnte nichts erwidern, weil ihr diese Angst die Luft abschnürte. Sie stand mit angehaltenem Atem da, als könnte auch nur das leise Geräusch des Atmens den Bruder verscheuchen, wo immer er auch war. Dies war sein Zimmer, sein kleines Reich. Sie hätte es auch gewusst, wenn nicht alles darauf hingewiesen hätte. Sie spürte seine Aura.
Mei sprach jetzt mit zitternder Stimme: „Sieh nur, das ist die Ebene, von der er in seinen Briefen sprach."
Eve brauchte nicht ans Fenster zu treten, um die Landschaft zu sehen. Sie fühlte dieses Bild in sich. Hatte Charles es doch wohl an die hundert Mal mit wundervollen Worten in ihr Herz gemalt. Durch seine Worte konnte sie es sehen.
„Ich blicke aus meinem Fenster, wenn die Nacht dem Tage weicht und sehe eine sanfte Ebene, dem Morgennebel entsteigen wie Leda dem Schwanenkleid. Wenn die Königin der Gestirne ihre ersten frühen Strahlen entsendet, glänzt die Ebene, als sei sie mit purem Gold bestäubt. Ein fließender, wogender See aus Gold. Der Tau täuscht meinen Augen funkelnde Schaumkronen vor, doch wer denkt in solchen Augenblicken an Illusionen? Ein einzelner Baum taucht aus dem Gespinst empor und wird erst im vollen Sonnenlicht sichtbar. Blüht Tag für Tag mehr auf, der Natur und der Jahreszeit widersprechend. Woher nimmt er in dieser spätherbstlichen Kälte die Kraft? Ist es ein geheimes Fluidum, das ihm unsichtbare Energie einspeist? Ein Geheimnis von kraftvoller Schönheit. Könntest du doch bei mir sein, geliebte Eve, und mit eigenen Augen den rosafarbenen Hauch seiner Blätter, die greifenden, bittenden Arme seiner Äste sehen. Worum

bittet er, was erfleht er, dieser seltsame, einsame Baum? Vielleicht ist er ein verwunschener Prinz, der vergeblich auf seine Geliebte wartet, so wie ich auf dich warte, kleine Eve. Es würde dir gefallen, es ist so märchenhaft."
Er schrieb nicht davon, dass er sich in ihrer Gegenwart immer unwohler fühlte, gerade, weil er so tief für seine Schwester empfand, wie sie für ihn. Aber sie wusste es. Wusste es, wie sie alles wusste, was in diesem Menschen vorging, als wären sie eigentlich dazu bestimmt gewesen, eins zu sein. Ein Körper, ein Geist, ein Fleisch und nur durch eine Laune des Schicksals getrennt worden waren. Den göttlichen Ratsschluss sollte man nicht hinterfragen und doch wollte Eve ihre Fragen laut in die Nacht hinaus rufen. Aus der Tiefe ihres Herzens, diese Fragen, wieso sie so gequält werden sollten, so sehr leiden mussten an der Liebe.
Ein letzter Brief, wie eine Verheißung. Eve träumte sich fort, an einen anderen Tag. Kleine Geliebte. Das war vorbei. Bitter sah sie zu Mei, die immer noch fasziniert nach draußen schaute. Charles hatte einen Ausweg gefunden. Eine einfache Lösung gegen den Schmerz. So einfach war es für Eve nicht. Sie schaute nach anderen Männern, doch sah sie in keinem die Vorzüge, die Einzigartigkeit, diesen Funken, den sie in Charles glimmen sah, Reichtum an Charakter, Intelligenz und Gefühl. Kein Licht in dieser Nacht. Kein Trost in diesem Ringen um Erlösung. Und doch wusste Eve nicht, ob die Blässe, die Charles seit einiger Zeit im Gesichte trug nur der Schwindsucht anzukreiden war, die er sich im letzten Winter zugezogen hatte, oder der Zerrissenheit, die zuweilen durch seinen Habitus durchblitzte, wie ein Sommergewitter. Die Angst um Charles zerriss Eves Herz und machte es unsicher schlagen, zuweilen setzte es ganz aus. Doch darüber sprach sie mit niemandem. Zu sehr fürchtete sie, Charles eigene Krankheit zu verschlimmern, wenn sie ihm Kummer machte. So schloss sie dieses Geheimnis zu den anderen in die Truhe ihrer Seele ein und drehte

den Schlüssel herum. Dass er es sich in den Kopf gesetzt hatte, ganz alleine in dieses alte, unbewohnbare Haus zu ziehen, in diese feuchte Gegend, war Eve ein Rätsel und ständiger Streit zwischen ihnen gewesen, bis Charles in die Kutsche gestiegen war und sie in einer letzten, plötzlich heftigen Umarmung an sich gerissen und ihr den Mund mit einem Kuss verschlossen hatte.
„Unser liebliches Wohl ist nichts gegen die Gesundheit unserer Seele, nicht wahr?", hatte er ihr ins Ohr geflüstert, damit die anderen Mitreisenden seine Worte nicht verstehen konnten. „Lass mich gehen, Eve, und sei frei!"
Sie hatte nicht antworten können, zu viel war ihr in diesem Moment durch den Kopf gegangen und nur ein Schluchzen gelangte durch ihre Lippen. Es war das Letzte, was sie von sich gab, bevor Charles sich sanft aus ihren klammernden Händen befreite. War sie ihm Last gewesen? Tonnenschwere Last auf Seele und Gemüt? Oh Gott, das zu denken, brach ihr beinah das Herz zur Gänze. Denn nichts wollte sie, als sein Glück. Seine Augen glühten umrahmt von einem totenbleichen Gesicht und seinen wie stets ungekämmten, unbändigen Haaren. Die Nacht brach mit Regen und Sturm über sie herein und ließ Rockschöße und Röcke tanzen. Eine Strähne ihres Haares klebte an seiner Wange, er strich sie andächtig herunter. Schloss für einen Moment die Augen, als würde er sie in sein Gedächtnis bannen. Nicht mit Stift und Papier, nur mit der Gabe seiner Phantasie.
Das war Schrecken und Schönheit zugleich. Das war das Bild, das auch sie nicht vergaß. Die Sorge wurde so groß, als er so weit von ihr entfernt war, so ungewohnt, so fehlend. Und dann der erste Brief. Glücklich, aufgeräumt, voller Witz und scharfen Beobachtungen. Das Haus schien Charles gut zu tun. Er schrieb, dass sich seine Wangen wieder röteten und er Wunderbares erlebte. Konnte sie ihm glauben? Und nun waren sie hier und er war fort.

Da fuhr ein Lichthauch durch das Zimmer, streichelte Eves Wange, zerzauste Meis Haar. Und fegte mit plötzlicher Heftigkeit zu Charles Schreibtisch hinüber. In schneller Folge wurden die Blätter eines Buches umgeschlagen. Mei und Eve stürzten gleichzeitig zum Schreibtisch hinüber, denn sie erkannten ein Zeichen, wenn sie eines sahen. Charles Tagebuch. Unverkennbar. Aus verblichenem Samt, abgeschabt, benutzt, geliebt.
„Mein Gott!", entfuhr es Mei. Eve schlug entsetzt die Hände vor den Mund um nicht laut auf zu stöhnen, nahm dann das Buch ganz vorsichtig auf und flüsterte: „Das sieht ihm gar nicht ähnlich. Er hätte so etwas niemals getan."
Das kleine Büchlein, in dem Charles nicht nur seine Gedanken und Erlebtes notierte, sondern auch seine Experimente fein säuberlich beschrieb, war übel zugerichtet. Ganze Passagen waren durchgestrichen. Seine wundervollen Worte durchgestrichen! Viele Seiten waren teilweise oder ganz herausgerissen. Zwischen seltsamen Zeichnungen, deren Sinn sich nicht erschloss, klebte Kerzenwachs und der Einband war angesengt, als wäre die Kerze auf das Tagebuch gefallen und eine erschrockene Hand hätte die Flamme erstickt, die auch noch den letzten Gedanken dieses genialen Denkers hatte verschlingen wollen.
Die Mädchen blickten sich an und spiegelten ihre Gefühle im Ausdruck der anderen. „Vielleicht finden wir hier drinnen die Antworten", versuchte es Mei. „Wir müssen es lesen."
Als fühlte Mei plötzlich die Anspannung übermächtig werden, die Anstrengung der Reise, die Ungewissheit, die Vorfreude, die so bitter enttäuscht worden war, wurde sie ganz bleich. Zitternd ließ sie sich in einen Schaukelstuhl sinken.
„Wir müssen das Haus durchsuchen", versuchte Eve die Ältere aufzurütteln.
„Ja, aber morgen. Es ist zu riesig. Ich habe nur eine Kerze

gefunden. Wir sollten uns ausruhen." Ihre großen Augen flatterten.

Eve wand sich verzweifelt aus ihrem nassen Reisemantel und ließ ihn achtlos zu Boden fallen. Ausruhen? Niemals. Sie mussten Charles finden. Aber wo sollte sie anfangen? In diesem Haus, oder in seinen Gedanken? Mei war zum Verzweifeln ein Mädchen ihrer Zeit. So schlicht und fügsam. Oh, wie konnte Charles sie nur lieben? Wie sollte Eve im Gegenzug einen Mann finden, der sich mit ihrer Art abfinden könnte? Mit ihrem Wissensdurst, dem Widerspruchsgeist, ihrem Wesen, das nie kleinlich sein konnte, niemals einfach, niemals fügsam und niemals schwach.

Eve versuchte die letzten Seiten zu lesen, doch sie klebten zusammen. Sie würde ein Messer benötigen, um die Seiten zu lösen, ohne sie zu zerstören. Das musste bis zum Morgen warten. Dann könnten sie das Haus durchsuchen, ohne durch morsche Bretter zu stürzen oder im Dunkeln eine Treppe hinunter zu poltern.

Eve nahm das Tagebuch und warf sich auf Charles Bett, dorthin, wo sein Körper vor nicht allzu langer Zeit gelegen hatte. Und derweil Mei leise mit ihrem Schaukelstuhl quietschte, hin und her und hin und her, beobachtete diese blasse Schönheit die trägen, seichten Bewegungen mit denen der Wind die Vorhänge pendeln ließ.

Eve begann die erste Seite vorzulesen, die noch in einem erstaunlich guten Zustand war, wenn man sie mit dem übrigen Teil des Buches verglich. Fast kam es Eve vor, als hätte Charles gegen Ende keine Zeit mehr für Formalitäten, Sorgfalt, Vorsicht gehabt, als wäre es ihm nur noch darum gegangen, die Dinge, die ihn umtrieben, zu Papier zu bringen. Was hatte ihn so beschäftigt, dass er die Ankunft von Mei und Eve vergessen konnte. Wo war er? Plötzlich erfüllte Charles Stimme den Raum und erzählte von Meer und Wind, von Traum und Wirklichkeit. Eve liebte diese Worte, als wären sie im Raume, eben erst gesprochen worden: „Es ist seltsam, manchmal vergesse ich

alles um mich herum und träume von wunderschönen, fernen Orten. Aber so, als wären meine Träume wahrhaftig, lebendig. Aus Fleisch und Blut. Vielleicht ist das das Fieber, das mich jetzt manches Mal befällt. Vielleicht die Krankheit. Aber so zu sterben erscheint beinah wie ein besseres Leben, als das, welches uns umgibt mit seinen Schrecken und Hässlichkeiten. Eine andere Welt wünschen wir uns doch alle, die in Kälte und Dreck gelebt haben. So viele Freunde jung verloren an den Husten, den Hunger, oder die Obrigkeit, die alles wegsperrt und erstickt, das anders ist und denkt und spricht. Vermissen ohne Ende. Und nun bin ich hier in diesem Palast und erlebe den Reichtum der Welt. Seine farbenfrohe Pracht und Fülle. Oh, könnte ich meine Träume über die Welt ausschütten und sie in bunte Bänder wickeln. Mit Freude füttern und sanft betten auf Sorglosigkeit. Hier erscheint das plötzlich möglich. Ich enteile dem Tag und gleite gen Mitternacht. Der Hauch von ewigem Leben streichelt meine Jugend und erfüllt mich zum ersten Mal nicht mit dieser Angst vor dem Ungewissen. Hier müsste Ewigkeit süß und nutzlos sein. Musik, die längst gespielt, webt bunte Nester in mein Haar, so wie es Eve voraus gesagt hatte, weil ich es niemals kämmen wollte. Doch keine Vögel nisten nun auf meinem Kopf, nur Musik. Ich liebe dieses Haus, verstrickt in seine Vergangenheit. Wie eine Droge, wie Opium, treibt es mich empor zu den höchsten Zinnen des Himmels einem Falken gleich und in die tiefsten Verließe und Keller.
Kein Geheimnis scheint dieses Haus vor mir verbergen zu wollen. All das Schreckliche und all das Schöne, offen liegt es vor mir und wie sollte meine Phantasie davon nicht beflügelt werden? Das Leben ist so wahr wie ich es zuvor niemals empfunden habe."
Eve blickte von den Seiten auf und sah zu Mei hinüber. Sie würde diese Worte niemals verstehen, noch sie lieben können. Sie würden sie ängstigen. So steif und bewegungslos saß sie dort in ihrem stramm gezogenen Kor-

sett, das nicht nur ihr Rückrat, sondern auch ihr Leben in der Senkrechten hielt. Was, wenn sie es ablegte? Was würde passieren? Eve fragte sich wohl zum hundertsten Mal, was zwei Menschen, die so unterschiedlich waren wie Mei und Charles miteinander verbinden konnte. Meis Geist war klar wie ein Frosttag. Ohne Windungen und Umwege. Charles dagegen war wie ein unsteter Sommerwind, sanft, unbeschwert und unfassbar, zuweilen zum Orkan sich blähend.

Niemand war ihnen geblieben, keine Familie, kein Freund. Alle lagen sie in ihren Kisten und hart gefrorener Erde oder in den Massengräbern vor der Stadt. Nur sie beide waren geblieben und dann war Mei in ihr Leben getreten und geblieben. Eve verspürte immer ein wenig Mitleid unter all der Eifersucht für dieses phantasielose Geschöpf. Es fehlte ihr an Begeisterung und Drama. Stets stand sie nur lächelnd daneben, wenn die Geschwister in ihrer eigenen Welt verstrickt waren, träumten, sponnen, schwärmten. Eve ahnte nicht, dass Charles gerade diese Klarheit an Mei liebte, brauchte, um immer wieder zurückkehren zu können von seinen Flügen zu den Sternen und Sonnen. Sie rettet ihn davor, in einer dieser Sonnen zu verbrennen. Weil sie ihm die Flügel abnahm. Bis jetzt. Bis er sich gänzlich von ihnen beiden los gerissen hatte und in einer verrückten Nacht den Plan fasste in dieses Haus zu ziehen und sich nicht mehr abbringen ließ von diesem selbstmörderischen Vorhaben. Hatten sie ihn denn so zerrieben, zwischen sich? Und was war mit ihr? Eve senkte den Blick. Niemals selbstsüchtig zu sein, waren die letzten Worte ihrer Mutter auf dem Sterbebett. Aber das war so schwer. Eve fühlte ihr ich und wusste nicht, ob alle Menschen in der Welt dies ebenso taten, wie sie selbst. Gespräche führten, sich schalten und mit sich selber lachen konnten. Als wäre sie zwei Personen in sich drin. Tief in sich drin. Vielleicht füllte sie aber auch nur die leere Stelle mit dieser imaginären Person, die Charles hinterlassen hatte, die er hätte füllen müssen, weil sie doch eins hätten sein sollen. Sie sprach nicht laut über diese Gedanken, weil sie an ihre Tante Anne dachte, die in einem dieser schrecklichen Häuser zugrunde gegangen war, in die man die Geisteskranken steckte. Sie hätte gut dorthin gepasst. Mit ihren seltsamen Gedanken, deshalb sprach sie nicht gänzlich alles aus, was sie dachte, nur in Charles Gegenwart. Ihre Tante war nicht verrückter gewesen, als sie oder Charles. Aber auch kein bisschen normaler. Doch was war schon normal in dieser Zeit der Umbrüche, in der Gewissheiten umgekrempelt wurden und scheinbare Wahrheiten so wenig wert waren wie die Hoffnung. Das Universum wurde größer und mit ihm die Einsamkeit. Denn noch lag kein Trost in den neuen Gewissheiten, nur Verwirrung und der offene Blick in einen endlosen Abgrund. Aber vielleicht fand Eve die Antworten in diesem Buch.

„... Es schien mir, als erwachte ich aus einem schweren Traum. Aber das Erwachen brachte mir keine Erleichterung. Fiebrig und schwül lastete die Hitze der Nacht auf meinem Geist und lähmte ihn. Eine Hand voll Wind bewegte die Vorhänge, wie hineingeworfen in diese Gaze aus Mondlichtgeweb und eine Erregung erfüllte mich, so plötzlich, so erschreckend und erfreulich zugleich. Ich lief auf den Flur hinaus, der sich endlos vor mir zu erstrecken schien und wusste doch nicht warum. Es schien mir einfach angebracht. Das Ende des Flures rannte von mir davon, denn ich konnte es nicht erreichen, so sehr ich mich auch bemühte. Wenn das nicht schon verrückt genug war, so war das, was dann geschah unglaublich, selbst für einen, der dieses Wort aus seinem Wortschatz gestrichen hatte und es nun doch wieder beleben musste, als sich der Gang mit einem Mal vor mir öffnete und mich auf eine weite Ebene ausspuckte. Ein blasser Mond über mir, das nasse Gras unter meinen bloßen Füßen. Ich blickte mich um. Das Haus lag hinter mir, ganz klein und ich erkannte den Ort, an dem ich mich befand. Und erkannte ihn nicht. Denn hier sollte die alte Buche stehen, die ich von meinem Fenster aus sehen kann. Doch sie war fort. Lange dachte ich nicht darüber nach, denn wie aus dem Nichts erschien eine Gestalt, die mein ganzes Denken in Besitz nahm. Da stand sie vor mir, die Erscheinung. Wunderschön wie junge Rosenknospen, und doch wie von Rosenrost befallen, so schön wie das Mondlicht und doch mit einem Hauch von Grauen bemalt. Gekleidet in ein Nichts aus rotem Kleid. Ich war beschämt und konnte mich nicht lange hinter diesem Gefühl und meiner Erziehung verstecken, denn Konvention schien in diesem Moment bedeutungslos, als sie sich umdrehte und mich anlächelte. Fordernd, unirdisch, unendlich verführerisch."

Eve verspürte ein Ziehen in der Brust, als sie diese Zeilen las. Tapfer las sie weiter.

„Ich wollte ihr in die offenen Arme sinken. Ich wollte es so sehr. Doch ich dachte an meine strenge Mei, meine zerzauste Eve. Wollte ich ihnen etwa Schande und Kummer bereiten? Natürlich nicht. Als hätte die Erscheinung meine Gedanken erraten, verschwand sie augenblicklich und ließ mich mit einer Leere zurück, die mehr schmerzte, als alle Verluste, die ich bisher erlitten habe. Wie konnte das sein? Eine Frau, die ich nur für Sekunden erblicken durfte gegen den Verlust der Mutter oder eines guten Freundes abzuwägen?

War es etwa die Versuchung, die mich hier gelockt hatte? Hatte ich Göttlichkeit erlebt, oder Teuflisches? Hatte gar mein eigener Geist einen Streich in meinem Kopf gespielt? Im nächsten Moment schien ich aus einem Traum zu erwachen und nur ein Traum konnte es gewesen sein, nicht wahr? Ach, Eve, wärest du nur hier und könntest es mit mir durchsprechen. Denn so einfach war es wohl nicht. Ich erwachte wie zu erwarten war, in meinem Bett und glaubte mich von einem Traum genarrt, als ich meine nassen Füße bemerkte und ein Stück roten Stoffes, der an meiner Hand klebte."

Eve nahm das rote Fetzchen Stoff in die Hand, das ihr als Lesezeichen gedient hatte und betrachtete den Stoff genauer. Niemals hatte sie so einen Hauch dünnen, irisierenden Stoffes an irgendeiner lebenden Frau gesehen, noch konnte sie sich einen Weber vorstellen, der eine so feine Ware weben konnte. Beinah wie ein Blatt, so zart und von feinen Äderchen durchdrungen und doch kein Blatt.

„Mein Geist suchte in jede Richtung nach einer Erklärung und fand doch keine. Wie auch? Mein klarer Verstand und meine phantasievolle Eve waren ja zu Hause geblieben. Ist es nicht seltsam. Wie lange suchte ich nach dem Übernatürlichen, hoffte ich, eine Manifestation, ein Mysterium zu erleben und nun, da es meiner nach Meinung geschehen ist, schrecke ich entsetzt davor zurück und mein Verstand, mein Verstand, er kann es nicht begreifen, befindet sich in Aufruhr, was die Sache noch erschwert. Kann ich mir noch trauen, oder meinen Sinnen? Verliere ich den Verstand, oder wird er zum ersten Mal in meinem Leben klar? Ich muss so oder so verstehen lernen, es zu begreifen. Möchte das Geheimnis um jeden Preis lüften. Doch was ist, wenn der Preis mein Seelenheil ist? Wenn ich nur mehr wüsste, nicht in dieser Zeit der Übergänge leben müsste, dieser Zeit der Probe. Ich wünschte, Eve wäre hier. So sehr. Ich dachte, es würde mir Frieden bringen, wenn ich sie zurückließe, doch nun sehe ich Dinge, die noch erschreckender sind als meine unangebrachten Gefühle. Ist die rote Frau vielleicht nur Manifestation meiner geheimen Wünsche, Laster, Schwächen? Oh, Ungewissheit. Ich hatte die Gefahr gebannt, war standhaft geblieben, nicht wahr? Ist es nicht das, was zählt?"

Eve konnte das Buch nicht beiseite legen, obwohl ihr die Buchstaben vor den Augen verschwammen als ihr die Tränen die Wange hinabliefen und nasse Flecken auf den Zeilen hinterließen, die sich tief in ihre Seele fraßen, mit Angst und Freude gleichermaßen gemischt. Er liebte sie

ja auch, und oh, sie waren verdammt zu ewiger Traurigkeit.
Charles Erleichterung hielt nicht lange an. Die Gestalt kam wieder, besuchte ihn regelmäßig. Immer auf der Ebene. Egal, welche Tür er des Nachts öffnete, welche Vorkehrungen er traf. Wieder und wieder stand er auf der Ebene, nur um zuzusehen, wie die Gestalt von Mal zu Mal lebendiger, wahrhaftiger wurde. Stets verschwand sie, wenn er an sein anderes Leben dachte. Doch immer schwerer fiel es Charles, der Versuchung zu widerstehen und eine Versuchung war sie ohne Frage, diese Frau aus festem Fleisch und geöffneten Lippen, weiten Armen, Unerhörtes flüsternd, versprechend. Wie sollte ein Mann, der nicht einmal die Knöchel einer Frau ansehen durfte, diesen weißen Armen und den langen Beinen widerstehen, die nicht immer ganz von rotem Stoff umhüllt wurden? Es war zum Verzweifeln, denn mit nichts anderem als mit Wissenschaft hatte Charles seine Zeit verbringen wollen. Doch nun raubte ihm die Schöne den Schlaf und jeden Gedanken, denn sie kreisten nur noch um dieses Geheimnis.
Eve merkte Charles Schreibweise die zunehmende Erschöpfung an. Immer fahriger, abgehackter, dokumentarischer wurde sein Stil. Die Poesie war verschwunden, es ging nur noch darum, die Dinge festzuhalten, die Charles glaubte zu erleben. Denn sie konnten ja nur seinem Geist entsprungen sein und der schien sich immer mehr zu verdüstern. Charles hatte diese Worte auf das Papier geschmissen, viele Passagen hastig geschrieben und dann wieder heftig durchgestrichen. Eve spürte die zunehmende Angst ihres Bruders. Angst und Entsetzen, als würde er neben ihr sitzen und ihre Hand zerquetschen vor Qual und Einsamkeit.
„Ich hätte nicht hierher kommen sollen. Dieses Haus ist so einsam und weit fort von allen Menschen. Ich sollte meine Koffer packen und verschwinden. Denke oft daran. Doch sie lässt mich nicht gehen. Natürlich nicht.

Niemand geht. Es ist lächerlich. Diese vielen Zimmer, Zimmer in diesem Haus, Zimmer in meinem Kopf, angefüllt mit Seltsamkeiten und verlockend, durchaus. Verlockend, lockend, lockend, leer, mein Kopf so leer und so voll. Sie ziehen sich über mir zusammen, greifen nach mir. Zerreißen meine Träume, so viele Träume von einem schönen Leben, einfach, mit ihr. Gemeinsam. Was ist nur mit mir los? Wo sind sie hin? Sicher kommen sie gleich wieder. Bestimmt, ich schrieb ihnen doch. Weißt du, ich schrieb ihnen. Sie werden verstehen. Doch wenn sie kommen, wo bin ich dann? Und werden sie nicht auch? Was habe ich getan? Sie dürfen nicht kommen, ich schreibe einen Brief. Einen Brief. Nicht kommen. Alles in Ordnung. Bleibt im Sonnenlicht. Im Tag. In der Welt. Nicht hier. In der Welt! Ich sehe jetzt klar. Man muss sich entscheiden. Es gibt nur diese beiden Möglichkeiten. Und was möchte ich? Sie labte sich an meinen Träumen, doch ich glaube, ich möchte lieber in den Geschichten leben, als in ihrer Umarmung. So denke ich, wenn ich mit Tempelrittern reite. Doch Nachts, wenn ich ihre Schönheit sehe, dann weiß ich nicht. Oh könnte ich mich doch teilen, so wie ich es im Leben immer tat.
Einen Brief schreiben. Niemals dürfen meine Mädchen einen Fuß in dieses Ungetüm setzten. Schreib, schreib, rot. Sie ist rot, wie …"
Hiermit endete das Tagebuch abrupt. Ein Tintenfleck übergoss das Blatt, als hätte Charles es in einer heftigen Bewegung umgestoßen. Eve blätterte fast wahnhaft vor und zurück. Doch sie fand keine Antwort auf ihre Fragen. Eine Bewegung aus plötzlichem Schreck geboren? In einer verzweifelten Bewegung presste sie das samtene Büchlein an die Stelle ihres Körpers, an dem ihr Herz in einem unruhigen Galopp gegen die Enge ihrer Brust schlug. Sie schaute zu Mei hinüber, doch die schien tief und fest zu schlafen. Warum auch nicht, sie hatte ja nicht diese Worte gelesen, nicht diese Schrift gesehen, nicht all die Bilder vor Augen, die Charles in seiner zerbrech-

lichen Schrift gemalt hatte. Eve fröstelte, zog den Schal enger um ihre schmalen Schultern.

„So dünn, viel zu dünn", hatte Charles sie immer gescholten. „Armes Reh." Aber so waren die Zeiten nun einmal und auch Charles kannte das nagende Gefühl im Bauch, wenn sie um ein karges Mahl gesessen hatten. Mal waren die Zeiten besser, mal schlechter. So war das Leben eben, reichte es doch nie, um Fett anzusetzen. Jetzt spürte Eve den Hunger und die Müdigkeit. Gähnend trat sie ans Fenster, in der Hoffnung, die aufziehende Morgenröte würde ihr Erleichterung verschaffen. Der graue Himmel färbte sich langsam in ein zartes, schimmerndes Rosa, das zu einem strahlenden Rot wurde und den ganzen Horizont überzog. Dann schälte sich groß und glühend der Feuerball aus seinem Kokon der Nacht, um sich über die Welt zu ergießen, wie um sie zu verschlingen. Charles hatte nicht übertrieben. Das Tau leuchtete wahrhaftig wie tausend Sterne und verwandelte das Gras in wiegende Meereskronen von Perlen aus Tau auf Blüten und Blatt, als die ersten Strahlen der jungen Sonne den Morgennebel durchbrachen und die Blumenkelche sich ihnen entgegen neigten um die Königin zu grüßen. Eve verspürte den Wunsch, alle Tränen zu weinen, die sie noch aufgespart hatte in ihrem harten Leben. Die Tränen, die ungeweint in ihrem Herzen saßen und es krank gemacht hatten. All die Tränen, die sie geschluckt, weg gelächelt, die zu hartem Stein in ihrem Inneren gefroren waren. „Oh Leben, so süß und schrecklich." Zu Tode erschöpft ließ sich Eve auf Charles Bett fallen und fühlte seine Wärme noch, als hätte er es gerade erst verlassen. Eve strich über die Decke, die Lampe, die neben dem Bett stand, ein Buch, der wenige Besitz, der Charles so kostbar war. Liebkoste seine Dinge mit ihrem Blick und fuhr schließlich mit den Fingerspitzen über ein schwarzes, schmuckloses Kästchen aus beschädigtem Lack. Vor vielen Jahren hatten die Kinder es auf einem alten Speicher entdeckt und den Schatz gehütet. Eve hatte darauf

bestanden, dass Charles das Kästchen mit sich nahm. Damit er immer an sie denken müsste, wenn er es öffnete und sein Geheimnis enthüllte. Eve nahm es nun vorsichtig zur Hand und strich noch einmal über den Lack, spürte jeden so vertrauten Kratzer, schluchzte leise auf. Befreite es von einer feinen Schicht aus Staub. Die Teilchen tanzten auf den Strahlen der Morgensonne, die das Zimmer in eine Gloriole hüllte und kitzelte das Mädchen in der Nase, als wollte er sagen: „Trockne deine Tränen und lache, wie du einst gelacht. Sei das Mädchen vom Dachboden, das unschuldig noch lieben konnte, hoffnungsvoll noch lachen. Tanze im Sonnenlicht."
Eve öffnete den Deckel der Spieluhr und lauschte froh dem vertrauten Klang. Zuerst schnarrte das Spielwerk ein wenig, wie gewöhnlich. Dann befreite sich etwas zögernd ein schiefer Ton aus einem Gelass, um sich zu einer allzu oft gehörten Melodie empor zu winden. Aber waren die Töne heute nicht glatter, reiner, klarer? Noch niemals hatten sie ein Zimmer so erfüllt, wie jetzt. Hatte Charles die Spieluhr gereinigt, oder wünschte Eve sich nur etwas Reines, Klares? Bildete sie es sich nur ein? Und war es auch Einbildung, dass die Melodie hinauseilte? Durch leere Flure und Treppen hinauf und hinunter? War es Einbildung, dass sie das Mädchen lockte, erfüllte? Warum lief Eve ihr ohne zu zögern nach? Warum lief sie in den dunkelsten aller Gänge? Die Musik verstummt, doch Eve fragte nicht warum. Sie schritt einfach durch die Tür, die nur angelehnt war …
Und vor ihr öffnete sich eine Welt aus Tausend und einer Nacht. Eine Nacht der Bazare und Paläste. Wundervoll geformte Waffen, herrlich funkelnd, Teppiche, kunstfertig gewebt und mit geheimen Zauber durchwoben, nicht von irdischen Händen gefertigt. Da gab es Gewänder, kostbar und duftend, Statuen besetzt mit rot funkelnden Rubinen und tiefen, glasklaren Smaragden. Palmen wuchsen aus Torbögen heraus und die Fenster schienen auf einen belebten Bazar zu blicken. Verzaubert schaute

sich Eve um, bis ihr Blick an einem prächtigen Dolch hängen blieb. Sie nahm ihn auf und fühlte seinen geheimen Zauber, der Besitz von ihr ergriff, sobald sich ihre Finger um ihn schlossen. Und Eve ließ sich einweben in seinen Traum arabischer Monde, ohne es zu bedauern. Als Prinzessin in Pluderhosen und glitzernd vor Schmuck wurde sie errettet von einem Prinzen aus Gefangenschaft und wehrte zum Dank seine Mörder ab. Sie bog ihren Körper frei und geschmeidig im Einklang mit der fremden Musik, senkte das bescheidene Haupt der Tempeltänzerin vor dem Kalifen, der klatschend ihr Beifall zollte. Alsdann lief sie Treppen hinauf und hinab, um zu Kämpfen mit verhüllten Kriegern, schwingend das Schwert und wirbelnd herum. War dort nicht Charles, der nach ihr griff? Flammende Augen und flehender Blick? Ein Ritter in schimmernder Rüstung, verbeult zwar und abgewetzt, doch schön, und ungekämmt. Doch nur für Sekunden tröstet sie dieses Bild, als sie ihm wieder entrissen wurde, und in ein Meer aus Bläue fiel. Schäumend schloss sich die Gicht über ihr, emporgerissen von anderer Hand. Das geliebte Gesicht noch suchend, schon in den nächsten Taumel fallend, um den sprudelnden Wein zu trinken, zu vergessen und mit den Gefährten von vergangenen Schlachten zu singen, als wären sie nichts als Märchen und Heldenepen, nicht Schrecken und Schmerz. Sie weinte um etwas Verlorenes, ohne zu ahnen, um was, und schrie einen Namen, ohne ihn zu verstehen, spürte die Folter des Fiebers und verstand den Fluch, dem der Besitzer des Dolches anheim gefallen war, als er ihn geraubt und aus fremdem, unverstandenem Land nach Hause gebracht, vor tausend Jahren fast und mit ihm den Fluch über die Familie, das Anwesen, die erste Zwingburg und alle Häuser, die seitdem auf diesem Grund erbaut worden waren, gebracht hatte. Und letztlich dieses Haus und diesen Ort. Und Eve ahnte auch, wie der Dolch dem Schrecken des Erinnerns an die schwüle Schönheit und die Versuchung und die Schlacht ein Ende bereitet hatte, nur um neuem Schrecken zu begegnen, fühlte warm das pochende Blut an Hand und Dolch. Er entglitt der Hand, fiel polternd zur Erde und die unchristlichen Länder entwichen in die Nacht. Das brechende Auge sprach von der Grausamkeit des Sterbens und Tötens, als die Glassteine in den staubigen Boden rollten und zersprangen.

Verwirrt schreckte Eve aus ihrem Traum. Nur langsam fiel der ausgestandene Schrecken von ihr ab und wich der Erkenntnis, wo sie sich befand. Ein befremdetes, wenig fröhliches Lächeln umspielte ihren Mund, blieb an diesem hängen. Als sie durch die blinden Scheiben der Kammer blickte, dort, an der Stelle, an der das bunte Papier mit dem die Scheiben beklebt waren, ein wenig abgerissen war, erkannte sie, dass es schon spät am Abend war. Wie viele Stunden hatte sie denn in diesem Raum verbracht, ohne sich daran erinnern zu können, was sie hier getan hatte? Nicht gänzlich ahnungslos, und sich doch nicht wirklich daran erinnernd, mehr glaubend, als wissend, dass sie Wunderbares geschaut. Sie dachte an Mei. Was würde diese denken? Würde sie noch immer in ihrem Schaukelstuhl sitzen, schaukelnd und schlafend? Sie dachte nicht mehr an den Tand in diesem Raum, drehte sich nicht nach ihren Träumen um. Den blutverschmierten Dolch ließ Eve achtlos liegen, ebenso den Becher mit dem eben vergossenen Wein, der immer noch sanft hin - und herrollte. Schnell schloss sie die Tür. Um das geheimnisvolle Dunkel, den Duft von Abenteuer und Gefahr, den süßen Duft ewigen Schlafes hinter sich zu lassen. Sollte es bewahrt werden für einen anderen Tag oder einen anderen Träumer, der kommen würde. Für einen Augenblick dachte Eve: „Ich bin ja in Charles Träumen gefangen. Was er dachte, das leb ich nun, damit nichts verloren geht von seinen wunderbaren Gedanken. Doch ist er noch hier in diesen Träumen oder nur Erinnerung?" Ein Gedanke, der verblasste, noch ehe er ganz gedacht.

Eve strich sich das Kleid glatt, das unziemlich verrutscht und verdreht war, reinigte es unabsichtlich vom Staub, in dem sie gekniet hatte. Aber es war kein Staub von Vergessenem, sondern Wüstensand. Als sie plötzlich Mei in die Arme lief und schon ihrem Gesicht ansah, dass Mei furchtbare Ängste ausgestanden hatte. Die Erleichterung über das Wiedersehen und der Unmut über Eves Verschwinden mischten sich in ihren Zügen zu einer hässlichen Grimasse.

„Wo warst du, um des Himmels Willen? Reicht es nicht, dass Charles verschwunden ist. Musst du mir so einen Schrecken einjagen. Ich wollte schon den weiten Weg ins Dorf laufen, um Hilfe zu holen, doch irgendetwas hielt mich ab. Ich fürchtete, dich hier alleine zu lassen."

War dem wirklich so? Oder hatte etwas anders ihre Aufmerksamkeit gekostet, so wie Eve den Tag vertrödelt hatte? Eve verspürte keine Lust, dies zu erforschen, genauso wenig, wie von dem zu berichten, was nie passiert sein konnte.

„Ich habe Charles Tagebuch gelesen. Einfach furchtbar. Er redet so wirr. Ich verstehe nicht, was er da erzählt. Es sieht ihm nicht ähnlich. Als würde das Fieber aus ihm sprechen. Wir müssen die fehlenden Seiten finden."

„Die fehlenden Seiten?"

„Aber Eve, einige Seiten sind herausgerissen, es war doch klar zu sehen."

„Wir müssen das Haus durchsuchen. Vielleicht liegt Charles irgendwo und kann uns nicht rufen."

„Oh mein Gott."

„Reiß dich zusammen, Mei, ich brauche dich jetzt. Ich habe bereits angefangen, einige Zimmer zu durchsuchen, aber das Haus ist so groß!"

Eve merkte nicht einmal, dass sie log. Plötzlich war die Angst real, die Unruhe wieder da. Wie ein Schleier, den man ihr vom Kopf gerissen hatte, sah sie plötzlich wieder klar, in den Abgrund, der sich vor ihr auftat. Und plötzlich sah sie auch ganz klar, dass sie Charles verlieren würde. Er liebte diese Frau und sie liebte ihn. Es war kein Platz mehr für sie in diesem Gespann. Was sollte nur aus ihr werden?

> *Blau noch war der Tag*
> *Und Vögel zogen gen Norden,*
> *doch nicht fern die Sternensaat,*
> *verhüllt die Welt bis Morgen,*
> *der schwarze Schleier Nacht.*
>
> *Charles*

Es war eine unruhige Nacht, die einer aufgeregten Suche nach Charles durch ein schier unendlich großes Haus folgte. Endlich war Eve in einen schwachen Schlummer gefallen, als sie auch schon wieder geweckt wurde. Ein Geräusch, eine Ahnung? Sie wusste es nicht und saß doch senkrecht im Bett, als hätte sie etwas aufgeschreckt. Jetzt war alles still. Seufzend legte sie sich wieder hin, aber ihre Augen schlossen sich nicht. Da vernahm sie Meis Stimme von der Terrasse her. Mit wem mochte sie um diese Zeit sprechen? Ob Charles …? Schon sprang sie aus dem Bett und dachte diesen schönen Gedanken kaum zu Ende, als sie die Tür durchlief, von den Vorhängen festgehalten, doch sich ihnen entreißend, entziehend. Gleich darauf wich sie enttäuscht zurück. Dort stand nur Mei und schien mit dem Mond zu reden, denn außer ihr und dem Trabanten war niemand zu sehen. Lag es am Licht, oder der späten Stunde, sah Mei nicht anders aus, als sonst?
Der Wind webte mit ihrem ungewohnt offenen Haar Gräser und Wogen in die Nacht. Und Wellen gleich umwanden sie auch ihr Gesicht und verliehen den harten, strengen Zügen weiche Linien und Schönheit. Zum ersten Mal sah Eve den Körper ihrer Rivalin nicht von harten Fischgräten umschlungen und gegängelt, gleich einem Würger ständig ihr den Atem nehmend. Wie anmutig wirkte sie in dem weißen, fließenden Gewand,

das sie statt ihres kratzigen, wollenen Nachthemds trug. Weich, rund, elegant. Wie eine dieser antiken Statuen, die sie in einer Ausstellung bewundert hatten. Als Mei die Arme nach einer unsichtbaren Gestalt ausstreckte und ihr unverständliche Worte zurief, fühlte Eve so etwas wie Liebe für dieses Geschöpf. Als könnte sich etwas hinter der Schale verbergen, das es wert war, zu erkunden. Wie beunruhigend die Augen glänzten, glühten wie in einem Feuer, frisch entzündet. Wie die Lippen, feucht von Schweiß, sich öffneten, als hätte sie etwas Gehaltvolles zu sagen. Nicht nur Belangloses, Unverbindliches, sondern etwas Wahres, Schockierendes, Kluges. Als Eve gerade ihrerseits die Hände nach dieser Fremden in der Gestalt Meis ausstrecken wollte, um sie kennen zu lernen, überschlugen sich die Ereignisse. Wie von Geisterhand geöffnet, schlug der Spieldosendeckel auf und die Melodie trieb in die Nacht wie schon zuvor. Gleichzeitig flog etwas Großes, Schwarzes an Eve vorbei und streifte ihre Wange. Erschrocken schrie Eve auf, ehe sie gewahrte, dass sich der Mond für wenige Sekunden verdunkelte, als wäre eine schwere Kreatur über ihn hinweg gekrochen. Doch schon war die Erscheinung verschwunden und der Mond funkelte wieder silberhell über die Ebene und tauchte sie in einen nebeligen Schimmer. Gleichzeitig verstummte die Musik. In diesem Moment aber schien die Buche am Ende der Ebene angehaucht von rotem Gold. Die Welt hielt den Atem an. Kein Hauch bewegte die Blätter, kein Grashalm regte sich, nur Stille, tief, endlos, entsetzlich.
Dann krächzte die Spieluhr wieder und hob an, ihr Spiel erneut zu begehen. Das wollte Eve nicht zulassen, also rannte sie in das Zimmer und drückte den Deckel der Spieldose zu, was schwer war, denn ein innerer Widerstand verhinderte es zunächst. Doch Eve drückte mit aller Kraft den Deckel hinab und es gelang. Dann eilte sie wieder auf die Terrasse und fand nur ein paar alte, welke Blätter, die knisternd von einem Wind herumgewirbelt

wurden, als würden sie tanzen. Zu einer Melodie, die nur wenige hören konnten. Einer inneren Melodie, die nicht in Eves Kopf verstummen wollte. Spieluhrmusik.

Mei schlief friedlich in ihrem Bett, ihr kratziges Nachthemd hochgeschlossen bis unter das Kinn. Eve fasste sich an die Wange, wo sie einen stechenden Schmerz verspürte. Als sie ihr Gesicht im Spiegel betrachtete, sah sie den tiefen, roten Kratzer, der ihre Wange dort zierte, wo sie das schwarze Ding gestreift hatte. Kalt schlich die Angst in ihr empor und würgte ihr die Kehle, machte ihren Rücken ganz steif und ihre Hände wie Eis.

Am nächsten Morgen wachte Eve spät auf. Mei war nirgendwo zu sehen. Eve streifte ruhelos durch das Haus, ohne erkennbares Ziel, ohne bewusst etwas zu suchen, als hätte die letzte Nacht alle Energie aus ihr gesaugt. Irgendwann stand sie vor einer Tapetentür und schon war ihre Hand auf dem weichen Stoff und drückte sanft dagegen. Mehr brauchte es nicht. Sie wäre vielleicht auch von alleine aufgegangen, wenn Eve noch länger gezögert hätte. Diese Tür wollte geöffnet werden. Eve sah die weniger vergilbten Stellen an der Wand, dort wo die Tür bis vor kurzem noch mit zwei gekreuzten Brettern verschlossen gewesen war, ohne einen Gedanken daran zu verschwenden. Es war so, wie es eben war. Ein sonnendurchflutetes Kinderzimmer erwartete die Eintretende mit unerwarteter Freundlichkeit. Wie schön der Raum war, wie liebevoll möbliert. Barocke Schnörkel verzierten die Leisten, Tapeten und Möbel. Ein abgeschabtes, graues Schaukelpferd, ein Hampelmann mit lustig, schiefem Gesicht und kleine Soldaten mit bunten Federbüschen an den großen Hüten bevölkerten dieses Zimmer. Die weiß getünchten Wände wurden von Bildern mit spielenden Kindern verschönert. Hübsche, bunte Vorhänge, schwer und beschützend vor dem winzigen Fenster, davor ein kleines, weißes Bett. Der Frühling schien lachend in dieses Zimmer zu blicken. Eve wurde ganz ruhig und setzte sich auf die Bettkante und betrachtete das schlafende Kind. Die hereinfallende Sonne färbte den Lockenkranz, der das blasse Gesicht umrahmte, rot golden. Da schlug das Kind die Augen auf und lächelte die junge Frau ohne Überraschung an. Verzaubert lauschte es auf die Geschichten, die Eve meisterlich zu erzählen wusste. Die Erzählerin wunderte sich nicht über die altmodische Kleidung, die das Kind trug, dachte nicht über die Bedeutung der schwarzen, gärenden Beulen an dem Halse nach. Sie nahm das Kind in den Arm und weinte ein wenig mit ihm, spendete Trost und Erleichterung. Eingesperrt in dieses Zimmer, sich selbst und dem Tod überlassen. Wer konnte nur so grausam sein! Welche Höllen warteten auf solche Tat? Eve dachte nicht weiter darüber nach und spielte mit dem pestkranken Spielzeug und sang Lieder aus der eigenen, wenig fröhlichen Kindheit. Schon bald versagte ihr jedoch die Stimme, denn der Staub der Jahrhunderte, der geruht hatte und nun aufwirbelte, nahm ihr den Atem. Lachend streckte das Kind seine Hände nach den Staubkörnern aus, die vibrierend auf einem Sonnenstrahl tanzten. Endlich spürte Eve die Erschöpfung des Kindes und legte es sanft in sein Bettchen zurück. Da flüsterte das sterbende Kind: „Du bleibst bei mir nicht wahr?"

Eve versprach es dem Kind, doch wie erschrak sie, als die kleine Hand des kranken Kindes die ihre mit solcher Stärke drückte, dass sie einen Aufschrei nur mit aller Kraft verhindern konnte. Mit glänzenden Augen rief das Kind: „Ich weiß es genau!"

Lächelnd sank es in die Kissen zurück und starb. Wie kalt die Hand war, die Eve noch immer umklammerte, als wollte sie sie für immer festhalten. Und genauso war es auch, oder? Plötzlich sah Eve klar, wo sie sich befand. Es war nicht natürlich, dass sie alle diese Absonderlichkeiten einfach hinnahm. Von plötzlicher Erkenntnis und der drauf folgenden Panik empor gerissen stürzte Eve

aus dem Raum, schloss nicht einmal die Tür hinter dem
süßen Duft der Verwesung und des Todes, konserviert
und nicht gewichen.
Wenn ich bleibe, werde ich Charles verlieren, dachte Eve,
dann dachte sie nur noch schwarze Gedanken und rannte kopflos durch das Haus auf der Suche nach irgendeiner anderen lebenden Seele und dem Wunsch zu entkommen, wem oder was auch immer.
In ihrem Geist breitete sich Verwirrung aus, nichts war
mehr klar und verständlich. Der Wunsch, sich die Hände
zu waschen wurde übermächtig. Dann fiel sie plötzlich
zu Boden und blieb dort liegen. Schluchzend, verzweifelte Tränen der Angst flossen in den Dreck der Erde.
Leise begann es zu regnen. Tropfen auf Tropfen schlug
auf Dächer und Fenster. Eine Musik spielte der Regen,
Musik, die Eve erfüllte an den Stellen, wo die Leere war,
die Angst. Und Eve begann zu tanzen. Erst langsam,
unsicher, wie der Regen. Bald schon ermutigt von der
Einsamkeit des Hauses, schneller und heftiger. Ihre Füße
stampften, wirbelten, ihr Körper kreiste, drehte, wiegte
sich nach der Melodie der Tropfen und der Tränen. Dann
übernahm die kraftvolle Spieluhr die Melodieführung.
Fordernd, eindringlich. Oh, wie befreiend war dieser
Tanz. Alle Angst und Zweifel, Sorgen, Gedanken sie
waren fort, fort. Laut und befreit klang Eves Lachen von
den Mauern der großen Halle wieder.
Eve öffnete die Tür ihres Zimmers und erstarrte. Das
Lachen erstarb und ließ das Nichts zurück, welches es
zuvor gefüllt hatte.
Mei saß regungslos in ihrem Stuhl, die Lippen schneeweiß, den Blick ins Nirgendwo gerichtet. Auf ihren
Knien hielt sie das schwarze Lackkästchen mit beiden
Händen umklammert, als hinge ihr Leben davon ab. Eve
rief ihren Namen, doch Mei zeigte keine Reaktion. Eve
schüttelte ihre Schultern. Da hob Mei langsam ihr Gesicht, ohne ihren Ausdruck zu verändern und flüsterte

mit trockenen Lippen: „Ich habe es verbrannt. Es ist besser so."
Dann schwieg sie.
„Was, Mei, was hast du verbrannt?" Eve war ganz behutsam. Da antwortete Mei mit einem Blick, der diese Welt durchbrach, aber nichts von ihr sah: „Verbrannt."
Eve ließ sich auf die Knie sinken und schaute verzweifelt zu der Verstörten empor. Dann nahm sie ihre Hände in die Ihren, ohne das Kästchen zu berühren. Doch es nützte nichts. Mei entriss ihre Hände mit der kostbaren Fracht den Suchenden von Eve.
Da platzte ihr der Kragen, wie sie es sich schon so oft geträumt hatte und schrie: „Was verbrannt? Sprich, du Hexe!"
Da lachte Mei auf und als Eve auf die Füße sprang, schubste Mei die Kleinere von sich und schrie nun ihrerseits. „Verbrannt und du wirst ihn nicht wieder sehen."
Da schlug Eve die Hände vor die Ohren, um diesen Wahnsinn nicht länger ertragen zu müssen, doch die Hände waren zu dünn, um sie zu schützen.
Mei stand auf, verhedderte sich mit ihrem Kleid im Stuhl und das Kästchen entglitt ihren Händen, polterte zu Boden, öffnete sich mit einem seufzenden Geräusch und gab seinen Inhalt mit einer Langsamkeit frei, die furchtbar war.
Bei dem Aufprall zerbrach das Uhrwerk mit einem knirschenden Geräusch. Langsam hob Eve das Stück Papier auf. Halb verkohlt, vollgeschrieben mit Zeichen, Gekritzel, geschrieben mit roter Tinte, flammendrot wie getrocknetes Blut. Eve fühlte den Wahnsinn in ihren Schläfen pochen. „Was hast du getan!" Sie hätte nicht sagen können, ob sie Mei meinte, oder Charles oder Gott. „Es war die ganze Zeit hier gewesen, in der Spieluhr. Deshalb hatte sie so anders geklungen.
„Warum hast du es verbrannt?" fragte Eve mit berstender Stimme die bebende Mei, die mit zerzausten Haa-

ren und ein wenig Blut in ihrem Mundwinkel einfach zum Fürchten aussah. Aber Eve war längst jenseits der Furcht. Sie wollte nur noch wissen.
„Das ist eine der verlorenen Seiten aus dem Tagebuch", stellte Eve das Offensichtliche klar.
„Ich habe es verbrannt." Mei sprang jetzt auf die zurückweichende Eve zu und fasste sie an den Schultern. „Jetzt war es nie da. Hörst du? Es war nie da, weil ich es kaputt gemacht habe." Eve konnte dieser Logik nicht folgen.
„Verbrannt. Du hast eine Seite verbrannt. Worte von Charles. Vielleicht die Lösung des Geheimnisses, was mit ihm geschehen ist."
„Genau!" Mei schaute Eve an, als hätte sie etwas besonders Feines verbrochen.
Eve ging langsam rückwärts aus dem Raum heraus. Sie konnte die andere nicht mehr ertragen. Nicht mehr ihre Hände auf ihrem Arm, nicht diese Augen, die sie irre anstarrten, nicht das selbstzufriedene Grinsen, das sie zur Schau trug. Nichts von alle dem. Fort, nur fort von allem, was leblos sie umklammert hatte, kalte Hände, leere Hände, Herzen, Verstand. Mei hatte die letzte Hoffnung erstickt, die Blüten zerdrückt. Wenn es so schrecklich war, was Mei herausgefunden hatte, dass sie darüber den Verstand verloren hatte, wie sollte sie es ertragen? Warum sollte sie es unbedingt wissen wollen?
Da hörte sie Meis schrille Stimme noch einmal, wie sie hinter ihr her jagte, die dunklen Gänge entlang, aus dem hell erleuchteten Zimmer hinaus, das einst sein Zimmer gewesen war: „Verbrannt und du wirst den Weg zu ihm niemals finden, er gehört mir und du musst immer in diesem Haus bleiben, verfluchtes Haus. Verbrannt!"
Dann drehte Eve sich um und rannte die Flure entlang und die Treppen hinauf und hinunter, als könnte sie vor der Wahrheit davon laufen, als gäbe es noch eine Rettung.
Lauter und lauter wurde Meis Stimme, obwohl sie doch längst hinter ihr lag, längst nicht mehr am selben Ort

und in derselben Zeit existierte. Sie rannte und wäre beinah gestürzt, als eine Hand nach ihr griff und sie auffing. Charles wirbelte sie herum und flüsterte ihr etwas zu, das sie nicht verstand. Dann riss er sie herum und ließ sie fliegen, zur Sonne fliegen, zu Sonne, Mond und Sternen und jenseitig davon, wie er das früher oft getan hatte und die Röcke flogen und ihre Beine waren schwerelos. Wie oft hatten sie bei sich geglaubt, dass sie beide alleine das Fliegen beherrschen. Einfach die Füße heben zu können und zu fliegen, so klar stand es ihnen vor Augen, so stark war ihre Vorstellungskraft, dass sie oft nicht wussten, ob sie es erlebt oder geträumt hatten. Wie konnte irgendetwas zwei Menschen, die so absonderlich und sich so gleich waren trennen? Wie hatte sie das glauben können, auch nur einen Augenblick. Jeden Moment würde sie in die Sonne fliegen und verglühen. Es war so warm, so schön. Doch ohne Charles gelang es nie, das Fliegen. Lachend warf er den Kopf zurück, die Arme noch einmal empor reißend. Dann fühlte Eve nur noch den Rausch der wirbelnden Kreise und das eigene kindliche Lachen. Oh, wie die Sonne blendete, strahlte, funkelte. Aber es war gar nicht die Sonne, sondern der Schein von Kerzenlicht, das sich glitzernd in mit Wein gefüllten Karaffen spiegelt, blutrot, so rot.
Hohe, blanke Spiegel, wie flüssiges Silber umrahmt von Lichtern und Gold. Kristall und Tand und Schmuck. Mousseline und Spitze und blanke Arme, Hälse, weiß bestrumpfte Füße. Apfelgrün und Pfirsich rot und Mondscheinfarben.
Ein Raum angefüllt mit Nichtigkeiten, Neckereien, leisem Lachen, Geplauder, Köstlichkeiten, tanzenden Beinen und zu engen Schuhen. Wie perlte der Wein, wie rauschte die Pracht. Wie glücklich konnte man sein in diesem Taumel aus Sorglosigkeit. Eve lachte glücklich auf, wie sie noch niemals gelacht hatte. Es war ja alles gut. Ihre Wangen glühten, die Füße waren ungezähmt und wirbelten zu der elegischen Musik. Sie fühlte

Charles feste, starke Hand, die führte, ohne zu zwingen. Wie schön und einzigartig er war. Planeten gleich kreisten die anderen Paare um ihre Sonne, auf ihren Bahnen, unaufhaltsam und schneller, immer schneller und sie waren mitten drin. Immer geschwinder, wirbelten sie, wie um zu zerschellen.

Charles sah sie an und es war wie ein Versprechen. Wie hatte Eve glauben können, dass sie sich verlieren könnten, so oft sie sich auch verloren? Wie hatte sie glauben können, dass etwas sie trennen könnte. Vielleicht für kurze Zeit, doch niemals für die Ewigkeit.

Und dann zerbarst der schöne Traum in tausend Scherben, doch nicht Eves Erkenntnis, diese tiefe Gewissheit. Vielleicht war es deshalb, dass sie lächelte, als man sie diesmal auseinander riss. Zuerst war da nur ein Rufen, unwirklich und fern. Doch Eve fühlte schon, wie Charles ihr entglitt, ehe es geschah. Und auch er nahm seinen Blick nicht von ihr, als geschah, was geschah. Bald verhielten alle ängstlich im Tanz und lauschten auf den Tumult, der von draußen hereindrang. Eve und Charles indessen hörten nicht auf, sich zu drehen. Sich anzublicken. Da zerbarsten die Scheiben und ein vielstimmiger Schrei erklang. Ein Stein streifte Eves Wange und holte sie auf die Erde zurück. Aber sie konnte dennoch nicht aufhören, ihre Füße zu dem immer gleichen Minuett zu bewegen. Angstvoll drängte sich nun die Festgesellschaft zusammen, als hätte sie diese qualvollen Geschehnisse nicht schon ungezählte Nächte lang erlebt. Als nun Eindringlinge zu Türen und Fenstern hereindrangen, quollen, stürzten, um ihr grausiges Werk zu beginnen, war es, als wäre dies noch nie zuvor geschehen. Spiegel zerschellend, zeigten sterbend noch das Ende eines Traums.

Zerspringendes Glas, verflossener Wein, rot und schwer, vermischte sich mit schwarzem Blut das blauer nicht sein könnte, auf glänzendem Parkett. Die Musik verstummt nicht, sondern wurde heftiger, drängender, als handel-

te es sich bei dem Schlachten und Flüchten nur um eine weitere, weniger elegante Variante eines Tanzes.
Reißende Seide, Feuer und Angst, brennendes Haar und Eve tanzte noch immer. Charles konnte sie nicht länger halten, als ein Degen von hinten in seinen Rücken drang, so sehr er es auch versuchte. Eve wirbelte führerlos kreiselnd in diesem Inferno, unberührt und unbehelligt, musste doch dem Sterben all des schönen Scheines beiwohnen bis die Welt endlich gnädig in einem Strudel aus Licht und Farben verschwamm, bevor die Dunkelheit den Schleier fallen ließ über diese Szene und Eves Bewusstsein.
„Charles", klang Eves einsames Schluchzen in diese Nacht.
Als sie erwachte wand sie sich zuerst orientierungslos am Boden. Benommen blickte sie sich in dem großen Saal um und versuchte, sich zu erinnern. Die Wände von Ruß geschwärzt und rot von getrocknetem Wein. Denn Wein musste es sein, nicht wahr? Blinde Spiegel und zerbrochenes Glas erfüllten den Raum mit unsäglicher Traurigkeit. Wie hatte man nur all diese Schönheit verschütten können? Warum musste jeder Traum so enden? Alles Schöne welken? Warum in aller Welt, dachte Eve, lag sie hier und träumte, wenn um sie herum die Welt in Trümmer ging? Während Mei dem Wahnsinn zum Opfer fiel und ihr Bruder noch immer verschwunden war.
Langsam erhob sich Eve, wie an Fäden gezogen. Sie mussten dieses Haus verlassen, Hilfe holen. Zum ersten Mal, seit sie dieses Haus betreten hatten, schienen ihre Gedanken klar und frei zu sein. Mit seinen Träumen hatte es sie gefangen gehalten. Das war vorbei. Sie hatte es begriffen. Das war es, was Charles ihr zugeflüstert hatte. „Befreie dich."
Schon auf der Treppe rief Eve Mei zu, das nun alles gut werden würde.
Das Zimmer war leer. Beunruhigt trat Eve an das Fenster und schaute in den heftigen Regen, der das Haus ein-

hüllte. Wo sollte sie Mei suchen. Sie alleine lassen? Nein, das ging nicht. Eve erkannte die Aussichtslosigkeit ihres Versuches. Still glitten die Regentropfen an der Fensterscheibe entlang und Eve begann, sie zu zählen, selbstvergessen, mit den Fingern ihre Wege nach malend. Ihre Augen suchten den nächsten Tropfen, verstellten die Schärfe, als sie eine andere Bewegung wahrnahmen. Der Baum. Er schien im Wind zu tanzen. Wie rot die Blätter leuchteten, rot wie Blut. Dann fiel Eve ein, wie dieser Baum hieß. Jetzt, wo die Blätter so rot glänzten, war es klar. Die Gestalt, die auf den Baum zulief, hörte Eves Worte nicht. Dann begriff Eve auf einmal alles. Eve riss das Fenster auf, schrie in den Sturm den Namen der anderen. „Mei!" Doch der Sturm war zu heftig, die Entfernung zu weit. Wie hätte die andere sie hören können. Sie lief in ihr Verderben, und Eve konnte so wenig tun, um es zu verhindern. Das Fenster schlug zu und ließ sich nicht mehr öffnen und Eve wusste, dass es begann, als hätte Charles es ihr gerade zugeflüstert.

Sie rannte ins Erdgeschoss, doch keine der Türen gab ihrem Drängen nach, keines der Fenster ließ sich öffnen. Gitter vor den Fenstern machten Eves Unterfangen sowieso aussichtslos. Schnell rannte Eve wieder nach oben und hämmerte voller Wut gegen das Fenster, während sie hilflos zusehen musste, wie Mei im Dunst verschwand. Da flatterte ein Stück Papier gegen die Scheibe. Eve sprang mit einem erschrockenen Aufschrei zurück. Dann presste sie die Hände an die kalte Scheibe und versuchte zu lesen, was dort stand. Ganz klar und verständlich waren Charles Worte. Das Datum der Tagebuchseite verriet Eve, dass es kurz nach Charles Ankunft geschrieben worden war.

„Ich suchte stets nach der Essenz, die unsere Welten öffnet und unsere Sinne weitet. So eng und klein sind unsere Vorstellungen und das Gefühl, dass große Wahrheiten auf uns warten erfüllt mich, als wären sie gewiss.
Ich fand viele seltsame Tränke und Zaubermittel in den

tiefen Kellern und begann in den alten Schriften zu forschen. Seitdem ereignen sich seltsame Dinge. Doch nicht klar ist mir, ist dieses Haus verhext, oder bin ich es, der es bespukt, mit den Träumen und Wünschen füllt, die so reich und grausig in meinem verdrehten Kopf herum spuken? Mir scheint, als hätte ich das Fluidum gefunden, in das wir unsere Wünsche mit kleinen Pinzetten einträufeln können, um sie zu trinken, wann immer wir es wollen. Doch, ob es uns Segen bringt oder Unheil, vermag ich nicht zu sagen, nur großes Vergnügen vielleicht, so viel ist Gewiss. Wie sollte Leid aus etwas so Wundervollem entstehen? Nein, nur die Erfüllung des unmöglich scheinenden, ist nah, wie nie. Unsterblichkeit in den Träumen, unendliche Zimmer, unendliche Leben. Nur eine fehlt, ein wunderbarer angefüllter Geist fehlt in all dem und die Fülle könnte unendlich sein. Wenn nur dieser irritierende Baum nicht wäre. Ich hätte längst Gewissheit über mein Schicksal, das mit diesem Haus verbunden scheint, unlöslich, denn wo sollten wir leben, wenn nicht an diesem Ort, an dem sie uns nicht verfolgen können, wegen unser Gedanken, nicht hinter Gitter sperren können, wegen unserer Taten. Oh, Eve wo bist du? Wir könnten den Äther dieses Hauses füllen mit unglaublichen Geschichten und die Geschichten dieses Hauses, die so vielfältig und grausig wie schön sind, könnten uns verändern.
Nur wenn ich an Mei denke, und den Baum, und diese Frau in rot, dann wird es mir ganz anders. Auch das könnte mein Schicksal sein. Fern von allen Hoffnungen, in der Umarmung einer Geliebten zu schlafen und alle Träume vergessend. Was könnte köstlicher sein? Wie soll ich es wissen?"
Eve glitt zu Boden. Sie alleine kannte die Wahrheit, denn sie wusste, was Charles entgangen war. Die Buche, die die Gestalt einer Frau annahm, um ihre Opfer in ihre traumlose Umarmung zu locken, damit sie sich von ihnen nähren konnte, war eine Blutbuche und wollte sein

Blut, nicht sein Glück. Mei rannte in ihr Unglück, statt in Charles Arme und Eve konnte nichts dagegen tun, doch das schien ihr beinah bedeutungslos. Denn was war mit Charles geschehen? Wieso sah sie ihn in diesem Haus, als wäre er gleich ihr ein Gefangener. Und gleichzeitig waren die Blätter der Blutbuche voll gesogen mit frischem Blut.
Vielleicht verstand Eve jetzt auch die letzten Worte, die Charles auf die Seite geschrieben hatte: „Vielleicht kann ich ja beides haben."
Oh Charles, niemals konnte man alles haben, dachte Eve. *Hast du dein Blut dem Baum geopfert und deinen Geist dem Haus gelassen, muss ich dich deshalb suchen in allen Zimmern, und allen Jahrhunderten und Welten und niemals werden wir zusammen sein, als in flüchtigen Momenten?*
Und musste er auch sterben und wieder sterben und sie ihm dabei zusehen, so hatten sie doch die Ewigkeit und alle Welten aus tausend Märchen und einem. Wo in diesem Universum hätten sie angemessen leben können, als in diesem Haus und vielleicht hatte Charles ja Recht und sie gemeinsam würden es verändern, mit ihren Gedanken, Träumen, Wünschen? Doch bis dahin, würde es ein Suchen sein. Eve nahm ein Blatt von Charles Schreibtisch und las das Gedicht, das er achtlos hingeschrieben hatte.

> *Ein Traum erfüllt ihr Leben,*
> *ein Traum durchfließt ihre Zeit,*
> *ein Traum von endlosen Wegen,*
> *erfüllt von nichts als Einsamkeit.*
> *Träume, gefroren zu Eis,*
> *festgefroren in Stille ...*
>
> *Charles*

Der Regen verwischte die Buchstaben der Tagebuchseite, die Seite wurde vom Wind fort gerissen und mit ihr

verschwand der letzte Rest von Realität. „Sei frei, Eve!" Charles hatte nicht die Freiheit des Körpers gemeint, sondern die Freiheit des Geistes. Fortgeschwemmt vom Regen, fortgetragen vom Wind, alles, was uns band.
Zuerst lachte Eve und fühlte sich zum ersten Mal in ihrem Leben frei und war doch schon im Tod, und ihr Lachen klang für ungeübte Ohren vielleicht schaurig, tränkte die Fasern des Hauses, seine Mauern, durchdrang seine Nerven, machte sich mit ihm gleich. Für den Träumenden, war dieses Lachen wunderschön. Dann begann sie sich zu drehen und zu wiegen auf die ferne Musik, die lauter und lauter wurde, bis sie sie gänzlich erfüllte. Durch alle Türen, die sich ihr öffneten, durch alle Zimmer, über alle Flure, durch Gärten, die sie zuvor nicht gekannt hatte, schwebte sie, tanzte sie, wirbelte sie schnell und schneller und schneller, dorthin, wo er wartete, wo all das wartete, was sie im Herzen trug. Ein kleines, gebrochenes Herz, das nicht mehr schlagen musste. Und der Regen schlug wie ein großes Herz für sie. Das Herz eines Hauses, gegen Scheiben und Dächer, auf Treppen und durch Zimmer und gegen ihre schmale Brust. Losgelöst von irdischen Schranken, alle Gesetze der Wissenschaft aufgehoben von den verschrobenen Gedanken zweier Menschenkinder und ihrem Wunsch nach Freiheit. Und erfüllt es euch mit Grauen, so hört einfach auf zu träumen und zu forschen und zu denken. Und trinkt keine Fluida, die ihr nicht kennt und atmet nicht den Äther ein, der uns umgibt. Mehr kann ich Euch nicht raten. Mehr weiß ich selber nicht.

„Denn was der Äther ist, das weiß ich nicht."
Isaac Newton 1704

… oder die Blutbuche …

Von Kerstin Surra für Svenja Surra nach einer Inspiration von Marian Surra

Ein altmodischer Brief

Willi R. Vogel

Wenngleich sich die nachfolgenden Ereignisse bereits vor über einem Jahr zugetragen haben, so bin ich doch erst jetzt in der Lage, sie zu Papier zu bringen. Das lag jedoch keineswegs daran, dass ich keine Zeit gehabt hätte. Doch das, worüber ich berichten werde, hatte mich in einem Ausmaß aufgewühlt, dass ich erst Abstand gewinnen musste, um meine Gedanken zu ordnen. Ich werde also über die Ereignisse berichten, so wie ich sie erlebt und soweit ich sie verstanden habe, und ich werde das tun, ohne etwas mir wesentlich Erscheinendes wegzulassen oder Erfundenes hinzuzufügen. Sollte für den geneigten Leser oder die geneigte Leserin einiges im Dunkel bleiben, so sei diesen versichert, dass auch für mich vieles unverstanden geblieben ist.

Ich wohnte damals noch nicht im Haus meines Freundes Paul, sondern gut 100 Kilometer davon entfernt, als ich eines Morgens in meiner Post einen Brief fand. Nun, an und für sich ist so ein Brief nichts Besonderes. Meine Bank schreibt mir, um mir die neuerliche Senkung meiner Sparzinsen mitzuteilen, karitative Einrichtungen bitten um Spenden, Werbefolder wollen mir Produkte aufdrängen, die ich nicht brauche und von deren Existenz ich bisher nichts ahnte, und in Wahlzeiten, wenn die Aufregung steigt und das Niveau der politischen Auseinandersetzung in unergründliche Tiefen sinkt, kommen noch die Briefe wahlwerbender Parteien dazu. Der Brief, der vor mir lag, fiel in keine der genannten Kategorien. Es war ein persönlicher Brief von, wie ich dem Absender entnehmen konnte, Paul, mit dem ich mich eng verbunden fühlte, wenngleich ich ihn aufgrund komplizierter Verstrickungen gut zwei Jahre nicht gesehen hatte.

Ich befühlte den Umschlag ohne irgendetwas Besonderes daran zu entdecken, und stellte mir die Frage: Warum rief er mich nicht an oder schickte mir eine Email oder eine SMS? All das war in unseren Kreisen selbstverständlicher als einen Brief zu schreiben. Ja, gelegentlich bekam man eine Ansichtskarte. Aber einen Brief? Und warum sollte ausgerechnet Paul einen Brief per Snailmail, also mit der normalen Briefpost und nicht über das elektronische Netz, versenden? War doch Paul ein absoluter Internetfreak.

Da es aber nun mal ein Papierbrief war, der da auf meinem Couchtisch lag, beschloss ich, diesen nicht einfach sofort aufzureißen, sondern mir Zeit dafür zu nehmen. Mit gefiel dieses Spiel, und zu diesem Zeitpunkt betrachtete ich es tatsächlich als Spiel. Ich bekämpfte also meine Neugierde, erledigte noch ein paar Kleinigkeiten in der Küche, suchte meinen Brieföffner, den ich schon lange nicht mehr verwendet hatte und endlich unter einer dicken Sedimentschicht aus Prospekten in einer Lade meines Schreibtisches fand, schenkte mir ein anständiges Glas Whisky mit Eis ein, setzte mich in meinen bequemen Lehnstuhl, fühlte mich so richtig als altmodischer älterer Herr, öffnete etwas ungeschickt mit meinem Brieföffner das Kuvert, entfaltete das Schreiben und las staunend die wenigen Zeilen:

Brauche dich dringend. Organisiere dir ein Auto ohne Elektronik, lass das Handy daheim und benutze kein Navi. Kein Wort in einem elektronischen Medium über deine Reise, auch nicht über das Telefon. Komme sofort. Anfahrplan nachstehend. Es geht um Leben oder Tod. Paul

Eine Lageskizze folgte. Der Ort würde nicht schwer zu finden sein, drei bis vier Stunden Autofahrt vielleicht. Ich hatte vor einem halben Jahr die Pension angetreten und langweilte mich seitdem ständig. Das jedoch klang nach Abenteuer; unverzüglich brach ich auf.

Ich nahm meinen Wagen. Wie hätte ich auch einen Wagen ohne Elektronik auftreiben sollen. Mein Wagen war

mit allem erdenklichen elektronischen Schnickschnack ausgestattet, Tempomat und Navi inbegriffen. Ein Handy hatte ich natürlich dabei, das würde ich später abschalten. Auf dem Weg zur Autobahn rief mich meine Mutter an, die betagte Dame machte sich immer Sorgen um mich. Ich sagte ihr, dass ich Paul träfe, der in Schwierigkeiten war und dass ich eventuell ein paar Tage telefonisch nicht erreichbar sein würde.
Das Problem meines Freundes schien mir zu diesem Zeitpunkt eher medizinischer Natur zu sein. Die Nummer eines mir gut bekannten Psychiaters hatte ich auf meinem Handy gespeichert.
Es war gerade eine Stunde her, dass ich den Brief geöffnet hatte, und schon war ich auf der Autobahn und fuhr einem Abenteuer entgegen, von dessen Ausmaß ich mir zu diesem Zeitpunkt keine Vorstellungen machen konnte.
Die Sonne schien und meine Stimmung entsprach dem Wetter. Gut gelaunt fuhr ich von der Autobahn ab und erreichte nach einer halben Stunden Fahrt über eine holprige Landstraße den Rand des Waldes, in dem mein Freund Zuflucht gesucht und wohl auch gefunden hatte. Ein paar Häuser standen da am Waldrand, aber in keinem konnte ich einen Menschen sehen, sodass ich mir nicht sicher sein konnte, dass sie überhaupt bewohnt waren. Auch einen Briefkasten sah ich, in diesen könnte Paul seinen Brief geworfen haben.
Dunkle Wolken waren aufgezogen, und so fiel mir die Orientierung schwerer als ich erwartet hatte. Dennoch beschloss ich vorerst auf die Hilfe des Navigationsgerätes zu verzichten, die Skizze meines Freundes war ausgezeichnet gemacht. Ich betrachtete es als Sport, das müsste ich doch schaffen.
Aber mit der Sonne war auch meine gute Stimmung verschwunden. Ich kam immer mehr ins Grübeln: Wieso hatte sich Paul in einen Wald zurückgezogen, einen Wald, der mir dunkel und abweisend erschien. Viele tote

Bäume fielen mir auf. Baumskelette, deren kahle Äste in den Himmel ragten. Und immer wieder einer der zahlreichen Bildstöcke, die davon zeugten, dass Menschen hier auf dieser Straße den Tod gefunden hatten. Ich fuhr langsam und versuchte die meist schon sehr alten Inschriften zu entziffern. Meist waren es Unfälle, aber auch von Mord wurde berichtet. Natürlich war es völlig absurd, in so einer Situation Angst zu haben. Mein Auto war neu, der Tank war mehr als halb voll und ich befand mich offensichtlich noch auf dem Weg, den Paul mir beschrieben hatte. Sicherheitshalber schaltete ich das Navi ein. Auch das Handy hatte Empfang, wie ich mich kurz überzeugte. Dennoch fühlte ich mich beklommen. Der Wald war mir unheimlich, und ich fuhr um Vieles langsamer als sonst; so, als würde ich damit rechnen, dass jeden Augenblick ein Werwolf oder ein anderes Monster auf die Fahrbahn sprang, eines jener Fabelwesen, von denen mein Großvater so trefflich zu erzählen wusste und die mir daher seit meiner frühen Kindheit vertraut waren. Immer wieder hatte ich auch den Eindruck, einen Schatten zwischen den Bäumen wahrgenommen zu haben, was nicht weiter verwunderlich war, barg der Wald doch zweifellos viel an Wild, und war nicht die Dämmerung die Zeit, an denen diese Tiere ihre Wanderungen begannen?
Mehrmals schrak ich zusammen, meine Hände zitterten leicht. War ich moderner Mensch so schreckhaft, dass ein unverständlicher Brief, das Fehlen der uns Städtern so selbstverständlichen Festbeleuchtung und ein paar Kleinigkeiten wie leer stehende Häuser und ein paar Bildstöcke mir Angst einzujagen vermochten? Um mir meinen Mut zu beweisen, schaltete ich das Radio aus und öffnete das Fenster. Das sollte mir kurz darauf das Leben retten. Endlich sah ich die Weggabelung vor mir, die genau der Skizze meines Freundes entsprach. Seiner Beschreibung nach waren es von hier bloß an die 100 Meter zu seiner Hütte. Kurz nachdem ich eingebogen war, sah ich eine

Gestalt auf mich zukommen. Diese lief mitten auf der Straße, gestikulierte wild mit den Händen und schrie mir etwas zu. Durch das offene Fenster konnte ich hören, was der Mann schrie: „Reiß die Türe auf und spring raus!"

Nun ist es nicht einfach, Geschehnisse, die sich in wenigen Sekunden oder auch in Sekundenbruchteilen abspielen zu analysieren. Ich möchte es aber dennoch versuchen. Es verhielt sich so, dass ich die Stimme Pauls sofort erkannte und die Dringlichkeit seiner Botschaft, ungeachtet meiner Überlegungen zu seiner geistigen Gesundheit oder besser Krankheit, in diesem entscheidenden Augenblick keinen Zweifel erlaubte. Ich bremste also, riss die Tür auf und sprang aus dem langsam ausrollenden Auto, wobei ich zu Boden ging und mir das rechte Knie leicht aufschlug.

Das Erste was ich, schon im Aufstehen begriffen, wahrnahm, war das Klicken der Zentralverriegelung. Dann sah ich, wie die automatische Sitzeinstellung, eine der Bequemlichkeiten meines neuen Wagens war, dass sich der Sitz, einmal eingestellt, beim Einsteigen automatisch an meinem Körper anpasste, dass also diese Sitzeinstellung aktiv wurde und der Sitz völlig nach vorne klappte. Wäre ich noch drinnen gesessen, hätte mich die Lehne gegen das Lenkrad gepresst und so fixiert. Einen kurzen Augenblick war es völlig still, ich stand schräg hinter dem Wagen und mein Freund war zwischen den Bäumen verschwunden. Dann hörte ich das Aufheulen des Motors und beobachtete, wie mein Wagen, der übrigens über ein Automatikgetriebe verfügte, einen Sprung nach vorne machte, immer mehr beschleunigte, bis er, schon fast außer Sichtweite, mit hoher Geschwindigkeit gegen einen Baum krachte und in zwei Teile zerrissen wurde.

Den Crash hätte ich nicht überlebt. Verdattert stand ich da, begriff schier überhaupt nichts, außer, dass ich eben dem Tod entronnen war, und wurde erst durch Paul, der sich hinter den Bäumen in Sicherheit gebracht hatte und mich jetzt abwechselnd schüttelte, umarmte und küsste, wieder ins Leben zurückgerufen.

Dann legte er mir seinen Arm um die Schulter und führte mich, das zerstörte Auto ignorierend, zu seiner Hütte, die etwas abseits von der Straße lag. Dass er dabei schwankte, führte ich auf übermäßigen Alkoholkonsum zurück.

„Handy?", fragte er mich, als wir auf die Hütte zugingen. Geistesabwesend reichte ich ihm mein Mobiltelefon, welches ich trotz der Eile in einer automatischen Bewegung beim Aussteigen eingesteckt hatte. Er nahm den Akku heraus, steckte ihn ein und gab mir das Gerät zurück. Weiter fiel kein Wort, bis wir in seiner Hütte an einem roh gezimmerten Holztisch Platz genommen hatten. Wir saßen uns gegenüber und jetzt erst fiel mir auf, wie schlecht es um seine Gesundheit zu stehen schien. Pauls Augen waren gerötet, seine Hände zitterten, aber er schien nicht getrunken zu haben. Weder standen Gläser in der Hütte herum, noch roch er nach Alkohol. Noch bevor er etwas sagen konnte, kippte sein Kopf nach vorne.

Sofort legte ich ihn auf dem Boden. Er atmete flach, aber er atmete noch und kam wenig später wieder zu Bewusstsein. „Ich bin hierher geflüchtet, aber jetzt muss ich ins Spital. Den Steyrer, nimm den Steyrer-LKW hinter der Hütte. Ich kann nicht mehr weit genug fahren. Und jetzt habe ich mich endgültig überanstrengt."

Diese Fahrt wird mir in Erinnerung bleiben, solange ich lebe. Mit dem Steyrer kam ich mehr schlecht als recht zurande. Aber immerhin konnte ich ihn in Bewegung setzen. Ich war alt genug, um zu wissen, wie man mit einem alten, nicht synchronisierten Getriebe umzugehen hatte. Mit ordentlich Zwischengas brachte ich das Fahrzeug zum Fahren. Aber wir schlichen dahin, und Paul ging es von Minute zu Minute schlechter. Endlich erreichten wir die Landstraße. Paul hatte das Bewusstsein verloren und lag zurückgelehnt in seinem Sitz. Woher sollte ich wissen, wo das nächste Krankenhaus war? Mein Freund bewegte sich auch nicht, als ich meinen Handyakku in seiner Tasche suchte und gottlob auch sofort fand. Ich aktivierte also die GPS-Funktion meines Handys und ließ die Maschine das nächste Krankenhaus suchen. Dann fuhr ich nach den Anweisungen des Handys weiter.

Gelobt seien die Bildstöcke, die auch hier gelegentlich im Scheinwerferlicht auftauchten. Ohne diese hätte ich nie bemerkt, dass ich im Kreis fuhr. Der Rest der Landschaft sah immer gleich aus. Auch das Navigationsgerät des Handys spielte verrückt. Also fuhr ich auf gut Glück geradeaus. Der Himmel war wieder klar und ich kannte ein paar Sternbilder, großer Wagen, kleiner Wagen mit Polarstern, Kassiopeia und Orion. Das reichte zur Orientierung aus, jedenfalls fuhr ich nicht mehr im Kreis und landete schließlich auf einer Kreuzung mit Pfeilen, auf denen die Entfernungen zu ein paar Orten angegeben waren. Paul war immer noch bewusstlos. So ging es nicht weiter. Ich rief die Rettung an, mit den Angaben auf den Hinweisschildern konnten sie die Kreuzung identifizieren. Paul wurde umgeladen, den Steyrer ließen wir stehen, und die Rettung legte los. Das Handy mit dem Navi ließ ich eingeschaltet.

Bei der ersten Ampel konnte der Fahrer gerade noch einen Unfall verhindern. Wir hatten Grün und ein querender LKW war offensichtlich bei Rot in die Kreuzung eingefahren. Bei der nächsten Kreuzung war es ähnlich. Die schienen alle zu spinnen, dabei war nicht einmal Vollmond. Der Fahrer ließ das Folgetonhorn eingeschaltet. Wir kamen zu einer Kreuzung mit einer querenden Kolonne. Wir hatten grün und die Kolonne hielt nicht an. Diesmal lag es an der Ampel, aber Blaulicht und Folgetonhorn verschafften uns die Durchfahrt. Endlich hatten wir das Spital erreicht.

Paul atmete schwer. Gelegentlich murmelte er Unverständliches, nur einmal vermeinte ich, etwas von einer rothaarigen Hexe zu hören.

Paul hatte seinen Führerschein bei sich. Damit waren die Versicherungsdaten abrufbar und es gab zumindest in administrativer Hinsicht keine Probleme. Während der Arzt Paul an die Geräte anschloss, hörte er sich meine Geschichte an. Ich verschwieg ihm auch nichts. Er sagte aber kein Wort dazu. Vermutlich hielt er mich für verrückt. Sein Blick ließ wenig Zweifel offen, Herzfrequenz, Blutdruck, Sauerstoffgehalt und eine Menge anderer Parameter wurden überwacht. Plötzlich summte eines der Geräte wie ein Wespennest. Paul bäumte sich auf und fiel wieder zurück. Der Arzt und der Krankenpfleger reagierten blitzschnell: Herzmassage.
Mir war, als wäre auch mir das Herz stehen geblieben. Endlich, der Arzt nickte zufrieden. Die Massage war erfolgreich gewesen. Dann bat man mich hinaus. Im Hinausgehen sah ich, dass der Arzt die Überwachungsgeräte abzukoppeln begann. Aber Paul atmete! Mir fiel ein Stein vom Herzen.
Nervös ging ich den Gang auf und ab. Es war gegen Mitternacht, als der Fahrer des Rettungswagens vorbeikam und im Behandlungsraum verschwand. Als er herauskam, sah er mich verwundert an: „Böses Karma, bei Ihrer Anwesenheit spinnen alle Geräte."
Es war ungefähr ein Uhr morgens, als jemand erschien, der überhaupt nicht ins Krankenhaus passte, der junge Mann war etwa 17, hatte grün gefärbte Haare und war ziemlich verrückt gekleidet. Dann kam ein älterer Herr. Um zwei Uhr wurde ich von einer Ärztin geweckt. Ich war auf dem Sessel eingeschlafen und brauchte einige Zeit um mich zu orientieren. Die Ärztin führte mich in das Behandlungszimmer. Man kann sich gut vorstellen, was für Gedanken mir dabei durch den Kopf gingen und welche Sorgen ich mir machte. Wie erleichtert war ich, als ich sah, dass Paul bei Bewusstsein war und mit dem jungen Mann und dem älteren Herren redete. Der ältere Herr wurde mir als Kriminalkommissar, der junge Mann vom Oberarzt *als mein Neffe und Computergenie* vorgestellt.

Der Oberarzt bat mich Platz zu nehmen und begann kurz seinen Eindruck zusammenzufassen. „Ihr Freund hat eine Herzschwäche und eine bakterielle Infektion, das bekommen wir in den Griff. Was Sie aber vorhin gesehen haben, das war ein technischer Fehler, den wir an sich für ausgeschlossen halten. Der automatische Defibrillator hat einen Impuls gesendet, ohne dass es eine Ursache dafür gegeben hat. Das war lebensgefährlich."
Der Kriminalkommissar ergänzte: „Bei der Herfahrt wurden die Ampelsysteme manipuliert, das hat der Rettungsfahrer gegenüber dem Oberarzt bestätigt. Berichte dazu sind auch von mehreren Streifenwagen eingegangen. Und Ihr Auto wurde auf geheimnisvolle Art von außen gesteuert, das haben Sie selbst erzählt."
„Aber wie ist das möglich?"
Jetzt war es der junge Mann, der das Wort ergriff. „Was Ihr Auto und die Ampeln betrifft, da kann ich nur raten. Immerhin ist klar, dass man über Ihr Handy den ungefähren Ort ihres Aufenthaltes wusste. Was den Defibrillator betrifft, wurde das Datensystem des Spitals gehackt, dafür haben wir Spuren im System gefunden. Über die eingegebenen Daten, Name und Geburtsdatum – beides wurde dem Ausweis, den ihr Freund dabei hatte, entnommen – war die Identität des Angriffszieles bekannt. Jemand will Ihrem Freund schaden. Dieser Jemand hätte auch Ihren Tod in Kauf genommen und dieser Jemand ist ein Computergenie, aber ein Echtes. Was der getan hat, übersteigt meine Vorstellungen bei Weitem. Und dieser Jemand muss diese Angriffe von langer Hand vorbereitet haben. Das macht man nicht mit links. Schätze, das hat gut zwei Jahre gedauert."
„Zwei Jahre, drei Monate und zwölf Tage." Die Stimme von Paul klang deutlich kräftiger als zuvor.

Am Nachmittag begab ich mich erneut in das Krankenhaus. Man hatte Pauls Frau verständigt. Um 14 Uhr würde sie kommen.

Nervös ging Pauls Frau in der Empfangshalle des Krankenhauses auf und ab. Schwarz gekleidet, die roten Haare wirr ins Gesicht hängend und mit geröteten Augen erwartete sie uns. Der Oberarzt hatte mich gebeten, bei der Begrüßung dabei zu sein. Ich hatte versucht mich herauszureden, aber er wollte meine Ausrede nicht gelten lassen.

„Ihr Mann ist noch sehr schwach", eröffnete ihr der Oberarzt, „wir müssen mit allem rechnen, deshalb haben wir Sie verständigt. Wir haben aber gute Chancen, ihn über die Runden zu bringen. Kommen Sie weiter."

Er bat die Frau in einen mit Geräten vollgestopften Raum. Ein Arzt, dessen Gesicht mir bekannt vorkam, den ich aber nicht einordnen konnte, war über die Geräte gebeugt, verließ aber bei unserem Eintreten den Raum. Der Oberarzt erklärte die Erkrankung, eine angeborene Herzschwäche, die bedingt durch eine aktuelle Infektion ein gefährliches Ausmaß erlangt hatte. Dabei wies er auf die Geräte hin, auf denen der Name von Paul erschien und wo die einzelnen Parameter angezeigt wurden.

„Sie können ihren Mann in circa 30 Minuten besuchen, darf ich Sie bitten, einstweilen hier zu warten."

„Sie brauche ich!", sagte er an mich gewandt. „Da Sie den Patienten hergebracht haben, müssen Sie uns noch ein paar Fragen für die Akten beantworten."

Ich folgte dem Arzt in einen anderen Raum. Auch dort waren Monitore aufgebaut, und der Neffe des Arztes saß mit roten Augen, die auf eine durchgearbeitet Nacht hinwiesen, davor. Dr. Nagy, der Leiter der IT des Krankenhauses wurde mir vorgestellt. Der Arzt, dessen Gesicht mir eben bekannt vorgekommen war, ohne dass ich ihn hätte einordnen können, hatte seinen weißen Mantel ausgezogen. *Der Kommissar!*, schoss es mir durch den Kopf. Der weiße Mantel hatte mich getäuscht.

„Wir haben gedacht, es könnte Sie interessieren", begann der Kommissar und schaltete einen Monitor ein. Nach kurzem Flimmern sahen wir Pauls Frau, die unbewegt

auf die Monitore starrte. Keiner sagte einen Ton. Aber es war noch keine Minute vergangen, da stand sie auf, trat an das Keyboard und begann zu tippen.
„Sie reduziert die Sauerstoffzufuhr", erklärte der IT-Leiter. „Steigern sie die Herzfrequenz", antwortete der Arzt. Nach und nach wurden die Vitalparameter immer schlechter. Ich starrte gebannt auf den Monitor, die Hände vor Aufregung zu Fäusten geballt. Dann erst schien der Oberarzt zu bemerken, was in mir vorging. Er stand auf und deutete mir, zur Türe zu kommen, die in einen weiteren Raum führte. Vorsichtig öffnete er diese. Ich vermag meine Erleichterung nicht zu beschreiben, als ich Paul dort liegen sah, in friedlichem Schlaf und vor allem, ohne an irgendwelchen Kabeln oder Leitungen angeschlossen zu sein. Lautlos schloss er die Türe.
„Entschuldigen Sie", meinte der Arzt, „wir haben vergessen, Ihnen das Setting zu erklären."
„Die Dame", er deutet auf den Schirm, „versucht alles, um Ihren Freund umzubringen und wir täuschen einen Organismus vor, der darauf reagiert. Die Idee stammt von ihren Freund Paul, dem es übrigens bestens geht. Er hat sehr gut auf die Antibiotika angesprochen."
„Das", der Kommissar deutete auf den Bildschirm, „wird natürlich alles aufgezeichnet."
Ich beobachtete die gespenstische Szene. Die Finger von Pauls Frau schienen über die Tasten zu fliegen und auch der Neffe des Arztes hackte mit unglaublicher Geschwindigkeit auf dem Keyboard herum - unterstützt von Oberarzt und IT-Leiter, die ihm die Parameter nannten.
„Wieso kann die das? Ich kann bald nicht mehr mit."
Der Neffe des Arztes keuchte vor Erschöpfung. Ich versuchte zu erklären: „Sie hat für den Geheimdienst gearbeitet, war dort auf dem Weg zur absoluten Spitze, bis sie wegen Unzuverlässigkeit bei den Beförderungen übergangen wurde."
„War sie unzuverlässig?"

„Nein, aber ihr Mann. Beim Geheimdienst gibt es noch Sippenhaftung."
Endlich blickte der IT Chef zum Oberarzt hinüber.
„Ich glaube es reicht."
Dieser nickte: „Herzstillstand!"
Ein Tastendruck und sofort hörte die immer unregelmäßiger gewordene Linie auf zu oszillieren und auf dem Bildschirm war nur noch eine Gerade zu sehen. Der Oberarzt öffnete die Tür zum Nebenzimmer. Paul war aufgewacht, saß an einem kleinen Tisch und aß mit sichtlichem Genuss das karge Krankenhausmenü.
„Na, wie geht es mir?"
„Beileid, Sie sind eben verstorben."
„Das hätten Sie mir auch schonender beibringen können!" Seinen Humor hatte Paul jedenfalls wiedergefunden.
Der Kriminalkommissar ergänzte. „Das war eine ausgezeichnete Idee. Wir haben alles aufgezeichnet, sonst hätte uns kein Gericht der Welt geglaubt. Jetzt werde ich Ihrer Frau die traurige Mitteilung von Ihrem Ableben machen. Vielleicht wird sie dann gesprächig. Sie muss ja nicht gleich erfahren, dass es Ihnen bestens geht und Sie das Krankenhaus arm essen."
Der Kriminalkommissar war offensichtlich hungrig.
Beim Hinausgehen traf ich Pauls Frau, die der Kommissar mit einer ziemlich kräftig gebauten Kollegin abführte.
„Sie haben Ihren Mann getötet", hörte ich den Kriminalkommissar sagen. „Wann haben Sie den Plan dazu gefasst?"
„Ich bin froh, dass er tot ist. Ich habe daran gearbeitet, seit ich dahinter gekommen bin, dass er mich mit einem anderen Mann betrügt. Sie wollen einen Zeitpunkt wissen? Gerne. Das war vor 2 Jahren, drei Monaten und zwölf Tagen."
Den hasserfüllten Blick, den sie mir im Weggehen zuwarf, konnte der Kommissar nicht sehen.

Ich muss jetzt meine Tagebucheintragung beenden. Paul und ich haben einen Termin beim Gefängnispsychiater, dem wir wieder einmal erklären müssen, warum es keine gute Idee wäre, Pauls Exfrau einen Internetzugang zu gewähren. Bisher waren wir damit erfolgreich. Sollten wir es diesmal nicht sein, so müssten wir in unserem Leben Einiges umstellen.

Die Pruefung

Sonja Schindler

Dort stand ich und blickte die Wände hinauf. Die Wände eben jener Ruine, die doch so berüchtigt und geheimnisumwittert war. Noch fiel das letzte Licht der Abenddämmerung auf die rauen, grauen Steine, ganz so, als ob die Sonne auch noch die letzten Überbleibsel dieses einst so prachtvollen Anwesens am Rande des Gebirges verbrennen wollte. Hinter den mit Efeu bedeckten Wänden musste die Nacht bereits hereingebrochen sein. Die schwarzen, gähnenden Öffnungen, die einst Fenster dargestellt hatten, waren von der Zeit entstellt worden und wie die Augen und Schlünde erschreckender, monströser Fratzen scheinend, lockten sie mit schauriger Erwartung. Das ganze Anwesen schien nur darauf zu lauern, uns endlich in seinem Inneren begrüßen und erschrecken zu dürfen.
Während mein Blick über den toten Fels glitt, hörte ich das erste Donnergrollen in der Ferne. Das erhoffte Gewitter war für uns bereit. Es war seit jeher Sitte im Dorf, dass Jene, die im Jahre die Schwelle zum Erwachsenwerden überschritten, die erste Nacht mit Gewitter, nach der Walpurgisnacht, in diesem Gemäuer ausharren mussten. Dieses Jahr mussten sich drei junge Leute des Dorfes als würdig erweisen. Ich war einer von ihnen.

Mit Kerzen und Decken bestückt waren wir durch den Wald hinter unserem Dorf zu den Wurzeln der Berge hinauf gewandert und verweilten nun noch einen Moment, bevor wir uns in die erwartende Düsternis im Inneren begeben würden. Geschichten rankten sich um die Steine dieses Gemäuers wie Pflanzen über einen Grabstein und die morschen Hölzer des Gebäudes waren genauso wurmdurchfressen wie die Wahrheiten vergangener Tage. Wir kannten die Geschichten und Lieder. Ammenmärchen, die Kindern von den Älteren erzählt wurden, um sie vor Gefahren zu bewahren, denn die zerfallene Ruine barg eine Menge irdischer Gefahren des üblichen Verfalles. Zerfressen von der langen Vergangenheit auf die das Anwesen bereits zurückblickte, war es bereits an vielen Stellen einsturzgefährdet und zerstört. Diese Prüfung, so lange schon Tradition im Dorfe, war somit eine Mutprobe niederer Art, wie sie sich sonst nur übermütige Jugendliche stellten, wenn ihnen das Dorfleben zu langweilig wurde, sie aber noch nicht alt genug waren, es zu verlassen. Angeblich sollte es doch von Jahrzehnt zu Jahrzehnt immer wieder Jahre geben, in denen die Prüflinge nicht zurückkamen oder nur durch Schrecken und Grauen verstummt und frühzeitig ergraut. Geschichten, die mit eigenartigen Verwandten belegt wurden. Lachhaft in den Ohren des jugendlichen Leichtsinnes. Doch jetzt da es an mir war und ich vor diesen Mauern stand, war ich mir dessen nicht mehr so sicher. Mir klangen die unterschwelligen, erschreckenden Vermutungen der Geschichten und üblen Töne der Lieder in den Ohren. Die Gesichter und Bilder des angeblichen Beweises spukten mir, wie schattenhafte Visionen, vor den Augen. Ich spürte, wie mich Unbehagen ergriff und die eisige Hand der düsteren Vorahnung meine Seele berührte, während sie sich langsam vorwärts kriechend auf den Weg zu meinem Herzen machte. Die von den Älteren wohl gesäten Samen der Furcht fingen im Unterbewusstsein an zu keimen. Ich blickte zu meinen Begleitern, um zu sehen, ob auch sie schon ein Ahnungsschauer erbleichen ließ. Jetzt, wo ich vor diesem Haus stand, konnte ich das Gefühl, dass die Geschichten vielleicht doch wahr waren nicht abschütteln. Ich konnte nicht abstreiten, dass es im Dorf durchaus seltsame Gestalten gab, die alt erschienen und doch jung waren oder trotz Zunge nie auch nur ein Wort von sich gaben. Auch konnte ich nicht vergessen, dass obwohl Jahr für Jahr Prüflinge hier ihre Nacht vollbrachten, es Jahrgänge gab, in denen keiner seinen Geburtstag zu haben schien. Dem blassen Gesicht und geweiteten Augen des schwarzhaarigen Mädchens neben mir, entnahm ich die gleiche Anwandlung, die auch mein Inneres befiel. Hingegen war das Gesicht des hochgewachsenen Blonden von dunkler Vorfreude und einem hämischen Grinsen verzerrt. Ohne ein Wort oder Zeichen schritten wir nun gleichzeitig los, um in die Dunkelheit einer Tür zu verschwinden und uns den Blicken der Lebewesen einer scheinbar anderen Welt zu entziehen.

Im Inneren zündeten wir, noch immer schweigend, die Kerzen an und schritten durch den breiten Flur, den wir durch die Seitentür betreten hatten. Der Haupteingang war schon vor langer Zeit unpassierbar geworden. Hier im Gemäuer herrschte bereits tiefste Nacht. Unsere Schritte, die Spuren im Staub und Dreck der Zeit hinterließen, klangen unheilvoll laut und verstörend fremd in der seit langem ungestörten, schweren Stille. Von draußen, zwar gedämpft durch die dicken Mauern, aber dennoch deutlich vernehmbar, war ein erneutes Donnergrollen zu hören. Das Gewitter rückte erbarmungslos heran. Der fackelnde Schein der Kerzen ließ der Szenerie eine Unwirklichkeit anhaften, die es auf verstörende Art schaffte das Gefühl zu erwecken, durch ein Zeitfenster in die Räume einer nicht erfassbaren Vergangenheit und Zeitlosigkeit getreten zu sein. Alles erschien so alt und doch befanden wir uns in unserer Zeit und die Uhren liefen ihren normalen, sekündlichen Takt. Während wir den Flur entlang schritten, versuchten Illusionen meiner Phantasie die klaren Grenzen der Realität zu verdrängen und überall schien das Gemäuer an sich, mit sarkastischer Vorfreude auf die Schrecken der Nacht zu warten. Wir stiegen eine Treppe hinauf. Vor mir, der breite Rücken des Blonden mit den schweren Schritten, die die morschen Stufen knacken ließen. Geräusche, die zu denen des Gewitters passten und in abscheulicher Weise die altehrwürdige und so bedrückende Stille zerbrachen. Hinter mir, die leichten Schritte des Mädchens, zaghaft darauf bedacht kein Geräusch zu verursachen, sodass die Schatten, die uns umgaben, sie nicht bemerkten oder gar herausgefordert wurden. Zwischen diesen beiden meine eigenen, dessen Geräusche sich nicht versuchten zu verstecken, aber auch nicht auf so frevelhafte Weise wie die des Blonden versuchten den Schrecken auf sich zu ziehen. Während bei dem Vorausgehenden Vorfreude und makabere Erwartung herrschten, verspürte ich nur eine ehrvolle Unruhe, wobei die Keimlinge der Furcht im Unterbewusstsein jedoch nicht vertrockneten. Diese Keimlinge schienen bei dem Mädchen hinter mir schon die ersten Knospen zu schlagen und obwohl auch sie weiterhin schwieg, so drängte sie doch auch näher an mich heran. Ich sah ihre dunklen Augen unruhig durch die Gegend wandern, ganz so, als ob sie die Fähigkeit, sich auf einen Punkt zu fixieren, verlernt hätten.

Wir stiegen hinauf bis in den zweiten Stock. Das Gewitter nahm an Stärke immer weiter zu. Das zuvor unterschwellige Grollen erwuchs zu Lärm und Regen fügte seine ihm eigene Melodie hinzu, die wie die Schritte tausender kleiner Lebewesen auf die Steine fielen. Der erste Blitz erhellte die Nacht, das Gemäuer um uns und unsere Gestalten, als wir an einem Fenster vorbei kamen. Durch dieses schwarze Loch in der Mauer konnte ich den Waldrand sehen und wie die Bäume den Kampf mit dem Sturm aufnahmen. Nässe besprühte uns und ein eisiger Wind begann durch die Gänge zu heulen und am losen Holz zu rütteln. Meine Kerze erlosch und wir gingen schnell in einen angrenzenden Raum, um sie erneut zu entzünden und den eisigen, feuchten Händen des Sturmes zu entkommen.

Den Raum, den wir betraten, hatte zu dem eben verlassenen Flur noch eine halbwegs intakte Tür, die dem Rütteln des Windes noch standzuhalten vermochte. Die Fenster der Ostseite waren vernagelt, sodass hier noch keine fratzenartigen, schwarzen Löcher nach außen, wie auf der Vorderseite, entstanden waren. Es gab einen Durchgang zum Nebenzimmer, der allerdings mit Schutt und den Überresten einer einst stolzen Doppeltür halb verschüttet und versperrt war. Ich entzündete meine Kerze an derer des Mädchens, während der Blonde zu der Öffnung schritt um in den Nebenraum zu spähen. Es war empfindlich kalt geworden. Ich warf einen Blick auf meine Uhr und musste erstaunt feststellen, dass sie stehengeblieben war oder gab es in dieser Ruine einfach keine Zeit mehr, die es zu messen sich lohnen würde? Ich ging hinüber zu den Fenstern um einen Blick durch die schmalen Ritzen zwischen den Brettern zu werfen. Das Mädchen wich mir nicht von der Seite, während der Blonde versuchte in den Nebenraum zu gelangen. Die Geräusche, die er dabei verursachte, gingen in dem Getöse des Unwetters unter. Die Dielenbretter knarzten unter unseren Schuhen. Als ich an einem Fenster ankam konnte ich draußen nichts weiter erkennen als Düsternis und formlose Schatten, die im Wind durch die Nacht tanzten und den dunklen Illusionen meiner Phantasie entsprungen zu sein schienen. Ein Blitz erhellte dieses Bühnenbild und entpuppte die Schatten als Bäume des Waldes, der hier begann den Felsen der angrenzenden Berge zu bezwingen. Für den Bruchteil dieser Sekunde des Blitzes konnte ich ihren Kampf mit dem Sturm verfolgen. Ich wartete noch einen weiteren Blitz ab, um meinen Geist damit zu beruhigen, dass jene Schatten, die noch schwärzer waren als die Düsternis der Nacht durch die sie tanzten, wirklich nur die Silhouetten der kämpfenden Bäume waren und keine Horrorgestalten, dessen schwarzen Seelen dunkler waren als alle irdischen Farben. Ich zählte die Sekunden. Die Keimlinge meiner Angst wurden genährt von diesen Schatten und gegossen von den Stimmen des Windes, welcher heulend um das Gemäuer strich. Jene Stimmen, die Wege fanden, die Gänge und Räume der Ruine zu beschreiten, wo wir uns heute Nacht nicht mehr hinwagen würden oder überhaupt beschreiten konnten. Ich spürte, wie die Keimlinge begannen auszuschlagen und langsam an meinen Knochen Halt suchten. Doch dann kam der erwartete Blitz und ich sah nur die Gewalten der Natur ohne die Schreckensgeburten der Phantasie. Dies ließ dem kriechenden Wachstum der Furcht erst einmal Einhalt gebieten und beruhigten meinen angestrengten Geist und gespannten Nerven.

Ich wandte mich vom Fenster ab und das Mädchen ergriff zitternd meine Hand. Ich sah, dass ihre Keimlinge bereits erblühten und nicht mehr viel fehlte, sie zu wahrer Panik anwachsen zu lassen. Der Blonde indessen fing an zu fluchen. Bei dem Versuch durch die Öffnung zu klettern, hatte er sich an den Trümmern verletzt und Blut tropfte von seiner rechten Hand auf die staubigen Überreste. Er kam zu uns zurück und da keinem von uns der Sinn danach stand das Gemäuer weiter zu erkunden, setzten wir uns an die einzige Wand ohne Öffnung. Uns gegenüber war die geschlossene Tür, durch die wir den Raum betreten hatten, links, die zwei vernagelten Fenster, durch die immer wieder die Helligkeit der Blitze schien und rechts, die Öffnung zum Nebenraum. Ein klaffender Schlund, der in eine unbekannte Düsternis führte. Die Trümmer, die den Durchgang versperrten, sahen in meiner überreizten Vorstellung aus wie grotesk entstellte Zähne. Das Blut des Blonden auf diesen verstärkte den Eindruck noch, sodass ich mich dem Gefühl nicht entziehen konnte, mich vor einem dämonischen Schlund zu befinden, der nur auf eine panische Flucht meinerseits wartete, sodass ich mich in seinen Rachen stürzen würde.

Wir saßen, in unsere Decken gehüllt, eng beieinander, die Schwarzhaarige in der Mitte und die Kerzen in einer Reihe vor uns aufgestellt. Das Unwetter schien langsam seinen Höhepunkt zu erreichen. Der Donner war ohrenbetäubend laut und ließ die alten, bröckeligen Steine erbeben. Wind und Regen lieferten sich einen grausigen, musikalischen Wettstreit. Während der Regen die Ohren glauben ließ, dass Armeen von Füßen um uns her marschierten, die Wände hinauf und über das Dach, ließ der Wind heulend und stöhnend makabere Kreaturen und gewaltige Bestien unsichtbar durch die Lüfte schweben. Diese vom Wind erdachten Gestalten ergriffen uns mit eisigen Klauen und ihr Toten gleicher Griff konnte das menschliche Fleisch überwinden und drang bis auf die Knochen vor. Um den Sehsinn zu verwirren, ließen die Schatten der so stark flackernden Flammen auf den Wänden ein grausiges Theaterstück entstehen, das von des Teufels Hand selbst geschrieben zu sein schien. Diese blasphemischen, schnell wechselnden Szenen, untermalt durch den Klangkrieg von Wind, Regen und Donner, ließen den Raum mehr und mehr lebendig erscheinen. Der Modergeruch des nassen Holzes beanspruchte auch noch den letzten Sinn. Alle diese Begebenheiten vereinten sich in einem fantastischen, berauschenden Spektakel der Sinne, das der dunklen Phantasie meines Geistes Nahrung bot und mich in einen Rausch versetzte, der mich an den Rand der Realität warf. Das Mädchen zwischen uns zitterte und hatte längst den Kopf unter den Decken versteckt. Das letzte mal, dass ich ihre tränen- und angsterfüllten Augen gesehen hatte, war einem der Blitze zu verdanken gewesen, die immer wieder das Zimmer ohne

Vorwarnung erhellten und für Bruchteile von Sekunden das dämonische Theaterstück an den Wänden beendeten. Auch das Grinsen und der überheblich, arrogante Blick des Blonden hatten sich verzogen und machten einem unruhigen, besorgten Gesichtsausdruck platz. Ich konnte es nicht sehen, doch ich wusste, dass auch mein Gesicht bleich und meine Augen geweitet waren. Die Keimlinge meiner Furcht in meinen Gebeinen wuchsen zu Blüten tragenden Pflanzen, die bei jeden neuen Donner weitere, noch größere Blüten ausbildeten.

Hätten wir jedoch gewusst, was uns noch bevorstehen sollte, so hätten wir ungeachtet des Gewitters, ungeachtet der Schmach Feiglinge zu sein und ungeachtet des weiten Weges zum Dorf, sofort die Flucht ergriffen. Doch aufgrund unser derzeitigen Unwissenheit harrten wir aus.

Der Blonde und ich versuchten aus morschen Holzresten einen Windschutz für die Kerzen zu bauen. Der Versuch misslang kläglich und es dauerte nicht lange, bis unsere Augen von dem fackelndem Theaterstück an den Wänden erlöst wurden. Allerdings war der Tausch nicht viel besser. Die Flammen hatten dem Geist wenigstens feste, wenn auch grauenhafte Darstellungen der Hölle vorgeschrieben. Die jetzt herrschende Finsternis jedoch, mit den düsteren Schatten, nur unterbrochen von den Blitzen, die nur weitere Schatten und Monster gebaren, ließ die Phantasie auf Pfaden wandeln, die die der Hölle noch überboten. Namenlose Schrecken, von denen ich in der Literatur gelesen hatte, bekamen Gesichter und Stimmen und ließen meinen überreizten Nerven keine Ruhe. Ich konnte meine Begleiter nicht mehr sehen, doch wusste ich, dass sie, genau wie ich, nicht mehr wagen würden, sich von der kalten, doch wenigstens realen Steinwand in unseren Rücken zu entfernen. Ich kroch tiefer unter die Decke und spürte wie sich die Hand des Mädchens eisig kalt und nass an meine krallte. Ich drückte sie, schloss die Augen und versuchte dadurch wenigstens einen meiner Sinne zu entlasten. So verharrten wir für Ewigkeiten in diesem zeitlosen Chaos. Die Zeit war etwas, was für mich in diesem gruseligem Gemäuer, den Naturgewalten hilflos ausgesetzt, nicht mehr zu existieren schien. Sie war in dem Moment verschwunden, als wir die ersten Schritte in dieses verfluchte Haus gesetzt hatten.

Doch irgendwann zieht auch das schlimmste Unwetter vorbei. Ich war unbeschreiblich erleichtert, als der Donner langsam wieder nur zu unterschwelligen Grollen wurde, die Stimmen des Windes an Grausamkeit verloren und der Regen ein gleichmäßiges, die Seele beruhigendes Geräusch annahm. Hätte ich jedoch gewusst, welch Horror uns nun blühte, welch abgrundtiefer Schauer, vom Gewitter geweckt, uns nun bevorstand, hätte ich es vorgezogen, das Unwetter wahre Ewigkeiten auszuhalten. Einzig und Allein um dem kranken Wahnsinn zu entkommen, der meine Seele hiernach auf ewig heimsuchen sollte.

Obwohl das Unwetter abflaute, ließ ich meine Augen geschlossen. Ich spürte, wie sich meine Seele beruhigte und meine Sinne erholten. Meine Phantasie entfernte sich von den Pfaden des Horrors und mein Geist kehrte zur klaren Realität zurück.

Doch dieser Zustand sollte nicht lange anhalten. Aus einem mir noch unempfindlichem Grunde nahm meine Spannung schon bald wieder zu. Die Pflanzen der Furcht verwelkten nicht und ein unheilvoller Ahnungsschauer lief über meine Haut und ließ mir die Haare wie elektrisiert zu Berge stehen. Ich griff den Rest meines Mutes, hob den Kopf und öffnete die Augen. Ein Fehler, den ich bis heute zutiefst bereue. Hätte ich diesen Sinn verschlossen gehalten, wäre mir womöglich zumindest der Schlaf, ohne zusätzliche pharmazeutische Mittel, erhalten geblieben. Doch ich hob den Blick.

Es herrschte tiefe Dunkelheit im Raum. Die schwachen Blitze des abziehenden Gewitters vermochten das Zimmer nicht mehr zu erhellen. Doch etwas sollte trotzdem leuchten. Kalt schimmernd, eisig, Toten gleich und doch voll abgrundtiefen, grausigem Leben. Zwei Flecken zu unserer Rechten. Zwei Flecken, die aus der Öffnung zum Nebenzimmer fahl herüber strahlten. Mich packte das Grauen, denn ich wusste, dass es diesmal keine Einbildung meiner Phantasie war. Keine Illusion aus den bekannten Geschichten und Liedern. Keine Nachwirkungen, der durch das Unwetter gereizten Sinne. Ich wusste, dass es die Augen jenes Schreckens waren der die Legenden dieses Anwesens nährten und die niemals etwas menschliches an sich gehabt hatten. Das Donnergrollen und die Stimmen des Windes wichen unbeschreiblichen Tönen eines wahnsinnigen, grotesken Abgrundes für die die menschliche Wahrnehmung keinen Ausdruck erdenken kann.

Ob aus Neugierde oder durch den Antrieb eines tiefen, natürlichen Instinktes die Gefahr die einen bedroht zu sehen, hob auch das Mädchen ihren Blick. Ich hörte ihren Atem aussetzen, spürte wie sich ihre Hand so sehr verkrampfte, dass meine Handknochen brachen und spürte ihre Seele genauso erbeben wie meine eigene. All dieses nahm ich wahr und doch auch nicht, denn mein Geist, menschlicher Wahnsinn und grotesk gefolterter und für immer entstellter Verstand wurde völlig eingenommen von diesen blasphemischen Geräuschen und diesen, die Hölle bei weiten übertreffenden, Augen. Mein Körper versagte, als ich sah, wie sich dieser Schatten von unbeschreiblicher fester und doch vielfältig sich verändernder Form durch die Öffnung schob und seine klauen- und tentakelartigen, die Natur verhöhnenden Extremitäten ausstreckte. All das, bis auf die Augen, waren in der Finsternis des Raumes nur undeutliche, kaum wahrnehmbare Schatten, doch gleichzeitig durch ihre unweltliche Schwärze klar umrissen. Nur die Augen leuchteten wie

halb verdeckte Laternen mit ewiglich, aus Kälte erstarrten Flammen. Wäre die Finsternis nicht gewesen und ich hätte diese bestialische Ausgeburt einer unbekannten, unvorstellbaren Hölle in seinem ganzem grotesken Ausmaße sehen müssen, wäre mein Herz vermutlich auf immer verstummt.
Unfähig uns zu bewegen, mussten das Mädchen und ich zusehen, wie dieser Alptraum aus keiner menschlichen Phantasie entsprungen, sich auf uns zu bewegte. Dann, mit kaum wahrnehmbarer Schnelligkeit, stieß es endgültig aus seinem Loch hervor. Die Augen verschwanden aus meinem Blickfeld und die seltsamen Töne verstummten. Anstelle dieser trat ein reißendes, knackendes und schmatzendes Geräusch. Ich spürte einen heftigen Ruck und anschließend folgte ein schnell schleifendes, feuchtes Geräusch. Das völlig absurde Bild einer Frau, die mit einem feuchten Tuch den Boden wischt, spukte mir dabei durch den Sinn und dann war es vorbei. Die Augen erschienen ein letztes mal voll Bösartigkeit, wie zum letzten Gruß und verschwanden dann im Nichts der Öffnung, die der Eingang zu seinen eigenen Abgründen war.
Kurz darauf erklang das erste menschliche und doch gleichzeitig so grausam unmenschliche Geräusch seit Stunden. Das Mädchen neben mir schrie. Sie schrie, dass ich es nie wieder vergessen würde und meine Ohren taub werden ließ. Voll Grauen, Wahnsinn und Panik, sodass ihre Stimmbänder einige Zeit später nicht mehr in der Lage waren, jemals wieder Töne hervorbringen zu können.

So sollten sie uns finden, als das Tageslicht schien. Das Mädchen, das immer noch, selbst ohne Stimme, schrie und mich der völlig apathisch, fiebernd, taub und mit gebrochener Hand auf die Öffnung starrend da saß, nie wieder fähig auch nur einen Muskel in meinen Körper bewegen zu können. So sollten sie uns finden.

Von dem großen Blonden war nur die gebrochene Hand geblieben, die das Mädchen genauso umkrallte wie die meinige. Eine Blutspur zog sich von ihr ausgehend zur Öffnung der Höhle des namenlosen und unbeschreiblichen Schreckens. Bestückt war diese Spur mit blonden Haarsträhnen und als verhöhnenden, krönenden Abschluss einem Auge, das in den Trümmern der Öffnung hing und uns beide flehentlich, voll Grauen anstarrte.

Die Kraehe

Marianne Labisch

Meinen Freund Sir Andrew Lord of Woolmington persönlich in der Tür stehen zu sehen, war eigentlich schon Überraschung genug, verfügte er doch über wahre Heerscharen von Dienstboten, die bemüht waren, ihm jeden Wunsch zu erfüllen. Aber der große schwarze Vogel auf seiner Schulter, der mich in Augenschein nahm, erstaunte mich weit mehr. Andy, wie ich Lord Woolmington, seit frühester Kindheit nannte, grinste mich vergnügt an.
„Komm schon rein, Pete, oder willst du Wurzeln schlagen?"
Marge eilte herbei, übernahm meinen Stock, Hut und Mantel, wobei sie ihrem Herrn einen missbilligenden Blick zuwarf. Andy schien bester Laune und schritt mir voran in den Salon.
„Ist das ein Rabe auf deiner Schulter?", fragte ich.
Er wandte sich kurz zu mir um: „Eine Krähe. Du musst dir ansehen, was dieser Vogel alles kann. Er hält uns seit gestern bei Laune und ich glaube, wir kennen immer noch nicht sein ganzes Repertoire."
Die ganze Familie saß um einen großen Tisch, auf dem etliche Hilfsmittel lagen. Ich wurde freundlich begrüßt und nahm auf dem angebotenen Stuhl Platz.
„Wie kommt ihr zu dem Vogel?"

„Ungeheuerlich, aber wahr: Er klopfte gestern früh an der Tür und flog im Haus herum, bis er mich fand. Vor mir ließ er sich nieder, verbeugte sich und landete dann auf meiner Schulter."
„Andy! Du beliebst zu scherzen?"
„Keineswegs Pete! Ich schwöre bei allen Heiligen, genauso hat es sich zugetragen." Die Krähe hüpfte von der Schulter meines Freundes auf den Tisch.
„Schau dir das an, werter Freund." Andy nahm eine Prise Mehl und streute sie dem Vogel aufs Gefieder, machte seiner Gattin ein Zeichen, woraufhin diese einen Spiegel zum Vogel umdrehte. Zielstrebig hielt die Krähe auf ihr Ebenbild zu, neigte den Kopf nach rechts und links und dann zum Mehl hin, um es mit dem Schnabel zu entfernen. Andy drückt mir mit seinem Zeigefinger den Unterkiefer sachte zu. Nach einem Moment hatte ich mich gefangen und fragte: „Er erkennt sich?"
„Sie, es ist ein weiblicher Vogel, erkennt sich. Ich habe so etwas noch nie erlebt. Sie ist überaus schlau."
Wie um Andys Worte zu bestätigen, schritt der Vogel majestätisch auf eine leere Garnspule zu und stupste sie mit dem Schnabel an, bugsierte sie bald hier und bald dorthin.
Stets in Richtung des größten Applauses. Obwohl ich diesen Gedanken nie laut ausgesprochen hätte, war der Vogel mir etwas unheimlich. Seine schwarzen Augen blickten mir zu tief.
Andy, seine Frau und alle Kinder teilten meinen Argwohn nicht. Sie amüsierten sich ganz vorzüglich. Als der Tisch für das Dinner geräumt wurde, nahm die Krähe wieder auf Andys Schulter Platz. Nun schien Andy sich darauf zu besinnen, dass ich einen Grund für meinen Besuch hatte und fragte: »Was führt dich her, Pete?"
„Ich mache mir Sorgen wegen der angekündigten Landvermessungen. Was hältst du davon?"
„Ja! Die Halsabschneider haben mir ihren Besuch für morgen angekündigt. ‚Soweit mein Auge reicht, werde

ich Ihren Grundbesitz erkunden', hat mir ein gewisser Mathew Stanley mitgeteilt. Da können wir nichts machen, Pete, außer ihnen dabei zusehen und darauf achten, dass sie nicht heimlich die Grenzsteine verschieben."
„Ha, ha, zuerst in die eine, dann in die andere Richtung, womit alle Anwesen sich vergrößern ließen."
„Wie wahr, Pete. Dein Name steht unter meinem auf der Liste."
„Ja, ich weiß."
Die Art, wie die Krähe dem Gespräch folgte, steigerte mein Unbehagen und unter einem Vorwand verabschiedete ich mich, ohne die Einladung zum Dinner anzunehmen.

Am nächsten Tage erschien dieser Landvermesser Stanley nicht bei mir. Mit mehr als zwei Stunden Verspätung erschien ein Fremder und teilte mir mit, dass sich ein Unglück ereignet habe, und die Vermessung um zwei Tage verschoben würde. Auf meine Nachfrage erklärte der Mann, sein Herr, ebenjener Stanley, sei auf dem Weg zu Lord Woolmingtons Ländereien Opfer einer Krähenattacke geworden und habe sein Augenlicht eingebüßt. Man möge mir verzeihen, aber in diesem Moment sah ich Andys Krähe vor meinem geistigen Auge. Es lief mir eiskalt über den Rücken. Konnte es sein? Hieße das nicht, einem simplen Vogel nicht nur das Verständnis der menschlichen Sprache, sondern auch Weisheit zuzugestehen? Sicher, über einen gewissen Intellekt verfügte dieses Wesen, sonst hätte es sich im Spiegel nicht erkannt, aber das ging zu weit!

Bei meinem nächsten Besuch auf Hilltop, wie Andy sein Herrschaftshaus nannte, weil es auf einem Hügel stand, erfuhr ich noch eine seltsame Geschichte von diesem Vogel. Einer der Knechte berichtete: Alicia, Andys älteste Tochter hatte zu dolle mit dem Hund getobt, woraufhin dieser sie in die Wade zwickte. Kein richtiger Biss, es floss

nicht einmal Blut, aber das Kind weinte herzerweichend. Die Krähe, wie gewohnt auf Andys Schulter, beobachtete den Vorfall. Am nächsten Morgen war der Hund spurlos verschwunden. Erst gegen Abend fand ein anderer Knecht ein Fellkläuel, das exakt der Größe des Hundes entsprach und über vier Beine verfügte. Die Augenhöhlen waren leer. Allseits wurde spekuliert, was dem armen Tier widerfahren sein könnte. Schon erwogen die alten Mägde die Existenz von Geistern und Dämonen.
Mein Magen rumorte. Konnte mein Freund Andy so blind sein? Durfte ich wagen, ihm von meinem Verdacht zu berichten, oder lief ich Gefahr, geblendet zu werden? Ich beschloss, vorerst die Zahl meiner Besuche zu reduzieren und abzuwarten. Beim nächsten Vorfall, schwor ich mir, würde ich das Gespräch mit Andy suchen. Zwar schien der Vogel Andy und seiner Familie wohlgesonnen, ja sich gar als deren Beschützer zu fühlen, aber wer wusste, ob sich dieses Blatt nicht eines Tages wenden würde. Reichte womöglich eine unbedachte Äußerung, ein falscher Blick, um den Vogel gegen sich aufzubringen? Schon schlichen sich Gedanken in mein Hirn, den Vogel heimlich zu erschießen. Im Geiste sah ich mich auf der Lauer liegen, zielen und dann brach mir der Schweiß aus. Nein, soweit war ich noch nicht. Nicht wegen eines Landvermessers und eines Hundes.
Im nächsten Moment schalt ich mich verantwortungslos. Wollte ich etwa warten, bis ein Woolmington zum Opfer wurde? Nein, das hätte ich mir nie verziehen. Immer und immer wieder sagte ich mir, Andy, mein ältester Freund, würde nicht über meinen Verdacht lachen.

Am nächsten Morgen setzte ich mein Vorhaben in die Tat um und war erleichtert, den Vogel nirgendwo zu entdecken. Wir ritten gemeinsam aus.
„Andy, ich weiß, es hört sich abenteuerlich an, aber hast du dich nicht einmal gefragt, ob es deine Krähe war, die den Landvermesser blendete?"

Andy blickte mich erstaunt an. Ich bildete mir ein, auch einen Anflug von Verärgerung zu erkennen.
„Pete! Warum sollte sie das getan haben?"
„Nun, er wollte doch das Land, so weit sein Auge reicht, vermessen, oder? Und ohne Augenlicht, wie weit reicht da sein Auge?"
„Aber die Regierung wird einen anderen Beamten schicken. Ich habe durch dieses Unheil keinen Vorteil."
„Das ist mir bekannt, aber deinem Vogel?"
„Ach Pete, glaubst du ein Tier könnte einschätzen, wie sehr mir höhere Abgaben missbehagen, Pläne schmieden und in die Tat umsetzen?"
„Es gibt sehr wohl Krähenangriffe auf Menschen."
„Stimmt. Aber das sind Muttertiere, die glauben, ihr Gelege schützen zu müssen. Unsere Krähe hat keinen Nachwuchs, und außerdem hast du sie doch selbst erlebt. Das ist der harmloseste Vogel, den ich kenne."
„Und was ist mit Bravehart?"
„Musst du den Hund erwähnen? Du glaubst doch nicht etwa ...?"
„Doch! Auch ihm fehlten die Augen."
„Bis heute habe ich dich für einen vernünftigen Mann gehalten. Deine Phantasie geht mir dir durch."
„Ich will nur nicht, dass dir oder deiner Familie ein Leid geschieht."
„Oha? Nun sind es wir, die sich in Gefahr befinden? Eben noch glaubtest du, der Vogel wolle mich schützen."
„Aber wer weiß denn, was in dem Kopf einer Krähe vorgeht? Vielleicht schützt sie morgen jemand anderen?"
„Ach Pete, ich kann nicht glauben, dass dein Gerede ernst gemeint ist."
„Ich traue diesem Tier nicht. Hast du nicht beobachtet, wie die Krähe Gesprächen lauscht, oder den Kopf schief legt, als denke sie nach?"
„Ich glaube vielmehr, dass Leute wie du, diesen Gesten zu große Bedeutung beimessen und den Vogel damit entweder vermenschlichen oder dämonisieren."

Den Rest unserer Unterhaltung kann und will ich nicht wiedergeben, denn an diesem Tag erfuhr unsere Freundschaft einen nicht zu kittenden Schnitt. Aufgebracht waren wir beide, keiner ließ die Bereitschaft erkennen, über die Argumente des Anderen auch nur nachzudenken. So trennten sich unsere Wege im Streit. Um weitere Auseinandersetzungen zu vermeiden, begab ich mich auf Reisen.

Lange hegte ich den Wunsch, den Teil der Familie kennenzulernen, der nach Amerika ausgewandert war. Die Reise auf dem Schiff war schnell gebucht und über all die Eindrücke in der neuen Welt hätte ich meinen Freund Andy fast vergessen. Wäre nicht eines Tages ein Brief von ihm auf meinem Schreibtisch gelandet.

Er räumte kleinmütig ein, dass ich eventuell recht gehabt hatte. Weitere Zwischenfälle hatten sich ereignet. Nach unserem Gespräch hatte er darauf geachtet, wo sein Vogel sich an den Ereignissen befand. Jedes einzelne Mal hatte er sich nicht auf Hilltop aufgehalten. Inzwischen hielt er die Krähe für den Übeltäter, konnte dennoch nicht umhin, eine tiefe Zuneigung zu dem Tier zu empfinden. Immerhin, versicherte er mir, handle der Vogel ja nur zu seinem Besten.

Er bat um mein Verständnis, entschuldigte sich in aller Form und bat mich, ihm ein Versprechen zu gewähren: Wenn er sterben würde, sollte ich dafür sorgen, dass der Vogel mit in sein Grab kam.

Im Glauben meinen Freund noch lange unter uns weilen zu sehen, und die Hoffnung hegend, der Vogel würde vor ihm das Zeitliche segnen, erteilte ich mein Versprechen und vergaß es augenblicklich. Meine Tage waren angefüllt mit Abenteuern, neuen Bekanntschaften und dann lernte ich auch noch die lieblichste Frau auf Gottes weiter Welt kennen. Der geneigte Leser mag es vermutet haben, ich blieb meiner Heimat für viele Jahre fern. In Amerika gründete ich eine Familie, heiratete meine liebe Susannah und setzte mit ihr elf Kinder in die Welt. Mei-

ne Ländereinen in Europa wurden von einem Verwalter betreut.
Erst achtzehn Jahre später bekam ich ein Telegramm, indem mir mitgeteilt wurde, mein Freund Andy sei verstorben. Sofort begab ich mich mit meiner lieben Frau auf die Reise, bot sich somit endlich eine Gelegenheit, ihr meine europäischen Freunde vorzustellen und ihr meine Ländereien zu präsentieren. Der Gedanke, die alte Heimat wiederzusehen, erfüllte mich mit Freude, auch wenn der Anlass dies eigentlich verbot.

Susannah verliebte sich sofort in Europa. Sie mochte einfach alles: die Witterung, die Burgen und Schlösser, die kultivierte Sprache, die Küche, Museen, Opernhäuser. Zwei Tage nach unserer Ankunft besuchten wir Andys Familie. Man empfing uns mit offenen Armen. Als ich jedoch Jonathan, Andys ältesten Sohn, mit einem grau gefiederten Vogel auf der Schulter auf mich zukommen sah, gefror mir fast das Blut in den Adern. Schwarze Knopfaugen musterten mich argwöhnisch. Hätte ich mich nicht auf dem nächstbesten Stuhl niedergelassen, wäre ich womöglich ohnmächtig geworden. Konnte das der Vogel sein? Nach so vielen Jahren? Fieberhaft suchte ich in meiner Erinnerung, bemühte mich, zu ergründen, was die durchschnittliche Lebenserwartung einer Krähe war. Schätzungsweise fünf bis zehn Jahre? Ja, das hörte sich realistisch an.
Jonathan beantwortete meine stumm gestellte Frage: »Ja, es ist Vaters Vogel.«
Hier machte er eine kurze Pause, den Blick nach innen gewandt. »Manchmal glaube ich, dieser Vogel ist die Reinkarnation eines Menschen. Eines Menschen, der Vater nah stand.«
Als weit gereister Mensch war mir bekannt, dass es Glaubensrichtungen gab, die Spekulationen über Wiedergeburt anstellten. Ich konnte mich mit dieser Idee

nicht anfreunden. Langsam fing ich mich und lenkte das Gespräch in eine andere Richtung.
»Wann findet die Beisetzung statt?«
»Morgen schon.«
Das hieß, es blieb nicht viel Zeit, mein Versprechen einzulösen. Mein Glück war mir insofern hold, als ich den Medicus erblickte, der ebenfalls im Hause zugegen war. Ich nahm ihn auf die Seite.
»Doctor Spector, wie schön Euch nach so vielen Jahren zu sehen. Sagt mir, musste Andy sehr leiden?«
»Nein, er ist eingeschlafen und nicht wieder aufgewacht. Er litt keine Schmerzen.«
Ich drängte den Arzt auf die Veranda außer Hörweite des Vogels. Der alte Groll gegen dieses Tier war immer noch nicht verraucht und ich hatte eine böse Idee. Als ich Andy versprach, den Vogel mit ihm zu beerdigen, hatte Andy wohl im Sinn, dass ich den Vogel tot mit in sein Grab legen würde. Aber dieses Tier hatte mich und meinen Freund entzweit, mir Jahre im Exil verschafft und war mir immer noch nicht geheuer. Deshalb hegte ich den Wunsch, ihn lebendig in den Sarg zu legen. Ich gebe zu, es war kein frommer Gedanke. Man möge mir verzeihen.
»Sagt mir, Herr Doctor, verfügt Ihr über eine Substanz, die jemanden in einen tiefen, sehr tiefen Schlaf versetzen kann?«, fragte ich.
»Wenn Ihr mir nicht sagt, um wen es geht, kann ich diese Frage nicht beantworten.«
Ich entschloss, mich einer Notlüge zu bedienen.
»Mein Freund bat mich vor Jahren, den Vogel mit ihm zu beerdigen. Ich gehe davon aus, dass er sich nicht ohne Gegenwehr den Hals umdrehen lassen wird. Deshalb wären Tropfen, die ihn in Schlaf versetzen, optimal.« Der Arzt sah mich seltsam an, nickte aber.
»Oh, wenn es weiter nichts ist, kann ich zu Diensten sein. Aber bedenkt, für einen Menschen wäre diese Medizin

nicht geeignet. Was einen Vogel umhaut, ist nicht stark genug für einen Menschen.«
»Ach daher weht der Wind. Nein ich will keinem Menschen etwas zuleide tun. Nur die Krähe betäuben, damit sie mir nicht die Finger abzwackt.«
Ich begleitete den Arzt in seine Praxis und erhielt ein Säckchen mit einem Pulver. In Wasser aufgelöst, wäre es nicht zu schmecken oder zu riechen und würde den Vogel für vierundzwanzig Stunden außer Gefecht setzen. Das passte vorzüglich in meine Planung.
Noch besser gefiel mir, dass der Vogel von dem Wasser trank und eine viertel Stunde später von seiner Stange fiel.
Jonathan, der als einziger mit mir am Kamin saß, stieß einen Schrei aus und sah mich mit irrem Blick an. Ich stand auf und goss ihm einen doppelten Brandy ein.
»Trink das, mein Junge. Es wird dir helfen, es zu verdauen. Ich finde, es passt ausgezeichnet, dass der Vogel den Löffel von alleine abgibt. Ich habe deinem Vater vor Jahren versprochen, dass wir das Tier mit ihm zusammen beisetzen werden. So brauche ich nicht Hand anlegen. Holst du mir einen Kissenbezug, eine Decke oder ein Kästchen, worin ich ihn betten kann?«
Mit wackeligen Beinen und einer seltsam abweisenden Miene verließ Jonathan den Raum und kehrte kurz darauf mit einem Kissenbezug zurück. Ich nahm den Vogel mit dem Stoff auf und machte mich auf den Weg in den Keller, wo der Tote aufgebahrt lag. Der Deckel war zweigeteilt, nur das obere Ende geöffnet. Ich hob den unteren Teil an und platzierte mein Paket zwischen Andys Beinen.
»Andy, mein lieber Freund, du siehst, ich halte mein Versprechen.«
Danach begaben Jonathan und ich uns zur Nachtruhe.

Es hatte den Anschein, als nehme der ganze Ort Abschied von Andy. Mit so vielen Trauergästen hatte ich nicht gerechnet und hoffte still, an meinem Grabe einst ebenso viel Anteilnahme zu erfahren. Des Pfarrers Rede berührte, Tränen wurden vergossen, Nasen geschnäuzt. Meine größte Angst bestand darin, ein Krächzen des Vogels zu vernehmen, bevor die Erde den Sarg bedeckte. Gottlob blieb mir diese peinliche Situation erspart. Dennoch fiel mir ein Zentnerbrocken vom Herz, als die Trauerfeier endlich beendet war.

Meine liebe Frau und ich hatten beschlossen, nicht auf Hilltop zurückzukehren, um am Leichenschmaus teilzunehmen. Wir mochten derlei Veranstaltungen nicht und ich wollte ihr zu gerne meine Besitztümer zeigen. Sie lief auf dem Gut hin und her wie ein junges Mädchen und überlegte laut, ob wir nicht in meine Heimat zurückkehren sollten. Die Amerikaner denken, nur weil wir alte Burgen und Schlösser besitzen, seien wir kultivierter. Ich wollte an diesem Tage keine Entscheidung fällen, lieber noch einige Wochen im Lande verbringen, danach würden wir weitersehen.

In jener Nacht, nach Andys Beisetzung, schlief ich äußerst unwohl. Eine ferne Stimme rief nach mir und gestattete nicht, dass ich mich ihr verschloss. Eine dringende Angelegenheit duldete keinen Aufschub. Es ging um Leben und Tod. Ich lief und lief und lief ...

„Pete! Was ist hier geschehen?", rief meine Frau am Morgen aus und weckte mich aus tiefem Schlaf. Ich rieb mir die Augen und blickte fragend zu ihr hinüber.
„Was soll geschehen sein? Wir haben geschlafen."
„Und wo kommt der Dreck her? Sieh dir doch nur deine Hosen an und die Schuhe." Abwechselnd hielt sie die Beweisstücke in die Höhe. Ich richtete mich erstaunt auf und betrachtete die verklumpten Lehmstückchen an Hose und Schuhen. Es war mir ein Rätsel. Als ich am Abend zuvor ins Bett gestiegen war, befanden sich diese

Gegenstände in tadellosem Zustand. Spielte mir jemand einen Streich? Wo kam der Dreck her? Lehm? *Lehm?*
Mir fröstelte mit einem Mal. Der einzige Lehmboden weit und breit befand sich auf dem Friedhof. Sollte ich etwa? Ausgeschlossen! Nie in meinem bisherigen Leben hatte ich auch nur einen Ansatz zum Nachtwandeln erkennen lassen. Nie und nimmer! Nein, völlig ausgeschlossen. Und selbst, wenn ich mitten in der Nacht auf dem Friedhof gewesen wäre, was hätte ich dort tun sollen? Ich fühlte mich schwach, ausgelaugt und es war mir unheimlich zumute. Wenn ich meiner Frau nicht langsam eine Antwort gab, was würde sie von mir denken? Es war wie verflucht: Mir wollte auf die Schnelle keine passable Erklärung einfallen. Ich ließ mich nach hinten auf meine Kissen fallen.
„Ich weiß nicht, wo der Dreck herkommt." Hier legte ich eine kleine Pause ein, führte meine Hand an die Stirn und fuhr fort: „Meinst du, es sei möglich, dass ich auf meine alten Tage noch mit dem Schlafwandeln beginne?"
Ich wusste sehr wohl, dass meine liebe Susannah für solche Geschichten empfänglich war. Die Rechnung ging auf. Sie setzte sich zu mir aufs Bett.
„Oh, das kann sein, der Onkel meiner Freundin fing erst mit fast sechzig Jahren damit an. Am besten, du bleibst heute einmal im Bett. Wahrscheinlich hat dir der Verlust deines Freundes mehr zugesetzt, als du wahrhaben willst. Schone dich heute ausnahmsweise. Ich bringe dir gleich einen feinen Tee, dann schläfst du noch etwas, und wenn es dir dann nicht besser geht, schicken wir nach dem Arzt."
Ich war ihr sehr dankbar für diesen Vorschlag, denn ich fühlte mich in der Tat völlig erschöpft.
Nach gefühlten fünf Minuten wurde ich durch lautes Gebrüll aus der Halle geweckt. Irritiert setzte ich mich auf. War das nicht Jonathans Stimme? Warum schrie er denn so? Ich zog den Morgenmantel an und ging hinunter.
Mit einem kreideweißen Gesicht stand Jonathan dort,

Tränen in den Augen. Ich führte ihn wie eine Marionette zum Kamin und drückte ihn in einen Sessel.

„Was ist passiert?", fragte ich.

„Unfassbares. In der Nacht wurde Vaters Grab geschändet."

Mit wackeligen Knien schaffte ich es, mich ebenfalls auf einem Sessel niederzulassen.

„Was sagst du da?"

„Man hat den Sarg ausgegraben und geöffnet."

„Das ist nicht dein Ernst."

„Doch, der Officer versucht, Spuren zu sichern, ist aber nicht sehr optimistisch. Sag mir, Onkel Pete, wer tut so etwas?"

„Was spricht gegen das Auffinden hilfreicher Spuren?"

„Der Regen. Er hat sie alle verwaschen."

„Ist der Leichnam ..." Ich schaffte es nicht, den Satz zu beenden.

„Er ist fort! Irgendein krankes Wesen hat seine sterblichen Überreste entfernt." Jonathan stütze seinen Kopf in beide Hände. Das Schulterzucken verriet, dass er sich nicht länger unter Kontrolle hatte. Nun war es an mir, blass zu werden.

„Aber wozu soll das denn gut sein? Was würde man mit einem Leichnam anstellen?«, fragte ich, besann mich und fuhr fort: »War der Sarg komplett leer?"

Jonathan wandte mir sein tränennasses Gesicht zu.

„Vollkommen leer!" Wie zur Bestätigung der unausgesprochenen Frage nickte er. Mir war klar, auch der Sack mit dem Vogel war verschwunden.

Was hatte ich getan? An einen solchen Zufall mochte ich nicht glauben. Ich musste derjenige gewesen sein, der diese frevelige Tat begangen hatte. Warum nur konnte ich mich daran nicht erinnern? Wo steckte der Körper meines Freundes? Jonathan und ich saßen mit bleichen Gesichtern beisammen und hingen unseren Gedanken nach. Erst als Susannah einen Tee reichte, kam Leben in unsere Glieder. Wir berichteten, was geschehen war. Ich muss sagen, meine Frau hätte eine vorzügliche Schauspielerin abgegeben, denn sie maß mich mit einem Blick, der verriet, sie ahnte, was ich getan hatte, ließ es aber mit keiner Reaktion erkennen.

Ich bat einen Diener, Jonathan nach Hause zu begleiten. Ich selber verfügte nicht über die notwendige Kraft. Es war, als habe jemand mein Blut abgeschöpft und mir somit Energie geraubt. In der Hoffnung mich zu erholen, ging ich zu Bett.

Entgegen meiner sonstigen Gewohnheiten, verschlief ich den Tag und wachte erst am nächsten Morgen auf. Die Träume dieser Nacht hatten etwas Bizarres. Ich sah Andy als Schatten- oder Nebelwesen im Moor herumspazieren. Die Krähe hockte wie zu Lebzeiten auf seiner Schulter. Obwohl ihm scheinbar das ewige Leben vergönnt war, machte er keinen glücklichen Eindruck. Ich bedauerte zutiefst, ihm dies angetan zu haben. Denn mir war klar, ich trug die Verantwortung dafür, dass er dort als Untoter wandelte.

Als ich die Bettdecke zurückschlug, sah ich Lehm an meinen nackten Füßen und schnappte nach Luft. Diese Nacht hatte ich mir also nicht einmal mehr die Mühe gemacht, mich zu bekleiden, sondern war im Nachtgewand umher gelaufen.

Ich fühlte mich matt und erschlagen. Wie sollte das weiter gehen? Ich konnte doch nicht jede Nacht auf Wanderschaft gehen. Schlimmer noch die Frage, was ich dieses Mal wohl angestellt hatte. Nein! Ich wollte es nicht wissen! Besser nicht. Diese Strapazen würde ich nicht lang überstehen.

Heillose Angst bemächtigte sich meiner und Susannah war diejenige, die vorschlug, das Land so schnell als möglich zu verlassen, als ich ihr von meinen Befürchtungen berichtete. Sie meinte, ich hätte mich mit bösen Kräften eingelassen und sollte deshalb lieber das Weite suchen.

Zurück in der neuen Heimat blieben die Albträume, trotz räumlicher Distanz, erhalten und raubten mir jegliche Kraft. Kein Arzt wusste einen Rat. Mein Schwager, von Susannah eingeweiht, riet mir, einen Fachmann für paranormale Phänomene aufzusuchen. Ich hatte nichts zu verlieren und so ergriff ich diesen letzten Rettungsanker, den ich unter normalen Umständen nie in Betracht gezogen hätte. Gestern besuchte ich ihn und berichtete alles. Gottlob hielt er mich nicht für irre, sondern hatte sogleich eine Lösung parat, die meine Alpträume beenden würde.
„Die Unternehmung birgt Gefahren, aber Sie müssen Lord Woolmington aus seiner misslichen Lage befreien." Er erkannte meine Skepsis, denn er fuhr fort: „Sie können mir vertrauen. Ich bin Spezialist in der Bekämpfung von Untoten. Dies wäre nicht der erste Fall dieser Art."
„Sie glauben, er könne nach der Behandlung, gleich welcher Art, in Frieden ruhen?", fragte ich mit Zweifel in der Stimme.
„Allerdings. Nähere Details kann ich Ihnen erst verraten, wenn Ihre Entscheidung gefallen ist."
Seine Stimme hallt in meinem Kopf nach und ich frage mich, ob ich diesen Versuch nicht mit dem Leben bezahlen werde.

Clock Acht

Ulrike Zimmermann

Der sanfte Hauch des Windes löschte die Kerzenflamme auf der festlich gedeckten Tafel im Gutshaus Sommerfeld, als Mathilde Ritter die Tür zum Speisezimmer öffnete.
Der Kalender zeigte das Datum des gestrigen Tages, den neunten April.

Mathilde nahm das monotone Rauschen einer Stereoanlage wahr.
In der Ferne riefen Perlhühner ihr *clock acht,* als Mathilde die Einladung, die sie von Rainer Sommerfeld erhalten hatte, aus der Hand glitt.

*

„Schön ist es hier; und alles so wunderbar gepflegt", lobte Rainer Sommerfeld, denn Mathilde Ritter hatte ihm das Heim *Moorfrieden* und das umliegende Gelände ausführlich gezeigt.
„Ja, ich bin stolz auf meine Jungs. Sicherlich gibt es manch einen Dickkopf unter ihnen, aber im Endeffekt sind sie fleißig und willig, auch wenn man zeitweise sehr streng sein muss", erklärte die Heimleiterin nicht ohne Stolz.
„Darf ich Sie heute zum Mittagessen in unseren Speisesaal einladen, lieber Herr Sommerfeld?", setzte sie erwartungsvoll hinzu und freute sich umso mehr über die positive Antwort des Gastes. Herr Sommerfeld, der sonst eher für seine kühle Ausstrahlung bekannt war, gönnte Mathilde Ritter ein freundliches Lächeln. So nahm man an diesem Tag zum ersten Mal eine gemeinsame Mahlzeit ein, wobei Rainer Sommerfeld weniger auf die Qualität des Tagesgerichtes *Birnen, Bohnen und Speck, sowie Grießpudding als Dessert*, achtete, sondern viel mehr auf die Jugendlichen, die im *Moorfrieden* untergebracht waren.
„Mensch, iss mir nicht die ganzen Bohnen weg!", beschwerte sich ein pummeliger Junge bei seinem Tischnachbarn, der sofort alle Schuld von sich wies und mit dem Finger auf einen rothaarigen Burschen mit Sommersprossen zeigte.
„Mensch, Thomas, nein, ich war`s nicht! Der war`s, der Johann, ich hab´s genau gesehen", entrüstete sich Matthias, der neben dem kauenden Pummeligen saß. Die Mischung aus Vegetarischem und Fleischigem in dessen Mund war deutlich, aber unansehnlich, zu erkennen.

„Alte Petze", zischte der offensichtlich zu recht Beschuldigte und schnipste eine knallgrüne Erbse direkt an die Nase des Verräters, der bereits im nächsten Moment nach einer geeigneten Munition für den geplanten Racheakt Ausschau hielt.

Zwar hatten die Schüler die zusammengekniffenen Augen des Fremden nicht bemerkt, aber sie wurden durch sein „Bitte, meine Lieben, beruhigt euch doch einfach ´mal!", augenblicklich von weiteren Streitereien abgehalten.

Es waren keineswegs die Worte selbst, sondern der unerwartete Klang dieser unbekannten, ungewöhnlichen Stimme, die die Schüler erstarren ließ. Kamen diese eigenwillig gehauchten Laute von weither oder gar aus einer anderen Welt?

Sie ließen die Jungen wie in Hypnose erstarren. Ihre Münder waren aufgerissen, die deutlich aufgerichteten Haare auf der Haut schienen sich schier durch die Kleidung zu bohren, während innerliche Schauer die Jungen gefrieren ließen. Für Sekunden schien ein in Zeitlupe gedrehter Film abzulaufen, der blitzschnell wieder von der Realität abgelöst werden sollte.

Vollkommen unbeeindruckt begann Rainer Sommerfeld ein unverbindliches, aber scheinbar interessiertes Gespräch über den Tagesablauf im Haus Moorfrieden. Dabei fragte er die Schüler stets nach ihrem Namen, um sie persönlich ansprechen zu können.

Er lobte die Zwillinge Peter und Philipp, die sich in ihrer Freizeit als Mitglieder bei der örtlichen Freiwilligen Feuerwehr einsetzten und vor kurzem einem Kätzchen, das zu übermütig auf einen Baum geklettert war, das Leben gerettet hatten.

„Wie rührend!", rief Herr Sommerfeld einen Tick zu laut, aber das fiel niemandem auf.

„Ich kann auch was!", bemerkte eine schüchterne Stimme. Bisher war Rainer Sommerfeld der schmächtige blasse Junge noch gar nicht aufgefallen. „Wer bist du denn?", wollte der Besucher wissen.

„Ich bin Thaddäus und ich kann schneller Holz hacken, als jeder Andere hier im Saal!", berichtete der Junge, dessen Augen einen gewissen Glanz bekamen.

„Thaddäus? Das ist ja ein hübscher Name; und so ausgefallen!", bewunderte Herr Sommerfeld.

Der Schüler war enttäuscht. Nicht für seinen Namen, sondern für seine Geschicklichkeit wollte er gelobt werden. „Wollen Sie mal sehen? Ich meine das mit dem Holz hacken."

„Ach, da wird sich schon noch eine Gelegenheiet bieten.", antwortete Rainer Sommerfeld geistesabwesend.

„Im Werken bin ich auch richtig gut", versuchte es Thaddäus nochmals, aber ein kurzes „So?", ließ ihn nun vollends enttäuscht zurück. „Der ist echt doof!", entschied er nun für sich und stocherte trotzig im Leipziger Allerlei herum.

„Teddy, nun iss doch endlich auf!", drängte Andreas seinen Tischnachbarn. „Ich bin nicht Teddy, sondern Thaddäus. Ich will diesen albernen Spitznamen nicht mehr hören!", brummte Thaddäus ärgerlich.

„Lust auf Nachtisch habe ich auch nicht mehr. Ist mir vergangen. Warum nimmt mich hier eigentlich niemand ernst?", wollte Thaddäus wissen.

„Sei doch nicht so. Gleich spielen wir draußen Volleyball. Da haben wir ordentlich Spaß!", versuchte Andreas seinen Freund aufzuheitern, aber Thaddäus war frustriert. Der sonst so geliebte Schokoladenpudding wurde an Andreas weiter geschoben.

„Da, kannste haben.", kommentierte der immer noch enttäuschte Junge seine Geste lahm.

„Mein lieber Herr Sommerfeld, wie ich sehe, unterhalten Sie sich gut." Mathilde Ritter setzte sich auf den freien Stuhl neben ihren Gast.

„Kaffee?", fragte sie freundlich mit einem Seitenblick auf das leere Dessertschälchen.

„Kaffee wäre wunderbar, aber nur in Ihrer Gesellschaft", entgegnete Rainer Sommerfeld charmant.
„Er sieht gut aus. Und diese tiefbraunen Augen ... mein Gott ...!" Mathilde Ritter geriet in Gedanken ins Schwärmen.
„Wir könnten uns auf die Terrasse setzen und den Jungs beim Sport zuschauen", schlug sie nun vor, in der Hoffnung, dass ihr Gesichtsausdruck nichts über ihre heimlichen Gedanken verraten hatte.
„Nichts wäre schöner", stimmte der Gast lächelnd zu.
„Herrlich, diese Terrasse!" Rainer Sommerfeld war begeistert. An diesem kühlen, aber sonnigen Tag machten sich die ersten Anzeichen des Frühlings bemerkbar. Er fühlte sich rundum wohl. Außerdem hatte man einen Blick auf den Sportplatz, wo eine Gruppe Jungen bereits mit dem Volleyballspiel begonnen hatte.
„Sie geben diesen jungen Männern wirklich ein wunderbares neues Zuhause", bemerkte Rainer Sommerfeld und warf der Heimleiterin einen anerkennenden Blick zu.
Man sprach über das Haus *Moorfrieden*, die Bewohner, Erziehung, aber schließlich auch über eigene Hobbys und Interessen.
„Eigentlich reise ich für mein Leben gern, aber seit dem Tod meiner Frau habe ich nur noch Kurzreisen unternommen. Organisierte Fahrten gefallen mir nicht und allein fühle ich mich zu Hause wohler als unterwegs. Am liebsten würde ich Italien gründlich erkunden. Diese temperamentvollen Menschen, das tolle Essen und natürlich vor allen Dingen die Kunst- und Bauwerke! Einfach phantastisch! Vor zwei Jahren war ich in Mailand, nein, Milano, das klingt viel schöner! Den Dom und alle Kirchen habe ich mir angeschaut. Ich konnte mich gar nicht sattsehen an dieser einzigartigen Architektur und den phantastischen Gemälden! Irgendwann werde ich Ihnen die Fotos von dieser Reise zeigen", versprach Rainer Sommerfeld.

Bei diesen Worten machte Mathildes Herz einen kleinen Hüpfer. Hieß das, dass er sie zu sich nach Haus bitten würde? Bisher hatte sie das großzügige Anwesen nur von außen bewundert. Mathildes Wangen färbten sich vor Aufregung rosa.
„Frau Ritter, sagen Sie, wenn wir in Zukunft zusammenarbeiten wollen, sollten wir dann nicht zum „Du" übergehen?", schlug der sympathische Besucher zu Mathildes Freude vor.
„Das ist eine gute Idee.", stimmte Mathilde lächelnd zu. Insgeheim hoffte sie, diesem charismatischen Mann noch näher zu kommen.

Rainer, dachte sie. Früher hatten sie immer diesen blödsinnigen Spruch auf Lager gehabt. „Rainer. Keiner wäscht Rainer." Sie musste schmunzeln. Nein, auf diesen Mann traf dieser Spruch wirklich nicht zu. Ganz im Gegenteil, er war ausgesprochen gepflegt und attraktiv. Unbewusst entfuhr Mathilde ein leiser Seufzer.
„Weißt du, Mathilde, den heutigen Tag habe ich wirklich genossen. Darf ich wieder zu so einem netten Mittagessen und interessanten Gesprächen reinschauen? Dann können wir uns besser kennenlernen. Auch von deinen Schülern möchte ich mir gern noch ein besseres Bild machen. Vorerst gib mir doch bitte eine Liste sämtlicher Schüler mit. Das Projekt, von dem ich dir erzählt habe, scheint perfekt auf diese Jungen zugeschnitten zu sein. Schon in den nächsten Schulferien würde ich es gern verwirklichen."
„Oh, so bald schon? Ja, wir können ja auch gemeinsam besprechen, wer wohl für diese Art Ferientraining geeignet ist. Hast du eigentlich schon einen genauen Plan? Brauchst du eventuell pädagogische Unterstützung?", wollte Mathilde wissen.
„Ach, liebe Mathilde, ich habe ein ausgewogenes Programm ausgearbeitet. Es geht um soziales Miteinander, gute Manieren, die heutzutage oft leider Mangelware

sind, Allgemeinbildung, sportliches Training, Malen, Rollenspiele und Meditation. Im Großen und Ganzen eine gesunde Mischung. Obendrein ist sogar für medizinische Betreuung gesorgt", lachte Rainer. Er war offensichtlich von sich und seinem Plan überzeugt.
„Ich kümmere mich zu gern persönlich um die mir anvertrauten Schüler. Aus meiner Amtszeit als Richter verfüge ich über eine gute Menschenkenntnis. Glaub mir, ich weiß ganz genau, wer an welchen Platz gehört. Vertrau mir einfach. Die Buben werden dieses unvergessliche Erlebnis für immer im Gedächtnis behalten."
Rainer Sommerfeld nahm einen Schluck aus dem großen Kaffeebecher. Sein seltsames Lächeln blieb Mathilde verborgen.
Mathilde warf einen Blick auf ihre Uhr. „Rainer, glaub mir, ich würde zu gern noch mit dir plaudern, aber wir haben zur Zeit ein Projekt für den Biologieunterricht vorgesehen. Ich muss einiges vorbereiten. Wenn du magst, kannst du mich unterstützen."
Natürlich hatte sie sich ein „Ja" erhofft, aber leider wurde sie enttäuscht, denn auch Rainer sprach von Terminen, die er noch einzuhalten hatte.
„Liebe Mathilde, es war ein zauberhafter Tag. Lassen wir nicht zu viel Zeit bis zum nächsten Wiedersehen verstreichen", verabschiedete sich Rainer von Mathilde. Ihre zarte Hand zitterte ein ganz klein wenig. Mathilde fragte sich, was dieser Mann in kurzer Zeit mit ihr gemacht hatte.
„Auch ich freue mich auf deinen nächsten Besuch. Die gewünschte Namensliste werde ich fertigstellen. Wenn du möchtest, schreibe ich noch ein paar Worte zu den einzelnen Schülern. Ich kenne ja meine Schäfchen alle recht gut", bot Mathilde an. Sie wollte diesen großzügigen Mann nur zu gern unterstützen.
„Das ist eine tolle Idee, die ich zu schätzen weiß. Ich danke dir von Herzen.", antwortete Rainer und unterstrich

seine sanfte Stimme noch mit einem fast zufälligen Streichen über Mathildes Hand.

„Bis ganz bald", verabschiedete sich Rainer schließlich.
„Bis ganz bald", gab Mathilde ebenfalls zurück und winkte ihrem Besucher freundlich nach.

Schon lange hatte Mathilde sich nicht mehr so frei und wohl gefühlt in Gegenwart eines Mannes.

Es war, als würde sie Rainer schon ewig kennen. Und dann diese körperliche Anziehung. Ob er es auch so empfand? Mathilde wünschte es sich. Ihre Fröhlichkeit blieb auch den Schülern nicht verborgen.

„Ich glaub, das Hildchen", wie man Mathilde Ritter allgemein nannte, „hat Frühlingsgefühle", sagte Johann mit Kennermiene zu seinen Kameraden in der Umkleidekabine.

„Wenn du den Typ vom Mittagessen meinst, dann leidet sie unter Geschmacksverirrung. Ich kann den Kerl nicht ausstehen", grollte Thaddäus, der den Vorfall vom Mittag noch nicht vergessen hatte. Er war eben nachtragend. Charaktersache.

„Ich fand den Typen super. Er ist nicht so Durchschnitt und dann hat er diese Stimme ... irgendwie undurchschaubar. Interessant. Mir gefällt er", gab der pummelige Thomas anerkennend von sich.

„Wenn man sagt, dass ein Essen interessant schmeckt, dann ist es in Wirklichkeit mies. Und undurchschaubar ist auch nicht gerade ein Kompliment", entgegnete Simon, der Klassenbeste, fachmännisch.

„Simon, du bist ein Klugscheißer. Viel interessanter wäre es doch zu wissen, was dieser Mr. Sommerfeld hier überhaupt zu suchen hatte. Ein neuer Lehrer ist er jedenfalls nicht. Die sitzen immer direkt bei Hildchen am Tisch", gab Johann zu Bedenken.

Rainer Sommerfeld blieb für die Jungen vorerst ein Rätsel.

*

„Nun erzählen Sie mal. Wie war das mit diesem Herrn Sommerfeld? Wie hat alles angefangen", fragte Kommissar Siebmann geduldig. Er war froh, dass Frau Ritter inzwischen vernehmungsfähig war. Sie war immer noch blass, aber wirkte, den Umständen entsprechend, gefasst.
„Herr Sommerfeld hat mir Anfang des Jahres einen sehr netten Brief geschrieben. Rein geschäftlich zuerst einmal. Namentlich war mir Herr Sommerfeld natürlich bekannt. Jeder kennt ja auch sein wunderschönes Anwesen, aber ich hatte ihn, wenn überhaupt, nur gelegentlich und flüchtig gegrüßt.
Er hat sich nach Haus *Moorfrieden* erkundigt, dem Heim, in dem ich seit drei Jahren als Leiterin tätig bin. Er hat sich nach den Strukturen und der Organisation in unserem Heim erkundigt und bat um einen Besuchstermin. Er hat auch von neuen Ideen gesprochen, die er verwirklichen wollte."
„Was sollten denn das für Ideen sein?", wollte der Kommissar wissen.
„Das hat er im Brief noch nicht genau erklärt. Er bat vorerst um einen Besuchstermin. Wie gesagt, immer sehr freundlich und höflich, ziemlich distanziert." Mathilde Ritter wurde rot. Es war ihr peinlich. Sie schämte sich vor dem Kommissar für ihre Dummheit. Wie hatte sie sich in diesen Mann verlieben können? Dabei hatte er sie nur auf übelste Weise benutzt, ihr etwas vorgegaukelt.
„Sie haben ihn ins Heim eingeladen, ja? Wissen Sie noch, wann das war, Frau Ritter?" Der Kommissar war immer noch geduldig.
„Das muss Anfang März gewesen sein. Es gab *Birnen, Bohnen und Speck* zum Mittag. Das gibt es immer am ersten Donnerstag im Monat.", erinnerte sich die Heimleiterin. „An diesem Tag haben wir uns lange unterhalten. Herr Sommerfeld sprach von Ferienprojekten für die Jungen. Er wollte sie fördern. Sein großes Anwesen und genügend Platz erwähnte er nur kurz. Die genauen Plä-

ne folgten erst später, nachdem ich ihm die Namensliste der Schüler gegeben hatte."
Mathilde Ritter liefen nun doch Tränen über die Wangen. „Er war so freundlich, so klug, ein angesehener Mann! Und er hatte diese Art ... ich weiß gar nicht, was soll ich sagen. Seine Augen, seine Art zu sprechen ... ich weiß nicht, wie ich es Ihnen erklären soll. Er hat mich unwillkürlich in seinen Bann gezogen, verzaubert. Wenn er etwas wollte, konnte er so süß, so betörend sprechen, fast hauchen, flüstern. Ich habe so etwas noch nicht erlebt. Mit dieser Stimme hat er mich geradezu in Trance versetzt, hypnotisiert."
„Frauen", dachte Kommissar Siebmann, aber das behielt er für sich. „Und was hatte er für Pläne?", fragte er stattdessen, denn die Gefühle und Nöte der Frau Ritter interessierten ihn wenig. Das waren wohl eher Probleme für den Psychologen. Damit wollte Siebmann nichts zu tun haben. Das war nicht seine Aufgabe, obwohl Mathilde Ritter ihm Leid tat. So einen Fall wie diesen hatte man nicht alle Tage. Nein, so etwas hatte es hier im Moor überhaupt noch nie gegeben.
„Er wollte halt einige Jungen auf sein Anwesen mitnehmen. In den Osterferien, um sie in ihrer persönlichen und schulischen Weiterbildung und Entwicklung zu unterstützen. Ich war beeindruckt über die Großzügigkeit dieses Mannes. Ich habe ihm vertraut. Wir haben viel telefoniert, oft stundenlang und Herr Sommerfeld kam schließlich einmal wöchentlich zum Mittagessen zu uns ins Heim. Ich dachte, er sei froh, nicht mehr immer allein zu Haus die Zeit verbringen zu müssen. Ich hatte ja keine Ahnung!"
Wieder lief ein Tränenfluss über Mathilde Ritters Gesicht.
„Liebe Frau Ritter, niemand macht Ihnen einen Vorwurf, aber wir müssen Sie natürlich zu dieser Tat befragen. Wann waren Sie denn zum ersten Mal bei Herrn Sommerfeld zu Hause? Ich meine, direkt auf seinem Anwe-

sen?", wollte Kommissar Siebmann wissen.
„Na, am besagten Freitag. Am Karfreitag. Da, als ich die Polizei gerufen hab."
Das Sprechen fiel der Frau, die mehrere Tage in der Klinik psychologisch betreut worden war, immer noch sichtlich schwer.
„Wie war denn Ihr Verhältnis zu Herrn Sommerfeld inzwischen?" Kommissar Siebmanns Fragen schienen kein Ende zu nehmen!
„Zuerst war es eben eine rein geschäftliche Beziehung. Bei unserem dritten Treffen sind wir uns etwas näher gekommen. Danach haben wir uns auch einmal beim Italiener in Drochtersen und im Stadeum in Stade getroffen.", war die wenig ausführliche Antwort.
„Was meinen Sie denn mit *näher gekommen*?"
„Hatten Sie eine intime Beziehung zu Herrn Sommerfeld?"
Es war Mathilde Ritter unangenehm, aber sie beantwortete die Frage. „Ja. So nennt man das wohl in der Amtssprache. Nachdem ich ihm die Liste mit den Namen meiner Schüler gegeben hatte, hat Rainer zum ersten Mal bei mir übernachtet.
„Jetzt habe ich das, was ich möchte.", hat er gesagt. Ich dachte, er meint damit mich, aber ich fürchte, er meinte nur die Namensliste, mit der er nun beliebig seine Wahl treffen konnte." Mathilde lachte schrill.
Dann fügte sie hinzu, dass sie sich aber niemals bei Herrn Sommerfeld, sondern nur in ihrer eigenen Wohnung getroffen hätten.
Mathilde Ritter merkte man inzwischen die körperliche und psychische Anstrengung an.
„Wir können eine Pause machen." Der Kommissar begleitete die Frau ins Nebenzimmer und bot ihr einen Kaffee an.
„Es ist so schrecklich", flüsterte Mathilde immer wieder. Die Pause tat ihr gut. Sie musste da jetzt durch, ob sie

wollte oder nicht. Der härteste Teil der Anhörung stand ihr noch bevor.

„Wieso sind Sie am Karfreitag zu Herrn Sommerfeld gefahren?"

„Herr Sommerfeld hatte mir eine schriftliche Einladung bei seinem vorherigen Besuch gegeben. Ich habe Ihnen doch diese Karte bereits gegeben. Ein Bogen weißes Büttenpapier mit einem Foto von der Kirche Santa Maria delle Grazie in Mailand. Herr Sommerfeld hatte diese Kirche im Urlaub in Mailand fotografiert. Er hatte mir oft von seiner Vorliebe für die italienische Architektur erzählt und auch von dieser Reise. Er wollte mir nicht nur seine Bilder zeigen, sondern auch gemeinsam mit mir eine Reise nach Italien unternehmen. Jedenfalls hatte er mir das versprochen. - Alles gelogen!" Mathildes Aussage klang fast trotzig.

Der Kommissar hatte inzwischen die Karte als Beweisstück aus der Akte genommen.

„Ist das diese Karte?", fragte er überflüssigerweise und legte einen Bogen weißes Papier mit einem überdimensionalen Foto auf den Schreibtisch.

„Können Sie sich an den Text der Einladung erinnern?", fuhr Kommissar Siebmann fort.

„Natürlich! An jedes einzelne verdammte Wort!", brach es aus Mathilde heraus.

„Meine liebe Mathilde, mit Stolz möchte ich dir mitteilen, dass sich das Ferientraining mit den Jungs, die du mir freundlicherweise anvertraut hast und die mir inzwischen so ans Herz gewachsen sind, nun einem erfolgreichen und gesegneten Ende zuneigt.
Ich bitte dich herzlichst, dich am Freitag, den 9. April um 20.00 Uhr auf meinem Anwesen zu einem festlichen Abendessen einzufinden.
Mit großer Vorfreude,
Dein dich verehrender Rainer.
RAINER SOMMERFELD

Gut Sommerfeld
Deichbuckel 16
21737 Wofsbruchermoor"

„Da hat sich aber einer mächtig ins Zeug gelegt", staunte der Kommissar, nachdem er den Text der Einladung laut vorgelesen hatte.

„Herr Sommerfeld hat immer Wert auf eine gepflegte Ausdrucksweise gelegt", bemerkte Mathilde Ritter ärgerlich, denn sie fand, dass es dem Kommissar überhaupt nicht zustand, ihren ehemaligen Liebhaber oder dessen Privatpost, zu kritisieren.

„Bitte berichten Sie mir, wie der besagte Abend für Sie im Einzelnen verlaufen ist. Wie und wann sind Sie zu dem Anwesen Ihres Freundes gekommen?"

„Ich bin mit meinem Auto gefahren, einem Fiat Panda. Ich fahre nicht gern Fahrrad im Dunkeln, wissen Sie. Ich fuhr auf das Grundstück, so, wie Herr Sommerfeld es mir beschrieben hatte. Hinter dem Haupthaus gibt es einen Parkpatz für Gäste. Ich war beeindruckt. Drei Häuser auf dem Grundstück. Ich ging an die Eingangstür zum Haupthaus und öffnete die Tür, da sie draußen eine Klinke hat. Auch das hatte Rainer, ich meine Herr Sommerfeld, mir gesagt. Allerdings war ich etwa zehn Minuten zu früh dran. So ging ich durch die große Eingangsdiele auf eine große Tür zu. Rechts vorn konnte man in ein Gäste-WC gehen. Ich habe mir dort noch den Lippenstift nachgezogen und die Haare geordnet. Ich war ja so aufgeregt! Zwar wunderte ich mich, dass Rainer mich nicht in Empfang nahm. Er war ja sonst immer so höflich, aber ich schob es auf die Tatsache, dass ich nun ´mal zu früh erschienen war. Meine Einladung hatte ich in der Hand. Es war still. Nur das Rufen der Perlhühner vom Hof konnte ich hören. Wie „clock acht" hört sich das an, kennen Sie das?", fragte Mathilde den Kommissar, der zustimmend mit dem Kopf nickte.

„Das Speisezimmer. Es war die Tür zum Speisezimmer, die ich öffnete. Da saßen die Jungs an der festlichen Tafel. Ein wenig gebogen, halbrund war der Tisch. Alle saßen an der langen Seite, Herr Sommerfeld hatte den Platz in der Mitte, wie einen Ehrenplatz. Rechts von ihm saßen sechs Jungen, links von ihm waren es aber nur fünf. Jeder hatte eine Tischkarte mit eigenem Foto und dazugehörigem Namen drauf, aber das habe ich erst gar nicht so wahrgenommen. Die Buben haben es mir erzählt. Irgendwas hat gerauscht. Wie ein altes Tonband oder ein Cassettenrecorder. Nur Thaddäus stand rechts von Herrn Sommerfeld. „Mach schon, nun schlag schon zu!", hörte ich Rainer sagen. Die Stimme war so ganz anders als sonst. Vollkommen verzerrt, aber da bin ich auch schon wieder raus. Schreiend, laut schreiend, weil doch auch überall Blut war. Die Füße ... die Füße ... die Hände ... und dann die Gesichter. Ich hab`s immer noch vor Augen."

Das Gesicht der Frau wirkte in Sekundenschnelle um Jahre gealtert. „Ich kann es immer noch nicht verstehen. Er war doch immer so nett. Jedenfalls zu mir.", stammelte Mathilde. Sie war wie erstarrt, hatte keine Tränen mehr."

„Frau Ritter, beruhigen Sie sich. Erzählen Sie so gut es geht. Wo haben Sie dann die Polizei gerufen? Und was ist dann geschehen?"

„Raus bin ich, einfach raus, irgendwie auf den Hof. Den Notruf hab ich gedrückt und geschrien hab ich. Die Polizei kam irgendwann und der Krankenwagen.

Sie haben mich nach Stade ins Krankenhaus gebracht, aber sie haben mir vorher Beruhigungsmittel gegeben. Die Jungs habe ich gesagt, sie sollen die Jungs da rausholen. Ich habe die Jungs erst Tage später im Krankenhaus wiedergesehen. Der Schock. Alle waren wir unter Schock. Nur Thaddäus, der hat mit mir gesprochen. Thaddäus hat starke Nerven, der ist nicht so empfindlich."

Mathildes Blick wanderte rastlos durch die Gegend.
„Ich glaube, es ist genug für heute.", sagte der Beamte ruhig und rief einen Kollegen, der Frau Ritter begleiten sollte. Sie würde zum ersten Mal wieder in ihrer Wohnung übernachten. Zur Unterstützung hatte sie für die nächste Zeit eine Freundin eingeladen.
„Die Zeit heilt alle Wunden", hatte Mathildes Mutter früher immer gesagt. „Sie mag die Wunden heilen, aber die Narben bleiben bestehn", hatte Mathilda darauf geantwortet.

*

Thaddäus hatte Wut im Bauch. Wut, unbändige Wut. Thaddäus wusste, dass er gefährlich war, wenn er diese Art von Wut verspürte.
Er hatte ausgesagt bei der Polizei, weil er der Einzige war, der nicht zu schwach war. Er war wütend auf das Schwein und er fragte sich, ob er im Ernstfall doch noch zum Mörder hätte werden können. Irre war das Schwein, einfach irre.
Thaddäus, *Teddy*, hatte alles erzählt. Er war kein Feigling und auch kein Verräter.

*

Rainer Sommerfeld hatte zwölf Schüler vom Heim *Moorfrieden* auf sein Anwesen eingeladen und sogar persönlich abgeholt.
„Wollen Sie etwa Fußballstars aus uns machen?", hatte Peter gefragt, aber Herr Sommerfeld hatte wieder mit dieser eigenartigen Stimme erzählt, dass er ganz andere, aber wunderbare Pläne mit den Jungs vorhätte.
Anfangs lief ja auch alles wunderbar. Niemand von ihnen hatte jemals Urlaub gemacht und so erschien diese Abwechslung mehr als vielversprechend. Der Tagesablauf war streng geregelt, aber spannend und lehrreich, wenn auch manchmal eigenartig.

Morgens wurde den Schülern im Bad ein Eimer eiskaltes Meerwasser über die Brust geschüttet. Zur Abhärtung, für den Kreislauf und natürlich auch zum Wachwerden. Nach dem Frühstück konnte man auf dem riesigen Grundstück Fußball und Basketball spielen. Sogar eine kleine Golfanlage gab es und einen Fischteich zum Angeln.

Für das Osterfest wurde ein Theaterspiel eingeübt. Andreas und Jakob durften singen und Musik machen, denn im Haus gab es ein Klavier und eine Gitarre.

Meditation oder Unterricht über Heilkunde fanden nur die Streber interessant. Über alte Heilmethoden, das Schröpfen und den Aderlass hatte Rainer Sommerfeld stundenlang geredet, denn auf diese Art und Weise sollte der Körper gereinigt werden.

Nach dem Abendessen fand regelmäßig eine Bibelstunde mit Gebet und Musik statt, bei der Rainer Sommerfeld zwar für die Vorgaben sorgte, aber die Schüler selbst Instrumente spielen durften.

Im Gutshaus gab es sogar einen kleinen Raum mit einem Altar, in dem man sich am Sonntag zum Gottesdienst traf.

Da Herr Sommerfeld auch sehr geschickt mit dem Computer war, hatte er Matthias, Bert und Johann geholfen, ein Bild aus einer Kirche in Mailand mit dem Photoshop-Programm zu gestalten.

Als es fertig war, wurde es unter großem Beifall im Speisezimmer aufgehängt. Bei all diesen Aktivitäten verging die Zeit wie im Fluge.

Alles in allem schienen die Jungs das große Los gezogen zu haben für einen perfekten Urlaub.

Lediglich beim Kochen war Rainer Sommerfeld eigen, denn das übernahm er stets selbst, aber das Motiv für diese Eigenheit sollte noch verborgen bleiben.

Was aber geschah an diesem Karfreitag? Was ließ Mathilde Ritter schreiend die Feier verlassen, auf die sie sich so sehr gefreut hatte?

Die Polizei konnte Thaddäus` Erzählung kaum Glauben schenken. Was war hier passiert, im sonst so friedlichen Moor?

Der Tag war relativ normal verlaufen, wenn auch den Jungen eine ungewöhnliche Nervosität und Gereiztheit bei ihrem Gastgeber aufgefallen war. Thaddäus und Simon hatte er sogar angeschrien, nur weil sie beim Frühstück ihre Messer abgeleckt hatten.
Später hatte Herr Sommerfeld sich etwas beruhigt und, in aller Ruhe und ausgesprochen sorgfältig, das Speisezimmer für das Festmahl dekoriert. Peter und Jakob durften das wertvolle Silber putzen und beim Eindecken helfen.
An der Wand hing das schöne Bild des Abendmahls von Leonardo da Vinci, das die Jungs per Computer kopiert hatten, und es wurde zur Feier des Tages mit Blumen geschmückt. Auf dem Tisch stand ein mächtiger Silberleuchter mit einer großen weißen Kerze, die aus einem Versand für Kirchenbedarf stammte. Die weißen Servietten aus gestärktem Damast waren kunstvoll gefaltet und zeigten sich als vierzehn weiße Rosen, denn zum Abendessen wurde Frau Ritter erwartet.
„Hildchen wird ausflippen, wenn sie sieht, wie das Rainerle hier so wohnt", grinste Thaddäus.
Ab und zu geriet er wegen seiner Aufmüpfigkeit mit Herrn Sommerfeld aneinander, aber er wollte keinen Rauswurf riskieren und gab nach außen hin ziemlich schnell nach.
Sogar ein Menü hatte Rainer am Computer kunstvoll ausgedruckt.

*

Kehdinger Hochzeitssuppe (ohne Fleischklößchen)
Lachs in Safransauce mit Duftreis und Brokkoli
Obstsalat mit Krokantblättchen

*

Mit diesem Menü wollte er den Karfreitag angemessen ehren und seine Liebste beeindrucken.
Mathilde hatte er für 20.00 Uhr eingeladen, während die Jungs schon frühzeitig essen sollten.
Um 19.00 Uhr ertönte der Gong und die Jungen setzten sich hin. Die beschrifteten Tischkarten kennzeichneten die vorgesehenen Plätze.
„Thaddäus, du isst später. Zuerst bedienst du deine Schulkameraden", erklärte der Hausherr in dem nun schon vertrauten Ton, der Thaddäus sofort folgsam seine Pflicht tun ließ. Diese Stimme war ihm immer noch unheimlich.
„Wie Sie wünschen", gab er deshalb zur Antwort und verteilte die warme Suppe an seine Freunde.
„Setz dich zu mir. Du darfst heute neben mir sitzen. Auf der anderen Seite wird Frau Ritter den Platz einnehmen", erklärte Rainer Sommerfeld und ließ blitzschnell eine Handschelle um Armlehne und Thaddäus´ Arm zuschnappen. Die anderen jungen Gäste waren durch das in der Suppe enthaltene Schlafmittel bereits ins Land der Träume geschickt worden und wurden nun ebenfalls mit Handschellen an ihren Stühlen festgebunden.
Rainer Sommerfeld, der ehemalige Richter, konnte nun mit dem nächsten Schritt beginnen.
Er schaltete die Stereoanlage ein. Er hatte eine Cassette besprochen, die den Psalm 58 abspielte.
Dreizehn Mal hatte er diesen Psalm wiederholt. Er würde ihn bei seiner Arbeit begleiten.
„Du bekommst keine Suppe, denn du musst wach bleiben. Für dich habe ich noch eine andere Aufgabe", kündigte der nun gar nicht mehr angenehme Gastgeber mit einem hämischen Blick auf Thaddäus an.
Der Gutsbesitzer zog genüsslich zwölf Laminar-Nadeln aus einer kleinen Schublade und setzte gekonnt bei jedem Jungen eine solche Nadel an der Kopfvene an. Der Aderlass, die absolute Reinigung dieser jungen, aber

schon so schmutzigen Körper sollte heute Abend vollzogen werden. Mathilde Ritter würde ihm ewig dankbar sein.

„Es ist ein idealer Tag, genau vier Tage nach Vollmond", freute er sich zu Thaddäus gewandt, der, kreidebleich und wie gelähmt, auf seinem Stuhl ausharrte.

Nicht mehr als 200 Milliliter Blut wollte Sommerfeld seinen Schützlingen abnehmen. Dabei achtete er peinlich darauf, auch einige Mengen Blut in dem wunderbaren Messing-Kelch aufzufangen.

Er würde einen besonderen Platz auf dem Tisch bekommen.

„... und wird seine Füße baden in des Gottlosen Blut, dass die Leute werden sagen: Der Gerechte wird ja seiner Frucht genießen, es ist ja noch Gott Richter auf Erden", klang es zum letzten Mal von der Cassette.

Zufrieden warf Rainer Sommerfeld einen Blick auf die 22 blutverschmierten jungen Füße. Ja, so musste es sein.

Es war bereits neunzehn Uhr fünfzig. Rainer musste sich beeilen. War da nicht ein Auto vorgefahren? War das etwa schon Mathilde?

„Los, Thaddäus, nun bist du dran. Tu, was ich dir sage! Eilig griff Sommerfeld nach einem Hammer und vier großen, langen Nägeln; sieben Komma fünf Zentimeter Stärke hatte er eingekauft. Flach legte er seine Hände auf den Tisch und befahl Thaddäus, ihm die Nägel an den mit Filzstift gekennzeichneten Stellen in die Hände zu schlagen.

„Ich kann nicht ...", flüsterte Thaddäus, aber Sommerfeld duldete keine Widerrede.

„Los, sonst haue ich DIR diese Nägel in den Kopf, du erbärmlicher Verräter!", zischte Sommerfeld nun. Er drohte in Panik zu geraten, denn Mathilde konnte jeden Moment auftauchen.

„Ich mach´s", versprach Thaddäus und versenkte den ersten Nagel an der ersten gekennzeichneten Stelle in der Hand. Er fühlte, dass er das Holz des Tisches erreicht

hatte. Blut, überall auf dem gestärkten Damast um Sommerfeld herum machte sich Blut breit.
„Los, schlag zu!", schrie Sommerfeld wieder, sein Blick hing an der Computerkopie des Abendmahls von Leonardo da Vinci. Er hatte sie alle versammelt. All seine jungen Gäste trugen sogar die Namen der Apostel. Thaddäus. Viele wussten gar nicht, dass Judas in Wirklichkeit Thaddäus hieß. Verräter.
Rainer Sommerfeld spürte den durchdringenden Schmerz in seiner Hand, als Mathilde die Tür des Speisezimmers öffnete. Es war zu spät.
Mathilde hatte sich auf ein außergewöhnliches Mahl gefreut.
Die kitschige Uhr auf dem Kaminsims schlug acht, als auch in der Ferne Perlhühner ihr *clock acht* riefen.
Mathilde Ritter rief verzweifelt um Hilfe und drückte den Notruf auf dem Handy.

*

Kommissar Siebmann tauchte mit einer riesigen Torte im Haus *Moorfrieden* auf.
„Thaddäus, du darfst am Wochenende mit uns eine Tour im Polizeihubschrauber drehen", eröffnete er dem Schüler, der sich inzwischen erholt hatte und auch zu einem schwachen Lächeln durchringen konnte.
„Ach, übrigens, wenn Sie mögen, können Sie ebenfalls mitkommen", schlug Siebmann der sympathischen Heimleiterin vor, die diesen Vorschlag dankend annahm. Nach den Aufregungen der letzten Tage und den furchtbaren Schlagzeilen, in denen sie selbst, ihre Schüler und natürlich Rainer Sommerfeld die tragischen Hauptrollen gespielt hatten, tat ihr diese Abwechslung gut.
„Vielleicht muss ich einfach mal den Blickwinkel ändern", lachte sie und dachte noch etwas wehmütig an ihre unglückliche Affäre mit Rainer Sommerfeld, der inzwischen in der geschlossenen Abteilung der Psychiatrischen Klinik untergebracht worden war.

Die Zeit wird hoffentlich alle Wunden heilen. Auch bei den Jungs, dachte sie.
„Wer fliegt den Hubschrauber?", fragte sie, „ich wollte schon immer meinen Flugschein machen! Jungs, auf ins Abenteuer!", schlug Mathilde enthusiastisch vor, während Rainer Sommerfeld konzentriert an seinem neuen Projekt arbeitete. Die erste Figur hatte er bereits liebevoll geschnitzt.
„Du heißt Petrus.", flüsterte er der kleinen Holzfigur zu und streichelte liebevoll über ihren Kopf.

R. I. P.

Hendrik Blome

Einige Menschen glauben, ich sei wahnsinnig, aber noch ist die Frage nicht gelöst, ob Wahnsinn nicht der höchste Grad von Intelligenz ist, und ob so manche außergewöhnliche Tat nicht einer Art Sprunghaftigkeit des menschlichem Denkvermögens entspringt, das plötzlich aufflammen und auf Kosten des Verstandes gehen kann. Einer solch erschütternden und zugleich erhabenen Tat habe ich mich hingegeben.
Unser Schiff war eine schöne, dunkelblau lackierte Segelyacht, eine Ketsch von 20 Metern, mit über 180 qm in der Sonne glänzender Segelfläche und mit einem Deck aus malerischem Teakholz. Es hatte mich gereizt, einen Mitsegeltörn auf einer klassischen Yacht aus den 50er Jahren zu buchen.
Bei schwachem Wind liefen wir von Athen aus in See und segelten ein paar Tage unter blauem Himmel und mit schwachem Nordwind die kykladischen Inseln entlang hinunter nach Milos, und der einzige Zwischenfall auf unserer eintönigen Fahrt war das gelegentliche Zu-

sammentreffen mit Delphinen, die uns längsseits begleiteten.
Es gibt Menschen, von denen ich gern ausführlich erzähle. Unser Skipper – lasst mich ihn nur bei diesem Namen nennen, ihn, der von allen immer nur als Skipper angeredet wurde – er ist für mich ein solcher Mensch. Sein sonnenverbranntes Gesicht war mehr als zur Hälfte von einem mächtigen Schnurr- und Backenbart verdeckt. Ein großer, starker, muskulös aussehender Mann, etwa an die 60 Jahre, mit einem Ausdruck herausfordernder Tollkühnheit in seinen Zügen, obgleich es Augenblicke gab, in denen seine Gestalt bemitleidenswert wurde und meine Feststellung Lügen strafte. Die durchtrainierte Ebenmäßigkeit seines Körpers deutete mehr auf schnell bereites Handeln und Reagieren hin, als auf seine schier übermenschliche Kraft, von der man sich an Bord erzählte, dass er sie bei gefährlicheren Gelegenheiten gezeigt hatte. Er hatte einen Mund mit schmalen Lippen und sehr seltsam feurige, feuchte Augen – Dennoch gehörte sein Gesicht zu jenen, das man kaum einmal im Leben gesehen hat, und das man nie mehr wiederfindet. Es waren seine Augen. Stier-Augen, Glubsch-Augen, die schrecklich weit auseinander stehend sein Gesicht in eine angsteinflössende Hexenmaske der alemannischen Fastnacht verzerrten. Zu Beginn, als ich ihn sah, war ich erschrocken; dann eine Zeitlang auf seltsame Weise fasziniert – aber schließlich empfand ich seine Augen mehr und mehr abstoßend, was auch damit zu tun hatte, dass er sich in den ersten Tagen von Stunde zu Stunde durch Äußerungen und Kommandos als ein unsympathischer und persönlich rücksichtsloser Mensch entpuppte.
Sein Wesen war abwechselnd lebhaft und mürrisch. Seine Stimme flammte plötzlich bei Segelmanövern auf zu heftiger Entschiedenheit – wurde schroff und nachdrücklich – dann, bei Zurechtweisungen und auch Beleidigungen, dumpf, bleiern einfältig – wurde zu sonderbar modulierten Kehllauten der ungeheuren Aufregung

eines sinnlos Betrunkenen oder eines apathischen Drogenabhängigen.
Nervös, schrecklich nervös wurde ich, wenn er mich ansah und bin ich noch; Ja, seine Augen müssen es gewesen sein! Sie glichen denen eines Geiers - wenn sein Blick auf mich fiel, war es mir stets, als gerinne das Blut in meinen Adern.

Ich war schon immer ein rational denkender Mensch, der sich ausschließlich durch Fakten und nachvollziehbare Erkenntnisse leiten ließ. Wie könnte ich also wahnsinnig sein? Lesen Sie nur, wie vernünftig und ruhig ich ihnen die ganze Geschichte erzählen werde. Ich kann nicht mehr mit Bestimmtheit sagen, wie mir zuerst der Gedanke kam, mich zu rächen - doch als er einmal gekommen, beschäftigte er mich ununterbrochen. Mich trieb kein Hass, ich hatte den alten Skipper auch nicht lieb. Aber er hatte mir etwas Übles getan - er hatte mein Inneres beleidigt und seine Augen bekräftigten dies bei jedem Blick. Entweder war ich ihm zu langsam in meinen Reaktionen oder zu schnell. Vom ersten Tage an in Athen blökte er mich immer und immer wieder an. Schlang ich den Webleinsteg linksherum, kam er und herrschte mich an, der müsse rechtsherum geknotet werde. Knotete ich das Leinenende beim Palsteg rechts herum, dann musste es bei ihm linksherum sein und er verspottete mich vor den anderen Crewmitgliedern in nicht zu beschreibender Weise. Ständig fühlte ich mich von seinen allzeit wachsamen stierenden Augen beobachtet und überwacht. Selbst als ich das Abtrockenhandtuch in der Pantry nach dem Abwasch nicht entsprechen seiner Meinung nach richtig gefaltet hatte, polterte er laut und missfällig über mich und meine Unfähigkeit, riss das Handtuch von der Trockenstange, faltete es neu und stieß dabei übelste Beschimpfungen aus.

Dies war der Morgen mit dem wunderschönen Sonnenaufgang über einer tiefblauen Ägäis, an dem ich nach dem Frühstück den endgültigen Entschluss fasste ihn zu töten.

Sehr oft hat man mir ein allzu nüchternes Denken vorgeworfen und meinen Mangel an Phantasie; ja, ich war berüchtigt wegen meiner Skepsis. Und wirklich, meine Vorliebe für die reine klare Naturwissenschaft ließ auch meinen Geist nicht in ein Falschdenken unserer modernistische Zeit verfallen – ich meine: in die Gewohnheit, alle Dinge, die geschehen, mit den wenig hilfreichen Ergründungen in Esoterik und Glaube zu erklären.

Aber selbst, wenn ich es könnte, würde ich es doch vermeiden, von einer unmenschlichen und unverzeihlichen Verdorbenheit meiner Tat hier zu reden, die mich so in die Tiefen des Bösen hineintreiben ließ. Von mir aber fiel alle Moral in einem Augenblicke ab, gleich einem Bleigewicht an Fußketten. Aus verhältnismäßig geringer Bösartigkeit wuchs ich mit Riesenkraft innerhalb weniger Stunden zu den Ungeheuerlichkeiten eines Monsters auf. Diese meine Tat, die ich mitnichten bereue und der Zufall des Zustandekommens, dies will ich wenigstens hier zu Papier bringen – wenn auch ohne Signatur.

Alle die tausend kränkenden Bemerkungen des Skippers ertrug ich, so gut ich konnte und zeigte ihm keinerlei Reaktion von mir. Wer aber Beleidigungen, Beschimpfungen und gar Erniedrigung wagt, dem gebührt Rache. Einmal würde ich gerächt sein! Dies war nun mein steter Gedanke und die Bestimmtheit, mit der ich meinen Entschluss fasste, verbot mir alles, was mein Vorhaben gefährden konnte. Er gehörte bestraft und ich würde mich dafür, was er mir angetan hat, rächen. Ich war der Rächer und war mir mehr als bewusst, dass meine Rache sehr konsequent und durchdacht sein musste. Denn, wenn mir als Rächer wiederum Vergeltung trifft für meine Rachetat, dann ist es keine befriedigende Rache; auch ist derjenige nicht bestraft, wenn es mir nicht gelingt, mich als solcher meinem Opfer zu zeigen. Diesen Gedanken musste ich reifen lassen; ich wollte eine befriedigende Rache und - ich wollte sie ihm zeigen.

Ihr, die ihr dies hier lest, könnt euch sicherlich denken, dass ich dem Skipper weder mit Wort noch Tat Grund gab, meine gute Gesinnung anzuzweifeln. Ich bemühte mich seine mehr als schlimmen Erniedrigungen auch an diesem Tage zu erdulden. Ich fuhr fort, liebenswürdig zu ihm zu sein, und er gewahrte nicht, dass mein Lächeln jetzt dem Gedanken seiner Vernichtung galt.

Hält man mich für wahnsinnig? Würde ein Wahnsinniger so viel Geduld gehabt haben wie ich? Sie sollten mich beobachtet haben! Sollten gesehen haben, mit welcher Klugheit, mit welcher Überlegung und Vorsicht, mit welcher Verstellung ich zu Werke ging! Ich war niemals liebenswürdiger gegen den Skipper, als während dieses Tages, der der Nacht voranging, in der ich ihn tötete. Hätte jemand gesehen, wie schlau ich das anfing, sicher hätte er gelacht.

Wir verließen die Insel Kythnos an diesem Morgen und steuerten einen Kurs Richtung Kimolos und Milos. Ich schaute stundenlang immer wieder auf die blaue See der Ägäis und in mir waren tausende Gedanken und Planungen der Racheakte, die ich bis ins Detail verfolgte und dann wieder verriss. Nur deshalb war es mir letztendlich möglich, die Tat zu vollbringen, weil ich gedanklich alle Möglichkeiten durchgespielt hatte und nur auf den richtigen Zeitpunkt wartete. Ich will hier von einer detaillierten Erläuterung meiner verschiedenen Planungen absehen, ob der Grausamkeiten der jeweiligen Tatausführung. Nicht der Skipper als Mensch ärgerte mich, sondern nur seine bösen Augen. Denn diese Augen suchten unablässig und einzig und allein nach Fehlern der Mitmenschen. Diese Augen formten und bestimmten seinen Geist - ich

vermute gar, dass sein Geist Sklave dieser ruhelosen Augen geworden war. Augen, die sich verselbstständigt hatten und mit einer mitleidslosen Dominanz ihren Machtanspruch einforderten.
Sagen wir also ruhig: Ich bin verrückt.
Ich bin mir bewusst, dass mein Geist gespalten ist. Den einen Teil beherrscht ein absolut klarer und über jeden Zweifel erhabener Verstand, der mit haarscharfer Genauigkeit alle Erlebnisse meines Lebens festhält und analysiert. Der zweite Teil ist von Schatten und Zweifeln umwoben, da er sich permanent mit allen weiterführenden Gedanken und auch Träumen jeder Art beschäftigt - denn wer am Tag träumt, wird sich vieler Dinge bewusst, die dem entgehen, der nur Nachts träumt. Man darf daher alles glauben, was ich erzähle, während es ratsam ist, meinem Bericht nur insofern Glauben zu schenken, als er glaubwürdig erscheint. Am sichersten aber ist es, alles zu bezweifeln.

Am Spätnachmittag, als ich an Steuerbord lehnte, gewahrte ich im Nordwesten eine seltsame einzeln stehende Wolke. Sie fiel mir auf – einmal ihrer Farbe wegen, und dann, weil es die erste Wolke war, die sich seit unserem Auslaufen aus Athen sehen ließ. Ich beobachtete sie aufmerksam, bis sie die Sonne verschlang, als sie sich ganz plötzlich nach Norden und Westen ausbreitete und den Horizont mit einem dunkelgrauen Nebelstreif umgürtete, der aussah wie ein langer flacher Küstenstrich. Bald darauf überraschte mich das sonderbare Aussehen des Meeres, das sich ungemein schnell veränderte; das Wasser schien durchsichtiger als gewöhnlich und spiegelt zum Horizont hin die Wolken. Die Luft in der Dämmerung war jetzt unerträglich heiß und mit Dunstspiralen geladen, wie sie sonst in der prallen Mittagssonne entsteigen. Je näher die Nacht herankam, desto mehr erstarb der schwache Windhauch, der uns vorwärts trieb, und eine Ruhe herrschte, wie sie vollkommener gar nicht beschrieben werden kann.

Ich, der ich zwar nur wenige Vorlesungen in Meteorologie besucht hatte, erkannte aber an der langen Wolkenfront von leichten Cirrus-Cummulus und dahinter überlagerten Cumulusnimbus, dass aus Westen eine gewaltige Kaltfront auf uns zu kommen musste. Und ich erinnerte mich, dass bei einer Kaltfront ganz plötzlich die Wolkendecke niedersinkt und diese eine wutentbrannte Böenfront mit nachfolgenden heftigen Gewitterstürmen vor sich her schiebt.
Ich sagte dem Skipper von meinen Befürchtungen; aber er schenkte meinen Worten keine Beachtung und würdigte mich nicht einmal einer Antwort. Er hatte eine Schwäche, dieser Skipper, eine große - obschon er in anderer Hinsicht wahrscheinlich ein geachteter und sogar gefürchteter Mann war. Er brüstete sich damit, dass er der beste Skipper der Welt sei - und so jemand benötigt keine Ratschläge oder Hinweise.

Ein frischer Wind kam von Westen her, und eine Zeitlang hatten wir wieder unter vollen Segeln eilige Fahrt und ließen uns keine Gefahr träumen. Ganz plötzlich aber wurden wir von einer Brise von Kimolos her seitwärts getrieben und unser Schiff legte sich bedenklich auf Seite. Das war höchst seltsam – etwas, das ich so noch nie erlebt hatte. Ich begann unruhig zu werden, ohne recht zu wissen, weshalb - als ich, rückwärts blickend, den ganzen Horizont von einer einzigen kupferfarbenen Wolkenwand bedeckt sah, die mit unheimlicher Schnelligkeit heraufzog.
Eine ganze Zeitlang vernahm ich daraufhin ein unüberhörbares Rauschen. Das leise Rauschen ging nach und nach in ein Brausen und Tosen über. Gebannt starrte ich nach hinten auf das Meer. Ich bemerkte, dass die See mit ihren Wellen kleine Schaumkämme bildete und sich mit

äußerster Schnelligkeit in einen nach Osten treibenden Strom verwandelte. Während ich gebannt zuschaute, wuchs die Strömung der Wellen mit reißender, ungeheurer Schnelligkeit. Mit jedem Augenblick nahm ihr gigantisches Ungestüm zu. In fünfzehn Minuten war die ganze See von Kimolos bis hin zur großen Insel Poliagos zu unbezähmbarer Wut aufgepeitscht.
Backbord voraus im Osten, an der Küste von Poliagos und einer kleinen vorgelagerten Insel, raste der Aufruhr am wildesten und spritzte die Gischt meterhoch die Felswände empor. Hier narbte und zerfurchte sich das ungeheure Wasserbett in tausend gegeneinander wütende Kanäle, brach sich plötzlich mit krampfhaften Zuckungen – toste, brodelte, zischte, wirbelte in riesigen, unzählbaren Strudeln und Wellen schossen mit einer Schnelligkeit unter unser Schiff nach Osten, die man sonst nur bei Wildwasser in den Bergen sieht.
„Agressi sunt mare tenebrarum, quid in eo esset explorat. Das heißt, Sie haben das Meer der Finsternis durchfahren, mit dem Ziel, herauszufinden, was darin enthalten sei." Dieser Satz eines alten nubischen Gelehrten im antiken Rom kam mir in den Sinn. Er soll schon damals das ‚Mare Tenebrarum', die Unterwasser-Hölle, beschrieben haben, der Schrecken der Seeleute.
In kaum zehn Minuten war der Sturm über uns – in kaum zwanzig war der ganze Himmel schwarz, und es wurde so dunkel, dass wir an Deck einander nicht mehr richtig erkennen konnten.
Ganz nach vorne gerückt auf der Bank im Cockpit sitzend sah ich den Skipper, wie er mit dem wild gestikulierenden Rudergänger redete. Da der Wind die wenigen Worte, die ich hörte, zerfetzte, konnte ich aus den Bruchstücken nur deuten, dass der Skipper es aufgeben hatte den Kurs nach Milos zu laufen und er statt dessen in eine sichere Bucht an der vor uns liegenden Insel Poliagos einlaufen und Ankern wollte. Ich rutschte näher zur Steuersäule, um auch einen Blick auf die auf dem Cockpit-Tisch

liegende Seekarte zu werfen. Aus den Fingerzeigen des Rudergängers entnahm ich, dass der Skipper außen um eine kleine Vorinsel mit dem Namen Manolonisi herum in eine dahinter liegende Bucht wollte. Allerdings gab es auch eine direkte Verbindung zu dieser Bucht, eine kleine Meerenge zwischen der Hauptinsel und Manolonisi, die aber, wie ich sah, sehr schmal, äußerst schmal und bespickt mit Riffs war.
Plötzlich vernahm ich das mehr als laut gesprochene Wort aus dem Mund des Rudergängern: „Legerwall!". Fast wie ein Schrei des Entsetzens. Dieses Wort durchfuhr meinen Körper wie ein Blitz und ein eiskalter Schauer fuhr über meinen Rücken zum Nacken hoch.
Meine wenigen Segelkenntnisse sagten mir, was dies bedeutet. Mit Legerwall beschreiben die Seeleute die gefährlichste Situation eines Schiffes, in der dieses durch auflandigen Wind, Wellen oder Strömung auf eine Küste gedrückt wird. Es gibt dann nur eines: ein Segelschiff muss kreuzen, um dieser Situation zu entkommen. Flache Küsten bergen auf Legerwall eine tückische Gefahr. Da auf flache Küsten auflaufende Wellen ein Vielfaches an Höhe gewinnen können, kann das Schiff trotz scheinbar ausreichender Wassertiefe mit großer Wucht auf dem Grund aufsetzen. Ich begriff, was der Rudergänger dem Skipper sagen wollte; durch die schmale Meerenge sei es viel zu gefährlich und wenn wir außen um Manolonisi herum kreuzen wollten, würde das bedeuten, dass wir sofort eine Wende fahren müssten, um weit genug von der Felsenwand der Insel weg zu kommen.
Als ich mich zurück auf die Bank setzte, überraschte mich ein lautes, summendes Geräusch, das dem Sausen eines kreisenden Mühlrades glich, und ehe ich seine Ursache feststellen konnte, erbebte das Schiff in seinem ganzen Bau. Im nächsten Augenblick stürzte ein laut heulender Platzregen auf uns nieder, raste über uns hinweg und be-

legte das Schiff von Bug bis Heck mit einer schäumenden Wasserschicht.

Es erhoben sich jetzt die Wogen, die der Wind bisher niedergehalten, zu wahren Bergen. Auch der Himmel hatte sich seltsam verändert. Nach allen Richtungen in der Runde war pechschwarze Nacht, doch über unseren Häuptern brach ein kreisrundes Stück klaren Sternenhimmels durch und aus seiner Mitte leuchtete der volle Mond in nie geahntem Glanz! Er rückte unsere ganze Umgebung in helles Licht – o Gott, welch ein entfesseltes Schauspiel beleuchtete er! Es wäre Wahnsinn, den Orkan, der nun einsetzte, beschreiben zu wollen.

Mich hatte aber etwas anderes gefangen genommen - ein plötzlicher außergewöhnlicher Gedanken, der mich elektrisierte - eine neue Idee zu meiner geplanten Tat.

Noch niemals vorher hatte ich den hohen Grad meiner Selbstbeherrschung und meiner Klugheit so gefühlt wie damals. Ich konnte mein Triumphgefühl kaum bändigen. Zu denken, dass ich hier allmählich das Messer wetzte und der Skipper auch im Traume nicht die geringste Ahnung von meinem geheimen Tun und Wollen hatte, versetzte mich in ein Hochgefühl! Bei dieser Vorstellung konnte ich mich nicht enthalten, leise in mich hineinzukichern.

Ich ergriff meine Waffe, bereitete kühl und klar denkend meine Rache vor - langsam rutschte ich zu dem Skipper. Jetzt war ich bereit zum Handel - und stach sie ihm mitten ins Herz. Ich deutete auf die schmale Meerenge in der dunklen Ferne und sagte zu ihm: „Da? Durch? Das schafft niemand!"

Ich sagte nicht: Das schaffen wir nicht. Ich sagte: Das schafft niemand! - und sah in diesem Moment seine Augen, die plötzlich doppelt so groß wirkten und mir gewaltige Blitze der Verachtung zuwarfen. Es geschah genau das, was ich geplant hatte, er änderte den Kurs und hielt direkt auf diese schwach erkennbare

Meerenge zu. Da wusste ich, dass meine Waffe in seinem Herz steckte und mit jedem Pulsschlag ausblutete.

Es blies der schrecklichste Orkan, der je aus den Himmeln niederstürzte; kurz vor der Meerenge mit wildesten Seegang gab es einen gewaltigen Stoß. Unser Schiff erbebte in seinen Grundfesten, es schwankte kurz nach Steuerbord, dann weit ausladend nach Backbord. Ich warf mich zu Boden, klammerte mich in einem Anfall nervöser Aufregung an Fockleinen. Ich hörte das knisternde Bersten des Besammastes, der darauf mit Wucht auf die Steuersäule schlug, den Skipper um Haaresbreite verfehlte, ihn aber mit den Füßen zuerst über Bord schleuderte, sodass er sich noch mit beidem Händen an der Bordwand halten konnte.

Ich hörte ein lautes Stöhnen, und ich wusste, es war das Stöhnen der Todesangst. Es war kein Schmerzensseufzer, kein Seufzer aus Kummer - es war der kaum unterdrückte Schrei, der sich aus der Tiefe einer von maßlosem Entsetzen gequälten Seele los rang.

Was der alte Mann empfand, wusste ich und bedauerte ihn, obwohl ich mich im Innern vor Vergnügen wand. Diese schrecklichen Augen, zwischen den sich krampfhaft festhaltenden Händen, die mich jetzt anflehten, gaben mir die Chance zum zweiten Stich in sein Herz und die einmalige Möglichkeit, meinem Opfer die Rache zu zeigen - ich lächelte ihn an.

Es war nicht der Schrei eines Betrunkenen, es war der Schrei eines Ertrinkenden. Seine verfluchten Augen erkannten meine Rache - und seine Hände ließen los.

Wieder legte sich das Schiff bis zur Bordkante auf die Steuerbordseite, ein erneuter Stoß erschütterte den Rumpf und der Hauptmast brach. Ich wandte den Blick nach oben und sah ein Schauspiel, das mir das Blut in den Adern erstarren machte. Aus grauenvoller Höhe über mir stürzte der schwere Eichenmast in einem Bogen seitlich auf das Deck.

Die jähe Wucht des Windstoßes war für die Rettung des Schiffes in gewissem Grade von Vorteil. Obwohl es vom Wasser überschwemmt worden war, hob es sich doch, als seine Masten über Bord gegangen waren nach einer Minute schwerfällig wieder aus der Tiefe, schwankte eine Weile unter dem ungeheuren Druck des Sturmes und richtete sich schließlich auf.

Nie werde ich die Empfindung von Ehrfurcht, Entsetzen und staunender Bewunderung vergessen, mit der ich um mich schaute. Das Boot lag vollkommen ruhig, schien wie durch Zaubermacht in die innere Bucht getrieben.
Durch welches Wunder ich der Vernichtung entging, ist unmöglich festzustellen. Durch den Wasserguss betäubt, fand ich mich, als ich wieder zur Besinnung kam, zwischen dem Besammast und dem Steuer eingeklemmt.
Zuerst war ich zu verwirrt, um irgend etwas deutlich wahrzunehmen. Ich hatte nur die Erinnerung eines erhabenen, entsetzlichen Schauspiels. Als ich mich jedoch ein wenig erholt hatte, bahnte ich mir durch die verbogenen Reelingteile, umherhängenden Wanten, Stagen und Leinen und über Maststücke kletternd einen Weg zur Steuerbordseite im Heck.
Sofort erblickte ich den gelben Lifebelt, der an der Steuersäule eingehakt nach Steuerbord stramm über die Bordkante hing. Ich kroch auf allen Vieren näher hin, beugte mich vor und im Licht der Taschenlampe sah ich den Skipper mit weit aufgerissenen Augen leblos an dieser gelben Sicherungsleine unten neben der Bordwand halb über dem Wasser hängen.
Ja, er war tot - tot! Seine blass weißen Augen starrten in den Himmel. Ein seltsames Gefühl überkam mich. Ich empfand plötzlich insgeheim ein Gefühl der Zuneigung zu seinen Augen. Ich beugte mich über die Bordwand hinunter soweit ich konnte, legte meine Hand auf sie und schloss seine Lider. Er war bestimmt tot. Seine Augen würden mich nicht mehr quälen.

Requiescat in Pace!

Ich beabsichtige nicht, hier näher auf meine Verdorbenheit einzugehen, aber ich erinnere mich, mit welch einer inneren Zufriedenheit ich während des Rückfluges von Athen im Flugzeug saß. Meine Seligkeit war grenzenlos! Das Bewusstsein meiner schlimmen Tat störte mich nur wenig. Ein paar Nachfragen der Küstenwache, die erhoben worden waren, hatte ich schlagfertig beantwortet. Kein ersichtliches Motiv, keine ersichtliche Tatwaffe - also ein Unfall. Ich lächelte die Stewardess an, die mir einen Kaffee reichte. Sie hatte wunderschönes Haar - blond, elegant hochgesteckt. Es erinnerte mich plötzlich an meinen Chef, den ich morgen in der Firma wieder vor mir stehen sehe. Er hat keine Haare - er hat eine hochglanzpolierte Glatze und unter dieser Glatze eines der bösartigsten Gehirne, das ich kenne. Ich verwünschte diese Glatze - wenn ich sie schon von weitem kommen sah. Ich wusste welche Boshaftigkeiten und Gemeinheiten unter dieser Glatze geboren wurden und diese Glatze gehörte Harry F, dem bestgehassten Vertriebsleiter unserer Branche.

Der Kaffee im Flugzeug schmeckte ausnahmsweise vorzüglich, er formte meine Gedanken in eine plötzliche Klarheit. Harry F. hält sich für den besten Autofahrer der Welt, liebt es die schmalen Serpentinen im Schwarzwald hoch nach Schramberg zu jagen.

An diesen klaren Gedanken werde ich hart arbeiten. Diese Glatze muss sterben, dies bin ich meinen Kollegen schuldig - weil ich jetzt weiß, wie ich es machen muss.

Albtraum

Thomas Linzbauer

Er hört nur die kleinen Tropfen, die vom großen Regen übrigblieben. Sie fallen mit sanftem Gemüt auf seine nackte Schulter und bleiben liegen.

Mit jedem Schritt blickt er weiter in die Ferne zurück. Schritt für Schritt, Stück für Stück. Dunkle Gassen füllen seine Blicke. Egal, welche Richtung er wählt, er bleibt immer in der Mitte. Er schließt seine Augen, er beginnt zu flehen und betet zu Gott. Aus seiner Seele quillt nur ein einziges Wort. BITTE, hört er seine Stimme. Er beginnt zu schreien, und es raubt ihm fast die Sinne. Auf Knien kriecht er durch die Straße, flehend und mit letzter Kraft. Er blickt ein letztes Mal zum Himmel, er weiß, es ist seine letzte Nacht. Seine Augen weit aufgerissen, seine Seele zerrissen, blickt er in die leere Nacht, gequält von seinem Gewissen. Der Regen füllt seine Augen, blutige Tränen sind sein letzter Glaube. Sein Körper beginnt zu zittern, er verliert seine letzte Kraft. Es sind nur noch Stunden, dann hat es seine Seele geschafft. Blut und Regen bedecken nun seinen nackten Körper. Sein Flehen besteht nur noch aus Bruchstücken und nicht einmal mehr aus ganzen Wörtern. Ein Stück warmes Fleisch wartet nun auf sein Ende. Nicht seine Kraft, sondern sein letztes Zucken faltet seine Hände.

Keuchend, fast nicht mehr atmend, haucht er sein letztes Leben aus dem auskühlenden Leib. Aufgegeben, jede Hoffnung, jedes Streben. Minute um Minute verstreicht. Sein Körper, kalt und ausgeblichen, liegt nun da, stirbt und ist allein, wenn seine Seele aus seinem Körper weicht. Die Hoffnung ist schon gestorben, und sein Wimmern hört nur noch der Wind. In seinen letzten Gedanken wünscht er sich nur, er wäre noch einmal ein Kind.

All seine Fehler, all seine Taten, er kann sie nicht mehr ändern. Er kann nur noch um Gnade bitten, beten und auf sein Ende warten. Die Nacht wird immer kälter, der Morgen entfernt sich immer weiter, dunkle Schatten, die sich um ihn bewegen, sind seine letzten Begleiter. Er hört Stimmen, er versucht sie zu verstehen, es sind nicht die Schatten, die zu ihm flüstern, es ist sein eigenes Flehen. Sein Körper, er hört auf zu zittern, nur noch leichtes Zucken. Er hustet, verkrampft, und beginnt Blut zu spucken. Leises Röcheln mit Blut in der Kehle, man hört es kaum, und der einzige Beobachter ist eine alte Krähe auf einem Baum. Er blickt zur Krähe, dann auf seinen Körper, ins Fleisch geschnitten hunderte fremde Wörter. Er weiß nicht, was sie bedeuten, er weiß nicht, woher sie kommen. Er versucht sie zu lesen, doch dazu ist er zu benommen. Der Schmerz, das Brennen, höllische Qualen, die scheinbar nie enden. Keine Erinnerung an das, was war. Er versucht sie zu verstehen, seine letzten Stunden. Er weiß, er war ein Killer, doch er weiß nichts mehr über seine Kunden. Sein Körper blutet aus, nichts kann sein Ende mehr stoppen. Es sind einfach zu viele Wunden, und sein Körper beginnt langsam zu verrotten. Wüste Gedanken schießen durch seinen Geist, sie bringen keine Besserung. Sie machen sein Leid nur noch schlimmer, und aus seinem Röcheln wird nun leises Wimmern.

Blut und Tränen sind seine letzten Begleiter, er weiß, es gibt kein Zurück und auch kein Weiter. Ohne Willen und ohne Kraft bleibt er nun liegen, seine Vergangenheit hat ihn in diese Lage getrieben. Ohne Hoffnung lebte er sein Leben. Er gab die Hoffnung auf, als er begann zu leben. An die Zukunft hatte er nie geglaubt, der tägliche Kampf um das Überleben hat ihm seinen letzten Glauben geraubt. Sein Leben hat er nie geliebt, niemand hat ihn gelehrt, dass es noch etwas anderes gibt. Auf der Straße wurde er geboren, und es dauert nicht mehr lange, dann

ist er auch auf der Straße gestorben. Im Todeskampf beginnt er zu halluzinieren. Fremde Wesen kriechen auf allen Vieren. Sie beginnen an ihm zu zerren und zu nagen, reißen faustgroße Stücke aus seinem Leib, ohne sich zu plagen. Er erblickt seine Knochen, die aus den Wunden ragen, und sieht weiter zu, wie seltsame Kreaturen an seinem Körper nagen. Blankes Entsetzen steigt in ihm empor, er kann es nicht verhindern, aus den Kreaturen werden plötzlich fleischfressende Kinder. Fast in Stücke zerrissen, versucht er sich zu retten, er versucht sich abzulenken und sein Gedankenchaos wieder zu glätten.
Er schließt seine Augen und betet ein letztes Gebet, er bittet Gott, dass dieser Anblick bald vorüber geht. Regungslos bleibt er liegen, und auf seinen Wunden sitzen die ersten Fliegen. Voller Angst öffnet er seine Augen, die Kreaturen sind verschwunden, doch er ist noch nicht gestorben. Sein kaum noch schlagendes Herz kämpft mit dem immer größer werdenden Schmerz. Seine Qualen kann er kaum noch ertragen, doch kann er nur warten und sie bis zum Ende mit sich tragen. So liegt er nun hier, gepeinigt wie ein Tier. Die Nacht ist bald vorbei, und noch einmal hört man durch die dunkle Nacht einen schrecklichen Schrei.

Der Nebel legt sich zu ihm nieder, Angst und Panik durchströmen seine kalten Glieder. Seine Gedanken entfernen sich immer mehr, er kann sie kaum noch bei sich halten, und das Leben will ihn auch nicht mehr. Eine weitere Seele wird die Hölle bekommen, er hat sie so vielen Menschen genommen, und jetzt hat sein Sterben begonnen. Wie lange es noch dauert, hinter welcher Stunde der Tod nun lauert? Es ist noch nicht entschieden, so bleibt er, wie er ist, kalt und zerschnitten, in seinem eigenen Blute liegen. Von Kopf bis Fuß vom Nebel eingehüllt, hört er, wie der Teufel seinen Namen brüllt, und er hofft, wenn nicht Gott, dass ihm der Teufel seinen letzten Wunsch erfüllt. Endlich sterben, endlich nimmt all das ein Ende und er blickt mit stiller Leere hilflos auf vermoderte Wände. Den Tod sehnlichst verlangt, dem Leben stets davongerannt, liegt er nun hier, verlassen von jedem, und verendet wie ein hilfloses Tier. Plötzlich durchfahren grelle Blitze seinen regungslosen Geist, und er denkt, er wüsste, was es heißt. Seine Seele, glaubt er, wird nun von ihm gehen und spürt nur noch die leichten Winde, die um seinen Körper wehen. Wirre Wörter und Sprachen, die er nicht versteht, so, glaubt er, sei es immer, wenn eine Seele geht. Den Blick von den Wänden, Richtung Himmel abgewandt, schaut er empor. Es kommt ihm wie das Ende vor. Über ihm das helle Blitzen, sieht er nur die alte Krähe auf einer flackernden Laterne sitzen. Er will schreien, doch das kann er nicht, stattdessen fließen ihm langsam Tränen über sein regungsloses Gesicht.

Endlose Leere, in die seine Augen nun blicken, Ratten, die ihn in seinen Körper zwicken. Um seinen Körper ein Schwarm von Fliegen, bleibt er, immer noch am Leben, regungslos im Rinnsal liegen. Der Nebel legt sich langsam nieder, all die Schmerzen, die er fühlte, fahren langsam aus seinen Gliedern. So liegt er hier, unbewegt, doch ohne Schmerz, und er hört ein leichtes Klopfen, ein sanftes Pochen, er weiß, es ist sein eigenes Herz. Er beginnt seinen Leib wieder zu spüren, und versucht nun, seinen eigenen Körper zu berühren. Seine Hände beginnen sich zu bewegen, kraftlos, aber mit gezieltem Streben. Sie fahren zitternd über seine Haut, sie ist glatt und ohne Wunden. In seinem Geist bilden sich wirre Gedanken, die ins Fleisch geschnittenen Wörter sind verschwunden.
Er weiß nicht, was mit ihm passiert, doch merkt er, dass er bitter friert. Seinen Körper beginnt er langsam wieder zu spüren und er beginnt, sich wieder zu rühren. Die

Nacht, der Nebel und der Regen scheinen sich langsam zu legen, und schon bald kann er auch schon wieder seine Beine bewegen. In der Morgendämmerung hat er es dann geschafft, so hat er sich mit all seiner Kraft auf seine Knie gerafft. So streckt er seine Hände dankend dem Himmel entgegen, weil er dachte, er würde das Grauen der letzten Nacht nun doch überleben. Er versucht nun langsam sich zu erheben, seine Muskeln brennen wie Feuer und beginnen unter seiner Last zu beben. Mit wackligen Beinen steht er nun hier und wischt sich seine letzten Tränen aus dem Gesicht.

Doch kann er seinen Augen kaum trauen. Muss er voller Verzweiflung mit ansehen, wie sich aus den letzten Nebelschwaden gewaltige Wolkentürme aufbauen. Sie verschlucken das komplette Morgenlicht, und dunkle Schatten legen sich rund und über ihn nieder, noch bevor er überhaupt einen Moment des neuen Morgens erblickt. Sein Atem beginnt zu stocken, und er glaubt, er erstickt, als er plötzlich in das bleiche Antlitz eines Kindes blickt. Es beginnt zu lächeln, dann zu lachen. Aus dem Lachen wird schnell ein tosendes Geschrei, und hunderte kleiner Würmer kommen aus des Kindes Rachen. Starr vor Angst und in der Hoffnung, dass ihn bald jemand wecke, sieht er lachende Kinder an jeder Ecke. Nun schließt er seine Augen, denn all das, was hier passiert, kann er kaum noch glauben. Er will nur nicht, dass ihm diese Kreaturen seine Seele rauben.

Mit geschlossenen Augen sinkt er langsam zu Boden, hört finstere Stimmen und rund um ihn ein grauenhaftes Toben. Plötzlich verspürt er einen dumpfen Schlag. Wie ein Blitz durchfährt ihn nur ein Gedanke, er wird hier sterben, und die Straße ist nun sein Grab. Nach unbestimmter Zeit der Ohnmacht wacht er auf. Es ist mitten in der Nacht, seine Augen will er nun öffnen, doch er

schafft es nicht, es ist zu spät. In der Zeit der Ohnmacht wurden sie ihm zugenäht. Nun liegt er hier, nackt wie ein Tier.
.... und er hört nur die kleinen Tropfen, die vom großem Regen übrigblieben.
Sie fallen mit sanftem Gemüt auf seine nackte Schulter und bleiben liegen ...

Meine Heimkehr

Martina Richter

Trist dehnte sich das Stationsgelände an diesem Novembermorgen.
Die Luft roch frisch wie gewaschene Wäsche. Aber der Wind wirbelte mit arktischen Temperaturen über den Bahnhof. Ich knöpfte mir den Jackenkragen zu und reckte das Gesicht dem eisigen Strom entgegen, der das quälende Pochen meiner glühenden Schläfen etwas betäubten konnte. Gierig saugte ich die Kälte ein, genoss jeden Atemzug, als sei es der letzte meines Lebens.

In der Nacht waren die ersten Flocken gefallen.
Über den Bordsteig und Unrat zwischen den Gleisen, auf dem Stellwärterhäuschen inmitten der staksigen Bäume, auch seitwärts auf der einstöckigen Baracke, spannte sich ein Laken aus Schnee. Wenngleich dem Weiß die Leuchtkraft fehlte, da es an einigen Stellen nur hauchdünn gepudert schien, hüllte es doch die Landschaft in einen Hort des Schweigens, sinnierte ich noch angeschlagen vom Vortag. Wo ich wieder zu tief ins Glas geguckt hatte.
Als mich gestern nach Büroschluss ein alter Bekannter mit den Worten begrüßte: „Mann, Ralf Günthers, du siehst ja zum Fürchten aus! So abgemagert und blass um die Nase. Bist wohl krank?", hatte er darauf keine

Antwort bekommen. Ich winkte nur mürrisch ab. Meine Probleme an die große Glocke zu hängen, lagen mir fern, dennoch ließ ich mich von ihm ins örtliche Stammlokal begleiten. Diesmal wollte ich nur einen Absacker zu mir nehmen, so auf die Schnelle vorm Heimweg. Doch das frisch gezapfte Bier schmeckte einfach zu gut, um nicht weitere Gläser zu leeren.
Auch später trank ich noch Zuhause eine angebrochene Flasche Schnaps aus. Bis mich endlich der Schlaf übermannte, dauerte es Stunden. Und dann begann der Albtraum: Als Kopfloser sah ich mich durch ein beschauliches Tal wandeln … Hinterher saß ich schweißgebadet im Bett, aufgewacht von meinem eigenen Schrei, und grübelte über den Ausgang des Traums nach, der mir total entfallen war. Trotzdem zitterte ich am ganzen Leib und fand danach keine Ruhe mehr. Hinzu kam die Angst, wieder zu verschlafen.

Deshalb stand ich heute in Herrgottsfrühe mit Tasche unterm Arm am Hauptbahnhof Lausinnen und bestieg viel zu zeitig den eben eingefahrenen Express-Zug.
Halbwüchsige Fußballfans schubsten sich im Eingangsbereich. Auch schlaftrunkene Passanten blockierten mein Vorwärtskommen, standen stur im Weg und gähnten. Nur vereinzelt trat jemand beiseite. Ich wartete einen Moment, bis die junge Mutter ihr Babyflächen unten im Gepäckständer des Kinderwagens verstaut hatte, drängelte mich dann ins rammelvolle Abteil an den Stehenden vorbei und verweilte im Gang.
Bereits auf sämtlichen Plätzen saßen Leute.
Einige still, in sich gekehrt, andere plauderten ausgelassen oder fuchtelten nervös. Doch im Neonlicht glichen sich ihre durchscheinenden Gesichter, als wären sie verwandt. Obwohl ich die Fahrgäste mit ihren verschiedenen aber gewöhnlichen Gerüchen wahrnahm, kam mir ihr tatsächliches Vorhandensein unwirklich vor. Mit

einer Handbewegung wischte ich mit Schlafsand das Trugbild aus den Augen.
Wieder hielt ich Ausschau nach einer Sitzgelegenheit.
Drei Reihen weiter leuchtete bloß ein heller Zipfel um die Ecke.
Hoffnungsvoll schlängelte ich mich dahin und ergatterte neben einem übergewichtigen Mann einen freien Platz, der grad für ein halbes Hinterteil reichte.
Während mein linkes Bein im Gang stand, an dem auch die Aktentasche lehnte, beugte ich mich vor, stützte die Ellbogen auf die Knie und ließ den Kopf hängen. Als der Zug mit einem schrillen Pfiff anfuhr, blickte ich hoch und verloren aus dem Fenster.
Nebenan machte es sich der Dickwanst bequem, stemmte seinen massigen Oberkörper gegen die Rückenlehne, wobei das Sitzbrett federte und das Holz knarrte und beschäftigte sich hörbar mit seiner Verpackung.
Ich beobachtete ihn aus den Augenwinkeln. Denn seine Geräusche zerrten mir an den Nerven und schmerzten im Trommelfell.
Er kramte in einer Tüte, schnappte sich einen Batzen Chips und fing an zu knabbern. Gebackene Kartoffelscheiben, die so herzhaft dufteten, dass mir vor Appetit das Wasser im Mund zusammenlief.
Solange er sich mit der Rechten die salzige Köstlichkeit zwischen die Zähne presste, massierte die linke Hand die Tütenfolie. Es knisterte und raschelte zugleich, was mich wahnsinnig machte. Und während er genüsslich kaute, wabbelte sein violettes Doppelkinn. Seine rosa Wurstfinger legten tatsächlich in einer Tour nach. Hintereinanderweg schaufelte er sich Chips in den Rachen. Knusperte schallend, schmatzte rücksichtslos und verputzte in windeseile den gröbsten Teil des Inhalts. Den Rest schüttete er dann auf die offene Handfläche, versenkte ihn schwungvoll im Mund, wobei Krümel von seinen ölig glänzenden Lippen rieselten. Die leere Tüte wurde nun inmitten seinen Pranken zerstampft. Er knüllte, knetete

und knautschte, was das Zeug hielt, mit beharrlicher Geduld, die die meine indessen auf eine harte Probe stellte. Als ob das nicht genug wäre, setzte er im nächsten Moment noch eins drauf und kullerte das Knäuel am Bauch entlang, drehte die Plastikrolle mal hin, mal her, kugelte sie entweder hoch oder runter und lärmte konsequent weiter.

Spätestens jetzt wäre ich dem Störenfried rabiat am Hals gesprungen, hätten mich meine guten Manieren davon nicht abgehalten. Stattdessen atmete ich schwer, fuhr mir mit der Hand durch die Haare und setzte mich aufrecht hin.

Mein bohrender Seitenblick sollte den Koloss strafen.

Der Mann saß breitbeinig im offenen Nobelmantel. Sein Unterleib hing zwischen den Schenkeln. Der kastenförmige Kopf war kurz geschoren. Ein Fleischberg im feinen Anzug, der zufrieden im Takt der Gleise schaukelte und sich zweifelsfrei in seiner Rolle als Lebemann gefiel. Nahm er doch mit einer dreisten Selbstverständlichkeit den überwiegenden Teil der Sitzbank ein.

Das sind diese typischen Geldsäcke, die anderer Leute Brot verzehren, dachte ich zurück. Anlegen, anlegen, anlegen, meinte damals der ebenso beleibte Vertreter der Aktiengesellschaft. Bloß so viel wie möglich investieren, hatte dieser Ganove von einem Broker mir geraten. Nun waren die Kurse im Keller und das Ruhekissen fürs Alter futsch. Ich war ruiniert, restlos pleite. Überdies saß mir der Scheidungsprozess im Nacken.

„Nie bist du da, wenn man dich braucht. Und deine Schluckerei wird dir bald den Job kosten!", predigte meine Frau ständig, bevor sie mich mit den drei Jungen endgültig verließ.

Sie hatte Recht behalten. Es war soweit.

Jeden Tag rechnete ich mit dem Rausschmiss aus der Firma. Zumal die Konkurrenz nicht schlief, wodurch mir jüngere Kollegen bereits den Rang abliefen, hatte ich als

Grafikdesigner nun gänzlich den Überblick verloren.
Meine Ideen wollten einfach nicht mehr auf Knopfdruck hervorsprudeln; die letzten Flyer waren Flops; meine neue Werbegestaltung wurde stark kritisiert. Trotz Überstunden hielt ich dem Termindruck kaum stand und war am Ende meiner Kräfte.
Wovon den Unterhalt für Frau und Kinder zahlen? Woher die Raten fürs Haus nehmen? - Ich wusste es nicht und schaute hilfesuchend nach draußen, um festzustellen, dass es da nichts zu finden gab, außer einer großen Leere. Was für Alternativen blieben mir noch? Meine Zukunft schien aussichtslos. Wenn ich nicht zu feige wäre, würde ich mich einfach aufhängen.
Blutrot raste der Himmel nun am Fenster vorbei. Und der Zug ratterte im Gleichtakt.
Plötzlich bockte er mehrmals und rüttelte.
„Was soll der Quatsch?", brummte ich „Hier ist doch keine Haltestelle".
Ohrenzerfetzendes Bremsenquietschen ertönte. Ruckartige Stöße zogen nach. Als der Boden anfing zu beben, klapperten Gegenstände und Stimmen wurden laut. Doch die Fahrt setzte sich fort. Abrupt polterte es wieder im Abteil. Eine Erschütterung schloss sich an, wobei die Räder über Schienen schliffen, wie Sägeblätter durch Stahl. Mit fürchterlicher Wucht folgte eine weitere Kollision, als sei der Zug direkt gegen eine Betonmauer gebrettert.
Der Aufprall schleuderte die Passagiere von den Plätzen. Gepäckstücke sausten durch die Luft. Ein Pärchen flog samt Bank gegen eine Haltestange. Schreie dröhnten aus sämtlichen Ecken. Menschen kreischten, fielen wie Tiere übereinander her, zerrten sich an den Haaren oder schlugen aufeinander ein. Vertikal zischten Späne von der Decke. Holz krachte. Glas klirrte. Und das Licht ging aus.
Ich spürte noch, wie mein Banknachbar mich ergriff, bevor eine gewaltige Schubkraft uns beide den Gang runter katapultierte, bis ich auf ihn stürzte. Seitlich brach eine

Person durchs Fenster. Links von mir wurde jemand von einer Platte niedergewalzt. Weder Mann noch Frau ließ sich erkennen, nur schwarze Flüssigkeit, die breiig hervorquoll. Ringsherum ruderten Schatten von Armen und Beinen, als tanzten Teufel in der Hölle. Todesangst holte die Leute ein. Sie kratzten, traten und versuchten sich irgendwo festzuhalten. Es herrschte völliges Chaos. Es roch nach Benzin. Ein ruckhafter Kracher schob den Waggon noch eine Stück vorwärts, dann kippte er ächzend zur Seite und überschlug sich mehrmals.
Bevor mich eine Übermacht ins Freie schmettern konnte, umklammerten meine Arme reflexartig den unteren Speckballon. Automatisch verkrallten sich meine Finger im Fettpolster des Untermannes und ein scharfes Getöse jagte uns nach.
Das Stahlmonster brach auseinander.
Etwas hatte mich am Kopf getroffen. Ich sah Sterne und verlor das Bewusstsein.
Dicht an dicht mit einer schwammigen Masse, kam ich zu mir und hörte Gejammer und Gewinsel, was aus dem Verborgenen drang und mir wie ein Bienenstock ins Ohr summte. In meiner Nähe aber schabten Nägel am Kies, im letzten Muskelzucken von einer abgerissenen Hand.
Mir wurde speiübel. Ich wollte aufstehen. Doch mein linker Arm klemmte fest, unter einer kräftigen Schulter begraben. Nun erkannte ich den dicken Mann auch wieder, der bleischwer auf meinem Arm und steif auf dem Rücken lag. Mein Banknachbar, der eben noch quietschfidel neben mir gemampft hatte, glotzte jetzt kalt gen Himmel. Beide Mundwinkel waren eingerissen und zeigten sein gefrorenes Lächeln, als amüsierte er sich noch im Nachhinein über irgendetwas. Dabei war sein Schädel ein stückweit vom Rumpf getrennt, wurde nur von einer Sehne gehalten, dass sich die Speiseröhre herausleerte wie ein gewrungenes Handtuch.
Zwischen seinen ausgefransten Blutstümpfen erbrach ich mich. Sicher eine Respektlosigkeit, die seiner nicht

würdig war, nachdem mich dieser Pfundskerl durch seine Leibesfülle gerettet hatte. Nur gegenwärtig quetschte mir der Bulle die Fingerknöchel kaputt, da blieb für tiefgründige Überlegungen keine Zeit. Also stemmte ich die freie Hand, auch meinen rechten Fuß gegen den Leichnam, drückte und schob mit aller Kraft, bis sich das Schwergewicht umdrehte, sodass ich mich loseisen und endlich erheben konnte.

Obwohl sein lebloser Körper nun auf der Seite lag, blieb der Kopf an derselben Stelle, als wäre er fest im Sand zementiert. Und während ich auf ihn hiunterschaute, schmunzelte sein versteinertes Gesicht weiter. Oder grinste der mich an? Kalter Schweiß brach mir aus. Allein sein enthaupteter Schädel bot schon ein Bild des Schreckens. Aber was mir wirklich eine Heidenangst einflösste, waren seine Pupillen, die plötzlich an mir klebten, genau in meine Richtung stierten. Vielleicht nur Einbildung? Bloß weg hier, bevor mich noch der Schlag trifft, dachte ich mit klappernden Knochen. Aber wohin? Überall war Qualm.

Rauchschwaden zogen sich über den Boden. Verwirrt drehte ich mich im Kreis und blinzelte in den Aschedunst, der nach verschmorten Gummi, verkohlten Plastik und süßlichen Körpersäften stank. Obendrein wäre ich beinah hingefallen, weil meine Beine weich wie gekochte Nudeln schlackerten.

Nachdem ich mir den Schleier aus den Augen gerieben hatte, schärfte sich mein Blick nach und nach.

Meter für Meter rückte eine Ackerfläche in Sichtweite, die einem Schlachtfeld des Grauens glich. Zwischen Nebelschleiern und Trümmern zeigten sich übel zugerichtete Menschen, die teilweise bis zur Unkenntlichkeit lädiert und regungslos dalagen. Doch einige von ihnen bewegten sich noch, wimmerten oder stöhnten schmerzlich, machten unheimliche Verrenkungen oder wälzten sich im Dreck. Andere krähten verzweifelt um Hilfe. Da und dort versuchte sich ein Überlebender aufzurappeln.

Die meisten Opfer aber hatten böse Wunden, die durch ihre zersiebte Kleidung deutlich sichtbar wurden, auch verbrannte, sogar verstümmelte Gliedmaßen registrierte ich mit fassungsloser Ergriffenheit.
Weiter hinten krabbelte eine Person auf allen Vieren. Daneben zog sich ein alter Herr mühsam an seiner Krücke hoch, der im Stand kurz wackelte, bis er kopfüber wieder umkippte. Ein herzzerreißend weinendes Mädchen fiel mir auf, das im Schneidersitz und Fußballschal um die Schultern wippte, während es sich in die blutende Faust biss. Vor ihr tauchte wie aus dem Nichts Jemand auf, der auf dem Bauch robbte, dessen verkohlte Oberarme aber einen monströs verrenkten Rumpf ohne Unterschenkel hinterherschleiften.
Und über allem thronten die Ruinenhälften des Coupés, in dem ich eben noch mit meinem Schicksal gehadert hatte, wo nun eine gewaltige Feuersäule emporzüngelte. Als hätte ein zorniges Riesenkind sein Spielzeug zerstört, lag der Blechkanister in zwei gigantischen Teilen gebrochen. Und die Kette umgekippter Waggons dehnte sich bis zum Horizont.
Das Unglück hatte vor niemanden halt gemacht. Sämtliche Zuginsassen, ob Jung oder Alt, waren durch eklatant ernste Verletzungen gezeichnet. Manch einer jedoch wurde von seiner Bürde befreit und verstarb noch an Ort und Stelle. Denn mittenmang lagen Leichen, in Form von aufgeschütteten Haufen.
Seltsamerweise blieb ich unversehrt, hatte weder Blessuren noch Schrammen davongetragen. Dafür ließ mich meine Wahrnehmung im Stich:
Beim genauen Betrachten von sterblichen Überresten, schien es mir, als würden die toten Leiber von innen her anfangen zu leuchten, bevor sich ihre Konturen vor meinen Augen ganz langsam in Luft auflösten.
Irgendwas ging hier nicht mit rechten Dingen zu? Sekundenlang zweifelte ich an meinem Verstand und strich mir die Wange. Sie fühlte sich klumpig an. Und rostbrauner

Schorf bröckelte von meiner Stirn. Na, wenigstens tat mir nichts weh! Dachte ich etwas beruhigt und beschloss, trotz wackligen Knien, nach Hause zu laufen.
Von weitem eilten Hilfskräfte heran. Mit winkendem Arm stolperte ich ihnen entgegen. Doch keiner nahm Notiz; sie rannten glatt an mir vorbei.
Wie in Trance entfloh ich dem Hexenkessel, stieg über zerplatzte Taschen, glimmende Holzbretter und zerfledderte Kleidungsstücke, in denen noch menschliche Körperteile steckten, die abgetrennt herausragten.
Am Kinderwagen machte ich stopp und war verwundert, dass mich sein Anblick gleichgütig ließ. Er stand seitenverkehrt, ebenfalls verbeult am Strommast. Alle Räder fehlten bis auf eines, das sich wie ein Perpetuum mobile unentwegt drehte. Ein Babyschuh lag neben dem Windelhöschen im Matsch. Nur vom Kind war keine Spur.
Mein Gehirn weigerte sich die Situation zu akzeptieren. Ich hatte bloß einen Wunsch, endlich zu schlafen und hielt nach meinem Grundstück Ausschau.
In der Ferne erhellte sich das Firmament wie ein neuer Morgen. Dort vermutete ich meinen heimatlichen Hafen. Etwa eine knappe Meile Fußweg, das müsste in wenigen Stunden zu schaffen sein. Mit einem unbeschreiblichen Gefühl der Leichtigkeit steuerte ich meinem Domizil entgegen, stiefelte übers Gestrüpp, kletterte einen Hügel hinauf und wand mich oben noch mal um.
„Nanu, wo ist denn der der Unfallort?", kam heiser aus meiner trockenen Kehle. Verblüfft spähte ich über eine verwaiste Mondlandschaft. Nix war da draußen. Mal abgesehen von kantigen Gesteinsmassen, die sich vor einem milchig weißen Hintergrund schoben, ließ sich in der ganzen Umgebung kein Zugunglück ausmachen. Als hätte der Boden das Flammeninferno mit Mann und Maus verschluckt, waren sogar die Schienen verschwunden.
Ist das hier real? Bin ich schon so weit gelaufen? Mein

Blick fiel auf die Uhr. Das Glas samt den Zeigern war weg. Und die Luft stand still. Kein Vogel piepte. Alles erschien mir unnormal fremd, wie im falschen Licht gerückt. Um mich herum herrschte eine gespenstige Ruhe, als hätte die Erde aufgehört sich zu drehen. Und mein Denkvermögen quittierte seinen Dienst. Ja, vorhin saß ich in der Bahn! Aber was kam danach? Wo wollte ich überhaupt hin? Je mehr ich mir das Hirn zermarterte, umso weniger brachte es zum Vorschein. Selbst mein Name war mir schlagartig entfallen.

Völlig benommen, doch leichtfüßig wie eine Feder schwebte ich die Böschung wieder runter. Nach ein paar Schritten zeigte sich hinter welken Büschen ein kleiner Teich. Eingesäumt von Gräsern, Unkraut und Stubben, verbarg sich der Tümpel, wie eine sichere Oase in trostloser Wüste. Über sein Ufer reckte sich ein abgebrochener Baum. Müde setzte ich mich auf seinen Stamm, döste in die Pfütze am Rand und erblickte ein Ungeheuer, das sich eben im Wasser gespiegelt hatte. Wie vom Blitz getroffen, guckte ich hoch, dann ruckzuck nach allen Seiten, konnte jedoch weit und breit niemand entdecken. Natürlich war das Biest da, muss mir heimlich über die Schulter gelinst haben! Oder nicht?

Zaghaft beugte ich mich wieder über die Lache und bestaunte nun mein Antlitz. Doch was sich auf der Wasseroberfläche exakt abzeichnete, war die zerhackte Grimasse eines Zombies. Wagerecht über meinen Brauen zog sich ein kreisrunder Schnitt. Die halbe Schädeldecke fehlte. Das Gehirn lag blank. Von meiner rechten Gesichtshälfte hatte sich die Haut abgeschält und bis zum Ohr aufgeräufelt. Der Kieferknochen stand schräg vor. Aber ich spürte keine Schmerzen. Ganz im Gegenteil, trotz meiner grässlichen Fratze, ging es mir prächtig, tatsächlich fühlte ich mich besser denn je.

Außerdem war mit schwindender Merkfähigkeit ebenso alles Schlechte in Vergessenheit geraten, dass ich mir wie eine Hülle aus Gas vorkam. Denn eine atemberaubende

Schwerelosigkeit hatte sich meiner bemächtigt.
Und ich war auch nicht alleine.
Mir gegenüber bewegte sich ein Schatten, man könnte meinen, nur der Hauch einer Wolke suchte meine Aufmerksamkeit.
„Hallo, wer ist da?", rief ich der Erscheinung zu, die darauf Masse, Form und Umrisse entwickelte, bis ich schließlich meinen Banknachbarn lokalisierte, der völlig intakt vor mir auf einen Baumstumpf hockte. Überwältigt vor Freude, den alten Gefährten hier anzutreffen, zudem so gesund und munter wieder zu sehen, der mir obendrein noch gut in Erinnerung geblieben war, hätte ich ihn am liebsten an mich gedrückt. Augenblicklich mochte ich den dicken Mann, dessen weißes Hemd über die Knie gerutscht war, dass seine Handflächen auf den bloßen Schenkeln ruhten, der schweigend und geduldig mich anlächelte. Bist du bereit? Gab er mir nickend zu verstehen, ohne die Lippen zu bewegen.
Ich stutzte kurz, aber war kein bisschen überrascht. Für mich war der Punkt erreicht, der Welt Lebwohl zu sagen. Warum sollte ich mich jetzt noch vor der Wahrheit sträuben?
Gehörten doch Paragraphen, Banken, Gesetze längst der Vergangenheit an. Denn eine neue Ordnung: von Großmut ohne Gleichen, Humanität höchster Vollkommenheit, standen mir bevor und wartete auf meine Heimkehr.
Langsam löste sich das Kraftfeld zwischen Körper und Geist. Ich gab meinen Widerstand auf, kapselte mich aus der alten Schale und wurde zu einem spirituellen Wesen. Arm in Arm mit meinem Reisebegleiter schwang ich mich in die Höhe. Über uns öffnete der Himmel seine Schleusen, sandte helle Strahlen, die mich weich und warm empfingen. Gemeinsam machten wir uns auf den Weg zur Erlösung, beschleunigten den Aufstieg ins Licht. Und während sein Papierhemd im Wind flatterte, knisterte es herrlich und raschelte wundervoll.

Helene

Kristina Edel

Ich finde nichts schwieriger, als mir vorzustellen, dass wir nur einmal leben. Mein Hobby ist es, Übersetzungen aus dem Altfranzösischen anzufertigen und in meinen Fundstücken aus der Vergangenheit blitzt immer das Wiederkehrende auf. Das, was sich schon so oft wiederholt hat. Schicksale, die gleich oder ähnlich abgelaufen sind.
Ich stelle mir Menschen vor, die mir oder denen, die ich kenne, ähnlich sind, die aber in einer anderen Zeit gelebt haben, ganz so, als wäre es denkbar, dass ich in einer anderen gelebt hätte. Es läuft mir kalt den Rücken herunter, wenn ich mir vorstelle, eine mir nahezu identische Person auszugraben aus dem kalten Grab der Jahrhunderte und ihre Geschichte zu erzählen, ihr Leben zu leben, ihr Leid zu erleiden und ihren Tod zu sterben. Schon manches Mal gefiel mir der Gedanke, in den alten Zeilen meiner Dokumente einen Mord oder eine Liebesgeschichte zu entdecken. Und genauso ist es geschehen ...

Wie gesagt, ich übersetze aus dem Altfranzösischen.
Das ist naheliegend, weil ich aus einer kleinen Hugenottenstadt komme und meine Familie selbst hugenottischer Abstammung ist. Ich hatte einen Sommerjob im Archiv der Stadt, weil man dort einen Sonderband zum Jubiläum der Stadtgründung herausgeben wollte. Zu diesem Zwecke sollten nun endlich die Berichte der im 17. Jahrhundert aus Frankreich geflüchteten Hugenotten übersetzt werden.
„Helene", sagte die Archivleiterin beim Einstellungsgespräch. „Ein alter Name. Sehr schön."
„Ja", sagte ich. „Ein Spleen meiner Eltern. Ich bevorzuge Lene."
„Lene. Und Ihr Nachname passt ja ganz wunderbar",

die Augen der Archivleiterin leuchteten. „Dubois. Wir haben Fluchtberichte von Mitgliedern der Familie Dubois. Das ist die Liste", sie zeigte auf ein Blatt. „Die Liste der Gründerfamilien, der Ankömmlinge, von denen wir Fluchtberichte besitzen. Diese Liste ist die Grundlage für ein Denkmal der besonderen Art: Jede Familie soll einen Grabstein erhalten, auf dem die Namen der Angehörigen der ersten Ankömmlinge verzeichnet sind."
Ich nickte nur und betrachtete die deckenhohen Regale, die mich in dem kleinen Stadtarchiv umgaben, meterweise Papier, alte Schriftstücke, Zeugnisse aus dreihundert Jahren Stadtgeschichte, dreihundert Jahre Staub gewordenes Leben.
Unberührt, ungelesen warteten sie auf mich.
Ich bekam den Job und zog wieder in das kleine Fachwerkhaus meiner Großmutter ein. Es war ein heißer Sommer, Anfang Juli.
Die Berichte hatten die Fliehenden aus Frankreich bei ihrer Ankunft in den großen Auffanglagern angefertigt. Es war abenteuerlich zu sehen, auf welch verschiedene Arten und unterschiedlichen Wegen die Menschen Frankreich verlassen hatten und in Kassel oder Frankfurt gelandet waren. Ich zögerte mit der Arbeit zu beginnen. Ich empfinde das Übersetzen als einen aggressiven Akt, weil ich das Gefühl habe, in die Gedanken einer anderen Person einzudringen. Und ich schäme mich immer ein wenig, wenn ich es nicht nur aus Neugier, sondern auch für Geld tue. Alte Worte zu übersetzen heißt, sie mit Gewalt aus dem schützenden Schatten der Vergänglichkeit zu reißen und erbarmungslos ans Licht einer anderen Zeit, einer anderen Kultur zu zerren. Manchmal weine ich dabei, weil ich ihre Zerbrechlichkeit spüre, den zarten Schmerz der Worte und ihren Widerwillen, aus ihrem jahrtausendalten Schlaf geweckt und mit neuem Leben erfüllt zu werden. Doch schließlich begann ich. Zu groß war der Wunsch, am Schicksal dieser Menschen teilzuhaben.

Als ich ihn das erste Mal sah, stand er zwischen den Regalen des kleinen Archivs. Die Luft im Glasanbau war stickig und Staubkörnchen tanzten im Sonnenlicht, das durch die Jalousien hineinbrannte. Mit der ewig schnatternden Praktikantin hatte ich gerade die Durchsicht der alten Briefe beendet und ich glaubte endlich allein zu sein, da spürte ich einen warmen Luftzug und drehte mich um. Freundlich nickte er mir zu, in seinem langen Leinenmantel aus dem 17. Jahrhundert, schwarz, gestärkt der Kragen des weißen Hemdes. Dann drehte er sich um und verschwand zwischen den verstaubten Bänden der Stadtchronik. Verwirrt sah ich ihm nach, doch als ich ihm folgte und fragen wollte, was er suchte, war er verschwunden. Ich dachte, ich hätte mich geirrt, nur von ihm geträumt und arbeitete weiter.

Ich liebe die strenge, ja fast asketische Sprache der Hugenotten. Diszipliniert wie ihre calvinistische Lehre. Wenn ich solche Texte übersetze, sehe ich sie vor mir die Straße entlang ziehen mit ihren Karren, die Frauen in blau weißer Tracht oder schwarzem Witwengewand, das Haar streng zurückgekämmt. Dankbar und fleißig beschrieben die deutschen Grafen sie und nahmen sie auf. Aber sie bleiben unter ihresgleichen. Kein Tanz, Gesang nur zum Lobpreis Gottes und harte Arbeit tagaus, tagein. Ich fing selbst an, so zu leben, hielt Abstand zu anderen, denn das half mir, den Geist zu erfassen, der durch dieses alte Papier, die alte Tinte und den Staub wehte, damit ich ihn übersetzen konnte in mein taufrisches Jahrtausend.

Als er das zweite Mal kam, war ich schon den ganzen Vormittag allein gewesen und die Wärme und die Ruhe hatten mich ein wenig einnicken lassen. Ich hatte seine Anwesenheit wohl schon im Traum gespürt, denn ich erschrak nicht, als er mir die Hand auf die Schulter legte. Ich richtete mich auf und sah ihn an. Wortlos nahm er einen der Fluchtberichte vom Stapel auf meinem Schreibtisch und langsam, ohne den Blick zu senken, ließ er das alte Dokument fallen. Ich sah die Blätter in Zeitlupe zu

Boden gleiten und folgte ihnen mit den Blicken. Erstaunt sah ich ihn an, doch dann bückte ich mich, um das wertvolle Papier wieder einzusammeln. Langsam hob ich die verstaubten Blätter auf, die sich auf dem von der Wärme weichen Linoleumboden verteilt hatten. Sie knisterten, als ich sie berührte und ich fragte mich, ob man nicht eine Klimaanlage bräuchte für diese wertvollen Stücke. Als ich mich wieder aufrichtete, war er verschwunden.
Die Blätter, die ich in Händen hielt, waren der Fluchtbericht der Helène Melin.
Zögerlich legte ich den Bericht, an dem ich bisher gearbeitet hatte, zur Seite und begann zu lesen.

Fluchtbericht der Helène Melin, aufgenommen in Frankfurt im April 1689
Diese Reise ist bereits mein zweiter Versuch, Frankreich zu verlassen und Gott in Gegenden preisen zu können, in denen ihm in Freiheit gedient werden darf. Nachdem ich meinen ersten Versuch mit meinem Verlobten Benoît du Bois verabredet hatte, verriet uns noch vor der Abreise ein übel wollender Mitmensch und ich wurde ins Gefängnis geworfen. Nach zwei Monaten wurde ich geschoren und in einem Kloster eingesperrt. Benoît muss, wie man mir Nachricht brachte, übel mitgespielt worden sein.
Nach zehn Monaten im Kloster wagte ich mein Glück ein zweites Mal. Durch ein kleines Fenster kletterte ich in den Hinterhof und von dort über die Mauer in die Freiheit.
Am nächsten Morgen bei Tagesanbruch benachrichtig-ten die Nonnen den Gouverneur, dass ich ihnen entwischt war. Die Trommel wurde allerorten geschlagen und man verbot im Namen des Königs jedermann, mich in sein Haus aufzunehmen, bei Galeerenstrafe für Männer und Kloster für die Frauen. Ich verkleidete mich als Bauer und wechselte an Orte, wo man schon gesucht hatte.
Weil die Offiziere Befehl hatten, verkleidete Personen aufzuspüren, war es schwierig, durch die Stadttore zu gelangen. Ich kam als Bauer verkleidet durch und traf meinen Führer an der

Stelle, die treue Glaubensbrüder mit ihm verabredet hatten.
Ich sagte meinem Führer, dass ich in Gefahr sei und wir trieben unsere Pferde zum Galopp an. Nach meiner Ankunft dankte ich meinem Führer und sagte ihm, dass ich die Nonne sei, um die so viel Geschrei gemacht wurde. Er sagte, wenn er gewusst hätte, dass ich diese Nonne war, hätte er mich nicht für tausend Goldstücke geführt.
Von da bin ich glücklich zu meinen Verwandten nach Frankfurt gekommen und sie haben Gott für meine Befreiung gedankt. Nun werde ich die Familie meines Verlobten Benoît im neuen Dorf bei Homburg aufsuchen und, so Gott will, glücklich in den Schoß meiner neuen Familie einkehren.

Ich sah in der Liste der Ankömmlinge nach und fand Helène Melin, angekommen 1689 und ein Jahr später verheiratet mit Nicolas Dubois. Ihren Verlobten Benoît fand ich nicht, nicht in den Heiratslisten, in den Taufbüchern, nicht mal in der Sterbeliste war er aufgelistet.

Benoît und Nicolas Dubois. Sein Bruder, dachte ich. Es muss sich um seinen Bruder handeln. Aber warum taucht er nirgends auf?
Seltsam, was war es, was mein seltsamer Besucher mir mitteilen wollte?
Ich durchforstete die Taufbücher und fand ein Kind von Helène, geboren 1690. Helène war 1696 gestorben, sie war eine der Personen, die wir auf unserer Ehrentafel erwähnten, ebenso ihren Mann Nicolas Dubois.
Nicolas Dubois war bereits 1688 in Friedrichsdorf angekommen und starb 1709. Ich zuckte die Achseln. Ich verstehe es nicht, sagte ich in die Stille hinein. Du wirst mir einen anderen Hinweis geben müssen.
Er kam nur, wenn sonst niemand im Archiv war. Ich behielt seine Anwesenheit für mich, denn es war mir sehr wohl bewusst, dass mir keiner geglaubt hätte.
Er nutzte die nächste Gelegenheit, die sich bot, und mir wurde klar, dass er mich wohl auch dann beobachtete,

wenn ich ihn nicht wahrnehmen konnte. Ich konzentrierte mich deshalb auf meine Sinne und versuchte ihn zu erspüren. Wenn ich am Schreibtisch saß und die Archivleiterin nebenan mit der Stadtverwaltung telefonierte etwa, versuchte ich jeden Luftzug, jeden Geruch, jede Veränderung des Lichts zu deuten. Zuhause sah ich als erstes nach, ob etwas anders war als am Morgen, nachts lauschte ich auf Geräusche, suchte nach Schatten neben dem Bett. Ich wusste, dass er wieder kommen würde. Wenn die Archivleiterin laut mit den Schlüsseln klappernd den Glasanbau verließ, wartete ich auf ihn. Und dann war er wieder da.
Mein Herz schlug schneller, als ich ihn sah. Er sah gut aus, nur wenige Jahre älter als ich. Er war nicht sehr groß, aber muskulös und die Haut von der Sonne gebräunt, vom Wetter gegerbt. Am geheimnisvollsten aber waren seine Augen. Tiefschwarz und unergründlich, aber glaubte ich doch, Sehnsucht darin zu finden. Sehnsucht, wonach?
Ich ärgerte mich ein wenig, dass er nur deutete und nicht mit mir sprach. Ich hatte so lange Altfranzösisch gepaukt. Es zu sprechen, wäre ein Geschenk des Himmels für mich gewesen. Doch er blieb stumm. Wortlos bedeutete er mir, ihm zu folgen. Wir gingen bis hinter das letzte Regal. Auf dieser Seite standen keine Dokumente mehr und ich fragte mich, was er hier wollte. Vergessene Ordner lagen herum, eine leere Briefablage, zahlreiche Zeitschriften aus den letzten Jahren, ein Sammelsurium mit unbekanntem Sinn. Ganz am Ende des Regals deutete er auf den Fußboden. Zunächst wollte ich mich weigern, aber da er sich nicht bückte, siegte meine Neugier. Vorsichtig griff ich unter das unterste Regalbrett. Schon nach kurzem Tasten wurden meine Finger fündig.
Ich zog ein fleckiges Stück Pergament hervor.
Erstaunt sah ich ihn an, doch er nickte nur ärgerlich mit dem Kopf, als könne er kaum abwarten, dass ich anfing zu lesen. Ich drehte mich um und ging zu meinem

Schreibtisch. Als ich mich nach ihm umsah, war er verschwunden. Ich las:

Fluchtbericht des Benoît Dubois, aufgenommen in Frankfurt, September 1689

Jemand hat meine Verlobte Helène und mich verraten. Ich ahne, wer es war und Gott gebe, dass ich die Kraft besitze, nicht die Todsünde Kains zu wiederholen. Wir schreiben das Jahr des Herrn 1689 und so Gott will werde ich schon in den nächsten Tagen meine geliebte Helène wieder in den Armen halten.

Nachdem unsere Flucht aufgedeckt worden war, hatte man mich festgenommen und zur Verbannung auf die Insel Martinique verurteilt. Es war am ersten Tag des April 1687, als wir den Hafen von La Rochelle verließen. Wir fuhren morgens um sechs ab, alle Masten unter Segeln. Wir hatten zunächst guten und günstigen Wind, später jedoch wurde es unangenehm und gefährlich. Einige Masten wurden durch die Stürme gebrochen und zertrümmert. Mein Reisegefährte war während der ganzen Fahrt schwer krank und erholte sich erst auf dem Land. Ich selbst befand mich in einer Lage, die keinen Centime besser war. Das Ungeziefer, an dem uns die Matrosen freigebig teilhaben ließen sowie das Wasser, das die Pumpe einen halben Fuß hoch in unsere Schlafstelle brachte, verscheuchte jeden Schlaf. Am Tage suchten wir auf den Koffern den entbehrten Schlaf zu erlangen, des Nachts bewunderten wir die Schönheit der Sterne, mit denen der Himmel zahllos übersät ist.

Endlich erreichten wir das Meer von Amerika, dessen Wasser eine tief dunkelblaue Farbe hat.

Wir landeten gesund auf der Insel Martinique, denn diese war der Ort unserer Verbannung, und die ganze Mannschaft war sehr vergnügt. Wir Verbannten dagegen nicht.

Während sich unser Kapitän zum Fort Royale begab, sah ich am Ufer eine Menge ganz nackter Neger hin- und hergehen. Unter diesem fremden Volke sollte ich nun leben! Sie brachten uns Landesfrüchte, die mir gut schmeck-ten. Dann führte man uns zum Kommandanten, von dem wir vernahmen, dass der König befohlen habe, uns als Kolonisten in Martinique aufzu-

nehmen und uns in dieser Eigenschaft wüste Ländereien zum Anbau und zur Rodung zu übergeben; davon sollten wir leben. Aus Nachsicht überließ man uns eine Unterkunft, die aus vier kahlen Wänden bestand.
Immerhin verbrachten wir eine ruhige Nacht.
Die Sehnsucht nach Helène wurde immer schlimmer. An manchem Tage konnte ich mich kaum von meiner armseligen Bettstatt erheben. Ich flehte Gott um Gnade und Barmherzigkeit an und begann, wieder Trost und Hoffnung zu fassen. Diese Hoffnung wurde nicht getäuscht. Denn als ich eines Tages von einem Spaziergang zurückkehrte, schickte Gott mir einen ehrenwerten Glaubensbruder. Der würdige Greis fragte mich, ob ich den Wunsch hätte, die Insel Martinique zu verlassen und ob ich auch bereit sei, die Gefahren zu ertragen, die damit verbunden wären. Ich sagte mit festem Willen ja.
Dann, sagte der Alte, werde er einen Weg für mich finden.
In einer dunklen Nacht dann war es soweit: Der Bruder führte mich nicht wenige Stunden durch sumpfiges Gelände hin zu einer Sandbank von der aus wir eine Barke erreichten. Mit dieser fuhr ich zur Insel St. Christoph und mit einiger Mühe gelang es mir, mich auf ein Schiff nach Holland einzuschiffen. Die Fahrt verlief stellenweise sehr stürmisch. Wir landeten in Amsterdam. Dann begab ich mich nach Utrecht. Dort traf ich mehrere Landsleute, darunter einige Verwandte, die mir berichteten, meine Familie habe sich nach Frankfurt durchschlagen können und auch von Helène hörte ich, dass sie sich in Hessen befinde. Mein Herz tat einen Freudensprung und schon am nächsten Tage machte ich mich auf den Weg nach Homburg.

Langsam ließ ich das Blatt sinken. Warum hatte dieser Bericht unter dem Regal gelegen? War er heruntergefallen und versehentlich dort gelandet? Den Namen Benoît Dubois hatte ich auf keiner der Listen gesehen.
Benoît war wahrscheinlich 1689 nach Friedrichsdorf gekommen. Trotzdem tauchte er in meinen Listen nicht auf. Was hatte er andeuten wollen mit dem Brudermord? War es sein Bruder Nicolas gewesen, der ihn und He-

lène verraten hatte? Was war geschehen, als Benoît nach Friedrichsdorf kam? Hatten die beiden Brüder gekämpft um Helène? Hatte Nicolas Benoît erschlagen? Hatte man ihn im Wald verscharrt? Ohne Sterbeurkunde, in namenlosem Grab? Hatte Helène je von seinem Tod erfahren?
Ich wartete einige Zeit, ob Benoît auftauchen und mir noch mehr Hinweise geben würde, aber schließlich gab ich auf. Der Tag der Jubiläumsfeier rückte näher. Täglich drängte die Archivleiterin mich nun, mit meiner Arbeit voranzukommen. Eines Tages hörte ich, wie sie das Denkmal in Auftrag gab. Nun wusste ich, was ich tun musste.
Sorgsam änderte ich die Liste. Statt Nicolas und Helène schrieb ich Benoît und Helène auf die Liste. Ich verpasste ihnen sogar einen eigenen Grabstein, was nicht vorgesehen war, weil Helène zum Zeitpunkt ihrer Ankunft nicht verheiratet gewesen war. Die Liste, die die Archivleiterin in der obersten Schublade ihres Schreibtisches aufbewahrte, ließ ich verschwinden. Sie fragte mich danach und ich übergab ihr die gefälschte Liste. Sie nahm sie und ging sie durch. Ich folgte jeder Bewegung ihrer Blicke. Plötzlich verzogen sich ihre Augen zu Schlitzen, sie runzelte die Stirn, blickte mich an und schnell wieder weg.
„Sind das die Namen?", fragte sie.
Leise bejahte ich, ich spürte das Blut, das mir in die Wagen schoss. Ich hätte wissen müssen, dass sie die Namen auswendig kannte.
„Seltsam", murmelte sie, „dass mir das nicht aufgefallen ist."
Ohne mich noch einmal anzusehen, drehte sie sich um und ging davon, den Blick starr auf die Liste gerichtet.
Meine Arbeit war beendet.

Wenige Wochen später wurde ich zur Einweihung des Denkmals eingeladen. In ordentlichen Reihen standen die Grabsteine im Schatten einiger Bäume. Es war bereits

Herbst und Laub war auf die Grabplatten gefallen. Gelb und rot leuchteten sie wie kleine Farbkleckse.
Ich starrte auf den Grabstein. Wie ich es gewollt hatte, stand dort nicht mehr Helène Melin. Nicht neben Nicolas Dubois. BENOIT & HELÈNE DUBOIS. Die vergoldeten Buchstaben hoben sich ab von der grauen Steinplatte, auf der sie montiert waren. Ich fühlte eine seltsame Ruhe beim Anblick des Grabes und ich hoffte, dass auch Benoît sehen konnte, was ich getan hatte. Benoît Dubois. Wie vertraut der Name klang.
„Seltsam", sagte die Archivleiterin, die neben mich getreten war, „nicht wahr?"
„Was?", fragte ich.
„Der Name."
„Was ist damit?"
„Dein Name", sagte sie. „Helène Benoît. Hast du nicht gemerkt, dass es dein Name ist, der auf diesem Grabstein steht?"

Albtraum in Dessertville

Alf Glocker

Heiß brütet die nachmittägliche Sonne auf der Landstraße von El Paso nach Tulerosa. Fast scheint es, als habe die Natur beschlossen, sich erst einmal von der Mittagshitze zu erholen, denn es ist kein Laut zu hören. Kein Laut, außer dem leisen Rattern eines alten Buick, Baujahr 1955, der sich aus der flimmernden Luft in der Ferne schält. Hinter der dunklen Sonnenbrille des Fahrers verbergen sich träumerische blaue Augen, die wie hypnotisch dem Lauf der Landstraße folgen, jedoch tatsächlich in Erlebnisbildern des zu Ende gehenden Urlaubs schwelgen. Es sind die geschulten Augen des Berufsfliegers Paul Mitchell, der sich mit seiner Verlobten Julia und deren Hund Adam auf der Rückfahrt von einer Rundreise durch Me-

xiko nach seiner Heimatstadt Kansas City befindet.
Von einem längeren Schlummer soeben erwacht räkelt sich die schöne Blonde auf dem Beifahrersitz genüsslich und stöhnt zufrieden: „Ach, Darling, unsere Reise war doch wundervoll – weißt du, ich werde dich vermissen, wenn wir wieder zuhause sind; und wenn ich ganz ehrlich bin, dann wünschte ich mir, es könnte immer so sein, wir beide ..."
Die letzten Worte Julias scheinen Pauls Ohr nicht mehr erreicht zu haben, denn wie immer, wenn das Heiratsthema berührt wird, beginnt der gutaussehende Paul einen Schwank aus seiner Jugend zu erzählen: „Weißt du, ich hatte da mal einen Freund Namens Pinky ..."
Julias Gesicht verliert zusehends seinen romantischen Glanz. Etwas empört greift sie zu einer Zigarette, zündet sie an und sagt halblaut: „Du verdammter Schuft, wann kannst du endlich ernst über die Sache reden?"
Kurz darauf brechen beide in schallendes Gelächter aus und der alte Buick zeichnet ein paar Schlangenlinien auf den Asphalt. Selbst Adam, der Neufundländer fühlt sich zum Mitbellen aufgefordert und springt übermütig vom Rücksitz nach vorne. In der Sicht nun vollkommen behindert bleibt Paul keine andere Wahl als den Wagen abzubremsen. Sicherheitshalber lenkt er ihn noch einige Meter von der Landstraße in den Wüstensand. Die Türen öffnen sich und das lustige Gespann stürzt ins Freie, um die müde gewordenen Glieder neu zu beleben. Paul beginnt sofort mit improvisierten Gymnastikübungen, während Julia sich gedankenvoll nach einem Platz zum Picknicken umsieht.
„Tu mir einen Gefallen Honey und breite die Decke nicht dort neben den Schlangen aus".
Mit einem Aufschrei weicht Julia entsetzt zurück, jedoch Paul hatte nur Spaß gemacht.

Erwartungsgemäß findet sich kurze Zeit später auf der Picknickdecke der gesamte Reiseproviant – der nicht

unerheblich ist – wieder. Selbst Adam wird reichlich bedacht. Ungeduldig werfen sich die drei auf die vorbereiteten Leckerbissen und gehen gierig ins Schlemmen über, bis sie sich nach drei Stunden erschöpft einfach nach hinten fallen lassen. Den Blick nach oben, in den langsam dunkelnden Abendhimmel gerichtet, greift Julia nach Pauls Hand, erwischt jedoch Adams zottigen Schwanz und rülpst dabei unabsichtlich vor Überraschung.
Bleich und fett steht der Mond am Horizont. Noch hebt er sich kaum vom türkisblauen Licht des Himmelsgewölbes ab, an dem kein Stern zu sehen ist.
Adam sieht sich besorgt um. Eine Ahnung hat ihn beschlichen. Und etwas mühsam macht er sich mit seinem vollen Bauch auf den Weg. Jetzt hat Julia die Hand ihres Liebsten gefunden. Paul, der gerade am Einschlafen war, grunzt sinnlich als seine Freundin beginnt, ihn mit dem zärtlichen Streicheln ihrer schlanken Finger zu ermuntern. In diesem Augenblick zieht eine prächtige Sternschnuppe über den westlichen Horizont. Paul ist nicht mehr richtig wach und deshalb entgeht ihm das Schauspiel. Aber Julia hat zufällig in diese Richtung gesehen. Die ungewöhnliche Himmelserscheinung hat genau ihr Gesichtsfeld passiert. *Was könnte diese Nacht noch schöner einleiten als das?*, denkt sie. Und zu Paul gewandt sagt sie sanft: „Du darfst dir etwas wünschen, mein Schatz, ich habe gerade einen Wink des Himmels bekommen."
Paul lächelt. „Ich habe alles, was ich brauche", meint er zufrieden, denn er weiß genau, was jetzt kommt.
Zuerst ist es nur ein wohlgeformter, weiblicher Mund, der sich dem seinen nähert. Wenig später spürt er eine prickelnde, feuchte Energie auf seiner Zunge. Julia küsst ihn lange und leidenschaftlich. Eine Liebeserklärung könnte nicht besser aussehen.
Während sich die beiden nun in der Einsamkeit, im Schutz des alten Buick, entkleiden und sich heftig zu umarmen beginnen, während sich die ersten Seufzer und hingebungsvolle Stöhnlaute von der Picknickdecke her

in der Luft verbreiten, schaut einer wenig begeistert dem Treiben zu. Etwa 20 Meter entfernt sitzt traurig Adam. Erfahrungsgemäß kann das, was nun kommt, länger dauern.
Inzwischen senkt sich eine tiefblaue Dunkelheit über die romantische Szene und verleiht ihr zusätzlich den Reiz eines vielversprechenden Geheimnisses.
Erst gegen 0 Uhr sind die Kräfte der beiden jungen Leute erschöpft. Hand in Hand liegen sie auf dem Rücken und schauen selig – in unterschiedlichen Zukunftsträumen geborgen – nach oben in das sternenübersäte Gewölbe der Nacht. Immer wieder schwebt ein rotglühender Gegenstand zwischen den weißleuchtenden stellaren Objekten hindurch, um sich scheinbar in der Atmosphäre aufzulösen. Julia identifiziert alle diese rotglühenden Projektile eindeutig als Schnuppen und sie bedankt sich fast bei ihrem Schicksal für das Glück nach solch lasziven Stunden noch einen Meteoritenschauer miterleben zu dürfen.
Gegen ½ 2 löscht Paul die antike Karbitcampinglampe. Seine Geliebte wälzt sich bereits in ihren Träumen, die fast regelmäßig unruhig sind, an die sie sich aber nur selten erinnern kann. Dann schlummert auch er ein. Sein letzter Gedanke, bevor ihn Morpheus in sein Reich entführt, gilt noch Adam, den er entweder zuletzt nirgends mehr entdecken konnte, weil er wahrscheinlich streunt - oder hatte sich das gute Tier die ganze Zeit nur aus Rücksicht in einigem Abstand zu ihnen aufgehalten? Noch im Zustand zwischen Wachen und Schlafen hört Paul Adam weit entfernt bellen, dann nimmt ein irreales Bild des glitzernden Sternenhimmels die ganze Aufmerksamkeit seines Traumbewusstseins ein.

Am nächsten Morgen wird Paul von einer inneren Unruhe geweckt. Noch weiß er nicht, was dieses Gefühl ausgelöst haben könnte, aber er sieht sich misstrauisch um. Tiefhängende Regenwolken ziehen über die Wüste hinweg – ein sicherlich ungewohntes Schauspiel. Viel ungewöhnlicher noch aber kommt ihm ihre phänomenale Orangefärbung vor, die ihn an ein intensives Morgenrot erinnert.

„Ist das nicht wunderschön?", meint Julia, die seit einer Stunde schon lustlos in ihrem Reiseschmöker – einem trivialen Frauenroman – blättert und jetzt bemerkt hat, dass ihr Begleiter aufgewacht ist. „Würdest du übrigens mal nach Adam sehen, ich glaube, der ist eingeschnappt."
Aber ihre Vermutung erweist sich zunächst als unbegründet. Adam kommt ganz gemächlich angetrottet. In cira 20 m Abstand legt er sich nieder, ohne jedoch die beiden, wie sonst, wenn er ein schlechtes Gewissen hat, überschwänglich begrüßt zu haben. Er scheint auf irgend etwas herumzukauen. Hat er ein kleines Tier, eine Wüstenspringmaus oder ähnliches, erlegt, das er nun nicht sofort fressen, sondern noch eine Weile mit ihrem Kadaver spielen will?

„Pfui Adam", ruft Julia, Schlimmstes befürchtend, „was hast du nur wieder angestellt?"
Sie kann es einfach nicht leiden, wenn bei Adam der Naturtrieb durchbricht.

„Paul geh hin und rede du mit ihm! Vielleicht hört er auf dich. Angeblich lassen sich Tiere ja durch eine tiefe männliche Stimme leichter beeindrucken als durch eine hohe weibliche."
Das sieht, glaube ich, nicht wie eine Jagdbeute aus", meint Paul, „jedenfalls nicht wie etwas Lebendiges, bzw. Totes."
Ein paar schnelle Schritte später hat er sich bis auf 3 m dem Hund genähert. Weiter traut er sich aber nicht mehr heran, denn Adam hat gefährlich zu knurren begonnen.
Als schließlich weder gutes Zureden noch Anbrüllen hilft, droht Paul zu resignieren.

„Lass ihm das Ding, was immer es ist, es bedeutet ihm einfach zu viel."
Da ertönt direkt hinter ihm eine schrille, sich hysterisch

überschlagende Stimme. Julia ist wütend aufgesprungen. „Gib sofort das blöde Zeug her, du dämlicher Köter, bevor du es noch verschluckst. Ich habe keine Lust dich operieren zu lassen, verdammt noch mal!"
Nicht nur Paul ist zu Tode erschrocken, auch Adam fährt förmlich in sich zusammen, wobei er einen unachtsamen Augenblick lang sein Maul öffnet, um Luft zu holen. Dabei lässt er etwas auf den Boden fallen. Und ohne sich weiter um sein Spielzeug zu kümmern rennt er panikartig davon.
Paul und Julia staunen nicht schlecht. Vor ihnen im Wüstensand liegt, zwischen ein paar faustgroßen Steinen, ein mattglänzender, weißlicher Gegenstand, der ein wenig an eine überdimensionale Erbse erinnert.
„Komisch", sagt Julia, „mir war so als hätte das Ding eine rote Farbe gehabt."
„Das ist wahrscheinlich Adams Zunge gewesen", lacht Paul, der, wie er soeben feststellt, auf Julias Beobachtungsgabe noch nie viel gegeben hat. Aber seine Neugierde ist groß. Einem inneren Zwang folgend greift er nach der weißlichen, etwa fünf Zentimeter großen, Riesenerbse, um sie aufzuheben. Bevor er sie sich jedoch näher ansehen kann, lässt er sie mit einem kleinen Schreckensschrei wieder fallen. Denn bereits in der kurzen Zeit, während er das Ding in der Hand hatte, veränderte es seine Farbe und Temperatur. Er könne schwören, es habe rötlich zu glühen begonnen und sei zudem heißer geworden, behauptet er.
Jetzt muss Julia lachen. „Es ist doch logisch, dass sich ein Stein in der Wüste heiß anfühlt!"
Mit diesen Worten hebt sie den Gegenstand wieder auf und behält ihn auch in der Hand, als er zu glühen anfängt. Seine Temperatur steigt zwar bei Körperkontakt an, ist aber noch gut auszuhalten. Außerdem beginnt er eine Art Strahlen auszusenden, die Julia eine Gänsehaut verschaffen.
„Dieses Kribbeln ist gar nicht unangenehm", gesteht sie

verblüfft. Und sogar Paul kann es noch fühlen, sobald er Julia berührt.

„Wenn das beispielsweise eine der Sternschnuppen von heute Nacht war, dann müsste es doch eigentlich mehr davon geben", meint Julia interessiert. Und etwas geldgierig geworden fügt sie hinzu: „Wir sollten uns auf den Weg machen und die ganzen Steine zusammensuchen, vielleicht sind sie ungeheuer viel wert – für die Wissenschaft oder so. Ich denke, wenn man sie schleift, könnten sie auch zu unbezahlbaren Schmuckstücken werden!"
Auch Paul ist dieser Meinung. „Nach Adam müssen wir sowieso suchen. Schließlich können wir ihn nicht einfach hier lassen. Also machen wir uns auf den Weg. Aber trotzdem – du kannst mich ruhig für verrückt halten - irgendwie kommt mir der sogenannte Stein lebendig vor."

Seltsamerweise hat sich inzwischen der Himmel verdunkelt. Das orangerote Leuchten der tiefhängenden Wolkenschicht hat sich verzogen und die Wolken selbst sind merklich dünner geworden. Über dem Horizont steht schon wieder – verschwommen durch den Dunst erkennbar – eine große runde Scheibe, die nichts anderes als der Mond sein kann.
„Sag mal Honey, wie lange haben wir eigentlich geschlafen?", erkundigt sich Paul.
„Ich weiß nicht - warum?"
„Sieh dich mal um!"
„Hab ich schon bemerkt", bestätigt Julia Pauls Beobachtungen. „Da müssen wir eben eine Taschenlampe mitnehmen. Du hast doch eine im Wagen?! Für philosophische Überlegungen haben wir jetzt wirklich keine Zeit. Adam ist verschwunden und unsere Zukunft wartet vielleicht da draußen auf uns."
Paul ist ein wenig verunsichert, geht aber brav zum Wagen, um die Taschenlampe und den ultimativen Rest der Vorräte zu holen. Bis jetzt hatten sie, der ungewöhnlichen Ereignisse wegen, beide nicht auf ihren knurrenden Ma-

gen gehört, aber lange wird sich ein kleiner Snack nicht mehr hinauszögern lassen.

Überraschend schnell bricht die Dunkelheit herein und der knirschende Sand unter den Füßen der Abenteurer lässt eine unheimliche Stimmung aufkommen. Es dauert nicht lange und Paul glaubt hinter sich die Schritte einer dritten Person gehört zu haben. Zum Glück haben sich jetzt alle Wolken verzogen. Die Landschaft glänzt im hellen Sternenlicht. Eine Orientierung ist daher gut möglich, zudem Paul noch über einen ausgezeichneten Ortssinn verfügt. Der Mond allerdings ist verschwunden, oder richtiger formuliert: Er ist noch gar nicht aufgegangen. Das jedenfalls stellt Julia erstaunt fest.

„Das ist noch gar nichts", lacht Paul, „müssten nicht Leier und Schwan viel mehr im Nordosten stehen und nicht so weit westlich wie heute? Das ist doch der Sternenhimmel im Oktober. Und jetzt haben wir schließlich erst Ende Juli – oder?"

Julia lächelt sanft. „Ich weiß, dass du mich liebst, Großer, und ich weiß es auch zu schätzen, dass du mich beeindrucken willst, aber überlassen wir es lieber den Profis zu wissen, wo die Sternlein stehen. Mein Hund ist verschwunden und meine Mitgift muss hier irgendwo herumliegen!" Im selben Augenblick wird ihr klar, wie überreizt sie reagiert hat, aber es ist zu spät, denn da kommt es schon...

„Weiber!", knurrt Paul energisch. Jetzt hat er das Gefühl sich durchsetzen zu müssen. Er will später nicht unter dem Pantoffel stehen. Aber bevor er etwas tun kann, um das Gewicht seiner Persönlichkeit zu erhöhen, taucht ein glänzender, runder Gegenstand im Lichtkegel seiner Taschenlampe auf.

Aber da ist nichts! Eine Sinnestäuschung? Und das Geräusch dicht neben den beiden – war das auch eine Sinnestäuschung? Paul hätte schwören können, ein Stein sei soeben, ganz in der Nähe, vom Himmel gefallen.

Julia hatte, wie sie behauptet, nichts davon bemerkt. Aber aus irgendeinem Grund zittert sie leicht.
Weit in der Ferne ist Hundegebell zu hören. Adam heult wie ein Wolf den Nachthimmel an. Offensichtlich will er ein Weibchen anlocken.
„Der hat anscheinend zu seinem wahren Charakter zurückgefunden", stellt Paul lakonisch fest, „den werden wir nicht wiedersehen."
Inzwischen ist ein zweiter Stein vom Himmel gefallen und am Horizont kündigt intensives Wetterleuchten feierlich ein bevorstehendes Gewitter an. Ganz in der Nähe knirscht verräterisch der Sand.
Plötzlich reißt Julia die Taschenlampe an sich und richtet den Lichtkegel auf den vermuteten Beobachter. Aber da ist niemand! Der Atem der jungen Frau beschleunigt sich dramatisch. Jetzt fängt sie heftig zu zittern an und auch der sonst so selbstbewusste Paul hat Angst bekommen. Allerdings sorgt er sich im Augenblick mehr um seine Begleiterin als um die scheinbare Bedrohung unbekannter Art. Er weiß, wie sensibel sie ist, wie leicht sie aus der Fassung geraten kann und er fragt sich, ob es ihm hier draußen gelingen würde einem eventuellen hysterischen Anfall auszuweichen. Schließlich kann er sie jetzt nicht zurücklassen – er hat Verantwortung. Das war für ihn immer der Hauptgrund einer Heirat aus dem Weg zu gehen: Die unausweichliche Verantwortung! Ihn fröstelt bereits bei dem Gedanken daran. Oder ist die ganze Gegend jetzt elektrisch aufgeladen? Überall scheinen kleine Funken in der Luft zu tanzen und nun – als müsse die Realität einem übermächtigen Eingriff weichen – verschwimmen alle Dinge, die mehr als zehn Schritte von Paul und Julia entfernt sind. Der Eindruck einer Zeitglocke entsteht. Das Wetterleuchten ist verschwunden. Alles, was sich hinter der Grenze des Vakuums abspielt, in dem sich Paul und Julia jetzt zu befinden scheinen, verschwimmt zu einer milchigen Masse. Und nachdem sich die Situation allzu unrealistisch darstellt, ist sie, fast

zwangsläufig, der persönlichen Deutung unterworfen.
„Ich glaube, mir wird schlecht", stellt Julia trocken fest.
Während sie jedoch ansonsten einigermaßen beherrscht
bleibt, rastet Paul völlig aus. Er vertraut seinen Sinnen,
ohne ihr Urteil einer praxisbezogenen Untersuchung zu
unterziehen, die sich an bereits bekannten Werten orientieren muss. „Reiß dich zusammen, hier passiert etwas
mit uns, was wir nicht mehr kontrollieren können."
Und weil Julia nicht sofort reagiert, schreit er sie an:
„Hast du das kapiert, blöde Kuh? – Denk schnell nach
und versuche dir darüber klar zu werden, was mit uns
geschieht.- Und alles nur, weil du den dämlichen Stein
haben musstest. Langsam glaube ich wirklich, dass er
lebt, oder auch nur, dass er ein fremdes Virus von einem
andern Planeten mitgebracht hat, dem wir nicht gewachsen sind."
Julia gerät außer sich. „Du bist ein Feigling, wie kannst
du mir in einem solchen Augenblick sagen, dass du mich
nicht liebst?"
Das ist der Moment, der Paul schon immer verunsichert
hat, solange er Julia kennt. Wenn er davon ausgehen
könnte selber nicht weiter zu altern, dann würde er seine Freundin verlassen, sobald ihre Attraktivität die Wirkung auf ihn verloren hat und sich nach einer anderen
Frau umsehen. Überdeutlich klar – so scheint es - steht
das Geschöpf, das er noch vor einigen Stunden intensiv
geliebt hatte, vor ihm. So klar, daß er offensichtlich nun
auch etliche ihrer Schönheitsfehler entdecken kann. Aus
irgendeinem furchtbaren Grund wirkt die augenblickliche Situation wie ein Vergrößerungsglas für die Sinne.
Ganz deutlich treten Julias großporige Haut am Nasenrücken, ihr Leberfleck auf der Stirn und ihr knochiges
Schlüsselbein unter dem T-Shirt hervor. Das genügt,
um ihn aus der Fassung zu bringen. „Halt endlich den
Mund, du Schlampe!", schreit er sie an. „Siehst du denn
nicht, dass wir in einem Alptraum gelandet sind?"
„Noch nicht", kreischt Julia, „vor dem richtigen Alp-

traum – vor dir, wenn du's genau wissen willst – werde ich mich in acht nehmen. Ich verlasse dich! Wie konnte ich nur einen Gedanken an die Zukunft in dich investieren!?"
Nie hätte sie geglaubt, dass Paul so ein unzuverlässiger Macho sein würde. Schon angesichts der geringsten Gefahr lässt er sie im Stich. Anstatt auf ihr Wohl bedacht zu sein, wenn es ihr schlecht geht, kritisiert er sie auch noch. Aber jetzt sieht auch sie klarer. Sie weiß zwar nicht genau, was hier vorgeht, doch eines kann sie mit Bestimmtheit sagen: Dies ist kein gewöhnlicher Ausflug mehr, sondern die Konfrontation mit einer beängstigenden Wahrheit. Am liebsten hätte sie Paul, wenigstens in ihrer Phantasie, erwürgt – oder sich in ein Versteck verkrochen. Mit weit aufgerissenen, eigenartig lebendigen Augen geht sie auf ihren ehemaligen Geliebten zu. Sie sieht ihn an, als könne sie bis auf den Grund seiner Seele blicken, dann hebt sie empört ihre Fäuste und hämmert ihm ihr Stakkato wilder Empörung auf die Brust. Fast gleichzeitig bricht sie in heiße Tränen aus.
Bevor Paul reagieren kann verändert sich die Umgebung. Das Zeitvakuum hat seine Membran verloren. Hell blinken die Sterne wieder am Firmament und ein freundlicher Vollmond lächelt ihm, vom Horizont aus zu. Alles scheint zurechtgerückt, sogar das Sternbild Schwan steht wieder dort wo es hingehört. Vor ihm, im Sand liegt ein weiterer *Stein* – eines dieser Gebilde, die bei Berührung durch lebendige Materie zu glühen beginnen.
Julia hat ihn ebenfalls bemerkt. Der Schein der Taschenlampe, die sie fallengelassen hat, leuchtet genau dorthin. „Heb' ihn auf, wenn du dich traust", lacht sie, absichtlich gehässig, „dann hast du mit mir etwas gemeinsam."
Kurz darauf erstarrt sie vor Schreck.
Paul hat keine Zeit Julias Sinneswandel zu beobachten. Er fühlt sich herausgefordert. Den ersten Stein trägt zwar nicht er in der Tasche – dafür war er zu misstrauisch – den zweiten aber wird er an sich nehmen. Das ist gar kei-

ne Frage. Im Augenblick fühlt er sich imstande alles zu beweisen, was nötig ist.
Hochkonzentriert bückt er sich ... um seine Hand gleich darauf wieder voll Schaudern zurückzuziehen. Ein eiskalter Windstoß hat ihn getroffen. Und als er den Kopf hebt, sieht er es auch: Schwarze Gestalten nähern sich durch die Nacht. Drohend heben sie sich vor dem sternenerhellten Himmel ab.

Was nun auf die beiden zukommt müssen Riesen sein, denn jede einzelne der heran drängenden Bedrohungen ist circa fünf Meter hoch. Aber es sind nur Schemen, die sich da völlig geräuschlos durch die Landschaft schieben. Die helleren unter den Himmelskörpern werden von ihnen nicht gänzlich verdeckt, nur stark abgedunkelt. Außerdem scheinen sich die rauchartigen Gebilde mit hoher Geschwindigkeit um ihre eigene Achse zu drehen. Paul und Julia haben sogar das Gefühl, als würden die Schemen durch ihre Drehung etwas verschleudern: panische Angst! Und diese Angst kommt nun von allen Seiten auf das Paar zu, denn es ist eingekreist. Offensichtlich haben die beiden einen Punkt betreten, der für sterbliche, menschliche Wesen tabu zu sein hat - einen Ort ohne Lügen. Oder wurden sie mit Absicht hierher gelockt?
Zwischen den rauchigen Riesen tauchen nun überall kleinere, annähernd menschengroße Figuren auf, die miteinander zu kommunizieren scheinen. Das Knirschen ihrer Schritte ist unbestreitbar deutlich zu hören.
Julia hat sich inzwischen schlotternd an Paul gepresst, der eigentlich fliehen möchte. Aber wie soll er das tun, wie sich eventuell vielleicht verteidigen, mit diesem *Klotz am Bein*? Obwohl, in Anbetracht dieser Übermacht, eine Verteidigung absolut sinnlos erscheint, beschließt er einen Ausbruchsversuch. Seiner Meinung nach durchaus mannhaft packt er seine Freundin am Kragen, schüttelt sie solange, bis sie losgelassen hat und stößt sie von

sich. Aufgelöst vor Angst und wohl auch etwas zu sehr geschüttelt, taumelt Julia zurück und verliert schließlich die Besinnung.
Nun steht Paul, umringt von den unheimlichen Gestalten, allein auf weiter Flur. In der Hektik des, in Wirklichkeit noch gar nicht stattfindenden, Gefechts aber hat er sich ebenfalls etwas zu sehr ereifert. Er keucht, als hätte er gerade einen längeren Spurt hinter sich. Verzweifelt blickt er um sich: Hier gibt es kein Entrinnen mehr – was da auf ihn einstürmt, kann nichts anderes sein als das Ende. Noch einmal schluckt er, laut und heftig, verschluckt sich, würgt, greift sich an Brust und Kehle, geht röchelnd in die Knie – dann sind sie über ihm ...

Fahles, blaues Licht überflutet den östlichen Horizont über der Wüste zwischen El Paso und Tulerosa. Raschelnd verschwinden die letzten kleinen Jäger der Dunkelheit in ihren Verstecken. Als der gleißende Rand der Sonnenscheibe über den Horizont flammt, schwängert das erste gefährliche Summen die Luft, wie ein Menetekel. Die Heuschreckenwespen sind wieder unterwegs! Den alten Buick hat ein Rennkuckuck in Besitz genommen. Nachdem seit vielen Stunden die Fahrertüre offensteht, lädt er geradezu zu einer Inspektion ein. Alles sieht also ganz danach aus, als ergäbe sich auch heute wieder ein liebliches Idyll. Majestätisch geht die Sonne auf, um das gewohnte Bild vom Werden und Vergehen in freier Natur etwas zu beschönigen. Die Welt sieht aus als sei sie in Ordnung – fast in Ordnung!
Neben dem Oldtimer im Sand scheint sich über Nacht ein Drama abgespielt zu haben. Zwei Menschen verschiedenen Geschlechts liegen nackt, mit verkrümmten Körpern und verzerrten Gesichtern auf ihrer völlig zerwühlten Picknickdecke. Hatte ein Kampf stattgefunden? Wurden sie missbraucht?

Diese Frage wird sich – heute und wohl auch später – sicherlich nie ganz klären lassen. Seltsam ist nur, dass die Nackten nicht im Mindesten froren, obwohl es in der Wüste nachts erstaunlich kalt werden kann.

Als sie erwachen, haben sie erhebliche Mühe das volle Bewusstsein wieder zu erlangen. Mit großen Augen starren sie sich an. Wortlos suchen sie ihre Kleidung zusammen, die sie – nüchtern betrachtet – wahrscheinlich am Vorabend eilig beiseite geworfen haben. Wie sonst sollte es gewesen sein?
Argwöhnisch versucht Paul festzustellen, ob er noch lebt. „Hast du gut geschlafen, Kleines?"
Diese Frage klingt wie ein Witz. Schließlich ist kaum zu übersehen, dass hier nicht alles mit rechten Dingen zugegangen sein kann.
Aber Julia lacht nicht. „Ich weiß es nicht, Schatz" erwidert sie teilnahmslos. „Ich glaube, ich hatte einen wirren Traum." Dann sieht sie sich ängstlich um und fügt hinzu: „Wir sollten diesen Platz hier schleunigst verlassen!"
Nach alter Gewohnheit lässt sie einen kurzen Pfiff los, dann greift sie sich an die Stirn und schüttelt den Kopf. Doch das Wunder geschieht. Völlig erschöpft, aber zur Gänze erhalten, trottet Adam heran. Er hatte nur auf der anderen Straßenseite, vom Wagen verdeckt, genächtigt.

Auf der Rückfahrt füllt drückendes Schweigen den Innenraum der Limousine. Die in der Luft hängenden Gedanken scheinen beinahe greifbar, aber keiner der Insassen – Adam inbegriffen – fühlt sich in der Lage zu sprechen. Vor den Reisenden auf der Straße fließt das Sonnenlicht wie in Bächen über den Asphalt. Die Landschaft wirkt, als wäre sie in der ganzen Fläche aufgelöst durch pointilistische Malerei. Sie ist ein einziges Flimmern. Gerade eben ist noch der leicht ansteigende Horizont bläulich in der Ferne zu erkennen.

Nach etwa zehn Meilen taucht eine Art Straßenschild auf. Paul drosselt die Geschwindigkeit. Er will wissen, was drauf steht. Es könnte ein Hinweisschild auf Ausbesserungsarbeiten am Teerbelag sein. Beim Lesen kann er allerdings nur den Kopf schütteln. Auf dem Schild steht: *Sie verlassen jetzt den Sperrbezirk von Desertville.*

Paul und Julia werden ein Jahr nach diesen Ereignissen standesamtlich heiraten. Acht Jahre später wird Julia gesunde Zwillinge gebären, die später Schulprobleme haben werden. Bis zu diesem Zeitpunkt werden beide Ehepartner des Öfteren von abstrusen Traumerlebnissen heimgesucht sein, die stets die Erfüllung geheimer Aufträge und Treffen mit unbekannten Menschen zum Inhalt haben. In diesen Jahren wird auch die Rede davon sein, dass in Kansas City, ihrer Heimatstadt, Doppelgänger existieren, die vorzugsweise nachts angetroffen werden. Ein weiteres Phänomen nehmen Paul und Julia weniger ernst zur Kenntnis, da es sich hierbei nur allzu leicht um eine Sinnestäuschung handeln könnte. Bisweilen kommt es vor, dass ihre Uhren stehenbleiben, oder sogar rückwärts laufen, bzw. bei zweimaligem Hinsehen rückwärts gelaufen sind. Nachdem jedoch an der Zeit als solcher nichts gedeutet werden darf, kann es sich nur um einen Irrtum, um eine Unachtsamkeit (um eine Geistesverwirrung?) handeln.

Über ihren kuriosen Alptraum, damals, auf der Rückreise von einem längeren Urlaub, sprechen die beiden nie wieder. Und dieses Thema wird nicht nur deshalb vermieden, weil jeder vermutet, entweder extrem unglaubwürdig oder geisteskrank zu wirken. Nein, viel wichtiger ist, warum sich keiner traut dieses Thema zu berühren: Eine intensive Beschäftigung mit derartigen Geschehnissen könnte auch den stärksten Charakter aus seiner vertrauten Bahn werfen.

Nur eines müssen Paul und Julia – wohl als Ersatz für eine ausstehende Erklärung – immer wieder versuchen. Bei jeder Party in den Jahren bis zur Geburt ihres Nachwuchses berichten sie von dem Hinweisschild auf einen Sperrbezirk um Desertville und jedes Mal ernten sie fröhliches Gelächter. Ein Desertville, zwischen El Paso und Tulerosa, so die einhellige Meinung, hat es nie gegeben.

Spurlos

Achim Stößer

Samstag, 20. November
Übermorgen wird er sterben. Hörst du das, mein über alles geliebter Lutz? In 48 Stunden wird deine Ellen dich töten. Und es wird der perfekte Mord sein.
Alles ist bereit. Das Motiv zu verschleiern – denn dass sie mich verdächtigen werden, ist offensichtlich – war am schwersten. Immerhin liegen nun, säuberlich in Geschenkpapier eingewickelt und mit Schleifchen versehen, zwei Flugtickets nach Bangkok in meiner Schublade, als Überraschung zum Jahrestag eines ach so glücklichen Paars – keiner weiß, dass er schon vor einem Monat war und Lutz nicht einmal daran gedacht hat. Das Alibi ist einfach: ich habe mich im Bürocomputer eingeloggt, den Systemkalender um zwei Tage vorgestellt, ein paar Dateien bearbeitet, und den Kalender wieder korrigiert. Gesegnet sei die Heimarbeit! Nun wird niemand sagen können, ich sei am Montag nicht hier gewesen, all diese Dateien tragen Datum und Uhrzeit des Mordes.
Kein Mord ohne Mörder. Ah! Darauf bin ich besonders stolz. Auf einer Diskette habe ich den Mörder erschaffen. Daten für Lutz' Terminkalender, und sogar ein paar Eintragungen für sein Tagebuch, Monate zurückreichend, alle über einen fiktiven *M*. Pikant: ich hoffe, das wird bei der Polizei die richtigen Assoziationen wecken, *M*

– eine Stadt sucht einen Mörder. Wenn nicht, sei's drum, die Eintragungen genügen. Ach, wie entsetzt werde ich sein, wenn sie mir eröffnen, mein Lutz sei schwul gewesen und von einem noch unbekannten Stricher erstochen worden. Ich werde nach der Tat nicht nur die Daten in seinem Rechner deponieren, nein, sogar an geeignete Accessoires habe ich gedacht, extrastarke Kondome, ein Darmspülgerät. Armer kleiner Lutz. Damit es nicht fabrikneu aussieht, habe ich es benutzt, und weißt du was? Allein, das hat mich mehr erregt, als du es jemals geschafft hast. Natürlich habe ich dabei Wollhandschuhe getragen, keine ledernen; ich bin sicher, gehört zu haben, dass Lederhandschuhe ebenso eindeutige Fingerabdrücke hinterlassen können wie menschliche Haut.

Sonntag, 21. November
Oh, oh, mein schönes Alibi. Beinahe hätte ich einen Fehler gemacht. Natürlich wird der Kommissar kein Übermensch sein wie im Krimi, sondern ein Beamter, der sich über das Kantinenessen aufregt und unter Hämorrhoiden leidet, aber sicher wird er auf die Idee kommen, ich hätte die Dateien im Büro vom Tatort, von Lutz' Wohnung aus, bearbeitet. Nun, kein Problem. Jetzt habe ich ein noch viel besseres. Alles, was ich tun musste, war, bei Rot über eine Kreuzung zu fahren und den Zeitstempel im Rechner der Ampelanlage zu manipulieren. Praktisch, dass mein Ex als Programmierer bei der Ortspolizeibehörde gejobbt hat. Bisher habe ich dadurch immer nur bei jedem Strafzettel fürs Falschparken 1,49 gespart, weil ich wusste, dass der Computer erst ab 1,50 mahnt. Wie gut, dass die Gerichtsmediziner den Tod so exakt festsetzen können. Zur Tatzeit werde ich weit, weit weg gewesen sein. Morgen ist es soweit.

Montag, 22. November
Es war bizarr. Die Callanetics-Vorturnerin auf dem Bildschirm lobte seine Mitarbeit: „Gut so, sehr schön, noch

ein bisschen höher. Und lächeln." Dabei lag er regungslos auf dem Boden in seinem Blut. Blut. Das war ein Problem. Der Eiszapfen, den ich im Gefrierfach hergestellt hatte, ein Mordwerkzeug, das von selbst verschwindet, hatte nicht so gut funktioniert, wie ich dachte, obwohl ich die vorgesehene Stelle am Hals genau traf. Merke: nächstes Mal keine Eiswaffe verwenden. Lutz war nicht sofort tot gewesen, alles war voller Blut, auch ich. Meine Kleidung. Ich wusch sie rasch aus und warf sie in den Trockner, aber jedes Labor würde die Blutspuren finden, also musste ich sie loswerden. In meiner Eile vergaß ich fast, das Glas mit den Fingerabdrücken des Penners, das ich mitgebracht hatte, auf Lutz' Wohnzimmertisch zu stellen. Zuhause steckte ich die Kleidung in ein Paket, schrieb eine fiktive Adresse in Gdansk darauf. Beinahe hätte ich es frankiert und mit dem Speichel unter den Briefmarken eine Blutspur hinterlassen. Nun ja, das wäre nicht weiter schlimm gewesen, den falschen Absender schrieb ich mit Tricktinte, die in ein paar Stunden verschwinden wird, und ein noch ‚falscherer', unleserlicher, vom anderen Ende Deutschlands wird erscheinen. Eine chemische Untersuchung würde das zutage fördern, aber warum sollte die Post sich diese Mühe machen? Nicht, dass damit zu rechnen ist, dass das unzustellbare Paket jemals wieder aus Polen zurückkommen wird. Gleich werde ich es zum Postamt bringen und anschließend Lutz' Leiche ‚entdecken'. Ein Glück, dass es so schneidend kalt ist. Da fallen Wollhandschuhe nicht auf.

Mittwoch, 1. Dezember
Nicht fair! Nicht fair! Nicht fair!
Oh, es war so unfair, und ich bin sicher, auch unvereinbar mit dem Datenschutzgesetz. Das werde ich meinen Anwalt fragen.
So unfair, mein Tagebuch zu beschlagnahmen.

Das ewige Band

Angelika Emmert

Eingebettet zwischen zauberhaften Häusern mit Fachwerkfassaden und roten Ziegeldächern, lag Gretas *Hexenhäuschen* in der heimeligen Altstadt des Ortes. Die kleinen Sprossenfenster blickten in den Himmel, wie seit Jahrhunderten und der Efeu des Nachbarhauses streckte seine langen Finger nach ihrem aus, weil ihm die eigene Fassade zu eng wurde. Das Kopfsteinpflaster holperte die Gasse entlang und schlängelte sich weiter, in zahlreichen Windungen, durch das kleinstädtische Idyll. Es war Mittagszeit und Greta kam, nach ihrer Arbeit im Reisebüro, mit vollgepackten Einkaufstüten nach Hause. Gleich würde Adrian von der Schule kommen. Sie dachte an ihre Oma, die ihr dieses behagliche Nest hinterlassen hatte. Nach Theos Tod vor acht Jahren und der Geburt Adrians vier Monate später, war das schiefe Häuschen der ideale Rückzugsort und der Beginn eines neuen Glücks mit Adrian. Jedes Zimmer barg Geschichten, Schränke und Stühle flüsterten sich Geheimnisse zu, wenn sie sich unbeobachtet wähnten und im lauschigen Hinterhof, der wie ein kleines Paradies seinen Zauber ausbreitete, mit üppigen Blumenrabatten und einer Kräuterschnecke, Fliederbüschen und Ginster, würden nun bald die Äste des alten Birnbaums, saftige Früchte tragen.
Im Flur hörte sie Lovecat maunzen. „Hallo, du Schmeichler." Wie um Greta zu bestätigen strich der Kater ihr schnurrend um die Beine. Sie bückte sich und kraulte ihn liebevoll hinter den Ohren. „Das gefällt dir, was?"
Greta eilte die knarrenden Stufen der Holztreppe hinauf, ins Schlafzimmer, um sich umzuziehen. Raus aus ihrem Kostüm und rein in alltagstaugliche Klamotten. Dann noch schnell die blonden Haare, zur besseren Zähmbarkeit, mit einem Band zusammengefasst und hinunter in

die Küche. Pfannkuchen sollte es heute geben, Adrians Leibspeise. Der Teig war schnell angerührt. Und während sie der Pfanne Schwung gab und der erste Pfannkuchen Saldo schlagend durch die Luft wirbelten, summte und wippte sie zu Songs aus dem Radio. Sie war beim dritten Omelett angelangt, als Adrian nach Hause kam. Braungebrannt, mit glühenden Wangen und zerzausten Locken stand er mit einem lachenden Hallo im Türrahmen.
„Na?", fragte sie, „wie war es in der Schule?"
„Guuut. Wir hatten Sport und sind um die Wette gerannt. Lukas und ich waren gleich schnell."
„Toll", freute sich Greta und öffnete das Glas mit Birnenkompott, während sich ihr Sohn eine Flasche Milch aus dem Kühlschrank nahm und durstig einen tiefen Schluck daraus trank.
„Hmmm", Adrian schielte Richtung Herd. „Es gibt Pfannkuchen."
„Erst Hände waschen!", mahnte Greta lächelnd.
„Wir haben heute fast keine Hausaufgaben auf", erzählte Adrian, während er mit sichtlichem Appetit einen Pfannkuchen verdrückte. „Mathe habe ich in der Schule geschafft, und Deutsch müssen wir erst am Donnerstag abgeben. Darf ich dann gleich zu Lukas? Wir wollen Fußball spielen und vielleicht dürfen wir seinem Opa bei den Bienen helfen."
„Ist das nicht gefährlich?"
„Nö. Lukas' Opa ist doch Imker. Das haben wir schon einmal gemacht, Mama, bitte."
Aus Adrian sprudelten die Worte heraus wie aus einer erfrischenden Quelle, die ihre Wassertropfen tanzen lässt, um Leichtigkeit und Staunen zu verbreiten.
Wie schnell er groß wird, dachte sie. Acht Jahre war er alt. Noch einmal so viel und er wäre fast schon ein Mann. Sie seufzte. Bloß nicht daran denken, vielleicht beschleunigte sich die Zeit sonst auf prophetische Weise.

Kurz vor 15.00 Uhr wollte Adrian aufbrechen. Das Telefon klingelte. Greta nahm ab und bedeutete Adrian, einen Moment zu warten.
„Mama, ich muss los!", drängelte er.
Ihre Schwester Anne war am Apparat.
„Fahrradhelm!", rief Greta ihm nach.
„Ist doch klar, Mama." Adrian stülpte seinen Helm über.
„Tschüss, bis später."
„Tschüss Adrian, pass auf dich auf."
„Immer hat er Pläne", lachte Greta ins Telefon.
„Er wird erwachsen, Schwesterherz."
„Sei bloß still."
„Du wirst schon sehen. Er ist ein toller Junge. Schade, dass Theo …"

„Anne…", unterbrach Greta sie und mit einem Mal fröstelte der Witwe. Ein eiskalter Schauer durchfuhr ihren Körper. Eine entsetzliche Schwäche brachte sie ins wanken. Sie konnte sich kaum auf den Beinen halten. Ihr schwindelte. Alles drehte sich. Ihr Herz raste, dass ihr übel wurde und eine beklemmende Unruhe stieg in ihr hoch.
„G-r-e-t-a? Was ist mit dir…?" rief es beunruhigt am anderen Ende der Leitung.
Gretas Hals war wie zugeschnürt, Bilder blitzten grell vor ihren Augen, Reifen quietschten. Die Angst war ein Krake, der seine Arme von allen Seiten um sie legte. Ein Fahrradhelm hüpfte über Asphalt, ein dumpfer Aufschlag. Ihr wurde speiübel. Sie bekam kaum noch Luft. Eine Blutspur … die Straße.
„Adrian", flüsterte sie. Das Telefon fiel schmerzvoll langsam, während sie angsterfüllt aus dem Haus stürzte. Sie sah ihn, etwa hundert Meter entfernt, an der nächsten Kreuzung. Ihr gesamter Körper zog sich zu einem schwarzen Klumpen zusammen. Greta rannte die schmale Gasse hinab. Alles in ihr pochte, zitterte, fühl-

te sich nach Verderben an. Sein gekrümmter Körper lag auf der Fahrbahn. Nein, lieber Gott, bitte ... Tränen liefen über ihre Wangen.

Ein Fremder war über ihn gebeugt und bearbeitete seinen Brustkorb.

Greta fiel neben ihm auf die Knie. Mit brüchiger Stimme flüsterte sie immer wieder den Namen ihres Sohnes.

„Adrian." Eine kalte Hand umspannte ihr Herz.

„Der Notarzt kommt gleich", keuchte der Fremde, mit Schweißperlen auf der Stirn. „Er ist mir direkt vors Auto gefahren", presste er hervor.

„Er darf nicht sterben, bitte!" Sie beschwor den Fremden, sich selbst und Gott, während kleine Blutrinnsale aus Adrians Ohr und der Nase liefen.

„Alles wird gut, mein Schatz."

Sie wiederholte die Worte mit jener hoffnungsvollen Verzweiflung, die Menschen überkommt, wenn das Liebste auf der Welt schlafwandlerisch am Abgrund der Hölle balanciert und keine Ahnung hat, dass sein Absturz nicht überwindbar wäre, qualvoller als der eigene Tod.

Während Greta bebend Gebete in den Himmel schickte, bemerkte sie in ihren Augenwinkeln ein ausgezehrtes Mädchen, etwa in Adrians Alter, das ganz in der Nähe stand und die Szenerie aufmerksam betrachtete.

„Wer bist du?", fragte ihr Unterbewusstsein, aber das Kind blieb stumm.

Der Rettungswagen traf ein und Adrians Reanimation wurde fortgesetzt, während er auf eine Trage gelagert wurde. Das Blaulicht rotierte und das Martinshorn klang wie ein wiederkehrender Schrei nach Leben. Am Straßenrand, vergessen und traurig, als zurückgelassene Verletzung, lag sein blauer Fahrradhelm, der langsam und unwiederbringlich dem Tag seine Farben nahm.

Ihre Schwester war direkt ins Krankenhaus gekommen. Angespannt saßen sie nebeneinander und Greta dachte immerzu, dass ohne Adrian ihr Leben keine Mitte mehr hätte, keinen Anfang, kein Ende, nur Leere. Sie hob den Kopf. Etwas hatte sich verändert.

„Da ist das Mädchen wieder", flüsterte Greta. Bleich und ausgemergelt mit dunklen Augen stand es regungslos da.

„Welches Mädchen?" Anne blickte sie irritiert an.

„Sie war an der Unfallstelle."

„Ich sehe kein Mädchen."

„Sieh doch. Am Ende des Gangs."

„Da ist niemand, Greta.

Doch. Da stand sie, wie eine zerschlissene wächserne Figur.

„Sie wartet auf jemanden." Greta sprach es mehr zu sich selbst.

„Soll ich dir ein Glas Wasser holen?"

„Oh, Gott, Anne!", Gretas Stimme wurde mit jedem Wort lauter, „sie wartet auf Adrian!"

Abrupt stand Greta auf und lief auf die ausgehöhlte Gestalt zu.

„Geh!", schrie sie ihr entgegen.

Sie fühlte sich schwach und stützte sich im Laufen immer wieder an die helle Wand des Krankenhausflurs. Die Luft war vom eisigen Atem des Mädchens erfüllt.

„Geh!", stöhnte sie noch einmal in seine Richtung. „Adrian gehört mir!"

„N i c h t m e h r", hauchte die Kleine und blickte sie bedrohlich aus dunklen Augen an.

Greta starrte zu ihr hinüber.

Zeitlupenschwer drehte sie sich zu ihrer Schwester, blickte auf die Stationstür, aus der gerade der Arzt trat. Schenk mir Hoffnung, bettelten ihre Augen stumm, während die grausame Wahrheit in seinen sichtbar wurde.

„Neiiiiiiiin." Greta hörte sich schreien und dachte gleichzeitig, es wären die Schreie einer Fremden. Sie wurde zu Stein. Das Atmen fiel ihr schwer und sie fiel in eine Kälte, die seltsamerweise kaum spürbar war, in der sie erfror und innerlich in tausend Scherben zersprang, ohne es zu fühlen.

Die Zimmerdecke war weiß. Sie fühlte sich betäubt. *Adrian*, dachte sie.
„Liebes?" lächelte Anne.
„Ich will zu meinem Sohn", schluchzte Greta leise.
„Das geht nicht, Liebes. Die Ärzte meinen, es wäre besser …"
„Bring mich heim", flüsterte Greta und, kaum hörbar, „zu ihm."
Ihre Schwester strich ihr über den Arm.
„Es ist gut, Greta, ich spreche mit den Ärzten."
Anne verließ das Zimmer und ihre Schuhe klackten hart auf dem Boden.
„…in seinen Armen, das Kind war tot".
Trotz der Müdigkeit kam ihr die letzte Zeile des „Erlkönigs" in den Sinn und sie dachte an das gespenstische Mädchen. An die grausame Befriedigung, die sie in seinen Augen gelesen hatte, als es ihr das Liebste nahm. Wo war es hergekommen? War Adrian bei ihm? Ihre Schläfen pochten, als weitere Worte sich zu einem süßen Gedanken formten. Konnte Adrian, wie das Mädchen, zurückkehren in diese Welt?
Die Vorstellung wühlte sie im Innersten auf. Und wenn es möglich war, dann musste sie nach Hause!
Ihr Kopf schmerzte, als sie sich von ihrem Lager erhob und mit unsicheren Schritten zum Kleiderspind tapste. Erschöpft stützte sie ihre Stirn gegen die schmale Tür und spürte Adrians Verlust plötzlich überall.
Ein Leben wie eine kaum begonnene Geschichte, dachte sie, die irgendjemand - wer, das Schicksal? – unbarmherzig zerrissen hatte, als wäre es keine gute Geschichte, als wäre es nicht die beste Geschichte, die sie sich vorstellen konnte.

Aus ihrem kraftlosen Leib kroch trostlose Verzweiflung, wie ein verletztes Tier, über ihren Bauch hinauf in den Kopf. Sie begann ihn im Takt gegen die Tür zu schlagen, wie einen Hammer, den man gegen die Wand knallt, weil man einen Nagel hineintreibt. Immer wieder stieß sie ihn gegen die Tür, dass es dumpf dröhnte, während Tränenbäche aus ihren Augen rannen.

„Greta", Annes spitzer Schrei drang entfernt zu ihr. Erst als Ihre Schwester sie packte und fest in die Arme schloss, registrierte sie vage Annes Anwesenheit.

„Er ist tot, Anne", schluchzte sie. „Adrian ist tot."

„Ich weiß, Greta, ich weiß, und es tut mir so unendlich leid."

Sie weinten beide ihre Tränen des Verlustes. Über die Veruntreuung von Adrians Leben, über die Korrumpierung durch den Tod, der als kleines Mädchen am Ende des Krankenhausganges gestanden war. Es waren Tränen ihrer Ausweglosigkeit, weil alle Pläne und strahlenden Vorstellungen von Adrians Leben zu hämisch grinsendem Schmerz zerstoben waren.

Wieder dachte Greta an das blasse, zornige Kind und diesen unglaublichen Gedanken, der in einem fernen Raum ihres Gehirns Heimat gefunden hatte: Adrians Rückkehr.

Sie atmete tief ein.

„Ich muss nach Hause, Anne. Hast du mit den Ärzten gesprochen?"

Anne strich über ihren Rücken.

„Ich habe ihnen gesagt, dass ich mich um dich kümmern werde."

Greta blickte sie abweisend an.

„Ich bin in Ordnung, du musst nicht ..."

Ein resoluter Zug legte sich um Annes Mund. „Ich habe bereits alles geregelt, Greta. Tom nimmt Urlaub und versorgt die Kinder."

„Das will ich nicht, ich..."

„Du hast die Wahl! Entweder du bleibst im Krankenhaus oder ich bleibe bei dir."
Greta blickte sie erschöpft an und ihr Flüstern schwebte wie ein Windhauch hinein in Annes Ohr:
„Meinetwegen. - Wann können wir gehen?"
Anne streichelte immer wieder über das strähnige Haar ihrer Schwester. Schließlich gab sie ihr einen Kuss auf die Wange.
„Wenn du willst, sofort."

Das war es also, das schlimmste, was einer Mutter zustoßen konnte und es war ihr geschehen. Ihr Kind war ihr genommen worden, während eines Wimpernschlags, während eines kurzen Telefonats mit ihrer Schwester. Das fehlende Klicken eines Fahrradhelms, eine Unaufmerksamkeit, Banalitäten, die sich aneinander reihten und sich Finger schnippend in einer Katastrophe entluden.
Als Greta immer wieder davon anfing, hatte ihr Anne die „verrückte Geschichte" mit dem Todeskind ausgeredet, hatte sie an den Armen gepackt, dass es weh tat, von einer unheilvollen Halluzination gesprochen, die diesem unsäglichen Schmerz geschuldet war.
„Auch wenn es dir schwer fällt, Greta, du musst jetzt vernünftig sein. Die stecken dich sonst in die Klapse!", hatte Anne sie angefleht und dabei geschüttelt, wie eine Puppe.
Greta hatte genickt und geweint und gedacht, niemals je wieder aufhören zu können.

Adrians Beisetzung war unwirklich, ein Albtraum, der den Vorhang um ihre kleine Welt zugezogen hatte, um sie höhnisch lächelnd zu quälen. Sie dachte an Theos Beerdigung. Damals trug sie Adrian unter ihrem Herzen, sein Leben und die Hoffnung auf einen Neuanfang. Adrian war der Schmetterling, der sie vom Abgrund weggeführt hatte, an schöne Orte, die nach Baby rochen und nach

Apfelmus schmeckten und an denen seine Geschichte begann und ihre fortgeschrieben werden konnte. Auf wunderbare Weise hatte er mit seiner Geburt ihr Leben gerettet. Dieser Sinn war abhanden gekommen, flüchtig, wie Nebel sich bei ersten Sonnenstrahlen auflöst, war Adrian fortgezogen und die Sonne schien einfach weiter und die Welt drehte sich weiter, wo sie hätte untergehen müssen. Im Augenblick fühlte sie nur seine Abwesenheit und wie der Schmerz sie tonnenschwer niederdrückte ins Bodenlose, in das Loch aus Friedhofserde, die ein beständiger Fluss aus Tränen aufweiche, um sie rückhaltlos hineinzuziehen.

Sie dachte, dass ihre Gliedmaßen taub seien, schwerelos – vielleicht war sie gar nicht mehr vorhanden – als ihr Augenmerk auf etwas Abseitiges gelenkt wurde.

Auf einem Grabstein, über die Köpfe der Trauernden hinweg, nahm sie das Mädchen wahr. Unbeteiligt turnte es auf einer Engelsfigur, die erhöht auf einem Sockel stand und zog Grimassen. Keine Halluzination, war ihr erster Gedanke. Sie war da! Sie sah sie, mit eigenen Augen! Keine fünf Meter von ihr entfernt, verfolgte die hohlwangige Gestalt das Geschehen beiläufig, (diese unendlich mühsame Prozedur der Erwachsenen, die das Kind langweilte und zu bösen Späßen trieb).

„Adrian", flüsterte Greta. Ihre Gedanken explodierten.

Wenn sie da war, bestand die Möglichkeit, dass auch Adrian hier war. Irgendwo zwischen den Gräbern, zwischen den schmalen Gässchen dieser Stadt, war eine Rückkehr vorstellbar.

Sie fixierte die magere Erscheinung und langsam schälte sich Hoffnung aus dem Morast trostloser Schmerzen und kroch schlammbedeckt und bettelnd, mit süßen Versprechen auf den Lippen, an ihr empor. Die Augen des Mädchens waren dunkel geworden. Dämonisch wanderte ihr Blick durch die Reihen der Anwesenden und ruhte dazwischen immer wieder verächtlich auf Greta. Dieses

Wesen suchte jemanden und verabscheute die Spionin, die davon wusste.
Greta dachte, dass es mehr gab, als Anne ahnen konnte.

Während Annes restlichem Aufenthalt, bemühte sich Greta um Normalität. Sie schminkte sich, wusch ab, las Zeitung und fütterte Lovecat, der sie jeden Tag klagend anmaunzte. Manchmal hielt er in seiner Bewegung inne und wandte den Kopf, als ob ihn jemand riefe. Eilig sprang er dann die Treppe in den oberen Stock hinauf und huschte in Adrians Zimmer. Mehrmals war ihm Greta gefolgt und beobachtete, wie er in den Ecken schnupperte, die Verwaisung des Zimmers erkundete und schließlich auf das Fenstersims sprang, um in den Innenhof zu spähen. Greta stand dann dicht hinter ihm und tat es ihm gleich. Immer hatte sie das Gefühl, dass da jemand sei und einmal hatte sie es gesehen, die Fratze des Mädchens, wie es im Birnbaum saß und ihre maskenhafte Miene quälend langsam in Gretas Augen tauchte. Gebannt, wie unter Zwang, blickte sie ihm ins Gesicht, dessen Mund langsam, fast höhnisch, ein Wort formte: „A-d-r-i-a-n." Greta presste ihre Hand vor den Mund, um nicht los zu schreien. Im gleichen Moment war die Erscheinung verschwunden. Ermattet drückte Greta ihre Stirn gegen die kühle Scheibe des Fensters und wartete bis ihr Puls sich beruhigte und schließlich in einen erträglichen Rhythmus zurück fand. Irgendwann fing sie leise an zu singen:

„Such mich, Schatz, bin nicht weit,
find' den Platz, zu jederzeit."

Dieses Lied kannte Adrian. Von klein auf hatte sie es bei jedem Versteckspiel gesungen, damit er sie jederzeit finden würde.

Als ihre Schwester sich verabschiedete fühlte sich Greta in gewisser Weise erleichtert. Endlich konnte sie ihre Zeit gestalten, wie sie es wollte, ohne dass Annes fürsorglicher Blick ihr nachspürte. Anne, die nur an dieses einzige Leben glaubte, als gäbe es keine Mysterien, als könnte nicht alles geschehen, wenn Grenzen verschwammen. Die Schwestern umarmten sich und Anne flüsterte ihr ins Ohr:
„Es wird leichter, Greta. Nicht heute und nicht morgen, aber irgendwann. Ruf an, wenn du mich brauchst, ja?"
Greta lächelte. Dann fiel die Tür ins Schloss.

Zwei Tage nach Annes Abreise, sah Greta ihren Sohn zum ersten Mal im Garten. Zufällig blickte sie aus dem Fenster und bemerkte Adrian, ihr den Rücken zugewandt, neben der Kräuterschnecke, während er mit diesem unheimlichen Kind Zwiesprache hielt. Die beiden waren versunken in ihre Unterhaltung und tauschten, wie es schien, geheimnisvolle Vorkommnisse aus. Jetzt beugte sich das Mädchen zu Adrian und flüsterte ihm konzentriert einen Fluss aus Eindringlichkeiten ins Ohr, während sie berechnend in Richtung seiner Mutter starrte.
„Ich habe keine Angst vor dir", flüsterte Greta und beobachtete angespannt die beiden Verschwörer. Langsam wandte Adrian sich ihr zu und starrte sie aus eisigen Augen an. Ihr schauderte und gleichzeitig kam Bewegung in ihren Körper.
„Adrian!", rief sie und rannte aus dem Zimmer und den Flur entlang. Sie riss die Hintertür auf und blickte zum Treffpunkt der beiden. Aber die Kinder waren fort. Sie rief nach ihrem Sohn, lief durch den Garten. Vergebens. Bedächtig, um nicht den geringsten Hinweis auf ihn unerkannt vorbeiziehen zu lassen, drehte sie sich um sich selbst.
„Komm nach Hause, Adrian!", rief sie in den Himmel, in dessen Blau zwei Zaunkönige flatterten. Greta blieb

das Herz stehen, als plötzlich das Mädchen vor ihr stand, eine handbreit entfernt.
„Lass ihn in Ruhe!" Erbost brachen die Worte zwischen den fahlen Lippen der Erscheinung hervor, die einen trotzigen Strich in ihr Gesicht zeichneten. Ihr stumpfes, strähniges Haar fiel, wie ein zerschlissener Vorhang auf ihre Schultern und verdeckte vereinzelte Stellen ihrer pergamentenen Haut. Ein modriger Geruch stieg Greta in die Nase, der eine sich windende Übelkeit in ihrem Magen verursachte, bis sie glaubte sich übergeben zu müssen. Sie würgte krampfhaft, bis der Brechreiz nachließ. Nur der faulig-süße Gestank nach Verwesung, der sich in ihre Haut fraß, würde sie, in unerträglichem Ekel, für Stunden begleiten. Die Luft war eiskalt geworden und sie stellte sich vor, dass die Gräser gläsern würden und sich brechen ließen, wie zartes Kristall. Sie fror, als säße sie in einem Kühlschrank, eingezwängt zwischen abgelaufenen Konserven, in ihrem Kosmos der stetigen Erwartung. Wann würde Adrian die Tür öffnen? Die gespenstische Stille, die den Garten umgab und alle Töne aufsog, wie ein Vakuum, als wäre das sanfte Geplauder der Blätter und das Zwitschern der Vögel von Geisterhand ausradiert, schärfte ihre Sinne um so mehr.
„Er ist MEIN Sohn!" Gretas Stimme war aus Stahl und in ihren Augen saß eine kampfbereite, brüllende Löwin.
„Er ist tot!", zischte die bleiche Gestalt und fuhr mit einem gellenden Schrei durch Greta hindurch, ins Nichts.

Ab diesem Zeitpunkt fing sie an täglich Pfannkuchen zu backen, immer in den Abendstunden. Weit öffnete sie alle Fenster und die Tür zum Garten, damit der süße Duft hinausströmen konnte, ihn zu locken. Als die Nachbarn anfingen, ihr Verhalten merkwürdig zu finden und sie nacheinander darauf ansprachen, antwortete Greta: „Ach, ich liebe Pfannkuchen", und lächelte dabei. Mehr gab es nicht zu sagen, und davon abgesehen, ging es niemanden etwas an, dass die gebackene Eierspeise, regelmäßig, unangerührt, in ihrer Biotonne landete.

„Such mich Schatz, bin nicht weit,
find' den Platz, zu jederzeit",

summte sie den Reimgesang immer wieder, während sie das letzte Küchlein, aus der heißen Pfanne, auf den Stapel aus Pfannkuchen gleiten ließ. Sie wollte die süße Ration gerade am Küchentisch absetzen, als sie draußen, in der Dämmerung, Adrian erblickte. Beharrlich waren seine Augen, von der gegenüberliegenden Seite der Gasse, auf Greta gerichtet. Bleich hob sich sein Gesicht aus der Dämmerung ab, wie eine aus Stein gemeißelte Statue starrte er durch das offene Fenster und bohrte seine Pupillen in sie hinein. „Adrian", lächelte Greta.
Blass, wie ein Leichentuch, mit tiefen Augenhöhlen und gräulich-bleichen Lippen stand er da. Keine Silbe drang aus seinem Mund, nur dieses kleine Rinnsal aus Blut lief zart aus seiner Nase. Seine gespenstische Erscheinung war zeitweise präzise umrissen, dann wieder verschleiert und beinahe durchscheinend. Greta bebte am ganzen Leib, vor Erleichterung und zaghafter Freude.
„Adrian!", rief sie wieder.
Unvermittelt jagten zwei Fledermäuse, ausgeruht nach des Tages Schlaf, am Fenster vorbei und schreckten ihn auf. Da wandte er sich ab und lief die Gasse entlang, hinein in die Unschärfe der beginnenden Nacht. Greta stürmte aus dem Haus. Sie sah ihn um die Ecke huschen, oben, an der Bäckerei, und rannte ihm hinterher. Zeitig genug, um zu sehen, wie er um die nächste Ecke bog. Ihr Herz pochte wie ein Schmiedehammer. Sie folgte ihm, aufgewühlt, Gasse um Gasse, in die sich ausbreitende Dämmerung. Ihre Lungen brannten, sie keuchte und eilte doch weiter, um die nächste Ecke und ... prallte mit ihrem Nachbarn, Herrn Schorny zusammen.
„Na, Greta, wohin so eilig?" Für einen Moment hielt er

sie an den Schultern, damit sie nicht die Balance verlor.
„Haben sie Ad... einen kleinen Jungen gesehen?", fragte Greta, außer Atem, während sie weiter in das Zwielicht gierte.
„Nein, meine Liebe", antwortete Herr Schorny beunruhigt. „Ich denke, zu dieser Zeit sind kleine Jungen und Mädchen nicht mehr alleine auf der Straße unterwegs."
Er zögerte einen Moment. „Ist alles in Ordnung mit ihnen, Greta?"
„Aber ja", antwortet sie abwesend. „Ich muss jetzt nach Hause, Herr Schorny." Sie wandte sich ab.
„Schönen Abend noch, Greta", rief er ihr hinterher, mit einer Besorgnis in der Stimme, die sie nicht mehr wahrnahm.

Greta schlief unruhig. Sie träumte von Adrian. Eingesperrt in ein düsteres Verlies, suchte er, verstört und einsam, einen Weg nach draußen. Verzweifelt kratzte er mit seinen Nägeln an den Wänden des Kerkers ... dann verschwamm die Szene und sie sah ihn über unebene Pflastersteine rennen, an Fachwerkwänden entlang. Rechts und links türmten sich monströse Straßenzüge in die Höhe und Hausfassaden hetzten wilde Schatten hinter ihm her. Am Ende jeder Gasse stand das bleiche Mädchen.
„Bleib bei mir!", rief sie ihm zu. Er lief weiter, hinein in einen Irrgarten aus engen Straßen und verwinkelten Gassen. Das Labyrinth stieß an keinen Horizont, schien nicht eingrenzbar, sondern lief nach allen Seiten strukturlos auseinander, unaufhörlich, bis in die Ewigkeit. Wie viele Wege war er bereits gegangen, auf seiner Suche.
„Mama!"

Greta schreckte aus ihrem Schlaf. Die Straßenlaterne schickte diffuses Licht in ihr Schlafzimmer und der Nachtwind wölbte die Vorhänge an den gekippten Fenstern. Langsam setzte sie sich auf. Ein eiskalter Lufthauch durchwehte das Zimmer und ließ sie frösteln. Sie streckte die Hand aus, um ihre Nachttischleuchte anzuknipsen. Für eine Sekunde setzte ihr Herz aus. Adrian stand vor ihrem Bett.

„Bist du mir böse?"
Nichts Unheilvolles lag in seinem Blick, nur diese unendliche Traurigkeit, die sie aus ihrem Traum kannte. Ihre Augen glänzten tränendunkel und am liebsten hätte sie ihn sofort in ihre Arme geschlossen, um ihn nie wieder loszulassen. Nur ihre Furcht, er könnte, wie die Male vorher, einfach verschwinden, ließ sie geduldig bleiben.
„Wie könnte ich dir böse sein?"
„Siri sagt das."
„Wer ist Siri?"
Vorsichtig schlug Greta ihre Bettdecke zurück und setzte sich auf die Bettkante.
„Das Mädchen, das mir folgt. Sie will, dass ich ihr Bruder bin und wird zornig, wenn ich dich suche."
Gretas Lippen zitterten.
„Ja, ich kenne sie. Sie ist auch wütend auf mich. Warum sagt sie, dass ich böse auf dich sei?"
Adrian schluckte.
„Weil ich meinen Fahrradhelm nicht zugeklickt habe."
Dicke Tränen kullerten aus seinen Augen.
Greta zitterte vor Aufregung und zärtlichem Mitgefühl für ihren kleinen Sohn.
„Oh, nein Schatz, niemand hat Schuld, am allerwenigsten du." Sie konnte nicht anders, sie breitete ihre Arme aus und ihr Herz wurde weit, als er sich endlich hineinwarf, schluchzend und aufgelöst. Ein kleiner, einsamer Junge, der ihre Liebe brauchte und ihren Trost.
„Adrian!" Ihr schwindelte vor Glück. Sie konnte es kaum fassen. Er war zurück, er war hier, in ihren Armen. Sie küsste ihn, immer und immer wieder und fühlte sich dabei unendlich leicht. Zärtlich nahm sie ihn hoch, wiegte ihn und tanzte mit ihm zu einer fernen Melodie.

Sie wusste nicht, wie viel Zeit vergangen war. Minuten, Stunden, Jahre. Es spielte keine Rolle. Adrian war hier.
„Mama?"
„Ja, mein Schatz."
„Siri ist so allein, darum ist sie so schrecklich wütend, weißt du. Darum wollte sie mir Angst machen, und dir."
Greta schaute lächelnd auf ihren Sohn.
„Sie muss sehr einsam sein", flüsterte sie.
„Darf sie bei uns bleiben, Mama? Sie hat sonst niemanden."
Ihr Sohn blickte sie aus seinen klugen, ernsthaften Augen an.
„Aber ja, mein Schatz. Wo ist sie?"
Adrian löste sich von ihr und öffnete die Schlafzimmertür. Siri stand am anderen Ende des Flurs, wie damals im Krankenhaus. Lange stand sie dort, ohne sich zu rühren. Mondlicht fiel auf die blasse Gestalt und großes Misstrauen aus ihren dunklen Augen.
Greta fasste sich ein Herz. „Sei willkommen, Siri."
Endlich, zögernd, kam das Mädchen näher, schaute zu Adrian, senkte ihren Blick. *Sie wirkte verstört, verängstigt, aber vor allem sehr einsam*, dachte Greta.
„Du muss keine Angst haben, Siri. Adrian und ich wollen, dass du zu unserer Familie gehörst." Greta lächelte in Siris Richtung.

Mit diesem Lächeln fand Anne sie, am Abend des nächsten Tages. Greta war tot. In ihrer Nachttischschublade fand Anne eine Notiz, die an sie gerichtet war.

Liebe Anne,
ich kann nicht ohne ihn sein. Er ist mein Fleisch und Blut, mein Ein und Alles. Ich sehe das Mädchen und weiß, Adrian ist nicht weit. Heute war sie am Friedhof. Keine Halluzination, Anne, sie war da! Er wird zurückfinden und ich werde mit ihm gehen, irgendwann. Ich liebe dich und bleibe für immer, deine kleine Schwester, Greta.

In die obere, rechte Ecke hatte Greta das Datum ihrer Nachricht notiert, den Tag von Adrians Beisetzung. Sie hatte nie vor, seinen Tod hinzunehmen, dachte Anne, von Anfang an wollte sie ihn zurückhaben, gleichgültig wie beschwerlich der Weg war. Ein Ringen mit dem Tod, um Adrians Seele und ihre eigene. Nachdenklich blickte Anne aus dem Fenster.

Das Strassenschiff

Anja Kubica

Ich bin noch nie gern Straßenbahn gefahren. Da ich aber kein eigenes Auto besitze und mir der Weg zur Arbeit zum Laufen zu weit ist, bin ich wohl oder übel auf dieses Transportmittel angewiesen.
Beim Benutzen von öffentlichen Verkehrsmitteln stören mich zwei Faktoren besonders. Erstens: Die Menschen. Es sind mir einfach zu viele, die zu laut sind und zu viel drängeln. Zweitens: Die schlechte Luft in Bus und Bahn. Wobei diese natürlich durch die Menschen beeinflusst wird. Je mehr Passagiere desto schneller ist der Sauerstoff verbraucht, desto beschissener fühle ich mich.
Um mich von all dem Trubel abzulenken, habe ich es mir angewöhnt, während der Fahrt ein Buch zu lesen. Über Abenteuer in fremden Ländern und zu anderen Zeiten.
„Wo eben noch sanfte Wogen den Bug des Dreimasters umspielten, prallten nun zehn Meter hohe Wellen von allen Seiten auf das Schiff, das durch die Kraft des Wassers hin und her geschleudert wurde."
Während ich diese Zeilen lese, fängt mit einem Male alles um mich herum an zu schwanken. Hin und her, her und hin. Doch geschieht dies wirklich? Oder bilde ich mir alles nur ein? Bin ich vielleicht so sehr in mein Buch vertieft, dass mir alles echt vorkommt? Wenn ja, müsste

das Schwanken aufhören, sobald ich meinen Blick von den Zeilen löse.
Langsam hebe ich meinen Kopf und schaue mich um. Die anderen Passagiere scheinen nichts zu bemerken, obwohl die Straßenbahn noch immer schaukelt wie ein wellengepeitschtes Schiff. Aber nicht bei voller Fahrt. Sondern stehend an einer Haltestelle.
Erst eine gefühlte Minute später ist alles wieder ruhig. Aber nur für einen Moment. Denn schon geht die Fahrt weiter und ich widme mich wieder meinem Buch.
„Lange währte das Getöse nicht. Die Wellen verschwanden so schnell, wie sie gekommen waren. Doch Ruhe kehrte nicht ein. Ein heftiger Wind blies die Segel des Schiffes auf und schob es vorwärts."
Die Straßenbahn wird auch vorwärts geschoben. Oder gezogen? Ansonsten würde ich nie an meinem Ziel ankommen.
„Doch auch der Wind ließ rasch wieder nach, sodass das Segelschiff seine Reise stoppte."
Das kann unmöglich wahr sein. Das Schiff in meinem Buch hält zur gleichen Zeit an wie der Stadtbahnwagen in dem ich sitze. Ein Blick nach draußen sagt mir, dass wir an der Haltestelle Bautzner-/Rothenburgerstraße stehen.
„Nein, nein, nein. Das ist nicht wahr!", versuche ich mich selbst zu beruhigen. Mein Buch kann keinen Einfluss auf die Realität haben. Oder ist es umgekehrt der Fall? Beeinflusst die Realität das Geschehen in meinem Buch?
„Nein!", sage ich bestimmt zu mir und merke sofort, dass etwas nicht stimmt. Alle Menschen um mich herum starren mich an, als wäre ich ein Wesen aus einer anderen Welt. Erst jetzt bemerke ich, dass ich laut gesprochen habe. Sehr peinlich. Hoffentlich passiert mir das nicht noch einmal.
Weiterlesen. Ich muss weiterlesen. Dann werden die anderen Passagiere denken, dass ich mit meiner Romanfigur mit fiebere.

„Nach einer kurzen Ruhepause schob der Wind den Dreimaster wieder vorwärts, während der Kapitän das Schiff Richtung Steuerbord lenken ließ."
Die Straßenbahn fährt auch nach rechts. So viel Gleichheit kann unmöglich noch Zufall sein. Ich darf dieses Buch nicht weiterlesen. Wer weiß, was dann mit der Straßenbahn und mir passiert.
Mit einem leisen Knall schlage ich das Buch zu. Im selben Moment höre ich hinter mir einen lauten Knall und spüre ein Rütteln, das durch die gesamte Bahn geht.
Nicht nur ich schaue jetzt zum Heckfenster. Auch die anderen Fahrgäste spähen erschrocken hoch. Weil ich aber weit vorn sitze, schaffe ich es nicht, einen Blick auf die Geschehnisse hinter der Straßenbahn zu werfen. Es stehen zu viele Menschen im Weg.
Doch will ich überhaupt wissen, was passiert ist? Ja, entscheide ich für mich und bekomme prompt die Gelegenheit dazu.
„Sehr geehrte Damen und Herren. Diese Straßenbahn wird vorerst nicht weiterfahren. Wenn Sie möchten, können Sie aussteigen."
Kein Wort der Erklärung vom Fahrer. Nur ein kurzer Hinweis zur Situation und geöffnete Türen. Dutzende Menschen strömen hinaus, drängeln und schuppsen. Davon lasse ich mich nicht beeindrucken. Ich habe Zeit und warte ab bis ich an der Reihe bin.
Erst als die anderen Leute weg sind, laufe ich los. Kaum habe ich die Straßenbahn verlassen, sehe ich, was passiert ist. Hinter uns steht ein Stadtbahnwagen der Linie 11, der das Heck meiner 6 gerammt hat. Beide Bahnen sind verbeult und die Straße ist übersät von Glasscherben.
Wie ist das passiert? Warum ist das passiert? Eine unmögliche Antwort kommt mir in den Sinn: Der Zusammenstoß ist passiert, weil ich mein Buch zugeklappt habe!

Blaubart auf dem Huegel

Barbara Kühnlenz

Eine Windbö riss einen Birkenzweig ab. In dem Moment, als er auf die hintere Scheibe des Autos prallte, schrie Monika Kluge vor Schreck auf und sank vom Beifahrersitz auf die Knie. Zunächst duckte sie sich und schützte ihren Kopf mit den Händen. Während sie ein Gebet vor sich hinmurmelte, rutschte der Zweig von der Heckscheibe und verursachte dabei ein Geräusch, das Monika glauben ließ, sie würde überfallen werden. Angsterfüllt lauschte sie auf jeden Laut. Da jedoch nur der Wind leise in den Baumkronen rauschte, linste sie vorsichtig nach allen Seiten. Als sie nichts Verdächtiges wahrnahm, dankte sie ihrem Gott, dass er sie behütet hatte, und schwor ihm, nie wieder seine Warnungen zu missachten. Umgehend schwang sie sich auf den Sitz. Als sie sich beruhigt hatte, fluchte sie vor sich: „Wäre ich doch bloß nicht so nachgiebig gewesen! Aber immer muss er seinen Kopf durchsetzen. Das hört auf!"
Sie dachte an die schlimmen Omen des Tages, mit denen ihr Gott von der Nachtfahrt abgeraten hatte. Demzufolge wollte sie die Abreise in den Urlaub verschieben, aber ihr Mann hatte sie wegen ihres Aberglaubens ausgelacht. Weder die schwarze Katze, die ihren Weg von links nach rechts kreuzte, als sie zum Bäcker ging, um Kuchen für die Fahrt zu kaufen, noch der zerbrochene Spiegel konnten ihn überzeugen. Sie flehte ihn regelrecht an, die Abfahrt auf Morgen zu verschieben, weil sich Dunkelheit über sie gesenkt hatte, als sie mit den Backwaren zurückging. Doch er grinste nur und belehrte sie: „Hast du die Nachrichten von gestern vergessen? Eine totale Sonnenfinsternis hat dich erwischt, und der Spiegel ist dir einfach aus der Hand gerutscht. Das mit der Katze ist sowieso kompletter Unsinn. Deswegen verschiebe ich doch die Reise nicht."

Es geschah das, was Monika befürchtet hatte. Mitten in der menschenleeren Gegend erwischte sie die Prophezeiung. Unversehens quoll unter der Motorhaube Rauch hervor, und das Auto fuhr keinen Zentimeter mehr weiter. Momentan hockte sie wachsam im Wageninnern um Mitternacht in dieser Einöde auf der Landstraße.
„Verdammt, Manne", grollte Monika vor sich hin, „deinen Romantikfimmel treibe ich dir aus! Für immer und ewig."
Ärgerlich blickte sie auf ihre Armbanduhr mit den Leuchtziffern und murmelte vor sich: „Wo bleibt er bloß? Sicher labt er sich jetzt an einem Bierchen, während ich hier vor Angst sterbe. Wäre ich doch mitgegangen."
Danach dachte sie jedoch sofort an das Gepäck im Auto, in dem ihre digitale Spiegelreflexkamera, der Camcorder von Manfred und natürlich die besten Kleidungsstücke im Koffer für den Urlaub verpackt waren. Das hatte sie auch bewogen, in der Dunkelheit auf den Pannendienst zu warten. Zu allem Unglück befanden sie sich in einem Funkloch und konnten per Handy nichts ausrichten, und die Verriegelung der Türen funktionierte auch nicht. Glücklicherweise hatte Manfred das Haus auf dem Hügel entdeckt, denn inzwischen erhellte der Vollmond gespenstig die Gegend.
Erneut spähte Monika zu dem Gebäude, aber außer dem aufsteigenden Nebel von den Wiesen verriet keine Bewegung ein Lebewesen. Und von Manfred fehlte jede Spur. Laut schimpfte sie vor sich: „Immer muss er seinen Kopf durchsetzen. Morgen früh hätten wir ganz bequem losfahren können, und zwar auf der Autobahn", und sie äffte ihn nach: „Auf der Landstraße ist es ja so romantisch und nachts weniger Verkehr. Dein Aberglaube ist doch nichts als purer Blödsinn." Abschließend bewertete sie seinen Standpunkt: „Und nun haben wir den Salat!"
Je länger sie auf ihn wartete, desto wütender wurde Monika in ihrer Angst. Ständig vermutete sie hinter jedem Baum ein Monster. Bei jedem Geräusch drehte sie sich

erschrocken um, denn sie befürchtete, vergewaltigt und erdrosselt zu werden. Bevor sie erneut eine Schimpftirade auf ihren Mann loslassen konnte, verhinderte etwas Dunkles, das den Hügel, von Nebelschleiern umhüllt, auf sie zurannte. War es Manfred? Doch die Gestalt ähnelte ihm überhaupt nicht. Als sie das Auto erreichte, krümmte Monika sich unwillkürlich und spähte von unten zur Fensterscheibe. Nur eine dünne Blechwand trennte sie von dem Ungeheuer. Als es die Tür aufriss, kreischte Monika als griffe der Leibhaftige nach ihr und traktierte gleichzeitig den Eindringling mit Fäusten. Doch ihre Abwehr beachtete er überhaupt nicht, sondern warf sich unter ihren Schlägen wortlos und nach Luft japsend auf den Fahrersitz. Erst jetzt erkannte Monika ihren Mann und stieß hervor: „Na, endlich! Wo treibst du dich bloß solange rum, während ich um mein Leben bange?" Doch aus ihm drang ein Stöhnen, und er keuchte eigenartig. Erschrocken betrachtete Monika ihren sonst so beherrscht wirkenden Mann und erschrak vor der Blässe seines Gesichtes und dem Augenausdruck.

„Was ist passiert?", fragte sie ihn. Er klappte mehrmals seinen Mund auf und zu. Aber statt zu sprechen, zitterte sein Unterkiefer, und er schluckte krampfhaft. Fassungslos bemerkte Monika, dass ihr Mann zum ersten Mal während ihrer zehnjährigen Ehe weinte. Als sein Schluchzen dabei in immer lauter werdendes Jammern überging, kroch Grauen in ihr hoch. Obwohl sie seine Auskunft fürchtete, forderte sie stockend: „Manne, was ist denn los ... was ist dir passiert?"

Er stöhnte auf und ächzte, als wäre seine Stimme zusammengepresst: „Die Suppe ... eine Suppe ... diese fürchterliche Suppe!"

Nun atmete Monika befreit durch, denn alles von Mord bis zu geheimem Sektenritualen hatte sie erwartet. Aber eine Suppe? Sie umarmte ihn und flüsterte: „Beruhige dich! Was denn für eine Suppe ... hast du die etwa gegessen?"

„Niemals! In der Suppe schwammen Augen", stammelte Manfred monoton weiter.

„Nun reiß dich mal zusammen!", fuhr sie ihn an und forderte mit Nachdruck: „Kommt denn nun der Pannendienst? Ich habe nämlich keine Lust, hier in dieser Einöde die ganze Nacht zu verbringen."

„Moni, so wahr, wie ich hier neben dir sitze, so leibhaftig guckten mich aus der Suppe blaue Menschenaugen an."

Jetzt gruselte es auch sie. Unwillkürlich drehte sie ihren Kopf in Richtung des Hauses, in dem alle Lichter erloschen waren. Doch die Silhouette kam ihr wie ein Dämon vor und erschreckte sie mehr als die Aussage ihres Mannes. Monika erschauderte, gab sich jedoch furchtlos und wandte sich wieder ihrem Mann zu, der vor sich hinstierte. Mit bebender Stimme bat sie ihn: „Ganz ruhig, Manne! Erzähl mal schön der Reihe nach. Wer war denn in dem Haus?"

„Ein Mann. Und die Suppe mit den blauen Augen."

Das ständige Wiederholen dieser Suppe verstimmte Monika. Nun befahl sie ihm: „Hör endlich mit der Suppe auf! Was hast du erlebt?"

Manfred seufzte durch den ungewohnt barschen Ton seiner Frau in sich gekehrt auf und flüsterte mit einer Stimme, die noch im Haus auf dem Hügel zu verweilen schien: „Nicht die Suppe allein. Da war auch noch der Mann …" Als er wieder schwieg, herrschte sie ihn an: „Weiter! Hat der dir was getan?"

„Nein", raunte Manfred und spähte argwöhnisch den Hügel hinauf. „Mensch, nun berichte mir doch endlich, was passiert ist!", fuhr sie ihn an.

„Nein, nein, getan hat er mir nichts, war sogar ganz hilfsbereit. Einen Telefonanschluss habe er noch nicht, weil er erst vor kurzen dorthin gezogen war, erzählte er mir jedenfalls. Aus einem der Zimmer wollte er einen Atlas holen, um mir den Weg zur nächsten Ortschaft zu zeigen und wo wir dort eine Werkstatt finden. Dabei ließ er die Tür ein wenig offen, und durch den Spalt sah ich …"

Erneut verstummte Manfred. Gedanklich schien er unerreichbar weit fort zu sein. Nun schüttelte Monika ihren Mann hin und her, denn sie fürchtete um seinen Verstand. Selbst halb wahnsinnig vor Entsetzen brüllte sie ihn an: „Weiter, Manfred! Was hast du gesehen?"
„Eine Leiche. Ich sah ... eine Frauenleiche."
„Das glaube ich dir jetzt nicht", stieß Monika hervor und klammerte sich an ihn. Dabei irrte ihr Blick immer wieder zu dem Haus. Mit weit aufgerissen Augen starrte Manfred seine Frau an, und plötzlich sprudelte es regelrecht nur so aus ihm heraus: „Ehrlich! Eine Frauenleiche. Die hing an einem Kreuz. Aus ihrem Bauch baumelten Därme bis zum Fußboden und Blut ... jawohl, Blut tropfte auf den Fußboden. Und später ..." Er konnte vor Grauen schon wieder nicht mehr weiter sprechen. Aus Bestürzung schimpfte Monika: „Das hast du von deinen geliebten Nachtfahrten! Nie wieder, hörst du, Manne, nie wieder fahren wir solche einsamen Straßen, auch wenn sie für dich noch so romantisch sind. Hast du das verstanden?" Da ihr Mann schwieg und vor sich hin stierte, fuhr Monika ihn erneut an: „Hat der Mann dir wirklich nichts getan?"
„Nein, das nicht. Er bot mir O-Saft an. Als er den Kühlschrank öffnete ...", Manne versank abermals in Schweigen, und Tränen rannen aus seinen Augen.
„Mensch, Manne, ich sterbe hier bald vor Angst und du schweigst ständig. Sag doch endlich was!"
„Aus dem Kühlschrank ... ja, aus dem Kühlschrank glotzte mich ein Gesicht mit leeren Augenhöhlen an, und auf dem Tisch entdeckte ich dann diese fürchterliche Suppe. Das habe ich wirklich gesehen. Mit meinen eigenen Augen habe ich das gesehen, Moni, und wir werden die Nächsten sein."
Er hielt inne, holte tief Luft wie nach einer Heidenarbeit und schien nun vollkommen in die Wirklichkeit zurückgekehrt zu sein. Über Monikas Rücken rieselte eine Gänsehaut nach dem anderen, und sie fing zu zittern

an. Jetzt saß sie wie eine Statue auf dem Sitz und wagte nicht, zu dem Haus auf dem Hügel zu blicken. Als Manfred bestimmte: „Weg, Moni, bloß weg! Dort schlachtet der Satan persönlich", war sie nicht in der Lage zu gehorchen. Im Nu sprang er aus dem Auto, flitzte zur Beifahrertür, riss sie auf und zog die nun vor Entsetzen Willenlose vom Sitz. Jetzt schüttelte er sie und befahl mit rauer Stimme: „Wir müssen hier weg!" Dabei drehte er sich immerzu um und musterte den Hügel, ob sich ihnen jemand nähern würde. Während seine Frau wie versteinert am Auto lehnte, verdunkelte eine Wolke den Mond. Nun umgab sie Dunkelheit wie ein schützender Mantel. Durch die scheinbare Einsamkeit ermutigt, schnauzte er sie an: „Beweg dich, bevor er uns erwischt!", und zerrte Monika wie eine Marionette mit sich fort. Durch seinen Angstruf schien sie zu sich gekommen zu sein.

Im Sturmschritt hastete sie an seiner Hand die unbekannte Straße zurück in die Richtung, aus der sie vor noch nicht einer Stunde gekommen waren. Aber sie waren nicht mehr dieselben. Bei jedem Geräusch zuckten sie zusammen und verharrten wie Standbilder. Mitunter glaubte Monika, hinter einem Baum Schatten zu sehen und wollte keinen Schritt weiter gehen. Erst, nachdem Manfred vorsichtig die Gefahrenzone untersucht und sich von der Harmlosigkeit überzeugt hatte, war sie bereit, die Flucht fortzusetzen.

Als kurz darauf irgendetwas direkt vor ihrem Kopf vorbeiflatterte, warf Monika sich auf den Asphalt und schlug wie eine Verrückte danach, bis Manfred sie hochzog und verspottete: „Bist du ein Angsthase! Das war doch nur eine Fledermaus. Wie konntest du das arme Tierchen so erschrecken!" Beleidigt blickte sie ihn an und rannte weiter, ohne auf ihn zu achten. Er folgte ihr im Sturmschritt, denn unheimlich kam ihm die Gegend auch vor. Plötzlich überquerte einige Meter vor ihnen ein Schatten die Straße. Sogleich stoppte Monika ihren Lauf, zerrte ihren Mann zu sich heran, krallte sich an ihm fest und flüsterte: „Da vorne ist er." Erschrocken raunte Manfred ihr zu: „Wo denn? Ich sehe nichts." Schweigend wies Monikas Hand nach vorn, aber das Schattengebilde war verschwunden. Manfred behauptete nur: „Du spinnst!", wollte sich seine Furcht nicht anmerken lassen und pirschte sich beherzt in die Richtung. Auf einmal raschelte es dicht neben ihm, und das Geweih von einem Hirsch wurde im Mondlicht sichtbar. Vor Schreck hetzte Monika die Straße zurück. Manfred rief ihr nach: „Ist doch bloß ein Tier!"

Als sie einige Sekunden später stillstand, beschwor er sie: „Komm zurück! Bitte! Wir müssen weiter." Zögernd ging sie zu ihm hin und lief an seiner Seite weiter. Doch der Wald, der vor ihnen auftauchte, veranlasste sie wiederum anzuhalten, und sie zischte: „Da kriegen mich keine zehn Pferde durch!", aber Manfred schob sie vor sich her und knurrte: „Hab' dich nicht so! Sind nur hundert Meter, und die Bäume tun uns nichts."

„Die Bäume nicht, aber wer sich dahinter verbirgt."

„Wir müssen da durch, Moni! Es gibt nur die eine Straße oder willst du zurück? Geh einfach hinter mir!" Widerstrebend fügte sie sich und drückte sich eng gegen seinen Rücken. Im Gleichschritt eilten sie weiter. Doch nach einigen Schritten bremste Monika und murmelte: „Hast du gehört?"

„Was ist denn nun schon wieder?", entgegnete Manfred gereizt, aber sie ließ sich nicht beirren: „Da, schon wieder! Hörst du das denn nicht?" Nun lauschte Manfred angestrengt: „Nee, beim besten Willen. Ich höre außer dem Rauschen des Windes in den Bäumen nichts. Nun lass endlich das Unken!", fuhr er sie an. Monika setzte sich wieder in Bewegung. Als jedoch kurz darauf aus dem Dunkel des Waldes ein Knacken ertönte, kreischte sie vor Grauen: „Er kommt! Da, wieder sein Schatten", und hetzte kopflos die Straße entlang, sodass Manfred kaum folgen konnte. Panik verlieh ihnen einen kaum zu glaubenden Spürsinn, denn schon nach der nächsten

Biegung signalisierten in der Ferne beleuchtete Straßen eine Ortschaft. Schnurstracks jagten sie auf das Licht zu. Mit mehr Glück als Verstand brach ihre Hetzjagd unmittelbar vor der Polizeiwache ab. Hastig riss Manfred den Hauseingang auf, stieß seine Frau hinein und trat mit dem Fuß die Tür zu. Aufatmend lehnte er sich gegen die Wand. Während von seiner Stirn Schweißperlen auf den Fußboden tropften, spurtete Monika die wenigen Stufen zum Amtszimmer hoch. Kurz davor drehte sie sich um und rief ihrem Mann zu: „Wo bleibst du denn?" Schwerfällig stieg Manfred zu ihr hoch.

Als sie wenige Sekunden später den Raum der Polizeidienststelle betraten, erschrak der diensthabende Beamte bei ihrem Anblick. Sogleich kreischte Monika mit durchdringender Stimme: „Schnell! Noch können Sie ihn fassen." Begriffsstutzig blickte der Beamte sie an und wollte die Aufgeregte besänftigen: „Beruhigen Sie sich doch!", aber Manfred brüllte ihn an: „Nun machen Sie schon! Ein Kannibale."

Kritisch musterte der Beamte das Paar und erkundigte sich sachlich: „Um was geht es? Wollen Sie Anzeige erstatten?"

Nun schrien die Beiden ihn im Duett an: „Beinahe hätte er uns erwischt! Sie müssen ihn fassen. Er ist ja schon im Wald."

Erschöpft schwiegen sie. Der Polizist erhob sich und sagte: „Kommen Sie bitte mit nach nebenan!" Das Paar folgte ihm. Dort bot der Beamte ihnen einen Stuhl an, setzte sich gegenüber und bat: „So, nun erzählen Sie mir, was Ihnen widerfahren ist."

„Ein Kannibale hat ...", stieß Manfred aufgeregt hervor und Monika unterbrach ihn: „Er war schon dicht hinter uns." Als sie erschöpft schwieg, schilderte Manfred, was er im Haus auf dem Hügel gesehen hatte. Dieser Bericht, wirr und schaurig, veranlasste den Beamten, obwohl er an der Aussage des Mannes zweifelte, seinen Vorgesetzten zu verständigen. Als dieser den Vorfall gehört hatte, glaubte er zunächst, zwei aus einer Irrenanstalt Entsprungene sprächen im Wahn und beauftragte den Diensthabenden, das Paar vorsichtshalber in eine Zelle zu sperren. Dennoch empfand er es als seine Pflicht, das Haus auf dem Hügel gründlich durchsuchen zu lassen. Schließlich waren in der Kriminalgeschichte Massenmörder und Kannibalismus nicht unbekannt. Auch Vermisste gab es genug.

Monika und Manfred fanden diese Maßnahme übertrieben, beruhigten sich aber wegen der sofort eingeleiteten Ermittlung. Während ein Streifenwagen zu dem angeblichen Tatort fuhr, beobachtete der Diensthabende seine merkwürdigen Gäste zunächst argwöhnisch. Da sich diese friedlich verhielten und still Hand in Hand auf den Sitzen saßen, erkaltete sein Interesse.

Als der Einsatzwagen zurückkehrte, veränderte wiederum Furcht die Gesichtszüge des Ehepaares. Krampfhaft stierte Monika die Wand an, denn sie wollte so ein Monster nicht sehen. Manfred dagegen blickte angespannt zur Tür. Er wollte sofort wissen, ob auch tatsächlich *seine Bestie* gefangen worden war.

Vergnügt vor sich hin trällernd, betraten die Polizisten den Raum. Obwohl Manfred eigentlich hundertprozentig überzeugt war, weder geträumt noch phantasiert zu haben, zweifelte er nun doch an seiner Wahrnehmung. Der Kommissar trat dicht zu ihm heran und ließ vor seinem Gesicht einen durchsichtigen Beutel pendeln. Darin lag ein einzelner, blutiger Finger. Angewidert wollte sich Manfred abwenden, aber die Gelassenheit des Kriminalbeamten irritierte ihn.

Deshalb musterte er das Beweisstück genauer, stutzte kurzfristig und lachte schließlich ausgelassen wie in Kindheitstagen nach einem gelungenen Streich. Wegen seiner Lachsalve zuckte Monika heftig zusammen und drehte sich empört zu ihrem Mann um. War er jetzt völlig durchgedreht? Doch ihr Blick blieb fassungslos an dem Inhalt des durchsichtigen Beutels hängen. Erst die

Stimme des Kommissars löste sie aus ihrer Erstarrung. Er klärte sie auf: „Alles klar. Das Haus auf dem Hügel ist seit Kurzem die Werkstatt einer Filmgesellschaft. Und das, was Sie gesehen haben, sind Requisiten für einen Horrorfilm."

Eine Leiche killt man nicht

Beate Schmidt

La Cala de Mijas wirkte im Februar etwas verschlafen. Morgens hörte man in einigen Straßencafés Geschirr klappern und das Knattern von Motorrollern. Wenn der Wind peitschte und das spanische Stimmengewirr verstummte, konnte man die Leibhaftigkeit der Brandung hören. Der perfekte Platz, um eine Leiche im Meer verschwinden zu lassen! Seit ein paar Wochen betrat ich regelmäßig in den frühen Morgenstunden das kleine Lokal mit dem Namen *Venta*, welches direkt gegenüber der Bibliothek lag und stets gut besucht war. Ich bestellte mir einen Cafè con leche und wartete auf neun Uhr. Setzte mich auf die Terrasse, beobachtete den Alltagstrubel mit Adleraugen und scharf gespitztem Verstand. Heute schien mir die Sonne ins Gesicht. Entspannt lehnte ich mich zurück, rührte in meinem Café und zündete mir eine Zigarette an. Das typische Dorfgeschwätz interessierte mich peripher, meine Gedanken kreisten um den Mord und die Tatwaffe. - Ich durfte nichts übersehen, musste alle Eventualitäten auslotsen, wenn mein Plan vom Erfolg gekrönt werden sollte. -
Ich legte das Kleingeld auf den Tisch und warf Roberto zum Abschied einen Luft Kuss zu. Schlendernd überquerte ich mit mörderischen Gedanken die Straße. Das Centro de Cultura lag unmittelbar gegenüber der Venta und verfügte über eine gut sortierte Auswahl an Büchern. Hier konnte ich mich in aller Ruhe mit dem Mord

auseinandersetzen. Der Bibliothekar im Eingang hinter der Theke schaute kurz zu mir auf und begrüßte mich mit einem freundlichem „Buenos dias", welches ich erwiderte. Mein Lieblingsplatz war hinten links, von dort konnte ich mich ins Netz wählen, ohne dass mir jemand über die Schulter schaute und seelenruhig nach möglichen Mordvarianten stöbern. Leise, fast auf Zehenspitzen steuerte ich durch die Regale und griff mir ein paar Bücher. Einige Besucher schauten mich fragend an. Für sie war ich eine Fremde, ich spürte die Blicke, die mich verfolgten und hörte das Tuscheln. Andere lächelten mir zu und beäugten, wie ich meinen Laptop bediente, Papiere, Bücher und Stifte auf meinen Tisch verteilte. Das es sich hier um die Lösung eines Mordes handelte, ahnte sicherlich niemand. Schweigsam sammelte ich Unmengen an Notizen. Giftmord schien mir anhand meiner Vermerke abwegig, Blutrache zu profan! Stunden waren vergangen und ich hatte noch immer zu wenig Anhaltspunkte. Die Zeit galoppierte davon und mir blieben für die Schlüssel-Lösung nur noch ein paar Tage.

Nervös rutschte ich auf meinem Stuhl hin und her, als wollte mich eine Armee von Ameisen davontragen. Der Bleistift knirschte zwischen meinen Zähnen, während ich den Tathergang analysierte. Eifersucht, Habgier und ein herbeigeführtes Trauma, unentschuldbarer, psychopatischer Konsequenzen standen auf meinem Wisch. Es war nicht mein erster Mord, dennoch stocherte ich mit der Nadel im Heuhaufen. - Ein Sexualverbrechen, versehentliches Fremdverschulden, oder gar Giftmord durch Atropa Belladonna, das Gift der schwarzen Tollkirsche, schloss ich aus! Erneut ging ich das Täterprofil durch. Es musste ein starker Mann sein, oder er hatte Helfer! Fundort und Tatort stimmten nicht überein! Bei genauerer Betrachtung der gefertigten Skizzen, gab es sogar zwei Fundorte. Die Mordwaffe war mir ein Rätsel. - Sollte der Täter etwa ein Psychopath sein, oder doch eher ein beauftragter Killer? - Ungereimtheiten ketteten sich aneinander.

„Natürlich hätte auch die Mafia mit drin stecken können! Nichts ungewöhnliches, wenn die Füße erst mal in Beton steckten und die Lungen voller Wasser sind, zumal sie den Passeo in Fuengirola bis zum letztem Sandkorn seit Jahren unter Kontrolle haben!"

Mein Block füllte sich mit Randnotizen. „Er musste ein Psycho sein!", murmelte ich vor mir hin. Ein verdammt habgieriger, ohne Skrupel und Moral. Desto tiefer ich mich in die Details der Tat kniete, um so mysteriöser schien mir alles, obwohl sich die Fakten stündlich verdichteten. Sie ließen mir einfach immer weniger Spielraum. Ein Fischerboot, von Möwen gefolgt, hatte die Leiche mit seinem Anker in die Bucht geschleppt. Es war keine gewöhnliche Wasserleiche. Seine Füße steckten im Beton. Sein Brustkorb wurde anscheinend schon mal fachmännisch geöffnet und wie bei einer Autopsie wieder verschlossen. Der Tote lag zu lange im Wasser, als dass man noch irgendwelche äußeren Spuren oder Fingerabdrücke hätte entnehmen können. Sie war nackt, männlich, mittleren Alters. Das Gesicht war aufgedunsen und die Haut schrumpelig mit bläulicher Färbung. Kein schöner Anblick. Das ölverschmierte Haar, welches von Tang und Algen behaftet war, ließ ein Grau durchschimmern, etwa nackenlang. Treibspuren führten zur postmortalen Veränderung der Leiche. Auf den Fotos erkannte ihn niemand im Dorf und es existierte auch keine Vermisstenanzeige!

Comissario Ronaldi Rodriges ließ die Leiche für forensische Untersuchungen nach Málaga zur Obduktion überführen. Der Beton sollte Schicht für Schicht entfernt, die Herkunft ermittelt und die Schuhgröße bestimmt werden. Nun lag es in der Verantwortung von Daniel Fernandes Dias die Todesursache und den exakten Zeitpunkt festzulegen. Fingerabdrücke und DNS zeigten keinen Treffer im Zentralregister, anscheinen hatte Mr. No-Name eine blütenreine Weste! Die Haarprobe war

ebenfalls negativ, keine Drogen im Spiel! Dennoch ging man ihm an die Wäsche und wollte sogar noch mehr ..., als nur seinen Tod. Als das Telefon schrillte, schreckte Comissario Ronaldi hoch und griff hastig nach dem Hörer.
„Hola Fernandes ..., hast du was Interessantes für mich?"
„Si ..., si, Señor! Es ist sehr außergewöhnlich und ich weiß nicht, wie es passieren konnte!"
„Wie was passieren konnte? Venga ..., venga, spannen sie mich nicht auf die Folter!"
„Comissario, es ist mir unerklärlich, aber der Mann war schon tod, bevor er die Betonschuhe verpasst bekommen hat!"
„Also Postmortal ..., nur um seine Leiche los zu werden?"
„Si. Si Señor Rodriges! Aber das Erstaunliche war, als wir den Beton entfernten, trug er einen Zettel am Zeh. Vielleicht werden Sie es mir nicht glauben Señor Rodriges, aber er lag vor vier Wochen schon mal auf dem Tisch der Gerichtsmedizin in Marbella. Die Todesursache war noch nicht geklärt, als man die Leiche gestohlen hat ..., man wollte es nicht an die große Glocke hängen!"
„Wie ..., die lassen sich eine Leiche stehlen und stellen keine Nachforschungen an? Was ist mit der Identität?"
„Blutgruppe A Rhesusfaktor positiv, geschätztes Alter circa 46, keine Tätowierungen, Narben oder Knochenbrüche. Identität unbekannt! Todesursache wahrscheinlich durch Fremdeinwirkung. Katalogisiert unter der Nummer 10968. Mehr gab der Zettel nicht her!"
„Als wenn ich nicht schon genug Leichen hätte. Haben Sie die Papiere aus Marbella angefordert?"
„Comissario, nachdem sie die Leiche vermisst hatten, haben sie in der Gerichtsmedizin alle Papiere verschwinden lassen ..., so zu sagen postmortal!"
„Na Klasse; Spuren verwischt und jetzt hab ich Mr. No-Name am Hals. Was hat ihre Obduktion ergeben, oder

ist ihnen jetzt auch die Leiche abhanden gekommen Señor Fernandes?"
No ..., no comessaria, todo bien! Den genauen Todeszeitpunkt kann ich leider nicht mehr bestimmen, ich vermute, unmittelbar bevor er in Marbella auf den Tisch kam! Hätten wir Leichenflecken und Maden, könnten wir die Todeszeit eingrenzen. Es gibt ein paar äußere Verletzungen, aber die stammen vom Anker des Fischerbootes und den Treibspuren. Ertrinken können wir definitiv ausschließen, er hatte zwar Beton an den Füßen ..., aber kein Wasser in der Lunge! Ein Wunder, dass er überhaupt noch Lungen hatte, dem sind fachmännisch Organe entnommen worden. Der hatte noch nicht mal mehr ein Herz. Ein paar Untersuchungen laufen noch!"
„Komplizierter geht's wohl nicht auf meine alten Tage. Senden Sie mir alle Protokolle via Mail ..., muy rapido porfavour, denn wenn es sich hier um professionellen Organhandel dreht, müssen wir denen so schnell wie möglich das Handwerk legen, bevor hier noch ein paar Betonklötze angespült werden! Ich werde für diesen Fall eine Soko einrichten und Unterstützung aus Fuengirola anfordern. Hasta luego, Señor Fernandes!"
Ronaldi starrte den Hörer an, verzweifelt fuhr er sich mit den Fingern durch das Haar, schüttelte den Kopf und holte tief Luft. Seine Stirn krauste sich: „Wieso nicht alle Organe?"
- Darauf gab es nur eine Antwort, es war anders geplant, irgendetwas musste passiert sein, wahrscheinlich musste es plötzlich schnell gehen. Das Klopfen an der Tür riss ihn aus seinen Gedanken.
„Si"
„Hola Señor Rodriges ..., schön, Sie persönlich anzutreffen, der Fall in La Cala mit der unbekannten Wasserleiche erhebt ja ganz schön Aufsehen!"
„Si Señora Beatrice, ich weiß gar nicht, wo mir der Kopf steht. Eine angeschleppte Wasserleiche mit Betonfüßen haben wir in unserem Dorf nun mal nicht alle Tage!"

„Haben Sie schon eine Spur?"
„Mr. No-Name starb, wurde aufgeschnitten, verschwand und ist betoniert, mit fehlenden Organen wieder aufgetaucht. Solche Leichen braucht kein Mensch! Wir sind ein ganz friedliches Dorf! Meine Pension steht vor der Tür und wenn es Leichen gibt, handelt es sich meistens um Drogen und sie werden nur einmal gekillt und das von den Handlangern Luigis. Ich versuche ihn seit Jahren Dingfest zu machen, nur leider fehlten mir bis heute die Beweise!"
„Señor Ronaldi, verstehe ich Sie richtig, er ist zweimal? Wie soll ich das verstehen?"
„Si Señora, da die Autopsie und der Diebstahl der Leiche versucht wurde zu vertuschen, gehe ich davon aus, dass Mr. No-Name zum Zeitpunkt der Öffnung noch gar kein endgültiger Exitus war! Vielleicht Scheintod oder Herzversagen ..., aber nicht wirklich tot!"
Mein Bleistift kreiste über das Papier, Trauben eines Cluster bildeten sich. Mr. *weiße Weste* hatte also Dreck am stecken. Kein Wasser in der Lunge, zweimal gekillt und nicht vermisst. Feines Kerlchen! – Er musste Dreck am Stecken haben, ansonsten ergab es keinen Sinn! – Nochmals ging ich alle meine Unterlagen durch, recherchierte nach ähnlichen Fällen und fand schließlich das erste Motiv. Es roch vielmehr nach Verschleierung und Habgier. Ich beschloss, mich unauffällig weiter im Ort und in der Gerichtsmedizin Marbellas umzuhören.
Plötzlich klopfte es an der Tür. Schwungvoll, ohne auf eine Aufforderung zu warten, trat Señor Fernandez ein. Das Gespräch verstummte. Seine Augen strahlten, als hätte er einen Schatz entdeckt und seine Wangen glühten vor Freude. „Comissario .., comissario", stammelte er völlig außer Puste, als wäre er gerade einen Marathon gelaufen. „Comissario ..., wir haben einen entscheidenden Hinweis, die Nachricht wollte ich Ihnen persönlich übermitteln. Im Bauchraum des Toten haben wir Spuren von reinem Kokain und Plastikfasern gefunden!"

„Wird ja immer schöner! Bis gerade dachte ich noch an Organhandel und jetzt doch Drogen! Plastikfasern ..., Kurier also!"

„Da können wir von ausgehen, Señor Rodriges! Die Plastikfaser weisen darauf hin, dass er mehrere Päckchen geschluckt haben muss. Wir fanden winzige Reste von einem Nylonfaden in seiner Mundhöhle. Der Schlund war geweitet und zeigte anhand von Rötungen und feinste Rillen in der Epidermis die typischen Merkmale. Den Spuren nach hätte er daran ersticken müssen!"

„Also Tod durch Ersticken?"

„Nein, irgendjemand hielt ihn nur für tot! Wahrscheinlich der Drogendealer, dann landete er auf dem Tisch in der Gerichtsmedizin. Das Ganze muss sehr schnell gegangen sein!"

„Irgendwie müssen die Gerichtsmediziner da ganz tief mit drin stecken!"

Luigi, schoss es mir durch den Kopf. Drogen und Organhandel in einem. Seit langem bin ich hinter dem gewieftem Kopf der Mafia hinterher. - *Bisher konnte ich dir nie etwas nachweisen, aber diesmal kriege ich dich und wenn es das Letzte ist, was ich tue!* -

„Señor Rodriges, ich könnte doch undercover in der Gerichtsmedizin einspringen und denen auf den Zahn fühlen!"

„Viel zu gefährlich, Señora Beatrice, wenngleich ich Ihr Engagement in dem Fall respektiere!"

„Comissario, Sie haben keine andere Wahl, uns läuft die Zeit davon. Mich kennen sie in der Gerichtsmedizin nicht und sie hängen sich an Luigi!"

„Hm, mir bleibt wohl keine andere Wahl! Sie haben recht! Wir werden Sie verkabeln, aber unternehmen Sie nichts auf eigene Faust! Meine Leute werden in der Nähe sein und eingreifen, wenn es erforderlich ist!"

Die Stunden vergingen, als Praktikantin hatte ich die Aufgabe die Leichen aus dem Kühlhaus zu holen, zu waschen und Instrumente zu reinigen. Die Ärzte waren nett und geduldig. Mit Argwohn betrachtete ich sie und versuchte den Mörder von Mr. No-Name, der mich an Dr. Schiwago erinnerte, ausfindig zu machen. Obwohl es sich hierbei nicht um zwei Liebschaften handelte wie 1965 im Bürgerkrieg der russischen Revolution, sondern um zwei Verbrechen der besonderen Art, die an Skrupellosigkeit grenzten und heimtückischer nicht sein konnten. In Gedanken an Dr. Schiwago und der Stille dieser Abteilung hörte ich plötzlich Stimmen im Nebentrakt. Ich schlich den Gang hinunter, es war düster und etwas unheimlich. Aber wenn ich alles verstehen wollte, musste ich den Stimmen folgen. Vor der großen Tür, dessen Raum ich nicht kannte, blieb ich stehen und lauschte.

„Luigi, wir haben die Päckchen nicht, Du kannst uns glauben, wir würden Dich doch nie betrügen. Beim runterschlucken ist er an seiner eigenen Angst erstickt, aber er war gar nicht tod. Als du bei uns angerufen hast, haben wir ihn direkt aufgeschnitten, um das Heroin sauber zu entfernen. Es musste doch schnell gehen, als deine Leute ihn brachten!"

„Wollt ihr mich verarschen, den großen Luigi? Wir hatten eine ganz klare Abmachung. Ich bekomme meinen Stoff und ihr die Organe!"

„Klar, aber du kannst uns glauben, war doch nicht der erste Deal. Aber er war nicht tod, er zuckte plötzlich, das Skalpell rutschte ab und hat ein paar Beutel geöffnet. Wir haben auch Verluste gemacht, wir konnten nicht alle Organe entfernen. Erst als wir das Herz entfernten, trat sein Tod ein. Deshalb mussten wir die Leiche so schnell wie möglich verschwinden lassen!"

„Und wo sind die 50.000 Euro, die ich dem Typ gegeben habe?"

„Er hatte nichts dabei, als deine Jungs ihn in der Nacht brachten, die müssen sie sich eingesteckt haben!"

Mir lief es bei dem Gedanken eiskalt den Rücken hinab. Ich hörte Schritte und versteckte mich hinter einem Pfei-

ler. Als sie näher kamen erkannte ich Comissario Rodriges. Dicht hinter ihm seine Kollegen. Sie nickten sich stumm zu, rissen die Tür auf und stürmten den Raum.
„Hände hoch! Im Namen des Gesetzes ..., Sie sind verhaftet ...!"
Die Spannung hatte ein Ende, das Motiv lag auf der Hand und die Täter waren gefasst! Meine Notizen verloren an Gewicht und der Bleistift knirschte zwischen meinen Zähnen!
Der Krimi fand seinen Punkt.

Rote Steppe
Hóngsè Cǎoyuán

Charly Kappel

Hinter dem Hügel Rauch sehen und schon wissen: dort brennt ein Feuer; hinter der Hecke Hörner erblicken und schon wissen: dort weidet Vieh; sich an der einen Ecke gleich die drei anderen deutlich machen.

Die Steppe, diese endlose Weite, die von einem Ende der Welt bis zum anderen Ende reicht. Endlos. Endlos auch das Steppengras, das sich im sanftem Wind wiegt und ganz leise vor sich hin singt. In dieser endlosen Weite, gibt es keine hohen Berge, nur sanfte Hügel, fast ohne Bäume, dafür mit Sträuchern, Gebüsche, die einzeln, ganz alleine, wie kleine Inseln in der Steppe stehen. Es gibt keine Flüsse, über weite Strecken gibt es kein Wasser, kein Wasserloch, keinen Tümpel und auch keinen Brunnen. Die Steppe ist trocken und heiß – im Sommer, dann verdampft auch noch das letzte wenige Wasser und das grüne Gras der Steppe verdorrt, wird gelb, lässt den Kopf hängen, stirbt ab. Der Boden trocknet aus, der Wind wirbelt den Boden auf, meterhohe Staubwolken werden in die Luft geschleudert und machen eine Reise, von einem Ende der Steppe zum anderen Ende. Kamele ziehen durch die Steppe – auf der Suche nach grünem saftigen Gras und Wasser. Die Löwen haben sich zurückgezogen, dorthin, wo es noch Wasser gibt – und Schatten. Sie liegen faul im Schatten und warten auf die Tiere, die zum Wasser kommen müssen, um sie zu reißen. Sie können warten, sie haben keine Eile. Die Sonne brennt unbarmherzig auf die Steppe. Um die Mittagszeit, wenn die Sonne am höchsten steht, ist die Steppe leer, alle Tiere verkriechen sich, um sich vor der Sonne zu schützen. Sie warten alle auf den Nachmittag, wenn die Sonne nicht mehr so stark ist und sie weiterziehen können.

Im Herbst kommt dann der Regen. Die ausgetrockneten Wasserstellen füllen sich wieder. Der Boden ist so ausgetrocknet, dass er das so dringend benötigte Wasser nicht aufnehmen kann. Flüsse bilden sich und reißen alles mit, das sich ihnen in den Weg stellt. Der Boden ist tief, das Steppengras saugt sich voll Wasser, beginnt wieder zu leben, wird wieder grün, saftig, richtet sich auf gen Himmel, der Sonne zu. Die Steppe beginnt wieder zu leben, aber nur für kurze Zeit, dann kommt der Winter.

Der Winter ist kalt, er bringt Schnee und Eis, alles erfriert, stirbt vor Kälte. Ein eisiger Wind weht über die Steppe. Alles verkriecht sich, versucht sich vor dieser Kälte zu schützen. Die Nächte sind klar, aber überaus kalt. Alles friert ein, meterhoher Schnee liegt auf der Steppe. Der Mond beleuchtet die Steppe, wie eine Kerze ein Grab. Nichts rührt sich, nichts bewegt sich. Alles schien gestorben zu sein.

Im Frühjahr, wenn der Schnee schmilzt, die ersten warmen Sonnenstrahlen auf die Steppe fallen, sind die Tiere fast verhungert. Erst, wenn die Sonne stark genug ist, beginnt das Leben von neuem. Die tote Steppe erwacht zu neuem Leben. Mit der beginnenden Wärme beginnt die Steppe zu blühen. Überall wachsen Blumen, ein Meer von Blumen, gelbe, rote Blumen, sie strahlen in allen Farben. Ein saftiges Grün dazwischen. Die Tiere beginnen wieder zu leben. Die Steppe lebt.

Blauer Himmel, strahlende Sonne – da kannst du nicht mehr zeigen, wo's nach Osten geht, oder den Weg nach Westen finden. Zeit und Stunde, Ursache und Anlass – da musst du doch auch die Arznei je nach der Krankheit geben.

Die Steppe wird bewohnt von Menschen. Sie leben in Jurten, Zelten, unter freiem Himmel, hüten Ziegen, Kamele, Pferde, reiten auf Kamelen, sind organisiert in Stämmen. Ziehen durch die Steppe, wenn die Tiere alles Gras gefressen haben oder wenn das Wasser knapp wird. Sie wandern durch die Steppe. Sie werden in dieser endlosen Weite geboren und sie werden auch da begraben. Oft gehen sie auf Raubzüge aus, überfallen andere Stämme, rauben das Vieh, die Frauen, die Mädchen, die Kinder, brennen alles nieder, töten die Männer. Sie wollen ihren Reichtum vermehren, ihr Gebiet vergrößern, ihren Einfluss vergrößern.
Es ist morgen, aus den Jurten dringt Rauch. Die Frauen bereiten das Frühstück vor. Noch ist die Luft frisch, aber schon bald wird eine sengende Hitze über der Steppe liegen. Unbemerkt nähern sich eine Handvoll Reiter. Sie kommen aus dem Osten, reiten mit der Sonne, sind in diesem Licht fast unsichtbar. Aber um diese Zeit, rechnet niemand mit einem Überfall, nicht am Morgen, nicht jetzt. Sie umzingeln diese wenigen Jurten, überfallen den Stamm Naiman, der sich gerade zum Frühstück bereit macht. Das Handgemenge ist nur von kurzer Dauer, die Naiman sind völlig überrascht, sie müssen sich ergeben. Die alten Männer werden sofort getötet, sie sind unbrauchbar, den jüngeren geht es nicht so gut, sie werden gebunden. Sie wissen noch nicht, was auf sie zukommt, deshalb sind sie noch ruhig. Einem Kamel wird der Kopf abgeschlagen, die Haut am Hals wird abgezogen. Den jungen Männern wird der Schädel rasiert, dann wird ih-

nen die Haut des Kamels über den Kopf gestülpt und sie werden in die Sonne gestellt. Durch die beginnende Hitze, zieht sich die Kamelhaut zusammen, presst den Kopf zusammen, als wäre er in einem Schraubstock eingespannt. Der Schmerz ist unwahrscheinlich. Sie schreien, sie brüllen, aber es hilft nichts. Die Angreifer, vom Stamm der Han, stehen herum, sehen den mit dem Tod ringenden Männern zu, lachen, amüsieren sich mit deren Frauen, auch die schreien, was ihnen auch nicht hilft, sie müssen zu Diensten sein. Für die Sieger ist das ein Freudentag. Stundenlang müssen die Überlebenden die Schreie der Sterbenden hören. Sie verlieren fast den Verstand, sie halten sich die Ohren zu. Kinder weinen. Die Schreie werden immer schlimmer. Die, die noch am Leben sind, beneiden die, die schon gestorben sind. Einige der Frauen werden wahnsinnig, sie können sich diese Schreie ihrer Männer und Kinder nicht mehr anhören. Es ist zu viel. Sie werfen sich auf die Erde und streuen sich Sand auf ihr Haupt. Sie sehen aus wie Geister, ganz weiß. Die Sieger lassen sie gewähren. Sie hatten ihren Spaß, was jetzt mit den Frauen geschehen mag, dass interessiert sie nicht mehr. Diese Frauen und Mädchen sind eine benutzte Ware, deshalb ohne Wert. Als die Sonne sich schlafen legt, sind auch die letzten Schreie verklungen. Fast alle sind tot. Die Sieger ziehen ab, sie nehmen nur mit was Wert hat, Hausrat, die Tiere, die gesunden Überlebenden, das alles hat Wert. Und die Kinder nehmen sie mit, die Kleinsten, denn auch die haben einen Wert, die können als Sklaven verkauft werden.

Irgendeine Regung, irgendein Vorgang, ein Wort oder nur ein Ausspruch muss je nachdem uns dazu dienen, euch einen Zugang zu erschließen. Dabei sticht man Wunden ins gesunde Fleisch, bohrt Löcher und gräbt Gruben.

Weit in der Steppe kommt ein Reiter. Er ist noch viel zu weit weg, um schon etwas erkennen zu können. Was

auffällt ist das schwarze Kamel. Erst als das Kamel und der Reiter darauf näher kommen, erkennt man, dass es sich um keinen Reiter handelt, sondern um eine Reiterin. Stolz und hoch aufgerichtet prescht sie auf das Dorf zu, auf die Lagerstätte. Noch ahnt die Reiterin nichts, was vorgefallen war. Sie reitet direkt auf das Lager zu. Es ist ruhig, viel zu ruhig. Die Reiterin hält das Kamel an.
„Bleib ruhig stehen, Karanar", sagt sie zu dem Kamel. Das Kamel bleibt stehen, hebt die Nüstern und wittert in die Luft. Auch die Reiterin sieht in Richtung der Lagerstätte. Nichts. Kein Laut. Keine Kinder. Sie riecht kein Feuer. Sie riecht nicht ein wenig von einem gebratenem Fleisch, einem Hammel. Nichts.
„Da stimmt was nicht, Karanar." Sie streichelt Karanar den Hals. Karanar tänzelt von einem Fuß auf den anderen. „Nur ruhig, Karanar, wird schon nichts sein", flüstert sie Karanar ins Ohr. Da kann sie es fühlen und kaum, dass sie es gefühlt hat, kann sie es riechen – es ist der Tod! Wilde Bilder steigen in ihrem Kopf auf. Sie sieht sie, die Sterbenden, die Toten, wie sie um ihr Leben kämpfen. Eine hässliche Fratze erscheint, zeigt ihre riesigen Zähne, und diese Fratze haut diese Zähne tief in das Fleisch ihrer Mutter. Sie sieht wie das Blut spritzt, rechts und links des Mundes läuft Blut hinunter. Die Fratze lacht, es macht Spaß sich an einer wehrlosen Frau zu vergehen. Die Mutter schreit, ruft ihren Namen, ruft immer wieder: „Bai Shi!, Bai Shi!"
„Mutter!" schreit Bai Shi auf. „Ich komme!"
Sie reitet mit dem Kamel weiter, ohne sich noch einmal umzusehen. Verflogen ist die Vorsicht. Der Mutter muss geholfen werden, um jeden Preis und sollte es auch ihr eigenes Leben kosten.
Sie kommt in die Lagerstätte, hält das Kamel an, steigt von ihm ab. Wendet sich nach allen Seiten um. Was sie sieht ist einfach nur katastrophal. Alles ist zerstört, keine Jurte steht mehr, Teile vom Hausrat liegen verstreut auf dem Boden. Tote Körper liegen zwischen den Trüm-

mern. Krähen fliegen auf. Sie haben den Toten die Augen herausgepickt. Ein Festmahl für diese Viecher. Bai Shi ist fassungslos. Sie sinkt auf die Erde, kniet im Blut und Dreck der Toten – sie bemerkt es nicht.

„Mutter, Vater, Schwester, Bruder! Wo seid ihr?", ruft sie aus. Niemand antwortet. Nur die Krähen geben einen Laut von sich. „Geh weg, lass uns weiter essen! Stör uns nicht, Menschenkind! Sei froh, dass sie dich nicht erwischt haben!"

Bai Shi steht auf, sie richtet sich zur vollen Körpergröße auf. „Ihr Krähen, lasst mich in Ruhe. Lasst die Toten in Ruhe." Sie wendet sich um, sieht sich alles genau an. Hier gibt es nichts mehr zu tun, als die Toten zu begraben. Einige zeigen schon Spuren der Verwesung. Bai Shi geht durch die Lagerstätte, sucht, sieht sich alles genau an. „Mutter, Vater, Schwester, Bruder, ... , wo seid ihr?" Sie sind nicht da, sie kann sie nicht finden. „Ich muss sie begraben", stellt Bai Shi fest. Karanar, das schwarze Kamel, steht in der Mitte der Lagerstätte, hat den Kopf gesenkt, wittert. Das Kamel heißt nicht umsonst Karanar, das schwarze Kamel, es hat ein schwarzes Fell, auf Kopf und Rücken, der Bauch und die Beine sind hellbraun, so wie das bei jedem anderen Kamel der Fall ist. Karanar ist groß, riesig, stark. Er hat eine starke Brust, kräftige Beine und einen riesigen Schädel. Karanar weiß, dass seine Herrin leidet, er weiß zwar nicht, warum, aber er kann es fühlen. Schon von klein auf, war er, Karanar, bei ihr, an ihrer Seite. Er kennt sie so gut – vielleicht auch besser – als ihre Mutter sie kennt. „Karanar! Komm her", ruft sie Karanar zu und Karanar trottet zu ihr hin.

Der Himmel und die Erde sind dagegen. Sonne, Mond und Sterne verfinstern sich im gleichen Augenblick. Mag auch der Stock mit Hieben regnen, der Schlachtruf durch die Steppe donnern, so wird einer darum doch noch nicht die Sache selbst erlangen, die in dem uns anvertrautem Erbgut überwältigender Richtung eingeschlossen ist.

Sie kommen, die Geister, sie kommen mit der Dunkelheit. Den ganzen Tag hat Bai Shi gearbeitet, hat die Toten begraben, ihnen ihre letzte Ruhestätte bereitet und jetzt ist sie einfach nur noch müde. Ihr fallen die Augen zu und wenn ihr die Augen zufallen, sind sie da, die Geister der Toten. Sie kann sie sehen, kann ihre Gesichter, ihre Augen, ihre Münder sehen, sie kennt sie alle, sie, die einmal, noch vor wenigen Stunden, vielleicht auch vor wenigen Tagen, gelebt hatten, mit ihr gelebt hatten, gelacht, geweint, gehungert, gedürstet, Furcht und Angst verspürt hatten und die jetzt tot sind. Die Geister sind überall, wenn es Bäume geben würde, in dieser Steppe, dann würden die Geister, wie die Vögel auf den Ästen sitzen, es gibt aber keine Bäume und so sitzen die Geister in den Büschen, Sträuchern, zwischen den Gräsern auf der Erde, sie stöhnen und weinen, sie wehklagen ihr Los. Rings um Bai Shi sitzen sie, starren sie an, bewegen ihre Münder, sind sprachlos, können nicht reden, nur ihre Münder bewegen sich, so wie sich ein Fisch im Wasser verhält. Das macht aber Bai Shi nichts aus, sie kann alles verstehen. „Nimm es nicht so schwer", sagt eine alte Frau ohne Zähne. Ein Junge, noch ein Baby, der noch nicht einmal gehen gelernt hatte, krabbelte auf sie zu: „Wo ist meine Mama?", fragt sein zahnloser Mund, seine Augen sind tot – ausgestochen. Bai Shi muss schlucken, Tränen laufen über ihre Wangen. „Ich weiß nicht, wo deine Mama ist, Junge", antwortet sie.
Blut läuft ihm über das Gesicht, er zittert vor Schmerzen, er stöhnt. Als er den Mund öffnet, läuft Blut aus seiner Nase.
„Was ist das?", fragt Bai Shi.
„Mit dieser Methode haben sie uns zu Tode gemartert. Dieses verdammte Leder hat meinen Kopf zerquetscht."
„Wer war das?"
„Es waren die Han."
„Es waren die Han", wiederholt Bai Shi nachdenklich. Hast du meine Eltern gesehen?", fragt Bai Shi.

Der Geist des jungen Mannes zweifelt, er wiegt den Kopf hin und her, er weiß nicht, ob er es Bai Shi erzählen soll.
„ich weiß es nicht genau, ich denke, dass ich sie gesehen habe."
„Was ist mit ihnen geschehen?"
„Ich glaube, sie haben sie mitgenommen." Ein Auge fällt aus dem Kopf des Geistes. Er bückt sich und hebt es auf. „Diese Monster haben mich jetzt auch noch ein Auge gekostet."
Bai Shi trocknet sich die Tränen. Die alte Frau kommt wieder. „Was wirst du jetzt machen", fragt sie.
„Ich weiß es nicht."
„Wirst du uns rächen?"
„Das glaube ich nicht, ich bin die Letzte der Naiman. Was kann ich alleine schon ausrichten?"
„Du bist Bai Shi, du kannst alles, wenn du nur möchtest."
Die alte Frau verschwindet wieder und der Kopf des jungen Mannes erscheint. „Du musst uns rächen, du musst etwas unternehmen, wir wollen unsere Ruhe haben."
„Ich kann nicht!", ruft Bai Shi verzweifelt aus.
Der Junge erscheint. „Wo ist meine Mama?", ruft er fragend aus.
„Ich weiß es doch nicht!" Bai Shi ist verzweifelt.
„Du musst etwas unternehmen! Du kannst uns nicht in diesem zwischenweltlichen Zustand belassen! Wir sind körperlos, wir schweben zwischen den Welten. Die eine Welt haben wir verloren und in die andere Welt, können wir nicht eingehen."
Bai Shi ist völlig am Ende. Sie springt auf, in dieser stockdunklen Nacht, sie hat kein Feuer gemacht, die Han könnten noch in der Nähe sein, und die Geister stören Bai Shi in ihrer Ruhe. Je dunkler es wird, desto mehr bestürmen sie die Geister. Sie hofft auf den Sonnenaufgang, sie hofft darauf, dass sich dann die Geister zurückziehen werden, dass sie dann ruhig nachdenken kann. „Lasst mich in Ruhe!", ruft Bai Shi verzweifelt aus. „Ich bin nur ein Naiman-Mädchen, nicht mehr!"

„Das wissen wir doch, aber wir wissen auch, dass du Bai Shi bist, und du bist nicht alleine. Wir werden mit dir sein, wohin du auch gehen magst, wir sind immer bei dir. Wir helfen und unterstützen dich, wo wir nur können. Du bist nicht alleine, du hast eine Armee, die hinter dir steht. Du bist unbezwingbar."
Bai Shi geht zu ihrem Karanar, streichelt ihn. „Was sagst du dazu, mein Karanar, mein schwarzer Freund?"
Karanar wiegt den Kopf hin und her, so als würde er nachdenken, dann hebt er ihn, hoch hinauf in den Himmel, dort wo die Sterne sind, in die Nacht, brüllt, schreit, schüttelt den Kopf. Bai Shi sieht ihm zu. „Ich habe verstanden, mein Freund", sagt Bai Shi.
Sie geht an ihren Platz zurück, dort wo sie sich ein Nachtlager gemacht hat.
„Karanar, mein Schwarzer, sei wachsam, ich muss mich jetzt etwas ausruhen, es war ein anstrengender Tag."
Karanar stampft mit den Hufen auf den Boden.

Steht ein klarer Spiegel auf dem Ständer, ist schön und hässlich ganz von selbst zu unterscheiden. Hält einer das Schwert in den Händen, so kann er töten oder Leben schenken, wie es der Augenblick erfordert. Han gehen, Naiman kommen; Naiman kommen, Han gehen. Im Tode findet sich Leben; im Leben findet sich Tod.

Bai Shi reitet durch die Steppe. Sie hat die Spur der Han gefunden und folgt ihr. Sie reitet durch die Steppe, von Ost nach West, denn die Steppe wird nur von Ost nach West durchquert und nicht von Süd nach Nord oder umgekehrt. Und auch die Spuren führen in diese Richtung. Die Sonne brennt unbarmherzig auf sie herab, bei Tag; in der Nacht friert es und der Mond sendet seine wenigen Strahlen auf sie herab. Bai Shi gibt nicht auf, sie folgt den Spuren immer weiter gegen Westen, immer näher kommt sie den Han. Die Geister sind mit ihr, sind immer bei ihr, schützen sie, weisen ihr den rechten Weg, denn

in der Steppe, dieser unendlichen Weite, kann es recht rasch geschehen, dass der Wanderer vom rechten Weg abkommen kann.
Am fünften Tag findet Bai Shi einen Toten. Zuerst sieht sie nur etwas im hohen Gras liegen, aber schon bald kann sie erkennen, dass es ein Mensch ist. Es ist ihr Vater. Sie sitzt ab, kniet nieder und weint. Bittere Tränen überströmen ihr Gesicht. Die Geister kommen wieder. Die alte Frau ist wieder da. „Was fühlst du jetzt?" fragt sie Bai Shi.
„Ich fühle Zorn und Schmerz."
„Was wirst du tun?"
„Ich reite weiter, immer weiter."
„Das ist gut, so soll es sein."
Und das Kind, das Baby kommt auch. „Hast du meine Mama gefunden?"
„Habe ich nicht."
Das Kind beginnt zu weinen, dann verschwindet das Gesicht wieder. Der junge Mann kommt. „Lass uns nicht in dieser Situation zurück. Denk an uns. Du gehörst zu uns."
Bai Shi wendet sich ab.
„Begrabe ihn und dann zieh weiter."
Bai Shi begräbt ihren Vater und zieht dann weiter.

Zwei Tage später sieht sie einen seltsamen Hügel in der Steppe. Sie reitet näher und muss erkennen, dass es sich um Menschen handelt. Sie sind alle tot. Ihre Körper wurden aufgehäuft. Ihre Mutter, ihr Bruder, ihre Schwester sind darunter. Es sind die letzten Toten der Naiman. Nur sie ist noch am Leben. Sie muss sie bestatten, daran führt kein Weg vorbei. Und wieder kommen die Geister, wieder reden sie ihr zu, ihren Weg fortzusetzen, nicht aufzugeben, immer weiter zu gehen. Die alte Frau erscheint ihr wieder: „Die Steppe ist weit, sie reicht von einem Ende der Welt bis zum anderen Ende. Selbst ein Heer von vielen hunderttausenden Soldaten, kann sich

darin verbergen, ohne jemals gesehen zu werden." Ihr zahnloser Mund verzieht sich zu einer hässlichen Fratze.
„Geh deinen Weg weiter, wir sind bei dir."
Bai Shi reitet weiter. Ganz alleine, ganz auf sich alleine gestellt, reitet sie den Han nach. Sie hat viel Zeit verloren, sie weiß, dass sie sich beeilen muss, der Herbst naht und mit dem Herbst kommt der Regen und der kann die Spuren verwischen. Sie weiß auch, dass auch die Han Zeit verloren haben, mit ihren Gefangenen konnten sie sich nicht so schnell fortbewegen. Das war vielleicht auch der Grund, warum sie die Gefangenen getötet hatten. Der Weg ist weit, aber Bai Shi weiß, dass sie auf dem richtigen Weg ist.

Den Edelstein prüft man mit Feuer. Gold prüft man am Stein. Das Schwert prüft man an einem Haar. Gewässer prüft man mit einer Stange.
Es steigt ein Stäubchen in die Höhe: die ganze Erde ist darin gefasst. Es geht ein Blümchen auf, und eine Welt entsteht.
Die Frage ist nur noch so etwas wie den Zeitpunkt, an dem das Stäubchen noch nicht aufgestiegen, das Blümchen noch nicht aufgegangen ist.
Es häuft sich zu Bergen, es türmt sich zu Gipfeln. Du stößt auf Zäune; du prallst an Mauern.

Bai Shi hat die Han eingeholt. Sie sieht sie vor sich, aber es sind nicht wenige, es sind viele. Es ist ein ungeheures Heer, das von einem Ende des Horizonts bis zum anderen reicht. Es sind hunderttausende von Kriegern, die sich gegen Westen bewegen. Sie sind so zahlreich wie Ameisen. Bai Shi weiß, der Tag der Rache ist gekommen und sie weiß auch, dass sie jetzt die Geister rufen muss. Sie hält Karanar an, ihren treuen Gefährten.
„Ihr Toten, ihr die ihr erlöst sein wollt, kommt und hört mich an!", ruft sie.
Und die Geister kommen. „Wir sind mit dir", sagt der junge Mann.

„Ich danke euch, aber sagt mir jetzt, was kann ich tun?"
Die alte Frau sagt: „Wir kommen mit dir."
„Und meine Mama?", fragt das Kind.
„Greif an!", ruft der junge Mann, „Vernichte sie!"
Bai Shi setzt sich auf Karanar. Sie zieht ihr Schwert. Es blitzt in der Sonne. Karanar schreit auf. Die Krieger der Han haben sie schon längst bemerkt. Einige Reiter kommen ihr entgegen. Sie sehen das Blitzen ihres Schwertes im Sonnenlicht und ziehen ebenfalls ihre Schwerter. Sie greifen an. Bai Shi weiß, dass es ihre letzten Augenblicke sind. Sie fühlt keine Angst, keine Furcht, sie ist nur erfüllt von Stolz. Stolz darauf, ihren Stamm rächen zu können. Sie, die letzte der Naiman! Bai Shi treibt Karanar an. Sie reitet den Angreifern entgegen. Die Han sehen sie kommen, sie sehen sie, auf diesem schwarzen Kamel, mit dem Schwert, hoch erhoben in die flimmernde Hitze der Steppe. Bai Shi sitzt auf ihrem treuen Karanar, und sie weiß, dass ihr Name Tod ist und das ihr die Hölle nachfolgt. Die Hölle, die hinter ihr nachfolgt, dass sind viele tausende Krieger, auf tausenden Kamelen, eine wilde Horde, Staub aufwirbeln, und sie werfen sich auf die Han, vernichten sie, werfen sie nieder, töten sie. Karanars Fell färbt sich rot, rot vom Blut der getöteten Han. Die Hauptmacht der Han wird von Bai Shi und ihren Geistern angegriffen. Die Hauptmacht flieht, sie hat dieser Macht nichts entgegenzusetzen. Bai Shi erkennt, dass sie nicht alleine ist, dass sie hinter sich die Hölle hat und dass diese Hölle die Han vernichten wird. *Die Rache ist mit mir*, denkt sie. Der Himmel verdunkelt sich, schwarze Wolken ziehen auf, Blitze sausen auf die Erde herab, Sturm weht über die Steppe. Ein Getöse, wie von vielen tausenden von Hufen ergreift den Himmel. Regen fällt, aber der Regen ist rot, es ist Blut, das vom Himmel fällt. Überall ist Blut. Die Steppe ist rot. Sie hat sich rot gefärbt. Bai Shi stößt ins Zentrum der Han-Krieger vor. Tötet alles um sich herum. Sie lässt keine Gnade walten, so wie die Han keine Gnade bei ihrem Stamm haben walten

lassen. Auf der Steppe liegen die Toten, die Sterbenden, die Erschlagenen. Und Bai Shi kämpft weiter. Hinter ihr sind ihre Geister-Krieger. Die Hölle ist auf die Erde gekommen.
Bai Shi ist müde. Der Tag war lang und der Kampf war anstrengend. Der Junge kommt wieder. Sie sieht sein kleines Gesicht. „Du hast meine Mama gefunden!", sagt er bestimmt. Bai Shi ist sprachlos, sie weiß nicht, wie der Junge nur auf eine solche Idee kommt.
„Ich habe sie doch nicht gefunden" gibt sie zur Antwort. Der Junge sieht sie traurig an.
Die alte Frau kommt: „Bai Shi, sieh dich doch einmal an. Denk nach. Du hast uns heute befreit, aber nicht nur das. Wir können jetzt in die andere Welt eingehen."
„Was meinst du damit, dass ich mich selbst anschauen soll?", fragt Bai Shi.
„Hast du es noch nicht bemerkt? Fühlst du es nicht? Ist es so schwer zu begreifen? Dieser Junge ... er hat deine Augen, deine Nase, deine Ohren ..."
Bai Shi sieht in sich genau an. Es stimmt, er hat wirklich ihre Augen, ihre Nase, ihre Ohren ...
„Er ist ...", stammelt Bai Shi. „Ja, es ist dein Junge Bai Shi und jetzt komm mit uns ..."
Bai Shi zieht mit einem Ruck den Pfeil aus ihrer Brust, ein Blutstrahl ergießt sich über ihren Körper. Sie denkt noch, dass es gut war, dass dieser Pfeil sie von vorne getroffen hat und nicht in den Rücken. Es ist immer noch besser bei einem Angriff getroffen zu werden, als auf der Flucht. Wer flieht, fürchtet sich, aber Bai Shi kennt keine Furcht. Sie spürt keinen Schmerz, sie spürt nur grenzenlose Müdigkeit. Sie hat getan, was getan werden musste, jetzt ist sie angekommen. Sie sieht ihre Mutter, sie sieht ihren Vater, sie sind beide gekommen. „Komm mit uns Bai Shi, du gehörst zu uns. Du hast uns befreit. Wir gehen in eine andere Welt, eine bessere Welt. Komm mit uns ..."

Und Bai Shi steht auf, geht auf sie zu. Sie öffnen ihre Arme, um sie zu empfangen.
„Mama ...", sagt der Junge glücklich.

Wer das verborgene Gesetz der Wahrheit einmal bemerkt hat, der begegnet ihm auf Schritt und Tritt, und immer wieder überwacht sie seine ungeheure Größe. Es macht vor nichts, was sie erleben oder denken könnte, halt. Sie zerschlägt alles, was sie halten möchte; er stellt sie ins Leere und gibt sie eben damit an sich selbst zurück. Man kann aber auf diesem Weg der Befreiung auch auf tote Punkte kommen.

In der Steppe ist wieder Ruhe eingekehrt. Die Lebenden wurden zu Tode gebracht, ihre Gebeine wurden von Wölfen, Hyänen, Löwen und Raben, Geiern, Adlern gefressen. Nichts mehr ist über, das auf Bai Shi und die Naiman hinweisen würde. Die Han wurden ausgerottet, ausgelöscht, vom Antlitz dieser Erde entfernt. Die Steppe ist wieder zur Ruhe gekommen. Friede ist wieder eingekehrt. Übriggeblieben ist das, das schon immer da war, die endlose Weite der Steppe, das Gras, die Dünen, die Hügel, der blaue Himmel, die Sonne, der Mond und die Sterne. Wie schon zur Zeit der Naiman, so ziehen heute wieder Karawanen durch die Steppe, von West nach Ost und von Ost nach West, wie schon vor tausenden von Jahren. Die Sonne versenkt das Steppengras, der Schnee begräbt es unter sich, bis zum Frühjahr, wenn die Sonne den Schnee wieder schmelzen lässt und das Gras wieder zu neuem Leben erweckt. Vielleicht wird es auch Bai Shi so ergehen, wie dem Gras der Steppe, das niemals stirbt. Wir wollen es hoffen.

Daneben tut es immerhin auch gut, davon zu wissen, dass man innerhalb des Tores der Verwandlung, mit der man einen Hand hochhebt, mit der anderen Hand festhält. Das Eigentliche freilich hat mit diesem Auf und Nieder nichts zu tun. Nägel zuschneiden, Eisen zertrennen: das erst macht den Meister, der zum Eigentlichen führen kann. Dem Pfeil ausweichen, vor dem Schwert sich ducken: wie soll das dem Kundigen geben, der in allem durch ist? Wo sich der Meister und der Schüler ganz verstehen, bleibt zwischen beiden allerdings für keine Nadel mehr ein Spältchen. Wie steht es mit der Wellengischt, die zum Himmel schlägt?

Ein schoenes warmes Kaminfeuer

Christa Huber

Endlich. Ich kann es kaum noch abwarten. Paul und ich werden umziehen.
In unser Traumhaus. Lange genug hat es gedauert. Die grauen und trüben Tage in London sind endlich vorbei.

Paul hat geerbt. Eine Großtante mütterlicherseits, Heather, Gott hab sie selig, hat ihm das Cottage in den Blackdown Hills im Südwesten Englands vermacht. Und ein paar Pfund noch dazu. Viele Pfund, damit können wir locker und leicht unseren Lebensabend finanzieren. Die gute Heather, gelegentlich werde ich ihr eine Kerze stiften. Paul meint zwar, das sei nicht nötig, eine Kerze würde der alten Hexe auch nicht den Weg in den Himmel pflastern. Ach, ich weiß nicht. Soll sie doch in Frieden ruhen. Vielleicht stifte ich auch zwei Kerzen. Mal sehen.

Einen Teil des Geldes haben wir investiert, um das Häuschen zu renovieren. Schon lange wurde nichts mehr getan, Heather war einfach zu geizig. Paul hat viel selbst gemacht, Küche und Bad neu gefliest, alles tapeziert, die schönen Holzböden abgeschliffen und neu versiegelt. Ich habe den Garten auf Vordermann gebracht. Was da alles unter dem Unkraut zum Vorschein kam. Wunderschöne alte Rosenbüsche, Hortensien in allen Farben. Ja, es ist das Paradies.

Der Kamin musste repariert werden. Das hat Paul nicht selbst machen können, damit haben wir einen Handwerker beauftragt. Aber jetzt ist alles fertig, morgen kommt der Möbelwagen, dann endlich, beginnt ein neues Leben. Die Erbschaft kam gerade zum richtigen Zeitpunkt. Paul ist schon zwei Jahre arbeitslos. Fand einfach keinen Job mehr als Schreiner. Er sei zu alt, kommt mit den neuen Maschinen nicht zurecht. Jetzt kann er sich ohne Sorgen mit seinem Hobby beschäftigen. Paul restauriert alte Möbel, im Schuppen neben dem Haus kann er sich jetzt austoben. Und vielleicht kann er ja auch mal das eine oder andere Stück verkaufen. Obwohl es eigentlich nicht nötig ist, Geld haben wir jetzt genug.

Es ist eigenartig mit diesem Haus. Wir haben uns gleich wohl gefühlt. Als wir eingezogen sind, war ein wunderschöner Frühlingstag. Die Sonne schien, im Garten zwitscherten die Vögel, ein dicker, roter Kater räkelte sich auf der Bank vor dem Haus. Wo er wohl hingehört? Ich liebe Katzen, jetzt kann ich mir vielleicht auch selbst eine oder zwei halten. Platz genug. Die Fenster sind weit offen, die weißen Gardinen winken uns einladend zu. Als wollten sie uns sagen: Herein mit euch, das ist euer neues Zuhause. Ja, ich hatte das Empfinden, das Haus freut sich über seine neuen Besitzer. Und wir freuen uns über unser neues Zuhause.

Abends sitzen wir gemütlich im Wohnzimmer. Paul lümmelt auf der Coach, ich habe mir eine Decke vor den Kamin gelegt, in dem ein warmes Holzfeuer knisternd vor sich hinflackert. Zur Feier des Tages haben wir uns ein Fläschchen Wein gegönnt, der rote Traubensaft funkelt in den alten Kristallgläsern wie Blut. Das Herz läuft

mir über, alle meine Träume und Wünsche sind wahr geworden.
„Corinne", Paul schnuppert, „Corinne, hast du den Herd ausgeschaltet? Ich habe so einen Bratenduft in der Nase. Wir haben doch heute gar kein Fleisch gegessen?"
„Ich rieche nichts. Wird deine Pfeife sein. Ich rieche nur noch ein bisschen Farbe. Und Lack. Wir müssen die nächsten Tage gut lüften."

Die kommenden Tage sind wir noch ziemlich beschäftigt mit Auspacken. Zwei Nachbarinnen schauen vorbei, stellen sich vor. Sie erzählen uns gleich den neuesten Dorftratsch. Paul verzieht sich in den Schuppen, grinst, lässt uns schnatternde Weiber allein. Zu dritt sitzen wir um den runden Esstisch in der Küche, trinken Tee und knabbern an den Keksen, die ich gestern gebacken habe. Vielleicht finde ich ja hier neue Freundinnen, das Leben in London war schon ziemlich öde. Ach, es ist so schön hier, ich bin überglücklich.

Gegen Ende der Woche besucht uns der Dorfpolizist. Constable Russell. Ein Mann in Pauls Alter, so um die 50 rum. Wir zeigen ihm das Häuschen, er ist begeistert, was Paul alles in der kurzen Zeit geschafft hat.
„Das ist ja ein richtiges Schmuckkästchen geworden. Richtig gemütlich. Und die schönen alten Möbel, richtig gediegen und so gepflegt!"
Ja, Paul hat sich alle Mühe gegeben. Heather sei gedankt.
„Ach, was ich noch fragen wollte. Habt ihr etwas von John Smile gehört, dem Kaminbauer?"
„Nein, bis jetzt noch nicht. Wir haben auch noch keine Rechnung für den Kamin bekommen."
„Seltsam, seit zwei Wochen hat ihn kein Mensch mehr gesehen. Spurlos verschwunden. Naja, er war ja schon immer etwas seltsam. Ein Eigenbrötler.
Guter Handwerker, die Kamine, die er gebaut hat, kann der größte Sturm nicht mehr umblasen. Aber sonst? Seit

seine Frau vor vier Jahren mit einem anderen Mann abgehauen ist, hat er sich immer mehr zurückgezogen, ist immer seltsamer geworden. Wenn er sich bei euch meldet, sagt mir bitte Bescheid."
Wir haben nie mehr etwas von John Smile gehört. Sein Verschwinden war über Monate hinweg das einzige Gesprächsthema im Dorf. Wir haben auch nie eine Rechnung bekommen. Sehr seltsam das Ganze.

Nur manchmal, wenn das Kaminfeuer ganz besonders schön brennt, zieht immer noch dieser eigenartige Geruch nach gebratenem Speck durchs Haus. Nicht unangenehm, nein, gar nicht. Seltsam halt, aber so alte Häuser haben ja immer ihren eigenen, individuellen Charakter. Und Gerüche. Davon lassen wir uns unsere gute Laune nicht verderben.

Es gibt wirklich nichts Schöneres an einem kühlen Abend als ein warmes, gemütliches Kaminfeuer.

Schatten-Sein

Christin Feldmann

Jäh schreckte sie aus dem Schlaf hoch.
Ihr Zimmer war stock dunkel, da sie die Fenster zum Schutz vor der Sonne komplett abgehängt hatte. Obwohl sie in den letzten Nächten dadurch zufrieden und bis weit in den Morgen auch lichtgeschützt schlummerte, verfluchte sie in diesem Moment die pechschwarze Finsternis, die nun in dem kleinen Raum herrschte.
Ihre Augen meinten, nach Gewöhnung an die Dunkelheit, den Umriss eines Mannes erkennen zu können, der an ihrem Bett stand.

Plötzlich schrie draußen auf der Straße weit entfernt jemand.
Stocksteif lag sie in ihrem Bett und brauchte ein paar Sekunden, bis sie nach Ihrem Handy griff, um auf die Uhr zu schauen. Sie hatte erst eine Stunde geschlafen ....
Wieder ein Schrei- diesmal näher an ihrem Fenster. Das Haus war gespenstisch ruhig- nichts bewegte sich. Auf der Straße fuhr kein Auto...
Langsam stand sie auf - hörte jemanden die Straße entlang rennen. Ihre Nackenhaare stellten sich auf und sie hörte ihr Blut in den Ohren rauschen.
Sie war nicht der ängstliche Typ, aber die Geräusche, die sie hörte, ließen bei ihr sämtliche Alarmglocken schrillen. Vorsichtig zog sie die Gardinen ein Stück zur Seite und spähte auf die Straße.
In keinem der gegenüberliegenden Fenster brannte Licht- alles lag im schummrigen Schein der Straßenlaternen.
Gegenüber, bei den Fahrrädern, meinte sie eine Bewegung im Augenwinkel wahrzunehmen. Sie kniff die Augen zusammen.
Plötzlich stob hinter dem Auto, das vor den Fahrrädern stand ein Mädchen hervor und lief schreiend davon.
„Lass mich in Ruhe - pack mich nie wieder an", schrie sie schrill. Ihre Worte hallten durch die Nacht, mit der sie sofort wieder verschmolz.
Nur Millisekunden später erhob sich an der gleichen Stelle ein Junge, der nur noch mit Jeans und Schuhen bekleidet war, torkelte kurz, fand sein Gleichgewicht wieder und rannte, wie ein wildes Tier dem immer noch schreienden Mädchen hinterher.
Gegenüber in den Fenstern waren nun einige Lichter angegangen und ein Pärchen hatte wohl schon die Polizei gerufen, denn nur Minuten später fuhr ein Streifenwagen vor und zwei Polizisten stiegen aus. Mit Taschenlampen leuchteten sie den Gehweg ab, fanden das Shirt des Jun-

gen und wohl auch das Mädchen, denn die ruhige Nacht wurde von lauten Stimmen durchbrochen.

Emma, hatte gelinde gesagt, die Schnauze voll vom alleine Wohnen. Als sie ein Teenager war, träumte sie davon, mit spätestens 30 eine eigene Familie zu haben.
Zwei süße, kleine Mädchen, einen Typen, der treusorgend, verantwortungsbewusst und zuverlässig war- ganz anders, als ihr eigener Erzeuger.
Nun war sie 30, die drei Männer, mit denen sie mehr, als nur eine Nacht geteilt hatte, entpuppten sich als echte Nachtmahre.
Der Eine kam aus einer- nett formuliert- desolaten Familie. Als die Beziehung zu Ende war, bedrohte sein Clan noch lange danach Emmas Mutter.
Der Zweite war ein verschlossener Typ, der sich erst viel Mühe gab und irgendwann vollkommen ausflippte und sie fast bewusstlos schlug. Das tat er nur einmal, denn noch in derselben Nacht floh Emma aus der gemeinsamen Wohnung.
Der Dritte war der Schlimmste von Allen - nach vorne Prinz Charming - wenn sie alleine waren, glänzte er als emotionaler Krüppel. Sie blieb bei ihm, bis sie nicht mehr konnte. Die Beziehung mit ihm verkraftete Emma am Schlechtesten - er war der Einzige gewesen, den sie aufrichtig geliebt hatte. Als Dank dafür hatte er sie vor die Tür gesetzt und weil er das Fass nochmal richtig zum Überlaufen bringen wollte und um sie richtig zu demütigen, am Tag ihres Uniabschlusses.
Ihrer Lage verbesserte sich danach, um mindestens einen Punkt: der Psychoterror fiel von einem auf den anderen Tag weg.
Weil die Wohnungslage in Köln desolat war, zog sie in ein Dreckloch, in dem schon nach wenigen Tagen die Heizung kaputt ging. Da es Winter war und draußen teils Temperaturen bis 10 Grad unter dem Gefrierpunkt

herrschten, führte das dazu, dass sie bald richtig krank wurde- es sie sozusagen richtig dahinraffte.
Und, als wenn sie nicht von den Ereignissen sowieso schon erschöpft war, erledigte die Grippe den Rest.
Sie wusste nur, sie musste aus dieser Wohnung raus, sonst würde sie krepieren.
Sie fand, in Anbetracht ihres Zustandes, relativ einfach ein Zimmer zur Zwischenmiete.
Das Mädel, welches ihr das Zimmer vermietete, war eine kühle Blonde aus dem hohen Norden, die sie aber herzlich empfing.
Ihre Mitbewohnerin, die bald Emmas sein würde, redete ohne Punkt und Komma- vornehmlich über sich, über die Welt und wieder über sich. Emma war zu diesem Zeitpunkt sogar das egal- sie wollte nur aus ihrer Wohnung raus und das Zimmer war ja sowieso nur für einige Wochen.
Das Zusammenwohnen mit Mrs. Narziss ging besser, als gedacht- es waren sogar ein paar nette Abende mit ihr dabei.
Kurz vor Emmas letzter Woche schlug plötzlich etwas in der Stimmung ihrer Mitbewohnerin um. Emma konnte nicht präzise beschreiben, woran sich das bemerkbar machte.
Eines Nachts wachte sie auf- und wusste nicht genau, was sie aus dem Schlaf gerissen hatte. Das Zimmer lag in ruhiger, pechschwarzer Dunkelheit und dennoch war es ihr- als stände jemand an ihrem Bett und starrte sie an. Sie redete sich ein, dass das Quatsch sei, zog sich die Decke wieder über den Kopf und drehte sich auf die andere Seite. Sie wusste nicht, ob sie wieder eingeschlafen war, aber als sie die Augen aufschlug, brannte im Flur Licht.
Emma schaute auf die Uhr- halb drei- mitten in der Nacht. Schläfrig tapste sie zur Toilette- die Tür in der Küche war geschlossen. Dahinter rumorte jemand.
Emma bemühte sich leise zu sein. Zu dieser Zeit wollte sie eigentlich mit niemandem sprechen.

Die darauffolgenden zwei Nächte wiederholte sich das Schauspiel.
Die Gestalt in ihrem Zimmer wurde zunehmend präsenter.
Emma war tagsüber durch die Geräusche in der Küche, durch die sie nicht mehr durchschlafen konnte, wie ein Zombie unterwegs.
Ihre Mitbewohnerin machte sich in dieser Zeit tagsüber rar und wenn sie von der Arbeit kam lag Emma schon apathisch im Bett.
Die Wohnung beherbergte mittlerweile etwas Seltsames. Eine bedrückende Atmosphäre schwappte durch die Zimmer und Emma hörte oft Schritte auf dem Holzboden im Flur, obwohl niemand in der Wohnung war.
Sie hatte nachts die Tür ihres Zimmers abgeschlossen, aber egal, wie sie lag und wie dunkel es auch war, sie hatte immer das Gefühl, als würde etwas sie anstarren, dass an ihrem Fußende stand.
Nach einem langen Arbeitstag saß Emma müde in der Küche und verzehrte ihr Abendessen, als ihre Mitbewohnerin reinkam.
Ihr Verhalten war irgendwie depressiv, dennoch lachte sie ständig, erzählte ohne Punkt und Komma. Plötzlich fing sie auch noch an sich eine Zigarette nach der Anderen anzuzünden und kippte sich ständig Rotwein nach. Ihr Betragen wurde hysterisch, überdreht. Sie heulte und lachte - manchmal sogar Beides gleichzeitig. Ihre Sätze verschwammen zu zusammenhanglosen Episoden eines paranoiden Lebens.
Emma wusste nicht so recht, was sie mit dem Mädchen anfangen sollte, tätschelte ihr zwischendurch die Schulter und versuchte sie letztendlich ins Bett zu bugsieren.
Wahrscheinlich war ihre Mitbewohnerin nur gestresst und dazu noch betrunken. Keine gute Mischung, dachte Emma.
Ihr Plan ging auf und auch Emma fiel müde ins Bett. Sie hatte das Gefühl grade erst die Augen geschlossen zu ha-

ben, als ein lautes Heulen sie aus dem Schlaf riss.
Emmas Herz pochte wie wild. Das schlimme Geräusch ging wieder los und wären da nicht ein paar Schluchzer zwischen gewesen, hätte Emma geschworen, dass es Tierlaute waren.
Das Heulen kam von Nebenan- schwoll an, ebbte wieder ab,wie eine Sirene.
Emma starrte, wie paralysiert ins Dunkle und glaubte neben der Gardine am Fenster abermals eine dunkle Gestalt wahrnehmen zu können.
Obwohl sie wusste, dass sie ihre Mitbewohnerin aus dem Nebenzimmer hörte, traute Emma sich nicht aufzustehen und an ihre Tür zu klopfen. Sämtliche inneren Stimmen rieten ihr, das nicht zu tun.
Stattdessen drehte sie lautlos den Schlüssel in ihrer Tür ins Schloss, was sie vor lauter Müdigkeit vergessen hatte. Stocksteif lag sie im Bett. Irgendwann hörte sie eine Tür und Schritte, die durch den Flur in die Küche tappten.
Wieder schaute Emma auf die Uhr. 2:30 Uhr. Das Heulen ging nun in der Küche in die 2.,.3. und 4. Runde.
Emma gab irgendwann auf zu zählen. Sie tat in dieser Nacht kein Auge zu. Angespannt lag sie im Bett und horchte, ob es irgendeine Veränderung in dem Verhalten ihre Mitbewohnerin gab.
Irgendwann gegen 7.00 Uhr hörte sie die Haustür zufallen. Auch ihr fielen prompt die Augen zu.
Als zwei Stunden später der Wecker klingelte, dröhnte Emmas Kopf. Sie schloss ihre Zimmertür auf- schlich in den Flur und atmete erleichtert durch.
Wie es schien war ihre Mitbewohnerin trotz des nächtlichen Szenarios zur Arbeit gegangen. Nichts deutete daraufhin, was sie eigentlich in der Nacht in der Küche getrieben hatte, ausser offensichtlich vollkommen durchzudrehen.
Nachdem Emma geduscht hatte, packte sie ihre Tasche mit ein paar ihrer Habseligkeiten. Sie wollte einfach nur einige Nächte weg - schlafen - sie wollte nur schlafen.

Erst zwei Tage später betrat sie wieder die Wohnung, in der sich ihr ein Anblick des Grauens bot. In der Küche und im Bad lagen haufenweise, angefressene Lebensmittel, angerauchte Zigaretten und der Boden war mit Wachsflecken übersät, Lampen aus ihren Halterungen gedreht und überall Alkohol verschüttet. In dem Zimmer ihrer Mitbewohnerin konnte man keinen Fuß mehr auf die Erde setzen, so ein Chaos herrschte in dem ehemals schönen Raum.

Erst Tage später erfuhr Emma, dass die Arbeitskollegen ihrer Mitbewohnerin sie in eine psychiatrische Klinik eingewiesen hatten und bei ihr in Folge paranoide Schizophrenie diagnostiziert worden war.

So präsent, wie in diesen Tagen erschien Emma die schwarze Gestalt nie wieder. Manchmal aber, wenn Böses in der Luft lag, wachte Emma nachts auf und aus irgendeinem unerfindlichen Grund standen ihr die Nackenhaare zu Berge und sie hatte das Gefühl, etwas habe ihre Füße berührt, damit sie aufwachte.

Nacht der Groteske

Christina Schmidtke

"Ein Wald voller Knochen.
Eine Badewanne voller Blut.
Ein Körper voller Maden.
Ein Albtraum?"

Abertausende von Farben zogen an mir vorbei, während ich durch das schönste Paradies flog, welches ich jemals gesehen hatte. Makelloses Blau stand am Himmel; stach in den Augen so sehr, dass es fast wehtat. Schmerzen von dieser formvollendeten Schönheit zu haben, mochte nicht so übel sein, sagte ich mir und schloss die Augen. Augenblicklich spürte ich eine fabelhafte Leere in mir, ließ mich in übersinnliche Sphären gleiten und gleichzeitig vernahm ich einen Geruch, der köstlicher hätte nicht sein können. Die Realität schien mir zu entgleiten, doch ich wollte sie nicht daran hindern. Nichts konnte mir etwas in diesem Zustand anhaben, nichts konnte diesen Moment zerstören. Für eine Unterbrechung war es zu spät und ich wusste, dass ich schon bald aus diesem Dunst der Schönheit zurückkehren würde. Zurück in einer Welt voller Zerstörung, Niedertracht und Missgunst, welche in solch einem starken Kontrast stand, dass die Verwirrtheit so lange währte, bis dieses Gefühl auch schon wieder verflogen war.

Der Mond stand hoch am tiefschwarzen Himmel und leuchtete nur für mich. Er wollte mich in die richtige Richtung führen, doch ich schien vom Weg abgekommen zu sein. Kälte stieg in mir auf und es fröstelte mich, sodass mein Herz vor Kühle zitterte. Der Wald drängte mich immer weiter vorwärts, immer tiefer in das Geflecht aus grotesk wirkenden Bäumen, welche sich zu mir herunter zu beugen schienen. Ich bildete mir ein, das Gelächter von verborgenen Gestalten zu vernehmen, auch wenn ich allein war. Völlig allein in dem Wald, wo die Wurzeln der Bäume Knochen von Menschen waren; allein in dem Wald, wo schon so viele gestorben sind. Mein Atem stockte, als ich ein Knacken vernahm. Wie gelähmt blieb ich stehen und wagte es nicht mich umzuschauen, nicht zu atmen und nicht zu blinzeln. Erst als sich ein unangenehmer Druck in meiner Lunge bildete, entwich ein leichter Atemzug meinem Mund und ich traute mich meine Augen zu öffnen. Die Angst versuchte mich aufzuhalten, aber ich musste weiter kommen. Weit weg von diesem Grauen, wieder zum einst so schönen Paradies, welches ich noch kurz zuvor besucht hatte und niemals vergessen würde. Als ich anfing mich schneller zu bewegen, versuchte ich nicht auf die Knochen zu achten, die sich durch den Boden zogen, ebenso wie die

Wurzeln der Bäume. Doch waren sie nicht genau das? Versunken in Gedanken und Angst, gelang es mir, unberührt und voll von falschem Mut durch den Wald zu gelangen. Irgendwann – das Gefühl für Zeit war längst verschwunden – erblickte ich eine scheinbar rettende Hütte, die wie aus dem Nichts erschien. Ich vermochte meinem Glück kaum zu glauben und klopfte mit stetig wachsender Hoffnung an einer alten und beinahe vor dem Zerfall stehenden Tür. Auch innen sah es so aus, als wäre es leer und einsam. Ich wusste nicht, was mich dazu bewogen hatte, an dieser Tür zu klopfen, doch ich tat es und als schließlich geöffnet wurde, fühlte es sich so an, als wenn mein Herz still stehen würde. Dunkelheit begrüßte mich einladend, aber ich sah niemanden, weshalb ich zögerte. Wenn am Ende des Flures ein Mörder auf mich warten würde, dann wäre alle Mühe umsonst gewesen, nur was sollte ich sonst tun? Mir blieb nichts anderes übrig, als in das muffig riechende Ungetüm zu gehen und mich dem Unerwarteten zu stellen. Überraschenderweise stellte sich mir nichts in den Weg und so suchte ich nach einer Lichtquelle, jedoch konnte ich keine finden. Plötzlich erblickte ich ein Glimmen rechts von mir. Unter dem Türspalt schien gedämpftes Licht hindurch und vorsichtig öffnete ich die Tür, welche nicht den geringsten Widerstand leistete. Auf den ersten Blick schien es ein herkömmliches Badezimmer zu sein, das nur etwas verkommen aussah, als ich aber genauer hinsah, entwich mir ein lautloser Schrei, welcher mir in der Kehle stecken blieb. Badewanne und Waschbecken waren gefüllt mit einer roten Flüssigkeit, die Blut sehr nahe kam. Übelkeit stieg in mir auf und ich konnte meinen Mageninhalt nur mit Mühe in meinem Körper behalten. Rückwärts stolperte ich aus dem kleinen, furchteinflößenden Raum heraus und stieß mit dem Rücken an die harte, vermoderte Wand. Ich wusste nicht, was schlimmer war: dass ich in diesem abnormalen Wald und dieser Hütte gefangen war oder, das, was ich eben vorgefunden hatte.

Verzweifelt legte ich meinen Kopf in meine Hände und schluchzte hilflos. Es gab keinen Ausweg und ich wusste, dass ich niemals mehr an die Oase der Vollkommenheit zurückkehren würde, die mich frivol lockte und wieder fallen ließ. Verzweiflung sickerte in mein Herz, gedemütigt durch diese Lieblosigkeit, die ich erleben musste. Keiner schien mich zu vermissen, keiner schien an mich zu denken, keiner schien es zu interessieren, dass ich in einer irrealen Welt gefangen war, welche mich zu verschlucken drohte. Schluss!, sagte ich energisch zu mir selbst und ballte die Hände zu Fäusten. Wenn keiner an mich glaubte, musste ich das tun. Mir blieb nichts anderes übrig, als gegen die Selbstzweifel zu kämpfen und an mich selbst zu glauben. Sonst würde ich scheitern und es ewig bereuen. Entschlossen stieß ich mich von der Wand ab und spürte, wie sie hinter mir nachgab, sodass ich nach hinten kippte und in etwas Merkwürdigem landete. Als ich den beißenden Geruch fortschreitender Verwesung vernahm, wollte ich ruckartig aufstehen, doch ich konnte mich in den geschundenen Körpern nicht halten und rutschte immer wieder ab, bis es mir schließlich gelang aufzustehen. Abermals verspürte ich das Gefühl mich übergeben zu müssen und dieses Mal konnte ich es nicht zurückhalten. Ich erbrach auf den verwesenden Körpern; der Geruch vermischte sich und ich konnte nicht mehr klar denken. Der Geruch und die Begebenheiten vermengten sich zu einer ekelerregenden Brühe, die mein Hirn zerfraß. Ohnmacht stieg in mir auf und mein Atem wurde flacher. Ich spürte, wie langsam mein Bewusstsein schwand und der Boden mir wieder näher kam. Alles, was ich spürte, war berstender Schmerz.

Und wieder war ich in dieser fortwährenden Schönheit voller Farben und Glückseligkeit. Doch ich spürte plötzlich noch etwas anderes. Etwas Pulsierendes um mich herum; die Farben wurden zu einem leuchtenden Rot-Orange. Es wurde eng um mich herum und ich spürte, dass es hier feucht war. Meine Sicht war nun völlig beeinträchtigt, denn meine Augen waren zu und konnten nichts von dem sehen, was geschah. Mein Körper war nahezu winzig und zusammengedrückt in dem kleinen Hohlraum ... Und plötzlich wurde ich bewegt. Mein Kopf schien zu zerquetschen und endlich erblickte ich Licht – und sah Leben.

„Konnte Leben denken, bevor es geboren wurde?
Konnte Leben träumen, bevor es geboren wurde?
Konnte Leben fühlen, bevor es geboren wurde?"

Kirmesromantik

Danielle Weidig

Zuckrige Jahrmarktsluft fließt durch das offene Fenster in den betagten Zirkuswagen, strömt weich über lädierte antike Möbel und getrocknete Erinnerungen. Ben atmet das Duftgemisch aus gebrannten Mandeln, türkischem Honig, Kokosflocken, Bratwürsten und Zuckerwatte, überlagert vom Geruch, scharf und warm, vorübertrottender Ponys, die schnaubend Kinder balancieren.
Die Seherin, erhaben, anmutig, veilchenblaue Mitternachtsaugen, platziert Tarotkarten auf dem schäbigen Eichentisch. Murmelnd deckt sie Karte für Karte mit geübten Fingern auf. Ben beobachtet, wie ein Clown in bauschigen Pumphosen, himbeerfarbenen Pompons und weißem Flatterkragen einem Mädchen im sonnengelben Sommerkleid einen Luftballon reicht. Als er sich zu ihr beugt, grapscht sie nach seiner grellroten Clownspappnase. Lachend hebt er das Mädchen hoch, ein kindlicher, jauchzender Farbklecks inmitten kunterbunter Ballons.
Ben lächelt still. Unbedingt wollen er und seine Freundin Josephine eine Familie gründen.

Das Mädchen hüpft an der Hand einer Frau davon, die kleine Faust fest um die blaue Luftballonschnur geschlossen.
Jäh zischt die Seherin, ihre majestätische Haltung weicht fahrigem Beben. Sie fixiert die Karten mit kaum geöffneten Augen, ihre üppige Brust hebt und senkt sich. Schließlich schichtet sie die Karten übereinander, fingert Geld aus einer abgewetzten Lederschatulle. Sie wendet sich an Ben, nicht an Josephine, die Fragende: „Keine Antwort von Karten. Bezahlung zurück."
Josephine, enttäuscht, protestiert, doch die Seherin drängt: „Sie wollten noch Mittel für Haut. Hinten." Mit resignierendem Achselzucken verschwindet Josephine an ihrer Seite hinter einem abgewetzten klatschmohnroten Plüschvorhang.
Ben steckt das Geld ein, seine Blicke gleiten über zerschlissene Schleier, altertümliche Teppiche, er sieht Spinnweben über buntem Glas zittern, blickt zur Lederschatulle, gewahrt auf ihr plötzlich einen Ring. Unversehens hält er ihn in Händen. Kupferne Schlangen bilden einen Kreis, ein scharlachroter Stein funkelt ihn verführerisch an. Auf einmal atmet er schwer, dreht das Schmuckstück zwischen Daumen und Zeigefinger. Wie für Josephine gemacht, überlegt er, hört Schritte, der Vorhang wird von der olivfarbenen Hand der Seherin beiseite geschoben. Ohne nachzudenken, steckt er den Ring ein.

Auf dem Jahrmarkt stehen Ben und Josephine inmitten blecherner Musik unter einem sich mit Nacht überziehenden Himmel.
„Leider Gottes wollte sie uns nichts sagen", bedauert Josephine, sich zärtlich bei Ben unterhakend.
Sein Zeigefinger berührt ihre Stupsnase, er erwidert sanft: „Dir, Liebes, nicht uns. Ich glaube nicht an Hokuspokus." Sie stellt sich auf die Fersen und küsst ihn auf

den Mund. Über ihre Schulter hinweg sieht Ben, wie die Seherin ihnen nachblickt, ein beklemmend angstvolles Gesicht ohne jegliche Gnade. Sehr langsam hebt sie die linke Hand wie zum Gruß. Zwei Tage später wird Ben davon überzeugt sein, dass dies zum Ritual gehörte.

Josephine und Ben erklimmen die hölzernen Stufen zu ihrer Mansarde, vorbei an löchrigen Tapeten, abblätterndem Putz. Kaum ist die Tür, wasserblau, hinter ihnen ins Schloss gefallen, entledigt sich Josephine auf dem hagebuttenroten Sofa ihrer High Heels.
„Oh, bin ich müde", seufzt sie.
Ben setzt sich zu ihr. „Einen Moment musst du noch wach bleiben. Ich habe eine Überraschung für dich."
Josephines hellgraue Iriden blitzen. „Mach die Augen zu und gib mir deine rechte Hand. Nicht schummeln, hörst du? Was denn, du wirst doch wohl warten können –"
In riesigen Augenhöhlen lodern Josephines Iriden in grünlichem Glanz. Sie sitzt sehr aufrecht, fast thronend, jede Faser, jede Sehne ihres zierlichen Körpers ist aufs Äußerste angespannt. Fiebrig starrt sie auf die kahle Wand, ein Ächzen quetscht sich aus ihrem Mund, ihre linke Hand umklammert die Finger ihrer rechten Hand als wolle sie den Ring gewaltsam von sich reißen. Übergangslos erschlaffen ihre Muskeln, sie fällt kopfüber in sich zusammen, den rechten Arm weit von sich gestreckt, als gehöre er nicht mehr zu ihr.
Ohne Übergang ist der Anfall vorbei, ihr Kopf rutscht in Bens Schoß, kalter Schweiß perlt auf ihrer Stirn, er wischt ihn behutsam mit dem Pulliärmel weg.
„Eine furchtbare Migräne-Attacke", wispert sie, mustert den funkelnden Stein. „Er muss ein Vermögen gekostet haben, oder", sie lacht leise auf, „du hast ihn gestohlen."
Ben grinst ertappt: „Sagen wir – er fand mich."
Sie fasst nach seiner Hand auf ihrer Stirn: „Lass uns schlafen gehen."

Im Geiste schwört sich Ben, den Ring bald zu bezahlen. Minuten später finden Josephine und Ben in nie gekannter Ekstase zueinander.

Am Morgen schlüpft Josephine, von einem feuerroten Handtuch umhüllt, aus dem Bad, nimmt sich Tee, setzt sich, die Beine übereinander schlagend, an den Küchentisch.
„Alles okay?", will Ben wissen.
Sie schlägt ihre Augen hoch, grau und tief, erwidert vielsagend: „Nach dieser Nacht." Sie greift einen Keks, beißt hinein, spricht kauend: „Die Creme vom Jahrmarkt ist sensationell, meine Fältchen sind nahezu unsichtbar."
Sie schluckt den Keksrest, fährt fort: „Ob mir ein Juwelier helfen kann? Ich wollte den Ring vor dem Duschen abnehmen, aber ich kriege ihn partout nicht vom Finger."
Sie zerrt demonstrierend daran, er bewegt sich kein Jota.
Ben beugt sich zu ihr, berührt sachte ihre nackten Schultern: „Du siehst wirklich überragend gut aus. Jung."

Als Ben von der Schicht heimkehrt, findet er Josephine zähneklappernd auf dem Sofa liegen, trotz sommerlicher Temperaturen in dicke Decken gehüllt. In der Küche stapelt sich Geschirr, in der Spüle ruht ein Messer, blutbefleckt.
„Ich spürte den ganzen Tag Bärenhunger", stößt sie mühsam hervor. „Ich musste essen und essen, wie ein Tier."
Ben deutet auf einen Teller voller Knochen: „Was ist das?", fragt er irritiert.
„Katie", antwortet Josephine und beginnt zu weinen.
„Die Nachbarskatze?", schrickt Ben zusammen. Unglaube sticht aus seinen honigbraunen Augen.
Sie greift sich mit beiden Händen in ihre Haare, die blonder wirken als noch gestern. Ihr Mund öffnet sich, doch kein Laut dringt aus ihr.

Brüsk steht Ben auf: „Du halluzinierst. Ich hole einen Arzt."

Mühsam windet sich Josephine nach oben, schreit gellend: „Nein! Lass mich nicht alleine, ich gehe morgen, sobald du auf Schicht bist." Entkräftet sinkt sie zurück, schwer fallen ihre Lider.

Nach kurzem Zögern zieht Ben sie an sich, trägt sie ins Bett, schmiegt die Daunendecke um ihren schlotternden Leib, denkt: Wie zart sie ist.

Unruhig schläft er in dieser sternklaren Nacht, immer wieder aufgeschreckt von ihrem Zittern und seiner Sorge. Erst gegen vier Uhr fällt er in einen komatösen Schlaf.

Ein strenger Geruch weckt Ben drei Stunden später.

Vor Josephines Bettseite liegt Erbrochenes. So viel kann ein Menschenmagen nicht aufnehmen, schaudert er, blickt in ihr Gesicht, elfenhaft. Wie ein Teenager, schießt es durch seinen Kopf.

Mit Mühe überwindet er seinen Ekel und schippt das Erbrochene in einen schwarzen Abfallbeutel. Inmitten des Berges stößt er auf Pelziges, verharrt, hält die stinkende Schippe in respektvoller Entfernung. Aus der schleimigen Masse schaut ihm ein getigerter Katzenschwanz vorwurfsvoll entgegen. Er lässt Sack und Schippe fallen, flüchtet in die Küche, vergräbt sein Gesicht in schweißnassen Händen, bis er Josephines Stimme hört, lang gezogen, klagend: „Ben!"

Er läuft ins Schlafzimmer, ihr rechter Arm hängt schlaff aus dem Bett, für eine Sekunde könnte er schwören, den scharlachroten Stein grünlich glimmen zu sehen.

„Liebes, was ist?"

„Mir war so elend, entschuldige bitte."

„Nicht schlimm, ich nehme heute frei. Aber zuerst rufe ich einen Arzt."

Josephine fällt stöhnend in die Kissen. Ben greift nach ihrem Portemonnaie, findet die Versichertenkarte, hastet zum Telefon, wählt. Nach Josephines Geburtstag ge-

fragt, blickt er reflexartig auf das Kärtchen. Er lässt den Hörer fallen, ignoriert die aus dem Telefon quellende Stimme, den Rücken fest an die Wand gepresst. Starrt auf Josephines Geburtsdatum: 17.01.1994. Somit wäre sie neunzehn Jahre alt, nicht zwei Jahre jünger als er, neunundzwanzig. Die Karte verhält sich ganz ruhig in seinen Händen, trotzdem schleudert er sie an die Wand. Er sieht zum Schlafzimmer, zum Abfallsack, zu Josephine. Obwohl sie apathisch liegt, den Bettzipfel fest mit der rechten Hand umklammert, schwitzt, als läge sie inmitten einer hitzeflirrenden Wüste, gleicht sie blühendem Leben. Als ihre Augen grünlich blinzeln, stürmt Ben aus der Wohnung.
Er jagt durch die Stadt, vorbei an erleuchteten Schaufenstern, hastenden Menschen. Er begreift die menschliche Normalität als trüge sie ein fremdes Wir, zu dem er nicht mehr gehört. Nirgends hält er an, auch nicht, als er den Jahrmarkt erreicht. Er hetzt vorbei an der geschlossenen Budenstraße, der still stehenden Schiffschaukel, der wartenden Geisterbahn, dem schlafenden Kettenkarussell, der verwaisten Ponyreitbahn, dem leeren Panoptikum, der Achterbahn, geisterhaft wie ein metallenes Skelett – derzeit keine Billetts zu verkaufen.
Unzählige Luftballons säumen den Wagen der Seherin, viele davon zerplatzt gleich nie gelebten Träumen. Die Tür steht offen, Ben sieht den Clown im Wagen, kniend, die weiß-rot-schwarze Schminke durch Tränen fast weggespült, tönern murmelnd: „Male fide. Male fide. Male fide." Sich umdrehend hebt er Fäuste in weißen, befleckten Handschuhen, als verfluche er die Welt. Aufstöhnend gibt er den Blick auf das vor ihm ausgestreckte Geschöpf aus geborstenen Knochen, gerissener Pergamenthaut, wirren Haarbüscheln und veilchenblauer Augapfelgrütze frei. Über der Szenerie dreht sich ein Glasmobile klirrend im Tanz.
Mit wedelnden Fingern streichelt der Clown die Luft über dem Geschöpf, richtet sich dann abrupt auf, steht

direkt vor Ben, ihre Augen treffen sich. Das Wilde in den Clownsaugen ebbt ab, wankend verlässt er den Wagen, winkt Ben zu sich.

Er torkelt zwanzig Meter bis zur Schiffschaukel, streicht über das bunt gelackte Holz wie über eine Geliebte und flüstert: „In solch einer Wippe hielt ich um Kikis Hand an." Er schluckt hörbar. „Wir wollen schaukeln. Ich werde Ihnen eine Geschichte erzählen, die alle ihre ungestellten Fragen beantwortet. Begleiten Sie mich in längst vergangene Tage."

Mühsam besteigt er die Wippe, Ben folgt ihm in eine Chronik aus Blut und Rache.

Anno Domini 1585 wurde der Wanderzirkus, Heim für den Clown und Kiki, bestohlen. Der einzige Zeuge, ein Junge, schwor Mark und Bein, jener Mann in der braunen, verwahrlosten Kutte, den die Männer unweit des Zirkusses gefunden hatten, sei der Einbrecher gewesen.

„Dieser Junge – war ich", stöhnt der Clown, gibt der Schaukel einen heftigen Schubs, „dabei war ich ganz und gar nicht sicher. Aber alle Augen schauten auf mich, ich fühlte mich wichtig und -" Er grunzt viehisch. „Ich ahnte doch nicht, was sie ihm antun würden."

Der Mönch schwor beim Allmächtigen, kein Dieb zu sein, aber die Zirkusleute, in ihrer Zeit an den Anblick brennender Hexen gewöhnt, kannten keine Gnade. Sie sammelten Äste und Reisig, türmten sie trunken zum starren Todeshügel. Die heißen Flammen züngelten über trockenes Holz zu ihrem Opfer, sofort fing die Kutte Feuer. Der Mönch reckte den Kopf gen Himmel und schrie inbrünstig: „In nuce; temous edax rerum; nisi hodie nunquam; non mortem timemus sed cogitationem mortis; hic et nunc; legibus solutus; pacto societatis astringitur !"

„Dann wurde es dunkel. Als wir erwachten, war der Scheiterhaufen niedergebrannt, was wir erblickten, zog uns die Magennerven zusammen. Der Mönch war nicht verbrannt. Kein Leben war mehr in ihm, sein Kopf hing zur Seite, die Zunge baumelte schwarz aus seinem

Mund, aber es schien, als klebe er schlafend am Pfahl."
Tränen fließen aus seinen Augen als bräche ein reißender Strom aus ihnen. „Seit dieser Nacht tragen wir alle den Ring. Keiner weiß zu sagen, wie wir ihn erhielten. Er haftet an uns wie Eiter. Der Ring der Rache."
Ben versucht, mit blutleeren Händen seine Stirn zu kühlen. „Was bewirkt er?"
Der Clown lacht bitter. „Er schenkt, was sich die meisten Menschen sehnlichst wünschen. Ewige Jugend. Ich bin über vierhundert Jahre alt, Kiki war damals sieben, drei Jahre jünger als ich. Das Verfluchte ist, werden Sie müde zu leben, und glauben Sie mir, nach Jahrhunderten sind Sie sehr müde zuzusehen, wie sich alles wieder und wieder verändert, Sie alles wieder und wieder verlieren, außer denen, mit denen Sie ein schreckliches Schicksal teilen - können Sie den Ring nicht einfach abstreifen. Er muss ihnen genommen werden, und zwar von jemandem, der ihn wirklich will." Der Clown stockt. „Ich weiß nicht, wie Kiki ihren Ring entfernen konnte. Es heißt, man würde auf der Stelle sterben. Doch es dauerte Stunden. Der Ring hat seine Geheimnisse." Er betrachtet Bens Hände. „Vielleicht hat er gespürt, dass Sie ihn wirklich wollen. Oder Ihre Frau." Listig wird sein Blick. „Sie trägt ihn doch jetzt, sonst wären Sie nicht hier?"
„Was passiert mit Josephine?", presst Ben zwischen fast geschlossenen Lippen hervor.
„Sie wird jung und jünger. Sie wurde nicht verflucht, wie wir, dann entfaltet der Ring eine andere Wirkung. Aber ...", fast beseelt schaukelnd blickt er an Ben vorbei, „man sagt, wir treffen uns alle wieder. Am Anderort."
Ben speit aus.

In der folgenden Nacht wandelt sich Josephine zu dem Mädchen, das sie einst war. In ihren Augen schimmert kein Glanz, aber auch keine Angst flackert mehr. Beim zarten Kuss auf ihre verstummten Lippen schmeckt Ben Nacht. Er drückt ihre schwache Kinderhand, verhängt den Schlafzimmerspiegel, geht hinaus, schließt die Tür, setzt sich davor. Die Luft lastet wie ein Berg auf ihm, nur zerteilt vom Rauch seiner Zigarette. Verzweifelt hatte er versucht, sich den Ring an seinen Finger zu wünschen, aber er war nicht stark genug. Oder schlicht zu feige.

Ein Plopp, als würde ein Saugnapf über verstopftem Abfluss betätigt, lässt ihn aufspringen, er hört ein zufriedenes Seufzen, ein befriedigtes Einsaugen.

Ben reißt die Tür auf, erwartet ein Baby oder einen Embryo zu sehen, jedoch, das Bett ist leer, die Fenster verschlossen. Einzig Josephines Nachthemd bezeugt ihre unwiederbringliche Existenz. Panisch wühlt Ben nach dem Ring, der ebenso wie Josephine verschwunden ist, als wären sie gemeinsam ausradiert worden, ausgelöscht vom Sog einer rückwärts gewendeten Zeit.

Stunden vergehen, in denen Ben sein Gesicht in das Nachthemd drückt, Josephines letzten flüchtigen Duft einatmet, sich in ihrem Bett wälzt wie in nassem Schlamm, Schatten unter dem Bett kriechen spürt.

Gegen Abend bricht Ben auf, lautlos schreit er nach Josephine, wie Abel einst Kain rief, nachdem er ihn tötete. Stundenlang hatte er das Gefühl verrückt zu werden, jetzt ist sein Geist schattenlos. Er läuft über den Bahnhofsplatz, blickt traumentseelt auf das Menschengewühl. Durch seinen Kopf rast ein Kinderlied: Bettler, Bauer, Edelmann, du bist nun als Nächster dran.

Die Nacht hat den Tag weggespült, als er den Clown auf den Stufen des Wagens der Seherin findet. Zu seinen Füßen fließt schaumige Zuckerwatte, rosarot, Dreckspritzer haben sich gleich Blut mit der Zuckermasse vermischt.

„Hat sich auch ihre Seele rückwärts entwickelt?", fragt Ben leise.

Der Clown zuckt mit den Schultern: „Erst am Anderort werden wir erfahren, ob wir erlöst sind oder verdammt."

Keine Worte sind jetzt mehr vonnöten, fieberhaft flammende Augen tauchen ein in Erloschene. Ben folgt dem

Clown in den Zirkuswagen, registriert, wie sich die Tür hinter ihnen schmatzend schließt, steckt den frisch abgezogenen Ring an seinen rechten Mittelfinger und hört die letzten Worte aus dem Mund eines jahrhundertealten, zerfallenden Clowns: „Au revoir."

Der Klang der Welt

Detlef Klewer

18 Jahre sind eine lange Zeit. Eine Mischung aus Wehmut und Widerwillen stieg in mir auf, als ich das Landhaus meiner Familie zwischen den alten Bäumen am Ende der Allee auftauchen sah. Vor 18 Jahren schwor ich, diesem Anwesen für alle Zeiten den Rücken zu kehren. Nun brach ich diesen Schwur. Sei´s drum. Es erschien mir angemessen, meiner älteren Schwester die letzte Ehre zu erweisen.
Natürlich hätte ich es dabei bewenden lassen können, an der Trauerfeier teilzunehmen, um anschließend in mein Auto zu steigen und nach Hause zu fahren. Alle Erinnerungen einfach ruhen lassen. Doch da mein Bruder, wie erwartet, nicht auf dem Friedhof erschien, fühlte ich mich verpflichtet, ihm einen letzten Besuch abzustatten. Mein Widerwille verstärkte sich, als ich aus meinem Sportwagen ausstieg und die Treppe zum Eingang unseres Anwesens emporstieg. Das Grundstück bot einen traurigen Anblick der Verwahrlosung. Ein Großteil des alten Baumbestandes wirkte ungesund oder schien bereits abgestorben. Die Rosenbüsche – einst die umsorgten „Pflegekinder" meiner Mutter – waren verdorrt. Unkraut wucherte ungehindert auf den Wegen.
Doch nicht allein der früher üppig blühende Garten sah vernachlässigt aus. Das Haus glich einem Gruselschloss. Efeuranken verdunkelten die Fenster. Die Treppenstufen bröckelten unter meinen Füßen, Wildpflanzen hatten

eine Reihe der Steinstufen gesprengt – und die abblätternde Fassade bedurfte dringend eines neuen Putzes und Anstrichs. Ich näherte mich einem sterbenden Haus, das mich nicht willkommen hieß.

Ein trauriges Begräbnis lag hinter mir. Außer dem Pfarrer und mir begleiteten nur zwei weitere Männer den Trauerzug. Dieses Desinteresse an der Beisetzung bewies mir deutlich, wie einsam sich meine Schwester gefühlt haben musste. Und vielleicht war ihr früher Tod sogar eine Gnade.
Der Kirchenmann erfüllte lediglich seine Pflicht, sprach rasch ein paar segnende Worte, nachdem die Sargträger ihre Last in die Grube versenkt hatten und verschwand danach mit wehendem Talar. Die beiden verbliebenen Trauergäste blickten mich argwöhnisch an, während sie mir ihr Beileid aussprachen. Wie ich aus ihren Einlassungen erfuhr, handelte es sich um den behandelnden Arzt meiner Geschwister und einen unbedeutenden Beamten der Gemeinde, den man zur Teilnahme dienstverpflichtet hatte. Er verabschiedete sich nach seinen förmlichen Beileidsbekundungen und ich konnte ihm den Ärger darüber anmerken, dass nicht zumindest ein Leichenschmaus geplant war. Keine leckeren Käsehäppchen, kein Aperitif.
Der Arzt hingegen verblieb noch eine Weile und bemühte sich, sein Scheitern mit einem wortreichen, zumeist lateinischen Kauderwelsch zu erklären. Von *Unvorhersehbar* war dabei oft die Rede. Und von *Keine Anzeichen*. Nun, die mögliche Ursache änderte nichts am Endergebnis. Meine Schwester war tot.

Ich zögerte anzuklopfen. Nicht ohne Grund hatte ich das Heim meiner Familie nach dem plötzlichen Tode meiner Eltern verlassen. Aber ich wollte auch nicht ungerecht sein, denn nicht alle meine Erinnerungen durfte ich als schlecht bezeichnen.

Also klopfte ich. Es verging eine ganze Weile, bis die Haustür einen Spalt geöffnet wurde. Ein weißhaariger Mann fixierte mich abweisend durch die schmale Öffnung. Das Misstrauen gegenüber einem ungebetenen Besucher war offensichtlich.
Es überraschte mich, den alten Viktor vor mir zu sehen. Ich hatte nicht erwartet, ihn nach all den Jahren noch anzutreffen. Er musste inzwischen auf die Neunzig zugehen und es schien, als habe jedes Lebensjahr tiefere Furchen in sein Gesicht gegraben. Er hielt sich arthritisch gebeugt, aber seine Augen leuchteten wach – und signalisierten nun Erkennen.
„Der junge Herr Daniel", begrüßte er mich mit seiner mir so wohl bekannten Fistelstimme und gab den Weg frei. „Bitte, treten Sie doch ein."
Ich folgte seiner Einladung nicht ohne Zögern und schritt in die Empfangshalle. Die Rückkehr des verlorenen Sohnes.

Der untere Bereich hatte sich nicht verändert. Die Sauberkeit ließ allerdings zu wünschen übrig. Staub bedeckte die Möbel. Spinnen hatten der unausgesprochenen Einladung Folge geleistet und eine Vielzahl kunstvoller Netze gesponnen. Doch ansonsten … schien es, als sei ich gerade der Wells'schen Zeitmaschine entstiegen, mit der ich 18 Jahre in die Vergangenheit meines Lebens gereist war.
Die stählerne Tür am Ende des Treppenaufgangs zur ersten Etage zerstörte diese Illusion allerdings rasch. Ich wusste, dass meine Schwester einen erheblichen Teil des Familienvermögens darauf verwendet hatte, unserem jüngeren Bruder ein angenehmeres Leben zu ermöglichen. Zu diesem Zweck wurde die obere Etage zu einem hermetisch verschlossenen Bereich umgebaut. Dort lebte mein Bruder nun seit Jahren, ohne jemals das Haus zu verlassen.
Ich hielt diese Ausgaben für reine Verschwendung, doch

meine Schwester – als Vermögensverwalterin – ließ sich nicht beirren. Sie hatte es auch niemals versäumt, den mir jährlich zustehenden Anteil der Einkünfte zu überweisen. Daher durfte ich mich nicht beklagen. Aber jetzt ... weilte sie nicht mehr unter uns.

Ich wandte mich Viktor zu, der immer noch schweigend hinter mir verharrte und wies Richtung Stahltür.
„Martin ... lebt noch dort?", fragte ich, um die Stille zwischen uns zu füllen. Er nickte bedächtig.
„Ist es immer noch so schlimm?"
Viktor blickte mich forschend an, so als wolle er die Absichten ergründen, die mich herführten. Man konnte mich mit Fug und Recht als das schwarze Schaf dieser Familie bezeichnen. Nicht gewillt, die Traditionen einer alteingesessenen Familie zu pflegen und Verantwortung für einen Bruder zu übernehmen, der auf sich selbst gestellt nicht überlebensfähig war. Kein Wunder, dass Viktor mir mit tiefem Argwohn begegnete. Aber er schien zu einem für ihn befriedigenden Ergebnis zu gelangen – vielleicht wurde ihm auch nur allmählich bewusst, dass er sich nun mit meiner Person arrangieren musste.
„Schlimmer!", seufzte er schließlich.
„Er ist ... ziemlich verdreht, nicht wahr?", bemerkte ich leichthin – und bereute die vorschnell ausgesprochene Frage sofort, als ich Viktors gequälten Gesichtsausdruck registrierte.
„Ich meine, er sieht ja nichts anderes als seine Zimmer. Kein Kontakt zur Außenwelt. Nicht einmal fernsehen", versuchte ich meine unbedachten Worte abzumildern. „Da muss man ja wunderlich werden."
„Herr Martin ... liest viel", sagte Viktor unsicher. Ich nickte verständnisvoll.
Natürlich hegte ich Mitleid für meinen, seit seiner Geburt an diese Mauern geketteten, Bruder. Doch an erster Stelle wollte ich hinter mich bringen, weshalb ich hierher gekommen war.

„Dann will ich ihm nun einen Besuch abstatten." Ich klatschte in die Hände und sah Viktor zusammenzucken. Die Notwendigkeit, Geräusche jeder Art so gut wie möglich zu vermeiden, war ihm in Fleisch und Blut übergegangen. Auch die Einrichtung der Schallisolierten Kammer konnte diese Gewohnheit wohl nicht beenden. Ich entdeckte einen stillen Vorwurf in seinen Augen und hob beschwichtigend die Hände.
„Keine Sorge, Viktor. Ich werde daran denken."
Bedächtig stieg ich neben dem alten Bediensteten die Treppe empor. Früher befanden sich in diesem Stockwerk unsere Kinderzimmer und das Schlafzimmer meiner Eltern. Hier wurden wir Kinder gezeugt. Hier stand auch die Wiege meines jüngsten Bruders. Der Spätgeborene. Das Nesthäkchen. Sie hatte ihren Platz in diesem Raum ... bis er starb.
Baby Jan konnte man durchaus als Schreikind bezeichnen. Es brüllte Tag und Nacht aus Leibeskräften. Einem derart geräuschempfindlichen Menschen wie meinem Bruder, dessen Gehör bereits das Fallen einer Nadel als Dröhnen einer Glocke wahrnahm, musste dieser Umstand größte Pein bereitet haben. Doch er beschwerte sich nicht. Aber eines Tages lag der Kleine tot in seinem Bettchen.
Plötzlicher Kindstod diagnostizierte der damals alarmierte Arzt auf dem Totenschein. Doch der Argwohn in seiner Stimme war nicht zu überhören, als er unserer Familie das Ergebnis mitteilte. Der unausgesprochen schwebende Verdacht entbehrte jeder Grundlage. Absurd! Mein Bruder mochte mit dem empfindlichsten Gehörsinn gestraft sein, den man sich vorstellen konnte, aber ein Mörder? Ganz sicher nicht!

Endlich erreichten wir die Stahltür in der oberen Etage. Ich erwartete, dass Viktor die futuristische Schleuse öffnen würde. Doch er wies nur würdevoll auf eine Reihe von Überziehschuhen verschiedener Größen.

„Ist das nicht ...", ein wenig übertrieben, wollte ich fragen. Doch vermutlich war es das nicht. Also ließ ich den Satz unbeendet und schlüpfte aus meinen Schuhen in diese unförmigen Filzschuhe. Viktor schien zufrieden.
„In einer halben Stunde serviere ich gewöhnlich das Abendessen", kündigte er an. Ich zuckte die Achseln. Es gab keinen Grund diese Gewohnheit zu ändern.
„Dann servieren Sie es so wie immer. Aber ... bringen Sie auch etwas Wein mit. Eine Flasche aus der Kiste, die ich meiner Schwester vor einiger Zeit geschickt habe."
Viktor überlegte kurz, schien sich dann zu erinnern und nickte.
Er betätigte einen Schalter und die Schleuse öffnete sich nahezu geräuschlos. Ich betrat das schalldichte Refugium meines Bruders. Hinter mir schloss sich lautlos die Tür. Gummidichtungen schoben sich ineinander wie die Lippen zweier Liebender – und schlossen die übrige Welt aus.

18 Jahre sind eine lange Zeit. Zeit für Veränderungen. Veränderungen, die bewirkten, dass ich meinen Bruder kaum mehr erkannte. Die weiche Gesichtshaut eines jungen Mannes kontrastierte eigenartig mit dem Silbergrau seiner Haare, das auf vorzeitige Alterung hinwies. Tiefe Schatten zeigten sich unter seinen Augen, so dunkel, dass er fast den Anblick eines Todeskandidaten bot. Seine bleichen Lippen pressten sich zu einem schmalen Spalt zusammen. Die Hände zitterten leicht. Unendlich müde blickte er mich an.
„Daniel ..." Er flüsterte kaum hörbar. Selbst die eigene Stimme bereitete ihm offenbar Pein. Vorsichtig nahm ich ihm gegenüber auf einem Stuhl Platz.
„Martin ..." Ich bemühte mich darum, möglichst leise zu sprechen. Er lächelte. Dankbar?
„Wie geht es dir? Es tut mir so Leid um Anna. Ich weiß, was sie dir bedeutet hat."
„Danke, für dein ... Mitgefühl."

Meine Anteilnahme schien ihm nicht geheuer. Sein Blick wirkte kalt und abweisend. Aber da er nur tonlos wisperte, war es mir unmöglich seine wahren Emotionen zu entschlüsseln.

„Hörst du immer noch den Klang der Welt?", fragte ich leise und erinnerte mich gleichzeitig an den Moment, an dem er mir diese Frage gestellt hatte. Sechsjährig, mit klobigen Kopfhörern, die er zum Schutz über die Ohren gestülpt hatte.

„Hörst du auch den Klang der Welt?", wollte er damals wissen. Zunächst verstand ich die Frage nicht, doch er fuhr mit der Stimme eines Sechsjährigen und der Weisheit eines Erwachsenen fort: „Du hörst die Klänge der Welt – und auch die Misstöne darin fügen sich für dich zu einem harmonischen Ganzen. Ich aber vernehme den Klang hinter dem Klang, und das ist eine Sinfonie des Grauens."

Er lächelte nun schmerzlich.

„Es ist über all die Jahre nicht besser geworden. Jedes Flüstern hört sich so an, als stünde der Redner direkt neben meinem Ohr. Normales Sprechen klingt wie das Brüllen eines Tieres. Manchmal glaube ich, ich kann sogar die Gedanken eines Menschen hören. Nur hier, in dieser Isolation kann ich annähernd Frieden finden."

Eine peinliche Gesprächspause entstand, die dennoch niemand von uns beenden wollte. Wir sahen uns in die Augen und für die Dauer eines Wimpernschlags fragte ich mich unbehaglich, ob er tatsächlich die Gedanken anderer Menschen wahrnehmen konnte. Aber nein, was in meinem Kopf vor sich ging, vermochte er ganz sicher nicht zu hören …

Ich zuckte erschrocken – ertappt? – zusammen, als unerwartet Viktors Fistelstimme hinter mir ertönte.

„Das Abendessen." Unbemerkt wie ein Geist hatte er den Raum betreten. Ich erhob mich langsam, damit der Stuhl keinerlei Geräusche verursachte und ging zu Viktor, um ihm das Tablett abzunehmen.

„Danke, Viktor, ich übernehme das schon", wisperte ich so sanft wie möglich. Er nickte höflich und zog sich lautlos zurück.

Ich stellte das Tablett vorsichtig auf den Tisch. Plastikgeschirr, natürlich, etwas anderes hätte mich überrascht. Erleichtert entdeckte ich zwei mit Wein gefüllte Becher. Ich hoffte, Viktor möge die richtigen Flaschen gefunden haben. Nun, es würde sich gleich herausstellen.

„Weißt du, es werden ein paar Änderungen nötig sein, jetzt ... da Anna nicht mehr unter uns weilt", begann ich schonend. „Ich lebe ja schon seit 18 Jahren nicht mehr hier – und ich möchte daran auch nichts ändern." Martin sah mich durchdringend an.

„Was willst du damit sagen?" Ich nahm mir Zeit für die Antwort.

„Nun ja, ... niemand wird da sein, der für dich sorgen kann. Anna ist nicht mehr da. Ich lebe in Übersee. Viktor ist fast älter als Methusalem und wird nicht ewig leben."

„Und da du jetzt als ältester Sohn die Verfügungsgewalt über das Familienvermögen besitzt ..." Er ließ den Satz zwar unvollendet, aber die Intention seiner Erwiderung war dennoch klar. Martin war wütend auf mich, aber er versuchte, sich nichts anmerken zu lassen und schwieg. Was sollte er auch sagen? Sollte ausgerechnet er mich anbrüllen? Vermutlich würde sein Trommelfell reißen. Oder mir zuflüstern, welch niederträchtiger Mensch ich sei? Nein, er war mir ausgeliefert – und dessen war er sich bewusst. Nun kam der Moment den letzten Trumpf auszuspielen.

„Aber ich habe eine andere Lösung gefunden. Eine, die uns Beide zufrieden stellen wird."

Er sah überrascht aus. „Und das soll ich dir glauben, Martin? Nach all den Jahren, die du uns hier ... im Stich gelassen hast. Ich weiß sehr wohl, dass diese Räume hier keineswegs deine Zustimmung gefunden haben."

Ich zuckte die Achseln. Natürlich würde ihm Anna von meiner ablehnenden Haltung erzählt haben. Ich stellte die beiden Becher mit Wein auf den Tisch und setzte mich behutsam wieder.

„Keine Sorge", sagte ich, bemüht meiner Stimme die Glaubwürdigkeit zu verleihen, die ein fürsorglicher Bruder ausstrahlen würde.

„Aber, bitte, trinken wir zunächst auf das Gedenken an Anna. Möge sie in Frieden ruhen." Dieser Aufforderung würde er sich nicht widersetzen können, dazu hatte er unsere Schwester zu sehr geliebt. Ich ergriff meinen Becher und erwartete, dass er seinen an die Lippen hob. Sein Gesicht nahm einen seltsamen Ausdruck an.

„Auf Anna", hauchte er und nippte an seinem Wein. „Ich würde es sogar hören, falls unsere Schwester aus ihrem Grab auferstehen würde", fügte er bitter hinzu und trank einen weiteren Schluck. „Aber es ... bleibt still auf diesem Friedhof."

Bei dem Gedanken, meine verstorbene Schwester könnte als bleiche und nur mit ihrem Leichenhemd bekleidete Untote Rache an ihrem skrupellosen Bruder nehmen, wurde mir unbehaglich. Doch ich war Realist und die übernatürliche Loyalität eines Verstorbenen, der aus dem Grab Rache nahm, schien mir gerade gut genug für den Plot eines zweitklassigen Horrorfilms. Aber eben nicht für die Wirklichkeit.

Martin war sehr blass geworden und saß jetzt regungslos da, die Augen in Erstaunen weit geöffnet.

„Ist dir ... nicht gut?", erkundigte ich mich mitfühlend. Er zitterte leicht, packte die Armlehnen mit beiden Händen und drückte sie so fest, dass seine Knöchel weiß hervortraten. Dann war es vorbei.

Ich erhob mich, umrundete den Tisch und schloss seufzend seine Augen. Alle Probleme waren nun zur Zufriedenheit aller Beteiligten gelöst. Die letzten Familienmitglieder waren tot und ich ... Eigentümer des restlichen Vermögens. Der letzte Schritt wurde durch ein harmloses, gut gemeintes Präsent eingeleitet. Fürchtet die Danäer, auch wenn sie Geschenke bringen!

Meine Schwester war eine intelligente Frau. Vielleicht hatte sie es sogar geahnt und den von mir erhaltenen Schierlingsbecher freudig entgegengenommen und ausgetrunken. Sie musste es doch gehasst haben, das Leben eines anderen Menschen zu leben. Niemals sie selbst sein zu dürfen.
Ich hatte dieses Gift mit Bedacht gewählt. Es gewährte dem Opfer einen schnellen Tod und ließ sich im Verlauf einer Obduktion kaum nachweisen. Vorausgesetzt der Pathologe suchte nicht gezielt danach. Ohnehin würde mich niemand verdächtigen, da nach dem Tod meiner Eltern 18 Jahre vergangen waren.

Viktor schlief. Ich wollte den alten Mann nicht wecken. Wohin sollte er sich wenden, wenn unser Familienbesitz – in dem er so lange Jahre gelebt hatte – den Flammen zum Opfer fiel? In ein Pflegeheim zwischen alte, senile Menschen? Das hatte er nicht verdient.
Also nahm ich ein Kissen und drückte es ihm auf das Gesicht, so wie ich es vor vielen Jahren auch bei meinem ewig schreienden Bruder getan hatte.
Viktor wehrte sich nicht. Ein letztes Zucken durchfuhr seinen verbrauchten Körper als er starb. Dann lag er still und schlief für immer.
Ich entnahm meinem Etui eine Zigarette, entzündete sie und legte die glühende Kippe auf ein Stück der Tageszeitung, die ich in der Halle gefunden und mit Whisky getränkt hatte. Dann wartete ich geduldig bis die Glut die Zeitung entzündete und erste Flammen schließlich die Gardinen erreichten.
Ich warf noch einen letzten Blick in die Runde. Die Versicherungssumme würde mir für die nächsten Jahre mein Auskommen sichern. Ich spürte kein Bedauern, als sich das Feuer durch die Räume fraß. Das war niemals mein Haus gewesen …

Der schreckliche Gombologk und das Seelengefaengnis

Carmen Matthes

An einem der kühleren Tage am Ende des Sommers trabten mein Freund und ich zu Pferde durch die Lande. Die Last meines Tornisters – der mit Schinkenbroten, Salatgurken, Tomaten und frischem Wasser sowie Verbandsutensilien bestückt war – drückte mich schwer in den Sattel. Bereits seit Stunden waren wir unterwegs – einmal im Sattel sitzend, dann wieder gehend. Ebenso lange, wie mir dieser Ausritt vorkam, hatte ich meinen alten Freund und Studienkollegen nicht mehr gesehen. Achtzehn Jahre war es nun her. Jahre, in denen William und ich gemeinsam alte und neue Sprachen studierten und wir uns danach aus den Augen verloren hatten, im Getümmel des Alltags. Er war Journalist geworden, wie er mir erzählte, und ich versuchte mich als Schriftsteller. Schnell merkte ich, dass diese Arbeit wenig bis gar keinen Lohn nach sich trug, sodass ich hauptberuflich in einem Zeitungsvertrieb arbeitete.

William sprach wenig. So ließ ich meinen Blick über die eintönigen Landschaften schweifen, zählte die wenigen Büsche, an denen wir vorüberschwankten und beobachtete spielende Eichhörnchen auf den bleichen Stümpfen abgestorbener Bäume. Hie und da wurde die Stille durch geräuschvolles Ausschnauben der Pferde unterbrochen. Nebel stieg auf, und der geheimnisvolle Dunst vermischte sich mit der beginnenden Dunkelheit, die sich langsam über uns legte. Er trübte nicht nur meine Sicht, sondern auch mein Gemüt und meine Hoffnung, je auf ein Dorf zu stoßen. William und ich waren gewarnt, dass dieser Fleck der Erde ausladend wäre, jedoch weniger einladend.

Meine Hände begannen leicht zu beben, meine Konzentration nahm zusehends ab und ich konnte mich nur noch schwer im Sattel halten. Ein Griff in die rechte Seitentasche erleichterte es mir, weiter durchzuhalten. Ich setzte den Hals meiner Taschenflasche auf die Unterlippe und ließ den wohlig schmeckenden Kognak in meinen Rachen laufen. Ein kleiner Schluck nur – ein ganz kleiner – und schon fühlte ich mich besser. Zumindest körperlich. Im Geiste dachte ich an meine Frau – ach, wie litt sie unter meiner Trunksucht. Schnell schüttelte ich diese grausige Vorstellung von meinem Geiste ab, als ich William rufen hörte: »Dort, sieh nur! Eine kleine Behausung.«

»Und es brennt sogar Licht«, erwiderte ich freudigen Herzens. Eiligst versetzten wir unsere Pferde in Trab, sodass wir wenige Minuten darauf an der Steinhütte angelangten. Während William abstieg, versuchte ich den vom Nebel über meine Seele gelegten Schleier abzuschütteln, doch es mochte mir nicht gelingen. Der pestartige Dunst hatte sich bereits wie ein Pilzgeflecht über das Häuslein gelegt, was es jedoch nicht baufälliger aussehen ließ. Und doch bedrückte der Anblick dieser Hütte mich mit fast unerträglicher Düsternis. Kurz bevor auch ich vom Pferde stieg, griff ich noch einmal in die Seitentasche, in der sich meine Taschenflasche befand. Ich strich mit dem Zeigefinger über das weiche Leder, um mir für diese ungewohnte Situation Geborgenheit zu schenken. Dann näherte ich mich langsamen Schrittes der Hütte und William, der vor eines der weißen Sprossenfenster stand und hindurchlugte.

»Was siehst du?«, fragte ich, einerseits neugierig, andererseits wäre ich am liebsten geflüchtet. Ich mag es nicht, etwas Unvorhergesehenes zu erwarten. Im Gegensatz zu William, der obgleich seiner seltsamen dürren Gestalt sehr viel mutiger ist als ich. War, muss ich sagen – er war mutiger als ich. Bis das Schrecklichste geschah, das meine Augen je gesehen hatten. Doch dazu später. Mich schüttelt es bei diesem Gedanken, sodass ich in diesem Moment nicht niederschreiben kann, was geschehen war.

»Ich sehe eine Öllaterne mitten auf dem Eichentisch«, flüsterte William, ohne mich dabei anzusehen. »Der Tisch, umsäumt von vier Holzstühlen, steht inmitten des Raumes. An der Wand sehe ich alte Stich- und Hiebwaffen. Und einen düsteren Wandteppich kann ich erkennen.«

Nun wurde auch ich neugierig und wagte einen Blick durch die halb blinden Scheiben. Da betrat ein breitschultriger Mann wachen Blickes die Hütte von der gegenüberliegenden Seite. Ein Gewehr in der einen Hand, Munition in der anderen, setzte er sich auf einen der Stühle. Sein Gesichtsausdruck von Durchtriebenheit und Ratlosigkeit wurde umsäumt von einem schwarzen kurzgehaltenen Vollbart. Schwarze Locken – glänzend wie das Gefieder eines Raben – klebten auf seinen Schultern, als hätte er gerade einen Kampf unentschieden verlassen. Immer wieder zupfte er sein weißes Hemd vom Körper, welches sich genauso oft wieder auf den behaarten selbigen legte und Schweißränder freigab, von denen ich glaubte, sie bis vor das Fenster riechen zu können. Was war es, das einen Menschen an einem doch recht kühlen Sommerabend derart zum Schwitzen brachte?

Im selben Augenblick durchdrang eine Baritonstimme laut rufend durch die Flur und schreckte die Vögel des nahegelegenen Waldes auf, die sogleich davonstoben. Ein nicht zu unterdrückendes Zittern durchbebte anschwellend meinen entsetzten Körper. Wie eine Faust umgriff es mein Herz, das wild pochend nach Sauerstoff verlangte. William und ich atmeten schwer, als wir plötzlich den Mann aus der Hütte auf uns zugestürmt kommen sahen. Laut schreiend warnten seine Worte: »Achtung! Der Gombologk kommt auf uns zu!«

Obgleich ich mit dieser Bezeichnung nichts anzufangen wusste, floh ich voll Grauen in die Hütte; gefolgt von meinem Freund und dem Fremden, der eiligst einen schweren Balken in die seitlich angebrachten Halterungen quer über die Tür legte, um sie zu verriegeln. Bibbernden Körpers starrten William und ich den Fremden an. War dies nur eine List, um uns in seine Hütte zu locken? Sein Gesicht schien leichenblass im Flackern der Öllampe. Doch nach und nach floss sein Blut wieder, welches seine ausgeprägten Wangen leicht errötete. Er horchte in die Dunkelheit des fortgeschrittenen Abend hinein. Und wie erleichtert ließ er den Balken los, trottete zum Eichentisch und schenkte sich einen Grog ein. Dann drehte er die Tasse, um nicht von der Seite trinken zu müssen, an der ein Stückchen Porzellan fehlte. Erst jetzt beim Hinunterschlucken besann er sich seiner Gäste und fragte: »Och, een heißet Tässchen jefällig?«
Wie konnte ich diese Frage verneinen; da der Schreck meine Glieder eingefroren hat? So setzten William und ich uns an den Tisch und genossen den Grog.
»Was ist ein Gombologk?«, fragte ich nach einigen Minuten des Schweigens.
»Meen Name ist übrigens Tubbert. Gregor Tubbert.«
Ein wenig verwirrt darüber, keine Antwort auf meine Frage erhalten zu haben, wollte ich wenigstens wissen, was ein Berliner im Pfälzerwald zu suchen hatte.
Er räusperte sich nachdenklich, dabei seinen Bart graulend: »Hier muss er sein.«
»Wer, Herr Tubbert? Wen meinen Sie?« William war nun ebenso von Neugier ergriffen wie ich.
Entschlossenen Blickes – wie der eines Schwertkämpfers, der zum Todesstoß ansetzte – blickte Gregor Tubbert uns an. Seine grünen Augen leuchteten dabei katzenhaft im flackernden Licht der Öllampe, als er kurz darauf dumpf antwortete: »Der Gombologk. Zuerst entdeckten Forscher ihn in Plymouth; dann in anderen Teilen Englands.

Wir fürchten, se könnten sich in allen Wäldern der Welt absetzen.« Er bemühte sich sehr, möglichst akzentarm zu sprechen.
Ungeduldig rutschte ich auf dem Holzstuhl hin und her. Am liebsten hätte ich ihn geschüttelt und seine aus dem Mund fallenden Buchstaben zusammengesetzt. Jedoch zügelte ich meine von Ungeduld brodelnde Wut und fragte mit ein wenig bebender Stimme: »Wer ist dieser Gombologk – zum Himmel noch eins! – ,was entdeckten Forscher in Plymouth und anderen Teilen Englands und wer bedroht die anderen Wälder dieser Erde?«
Nun bemerkte er wohl, wie ernst mir die Antworten waren, nach denen ich suchte. Er blickte mir tief in die Augen, rang nach wohl für meinen Freund und mich verständlichen Erklärungen und atmete tief ein. Beim Auspusten glaubte ich, den Geruch vergammelten Fleisches zu riechen. Mich würgte für einen Moment, meine Unterarmhaare stellten sich auf und als ich kurz aufstampfte, um meinen Worten Nachdruck zu verleihen, klapperten die an der Wand hängenden Säbel aneinander – nur ganz leicht, aber deutlich hörbar. Ein fantastischer Wandschmuck, der jedoch bei der kleinsten Erschütterung des Häusleins klirrte.
»Der Gombologk« so erklärte Herr Tubbert, und unterbrach dabei meine in Gedanken geformte Meinung zu diesem seelenraubenden, Schwermut erweckenden Wandteppich neben dem Fenster, »is een grauenhaftes Monster. Seene Haut is grau wie angebratenes Hackfleisch, seene beeden unteren Eckzähne stehen hervor, wie die eenes Ebers. Seene Grunz-, Gurr- und Brummlaute sind durch sämtliche Wälder zu hören. Vor tausenden von Jahren waren die Gombologks nachtaktiv und jagten och in einer solchen. Doch als se mitbekamen, dat tagsüber mehr Futter auszumachen war – aufgrund der vielen Wanderer – spezialisierte dat Monster sich auf den Tach. Menschen mögen wohl besser schmecken als

Rinder oder Pferde.« Er nahm einen Schluck aus seiner Tasse.
»Und wie sieht er weiter aus?«, fragte William fordernd.
»Er is riesig, gleich eenes Hauses. Im Wald isser jedoch beinahe unsichtbar, infolge seener dunkelgrünen Haut, die so stark is wie die eenes Elefanten. Seene kleenen Ohren erfassen nur laute Geräusche, doch seene Nase is so fein, dat er Ihr Blut kilometerweit riechen kann, sollten Sie verletzt seen. Und Ihren Angstschweiß wittert er, wie een Wolf eenen saftigen Schinken.«
Ich schluckte schwer, denn mir war bewusst, dass man den Schweißfluss nicht wissendlich steuern kann. William erging es wohl nicht anders. Seine Haut wurde milchig weiß, als wollte er sein Blut vor diesem Gombologk verbergen.
Gregor Tubbert setzte einstimmig den Beschluss, den Gombologk zur Strecke zu bringen, bevor dieser größeren Schaden anrichten konnte.
William und ich wollten ein Abenteuer; nun bekamen wir eines.

Kaum hatten wir die Hütte verlassen, deutete Gregor Tubbert auf den Boden. William und ich folgten interessiert seinem Zeigefinger.
»Diese Fußspuren«, so nuschelte Herr Tubbert in seinem Akzent, »stammen gewiss nüscht von eenem Bären oder anderem Tier, wie die Presse bei der letzten Leiche berichtet hatte.«
»Haben Sie die … « ich schluckte kurz, » … Leiche mit eigenen Augen gesehen?«
Der etwa Fünfzigjährige nickte wortlos. Dabei machte er ein mitfühlendes Gesicht – als hätte man ihm soeben gesagt, dass sein bester Freund von einer Pferdekutsche überfahren worden sei.
»Ganz schlimm, so schlimm war dat!«, hauchte er seiner vorherigen Wortlosigkeit Leben ein. »Ganz schlimmer

Anblick, sach ick Ihnen.« Dann schnallte er sich den Tornister samt Gewehr über und wir folgten ihm eine ganze Weile wortlos nebeneinanderher wandernd.

Mit einigen kleinen Pausen dazwischen, erreichten wir im Morgengrauen einen noch nicht erkennbaren Schatten, im Nebel auftauchend. Ich kniff die Augen zusammen, doch ich konnte lediglich die Konturen des Gegenstandes ausmachen. Aufgrund der Erzählungen über seine Arbeit, aber auch ein wenig aus seinem Privatleben, fassten William und ich Vertrauen zu dem Gombologk-Forscher. Er suchte allgemein nach unbekannten Wesen und Pflanzen, doch gegenwärtig ging es erst einmal über diesen Riesen, dessen Fährte wir gut verfolgen konnten, anhand abgeknickter Birken, angeknabberter Buchenwipfeln und bis auf die Knochen abgenagter Tierkadaver. Beinahe als wollte er uns eine Spur legen. Das wollte er natürlich nicht wirklich, aber Gombologks zählen laut Tubberts Ausführungen nicht zu den Intelligenteren der Lebewesen.

Während dieser meiner Überlegungen erreichten wir den Gegenstand, der sich im Nebel langsam lichtete. Eine Kutsche war es, die ich erblickte. Sie lag seitlings auf der Wiese, bedeckt von einer durchsichtigen Masse, die zäh auf das Wagenrad tropfte. Als ich den Schleim anfasste, ließ er sich ziehen und brauchte lange, bis sein Faden durchbrach.

»Dat is keen Schleim, sach ick Ihnen. Dat is Speichel vom Gombologk.«

Kaum ausgesprochen, durchströmte mich Ekel als wären hunderte von Ameisen durch meine Blutbahnen gehastet, und ich rieb angewidert die rechte Hand an meiner Hose ab.

Und da hörten wir es: Ein Grummeln, Brodeln, Brummen. Die Bäume wackelten – und nicht nur deren Wipfel. Die Stämme wurden gebogen, bis sie knarzende Geräusche von sich gaben, um kurz darauf abzubrechen. Erschreckt legte ich meine Hand aufs Herz, als hätte ich

mit dieser Geste meinen rasenden Puls beruhigen können. William stand offenen Mundes vor mir, starrte in den Dunst des Morgengraus und faltete seine Hände wie zu einem Gebet. Instinktiv wussten wir beide: Diese ohrenbetäubenden Geräusche drangen aus der Kehle eines etwa zehn Meter hohen, geistig schwach ausgebildeten, alles fressenden Gombologk.
Da stand er auch schon vor uns. Seine Augen waren dunkel und so klein wie Rosinen, die Zähne so gelb wie Maiskolben und die Hände glichen denen eines Maulwurfes. So röchelnd wie er atmete, hatte ich das Gefühl, als hätte er sich soeben von der gegenüberliegenden Seite des Pfälzerwalds bis hierher durchgegraben – mit eben seinen Grabhänden. Sein Atem stank nach dem Abwasser einer Kanalisation. Hätte Herr Tubbert sein Gewehr nicht geladen, das mich mit einem Klacken aus dem Nebel der Ohnmacht herausgeholt hatte, ich wäre umgefallen wie eine altersschwache Kakerlake – so schlecht roch des Gombologks Atem.
Plötzlich blendete mich ein grelles Licht, von dem ich Sekunden später ausmachte, dass es aus Herrn Tubberts Gewehr sprühte, als er auf den Riesen schoss. Der Schuss hallte durch den Wald, Vögel flogen erschreckt auf und ich glaubte, sämtliche Tiere davonstoben gesehen zu haben. Mein Herz stolperte kurz und ich rang nach Luft. Dann folgte der zweite Schuss, dann der dritte – ab da zählte ich nicht mehr mit. Bis ich den Riesen taumeln sah. Behände machte ich einige Schritte nach rechts, rempelte dabei versehentlich meinen Freund an, den ich dadurch wohl aus seiner Schockstarre geholt haben musste, denn er tat es mir gleich und versteckte sich mit mir hinter der umgeworfenen Kutsche. Wo bloß deren Pferde waren, fragte ich mich. Ob sie dieses Monster gefressen hat – mit Haut und Fell – so ganz und gar?
Noch immer taumelte der Gombologk – hin und her, von rechts nach links – und dann direkt auf die Kutsche zu.

Sein Klagen und Stöhnen raubte mir beinahe die Sinne. Meine Stunde war gekommen, dessen war ich mir sicher. Nachfolgend vernahm ich einen lauten Aufprall; die Erde bebte in meinen Knien, ich traute mich nicht, aufzusehen. Bis ich Gregor Tubberts Stimme hörte: »Allet in Ordnung. Se können herauskommen. Ick habe ihn erledigt, sach ick Ihnen.«
Ich wusste nicht recht, ob mich diese Worte trösten sollten, so viel Schreck hing noch in meinen Knochen.
»Wir müssen weiter, sach ick Ihnen. Wir müssen dat Nest – die Höhle – dieser Wesen finden. Wo eener is, gibbet noch mehr.«
Nun gut, das tröstete mich nicht wirklich. Wenn ich bloß etwas Gin hätte. Einen Grog hätte es auch getan. In diesem Moment hätte ich sogar den Inhalt der Flakons meiner Frau ausgetrunken, um meine Nerven zu beruhigen.

Erst nach einer Stunde Fußmarsch hatte ich mich einigermaßen im Griff. Abermals folgten wir einer Spur von toten Pferden, halb abgenagten Kühen, Rehen und anderen Tierleichen. Wir mussten uns ganz in der Nähe der Höhle einer Gombologkfamilie befinden, denn Gregor Tubbert gab William und mir je eine Art Seife.
»Damit müssen Se sich einreiben«, erklärte er, es uns vorführend. Er zog eine kleine Wasserflasche aus seinem Tornister, träufelte ein wenig über diese Seife, die ich jetzt einfach als eine solche bezeichne, da mir ihr von Herrn Tubbert erfundener Namen nicht mehr einfallen mag. Sie müssen sich eine weiße Seife vorstellen und den Geruch von verwesendem Fleisch, gemischt mit dem Schaum am Maul eines tollwütigen Wolfes. Damit rieben William und ich uns widerwillig ein.
»So werden die Gombologks Se net gleich wittern, sach ick Ihnen.«
Gregor Tubbert vermochte viel zu sagen und genauso viel über diese Riesen zu wissen. Wie ich schon erwähnte, vertrauten wir ihm sehr. Demnach rieben wir

unsere Arme – ja sogar die Klamotten ein – mit dem Fett eines Gombologks, und ich fühlte mich wie ein unkastrierter Iltis.

Stinkend wie wir waren, schlichen wir weiter. Inzwischen lugte die Morgensonne durch die Äste hindurch. Weiterer Vogelgesang gesellte sich zu den Frühaufstehern unter den Federfliegern. Wir hatten nicht mehr viel Zeit. Obgleich die Gombologks tagsüber schlecht sehen konnten, da sie ja einst in der Nacht jagten, mussten sie bald erwachen, um jagen zu gehen. Da hörten wir sie auch schon: Die mittlerweile vertrauten Töne dieser Riesen.

»In diesem riesigen ausgehöhlten Baumstamm müssen se sein«, sagte Gregor Tubbert. Und tatsächlich hörten auch William und ich diese schnarchenden Geräusche.

Der Mammutbaum baute sich genau vor einem Berg auf und schien sogar mit diesem verwachsen zu sein. Vorsichtig betraten wir diese Symbiose von Holz und Gestein und mit jedem Schritt umgab uns mehr Dunkelheit. Laut Tubberts Karte, die ich nunmehr nur noch eher als Rascheln denn visuell wahrnehmen konnte, sagte Gregor Tubbert, dass die überschaubaren Berge wohl einen kleinen See umsäumten. Auf diesen mussten wir zweifelsohne stoßen, wenn wir diesen Gang weiter fortschritten.

Die Kühle, die immer mehr zunahm, je weiter wir uns vorantasteten, setzte sich an meinem langärmeligen Hemd ab, und immer, wenn der Stoff an meine Haut kam, zuckte ich ein wenig zusammen. Die Finsternis war für mich unerträglich, doch als viel schlimmer empfand ich diese Schnarchgeräusche.

Plötzlich stoppte Herr Tubbert. William rumpelte auf ihn drauf und ich auf meinen Freund. An einem leisen Zischlaut konnte ich ausmachen, dass der Forscher wohl seinen Zeigefinger auf den Mund legte, um uns zu signalisieren, dass es an der Zeit war, wirklich ruhig zu sein.

Aufgeregt holte ich die ›Seife‹ aus meinem Tornister und rieb mich noch einmal kräftig ein. Überall an meinen Klamotten und am Hals klebte weißer Schaum, der leise blubberte, wenn die Blasen platzten. Es war so ekelig – schrecklich ekelig. Doch besser stinkend und blubbernd als gefressen zu werden. So waren wohl auch Williams Gedanken, denn er tat es mir gleich und rieb sich ein.

Nach weiteren wenigen Schritten bemerkte ich Licht, welches von oben herab zu scheinen schien. Wie durch den Schlot eines Vulkans ins Innere. Ich freute mich über den kleinen Lichteinfall, stockte jedoch als ich Gombologks um den See herumliegen sah. Türkisfarben schimmerte er ruhig vor sich hin. Fünf Riesen lagen schlafend in allen Stellungen und ich sah ihre dicken Bäuche sich hebend und senkend, wenn sie atmeten. Einer von ihnen – ich kann nicht sagen, ob es ein Männchen oder Weibchen war – musste wohl von einem Wanderer geträumt haben, weil er oder sie knurrte und gluckste und mit der Hand so tat, als wollte er oder sie einen Tornister vom Rücken des Wanderers ziehen. Vor Aufregung zog sich mir der Magen zusammen, als wenn ihn jemand wie ein Stück Papier zerknüllt hätte. Das aschfahle Gesicht meines Freundes – von dem ich diese Farbe eigentlich gewöhnt war – zuckte angespannt unter dem seichten Licht der Morgensonne. ›Das Tal der Riesen‹ würde ich dies nennen, was meine Augen erfassten, würde ich an einem neuen Manuskript schreiben.
Wir näherten uns schleichend, um nicht bemerkt zu werden, als uns jählings ein übler Gestank in die Nasen stieg, welche wir gleichzeitig rümpften. Der Geruch war beißend und ich fürchtete, meine Nasenschleimhäute würden verätzt.
»Dat is Gombologk-Urin, sach ick Ihnen.« Er flüsterte so leise er konnte, denn allmählich wurden diese Riesen unruhig und würden wohl bald erwachen. Kaum ausgedacht, wachte auch schon einer von ihnen auf. Er

streckte sich und gähnte laut, dass ich befürchtete, ein Steinschlag würde sich lösen. Sein Gähnen war wohl ein Zeichen des allgemeinen Erwachens, denn nun öffneten auch die anderen vier Gombologks ihre Rosinenaugen. Ich sah ihre maiskolbenartigen Eckzähne, gehalten von fast lilafarbenem Zahnfleisch, in dem mehrere kleinere Zähne schief steckten. Ein Zahnarzt hätte seine hellste Freude daran gehabt.
»Was sollen wir tun?«, fragte ich flüsternd, allzeit bereit, das Weite zu suchen. Gregor Tubbert drückte seine Hand an meinen Brustkorb und mich somit gegen die Felswand. Ebenso tat er dies mit William und flüsterte dabei irgendetwas von abwarten. Durch diese trommelfellzerreißenden Laute, die diese Riesen beim Gähnen von sich gaben, war ich froh, meine eigenen Worte erahnen gekonnt zu haben.

Da war es geschehen! Das, vor dem ich die ganze Zeit Angst hatte – ja sogar Panik. William war derart aufgeregt, dass er versehentlich mit dem Kopf einen mittelgroßen Stein aus der Mauer löste. Ein Geräusch – zwar leise – und doch nicht zum Gähnen der Riesen dazugehörend, als er mit einem Klack auf dem Steinboden aufprallte und einen Meter weit kullerte. Eine Sekunde darauf hatte ich das Gefühl, von tausenden von Rosinenkuchen angestarrt zu werden. Im Geiste umkreisten diese Törtchen mich, wie sie einst meine Großmutter für uns Kinder gebacken hatte. Rosinen – überall Rosinen. Mich schauderte, denn ich hasste Rosinen, egal, worin sie verborgen waren. Noch heute frage ich bei Bäckern stets nach Kuchen ohne Rosinen.
William blinzelte mit dem rechten Auge. Der, wer weiß wievielte, Schweißtropfen war in dieses Auge getropft und vermischte sich mit der Tränenflüssigkeit. Es musste brennen wie Zigarrenglut auf der Haut, doch er wagte nicht, sich zu bewegen. Sicherlich waren nun auch Tränen beigemischt, denn ich glaubte, ihn leise wimmern

gehört zu haben. Noch immer stierten diese Riesen zu uns herüber. Rochen sie uns womöglich? Oder vielleicht den Angstschweiß, von dem William eine Unmenge zu produzieren schien? Oder war ich es, der sie anlockte, mit einem bestimmten Geruch der Angst in meinem Atem? Ich versuchte, diesen anzuhalten, aber nach wenigen Sekunden musste ich aufgeben.

Gregor Tubbert holte sein Gewehr hervor, bestückte es mit zwei blauen Patronen und drückte den Schaft gegen seine rechte Schulter. Nachdem er angelegt hatte, zielte er durch Kimme und Korn, um kurz darauf auf einen der Gombologks mit zwei lauten Knalls zu schießen. Ich weiß nicht, worüber ich mehr zusammengefahren war. Über die Schüsse oder über das Geschrei, das der getroffene Riese ausstieß. Nun sah ich, was wirklich geschah, wenn solch ein Wesen von dem Forscher erschossen wurde. Beim ersten konnte ich es ja nicht sehen, da ich mich mit William hinter der schwarzen Kutsche versteckte.

Wie Schrot zerstreute sich die Kugel über den ganzen Körper dieses vor Schmerzen grauenhaft schreienden Wesens. Diese zwei Kugeln reichten, um den Riesen zu Fall zu bringen. Und während er fiel, bemerkte ich unzählige kleine Verpuffungen an seinem Bauch und seiner Brust, als wenn jemand ein Feuerwerk in ihm ausgelöst hätte.

»Die hab ick selber zusammengebaut, sach ick Ihnen. Jedes eenzelne Schrot platzt auf, sobald es in eenem Körper beziehungsweise eenem Hindernis aufkommt.«

»Das ist genial«, stammelte ich.

Mit einem Male spürte ich etwas Pelziges an meiner rechten Fessel. Ich schrak zusammen und äugte nach unten, als mein Bein auch schon weggezogen wurde. Alles ging so schnell, dass ich mich nicht an alles entsinnen kann. Ich weiß nur noch, wie ich über den unebenen Steinboden gezogen wurde und entsinne mich der Schmerzen, die mir dabei an Brust und Hüfte verursacht wurden. William griff geistesgegenwärtig nach meiner rechten

Hand und hielt mich fest. Selber noch immer verwundert über meine Kräfte, hielt ich mich so fest ich konnte und hätte um nichts auf der Welt losgelassen. William stemmte sich mit dem Knie gegen einen Felsen – er zog vorne, das Untier hinten. Ich hatte das Gefühl, als wenn ich gleich auseinandergerissen worden wäre. Auf einmal ließ diese Spannung nach. Ich dachte, verloren zu sein und fügte mich bereits in mein Schicksal, als ich plötzlich einen heftigen Schlag auf meinem Rücken spürte. Es war Williams Körper, der nun auf mir lag. Er muss den Halt verloren und sich überschlagen haben, sodass er auf mir gelandet war. Noch einmal alle Kräfte zusammennehmend, schüttelte ich meinen Fuß und ich merkte, wie der Druck der Grabhand dieses Riesenmaulwurfs nachließ, bevor er völlig von mir abließ. Ich muss ihn an seiner empfindlichsten Stelle getroffen haben: seiner Knubbelnase. So schnell ich konnte, rappelte ich mich auf und taumelte zurück in den Höhlengang, um mich in der Dunkelheit zu verstecken. Dort sah und hörte ich den Forscher weiterhin mit seinem Gewehr schießen, bis er auch den letzten Gombologk erledigt hatte – den, der mich zuvor in seinen Klauen hatte – der, der nun William unter sich begraben hatte, als er tot auf ihn gefallen war. Ich hatte meinen Freund für mein Leben eingetauscht. Ich wusste, es war nicht richtig, aber es fühlte sich gut an, denn ich habe überlebt. Habe ich das wirklich?

Dies ist nun zwei Jahre her. Seitdem lebe ich in einem Sarg aus Schuldgefühlen, dem Hass gegen mich selbst, so etwas Schreckliches getan zu haben, und dem herrlichen Gefühl des Lebens. Damals dachte ich mir, William solle nicht umsonst gestorben sein. So entledigte ich mich meines Lasters, der Trunksucht. Meine Frau kann dies jedoch nicht mehr miterleben. Nach einer kurzen schweren Krankheit wurde sie aus meinem Leben gerissen. Ein Ausgleich der Gerechtigkeit? Nennen Sie es, wie Sie möchten, ich höre es sowieso nicht durch mein Seelengefängnis hindurch. Eine imaginäre Mauer, die ich mir über diese zwei Jahre selbst aufgebaut habe – zum Schutze für mich und zum Schutze meiner Mitmenschen, von denen ich nicht noch jemanden wegen meines Egoismus opfern will. Eine Mauer, wie sie wohl jeder mehr oder weniger um sich hat, weil er etwas zu verbergen hat.

Oben

Sabine Jacob

Die Sonne malte glitzernde Flecken auf den Teich. Das zarte Grün der Wiesen verzehrte sich nach den ersten Sonnenstrahlen, die die weißen Mützchen von Schnee auf den Krokussen schmelzen ließen.

Der schwarzbraune Hund schaute zu Hilpert auf. Seine Nasenspitze glänzte wie ein schwarzer Knopf und die Augen blickten lebhaft. Ungeduldig trippelten seine großen Pfoten auf der Stelle und sein Kopf stupste Hilperts Hüfte. Im Maul hielt er einen kurzen, unterarmdicken Stock.
„Na? Möchtest lieber spielen, hm?", raunte Hilpert und tätschelte vorsichtig seine Flanke. Felix legte den Stock vor seine Füße und schaute aufgeregt hechelnd zu ihm hoch. Hilpert bückte sich nach dem Stock, hielt ihn Felix vor die Schnauze und schwenkte ihn ein paarmal durch die Luft.
„Hier, schön apport!", rief Hilpert und warf den kurzen Ast hinaus auf den kleinen See, der eingerahmt von Birken und Buschwerk still dalag. Der Stock durchbrach die Wasseroberfläche, war für einen Moment verschwunden und tauchte dann wieder auf. Die kräftigen Beine, wie Pflöcke in den Boden gerammt, stand der Hund angespannt mit wedelndem Schwanz am Wasser. Sobald

der Stock wieder auftauchte, machte er einen Satz und sprang.
Mit heraushängender Zunge und paddelnden Pfoten schwamm er auf den Stock zu.
Hilpert dachte, dass er den Hund mal wieder scheren müsse. Sein Fell, das Erbe seiner Colliemutter, war schon wieder recht lang. Hilperts Mutter war damals mit ihm in den Nachbarort zum Hundefriseur gefahren, aber Hilpert scherte ihn selbst mit der Schafschermaschine.
Wieder legte der Hund den Stock vor Hilperts Füße, und Hilpert wusste, es würde noch eine Weile dauern, bis der Hund den Spaß an diesem Spiel verlöre. Endlich hatte der Hund keine Lust mehr, blickte zum Hühnerhaus und kläffte energisch.
„Gut, Felix, wollen mal schauen, wie es den Küken geht", sagte Hilpert zähneknirschend.
Das Hühnerhaus lag rechts vor dem Wohnhaus. Die Hühner konnten sich auf dem Hof frei bewegen, waren nicht in Käfige gesperrt oder teilten sich spärlichen Raum mit tausend anderen Artgenossen. Die Braune führte grad unter aufgeregtem Gegacker ihre Küken spazieren. Felix stupste ein kleines Federbündel, das sich von der Henne entfernt hatte, wieder zu seinen Geschwistern. Mit den Händen in den Hosentaschen wartete Hilpert.
Als Felix sich vergewissert hatte, dass alle Küken beieinander waren, lief er wieder vor Hilpert her über den ausgetretenen Weg.
Der aus groben Planken zusammengezimmerte Schafstall neigte sich seit dem letzten Sturm nach Osten. Auch das Dach musste dringend abgedichtet werden. Das Reed war am Giebel schon komplett durchgerottet.

Zwar hatte sein Vater ihm eine Menge beigebracht, aber in den letzten Jahren hatte sich in der Landwirtschaft so Vieles geändert und Hilpert war froh, dass es mittlerweile auch das Internet gab.

Sein Vater Jan hatte sich als vierzigjähriger entschieden, sich ein Leben als Alleinversorger aufzubauen. Er hatte eine kleine Hofstelle gekauft, zu der etwas Land gehörte und sich Erfahrungen im biologischen Anbau angeeignet.
Hilperts Mutter hatte darauf bestanden, weiter in ihrem Job als Designerin zu arbeiten. „Von dem bisschen, was der Hof abwirft, können wir nicht leben und nicht sterben. Wir brauchen das regelmäßige Einkommen. Wie sollen wir denn sonst über die Runden kommen?"
„Als Alleinversorger eben. Autark, unabhängig!", hatte sein Vater Jan ihr immer wieder energisch die Schlagworte seiner idealen Vorstellung von Leben entgegengeschleudert. Die Mutter wollte von den romantischen Fantastereien ihres Mannes nichts wissen, aber dieser beharrte: „Ich kann sehr gut allein für die Familie sorgen. Und du solltest mich dabei unterstützen."
Klein-Hilpert stand dabei und hielt sich die Ohren zu. Seine Hosenträger waren erst grad wieder ein wenig länger gestellt worden. Wenn Ma und Paps stritten, geriet Hilperts Welt ins Wanken und er fühlte sich innerlich zerrissen.
Er konnte es nicht ausstehen, wenn seine Ma so mit Paps sprach. Sie war ja eigentlich nie richtig da. Sogar bei seiner Einschulung war sie auf einer Präsentation. Paps hatte die Schultüte für ihn gepackt und später mit ihm Wolkenmännchen geraten, auf dem Rücken im Gras liegend. Ma aber waren ihre Schnitte und Stoffe wichtiger. Erst abends gratulierte sie Hilpert, schenkte ihm eine teure Armbanduhr, die Hilpert noch gar nicht lesen konnte und strich ihm über die Wange. Hilpert schaute wütend zur Seite. Sollte sie doch weg gehen. Er und Paps konnten den Hof gut ohne sie führen.

Jetzt kratzte Felix ungeduldig an der Tür zum Schafsstall und Hilpert öffnete sie. Eine Welle der Freude durchströmte ihn, als er sah, dass ein neugeborenes Lamm mit wackelndem Schwänzchen am Mutterschaf saugte, das es liebevoll beschnupperte.

Als er zum Mutterschaft gehen wollte, stellte Felix sich ihm knurrend in den Weg. Sofort blieb Hilpert stehen und machte einen Schritt rückwärts. Er griff nach der Forke und hielt sie abwehrend vor sich. Aber Felix war schon wieder mit dem Lämmchen beschäftigt. Hilflos stach Hilpert in den Heuballen. Mit gerunzelter Stirn schaute er auf die paar übrigen Ballen, die an der hinteren Seite des Schuppens lagerten. Die meisten hatten feuchte Stellen und schimmelten. Hoffentlich würde dieser Sommer eine gute Heuernte zulassen.

Felix sprang vor Hilpert her in Richtung Kuhstall und Hilpert folgte ihm notgedrungen, bis die grüne Dielentür vor ihnen aufragte. Er drückte auf den verrosteten Hebel und öffnete sie. Rechts und links vom Mittelgang standen die Kühe in dem renovierungsbedürftigen Anbindestall. Sie waren unruhig und spürten den herannahenden Frühling.

Hilpert hatte sich eine kleine Käserei aufgebaut. Lange konnte er vor den Regalen stehen und sich voller Stolz seine Erzeugnisse anschauen: verschiedene Käsekreationen, die er unterschiedlich würzte und mit Kräutern anreicherte, standen neben den anderen Bioprodukten wie Eier, Milch und Joghurt. Alles verkaufte er an die Bioläden in der Stadt. Er selbst blieb lieber für sich.

Mit dem bisschen Land und seinen Tieren hielt er sich mehr schlecht als recht über Wasser. Zweimal schon konnte er im vergangenen Jahr die Stromrechnung nicht bezahlen, sodass ihm das Licht ausgedreht wurde. Und damit auch die Kühlung für den Milchtank. Schnell schüttelte er die Gedanken daran ab.

Felix kläffte hinter ihm. Erschrocken drehte Hilpert sich um.

Ein Blick auf die Uhr sagte ihm, dass es an der Zeit war, ins Haus zu gehen.

Vor der Haustür zog er die mistigen Gummistiefel aus und stieg in die Filzpantoffel, die hinten schon ganz heruntergetreten waren. Die Tür war aus dunkler Eiche. Vier gelbe Riffelfenster waren eingelassen, die nur spärliches Licht hindurchließen. In den Ecken nisteten Spinnen, die Netze voller toter kleiner Fliegen. Halbherzig zog Hilpert sich den blauen Kittelärmel über den Handrücken und wischte über eine Scheibe. Aber er verschmierte den Staub nur und ließ sie noch dreckiger aussehen.

Als er die Tür öffnete, trabte Felix mit dreckigen Pfoten an ihm vorbei, polterte die Treppe hoch und verschwand im oberen Stockwerk. Erleichtert, den Hund los zu sein, wischte sich Hilpert über die Stirn.

Die Fliesen im Flur waren von undefinierbarer Farbe mit dunkelgrauen Sprenkeln. Ein grauer Film hatte sich darübergelegt und bedeckte all die Schritte, die sich im Laufe von Jahrzehnten auf ihnen gesammelt hatten. Hilpert erinnerte sich vage, dass sie mal weinrot gewesen waren. Doch, dort unter der Kommode konnte man die alte Farbe noch erahnen.

Hilperts Blick huschte nach oben. Auf der Treppe lag ein Läufer, schmutzig von den Pfoten des Hundes. Der Hund hielt sich nur oben auf, in die anderen Räume im Haus kam er nicht. So war es schon bei seiner Mutter gewesen.

Hilpert wusste nicht, wie alt der Hund war. Er war schon da gewesen, als sein Vater den Hof kaufte. Und immer noch wirkte er wie ein junges Tier. Aus der Küche klang das schwere Ticken der Standuhr.

Auf den Fliesen im Flur hörte man Hilperts Schritte nicht, aber von den geöffneten Fenstern oben zog es hier unten. Schaudernd zog Hilpert die Schultern hoch und zuckte zusammen, als die wuchtige Standuhr einmal zur halben Stunde schlug.

Er öffnete die schwere Küchentür. Der Stangenherd verbreitete wohlig Wärme und fröstelnd hielt Hilpert seine

Hände über die Platte. Schon vor dem Melken hatte er ihn befeuert. Hilpert blies sich in die Hände und schürte das Feuer, bevor er noch ein paar Briketts drauflegte. Hoffentlich setzte sich die Sonne bald durch. Auch der Briketthaufen schrumpfte zusehends, aber Gesa sollte nicht schon wieder über die Kälte schimpfen.
Die Wandfliesen über der Kochstelle waren uralt, echtes Delfter Blau. Eine Dorfkirche und reedgedeckte Häuser waren darauf gemalt, Windmühlen und Schwäne, die über einen weiten Himmel zogen. Schon mehrfach hatte der Heimatverein angefragt, ob die Gemeinde diese Küche nicht ab und an interessierten Touristen zeigen könne. Hilpert könne „Pannekoeken" backen, mit Speck oder Käse, und sie verkaufen. Damit wäre doch allen geholfen. Aber Hilpert wollte weder Pfannkuchen backen noch Gäste willkommen heißen.

Er begann, Kartoffeln zu schälen. Als er den Topf auf den Herd stellte, öffnete er die Tür, die von der Küche in das angrenzende Zimmer führte. „Pap, bist du wach?", fragte er und lauschte. „Ja, min Jong. Wo ist der Hund?" Hilpert lächelte beruhigend, ging zum Fenster und zog die Vorhänge zur Seite. „Er ist oben, wie immer."
Die Sonne schien herein und tauchte das Zimmer in goldenes Licht.
„Jetzt kommt der Frühling, was?" lächelte der Vater schwach.
Hilpert trat zum Bett und zog die Laken glatt. Nach dem Schlaganfall vor sechs Jahren hatte er Paps nach unten geholt, weil seine Versorgung hier viel einfacher war, kürzere Wege und auch das Bad schloss an die Küche an. Die Mutter hatte ihr Schlafzimmer oben behalten, zusammen mit dem Hund. Zwischen die beiden passte kein Blatt, so eng waren sie miteinander verbunden. Eines Morgens lag sie tot im Bett. Hilpert wusste nicht, woran sie gestorben war, und er schüttelte die traurigen Gedanken an sie schnell ab.

„Das Lamm hat schon allein gesaugt", erzählte er, während er die Azaleen auf der Fensterbank goss. Behutsam strich er über das zarte Grün der Blätter. „Und das Getreide steht gut. Nirgends vergilbt. Hat den Winter gut überstanden. Sobald die Sonne kräftiger scheint, pack ich dich warm ein und schieb dich ein Stück."
„Schön", seufzte der Vater. „Du machst das alles richtig, Hilpert."
Nach einer kleinen Pause fügte er hinzu: „Das ist genau das, was ich Ma immer gesagt habe, dass sich der Hof selber tragen kann, wenn man über das nötige Wissen verfügt. Aber sie wollte mir ja nicht glauben. Hat mir nie vertraut. Stattdessen lieber am Schreibtisch in einem stickigen Kontor gehockt."
Im Geiste sah Hilpert den kleinen blonden Jungen, der sich die Ohren zu hielt.
„Aber jetzt ist alles gut", sagte Hilpert und strich ihm beschwichtigend über die Wange. „Auf mich kannst du dich verlassen. Unserm Hof geht es gut."
Die Haustür ging.
„Gesa kommt", sagte Hilpert. „Ich schüttel dir noch kurz das Bettzeug auf, dann muss ich aber an den Herd."
„Was gibt´s denn heute?", fragte der Vater.
„Rührei", anwortete Hilpert und der Kopf des Vaters sank zurück in die Kissen.
„Ist Gesa da?" fragte er und Hilpert nickte. „Schlaf jetzt. Ich bring dir dann das Essen."
„Wo ist der Hund?", fragte der Vater.
„Schlaf jetzt", widerholte Hilpert.

Gesa wischte mit einem Lappen die restlichen Frühstückskrümel vom Küchentisch. Vor ihr lag ein Laib Brot und erfüllte den Raum mit seinem Duft. „Hab es mit Roggenmehl gebacken", sagte sie. „Ist sehr lecker. Kannst es für deinen Vater in Eiermilch einweichen und aufbacken. Dann ein bisschen Zucker drüber – hmm. Ist mal was anderes als Rührei."

Hilpert runzelte die Stirn, aber er sagte nichts. „Und hier, die Post", sagte Gesa und reichte ihm einen Stapel aus Werbung, der Wochenzeitung und Briefen. Was in den Briefen stand, wusste Hilpert schon, dafür brauchte er kein Hellseher zu sein. Zwei Einschreiben hatte der Briefträger in dieser Woche schon gebracht, für die Hilpert eigens unterschreiben musste. Eines von seinem Freund, dem Stromanbieter.
Auch das Rentenamt hatte wieder geschrieben, aber von dieser Seite drohte keine Gefahr. Die Rente seiner Eltern ging pünktlich ein und war der einzige regelmäßige Posten, mit dem er sich über Wasser hielt.

Gesa wohnte allein in einer renovierten Kate, zwei Kilometer vom Hof entfernt. Sie war etwas älter als Hilpert. Zuerst kam sie nur ab und zu vorbei, gut nachbarschaftlich. Aber ihre Besuche wurden häufiger und mit der Zeit zur Selbstverstädnlichkeit
Sie brachte Leckeres zum Essen mit und irgendwann begann sie, zu putzen. Es hatte sich so ergeben.
Für Gesa wäre es nur logisch gewesen, wenn sie einfach zusammen ziehen würden. Hilperts Unabhängigkeit gefiel ihr, und sie stellte ihn sich auch gerne als Mann vor, hinter der geschlossenen Schlafzimmertür.
Heute hatte sie die obersten Knöpfe ihrer Bluse geöffnet. Sich dessen voll bewusst senkte sie jetzt den Kopf und schnupperte am Kragen ihrer Bluse, sodass sie seinen Blick auf ihr Dekolleté lenkte. „Riecht alles nach frischem Brot. Schön!" Aus blitzeblauen Augen schaute sie ihn unschuldig an.
Als Hilpert nicht reagierte, sondern sich wieder am Herd zu schaffen machte, seufzte sie und griff nach dem Eimer, der neben dem Schrubber in der Ecke stand. „Werde mal den Flur wischen. Die Fliesen sind total verdreckt. Die Treppe hat´s auch nötig", sagte sie mit resigniertem Unterton.

Hilpert fiel der Löffel in das Rührei, das er grad in die Pfanne gegossen hatte.

„Die Treppe bleibt so, wie sie ist", sagte er energischer, als er gewollt hatte. Mit Daumen und Zeigefinger versuchte er, den Löffel aus dem stockenden Rührei zu fischen, ohne Gesa aus den Augen zu lassen. „Nicht die Treppe", wiederholte er.

Gesa schaute ihn überrascht an. Dann legte sie den Kopf schief und wartete auf eine Erklärung. Hilpert war es gelungen, den Esslöffel zu greifen und schnell ließ er das heiße Ding in die Anrichte fallen. Seine Gedanken wirbelte durcheinander, als er nach einer passenden Antwort suchte. „Oben ist der Hund."

„Eben", sagte Gesa. „Und deshalb sieht die Treppe aus wie Sau. Jeden Tag rennt Felix hoch und wieder runter, immer mit dreckigen Pfoten und seine schwarzen Haare kleben am Geländer. Seit ich hier bin, ist die Treppe kein einziges Mal geputzt worden. Was ist eigentlich oben?"

Gesa hatte sich immer vorgestellt, dass die Räume oben leer und abgeschlossen seien.

Jetzt wurde ihr bewusst, dass sie das nicht mit Sicherheit wusste. Sie öffnete die Tür von der Küche zum Flur und sofort umwirbelte sie ein Luftzug. „Wieso zieht es hier unten eigentlich immer so, wenn oben alles abgeschlossen ist?", fragte sie.

„Wer sagt denn, dass oben alles abgeschlossen ist?" entgegnete Hilpert barsch.

Er hatte die Pfanne mit dem Rührei vom Herd gezogen und war Gesa mit zwei großen Schritten durch die Küche gefolgt. „Oben ist der Hund", sagte Hilpert energisch. „Und - und deshalb ist das Fenster geöffnet!", fuhr er fort und schaute sie wachsam an.

Als Gesa ihn weiterhin mit ihrem Blick durchbohrte, fügte er hinzu: „Ich habe Angst, dass der Hund ausrutscht, wenn die Treppe gefeudelt wird."

Selbst in seinen Ohren klang diese Erklärung lahm.

„Dann wisch ich zumindest den Flur. Die Treppe, naja, kann ja immer nochmal."
Während Gesa den Flur wischte, ließ Hilpert die Küchentür geöffnet. Er traute sich nicht, sie aus den Augen zu lassen. Aber sie weg zu schicken, traute er sich erst recht nicht.
„Boah", sagte Gesa, „schau dir das mal an! Der Steinfußboden ist ja rot! Na, das wurde ja allerhöchste Eisenbahn. Hilpert, wann wurde hier zum letzten Mal gewischt?
Hilpert wich ihrem Blick aus und fragte stattdessen: „Magst du heute Vater füttern?"
Überrascht blickte Gesa auf. Vielleicht war dies ja endlich das ersehnte Zeichen, dass Hilpert sie in seine Familie und auf seinem Hof aufnehmen wollte. Freudig willigte sie ein. Ein weiteres Signal in diese Richtung setzte Hilpert zwar nicht, aber ein Anfang war gemacht.
Als sie in der darauffolgenden Woche wiederkam, erwartete Hilpert sie schon mit einigen Aufgaben: das Küchenfenster zu putzen, die Blumen in Jans Zimmer umzutopfen und die Schläuche am Milchtank zu reinigen.

Etwas Neues schlich sich in ihre Beziehung, allerdings anders, als Gesa es sich gewünscht hatte. Sie wartete immer noch auf ein Zeichen, dass er mit ihr zusammen sein wollte, sie als Frau wahrnahm und begehrte, aber mehr und mehr spielte er sich als Bauer auf, während ihre Rolle der seiner Magd sehr nahe kam.
Sie sagte sich, sie helfe ihm aus Nächstenliebe, wenn schon nicht aus Liebe zu ihm. Ein anderer Grund mit galligem Beigeschmack war ihre Einsamkeit. Sie hatte flüchtige Bekannte, aber da sie erst als Erwachsene ins Dorf gezogen war, blieb sie eine Außenseiterin. Ihre digitalen Internetfreunde waren nur ein Abklatsch echter Vertrautheit.
Blieb also Hilpert.
Ihr gefielen Hilperts Hände, die so sorgsam mit allem umgingen, was er berührte. Seine Fürsorge dem Vater,

den Tieren und den Pflanzen gegenüber zeigten ihr, dass es doch noch Liebe und Füreinander einstehen auf der Welt gab.

Sie lehnte sich auf den Besen, mit dem sie vor dem warmen Herd gefegt hatte und überließ sich ihren Gedanken. Als sie über die Schulter schaute, entdeckte sie Hilpert, der sie aus Jans Schlafzimmer beobachtete.

Eine Mischung aus Groll und Freude stieg in ihr auf. Sie wurde einfach nicht schlau aus ihm. Ständig hielt er sich in ihrer Nähe auf und vernachlässigte seine eigenen Aufgaben, während er ihr ständig neue auftrug. Es war noch nicht lange her, da werkelte sie drinnen vor sich hin, und er kam nicht einmal ins Haus.

Wenn er jetzt draußen den Trecker tankte, weil er noch ein Feld grubbern wollte, ließ er alles stehen und liegen, sobald er sie sah und Felix lief vor ihnen her ins Haus.

Beim ersten Mal hatte sie sich gefreut und sich beiden eine Tasse Kaffee gekocht, da sie dachte, er wolle ihr etwas Wichtiges mitteilen. Sie vielleicht fragen, ob sie sich vorstellen könne, dass er und sie ... Aber er trank den Kaffee gar nicht, sondern sagte ihr, sie solle die Wäsche bügeln und das Bett seines Vaters beziehen. Gesa zog die Augenbrauen zusammen. Er bat sie nicht, nein, er trug ihr auf, die Dinge zu erledigen.

Sie fragte sich mit aufkeimender Empörung, wie er dazu kam. Entweder machte sie das, was sie machen wollte oder gar nichts.

In einem Anflug aus Trotz wandte sie sich zu Hilpert um: „Jetzt kommt die Treppe dran."

Hilpert erstarrte, bevor er sich fasste: „Die Rabatten hinter dem Haus sind wichtiger. Dort ist alles voller Quecken. Die müssen gejätet werden."

Gesa lehnte den Besen an die grau gestreifte Tapete und sah ihn fest an: „Deine Rabatten jätest du am besten selbst. *Ich* möchte jetzt die Treppe wischen. Und das werde ich jetzt auch tun!", setzte sie hinzu.

„Bleib weg von der Treppe, hab ich dir gesagt."
„Was ist denn nur mit der Treppe?", fragte Gesa laut und nahm den Besen. „Wollen doch mal sehen, ob ich sie blank kriege. Ich hab schon ganz andere Schlachten geschlagen", und lief flink durch die Küche. Hilpert folgte ihr mit ausholenden großen Schritten, griff nach ihrem Oberarm und hielt sie fest.
Gesa schaute auf seine Hand, bis er sie losließ. Dann öffnete sie die Küchentür zum Flur. Kalte Luft schlug ihnen entgegen. „Puuh, stinkt das hier nach nassem Hund", sagte Gesa, und Hilpert demonstrativ ignorierend, stieß sie die Tür noch weiter auf. Oben an der Treppe stand Felix und spitzte aufmerksam die Ohren.
Gesa schaute zu ihm hoch und rief ihm zu: „Du wirst als erstes gelüftet." Mit einem leisen Knurren trat Felix dichter an den Treppenabsatz. „Spiel dich hier mal nicht so auf", sagte Gesa und öffnete die Eichentür nach draußen. „Raus, Felix!" sagte sie im Kommandoton, während ihr Zeigefinger und ihr Kopf gleichzeitig unmissverständlich nach draußen deuteten.
Als sie sich umdrehte, sah sie Hilpert vor der untersten Treppenstufe stehen und ihr den Weg versperren.
„Es ist besser, wenn du jetzt gehst", sagte er und sein Brustkorb hob und senkte sich in schneller Folge.
„Was ist oben?" fragte Gesa und schaute ihn aufmerksam an.
Hilpert antwortete: „Oben ist der Hund."
„Ja, aber da ist noch etwas. Lass mich vorbei!", insistierte Gesa.
„Es geht dich nichts an. Du hast oben nichts verloren. Raus aus meinem Haus! Verschwinde von meinem Hof!"
Als Gesa in sein Gesicht blickte, wusste sie: wenn sie es jetzt nicht schaffte, nach oben zu kommen, würde sie nie mehr Gelegenheit dazu haben. Wenn sie das Haus jetzt verließe, würde sie es nie wieder betreten.
Da hörten sie eine Stimme aus der Küche. Es war eine alte, brüchige Männerstimme, der anzuhören war, dass

sie schon lange nicht mehr laut gesprochen hatte: „Gesa, geh nicht hoch. Hör auf Hilpert!"
„Paps", rief Hilpert, „geh ins Bett. Du darfst nicht aufstehen."
„Gesa, geh nicht hoch!", krächzte Jan und klammerte sich an die verchromte Stange des Herdes.
Gesa blickte von einem zum andern, nutzte Hilperts Unentschlossenheit und stürzte an ihm vorbei nach oben. Kreidebleich blieb Hilpert wie angewurzelt stehen.
Nur das Ticken der alten Standuhr war zu hören. Hilpert lauschte angespannt. Und dann hörte er Felix knurren, wie damals im Oktober, als er nach seiner Mutter sehen wollte.
Dieser Tag hatte sich stechend und bohrend wie ein Angelhaken in seinem Gedächtnis eingenistet. An jenem Tag hatte Hilpert wie jeden Morgen ein Tablett mit Orangensaft, Körnerbrötchen und Joghurt die Treppe herauf bugsiert.
„Moin, Ma!" rief er. Als keine Antwort kam, rief er erneut fragend: „Ma?"
Als er die Tür zum Schlafzimmer öffnete, sah er seine reglose Mutter auf dem Bett liegen. Das Tablett glitt ihm aus den Händen und fiel geräuschlos und in Zeitlupe auf die Fliesen. „Ma", rief er und wollte zu ihr.
Aber vor dem Bett stand breitbeinig Felix. Mit gesenktem Kopf knurrte er Hilpert mit zurückgezogenen Lefzen an. Die bernsteinfarbenen Augen starrten böse und feindselig. Sein schwerer Kopf zeigte alle Merkmale seines Rottweilervaters.
„Ma?", sagte Hilpert noch einmal und machte einen Schritt auf das Bett zu, aber Felix schnappte nach seinem Bein und hieb ihm die Reißzähne in den Oberschenkel. Die Jeans zerriss mit einem lauten Ratsch.
„Felix!" Hilpert wich mit angstgeweiteten Augen zurück. Aber bei jedem Schritt, den er nach hinten machte, trat Felix einen Schritt vorwärts und trieb ihn so vor sich her, die Treppe herunter. Hilpert stammelte beruhigende

Wortfetzen, während er den Blick auf Felix gerichtet hielt und mit dem Fuß nach der nächsten Stufe tastete. Felix schnappte mit gefletschten Zähnen nach seinem Gesicht. Hilpert verlor das Gleichgewicht und krachte die restlichen Stufen hinunter. Als er mit dem Rücken auf die Steinplatten aufschlug, baute sich der Hund über ihm auf. Sein Geifer tropfte Hilpert ins Gesicht. Eine Weile verharrten sie in dieser Stellung, als wäre eine plötzliche Eiszeit über sie herein gebrochen. Felix nagelte Hilpert mit seinem dämonischen Blick am Boden fest.

Dann ließ er sich langsam neben Hilpert auf die Fliesen gleiten, um sich mit blutverschmierter Schnauze an Hilperts Seite zu schmiegen. Seine feuchte Nase forderte Hilpert auf, ihn zu streicheln.

Als Hilpert mit gespreizten Fingern abwehrend die Hände hob, knurrte Felix leise und missbilligend. Zögernd legte ihm Hilpert die Hand auf den Kopf, und Felix leckte seinen Arm, der von einer Gänsehaut überzogen war. Hilperts Blick huschte zum Telefon. Blitzschnell folgten Felix Augen seinem Blick. Er knurrte und biss Hilpert ohne weitere Vorwarnung in den Unterarm. Hilpert schrie auf, verstummte aber, als Felix ihn drohend ansah.

In diesem Moment rief sein Vater aus dem Schlafzimmer. Felix schwenkte seinen schweren Schädel in die Richtung, aus der die Stimme kam und sah Hilpert auffordernd an. Er stupste Hilpert mit der Nase in die Seite. Langsam richtete sich Hilpert auf. Felix ließ ihn gewähren.

Am Spülbecken in der Küche drehte er den kalten Wasserhahn auf und steckte den Kopf unter den Strahl. Rosafarbenes Wasser floss in den Ausguss und dumpf erinnerte sich Hilpert, dass Felix ihm ins Gesicht gebissen hatte. Unter seinem Auge brannte es höllisch, und als Hilpert mit den Fingern tastete, spürte er eine klaffende Wunde und wunderte sich, dass sie nicht schmerzte. In seinem Unterarm fanden sich die Spuren der Hund-

zähne, die jedem Kieferorthopäden als Steilvorlage für ein Komplettgebiss gereicht hätte. Die Wunden bluteten kaum. Gut möglich, dass sich eine Blutvergiftung bilden würde. Im Schafstall stand Jodspray, aber als Jan erneut rief, ließ Hilpert den Gedanken fallen, es zu holen.
Auf Jans besorgte Fragen erwiderte Hilpert, er habe sich bei der Arbeit an der alten Presse verletzt. Dabei warf er einen scheuen Blick auf den Hund, der in der Schlafzimmertür auftauchte und die Lage zu sondieren schien, bevor er sich auf den Weg nach oben machte.
Den restlichen Tag verrichtete Hilpert seine alltäglichen Pflichten wie ein Roboter. Wie immer lief Felix voraus und zeigte ihm, was als nächstes zu tun war, und wenn Hilpert auch nur den Anflug einer Weigerung zeigte, knurrte Felix. Achtmal bissen seine kräftigen Kiefer noch zu, gruben sich in seine Waden und Fußgelenke. Hilpert überlegte, ihn zu erschießen, aber der Hund schien jeden seiner Gedanken zu erahnen, und seine wissenden Augen bohrten sich in Hilperts Kopf, sodass die Angst ihn lähmte.
Aber noch etwas hinderte ihn, Felix außer Gefecht zu setzen: Solange Felix ihn nicht an Mutter heranließ, konnte Hilpert sich einreden, im Moment nichts weiter tun zu können. Wenn irgendjemand erfuhr, dass seine Mutter nicht mehr lebte, würde man sofort die Rente streichen. Und das bedeutete das Aus für den Hof, und also auch für Pap und Hilpert.

Am Abend und am folgenden Tagen unternahm Hilpert weitere Versuche, nach oben zu gehen. Felix ließ ihn bis an die erste Treppenstufe, aber keinen Schritt weiter, und bewachte den Kadaver seiner Herrin mit Argusaugen.

Zwei Tage später überwies das Rentenamt die Rente der Mutter. Mit pochendem Gewissen schaute Hilpert auf die Summe. Ohne die Rente wäre der Hof verloren, und damit hätten er und Pa alles aufgeben müssen, ihr gesamtes Lebenswerk. Das hätte Ma sicher nicht gewollt. Und schließlich, dachte Hilpert mit einem Anflug von Trotz, machte es sie auch nicht wieder lebendig, wenn er ihr Ableben meldete. Felix, der neben ihm am Briefkasten hockte, schaute ihn wissend aus seinen unergründlichen Augen an. Hilpert glaubte in seinem Blick Triumph zu erkennen.

„Tu was! Du musste Gesa aufhalten!", rief sein Vater jetzt mit krächzender Stimme in das Schlagen der Standuhr hinein und riss Hilpert aus seinen Gedanken. Weiß traten seine Fingerknöchel hervor, die sich krampfhaft am Herd festhielten. Seine nackten Fesseln staken aus der zu kurzen Pyjamahose, und sein schütteres weißes Haar hob die ungesunde Röte seines Gesichtes hervor. Alle restliche Kraft legte er in seine Stimme: „Setz dieser Tyrannei ein Ende! Zeig dem Höllenhund, wer der Herr auf dem Hof ist."
Hilpert nahm drei Stufen auf einmal. Oben vor der Schlafzimmertür der Mutter sah er die schreckensstarre Gesa, anderthalb Meter vor ihr stand der sprungbereite Hund, gespannt wie ein Katapult, das nur auf den entscheidenden Impuls wartet. Diesen lieferte Hilpert, als er die letzte Stufe erreichte. Wie ein Pfeil schoss Felix aus seiner geduckten Haltung auf ihren Brustkorb. Ihr entrang sich nur ein überraschtes „Oh", als der Hund sich an ihre Kehle hängte und sie mit sich auf den Boden riss. Unter den wütenden Beißattacken knickte Gesas Kopf augenblicklich zur Seite. Hilpert starrte auf die Szenerie, Der Moment entzog sich ihm. Es kam ihm vor, als bliebe ihm noch Zeit zu überlegen, wie bei Ma, als wäre das Tablett noch unterwegs nach unten und er hätte noch Zeit, es aufzufangen. Tief unten in seinem Gehirn allerdings flüsterte ihm eine verängstigte Stimme ein: „Du bist schon wieder zu spät! Du hast sie verloren!"
Felix streckte seinen schwarzen Körper mit der breiten braunen Brust, stellte sich breitbeinig auf Gesas Brust-

korb, hob den Kopf in den Nacken und heulte siegessicher, aus voller Kehle, voller Triumph.
Hilpert rührte sich nicht. Auf dem Bett im Schlafzimmer sah er den Kadaver seiner Mutter, die ihn aus leeren Augenhöhlen vorwurfsvoll anstarrte.

Der Tag des Zitronenfalters

Norbert J. Wiegelmann

„Kennst du den Unterschied zwischen einem Zitronenfalter und einem Abteilungsleiter?" fragt sie mich unvermittelt und schaut mich dabei erwartungsvoll an.
„Was soll das?" erwidere ich irritiert, weil ich nicht weiß, worauf sie mit dieser Frage abzielt. Außerdem habe ich nicht die geringste Lust, mir über Schmetterlinge Gedanken zu machen – noch weniger über Abteilungsleiter.
Es ist einer jener wundervollen Frühlingswochenendtage, die einen mit unwiderstehlicher Macht nach draußen locken. Wir sitzen auf einer Decke am Rande eines blühenden, intensiv leuchtenden Rapsfeldes, haben den Picknickkorb neben uns gestellt und genießen die Sonne, die von einem wolkenlosen Himmel herab scheint. Meine Freundin trägt ihr gelbes Strandkleid. Das habe ich mir so gewünscht. Nicht, weil mir das Kleid besonders gut gefällt, sondern weil es sich besonders schnell ausziehen lässt. Ginge es nach mir, hätte sie es schon nicht mehr an. Aber aus einem für mich unerfindlichen Grund hat sie darauf bestanden, erst zu picknicken. ´Das Dessert bekommst du nachher`, hat sie meine Versuche abgeblockt. ´Aber können wir nicht mit einer Vorspeise beginnen?`, habe ich mit unverhohlener Enttäuschung gefragt. Sie hat lediglich den Kopf geschüttelt und auf den Picknickkorb gezeigt.

Und nun diese unsinnige Frage. Natürlich ist mir klar, dass es sich um eine Scherzfrage handelt, aber ich bin durch ihre Zurückweisung verstimmt. Deshalb ist mir nach Scherzen nicht mehr zumute.
„Was soll denn diese blödsinnige Frage?" bläffe ich.
Sie überhört meine Bemerkung.
„Also, wenn du es nicht weißt, sag ich es dir: Es gibt gar keinen. Ein Zitronenfalter heißt auch nicht so, weil er Zitronen faltet. – Gut, nicht wahr?"
„Einfach grandios", höhne ich. „Wirklich ein toller Witz. Habe selten so gelacht."
Auch jetzt nimmt sie meinen übellaunigen Kommentar nicht zur Kenntnis.
„Den hat mir Sascha erzählt", flötet sie. „Ich find ihn klasse."
„Wen findest du klasse? Sascha?" brumme ich, und dieses Mal will ich einen Scherz machen. Doch aus irgendeinem verfluchten Grund funktioniert es nicht. Sie sieht mich stumm an, ohne ihre Lippen auch nur ansatzweise zu einem Lächeln zu verziehen. Und mit einem Mal merke ich, wie sich tief in meinem Schädel ein Schalter umlegt. Und so sehr ich mich bemühe, die Einflüsterungen meiner inneren Stimmen zu ignorieren, sind sie doch da und lassen sich nicht mehr verscheuchen. Lauter kleine, bösartige Teufel, die mich herausfordernd angrinsen und sich demonstrativ an ihre Hörner fassen. Ich bekomme einen trockenen Mund, etwas schnürt mir die Kehle zu.
„Also, du findest diesen Sascha klasse?" frage ich. Es soll lässig klingen, doch ich würge die Wörter mit tonloser Stimme wie unverdauliche Essensbrocken aus mir heraus. Sascha ist einer ihrer Arbeitskollegen, von dem sie ab und zu mal erzählt hat. Alles hat immer völlig harmlos geklungen, und nie hat sich in mir auch nur der Hauch eines Verdachts geregt. Besteht tatsächlich Anlass dazu, das dieses Mal anders zu sehen? Es ist doch eine völlig harmlose Geschichte, wenn jemand seiner Arbeitskolle-

gin eine völlig harmlose Scherzfrage stellt. Aber diese nüchternen Überlegungen lässt der verdammte Dämon in mir nicht zu – er will einfach nicht aufhören mit seinen quälenden Einflüsterungen.
„Los, antworte schon", stoße ich mühsam hervor.
„Spinnst du? Was ist denn in dich gefahren?"
Ihr Blick drückt maßloses Erstaunen aus, Unverständnis, aber keinen Ärger. Sie legt besänftigend ihren Arm um meine Schultern.
„Was hast du?"
Könnte ich ihr erklären, welche Teufel in mich gefahren sind? Ich gebe keine Antwort, sondern befreie mich mit einem Ruck aus ihrer Umarmung.
„Raus mit der Sprache: Was ist mit diesem Sascha? Was läuft zwischen euch?" schrei ich sie an.
Sie rückt leicht zur Seite.
„Jetzt beruhige dich doch. Ich weiß gar nicht, was du willst. – Das Ganze meinst du doch hoffentlich nicht ernst?"
Jetzt schwingt ein wenig Ärger in ihrer Stimme mit – oder ist es nicht vielmehr Ausdruck eines schlechten Gewissens, was ich da als Unterton heraushören kann? Die Teufel in mir hämmern und pochen gegen meine Schläfen. Ihre Hörner halten sie triumphierend mit beiden Fäusten umfasst. Drohend baue ich mich vor meiner Freundin auf.
„Na, wird`s bald?" brülle ich hysterisch.
„Komm zu dir. Du machst mir Angst. Ich verstehe allmählich gar nichts mehr."
„Du verstehst allmählich gar nichts mehr? Das ist ja furchtbar traurig. Dafür verstehe ich mittlerweile umso mehr", rufe ich völlig außer mir.
Ich greife nach dem Reißverschluss ihres Kleides und reiß an ihm, in einer Mischung aus hilfloser Wut und unbändigem Verlangen. Aber nun wehrt sie sich. Wehrt sich mit Händen und Füßen, wie eine in Panik geratene Ertrinkende.

„Du bist ja völlig durchgeknallt!" schleudert sie mir entgegen und fährt mit den Fingernägeln ihrer rechten Hand über mein Gesicht, blutige Striemen hinterlassend. Als sie mir einen Tritt in den Unterleib versetzt, werfe ich mich auf sie und packe ihren Hals. Mit aller Kraft drücke ich zu, denke nichts, fühle nichts, will nur immer weiter zudrücken. Und dann liegt sie reglos vor mir auf der Decke. Der Reißverschluss ihres Kleides halb geöffnet. Ich schiebe meine Hände behutsam unter ihre Achseln, hebe ihren Oberkörper leicht an und ziehe sie in das Rapsfeld, wo die gelben Blüten mit der Farbe ihres Kleides verschmelzen und ihr Schutz vor zudringlichen Blicken geben. Plötzlich ist alles um mich herum gelb, die Sonne scheint zu explodieren und verwandelt sich in einen riesigen Zitronenfalter.

Bilder des Grauens

Susi Laubach

Wie jedermann weiß, ist eine Tätowierung eine Entscheidung für das ganze Leben, ja für manch Einen sogar ein Eingriff in die Vollkommenheit der menschlichen Hülle, der eine nicht wiedergutzumachende Entstellung zur Folge hat ...

In meinem Falle muss ich zugeben: Ja, ich bereue. Ich bereue zutiefst. Wobei es nicht an einer etwaigen optischen Entstellung meiner Hülle liegt, keineswegs. Vielmehr sind es die Geschehnisse im Zusammenhang mit den entstandenen Hautbildern, die mich noch immer erschauern lassen, die mich zu dem gemacht haben, was ich nun bin ...

Es begann an einem sonnigen Herbsttag, den ich damit verbrachte, am Ufer des Münchener Isarflusses zu sitzen und dem Treiben der Sonnenanbeter zuzusehen. Fast schamlos zu nennen, wie sie ihre bleichen, teilweise unansehnlichen Leiber zur Schau stellten. Dabei stachen mir ihre Hautbilder -zum ersten Mal bewusst!- förmlich in die Augen, fast Jeder trug mindestens eines! Männer wie Frauen, beinahe jeden Alters! Ich denke, ich war der einzige Mann mit unversehrter Haut an diesem Orte.

Während ich den Weg nach Hause beschritt, wobei ich regelmäßig die Schaufenster der örtlichen Geschäfte nach Angeboten durchsah, fiel mir auf, dass in einem Laden wohl der Besitzer gewechselt hatte. Noch bei meinem letzten Rundgang befand sich an dieser Stelle ein Kolonialwarenladen. Nun zierten riesige Zeichnungen die Wand hinter der Glasscheibe, japanisch anmutend, asiatisch zumindest ... Masken, Fratzen, aber auch Blüten in unwirklichen Größen und Farben.
Darunter befand sich ein Bogen Papier mit kleineren Motiven, eine Rose sprang mir förmlich in die Augen. Sie war von einem Rot, das dem des Blutes am nächsten kam, an ihrem Stiele befanden sich lange, spitze Dornen, an deren Enden Blutstropfen hingen ... das Bild übte eine unnatürlich starke Anziehungskraft auf mich aus. Es schien Einfluss auf meine Gedanken zu nehmen, ja - sie zu lähmen! Die Tür öffnete sich plötzlich wie von Zauberhand, es war aber niemand zu sehen. Erst hüpfte ich einen Schritt zurück, aber nachdem es still blieb, wagte ich einen Blick ins Innere des Ladens. „Komm nur herein! Trau Dich!", rief eine weibliche Stimme.
Wie in einem Zustand der Hypnose trat ich tatsächlich ein. Die Dame war von kleiner zierlicher Gestalt, Mitte 30 schätzte ich, hatte schwarzes Kurzhaar mit rosaroten Streifen, und überall in ihrem Gesicht war sie durchbohrt von spitzen Stiften. „Bist du interessiert an einem Tattoo? Oder hättest du lieber ein Piercing? Ich habe gerade Zeit", meinte sie.

„Piercing?", wiederholte ich. Dass sie mich permanent duzte, störte mich seltsamerweise nicht. Es schien hier passend.
Sie deutete auf die spitzen Stifte in ihrem Gesicht.
„Oh, nein, nein!" Mit beiden Händen wehrte ich ab. Wie konnte man nur, dachte ich bei mir.
„Also lieber ein Tattoo?" Sie hatte etwas in ihrem Blick, das mich faszinierte, ja fesselte. Waren es ihre stahlblauen Augen, die diese Wirkung auf mich ausübten?
„Vielleicht", hörte ich mich sagen.
Und schon breitete sie ihre Bücher und Kataloge vor mir aus. Die Rose vom Schaufenster war auch darunter, nur erschien mir das Rot noch blutiger. Ich deutete darauf.
„Eine Rose also... okay, kein Problem. Kostet 120 Euro."
Ich nickte. Was geschah hier mit mir, in diesem seltsam anmutenden Raume? Als hätte ich jegliche Kontrolle über meinen Körper verloren, ließ ich mich von der Dame zu einem Stuhl bugsieren, der sich weiter hinten in dem düsteren Geschäft befand. Er wirkte wie eine Liege, auf der üblicherweise schlaffe, ausgezehrte Körper eine Massage bekamen ...
Ehe ich meine wirren Gedanken sortieren konnte, hatte die Matritze auf meinem soeben freigelegten Oberarme Platz gefunden.
„Gut so?", fragte die Dame, und ich nickte. Ich hatte nicht hingesehen ... Noch hätte ich fortlaufen können, aber ich war wie gefesselt. Gerade versuchte ich, meine Arme zu bewegen, aber die Dame hielt mich fest. „Nicht bewegen, sonst wird es nichts!"
Also hielt ich still. Es zog und brannte, ich wagte nicht, einen Blick auf ihr Tun zu werfen. Die moderne brüllende Rockmusik verschmolz mit dem metallischen Surren der Maschine, an der Decke des Ladens waren dunkelblaue und dunkelviolette Tücher drapiert, ebenso war das Schaufenster von innen damit verdeckt worden. Mein Arm fühlte sich mittlerweile tot an, so fest hielt sie mich umfasst! Das Gerät donnerte die Nadeln unaufhalt-

sam knatternd derart in die Haut, dass es sich anfühlte, als würden diese auf dem Knochen aufschlagen!
Endlich war es vorüber. Das Brennen wich einem tauben Gefühle.
Langsam wandte ich den Kopf nach unten in Richtung meines Armes. Die Dame schob mich vor den großen Spiegel an der Innenseite der Eingangstür. Nun sah ich es - das Blutrot der Rose hatte sie mit einer Genauigkeit getroffen, die mich erschaudern ließ. Die Dornen sahen aus, als wären sie tatsächlich in die Haut gebohrt!
Ich muss zugeben, ich war erfüllt von einer nicht erwarteten Begeisterung. Dann bezahlte ich und ging nach Hause. Den ganzen Abend lang verbrachte ich damit, das Werk anzustarren. Nebenbei tat ich, wie mir geheißen - das Bild immer wieder trockenzuwischen, aber es trat keinerlei Körpersaft aus.

Die Nacht brach ein, der zunehmende Mond schob sich vor das Fenster meines Schlafgemachs und warf seinen silbernen Strahl direkt auf mein Gesicht. Der Arm brannte etwas, was mich nicht sehr störte. Schlimmer war das Gefühl um Mitternacht ... als würden Ameisen über meine geschundene Haut krabbeln! Ich schlief dennoch, mehr oder weniger.
Der nächste Morgen begann mit einem Blick in den Spiegel. Der Anblick ließ mich erschauern - die Rose befand sich noch an Ort und Stelle (ich dachte zuerst an einen Traum ...), aber die Dornen, diese spitzen, blutüberströmten Dornen, hatten sich über Nacht vervielfacht! Tief steckten sie in der Haut, krallenähnlich, dicke Blutstropfen waren ausgetreten und nun gestockt.
Noch vor dem spartanischen Frühstück, das ich sonst zu mir nehmen pflegte (eine Scheibe Brot mit wenig Butter, dazu schwarzer Tee, ohne Zucker), eilte ich zur Künstlerin. Endlich erreichte ich den Laden, ich schlug, ja trommelte mit beiden Fäusten gegen die Tür, aber nichts! Erschöpft taumelte ich rückwärts, als mein Blick auf die

angeklebten Öffnungszeiten fiel: 13 - 20 Uhr. Also zurück nach Hause.

Der Vormittag verlief quälend langsam. Immer wieder entblößte ich meinen Arm und trat an den Spiegel. Das Kribbeln hatte nachgelassen, auch das Ausmaß der Tätowierung erschien mir nicht größer als zuvor. Ich beschloss, abzuwarten.

Die folgende Nacht war schlimmer als die letzte! Mein gesamter Arm kribbelte, und es kratzte wie verrückt. Als ich mich morgens aus dem Bett und zum Spiegel schleppte, entfuhr mir ein Schrei. Die Rosenranken verliefen nun über den gesamten Oberarm, immer mehr Dornen hatten sich in die bleiche Haut gebohrt.

Mir war flau, dennoch ließ ich das Frühstück ausfallen und harrte stattdessen, im Bette kauernd, bis zum Mittag aus. Dann machte ich mich erneut auf den Weg zum düsteren Laden der Künstlerin.

Wieder öffnete sich die Tür von selbst, beinahe lautlos, als hätte man mich schon erwartet. Ich kann mir bis heute nicht erklären, was mit mir geschah, immer wenn ich dieses Etablissement betrat! Ich war gedanklich wie blockiert, gefesselt ...

Und wieder kam das kleine Wesen mit dem durchlöcherten Antlitz auf mich zu. „Du wieder? Na, süchtig geworden? Ein neues Tattoo fällig?"

Täuschte ich mich, oder hatten sich die Löcher in ihrem Gesicht vermehrt?

Heftigst schüttelte ich den Kopf. „Nein, um Himmels Willen - es geschehen seltsame Dinge mit mir ..." Während ich sprach, besser stotterte, entledigte ich mich des Hemdes. Sie schien keineswegs verwundert oder irritiert, zumindest zeigte ihr Gesicht keinerlei Regung.

„Sieht doch gut aus!", meinte sie.

„Aber - das war doch zuvor viel kleiner!"

„Nein, das täuscht. Da hast du nicht genau hingesehen."

Die Dame hatte eine derart bestimmende Art, der man nicht zu widersprechen wagte. Sie schob mich zurück auf die Straße, und ich begab mich zu meinem angestammten Platze an der Isar. Mir war nach Ruhe, wie man sie nur in der Natur finden konnte. Hier, an diesem Teil des Flusslaufes, schien die Zeit stillzustehen. Nur das monotone Sprechgewirr durchbrach das gelassene Plätschern der Isar.

Diesmal interessierten mich die Hautkunstwerke der Sonnenanbeter in besonderem Maße. An diesem Orte befanden sich in der Regel zumeist die selben Personen. Mir fiel keine Veränderung an den Bildern auf, wie ich sie bei mir feststellen musste.

In der folgenden Nacht dachte ich, mein Ende sei nah! Der gesamte Arm tobte, brannte, zog und stach und zuckte. Ich war unfähig, den Schmerz zu lokalisieren. Dazu gesellte sich eine Schwäche meines Herzens, wie ich sie im Leben noch nicht kannte.

Ein unheimliches Gewitter erschütterte die wolkenverhangene Vollmondnacht. Ich muss gestehen, Gewitter wirkten auf mich schon von jeher bedrohlich! Obwohl mir keine Minute Schlaf vergönnt war, wagte ich erst im Morgengrauen einen Blick in den Spiegel. Was ich nun sah, ließ mich zusammenbrechen! Zuckend fand ich mich auf dem kalten Fußboden wieder, den gesamten Oberkörper übersät mit Rosen und deren blutüberströmten Dornen!

Mittags öffnete sich erneut die Tür zum unheimlichen Laden. Wieder kam die Dame auf mich zu, diesmal lief Blut aus einem ihrer zahllosen Gesichtsdurchbohrungen, die sie „Piercings" nannte.

Beim Anblick meines entblößten Oberkörpers stieß sie einen spitzen Schrei aus. Sanft fuhr ihre an sich raue Hand über meine brennende Haut. „Coooool... So habe ich es noch nie gesehen!"

Mir stockte der Atem. Ihre Augen glühten förmlich!

„Es schmerzt und sticht, ich halte es nicht mehr aus!", schrie ich in den düsteren Raum hinein. „Wie weit wird

sich das noch ausbreiten? Was muss ich befürchten? Was hast du mir angestellt?"
Sie schwieg und starrte noch immer auf meinen schwachen Körper.
„Sprich endlich!", entfuhr es mir. Quälend langsam näherte sich nun ihr eiseskalter Blick dem meinen.
„Möchtest du es denn stoppen?"
Ich nickte hektisch.
„Setz dich!", befahl sie mir und drückte mich auf den Stuhl, auf welchem das Übel begonnen hatte ...
Ehe ich bemerkte, wie mir geschah - war ich kurzzeitig ohne Besinnung?-, surrte die Nadelmaschine neben mir. Als endlich Stille den Raum erfüllte, erwachte ich wie aus einem Dämmerschlaf.
„Wir müssen die Zeit aufhalten", flüsterte die Dame. „Sieh!" Ihr spitzer Finger mit dem violett lackierten langen Nagel zeigte auf mein Handgelenk. Was ich nun sah, verwirrte und begeisterte mich gleichermaßen.
„Was stellt es dar?", fragte ich mit heiserer Stimme. Es sah aus wie eine Uhr, die in der Sonne zerflossen und über eine Mauer hinab geronnen war.
„Das ist von Dali, dem göttlichen, großen Künstler. Man nennt es *Die weichen Uhren*, denke ich zumindest ..."
„Was soll das nun kosten?", fragte ich zögerlich und tastete nach meiner alten abgegriffenen Börse.
„150", sagte sie und streckte mir ihre spinnenartigen Finger entgegen. Mein letztes Vermögen, aber egal - ich war erleichtert, den Stuhl des Bösen endlich verlassen zu dürfen.
„Ich hoffe, es nimmt nun ein Ende!", waren meine Worte, während ich ihr die Scheine übergab.
„Aber sicher." Sie grinste hämisch und legte das Geld in eine Blechschatulle, auf der ein Hexenmotiv abgebildet war. Mir stockte erneut der Atem - wer war dieses Wesen tatsächlich? Erst jetzt fielen mir die seltsamen Sterne auf, die im gesamten Laden auftauchten ... Pentagramme überall - Hexensymbole!

Ich wollte gehen, aber sie hielt mich noch zurück.
„Sieh mal genauer hin - ich habe dir noch etwas umsonst gemacht!" Dabei schob sie den Hemdsärmel des anderen Armes hoch und offenbarte einen lebensgroßen Skorpion, der auf den Unterarm tätowiert war. Er saß auf einem leichten Schatten, sodass er täuschend echt wirkte!
War es mir körperlich vor wenigen Minuten noch etwas besser ergangen als Nachts, so stieg jetzt erneut Angst und Grauen in mir auf. Rasch verließ ich die Hexengruft - diesmal hielt mich die Dame nicht zurück - und lief nach Hause.
Dort besah ich mir das Werk in Ruhe. Mir fiel auf, dass die Uhr auf meiner Haut 11 Uhr 30 zeigte. Oder 23 Uhr 30?
Egal, auf unerklärbare Weise fühlte ich mich wohler. Bis die Nacht hereinbrach ...
Punkt 23 Uhr 30 schlug meine Standuhr zwei Mal und blieb danach stehen. Noch dachte ich mir nichts dabei, zog die alte Mechanik auf und schubste das Messingpendel leicht an. Aber nichts geschah, kein Ticken, nichts. Eine unheimliche Stille machte sich breit. Mein Herz raste. So rasch ich konnte, hetzte ich in mein Schlafgemach und blickte zur Weckuhr. Sie war ebenfalls bei 23 Uhr 30 zum Stillstand gekommen! Auch meine Armbanduhr, die sich in der Jackettasche befand ...
Ich zog mein Hemd aus und trat vor den Spiegel. Die Rosendornen zumindest hatten sich nicht vermehrt. Gerade wollte ich aufatmen, als sich ein Dorn scheinbar in die Haut bohrte! Ein dicker Tropfen dunklen Blutes rann warm über den Unterarm Richtung Hand. Und nicht nur dieser eine, auch auf der Rückseite des Armes spürte ich ein Kribbeln ... aber beim genaueren Hinsehen sah ich nicht nur Blutstropfen, die sich in jeder Minute vermehrten, sondern auch noch Käfer, widerliche kleine schwarze Käfer, die über meine Arme und den Oberkörper krabbelten!! Nun bohrten sich auch noch ihre spitzen Scheren in meine ohnehin schon gequälte Haut! Überall

floss Blut, es tropfte auf den Holzboden ... mein Kreislauf versagte, ich brach zusammen, lag inmitten meines stockenden Blutes. Da fiel mein Blick auf den Skorpion, das finale Werk der Hexe - täuschten mich meine müden Augen, oder hatte er sich soeben bewegt? Nein, ich täuschte mich nicht! Er bewegte sich sehr wohl, schien etwas zu suchen, sein Schatten bewegte sich mit ihm ... er trug einen riesigen, tropfenförmigen Stachel, den er quälend langsam senkte ... er würde doch nicht ... doch, er tat es! Der messerscharfe Stachel bohrte sich unendlich tief in meine Hülle. Wieder verlor ich das Bewusstsein.
Als ich erwachte, lag ich noch immer auf dem Boden, in einer riesigen Blutlache. Alles war wie zuvor, die Dornen, das Blut, die Käfer, der Skorpion - nur eines hatte sich verändert: Ich war unfähig, mich zu bewegen.

Nun liege ich hier, unbeweglich, schlaff, ausgelaugt. Ein demütigender Zustand. Die Uhren verharren auf 23 Uhr 30.
Das einzig Funktionierende ist mein Gehirn, das mit unverschämter Exaktheit jeden noch so kleinsten Schmerz des wehrlosen Körpers registriert ... wie lange noch?

Gefangen

Paola Reinhardt

Ich weiß heute nicht mehr genau, wann mir dieses alte, verwitterte Haus zum ersten Mal auffiel, an dessen Vorderfront einer der Fensterläden aus den Angeln gerissen war. Manchmal schlägt er bei Sturm so heftig gegen die graue Hauswand, als wollte er die schäbige Fassade zertrümmern.
Sein Besitzer lebt nicht mehr. Nahe Verwandte von ihm scheint es keine zu geben, denn Haus und Hof verkommen zusehends.

Im letzten Frühjahr, ich kam gerade von einem längeren Aufenthalt aus einer etwa fünfzig Kilometer weit entfernten Stadt zurück, sah ich allerdings eines Abends Licht in dem einzigen Dachgeschosszimmer und rote Aurikelchen im offenen Vorgarten, der im übrigen einen verwahrlosten Eindruck machte. Inzwischen sehen die Fensterscheiben mit ihren schäbigen Spanngardinen aus wie erblindete Augen. Die Blumen sind längst verblüht und ihre welken Blätter kein schöner Anblick.
Der alte Kasten ist wirklich ein Schandfleck in dieser Gegend, die vor Natur nur so strotzt. In der angrenzenden Obstwiese grasen dickbäuchige, schwarzweiße Kühe, die sich jetzt im Herbst über die heruntergefallenen Äpfel der knorrigen Bäume hermachen, oder einfach nur satt und faul im Gras herumliegen. Sie lassen sich nicht einmal durch die vorbeirasenden Autos der angrenzenden Landstraße aus der Ruhe bringen.
Natürlich nehme ich nicht jedes Mal besondere Notiz von dem unheimlich anmutenden Haus, wenn ich auf meiner Joggingstrecke daran vorbeikomme. Dafür geistert es umso öfter durch meine Träume. Eines Nachts habe ich es darin sogar betreten, bin die Treppe hinauf gegangen bis zu dem einzigen Zimmer im Dachgeschoss. Durch die offene Tür, in einem alten Sessel, sah ich eine Gestalt sitzen, deren schlaffe Arme über das zerschlissene Polster hingen. Ich wusste, wer der Mann war. Seine Augen waren weit aufgerissen und die schwarzen Haare, die an den Schläfen schon ergraut waren, sorgsam wie zum Ausgehen gescheitelt. Dann erst bemerkte ich die große Lache Blut auf den hellen Dielenbrettern.
Schweißgebadet wachte ich auf und nahm mir vor, am nächsten Abend eine andere Strecke zu laufen. Ich hatte nicht nur von dem Anblick des alten Hauses genug, auch von dem Feldweg mit seinen mannshohen Maisfeldern, die sich jetzt im Herbst wie eine drohende Wand auf mich zu bewegten und mich zu verschlingen drohten. Um diese Jahreszeit rannte ich für gewöhnlich den Rest

der Strecke bis zur Landstraße rekordverdächtig, als sei der Leibhaftige hinter mir her. Und dabei vermisste ich immer wieder schmerzlich die wogenden Roggen- und Weizenfelder, die früher hier wuchsen und über deren Grannen um diese Zeit fast zärtlich der Wind strich und an die Ernte mahnte.

Von dem alten Backsteingebäude, das ein paar Meter weiter sichtbar wird, würde mir keine Hilfe zuteil werden können, wenn mir aus dem Maisfelddschungel Gefahr drohte. Niemand würde meine Schreie hören, wenn ein menschliches Ungeheuer die spitzen Blätter zur Seite schob und sich auf mich stürzte. Neuerdings trage ich deshalb wieder ein Messer bei mir, um mich in so einem Fall besser verteidigen zu können.

Vor kurzem, genau um die Zeit, als die Sonne im Westen blutrot unterging, bemerkte ich beim Joggen auf dem begrasten Weg vor mir frische Blutflecken. Ich erschrak fast zu Tode, denn sie konnten ebenso gut von einem Menschen, als auch von einem Tier stammen. Mein Herz raste und klopfte wie kurz vor einem Kollaps. Da spürte ich auf einmal beruhigend den harten Griff des eingeklappten Messers in meiner weißen baumwollenen Jackentasche. Ich zog es heraus und wollte gerade die Klinge springen lassen, als mich quasi im letzten Moment das Auftauchen eines entgegenkommenden einzelnen Radfahrers davon abhielt. Ein paar Schritte weiter musste ich dann beinahe über meine Angst lächeln. Erst kürzlich hatte ich hier einige Kinder gesehen, die kreischend Trampelpfade in eines der Maisfelder brachen. Wenn Kinder in Rudeln auftreten, verspüren sie nur selten Angst. Ich aber war allein und ich weiß im Gegensatz zu ihnen sogar, wie sich Todesangst anfühlt.

Doch noch größer als meine Angst war die Neugierde, die mich eines Abends dazu verleitete, das dem Verfall überlassene Haus zu inspizieren. Im Hof sah ich zu meiner Überraschung einen einsamen Bagger stehen. Wahr-

scheinlich gab es einen neuen Besitzer, der den Abbruch des alten Gemäuers plante. Ich spähte vorsichtig nach rechts und links, konnte aber noch keinen Arbeiter entdecken. Den Hintereingang des Hauses fand ich zu meiner Verwunderung offen, sodass ich nicht erst eine Glasscheibe einschlagen musste, um es betreten zu können. Doch in dem Augenblick, als ich die Tür öffnete, strich mir laut miauend eine schwarze Katze mit drohend erhobenem Schwanz an meinen Beinen vorbei. Ich rannte wie von Furien gehetzt vom Hof und machte erst Halt, als ich atemlos und mit eiskaltem Schweiß auf der Stirn die keine dreihundert Meter weit entfernte Gärtnerei erreichte.
Vor den langgestreckten Gewächshäusern wurden jetzt im Oktober rote und weiße Erika zum Verkauf angeboten. Bei ihrem Anblick musste ich unwillkürlich an heruntergefallenes Laub, Gräber und Tote denken, obwohl ich doch daheim diese Herbstblumen selbst erst vor kurzem in einen Kübel gepflanzt hatte.
Etwas später am Abend, er zeigte sich an diesem Tag lange überraschend mild, saß ich mit einem Glas Rotwein auf der Terrasse meines Reihenhäuschens, als plötzlich ein dunkles Etwas dicht über meinen Kopf strich und mich dabei fast zu Tode erschreckte. So nah war mir noch nie eine Fledermaus gekommen. Ich hielt das für kein gutes Omen und spähte erschrocken zu den Hasel- und Holundersträuchern hinüber, die das kleine Grundstück nach hinten abgrenzten. Mir war richtig mulmig zumute, als könnte mir sogar von dort eine Gefahr drohen. Mein Bedarf an erhöhter Pulstätigkeit war jedoch für den heutigen Tag mehr als gedeckt, sodass ich mich mit Gänsehaut auf den Armen hastig ins Haus flüchtete.

Der Krimi im Ersten, den ich bei geschlossenen Jalousien einschaltete, schien mir an diesem Abend nicht gerade für ein übersensibilisiertes Gemüt geeignet. Zu viel Action, zu viel Ballerei, zu viel Blut! Deshalb sah ich ihn mir auch nicht zu Ende an, sondern zog mich mit einem Buch in mein Schlafzimmer zurück, nachdem ich vorher festgestellt hatte, dass die Haustür verschlossen und kein Fenster mehr offen stand.

In der Nacht schlief ich schlecht und wachte mindestens drei bis vier Mal auf, versuchte in einem Gedichtband zu lesen, konnte mich jedoch nicht auf einen einzigen Vers konzentrieren. In mir vibrierte es, als hätte jemand meinen Körper unter Strom gesetzt. Völlig entnervt stand ich endlich gegen vier Uhr in der Früh auf und kochte mir in der Küche einen Kaffee, nach dessen Genuss ich weiterzuschlafen hoffte. Irgendwann klappte es sogar. Trotzdem war ich am nächsten Tag wie zerschlagen und kaum fähig, meine Packarbeit am Fließband einer Firma, die Nägel herstellte, zu erledigen.

Am Abend regnete es, am darauffolgenden auch und ich beschloss deshalb, mein Joggingprogramm ausfallen zu lassen. Warum ich am dritten Abend, trotz meines Vorsatzes, den alten Weg nicht mehr zu laufen, ihn dann doch wieder einschlug, kann ich mir auch heute noch nicht beim besten Willen erklären. Ich lief in einem mäßigen Tempo los, grüßte unterwegs ein paar Nachbarn, die mit einem verhaltenen Gemurmel darauf antworteten und rannte schon bald wie ferngesteuert auf den schmalen Feldweg zu, der mich ihren Blicken entzog. Dieses Mal nahm ich die Maisfelder rechts und links neben mir kaum war, trotz der Gewitterwolken, die über mir am Himmel aufgezogen waren und die Landschaft noch düsterer aussehen ließen. Hoffentlich hatte der Bagger noch nicht mit seiner Arbeit begonnen!

Endlich hatte ich das alte Haus erreicht und dieses Mal würde ich mich weder von einer schwarzen Katze noch vom Leibhaftigen davon abhalten lassen, hinein zu gehen. Die Hintertür war auch dieses Mal nicht verschlossen und so betrat ich betont forsch, meine geheime Angst unterdrückend, das Haus. Die Treppenstufen zum Dachgeschoss hinauf knarrten. Ich zählte sie. Es waren genau

zwölf. Dann hatte ich die Tür erreicht. Ich drückte die Klinke hinunter, betrat das Zimmer, sah die hässlichen Spinnweben von der Decke herunterhängen und roch den modrigen Geruch eines lange nicht mehr gelüfteten Zimmers. Mein Kopf schmerzte zum Zerplatzen. Ich hielt mir die Schläfen mit beiden Händen fest und hatte ein Gefühl, als würde mir der Boden unter den Füßen weggezogen.
Vor mir in einem Sessel, der mit rotem Samt bespannt war, über den sich allerdings im Laufe der Jahre die Motten hergemacht hatten, saß dieser Mann. Seine weit aufgerissenen Augen sahen mich voller Entsetzen an.
„Verdammt noch mal, grins nicht so", schrie ich wütend. „Du hast den Tod mehr als verdient, für alles, was du mir in den zwei Wochen angetan hast, in denen du mich hier wie eine Sklavin gefangen hieltest."
Der Mann schwieg.
Jetzt stand ich direkt vor ihm, zog blitzschnell das Messer aus meiner Jackentasche und ließ die scharfe Klinge aufblitzen. In dem Augenblick, als ich gerade zustoßen wollte, wurde es plötzlich fast taghell in dem kleinen Raum. Und noch bevor der Donner die Luft erzittern ließ, begriff ich, dass niemand vor mir in dem Sessel saß und mich aus toten Augen anstarrte. Niemand, denn ich hatte die Tat bereits begangen und dafür ein paar Jahre im Gefängnis gebüßt. Schließlich hatte ich damals der Polizei und dem Gericht gegenüber jede Aussage im Zusammenhang mit der Tat verweigert, sodass sie mich aufgrund von Indizien verurteilen mussten. Vergessen und mir verziehen hatte ich die Tat bis heute nicht.

Das Testament

Ev v.d.Gracht

Teil I

Der Notar setzt sich uns am Tisch gegenüber hin, nachdem er uns alle per Handschlag begrüßt hat. Seine sonore Stimme erinnert mich an, ja, an wen eigentlich? Ich sehe auf der Tischplatte aus Wurzelholz, wie die Sonne Farbkringel darauf entstehen lässt.
Sie schickt ihre letzten warmen Strahlen durch die bunt gefärbten Kronen der Bäume. Auf der Erde erkenne ich die Schatten der Äste, die ihr Laub schon verloren haben. Meine Ohren vernehmen das Geläut der Sterbeglocke vom nahen Kirchturm.
Ich stehe an einen Baum gelehnt, vor mir die Trauergäste am Grab. Da höre ich den Gesang der Almirena aus *Rinaldo* von Händel.

> *Lascia ch'io pianga*
> *Lass mich mit Tränen mein Loos beklagen,*
> *Ketten zutragen, welch hartes Geschick!*
> *Ach, nur im Tode find' ich Erbarmen,*
> *er gibt mir Armen die Ruh' zurück.*

Ich möchte schreien, kann es aber nicht. Mein Mund ist wie zugenagelt. Ein starker Druck lastet auf meinem Körper. Auf der Erde liegend bekomme ich kaum noch Luft. Es ist eine Nadel, die sich auf mich legt, die immer größer und größer wird und den Brustkorb eindrückt. Meine Angst steigert sich und lässt mich fliegen. Mit ausgebreiteten Armen fliege ich in der Luft, so, als würde ich im Wasser schwimmen. Es ist ein herrliches Gefühl – ich bin frei – nichts bedrückt mich mehr.
Immer weiter fliege ich, bis ich einen Wald unter mir sehe und hinabgleite. Wie kühl und angenehm ist es hier. Hier möchte ich bleiben, mich ausruhen und nie mehr zurück. Der Waldboden ist mit einem ganz feinen Moos bedeckt

und auf ihm kann ich, wie auf einem weichen Teppich, laufen. Doch plötzlich ein Knacken. Was ist das? Ich höre Stimmen, die sich etwas zurufen. Ich kann es nicht verstehen, es ist in einer Sprache, die ich nicht kenne. Wie viele sind es? Ich kann drei verschiedene Stimmen unterscheiden – eine Frau und zwei Männer. Was mache ich, wo kann ich mich verstecken? Leise schleiche ich mich weiter, versuche mich von den Stimmen zu entfernen. Aber wo kann ich mich verstecken, und wo bin ich überhaupt?
Da – ein Schuss. Wie ein Peitschenknall geht es mir durch den Kopf. Eiskalt läuft es mir den Rücken runter, wen haben sie erschossen? Ich zittere am ganzen Körper, kann nicht mehr klar denken, meine Beine schlottern und ich knie mich nieder. Langsam robbe ich mich an den nächsten Busch und versuche, mich darunter zu verstecken.
Die Stimmen sind immer noch zu hören – sind es immer noch drei? Sie sind weiter weg als vorhin, aber wenn ich mich anstrenge, dann kann ich jetzt vier Stimmen hören. Oder spielt mir mein Gehör einen Streich? - Nein, die Stimmen kommen wieder näher. Jetzt kann ich ganz deutlich vier Stimmen unterscheiden. Es sind vier Männerstimmen. Mein Herz klopft mir bis zum Hals, ich traue mich kaum zu atmen. Ob sie die Frau erschossen haben? Ich mache mich noch kleiner und verschwinde fast unter dem Busch. Hoffentlich sehen sie mich nicht! Da sehe ich sie schon näher kommen. Alle haben eine Waffe in der Hand, und ja, sie reden in einer mir fremden Sprache. Wenn ich mich anstrenge, ob ich dann etwas verstehen kann? „Katurei!", ruft einer der Männer – sie gehen vorbei – doch nein, der Letzte sieht mich und ruft den anderen etwas zu. Oh nein, bloß nicht. Jetzt kommen die anderen zurück, oh - oh, sie zerren mich hervor, und reißen mir meine Kleider vom Leib. Schutzlos bin ich ihnen ausgeliefert – mein Mund will schreien, aber wieder ist er wie zugenagelt. Ich kann mich nicht wehren - be-

komme kaum Luft – mein Brustkorb wird zusammengedrückt.
Als ich erwache, steht eine Frau vor mir und flicht Stricke wie Zöpfe. Ich liege auf dem Moos, sehe meine Kleidung zerrissen neben mir, will weinen und kann es nicht. Meine Augen brennen von nicht geweinten Tränen. Sie gibt mir einen der Stricke und zeigt mir wie ich mich erhängen soll. Ich will es aber nicht und stoße sie von mir. Sie fällt um und löst sich in Staub auf. Ein kleiner Haufen grauen Staubes auf dem grünen Moos ist vor meinen Füßen zu sehen. Voller Entsetzen sammele ich meine Kleider auf und renne weiter in den Wald hinein. Von überall her ertönen jetzt Schüsse – ich weiß nicht weiter – wohin soll ich laufen? Plötzlich stolpere ich über einen Toten, der Kopf ist zertrümmert, das Blut verkrustet. Bloß weg hier! Beim Weiterlaufen sehe ich weitere Tote – mit fehlenden Gliedmaßen, aufgespießt und an den Bäumen hängend. Tränen rennen mir über die Wangen – ich möchte schreien – kann es aber nicht. Warum hilft mir denn keiner?
Da, in der Ferne ein Licht! Ich renne darauf zu, in der Hoffnung, eine menschliche Gestalt zu sehen. Je näher ich komme wird meine Angst größer – vielleicht sind es auch Mörder. Kurz anhalten, verschnaufen und weiter laufen – nur noch ein kleines Stück – ja, es ist ein Haus, aus dem das Licht scheint. Langsam anschleichen – vorsichtig auftreten, damit keine Zweige knacken. Das Licht kommt von dem Fenster im Erdgeschoss. Mein Herz klopft bis zum Hals – ich bekomme kaum Luft, muss mich zwingen, ruhig zu atmen. Weiter, langsam, ganz langsam und horchen. Nichts ist zu hören, kein Laut kommt aus dem Haus. Also gehe ich vorsichtig bis zum Fenster und schaue hinein. Ich sehe eine Katze auf dem Sofa liegen, auf dem Tisch steht eine Kaffeekanne, daneben eine Tasse voll eingeschenkt. Niemand ist sonst zu sehen. Was soll ich machen? Anklopfen oder warten? Plötzlich geht die Tür auf und die Frau von vorhin kommt

heraus – redet mich an: ich habe dich erwartet. Mir bleibt die Luft weg – wie kann das sein, ich habe doch gesehen wie sie sich in Rauch und Asche aufgelöst hat.
Was geht hier vor? Mir zittern die Knie, ich muss mich festhalten. Mit weit aufgerissenen Augen schreie ich so laut ich kann. Mein Schrei kommt in vielfachem Echo zurück, mein Herz rast, und ich merke, wie ich immer weiter in der Erde versinke.

Teil II
Als ich wieder zu mir komme, gehe ich auf den Thron einer Gottheit zu, um mich als Opfer anzubieten.
Die Priester nehmen mein Opfer an, und ich erhalte aus ihren Händen eine Flöte.
Ich muss mit meiner Flöte die Straßen entlang laufen. Ob ich will oder nicht, ich muss laufen, ich muss flöten, irgendetwas zwingt mich dazu, ich kann nicht aufhören.
Welch eine angenehme Stimmung in mir. Ich bin zufrieden, habe keine Angst mehr, denn ich habe sie überwunden. Habe ich sie überwunden?
Ich weiß es nicht, will es aber hoffen. Doch was ist das, meine Füße laufen vorwärts, auch noch, wenn ich mich ausruhen will, es geht nicht, ich muss laufen, immer weiter laufen. Wie kann das sein, was passiert denn hier? Ich habe keinen Willen, meine Füße machen sich selbstständig und laufen – meine Hände halten eine Flöte an den Mund und ich muss flöten. Trotz alledem fühle ich mich gut. Liegt es daran, das ich mich als Opfer angeboten habe? Liegt es an den Tönen der Flöte? Ich weiß es nicht, ich weiß nur, ich muss laufen und ich muss flöten. Meine Füße führen mich eine Straße entlang, durch fruchtbare Felder. Ich sehe, wie die Bauern dort das Feld mit einem Stock pflügen, an deren Ende eine Art Spaten ist. Es muss eine sehr anstrengende Art sein, die Erde zu bearbeiten. Eine Weile laufe ich neben ihren Feldern entlang und spiele auf meiner Flöte. Ich habe das Gefühl, dass bei jedem, der mich hört, die Arbeit besser voran

geht. Doch keiner schaut zu mir hin, alle arbeiten weiter. Ich muss weiter laufen und komme an einen kleinen Flusslauf. Das Wasser springt über kleine Kiesel, die im Wasser liegen, und meine Flöte spielt die Melodie dazu. Links und rechts wachsen kleine und etwas größere Büsche. Die Menschen dort versuchen gerade eine Terrasse anzulegen. Das sieht sehr schwer aus, ist es sicherlich auch. Sie errichten Wände aus Schlamm, die von Körben gehalten werden, um die kostbare, fruchtbare Erde bestellen zu können. Als ich ein Stückchen weiter laufe, sehe ich, dass dort Mais und Bohnen angebaut werden. Der Mais hat schon eine stattliche Höhe erreicht und die Bohnen werden gerade von Kindern geerntet.

So etwas kenne ich nicht, und schaue erstaunt zu. Die Kinder arbeiten mit auf den Feldern, selbst die Kleinsten, vielleicht vier oder fünf Jahre alt.

Während meines Spieles muss ich die Straße weiter laufen und komme in ein kleines Dorf. Dort sehe ich alte Frauen vor ihren Hütten sitzen und spinnen. Kinder klauben von einem Strauch die Nadeln ab. Männer sind nirgends zu sehen. Die Frauen und Kinder schauen noch nicht einmal auf, als ich flötend an ihnen vorbei laufe. Es kommt mir so vor, als ob sie meine Töne zwar hören – doch mich nicht einmal wahrnehmen. Dabei will ich auch ihnen mit meinem Spiel eine Freude machen.

Und noch immer kann ich mich nirgends ausruhen, mich hinsetzen. Meine Füße schmerzen, aber sie laufen immer weiter, und mit meinem Flötenspiel kann ich auch nicht aufhören. Wo kann ich mich endlich ausruhen? Ich möchte mich einmal auf die Erde setzen, aber auch das schaffe ich nicht.

Die Straße nimmt kein Ende, und in der Ferne sehe ich eine dunkle Wand, die beim Näherkommen immer größer wird. Jetzt kann ich es erkennen. Es ist ein Wald, in den mich meine Füße bringen. Ein Wald mit hohen schlanken Bäumen. Und meine Füße laufen in ihn hinein, obwohl kein Weg hinein führt. Oben in den Zweigen ist ein Kreischen und ein Krach, dass ich mein eigenes Flötenspiel nicht mehr hören kann. Ich sehe nach oben und sehe dort bunt gefiederte Vögel sitzen. Ihre Federn sind nicht nur bunt, es sieht aus, als ob kleine Edelsteine darauf sind. Sie schillern, wenn sie sich bewegen, obwohl sie kaum ein Sonnenstrahl trifft. Die Kronen der Bäume sind so dicht, dass kein Licht es bis zur Erde schafft. Dafür ist es neblig, feucht und schummrig. Immer tiefer muss ich in den Wald hineinlaufen. Die Bäume stehen jetzt immer dichter zusammen, und dazwischen haben sich Büsche mit Dornen angesiedelt. Ich kann vor mir kaum etwas sehen.

Spinnweben kleben schon an meinen Haaren und in meinem Gesicht. Ich kann sie nicht wegwischen, denn ich muss flöten. Es ist kaum ein Durchkommen, die Dornen an den Zweigen kratzen an meinen Armen und Beinen. Plötzlich hält mich ein dicker Ast auf, ich muss unter ihn hindurch, denn meine Füße laufen einfach weiter. Dann geht es nicht weiter, ist abrupt Schluss. Der Wald hört auf, ich bin auf einem kleinen Plateau und ein Felsen versperrt mir den Weg. Meine Füße bleiben stehen, und auch mein Flötenspiel hört auf. Ich sehe den blauen Himmel und die Sonne wieder. Ach, welch eine Erleichterung, frische Luft zu atmen. Der Felsen vor mir ist so hoch, dass ich sein Ende nicht erkenne, rechts davon ein Abhang, dessen Tiefe ich nur erahne.

Urplötzlich ist es still, ganz still, keinen Laut kann ich vernehmen, nicht das leiseste Geräusch. Diese unheimliche Stille, die langsam von mir Besitz ergreift, macht mich schaudern - und in meinem Kopf dröhnt es, als ob Panzer über die Straße rollen.

Meine Angst kehrt wieder, wird übermächtig – ich zittere am ganzen Körper – aber es ist niemand da, der mir helfen kann, ich bin allein.

So stehe ich jetzt am Abhang – sehe vor mir den Felsen – und schaue hinunter. Langsam, ganz langsam drehe ich mich um.

Der Felsen, an den ich mich jetzt anlehne, gibt mir Halt. Mich umblickend sehe ich auf der gegenüberliegenden Seite vom Tal eine Anhöhe. Ganz kleine Punkte laufen dort hin und her. Sind es Menschen oder was ist es, das ich dort zu erkennen glaube? Jetzt bewegen sie sich in einer Reihe nach oben zu der Spitze der Anhöhe. Fasziniert beobachte ich, wie sie dort oben ankommen, auseinander gehen und immer wieder zusammenkommen. Ob sie irgendetwas suchen und auf einen Platz bringen? Mit zusammen gekniffenen Augen versuche ich Einzelheiten zu erkennen. Es scheint so, dass sie einen großen Haufen errichten. Ob das Holz ist? Ob sie dort ein Feuer machen wollen?

Neben mir raschelt es plötzlich. Ich zucke zusammen, mache einen Schritt, und stürze fast hinunter. Ich muss mich konzentrieren, ganz ruhig bleiben und überlegen, was ich als nächstes tun muss, tun darf, tun soll.

Wieder dieses Rascheln an meinem linken Bein. Ich traue mich nicht, nach unten zu blicken. Was ist es, das da so raschelt, welches Tier ist es? Eine Ratte oder eine Schlange? Ich presse meine Hände fest an den Felsen hinter mir. Am liebsten würde ich mich daran festkrallen, aber der Stein ist ganz glatt, wie poliert. Jetzt spüre ich eine Berührung an meinem Fuß. Ganz sanft wird er gestreichelt. Ist es ein Streicheln oder ist es ein Tier, das darüber kriecht?

Jetzt geht es die Wade hoch nach vorn zum Schienbein. Hilfe, wie hoch denn noch? Ich nehme allen Mut zusammen und schaue nach unten. Es ist ein Schwanz der mich berührt. Zu wem gehört der Schwanz? Ich kann nichts erkennen, denn plötzlich ist alles vor mir schwarz, meine Beine kann ich auch nicht mehr sehen, wo ist der Himmel geblieben, was passiert hier gerade? Ich bin in einer schwarzen Wolke gefangen!

Wie viel Zeit ist schon vergangen?

Aus dem Nichts erscheint jetzt ein großer Mann vor mir, umfängt mich, hält mich fest und küsst mich sanft auf

meinen Mund. Mich an ihn lehnend werde ich ganz ruhig. Alles wird gut, nein, alles ist gut.
„Ich habe so lange auf dich gewartet", höre ich ihn sagen. „Danke, dass du gekommen bist."
Ich spüre, wie wir eins werden und mich eine große Ruhe umschließt. Es ist unbeschreiblich. Ein wunderbares Glücksgefühl durchströmt mich. Mir laufen Tränen über die Wangen.
„Du brauchst doch nicht zu weinen", höre ich plötzlich, „du kannst dich doch freuen."
Ich öffne meine Augen und sehe, wie der Notar mir die Hand reicht und gratuliert.
Was ist passiert? Warum gratulieren sie mir jetzt alle, alle, die mit mir hier versammelt sind? Ganz erstaunt blicke ich mich um, ich begreife nichts.
Vor mir, auf dem Schreibtisch, legt mir der Notar jetzt ein Papier hin: „Bitte unterschreiben Sie, mit Ihrer Unterschrift nehmen Sie das Erbe an."
Erbe, was für ein Erbe? Also lese ich mir das Papier ganz langsam durch:

Mein letzter Wille
Hiermit übergebe ich meinen gesamten Besitz, den Beweglichen und den Unbeweglichen, meiner großen Liebe. Sie hat mich, mit ihrer Liebe zu mir, aus den Klauen des Teufels erlöst.

Mein Engel, ich danke dir, im nächsten Leben sehen wir uns wieder.

Es war im Herbst 2012

Erik Schreiber

Es war im Herbst des Jahres 2012. Ein in Bickenbach unbekannter Mann, geben wir ihm den Namen Friedrich Warnholz, fuhr mit seinem Wagen, einem alten zerbeulten Benz, durch Bickenbach. Bickenbach ist ein einfacher Ort, schon seit Jahrzehnten eher eine Schlafstatt, denn ein Wohnort. Des Tags verließen die Bewohner, fast fluchtartig mit dem Zug oder dem eigenen Wagen, den Ort, um in Darmstadt oder Frankfurt ihrer Arbeit nachzugehen nur, um Abends wieder ihr Heim aufzusuchen und sich dort schlafen zu legen. Den Melibokus, den überragenden Berg über Bickenbach, Alsbach Hähnlein und die Umgebung, hinauf aber ging der Fremde zu Fuß. Als er sich auf einer Bank ausruhte, ereignete es sich, dass ein Rentner aus dem nahe gelegenen Alsbach sich zu ihm setzte. Sie kamen miteinander ins Gespräch.

Als Friedrich Warnholz, weder er noch der Rentner aus Alsbach hatten sich gegenseitig vorgestellt, vom Melibokus über Alsbach und Bickenbach hinweg das Rheintal überblickte, begann er übergangslos zu erzählen. Ein halbes Jahr zuvor reiste er in den Odenwald auf den Spuren der Nibelungen. Am frühen Abend gelangte er zu einer kleinen Ortschaft und fragte den Wirt des Gasthauses *Zur Post* um eine Unterkunft. Der Wirt erklärte ihm jedoch, er habe keinen Schlafplatz mehr, da wegen der Kirchweih alles ausgebucht sei. So fragte er nach, wie es denn um den Zwingherrn der nahegelegenen Burg stehe. In dem großen Gemäuer werde es sich doch sicherlich noch ein kleines freies Bett für einen Reisenden finden lassen.

Der Wirt erwiderte: „Der Herr der Zwinge ist nicht im Land, er unternimmt mit seiner Familie, samt Zofen und dem Buttler derzeit eine Kreuzfahrt im Mittelmeer. Ich will Euch nicht raten, das Gemäuer aufzusuchen, es geht dort nicht geheuer zu. Seit der Zeit der Abreise wüten des Nachts die Geister und Dämonen in der Burg. Der Verwalter, der Burgvogt, ist mit seiner Familie und dem Gesinde ausgezogen, da es ihm dort nicht mehr sicher scheint. Wer seitdem das Gemäuer aufsucht, bleibt keine ganze Nacht, sondern flieht schreiend und mit wirrem Blick. Drum findet am Sonntag eine Kirchweih statt, dem

teuflischen Gesinde Einhalt zu gebieten und die Zwinge von ihm zu befreien."
Friedrich Warnholz lächelte, meint in Gedanken gar, der Wirt sei ein Spinner, er gab nichts auf Gespenster und Ähnliches. Es war nicht mehr an der Zeit, sich Gedanken über Teufelsgewürm und Satansbraten zu machen. Er ist ein moderner Mensch, der sich der Technik und der anderen Errungenschaften der Zivilisation des Jahres 2012 A. D. zu bedienen. Notgedrungen gab der Wirt dem fremden Herrn die Wegbeschreibung zum Haus des Vogts. Hernach stieg er in seinen altersschwachen Benz, der Beschreibung folgend, und erreichte das Haus, wo der Vogt seine Unterkunft hatte. Ein Blick zum dunkel werdenden Himmel ließ ihn kurz erschauern, denn es drohte nicht nur die Nacht, sondern dunkle Wolken schoben sich zwischen ihn und dem sternenklaren Himmel. Nicht lange würde es währen und der Regen herniederprasseln. Das Gespräch mit dem Vogt schien genauso unfruchtbar zu verlaufen, wie mit dem Wirt. Dennoch ließ sich der Vogt erweichen und gestattete es dem Fremden in der Burg zu übernachten. Da man aber einem Fremden nicht allzusehr vertrauen sollte, gab der Vogt ihm einen Bediensteten mit. Dieser, gar nicht froh über seinen Auftrag, setzte sich auf den Beifahrersitz und alsbald waren die beiden bei der Burg angelangt.
In der Burg, so erzählte der Fremde weiter, kleidete er sich in sein Nachtgewand und wollte sich schlafen legen. Allerdings konnte er nicht schlafen. Die Worte des Wirtes hatten sich so sehr in sein Gedächtnis geprägt, dass er sie nicht mehr herausbekam und sich unruhig hin und her wälzte. So beschloss er, abzuwarten, was geschieht. Daher stellte er zwei brennende Lichter auf den Tisch. Die Kerzen sorgten für ein unruhig flackerndes Licht. Er nahm zum Zeitvertreib einen kleinen roten Band aus dem Bücherregal, das am anderen Ende des Zimmers seiner Benutzung harrte. Das Buch trug den Ti-

tel Universallexikon des Wissens und der Unterhaltung. Als er die alte deutsche Frakturschrift sah und das relativ junge Datum von 1906 las, wurde ihm das Alter der Burg umso bewusster.

Zur Mitternachtsstunde schlug im Kirchturm die Glocke zwölf Mal, doch kaum vernehmbar, da seit ein paar Stunden der Regen in dicken Tropfen gegen die Scheiben drosch und ein Blitz nach dem anderen den Himmel spaltete. Da öffnete sich die Türe, laut kreischend, als ob sie Schmerzen litte und im Türrahmen stand eine Gestalt, die fürchterlicher nicht sein konnte. Im Dunkel des Zimmers, mit dem Öffnen der Tür duckten sich die Kerzenflammen im Luftzug und erloschen wie in Panik. Im grell Aufblenden eines Blitzes erkannte Friedrich Warnholz eine unheimliche Gestalt, die nur aus Tentakeln zu bestehen schien und mit Verschwinden des Lichtblitzes blieben nur zwei rotglühende Augen in dräuender Dunkelheit zurück. Schleifenden und schlurfenden Schrittes näherte sich die Gestalt, undeutlich und nur aus Schatten bestehend, trat in das Gemach und brummte mit fürchterlicher Stimme. Mutig warf der Mann das eben gelesene Buch gegen die Ausgeburt der Hölle, denn mit jedem Schritt näher erschien die Kreatur der Hölle grauenhafter.

Dem fremden Herrn fuhr ein kalter Schauer eisigen Schreckens von den Haarspitzen über den Rücken bis hinab zu den Zehen, die auf dem kalten Boden zu Eise erstarren wollten. Nur kurz erinnerte er sich an den armen Bediensteten. Doch dann dachte der Herr nicht mehr an ihn, sondern nur noch an sein eigen Seelenheil: *In Gottes Namen, jetzt ist's einmal so,* dachte er bei sich. Er stand unverzagt auf, trat dem Ungetüm einen Schritt entgegen, die Hände erhoben, die Finger gekreuzt und sprach mit fester Stimme und so laut er in der Lage war: „Apage Satanas!" Mit diesen Worten und fester Stimme, so hatte er einmal gelesen, sei jedem Höllengetier entgegenzutreten, welches daraufhin die Flucht ergreifen sollte und mit Blitz und Schwefelgestank verschwinden und in die Hölle zurückkehren. Dem schien es jedoch nicht so. Zwar riss das Geschöpf ein paar Tentakel schützend vor sein Gesicht, doch es verschwand nicht. Dahingegen suchte der Bedienstete Deckung hinter dem hohen Bett und verkroch sich zitternd wie Espenlaub, darunter. Der Übernachtungsgast griff in den Kamin und kam mit einem Eisen in der Hand auf das Ungetüm zu, das nur in den immer selteneren Blitzen des Gewitters zu erkennen war. Als jedoch Friedrich Warnholz erkannte, dass diese Höllenkreatur Respekt vor dem Eisen hatte, mit dem man sonst im Feuer stocherte, dachte er: *Jetzt ist keine Gefahr mehr*, nahm in die andere Hand das Licht. Während er damit beschäftigt war, es erneut zu entzünden, floh das Ungetüm. Warnholz folgte der Kreatur so schnell er konnte, die langsam einen Gang hinabschritt. Der Bedienstete jedoch sprang, so schnell er konnte, hinter ihm zum Zimmer hinaus, durch das kalte Treppenhaus und stürmte durch den prasselnden Regen in den Ort und ward nimmermehr gesehen.

Auf dem Gang verschwand das Ungetüm vor den Augen seines kühnen Verfolgers, und es war, als wär er in den Boden versunken. Als aber der Herr Warnholz noch ein paar Schritte weiter gehen wollte, um zu sehen, wo die Kreatur hingekommen, fand er sich vor einer Geheimtür wieder, die in die Tiefen der Burg führten. Vorsichtig stieg er die gewundene Treppe hinab, aus welchem ihm Feuerglast entgegen kam, und er glaubte selber, jetzt geh' es an einen andern Ort, die Hölle wohlselbst. Warnholz aber, im bleckenden Lichtschein seiner Kerze und dem diffusen Schein vom Ende der Treppe, stolperte über etwas, von der nie erfahren sollte, was seinesgleichen denn gewesen. Als er ungefähr sechzehen Fuß tief gefallen war, es ihm jedoch eine halbe Ewigkeit gleichkam, lag er zwar mit einigen Blessuren auf dem nackten Felsboden in einen unterirdischen Gewölb. Einige kuriose Gesellen standen um ein Feuer herum, oder saßen um einen Tische auf dem Karten geklopft wurden. Allerlei wundersames Gerät lag umher, und in einer Ecke, wie nutzloser Tand, ein kleiner Berg Goldstücke. Auf zwei weiteren Tischen lagen gehauft voll funkelnder toter Augen, gar ganze Köpfe, einer hässlicher als der andere. Da merkte Friedrich Warnholz, wo er daran war. Denn das war eine heimliche Gesellschaft von garstigen Monstren, so alle Tod und schrecklich zugerichtet. Diese nutzten die Abwesenheit des Zwingherrn, krochen aus den Tiefen der Hölle und klopften Karten oder trieben ander Unheil. Sie trieben in seiner Burg ihren bösen Spuk, und waren vermutlich von seinen eignen Ahnen dabei, die Nachkommen im Haus der Missetaten zu gedenken; und damit sie ihr heimlich Wesen ungestört und unbeschrien treiben konnten, fingen sie das Gespensterlärmen an, und wer in die Zwinge kam, wurde so verjagt und heimgesucht, dass er nimmer kam. Aber jetzt fand der verwegene Reisende erst Ursache, seine Unvorsichtigkeit zu bereuen, und dass er den Vorstellungen des Wirts im Dorf kein Gehör gegeben hatte. Im Jahre des Herrn 2012 fühlte er sich zurückgesetzt in die Zeit der Raubritter und Dämonen. Warnholz wurde ergriffen, durch ein enges Loch hinein in ein anderes finsteres Gehalt geschoben und hörte wohl, wie sie Gericht über ihn hielten und sagten: „Es wird das Beste sein, wenn wir ihn umbringen und danach verlochen, den Kopf können wir als Einsatz nehmen." Aber einer sagte noch: „Wir müssen ihn zuerst verhören, wer er ist, wie er heißt, und wo er sich herschreibt." So holten sie ihn aus seinem dunklen feuchten Loch, in das sie ihn vorher geschoben und befragten ihn. Als sie aber hörten, er sei ein weitgereister Herr und zudem ein guter Kartenklopfer, sahen sie einander mit großen Augen an. In dem finstern Gewölb schlug die Stimmung um, wollten seinen Tod nicht mehr und daher sagten sie: „Jetzt steht die Sache! Denn wenn er gemangelt wird, und es kommt durch den Wirt heraus, dass er in die Burg gegangen und ist nimmer herausgekommen, so steht es schlecht um unser Kartenklopfen. Entweder sie heben uns aus, oder unsere Oberen." Damit meinten sie wohl, derer Teufel und anderer Herrscher des Höllengeflechts. Also kündigten sie dem Gefangenen Pardon an, wenn er die Nacht mit ihnen spiele. Er musste ihnen einen Eid ablegen, dass er nichts verraten wolle, und drohten, dass er in einem Wasser tot aufgefunden würde, wenn er es dennoch täte. Warnholz sagte: „So will ich mit euch Karten klopfen, doch was soll mein Einsatz sein?" Die Ungetüme berieten kurz und einer sprach, dessen Gesicht eher einem Riesenfrosch glich: „Wir nehmen deinen Kopf als Einsatz und solange du gewinnst, wirst ihn auf den Schultern behalten, doch wenn du verlieren wirst, werden wir ihn uns holen und zum Spiele nutzen." Danach schenkten sie ihm einen Roten ein zum Trunk, damit es sich besser spiele, nötigten ihn, sich an den Tisch zu setzen. Das Spiel wurde bald hektisch, denn Warnholz behielt nicht nur seinen Kopf, sondern auch jede Menge weitere, die sich neben ihm stapelten. Dabei lief der Schweiß ihm von der Stirne, immer in Sorge, dass er Spiel und Kopf verlöre. Doch dann, es gab ein Donner und ein Schlag, verschwand alles um ihn herum. Er warf einen Blick auf die Uhr auf seinem Handy, und schaute, was die Uhr geschlagen und recht geht. Und siehe da, es ward ein Uhr, die Zeit der Geisterstunde zuend. Er fand die Treppe wieder, stieg die Stufen hinan und begab sich zu Bette. Als aber der Tag durch die Fenster hereinschien, nahm Friedrich Warnholz Abschied von der Burg und in Gedanken von den nächtlichen Gesellen und ging frohen Mutes wieder zum Wirtshaus. Der Wirt sagte: „Gottlob, dass ich Euch wieder sehe, ich habe die ganze Nacht nicht schlafen können und erst recht als der Bedienstete

des Vogtes laut schreiend durch den Ort lief. Wie ist es Euch ergangen?" Aber Friedrich Warnholz dachte: *Wenn ich jetzt erzähle, was ich erblickte und den Schrecken, so ich ihn ausgestanden, werde ich mein Leben nicht mehr froh.*
Dennoch, einmal musste es gesagt werden, daher erzählt Friedrich Warnholz alles dem fremden Rentner neben ihm auf der Bank.

Hinter dem Vorhang

Michael Rapp

Dr. Sal ist der genialste Mensch, den ich kenne, ein Forscherkollege, Freund und mein erbittertster Konkurrent. Einer jener Menschen, die zur Verzweiflung ihrer Eltern und Umwelt schon als Akademiker auf die Welt kommen. Mann muss sie bewundern – zumindest sollte man es versuchen. Letzten Sommer saßen wir im Möbius, dieser Studentenbar. Ich berichtete Sal von meiner neuesten Idee zur Stringtheorie. Er schwieg und lächelte milde. Das ärgerte mich. Schließlich hielt ich es nicht mehr aus. „Warum so still? Findest du meine Arbeit langweilig?"
Dr. Sal sah mich mit einem triumphierenden Blick an, den ich dem Alkohol zugeschrieben hätte, wären unsere Drinks nicht frei davon gewesen.
„Mir ist der Durchbruch gelungen", verkündete er. „Ich kann sie nun fassen, die feinen Bänder und Schlaufen, die das Universum bilden. Man schlägt eine Seite an und sie klingt, von hier bis an die Grenzen des Seins. Auf diesem Klang kann man mit der richtigen Melodie reisen, an jeden Ort, in jede Zeit." Er warf sich in die Brust, denn er wusste, diesmal hatte er mich. „Ich habe eine Maschine gebaut. Sie entwirrt die Bänder, spannt sie, entspannt sie und knüpft sie neu, zu einer von mir berechneten Melodie.

„Zeitreisen?" Ich lehnte mich ungläubig zurück. Dabei vibrierte ich innerlich vor Eifersucht.
„Nichts so Triviales. Ich schaffe einen Nexus, der in sich alles einschließt. Mein Freund, ich werde den Vorhang von der Schöpfung reißen."
„Also, Freund, jetzt überziehst du aber."
Dr. Sal lächelte, wissend, was er bei mir ausgelöst hatte. Und er genoss es. „Dies ist der Anfang einer neuen Zeitrechnung der Physik", erklärte er, indem er sich erhob und die Aufmerksamkeit der angetrunkenen Studentenschaft auf sich zog. „Nach mir wird nichts von der alten Ordnung bleiben. Sei als mein Assistent dabei, wenn die Welt still steht." Er lachte teuflisch. „Und nimm deine Niederlage in unserer Konkurrenz wie ein Mann."
Erbost sprang ich auf.
„Ich dein Assistent? Eher trete ich der Kirche bei!"
„Die Tröstung des Glaubens wirst du brauchen, wenn ich den Schlussstrich unter unser Fachgebiet ziehe, und du den Rest deiner Karriere damit verbringst, diesen Dummköpfen von Studenten zu erklären, wie ich das gemacht habe!"
Unter einem Hagel von Bierdeckeln und den Schmährufen beleidigter Burschenschaftler verließ er das Lokal. Zuhause im Bett wälzte ich mich schlaflos hin und her. Ich phantasierte davon, die Bremsen an Sals Segway zu manipulieren, oder ihm mit unserem Hochleistungslaser eine Lobotomie angedeihen zu lassen, gleichzeitig schämte ich mich für meinen Neid. Ich drückte mir das Kissen aufs Gesicht und schrie meinen Ärger heraus, bis mein Hals schmerzte. Erschöpft und atemlos beschloss ich, die Demütigung zu schlucken und Dr. Sal zu assistieren. Besser die zweite Geige, als der Fußabtreter im Orchestergraben. Und falls die Sache schief ging, wollte ich da sein und seine Schande für die Mit- und Nachwelt festhalten.
Am nächsten Tag ging ich zu ihm. Sals Labor sah aus, als hätte er versucht, den Hadronen Collider des CERN

auf dreihundert Quadratmetern zusammenzuquetschen. Kein Student weit und breit, vielleicht steckten noch einige Unvorsichtige zwischen den Kühlaggregaten und Elektromagneten. Mit angehaltenem Atem wagte ich mich vor. Hunderte Hochenergielichtleiter führten zu einer Kugel aus gelbem Metall, aus deren Luke Sal gerade herauskletterte wie ein Astronaut aus seiner Kapsel.

„Ich hätte nicht gedacht, dass du kommst. Aber Zweitplatzierte können sich kein Ego leisten, nicht wahr? Na gut ..." Er eilte zum Kontrollpult, nahm einen Hefter, den er mir zuwarf. „Arbeite dich ein, alles muss perfekt funktionieren, mein Material reicht nur für einen Versuch."

Oh, wie gern hätte ich ihn auf der Stelle erwürgt. Stattdessen prüfte ich in den folgenden Wochen Sals Formeln und Pläne. Doch so kritisch ich auch rechnete, alles stimmte und war noch genialer als ich befürchtet hatte. Am Vorabend des Tages Null ließ ich die Maschine warmlaufen. Sal hielt eine einsame Rede vor der auf das Experiment gerichteten HD-Kamera.

Und dann war es so weit: Magnetkräfte hoben die Kapsel mit Sal in die Höhe, die Laser feuerten, das Licht verwob sich zu einem Gespinst, in dem die Gesetze der Einsteinschen Physik transzendierten. Über die Sprechanlage gab ich den Status durch, den Sal bestätigte.

„Ich melde mich ...", sagte er noch, bevor seine Stimme im Funkkopfhörer abbrach. Die Kapsel war fort, und die Messgeräte zeigten exakt das für den Übergang vorausberechnete Energielevel. Ich lehnte mich in meinem Stuhl zurück, schloss die Augen und lauschte auf das Vibrieren der Aggregate. Zwei Minuten mochte ich so verharrt haben, als sich plötzlich eine neue Stimme in die Symphonie mischte, und dieser Klang fuhr mir in die Glieder wie ein Stromschlag. Zwischen den Magneten schwebte eine Kopie der Kapsel, vollständig aus Licht. Ich setzte die bereitliegende Laser-Schutzbrille auf und ging gerade näher heran, als die Tür der Halle aufgeschlossen wurde. Sal trat ein, er trug einen Bart. Sein Blick blitzte unstet über die Apparaturen, bevor er an mir hängen blieb.

„Ich muss noch einmal rein", sagte er. „Ich bin nicht weit genug gekommen, da war etwas, jemand ..."

„Woher kommst du?", fragte ich, bis ins Mark erschüttert.

„Aus 1997, aber das ist unwichtig. Es gab Turbulenzen, die meinen Kurs störten, bevor ich mir einen Überblick verschaffen konnte. Da drinnen ist alles nur einen Gedanken entfernt, verstehst du? Alles!"

„Hör nicht auf ihn", klang Sals Stimme aus dem Kopfhörer. „Er ist nur eine mögliche Entwicklung. Das Experiment läuft noch."

„Sal?", fragte ich.

„Ich habe jemanden gesehen", sagte der gealterte Sal und packte meinen Arm.

„Sich selbst im Spiegel der Zeit", unterbrach ihn Sals Stimme via Funkempfänger. „Es war ein erhabener Anblick, aber Täuschung, bloße Täuschung. Ich bin jetzt weiter, hinter dem nächsten Vorhang. Wenn es eine allumfassende Wahrheit gibt, dann ist sie ganz nah."

„Ich muss zurück und nachsehen, wer dort ist." Sals Griff schmerzte. „Das alles ist auch meine Entdeckung. Hol die Kapsel zurück."

Ich schüttelte den Kopf. „Das Experiment läuft."

„Wie ist das möglich? Ich bin doch hier."

„Ich sehe das Ende", klang es aus dem Kopfhörer. „Ich bin jetzt so weit gereist, ich komme nicht zurück."

„Was für eine Überraschung", sagte die Lichtsphäre, diesmal ohne den Umweg über die Elektronik. Die Stimme klang direkt in meinem Kopf. „Hier bin ich wieder, am Ende, am Anfang, habe die Welt durchwandert, ach, die Noten fallen vom Blatt." Die Sphäre flimmerte. „Sag ihnen, dass ich hier war, dass ich überall war, sag ihnen, dass ich der Klügste war ..." Sie verlosch und mit ihr der alte Sal. Von ihm blieb nichts als die Erinnerung und

vielleicht eine Videoaufzeichnung auf der Festplatte. Ich sank auf die Knie. Die Kapsel materialisierte und landete sanft. Ein anhaltendes Summen drang aus dem Empfänger. Ich tastete nach dem Schalter und unterbrach die Verbindung. Hatte dieser Mistkerl es also geschafft, und nun, da er fort war, blieb mir nichts anderes übrig, als der Welt von seiner Entdeckung zu berichten. Man würde seinen Namen in einem Atemzug nennen mit Galilei, Newton, Einstein. Wahrscheinlich würden sie die Universität nach ihm benennen: Das Sal-Institut am Sal-Platz. Oh, Sal can you seee … Ich vergrub das Gesicht in den Händen.
Die Luke der Kapsel schwang auf. Sal riss sich die EKG-Pads vom Körper.
„Was kniest du da? Hier tut sich gar nichts! Die gottverdammte Maschine funktioniert nicht. Lass uns was trinken gehen."
„Ich lade dich ein!", rief ich, erhob mich und zog meine Jacke vom Stuhl, während ich mit der anderen Hand die Versuchsaufzeichnungen löschte. „Hab ich dir nicht gesagt, dass es nicht funktioniert? Du bist eben doch nicht so schlau, wie du denkst."

Wolfsfreiheit

Dr. Utz Anhalt

„ [...] Der überführte und daher als schuldig befundene Täter wurde in der Regel dem Kläger ‚zur freien Verfügung' übergeben. [...]"
Jutta Nowosadtko, Scharfrichter und Abdecker

Das Eis knirschte, während der Müllerjunge mit seinen Stiefeln hineintrat. Ihm war es zu kalt für März, als würde die Sonne zu früh untergehen, als hielte der Winter die Welt in einem Gefängnis aus Frost. Doch die Märzenbecher leuchteten in der Dämmerung und die Vögel des Frühlings sangen im Gestrüpp. Die Glocke weit entfernt im Dorf hatte eben sechs geschlagen. Wurde es im Frühling zu schnell dunkel. Oder verschluckte der Wald das Licht?

Egal, der Junge musste Holz für die Mühle besorgen, und er riss die schneebedeckten Äste aus dem Haufen hervor, aus dem Haufen am Rande des Waldsees. Er lud sich die Äste auf den Rücken und machte sich auf den Heimweg.

Täuschten ihn seine Augen oder legte sich die Nacht bereits auf die Erde? Wo mochte der Weg sein? Er kannte diesen Weg im Schlaf; täglich ging er durch den Wald von der Mühle bis zur Stadt. Der Junge hörte den Schrei des Eichelhähers. „Eichelhäher rufen nicht in der Nacht", flüsterte er.

Die *Hunde Gottes,* die Mönche des Dominik hatten die Region von Hexen gesäubert. Die Unholdinnen, die ihr Unwesen getrieben hatten, hatte das Feuer gereinigt. „Meine Angst ist unnötig", sagte sich der Junge. Doch den Weg fand er nicht. Zweige knackten unter seinen Füßen und peitschten ihm in das Gesicht. Außerdem hatte es zu schneien begonnen; nur wenige Meter reichte sein Blick.

Er lehnte sich an eine Kiefer und hielt inne. An manchen Tagen scheinen die Vögel zu singen, als spielten sie auf Knochenflöten; an diesem Tag schienen ihn die Kieferzweige greifen zu wollen wie Geisterfinger. Die Wolken verzogen sich wie Hunde mit dem Blutgeifer der Tollwut im Maul, und dieser Wind. „Der Wind", wisperte der Junge, „mir ist, als sänge er vom Tod."

Die Nacht hatte die Dämmerung noch nicht verschluckt und er sah Schemen; dort, zwischen derbem Farngestrüpp. In der Ferne heulten Wölfe, als würden sie sich im Hunger sammeln, um die Schafe der Bauern zu reißen. Was knisterte dort im Farn?

Was sollte hier nur wehen außer dem Frühlingshauch,

der nicht kommen wollte? Er hatte den Waldrand erreicht; und was ihm auf den Schultern lag wie ein Nachtkalb war nicht nur das Holz. Er drehte sich um und blickte in das Zwielicht zwischen den Ebereschen und Wildpflaumen. Es raschelte, schon wieder, dieses Dämmergezücht.

Kroch ihm etwas aus dem Wald hinterher? Der Junge versteckte sich hinter einem Brombeerstrauch und beobachtete den Waldrand. War da nicht ein Blick, ein Augenleuchten, oder verwirrte ihn nur der aufkommende Schaum der Nacht? „Es mag ein Reh sein oder ein wildes Schwein", beruhigte sich der Junge, drehte sich um und ging den Weg zur Mühle, einen Weg, auf dem der aufblühende Mond jetzt die wundersamsten Nachtpflanzen erschuf.

„Doch, da war etwas." Er zitterte, ein Schatten war über den Weg gehuscht und verbarg sich in den Büschen, die das Feld vor dem Wind schützten. Die Bauern hatten ihn oft vor der Nachthexe gewarnt, die dem Wanderer auf einsamer Flur auflauerte und vor den Irrlichtern, den Seelen der im Moor Ertrunkenen. „Wenn ich auf dem Weg bleibe, kann mir nichts passieren", flüsterte der Junge zu sich selbst.

Die Neugier siegte und Schritt für Schritt schlich der Junge zu der Stelle, wo der Schatten den Weg gekreuzt hatte. Die Nacht hüllte die Felder in ihren Schleier und er konnte nur Schatten zwischen Schatten erkennen. „Gütiger Gott", stöhnte der Junge und bekreuzigte sich. Frische Spuren führten durch den Schnee in die Holunderbüsche: das waren nicht die Spuren von wilden Schweinen oder Hirschen, nicht die von Wolf oder Luchs, sondern die Abdrücke von Schuhen.

„Hätte ich wenigstens ein Messer dabei", flüsterte der Junge. Er hörte den Schlag seines Herzens, so laut, so verräterisch für das, was dort zwischen dem Holunder lauerte. „Ist das die Holunderfrau, von der mir meine Mutter erzählt hat. Die Stadtherren sagen, sie sei ein Geschöpf des Leibhaftigen, eine Hexe, eine Striga, ein Dämon, der ungetaufte Kinder kocht und Salbe aus ihnen bereitet.

„Ihr in die Fänge zu geraten, ist schlimmer als der Tod", zauderte der Junge.

Dem Jungen stockte der Atem. Ein Schrei, Krak, Krak. Ein Eichelhäher. Den schickten die Hexen doch als Spion aus. Das hatte ihm seine Mutter erzählt. Und aus der Ferne heulten die Dämonen zurück wie Wölfe. Die Wölfe waren Geschöpfe des Teufels. Das wusste er vom Pfarrer. Und die Eulen? Wenn sie Hexen in Tiergestalt waren? Hatte das Holunderweib ihn in ihr Spinnennetz geflochten, würde sie ihn in ihrem Topf kochen?

„Herr im Himmel, ich will noch nicht sterben. Erbarme dich meiner Seele", seufzte der Junge.

Die Holunderzweige schienen sich zu verkrampfen wie knotige Finger alter Männer. Das Licht des Mondes glitzerte silbern über dem feuchten Gras vor den Büschen und erweckte den Anschein einer Grenze des Heils vor dem Bösen, das sich im Dunkel versteckte. Und dort, im Dunkel bewegte es sich, der Junge hörte den flachen Atem eines Wesens. Dann knackten Äste unter der raschen Bewegung eines Körpers.

Der Müllersohn sprang einen Armbreit zurück, stolperte, fiel mitsamt seinem Reisigbündel auf das Gras. Bevor er sich wieder aufgerichtet hatte, hechtete es sich aus dem Gestrüpp. Tief lagen die Augen, ein Gesicht konnte der Junge kaum erkennen, nur eine große Nase ragte zwischen schwarzem Haar hervor, zwischen Haar, das das Gesicht bedeckte, Haare, die wie Beine einer Riesenspinne über Rücken und Bauch fielen, als wären sie lebendige Kreaturen. Das Wesen ging auf ihn zu, langsam, es hatte zwei Beine – wie ein Mensch. Der Junge schrie und bekreuzigte sich: Diese Augen, diese Haare wie Holzkohle, das musste eine Figur des Leibhaftigen sein.

„Vater unser im Himmel", stammelte er, in Angst erstarrt. Das Wesen trat näher und streckte seine Klauen aus, oder waren es doch Hände? Der Müllersohn schloss die Lider und betete. Dann roch er den fauligen Atem der Bestie.

„Bist du ein Wesen aus der Hölle?", fragte er.

Ein Stöhnen drang in seine Ohren: „Kannst du mir zu essen geben?"

Der Junge öffnete zaghaft die Augen. Die Haare hingen über sein Gesicht und ein anderes Gesicht zeichnete sich vor dem Zwielicht ab, hier am Waldrand. „Ich habe Hunger", zischte der, der im Dämmerlicht stand. Der Müllerjunge sah einen Blick, ein Augenleuchten, zwischen Farndickicht und dann fragte er: „Du bist kein Dämon?"

„Ich bin ein Mensch wie du", antwortete der Andere.

Der Junge öffnete seine Augen ganz und er blickte in Augen, in müde Augen, in Augen, die von Erschöpfung kündeten. Aber es waren die Augen eines Menschen, eingerahmt von einem Bart, der bis auf die Brust wucherte und mit Kletten, Zweigstücken und Grashalmen übersät war. Die Kleidung des Mannes bestand aus Lumpen, hier und da mit Moos ausgepolstert.

Der Müllersohn stand auf. „Warum versteckst du dich im Gebüsch?", fragte er den Fremden.

„Hast du etwas zu essen?", fragte der ihn.

„Ich weiß nicht."

„Kannst du mir etwas geben, ein Brot oder ein wenig Haferbrei?", bat der Mann.

„Hast du denn nichts?"

„Ich esse, was unter Regenwolken bleibt, Mäuse, Würmer, im Winter auch Flechten. Manchmal verfängt sich ein Reh oder ein Hase in meinen Schlingen. Bussarde und Schnepfen sind meine Gefährten. Ich höre das Wimmern des Rehs und die Wasserstellen teile ich mit den wilden Schweinen, vor zwei Mondphasen riss mir eine Bache das Fleisch an der linken Wade auf, als ich versuchte, einen Frischling zu erbeuten."

„Warum?"

„Gib mir zu essen, dann erkläre ich es."

Der Müllerjunge zauderte: „Aber sag, lebst du im Wald?"
„Ich bin auf der Flucht, seit Jahren. Niemand lebt noch, der mir Obdach gewähren könnte. Ein paar Bäume, Büsche, ein Platz, um mich zu verstecken, das reicht, wenn man flieht. Drei Zehen froren mir ab, aber das, was über ist, trägt meinen Körper, zwingt ihn, sich weiterzuschleppen, Meter um Meter, denn keine Stadt würde mich dulden, ohne mich dem Henker auszuliefern. Kein Dorf kann ich betreten, ohne den Schergen gereicht zu werden. Anfangs, nachdem es mir gelungen war, meine Ketten abzustreifen, da schlich ich mich des Nachts in ihre Nähe, suchte, von den Abfallhaufen zu essen, da ein Knochen, den ich den Hunden entriss, ein andermal faulige Salatblätter. Die Zeit hat Spuren hinterlassen. Meine Zähne sind ausgefallen, außer einem Backenzahn, einem Schneidezahn und einem Eckzahn; meine Fingerhaut ist gerissen."
Der Müllerjunge schwieg und gab dem Fremden sein Brot. Der stürzte sich darauf, als sei es ein Festmahl am Hof von König Johann, schlang es hinunter wie ein Wolf. Nach einer Weile begann der Junge zu sprechen.
„Und ich dachte, mein Leben wäre hart. Wo ich tagaus tagein arbeiten muss, Getreide mahlen, das Wasserrad bedienen, wenn sich Pflanzen und Schlamm verheddert haben, Tag und Nacht am Mühlstein stehen, aber zumindest habe ich ein Bett, wenn es auch eine Pritsche ist und einen Ort, von dem ich weiß, dass ich dorthin gehöre. Ich habe Mitleid mit dir, du armer Mann."
„Du brauchst kein Mitleid zu haben. Diese Art des Überlebens im Walde ist die einzige, die mir noch vertraut ist. Selbst wenn ich wollte, möchte ich nicht in das Dorf zurück, in dem ich aufgewachsen bin. Das Leben ist hart, aber ich kenne die Gesellschaft nicht mehr. Das hier draußen, das ist einfacher. Es gibt keine Freunde und keine Feinde. Es gibt nur Beute, wenn ich hungrig bin und Beobachtung, wenn mein Magen gefüllt ist. Die Tiere scheinen das ähnlich zu sehen. Vor Bären muss ich

mich in Acht nehmen, aber die haben ihre Wege, und wenn ich vorsichtig bin, störe ich sie nicht. Die Wölfe fürchten sich vor mir, bin ich doch einer von ihnen."
„Du bist kein Wolf. Du bist ein Mensch."
„Frag mal die Leute im Dorf, frag die Menschen in der Stadt. Die werden dir die Antwort geben. Spätestens, wenn sie dich greifen, weil du Kontakt mit mir aufgenommen hast, wirst du sehen, dass ich für sie ein Tier bin, ein Wolf, der außerhalb ihrer Häuser und Herden lebt. Ich bin wie ein Wolf, ein Jäger und Gejagter zugleich. Hast du die Fallen gesehen, die vergifteten Stücke Pferdefleisch, die Wolfsangeln, die in den Bäumen hängen? Es sind Fallen für die Wölfe. Sie haben die gleiche Freiheit wie ich, die Freiheit, dass jeder sie töten kann, wo immer er sie findet. Mein Leben ist ein Schwert, auf dessen Schneide ich tanze. Vielleicht halte ich es noch einen Sommer durch, vielleicht auch zwei. Bisher kann ich meinen Schmerz noch mit Tollkirsche und Stechapfel betäuben. Aber das wird nicht mehr lange der Fall sein. Meine Kraft ist nicht mehr stark wie in dem Winter, in dem ich fortgelaufen bin."
„Von wo bist du fortgelaufen?"
„Ich war Leibeigener, Sohn des Heinrich Bettlach, Eigentum des Grafen Balthasar."
„Warum bist du weggelaufen? Wir alle haben unseren Platz in Gottes Welt und dürfen ihn nicht verlassen."
„Platz in Gottes Welt? Ich hatte eine Braut und der Graf nahm für sich das Recht der ersten Nacht in Anspruch. Aber meine Braut und ich wollten nicht, dass dieser geile Ziegenbock sie besteigt und sagten „Nein". Er hetzte seine Hunde auf uns. Sie zerrissen mein Minchen, ich konnte fliehen. Jetzt bin ich ein Wolf, ein Geächteter. Ich werde niemals in die Knechtschaft zurückgehen können, selbst wenn ich wollte. Wenn du vogelfrei bist, Junge, dann erkennen sie dich, in jedem Dorf und in jeder Stadt. Es gibt Wege in den Wäldern und noch einige wenige, die diese Wege kennen. Aber auch meine Jäger werden

diese Wege kennenlernen. Ich sehe es an den Wölfen. Einige verstecken sich, bleiben unerkannt, schleichen sich in das Dorf und reißen ein Schaf oder ein Kalb. Doch für jedes Schaf, das im Dorf von einem Wolf geraubt wird, sterben dutzende von Wölfen. Ich habe sie beobachtet. Aber ich gehe nicht mehr in das Dorf. Es ist im Wald ungefährlicher. Die Schritte sind sicherer. Ich höre meine Jäger, bevor sie mich hören und ich verstecke mich. Noch geht es."
„Ich mag dich gerne. Wenn du willst, dann werde ich dir Brot bringen, damit du nicht Hunger leiden musst."
„Aber sei vorsichtig, Junge. Hier, das schenke ich dir. Ich weiß nicht, ob du lesen kannst, ich brauche das nicht mehr. Ich glaube nicht mehr an ihren Gott. Wenn ich tot bin, dann ist nichts mehr. Ich weiß, dass ich noch einige Zeit habe und genauso ende wie die Wölfe in den Gruben mit den Holzpfählen. Versteck dieses Buch, ich habe es meiner Herrin gestohlen."
Der Mann, der wie die Wölfe lebte, überreichte dem Jungen eine Bibel.
„Ich kann nicht lesen, wilder Mann."
„Dann lern es. Ich habe es auch gelernt. Oder dachtest du, dass sie in der Grafschaft den Leibeigenen das Lesen beibringen. Wenn sie gewusst hätten, dass ich es mir beigebracht habe, dann hätten sie mich damals schon getötet. Nun, ich lebe noch, von Augenblick zu Augenblick. Ich habe Waffen, und ich kann kämpfen."
Der Mann aus dem Wald zeigte dem Jungen einen Bogen und einen angespitzten Stock. „Ich werde mich verteidigen und bis dahin leben. Ich muss gehen Junge, und du gehst besser auch. Hörst du es?"
Der Junge hörte das Bellen von Hunden in der Ferne.
„Die Jäger werden bald hier sein mit ihren Hunden," meinte der Mann.
„Du hast nichts getan. Der Graf hat deine Braut ermordet, nicht du."

„Glaubst du, ein Leibeigener bekommt Recht vor einem Adligen. Geh nach Hause, Junge. Mein Unterschlupf ist zwischen den beiden großen Weiden am See."

Der Mann trollte sich, kroch vorsichtig auf allen vieren über das Trockenholz und schlängelte sich durch das Gras am Wegesrand, lief dann in ein Tannendickicht. Dann war er verschwunden und der Junge blieb allein.

Er ging zu seiner Mühle. Der Vater schlief längst. Der Junge legte sich auf seine Pritsche und dachte noch lange an den Mann, der wie ein Wolf lebte. Er blätterte in dem Buch und betrachtete die ihm fremden Zeichen.

Die Zeit verging, bis der Junge in der Mitte des Aprils wieder in den Wald kam. Jetzt blühten die Krokusse und das Leben war aus dem Winterschlaf erwacht. Der Junge fand das Loch, eine Beinlänge über der Wasseroberfläche. „Ich bin es, der Müllerjunge. Bist du da?," rief er. Doch es kam keine Antwort.

Der Mann wird auf der Jagd sein, dachte der Junge und legte ein Brot vor das Loch. Er machte sich mit seinem Klepper und einem Wagen voll Mehlsäcken zur Stadt auf. Er kam an den Stadtwachen vorbei, wankte über die Trittsteine, wich dem Unrat aus und gelangte zum Marktplatz. Mühsam kämpfte er sich seinen Weg durch die Menge und kam zu seinem Stand.

Alle waren da, der Bürgermeister, die Schöffen, die Bürger, die Knechte, die Schreiber, die Handwerker. Unruhe bewegte die Menge. „Liebe Leute, ihr braucht keine Angst mehr zu haben. Ihr seid jetzt in Sicherheit. Gott bleibt nichts verborgen und kein Verbrechen gedeiht unter seiner hütenden Hand." Der Müllerjunge verstand nicht, was den Aufruhr verursacht hatte.

Der Müllerjunge hielt einen Bettler am Ärmel fest: „Sag mir, was ist los. Warum sind die Menschen so in Aufregung?"

„Ich weiß es auch nicht. Einige hohe Herren kamen gestern mit einer Kutsche in die Stadt. Es sind Priester, glaube ich. Sie beratschlagen irgend etwas von Bedeutung. Aber hast du vielleicht noch einen Groschen für mich?"

„Nein", sagte der Junge. Später fragte er einen Bäcker, der ihm einen Sack Mehl abkaufte, nach dem Grund für den Volksauflauf.

„Die hohen Herren vom Gericht weilen heute in der Stadt Landshut und warten auf den Scharfrichter Georg Trenckhler, ein Meister seines Faches. Sie haben eine Hex gefangen, aber die Hex gesteht ihren Schadenszauber nicht, denn Satan schützt die Striga. Unser Scharfrichter, Peter Nußberger, soll ihr die Haare geschoren und das Nachtgespenst mit Weihwasser gewaschen haben. Georg Trenckhler ist bekannt dafür, die Zauberer zum Geständnis ihrer Verbrechen zu bringen. Die Hex soll sich mittels eines Gürtels aus Tierfell, den der Herr der Hexen, der Leibhaftige, gab, in ein wildes Tier verwandelt, Vieh und Kinder gefressen zu haben."

„Aber, werter Herr, ich dachte, die Hunde Gottes hätten die Hexen in unserer Region längst besiegt."

„Das Böse, Junge, das Böse kennt viele Wege und die Teufel halten sich in der Finsternis versteckt."

„Aber wie kann man sich vor ihnen schützen. Indem du dem Wort Gottes folgst, wie es geschrieben steht im Buch der Bücher."

„Aber ich kann nicht lesen."

„Dann geh in die Kirche und lausche den Worten des Predigers."

Diesmal wollte er vor der Dämmerung zuhause sein, denn er hatte Angst. Wie hielt es bloß der Mann aus in einem Wald, in dem immer noch Hexen und Nachtgespenster ihr Unwesen trieben und kleine Kinder fraßen. Sie konnten überall sein. Die Krähen, dort am Himmel, wer sagte ihm, dass es keine Späher der Hexen waren. Und dort, ein Kreuzweg. Dort sollten sich die Hexen und Vampire in der Nacht treffen. Fliegenpilze, mit denen

brauten Hexen ihren bösen Trank zusammen. Der Junge zuckte bei jedem Geräusch zusammen.
Heute fühlte er sich gerettet, als er in die Mühle kam, legte sich auf die Pritsche und drückte das heilige Buch fest an seinen Körper. Da, es knisterte wieder unter seinem Bett. War das vielleicht einer der Kobolde mit den Glubschaugen, einer von denen, die auf Mäusen ritten? Irgendwann fielen ihm die Augen zu. Er erwachte im Morgengrauen, ja, er musste schon wieder in die Stadt und hatte unruhig geschlafen. Denn in seinem Traum hatten sich Hexen in Katzen und Eulen verwandelt, ihm das Blut aus dem Hals gesaugt, sein Herz aus der Brust gefressen, hatten Schlangen dort, wo sie Arme hätten haben müssen und Mäuse mit roten Augen und Fangzähnen.
Der Müllerjunge spannte das Pferd ein und schleppte die Säcke auf den Wagen, setzte sich und fuhr los, durch den Wald, den Weg entlang. „Wie hält das bloß der Mann im Wald aus? Warum tun ihm die Unholde nichts?", fragte er sich und atmete durch, weil es endlich Tag war, die Zeit der frommen Christen. Er kam zum Stadttor und erhielt Einlass, fuhr beim Ratskeller vor.
Was brauchen die so viel Mehl?, dachte er sich. Dann sah er die Waffenknechte, die einige Bürger zur Seite drängten. „Platz für den Scharfrichter Georg Trenckhler, Platz, Eine Kutsche, fast wie die eines Adligen, fuhr vor. Die Knechte öffneten die Tür und ein Mann trat heraus, rückte sich einen roten Hut mit weißen Federn zurecht, rückte einen blonden Schnurrbart gerade und richtete einen schwarzen Rüschenkragen.
„Los, bring schon das Mehl hinein, das Brot für Herrn Trenckhler muss schnell zubereitet werden, er wartet nicht gern", wies ihn der Fronbote an. Der Müllerjunge packte die Säcke auf die Schultern und brachte sie in die Bäckerei unterm Ratshaus. Es musste wahrlich ein hoher Herr sein, denn im Speisesaal drehte sich ein Ochse am Spieß, die Silbertabletts quollen über vor gebratenen

Hühnern und Gänsen, ein ganzes Schwein mit Apfel im Maul saß in der Mitte der Tafel. Der Junge steckte das Geld ein, was er für das Mehl bekommen sollte und fuhr mit seinem Einspänner in die Stadt hinaus. Im Wald kam er auf die Idee, noch einmal nach dem Mann zu sehen. Er schlich zu den beiden Weiden und rief. Niemand antwortete. Brotstücke lagen umher, aber sie sahen aus, als habe ein Rabe an ihnen gepickt, nicht ein Mensch gegessen. Er konnte die Buchstaben seines Namens und wollte dem Mann eine Nachricht hinterlassen. Er ritzte in einen Ast Müller Jörg und legte ihn so vor die Höhle, dass der Mann ihn nicht übersehen konnte.

Er kam nach Hause, wartete die Mühlenräder, brachte das Mehl in die Säcke und fing von seinem Vater die obligatorischen Schläge ein. Erst spät am Abend kam er zu Ruhe. Heute hatte nicht so viel Angst, sondern vertraute darauf, dass das heilige Buch ihn schützen würde. Draußen vor dem Ölpapier kratzte etwas, aber er wusste, wenn er nur fest an Gott glaubte, würden ihn die Hexen nicht holen können.

Am nächsten Tag hatte er frei, denn das Mehl war abgefüllt und sie hatten in einer Woche mehr verkauft als sonst in einem Monat. Sonst hatte er an seinem freien Tag geschlafen, aber der Gedanke an den Scharfrichter, der sich kleidete wie ein Edelmann, ließ ihn nicht los und gegen Nachmittag schlich er sich zur Stadt. Auf dem Marktplatz tummelte sich eine Menge und der Fronbote stand auf einem Podest neben einem Stapel getrockneten Holzes, an den jemand einen Pfahl befestigt hatte. Morgen, in der Stunde, nach Sonnenuntergang wird der Scharfrichter Georg Trenckhler das heilige Urteil ausführen.

Eine wirkliche Hexe hatte er noch nie gesehen. Das durfte er sich nicht entgehen lassen. Aber er musste arbeiten. „Hm, der Alte schläft immer länger, und wenn ich schnell laufe, bin ich zwei Stunden nach Sonnenaufgang zuhause. In der Dämmerung fand er einen Platz im Heuhaufen eines Pferdestalls und legte sich schlafen. Er blieb ganz ruhig, hier in der Stadt waren die Mächte des Bösen verbannt. Die Nachtgespenster trauten sich nicht aus dem Wald.

Der Junge erwachte, als das Morgenrot auf der Stadtmauer glühte. Die Wachenknechte bewachten den Holzhaufen. Dann trat der Scharfrichter mit weit ausholenden Schritten auf das Podest. In der rechten Hand hielt er eine Zange, in der Linken einen Eimer mit glühenden Kohlen. Mehr und mehr Menschen kamen auf den Platz, der Bürgermeister, der Schmied, der Apotheker, der Barbier, die Hebamme.

Dann verlas der Stadtrichter das Urteil: „Jacob Bettlach gestand, vom Teufel einen Gürtel aus Wolfsfell bekommen zu haben, der ihm die Macht gab, sich in einen Wolf zu verwandeln. Als Wolf zerriss er seine Braut, Minerra Köster und stahl den Bauern Kühe und Schafe von der Weide. Auch trieb er grässliche Unzucht mit Wölfinnen, Hunden und Schweinen. Die männliche Hex, der Werwolf, ist zum Tode durch das Feuer verurteilt worden. Zuvor aber soll der Scharfrichter ihm das Fleisch mit Zangen aus dem Körper reißen, wie er es seiner Braut von den Knochen biss."

Der Schinderkarren bewegte sich über den Platz, bewacht von zehn Waffenknechten. Leute sprangen zur Seite, als fürchteten sie sich vor dem Mann, der darin saß, eingesperrt in einen Holzkäfig. Der Wagen fuhr nah an dem Jungen vorbei. Dem stockte der Atem. Im Käfig saß keine Hexe, wie er gedacht hatte, sondern der Mann aus dem Wald oder das, was von ihm noch übrig war. Er konnte die Augen nicht öffnen, denn geschwollene Blutkrusten bedeckten sie. Kaum ein Teil seines Körpers schien keine Wunden aufzuweisen. Sein linker Arm hing schlaff hinunter, er war gebrochen. Die Hände konnte der Junge kaum noch erkennen, sie waren ein Brei aus Fleisch, Blut und Knochen, die aus der Haut hervorstaken.

Der Wagen hielt am Podest und die Waffenknechte zerrten den Gefolterten hinauf, pressten ihn auf den Boden. Der Scharfrichter holte seine Zangen aus der Glut und riss Fleisch aus dem Körper. Der Arme hätte wohl geschrieen, aber Blut sprudelte nur aus seinem Mund, der Junge sah genau hin, der Mann hatte keine Zunge mehr. Der Scharfrichter riss Fleisch aus den Armen, von den Schenkeln und zuletzt riss er ihm den Penis und die Hoden hinaus. „Der Werwolf wird nie wieder Unzucht treiben", rief der Scharfrichter. Die Gliedmaßen des Verwundeten zuckten wie ein letztes Aufbäumen eines lebendigen Menschen.

Dann trugen die Knechte den Körper zu den Holzscheiten, richteten ihn am Pfahl auf, entzündeten das Feuer. Das Gesicht des Mannes aus dem Wald verzerrte sich. „Was müssen das für Schmerzen sein", murmelte der Junge. „Er ist unschuldig." Es stank, ähnlich wie ein gebratenes Schwein, aber es war kein Schwein, sondern ein Mensch.

Die Flammen schlugen hoch und der Rauch lag über der Stadt. Irgendwann hatte der Brand ein Ende. Wo vorher ein Mensch gestanden hatte, befand sich nur noch verkohltes Fleisch. Die Menge begann, sich zu zerstreuen, da betrat der Fronbote noch einmal das Podest: „Sogar Georg Trenckhler, ein Meister seines Faches, hat dem Mund des Teufelsanbeters nicht die Namen der Komplizen entlocken können. Aber wir fanden einen Beweis in der Höhle des Unholds."

Der Fronbote hielt einen Ast in die Höhe, den Ast, in den der Junge seinen Namen geritzt hatte.

„Die Waffenknechte sind unterwegs, um den Komplizen des Teufelsbündners, mit dem er seine Schandtaten beging, zu fassen."

Der Junge schlich sich zu dem Pferdestall, in dem er letzte Nacht gelegen hatte. Das war zuviel. Der Mann war unschuldig und ihn erwartete das gleiche Schicksal. Wo war der Herr des Himmels geblieben. Er lag unter dem

Heu, bis es dunkel wurde. Dann kroch er über die Stadtmauer. Die Eulen buhten und die Fledermäuse flatterten zwischen den Bäumen umher. Doch diesmal hatte er keine Angst vor den Nachtgespenstern. Denn sie konnten nicht so schlimm sein wie das, was Menschen ihresgleichen antaten. Und er hörte die Wölfe in der Ferne heulen, aber auch vor ihnen fürchtete er sich nicht mehr. Er verbarg sich im dichtesten Farngestrüpp.

Die Sonne ging auf, der Junge beugte sich in das Wasser des Waldsees, um zu trinken, da hörte er aus der Ferne Hundegebell. Es kam von mehreren Seiten, und es wurde lauter. Der Junge nahm einen Stein auf, denn er würde kämpfen und er dachte an jemand, für den die Sonne nicht mehr schien.

Finis feinste Blutwurst

Eva Mileder

Sie knetete die Masse aus Blut, Brot, Schwarten und Gewürzen im hölzernen Trog. Es war ganz wichtig, die Mischung gut durchzumischen, um eine homogene Masse zu erhalten. Sie tauchte ihren blutigen Finger in den Brei, schleckte ihn ab, um festzustellen, ob er richtig abgeschmeckt war.
Er war zu süßlich. Aber etwas Majoran und Salz würden den Geschmack verbessern. Sie würde eine Probefüllung durchführen, einige Würste fertigmachen und kochen. Schließlich musste sie einen Preis erhalten, wie jedes Jahr. Dafür war keine Mühe zu schwer. Sie würde wieder unheimlich viel Geld verdienen. Neben Blutwürsten würde es auch Bratwürste geben, viele Bratwürste. Aber die kamen erst später an die Reihe.
Sie füllte die Blut-Schwartenmischung in die ersten Häu-

te, legte sie in das leicht brodelnde Wasser und ließ sie zwanzig Minuten ziehen.
Dann holte sie eine dicke Wurst aus der Wurstsuppe, schnitt sie der Länge nach auf und kostete. Nicht so schlecht, wenn man bedachte, dass ihr Ehemann den Hauptbestandteil darstellte. Na, für etwas war er schließlich noch gut.

Sie hatte es gut gemacht, jeder im Dorf dachte, dass er sie verlassen hätte, denn sie hatten sich sehr oft gestritten – man musste schließlich den Schein wahren. Dabei hatte sie ihn bei einer Versöhnungsumarmung mit einem Polster erstickt, ihn geschlachtet, das Blut aufgefangen und mit einem Antigerinnungsmittel versetzt. Dann hatte sie ihn ordentlich gewaschen, die Haare abgesengt, noch mal gewaschen und ausgeweidet. Danach hatte sie den Abfall entsorgt (Gott sei Dank konnte man im Wirtschaftsofen viel verbrennen!). Die Haut musste noch abgezogen und anschließend gekocht werden. Schließlich stellte sie klein geschnitten einen wesentlichen Bestandteil der Wurstfülle dar.
Zwölf Stunden später war alles portioniert und eingefroren; nur das Blut und die Schwarten warteten auf weitere Verarbeitung. Doch zunächst brauchte sie eine Ruhepause.
Gleich früh am nächsten Morgen ging sie in die örtliche Metzgerei und bestellte vierzig Liter Schweine- und Rinderblut.
„Aber klar, Frau Fini – vierzig Liter. Machen Sie wieder Ihre berühmten Blutwürste? Haben Sie schon etwas von Ihrem Mann gehört? Schrecklich! Wie kann er nur so unsensibel sein? Einfach gehen und sich nie mehr melden? Na, vielleicht überlegt er es sich noch. Ich wünsch es Ihnen, Frau Fini."
Das Wichtigste war damit geklärt: niemand schien sich zu wundern, dass Hubert weg war. Es war genau wie damals, als Friedrich Wurstfülle wurde. Ihr Ruf als Xan-

thippe war legendär. Auch damals hatte niemand nachgefragt! Und danach hatte ihre Karriere als Preiswurstmamsell begonnen.

Am nächsten Tag füllte sie die restlichen Würste und kochte sie. Dann legte sie sie zum Auskühlen auf ein Gitter. Stolz zählte sie 320 Stück!
Sie hatte ihre Qualität halten können. Sie wurde wieder Siegerin im Blutwurstwettbewerb ihrer Heimatgemeinde.
Es war schon eigenartig, dass trotz des allgemein bekannten Rezeptes, ihre Blutwürste immer die besten waren!

Finis offizielles Blutwurstrezept pro 2 Liter Blut:
500 g getrocknete Semmelwürfel
3 kg gekochter Schweinskopf, gewürfelt
3 geröstete Zwiebeln
etwas Knoblauch
5 g Blutwurstgewürz pro kg Wurstmasse
½ l Schwartensuppe oder Rindsuppe
½ kg gekochte Schwarten, faschiert
22 g Salz pro kg Wurstmasse (Suppe und Semmeln nicht mitrechnen)
1-2 l frisches Blut
Semmelwürfel, Kopffleisch, Schwarten, Zwiebeln, Knoblauch, Gewürz und Salz werden vermengt. Das frische Blut unterrühren, sofort in Därme füllen und ins kochende Wasser geben. Nach 5 Minuten auf 70°C abkühlen und 10 bis 30 Minuten brühen. Herausnehmen, abkühlen.

Friedhof

Cornelia Koepsell

Anna geht über den Friedhof. Zerfetzte Wolken am Himmel, feiner Nieselregen auf der Haut. Ordentliche Gräber, blauschwarze Erde.
Ihr Blick fällt auf ein ungepflegtes Grab. Ein protziger Stein mit der Inschrift:

Hier *ruht*
Alfred Deutschenbaur
1915 - 1995

Leichter Schwindel erfasst sie. Der Geruch von Kreide und nassem Schwamm sticht in die Nase. Etwas pfeift an ihrem Ohr vorbei.
„Verdammt, der Rohrstock, gerade noch entwischt, ... aber das ist vorbei."
„Es ist nicht vorbei", sagt plötzlich der Lehrer Deutschenbaur und steht in voller Größe neben dem Grabstein. Anna ist sieben Jahre alt, zittert, panisch blickt sie nach allen Seiten, kein Baum, kein Strauch, kein Laternenpfahl, hinter dem sie sich verstecken könnte. Da, ein größerer Grabstein, Anna sprintet hin, legt sich flach auf den Boden, gräbt ihre kleinen Hände in die feuchte dunkle Erde, will sich hineinschaufeln, in ihr verschwinden, wie ein Maulwurf. Das Herz rast. Kalter Schweiß rinnt in die Augen. Es schüttelt sie.
„Komm doch her zu mir", bittet Deutschenbaur mit zuckriger Stimme.
„Nein", schreit Anna. „Nein", wimmert sie mit hohem, dünnem Stimmchen.
„Reiß dich zusammen", redet sie sich selbst zu. „Er darf es nicht merken. Dann macht er dich völlig fertig. Lieber Gott, wenn es dich gibt, hilf mir!"

Mit mühsam ruhiger Stimme appelliert Anna an den Geist vom Grabstein gegenüber.

„Was willst du? Hau ab. Du bist tot. Gott sei Dank. So soll es bleiben."

„Ach mein kleines Mädchen", säuselt Deutschenbaur. „Hab Mitleid mit mir. Es ist so einsam da unten. Selten kommt ein Mensch vorbei, dem ich mich zeigen kann. Sie sind so oberflächlich, die Lebenden. Sie wollen nichts von uns wissen."

„Mitleid? Mit dir? Hast du jemals mit mir Mitleid gehabt? Oder mit anderen Kindern? Zeig mal deine rechte Hand, die du hinter dem Grabstein versteckst. Ich wette, da ist immer noch der Rohrstock drin."

„Ich kann nichts dafür", klagt Deutschenbaur, holt die Hand mit dem inzwischen abgewetzten, eingemoderten Stock hervor. „Er ist mir gefolgt. Ohne mich wollte er nicht leben. Er ist treu, wie eine indische Witwe, die ihrem Mann ins Grab folgt. Du brauchst ihn nicht zu fürchten. Nicht mehr. Er ist - wie ich - schon halb verwest. Selbst wenn ich wollte, ich kann dich nicht schlagen. Mein Geist ist willig, aber das Fleisch, ach ja, das Fleisch, es ist schwach."

Anna tritt hinter dem Grabstein hervor, um das modrige Skelett des alten Lehrers in Augenschein zu nehmen.

„Wie lieb, dass du herkommst", krächzt Deutschenbaur. „Mir ist so langweilig. So einsam. Mit meiner Frau da unten kann ich nicht reden. Sie hat keinen Respekt. Antwortet nicht. Schläft weiter. Ich kann nichts machen, ihr nicht mehr die Flötentöne beibringen. Warum musste ich so enden? Vorbei, vorbei", heult er plötzlich. „Aber jetzt bist du da, Kind. Du bist vernünftig, intelligent, mit dir kann ich reden."

Anna ist näher getreten. Wenn sie wollte, könnte sie ihn berühren.

„Ich bin nicht da, um mit dir zu reden", sagt sie „Ich bin gekommen, um zu sehen, wie vermodert du bist."

„Ach Gott, ach Gott", winselt Deutschenbaur. „Wie kannst du nur so reden. Spricht so ein liebes Mädchen? Wie nachtragend du bist. Ich wollte nur euer Bestes. Und es ist was aus dir geworden, nicht wahr. Man sieht es. Das ist mein Verdienst. Was ein Häkchen werden will, krümmt sich beizeiten. Wer sein Kind liebt, der schlägt es. So steht es in der Bibel. Ich bin ein gottesfürchtiger Mann. Wahrscheinlich habe ich euch zu sehr geliebt. Es hat mir selbst wehgetan, diese kleinen, zuckenden Hintern unter meinem tanzenden Rohrstock. Was sein muss, muss sein. Wie ich euch geliebt habe. Wie sie mich gerührt haben, die kleinen tapferen Jungs, die nicht geschrieen, keine Träne vergossen haben, wenn ich hart zuschlug. Ja, ja, ich habe gerade solche Kerlchen mit aller Kraft mein Stöckchen spüren lassen. Heute werden sie mir dankbar sein. Du weißt nicht, wie mein weiches Herz dabei blutete, und gleichzeitig war ich so erregt.
Ich vollbrachte Großes. ERZIEHUNG. Ich war berufen. Weil ich euch liebte.
Vor der Unterrichtsstunde habe ich vor Ehrfurcht gezittert, habe Tränen vergossen, aus Angst, der großen Aufgabe nicht gerecht zu werden. Aus der Schublade habe ich meinen Stöckchen geholt, ihn gestreichelt und geküsst, ihn gebeten, mir zu helfen. Oft - jetzt kann ich es sagen - habe ich mich selbst geschlagen, bis ich Striemen auf den Beinen hatte, um euch nah zu sein, meine Kinder, um zu fühlen wie ihr. So sehr habe ich euch geliebt."
Versteinert steht Anna, lauscht seinen Worten, betrachtet die ausgebeulten Hosen, die blitzenden Augen, die knotigen, sehnigen Finger des Lehrers Deutschenbaur. Sie ist nicht mehr das kleine Mädchen. Während der Rede des Schullehrers ist sie gewachsen, lebt wieder in den normalen Proportionen einer erwachsenen Frau.
„Du hast uns also geliebt", sagt sie mit rauer Stimme. „Wie schön. Offensichtlich hast du die Jungen mehr geliebt. Die wurden fast täglich geprügelt."

„Ach, hör doch auf mit deinen Spitzfindigkeiten", keift Deutschenbaur.
„Natürlich habe ich Jungen mehr geliebt. Sie werden die Welt leiten. Deshalb gab ich mir mehr Mühe mit ihnen. Und außerdem: Knackige kleine Bubenärsche, gibt es etwas Schöneres, gibt es mehr Ästhetik? Ihr Mädchen seid süß, solange ihr klein seid. Aber dann. Widerlich."
Anna bückt sich, nimmt einen Klumpen matschiger Erde, ein paar kleine Kieselsteine, knetet die Masse zu einem festen Ball und wirft ihn mit Wucht in die angemoderte Visage des Lehrers.
Verblüfft kratzt er sich den Dreck aus dem Gesicht und fuchtelt mit dem Rohrstock. Der ist aufgrund fortgeschrittener Fäulnis der schnellen Bewegung nicht gewachsen und bröselt auseinander.
„Ich bin zu gut für diese Welt!", kreischt Deutschenbaur und verschwindet im Grab.
Die Blumen stehen in Reih und Glied.

Partyleben

Sven Linnartz

Jeden Moment auskosten. Das war schon immer Michaels Lebensmotto gewesen. *Live life to the max,* so drang es auch stakkatoartig durch die Boxen. Immer und immer wieder wiederholte der DJ diese Zeile, die Michaels Leben und sicherlich auch das der meisten anderen hier so treffend wie kein anderer Satz beschrieb. Man hatte schließlich nur ein Leben, ein einziges gottverdammtes Leben, das es zu nutzen gab. *Carpe diem,* hieß es doch schon bei den alten Römern und in diesem furchtbar rührseligen Film, den er einmal im Englischunterricht damals in der zehnten Klasse hatte sehen müssen. Wie hieß er doch noch gleich? Ach ja, der Club der toten Dichter. Furchtbar langweilig, aber die Mädels standen auf die jugendlichen Schauspieler, von denen es manche in Hollywood sogar zu etwas gebracht hatten. Aber egal, die Zeit war zu kostbar, um sich darüber Gedanken zu machen. Die Nacht war schließlich noch jung und bislang hatte sich noch nichts Brauchbares auf der Tanzfläche sehen lassen, mit dem man den zweiten Teil des Abends hätte verbringen können. Dabei war der Club angeblich das Nonplusultra. Michael ging zur Bar, bestellte sich einen *White Russian* und ließ die letzten Stunden Revue passieren. Sein Kumpel Stefan hatte ihm erst gestern von dem Club berichtet und er konnte kaum glauben, dass es so etwas überhaupt gab, geschweige denn, dass er bislang noch nichts davon gehört hatte. Bisher war er, wenn man von der richtigen Bettgefährtin für heute Nacht absah, nicht von Stefans Versprechungen enttäuscht worden. Als er die Auffahrt zum Schloss genommen hatte und dort von zwei in Smokings gekleideten, kräftigen Türstehern begrüßt worden war, konnte er sich ein anerkennendes Pfeifen nicht verkneifen. Stefans Name und ein hundert Euro Schein für jeden der beiden Männer, hatten ihm das gusseiserne Tor geöffnet. Langsam hatte er seinen Ferrari den kiesbedeckten Hügel bis zum Treppenaufgang gesteuert, wo er von einem weiteren, nicht weniger muskulösen Mann in Empfang genommen worden war, dem er die Schlüssel zum Wagen und einen weiteren hundert Euro Schein überließ. Das Anwesen machte etwas her, soweit Michael es hatte beurteilen können. Gediegene Architektur aus dem achtzehnten Jahrhundert, eine Treppe, die auf eine riesige Terrasse führte, auf der er sich zunächst einmal nach allen Seiten umgeschaut hatte. Je länger er sich das Gebäude ansah, desto mehr kam es ihm wie eine Burg als einem Schloss vor. An jeder Ecke befand sich ein Turm, der aus massiven Backsteinen gebaut war, die erst vor kurzem fachmännisch gereinigt worden sein mussten. Sie strahlten regelrecht im Mondlicht, nirgendwo, auch nicht in den Fugen, war Unkraut zu sehen. Drei Stockwerke hoch war das Schloss und nur im untersten brannte Licht. Als sein Blick zur Seite ging, sah er, dass auf einem kleinen Hügel, gar nicht allzu weit entfernt, Kreuze in die Nacht aufragten. Michael hatte sich unweigerlich an das Anwesen der Addams Family aus den gleichnamigen Filmen erinnert gefühlt. Erst durch ein Räuspern war er aus seinen Gedanken aufgeschreckt und hatte sich erneut einem Wachmann oder was auch immer diese Bodybuilder waren, gegenüberstehen sehen.

„Sie haben eine Einladung?", hatte der Mann höflich gefragt und Michael hatte zum zweiten Mal Stefans Namen nennen, sowie eine weitere Banknote zücken müssen.

Vierhundert Euro hatten innerhalb weniger Minuten den Besitzer gewechselt und bis zu diesem Zeitpunkt hatte er noch Zweifel gehabt, ob dieses Geld auch wirklich gut angelegt war. Doch für Zweifel blieb ihm gar keine Zeit mehr, sobald er das mächtige Eichenportal durchschritten und plötzlich in einem wahr gewordenen Partytraum gestanden hatte. Seine Augen schnellten von einer Seite zur anderen, bewunderten die Ausstattung, die ebenso wie das Schloss aus einem anderen Jahrhundert zu stammen schien. Schwere, goldene Kerzenständer, auf denen dicke Kerzen fackelndes Licht zauberten, mindestens ebenso schwere, nostalgisch anmutende Kronleuchter, die von der Deck hingen und an den Seiten aus Kirschholz gefertigte Sofas, mit roten Bezügen, auf denen sich Gäste schon anderen Vergnügungen als dem Tanzen hingaben. Umso befremdlicher und deplatzierter war die Bar, die man mitten in den Raum aufgestellt hatte und an der hunderte von Leuten ihre Getränke bestellten. Genau das war auch Michaels erste Anlaufstelle gewesen. Wodka-Red Bull. Sein klassischer Anfangsdrink, den er in nur wenigen Zügen geleert hatte, während er weiterhin die Eindrücke zu verarbeiten versuchte, die diese Location ihm bot. Die Tanzfläche und der eigentliche Club, befanden sich eine Etage tiefer und man gelangte über eine in die Wand eingelassene Wendeltreppe hinab. Die Bässe hatten ihn schon in der Eingangshalle empfangen, aber als er Stufe für Stufe hinab gestiegen war, hämmerten sie in seinem Magen, seinem ganzen Körper, versetzten ihn in die richtige Stimmung. Es war dunkel, nur an der Wand, an der sich die Bar befand, gab es etwas mehr Licht, damit die Barkeeper auch sahen, was sie in die Gläser schütteten. Die Tanzfläche war brechend voll gewesen und war es immer noch. Der DJ verstand sein Handwerk, wechselte gekonnt die Schnelligkeit der Songs, nahm das feierwütige Publikum mit auf seine Reise. Die Frauen wiegten ihre Körper lasziv im Rhythmus, ließen ihre Hüften verführerisch kreisen, spielten mit Armen, Brüsten und den Haaren. Alles diente nur dem Spaß und vielleicht auch der Absicht einen betuchten Mann abzuschleppen. Was auch immer. Michael kannte das Spiel zu Genüge und verstand es meisterhaft selbst zu spielen. Nicht umsonst vermied er es, seinen ganzen Namen zu nennen. Michael reichte voll und ganz, schließlich wollte er keine der Frauen heiraten, geschweige denn mit einer davon alt werden. Dafür war er noch viel zu jung. Es reichte vollkommen die willigen Geschöpfe in seinem Wagen in sein Stammhotel zu nehmen, wo er bekannt war und man wusste, was er wollte. Nicht umsonst ließ er den Bediensteten ein mehr als üppiges Trinkgeld da. Am nächsten Morgen war er so früh es ging verschwunden. Eigentlich war es ihm schon zuwider, seinen Arm nach dem Sex um die jeweilige Auserwählte zu legen, aber was tat man nicht alles für eine zweite Runde. Wenn die Frauen mehr erwarteten, so war es nicht sein Bier. Hauptsache er hatte seinen Spaß und solange der gegeben war, konnten die Frauen denken und fühlen was sie wollten. Was seine Auswahl der Frauen anbelangte, so war er relativ wenig wählerisch. Oder vielleicht doch nicht? Sie mussten schlank sein, ein perfektes Gesicht, mit hohen Wangenknochen, makelloser Teint, nicht zu große Brüste und ein Parfum, das ihm den Atem raubte. Im positiven Sinne natürlich.

Aber bislang war davon noch nichts zu sehen gewesen. Michael schaute sich im flackernden Stroboskoplicht um, während er an einem weiteren Drink nippte und beiläufig auf die Uhr schaute. Halb zwei erst. Oder sollte er lieber sagen, schon. Normalerweise hatte er um die Uhrzeit schon mindestens eine Frau auserkoren und mit seinen Bemühungen angefangen, sie für die weitere Nacht zu gewinnen. Wenn er nicht schon auf dem Weg ins Hotel war. Aber heute war es anders. Vielleicht lag es an der Location, die für ihn neu war. Man musste schließlich erst einmal das Revier erkunden. Vielleicht hatte er auch einfach nur einmal Pech. Selbst den Besten soll so etwas schon passiert sein, dachte er und leerte das Glas. Er drehte sich zur Bar um und bestellte einen Tequila, der ihm mit Orange und Zimt serviert wurde. Gerade, als er sich das braune Gewürz auf die Faust streuen wollte, rempelte ihn jemand an. Das Glas fiel um, der Inhalt ergoss sich über den Tresen und gesellte sich zu dem feinen Zimtpulverstaub, der von Michaels Hand fiel. Unwirsch riss er den Kopf herum und wollte gerade eine patzige Bemerkung machen, als er sah, wer ihn da angestoßen hatte. Seine Miene besänftigte sich in Sekundenbruchteilen und er lächelte die junge Frau an.
„Entschuldigen Sie bitte", sagte sie.
„Kann vorkommen. Nichts passiert. Ich bin Michael. Und wie ist Ihr Name?"
Die Frau war genau sein Schema. Alles stimmte an ihr. Lange, dunkle Haare, schlanke Beine, ein Rock, der fast schon sündhaft kurz war, hohe Wangenknochen und ein Parfum, dass er irgendwoher kannte. Überhaupt kam ihm die Frau seltsam bekannt vor, aber das war wohl kaum verwunderlich, wenn man ein gewisses Beuteschema hatte. Jeder Mann hatte seine Vorlieben, warum sollte es bei ihm anders sein?
„Jennifer. Kann ich dir einen Drink spendieren? Es war ja meine Schuld."
„Ich bitte dich, das kann vorkommen. Was wäre ich für

ein Gentleman, wenn ich nicht den Drink spendiere?"
„Danke. Und noch einmal sorry. Hast du was dagegen, wenn meine Freundin Rebecca mit uns trinkt?"
Jennifer schlang ihren Arm um eine mindestens ebenso attraktive Frau, die direkt neben ihr stand und Michael sofort die Hand zur Begrüßung entgegenstreckte. Das war heute wohl sein Glückstag, dachte er. Zwei bezaubernd hübsche Frauen, die ihm durch ein Missgeschick regelrecht in die Falle gegangen waren. Die Kunst bestand jetzt nur noch darin, sein übliches Programm aus Charme, Verführung und Spendierfreudigkeit abzuspulen. Und wenn er großes Glück hatte, dann landeten beide in seinem Bett. Einen Dreier hatte er noch nie gehabt. Er bestellte drei neue Tequila.
„Auf die Nacht und das Leben", prostete er den Frauen zu.
Die Gläser krachten klirrend aneinander. Danach ging es auf die Tanzfläche. Der DJ heizte den Gästen ein und auch Michael wurde es von Minute zu Minute heißer. Jennifer und Rebecca verstanden es ihre Körper zu bewegen, und keine ließ einen Zweifel daran aufkommen, dass sie nicht dasselbe wollten wie Michael. Sie nahmen ihn in die Mitte und bearbeiteten ihn regelrecht mit ihren Hüften, sodass er sich mächtig anstrengen musste, seinen Schwanz unter Kontrolle zu halten. Nichts war peinlicher als mit einer Erektion auf der Tanzfläche zu stehen. Nach einer Weile ergriffen die Frauen seine Hände und führten ihn zur Bar. Jennifer bestellte eine neue Runde Tequila, die im Nu versenkt wurde. Eine weitere Runde folgte und noch eine. Das ist das Leben, wie es sein sollte, dachte Michal und legte seine Arme um die Taillen der Frauen. Rebecca bestellte weitere Drinks, während Jennifer sich ganz nah an Michael schmiegte und ihn küsste. Ihr Mund schmeckte nach Alkohol, Verlangen und dem Versprechen nach Sex. Nur unter Protest wollte er sich von ihr lösen, als Rebecca ihm auf die Schulter klopfte und nun ihrerseits forderte, was Michael Jennifer schon

gegeben hatte. Diese Nacht würde er wohl nicht vergessen, soviel war sicher.
„Auf die Nacht und das Leben", sagte Jennifer und eröffnete eine neue Trinkrunde.
Michael setzte an und trank, in voller Vorfreude auf das, was gleich kommen würde.
„Wollen wir weiterziehen?", fragte er und sah in nickende Gesichter.
Sie stiegen die Wendeltreppe hinauf. In jedem Arm hielt Michael eine Frau, eine schöner als die andere. Er kam sich fast wie in einem Märchen vor. Schneeweißchen und Rosenrot gleichzeitig. Und er würde sie gleich sein Eigen nennen können. Für diese Nacht, was mehr als genug war. Die Frauen lachten und spaßten, legten ihrerseits die Arme um seine Hüften. Sie drei waren eins und würden es gleich noch mehr sein. Sie schritten durch die Halle und gingen durch das schwere Portal hinaus. Das war das letzte, was er bewusst mitbekam.

Als er aufwachte stießen seine Arme gegen eine Wand. Sein Schädel brummte und sein Mund war so trocken wie die Sahara. Michael wollte aufstehen, doch sein Kopf stieß gegen eine weitere Wand. Panik ergriff ihn und er versuchte etwas zu sehen. Sein Atem ging schnell, als er seine Umgebung ertastete. Wie wild suchten seine Hände die Wände ab. Er lag auf einem hölzernen Boden und auch die Wände um ihn und über ihm waren aus Holz. *Nur nicht das,* dachte er, während seine Finger nach einer Möglichkeit suchten, sich aus dieser Zwickmühle zu befreien. Was hatten diese beiden Schlampen mit ihm gemacht? Wo war er? Seine Hände ertasteten ein metallisches Etwas. Hektisch griff er danach. Ein Schalter. Eine Taschenlampe. Michael knipste die Lampe an und erschrak. Er war in einer Kiste gefangen. Um ihn herum war nur Holz und so sehr er sich auch in dem beengten Gefängnis versuchte umzuschauen, es gab keine Öffnung. Sein Atem ging schneller und er schrie. Doch niemand antwortete. Michael schrie erneut. Nichts. Das einzige was er hörte war sein hektisches, von Panik erfülltes Atmen. *Es muss doch einen Ausweg geben,* dachte er. Er leuchtete mit der Taschenlampe den Deckel ab. Nichts. Der Schein der Lampe glitt über den Boden. Nichts. Oder doch. Ein Stück Papier lag an seinem Unterschenkel. Schnell griff er danach und faltete es auseinander. Seine Augen weiteten sich, als er die Zeilen las.

Michael. Wie geht es dir? Wir hoffen noch gut. Denn du sollst wissen, warum du dich in dieser misslichen Lage befindest. Typen wie dich gibt es leider wie Sand am Meer. Es wird Zeit, ein Exempel zu statuieren. Kommen wir nun zu den Fragen, die dich am dringlichsten beschäftigen dürften. Wo bist du und warum bist du hier? Du befindest dich noch immer auf dem wundervollen Anwesen, dieser phantastischen Partylocation. Allerdings etwas abseits des Geschehens. Vielleicht ist dir der Friedhof aufgefallen, als du angekommen bist. Dort bist du jetzt. Um genau zu sein, zwei Meter unterhalb der Erdoberfläche, dort wo du unserer Meinung nach hingehörst. Warum? Wir wissen nicht, wie viele Frauen du mit irgendwelchen Versprechungen oder was auch immer ins Bett gebracht hast. Aber wir wissen, dass eine davon unsere Schwester Monika war. Sicherlich erinnerst du dich nicht an sie. Sie war ja nur eine von vielen. Lange Rede, kurzer Sinn: Sie hatte dich wirklich gern und dachte, dass du anders bist als die anderen. Unser Schwesterherz war leider etwas naiv, aber so war sie nun einmal. Sie wurde schwanger und da all ihre Versuche dich zu kontaktieren erfolglos blieben, sah sie keinen anderen Ausweg, als sich das Leben zu nehmen. Das mag dir vielleicht theatralisch vorkommen, aber so war Monika. Unsere geliebte Schwester. Da dem Gesetz in solchen Fällen leider die Hände gebunden sind, wir aber dennoch der Meinung sind, dass sich so etwas nicht noch einmal wiederholen darf, findest du dich nun in dieser Kiste wieder. K.O.-Tropfen sind eine tolle Erfindung und endlich auch einmal bei deinem Geschlecht zu etwas nutze. In deinen letzten Stunden oder vielmehr Minuten hast du nun Gelegen-

heit, dir über dein Leben ein paar Gedanken zu machen. Nicht, dass es dir noch viel bringen würde, aber vielleicht findest du so etwas wie Absolution bei deinem Schöpfer, wenn du ihm bald gegenüber stehen wirst. Wir empfinden dieses Mitleid jedenfalls nicht und denken, dass du genau das bekommen hast, was du verdient. Wir wünschen dir eine geruhsame Nacht. Gezeichnet, Rebecca und Jennifer.

Michael schüttelte den Kopf und schrie. Er schrie solange, bis der Sauerstoff in seinem Sarg weniger wurde und er bewusstlos seine letzten Atemzüge tat.

Nichts ist vergessen

Ulla Stumbauer

Voller Erwatungen fuhr Marion zum Haus ihres Geliebten. Wie freute sie sich auf diese Stunden. Ihr Herz schlug wie verrückt und sie konnte es nicht glauben, sie hatte sich verliebt, drei Jahre nach dem Tod ihres Mannes.
Sie fiel diesem phantastischen Mann in die Arme, als sie an einem regnerischen, nebligen Novembertag auf den Stufen des Kunsthistorischen Museums in Wien stolperte.
„Hi", sagte er beiläufig und während er sie noch festhielt, blieben seine kristallklaren, blauen Augen an ihr haften.
„Ich bin Marc", flüsterte er lächelnd.
Marion lächelte zurück. Sie gingen in die kleine Bar im Museum und tranken ein Glas Champagner.
„Auf unsere Begegnung."
Marion fand ihn sehr attraktiv. Wahrscheinlich war er ein Mann, der genau zu wissen schien, was er wollte, der sein Leben unter Kontrolle hatte. Am meisten faszinierte sie seine angenehme Stimme, seine schön geschwungenen Lippen und sein Lächeln. Sie schätzte ihn mindestens 15 Jahre älter als sie. Doch das störte sie nicht.

Nachdem sie ihre gemeinsamen Interessen für Kunst entdeckt hatten, verabredeten sie sich zur nächsten Ausstellung. Sie trafen sich regelmäßig und aus Symphatie wurde Liebe.
Marion erinnert sich an das erste Mal, als er sie in die Arme nahm und seine Lippen zärtlich die ihren berührten.
Es war wirklich geschehen und geschah immer wieder. Er war ein perfekter Liebhaber, viel zu schön um wahr zu sein. Nicht einmal ihre Träume waren so gut wie diese Wirklichkeit. Er tat alles, um sie glücklich zu machen. Als sie erfuhr, dass er verheiratet war, zwei Söhne hatte und außerdem mit seiner Geliebten Silvia nach fünfzehn Jahren gerade Schluss gemacht hatte, war sie nicht schockiert. Schließlich war er schon neunundfünfzig und hatte vor ihr auch ein Leben.
Nun liebte er sie und das war wichtig. Doch liebte er sie wirklich?
Sie trafen sich regelmäßig in seinem Haus am Stadtrand von Wien. Sie war als Exportleiterin viel unterwegs. Er arbeitete bei der UNO und seine Sekretärin war seine ehemalige Geliebte.
Sie wollte mehr über ihn erfahren. Jedesmal wich er aus und bat: „Lass mir Zeit."
Eines Tages kam sein Sohn Roger, der in London lebt ohne Ankündigung zu Besuch. Marc stellte Marion als seine Kollegin vor. Da er noch zu einer Konferenz gehen musste, blieben Marion und Roger allein. Von Roger erfuhr sie, dass Marc noch einen zwanzig Jahre älteren Bruder hatte, der bei einem Unfall ums Leben kam, dass seine Eltern einen Obst- und Gemüseladen besaßen. Marc studierte gegen den Willen der Eltern Physik und Mathematik. An der Universität lernte er Rogers Mutter Victoria Berandos aus Kolumbien kennen. Marion wollte noch mehr erfahren, doch Roger lächelte sie an und schlug vor.

„Trinken wir etwas." Er brachte zwei Gläser und eine Flasche Wein.
Er lächelte und sah dabei seinem Vater sehr ähnlich.
„Sind Sie verheiratet Roger?", wollte Marion wissen.
„Nein, ich habe noch nicht die Richtige gefunden."
Sie lachten und Roger sagte auf einmal: „Vielleicht sind Sie die Richtige."
Eine Woche später bekam Marion eine E-Mail von Roger.
„Ich habe mich verliebt. Wann können wir uns wiedersehen."

Jetzt bog sie in die kleine Gasse zu Marcs Haus ein und sah zwei Polizeiautos mit Blaulicht davor stehen. Vor Schreck blieb ihr fast der Atem weg. Ist ihm etwas passiert? Sie fuhr langsam heran und entdeckte Marc in einem der Autos mit Handschellen. Das Auto wendete gerade und fuhr davon.
Marion stieg aus und fragte einen der Beamten. „Entschuldigen Sie bitte, ich bin eine Kollegin von Herrn Princ. Wir hatten eine Verabredung. Was ist passiert?"
„Tut mir Leid, Herr Princ wurde wegen Drogenbesitz verhaftet."
„Nein, das ist nicht möglich", schrie Marion.
„Doch, wir haben in seinem Keller ein Kilo Kokain gefunden."
„Inspektor, Inspektor, das muss ein Irrtum sein!"
„Baumann, mein Name", sagte der Inspektor. Marion brach in Tränen aus.
„Beruhigen Sie sich, Frau ... ?"
„Wyker", antwortete Marion schluchzend.
„Frau Wyker, ich brauche noch Ihre Adresse. Kennen Sie die Ehefrau von Herrn Princ?
„Nein."
Marion konnte nicht denken und wusste nicht, was sie jetzt machen sollte. Sie musste Roger schreiben und sie musste seine Frau besuchen.

Als sie vor Victorias Wohnungstür stand, klopfte ihr Herz heftig. Wie würde seine Frau reagieren. Sie klingelte. Langsam öffnete sich die Tür und ein junger Mann stand vor ihr.
„Mein Name ist Wyker, ich möchte Frau Berandos sprechen."
„Moment", sagte der junge Mann und kam sofort zurück.
„Kommen Sie bitte rein."
Victoria saß in einem hohen Ledersessel. Ihr schwarzes, langes Haar glänzte in der Sonne, die durchs offene Fenster strahlte. Sie hatte es nach hinten zu einem Knoten gebunden, war sehr elegant gekleidet, und erinnerte sie an Frida Kahlo, die Malerin.
„Entschuldigen Sie, dass ich unangemeldet zu Ihnen komme, aber es geht um Ihren Mann", begann Marion.
„Sie brauchen mir nichts zu erzählen. Die Polizei war schon hier. Es geschieht ihm recht. Und Sie sind Silvia, die ihn mir weggenommen hat?"
„Nein, bin ich nicht!", protestierte Marion.
„Wer sind Sie dann und was wollen Sie von mir?"
„Eine Kollegin", stotterte Marion.
„Verzeihung, Frau ...?"
„Wyker", stellte sich Marion noch einmal vor.
„Ich habe mit meinem Mann, in Bezug auf Frauen, Einiges erlebt."
Auf einmal begann Victoria ihr Herz auszuschütten.
„Wir lernten uns als Studenten kennen und ich verliebte mich Hals über Kopf in ihn. Meine Eltern, die, wie man so sagt, zu den oberen Zehntausend in Kolumbien zählten, hatten natürlich andere Pläne mit mir. Ich bekam immer alles, was ich mich wünschte und setzte meinen Willen mit der Wahl von Marc auch durch. Wir heirateten und gingen nach Bogota. Wir wohnten bei meinen Eltern. Das Haus war riesengroß, ein Schloss. Natürlich gab es für alles Dienstboten. Marc, der kein Spanisch sprach, blieb zu Hause und absolvierte Spanischkurse.

Ich war ständig unterwegs. Durch meinen Vater bekam ich eine Arbeit im diplomatischen Dienst. In dieser Zeit hatte Marc eine Liebesbeziehung zu Rita, einem Zimmermädchen in unserem Haus. Meine Mutter hat Rita natürlich sofort entlassen. Ich erfuhr erst später davon. Ich wurde schwanger und hatte eine Fehlgeburt. Danach stürzte ich mich wieder voll in meine Arbeit. Inzwischen fand Marc eine Arbeit als Lektor an der Universität. Aber er fühlte sich oft sehr einsam und begann eine Affäre mit seiner Kollegin Julia, die ein Kind von ihm erwartete. Er wollte sich von mir trennen. Ich wusste nicht, warum. Er sagte nur: „Ich bin an dieses Leben nicht gewöhnt." Marc wurde immer verschlossener. Meine Mutter kümmerte sich wie immer um diese Sache und Julia war von heute auf morgen verschwunden.
Nach ein paar Monaten war ich schwanger und unser erster Sohn Roger wurde geboren.
Marc war der glücklichste Mensch auf Erden. Zwei Jahre später wurde Mike geboren. Die Kinder schmiedeten unsere Beziehung wieder zusammen. Marc widmete sich ganz der Familie, obwohl jedes Kind ein eigenes Kindermädchen hatte. Er gab den Kindermädchen oft frei, um sich selbst um die Kinder zu kümmern.
Ich bekam ein Angebot nach Peru zu gehen und nahm es an. Marc war wieder arbeitslos.
In dieser Zeit bot ihm ein ehemaliger Studienkollege die Mitarbeit an einem Projekt für die UNO in Wien an. Er war begeistert und nahm es an. Ein Jahr später konnte auch ich für die UNO arbeiten. Seit dieser Zeit sind wir in Wien. Ich wurde wieder schwanger und verlor das Kind. Wir hatten eine schwierige Zeit zusammen.
Marc flüchtete sich sofort wieder in eine neue Affäre mit Silvia, seiner Sekretärin. Silvia war schon dreimal geschieden und lebte auf großen Fuß. Sie brauchte immer Geld und sie bekam von den Männern, was sie wollte. Von Marc wünschte sie sich ein Haus und er kaufte es ihr am Stadtrand von Wien. Er lebte mit ihr zehn Jahre zu-

sammen und ich wartete immer auf die Scheidung. Aber nichts passierte.
Er besuchte mich sogar wieder. Wir feierten die letzten Weihnachten zusammen mit unseren Kindern in London. Er kümmerte sich um Mario meinen Neffen. Er studiert Malerei in Wien. Er hat Ihnen die Tür geöffnet."
Marion war beeindruckt und gleichzeitig erschüttert von Victorias Erzählung. Sie fühlte sich nicht wohl. Sie konnte ihr doch nicht sagen, dass sie die nächste Geliebte ihres Mannes sei.
„Glauben Sie, dass Ihr Mann Kokain verkauft hat?", fragte Marion unsicher.
„Nein, das glaube ich nicht. Jemand will sich an ihm rächen. Vielleicht diese Silvia. Der traue ich alles zu. Sie ist eine kalte, hartherzige Person."

Marion überlegte, wer konnte das Kokain im Keller versteckt haben. „Silvia brauchte immer Geld, aber auch Mario war ständig mittellos. Und Victoria hatte auch genug mit ihrem Mann erlebt. Oder hatte Marc wirklich Kokain verkauft? Nein, das glaubte sie nicht. Sie musste ihm helfen. Sie glaubte an seine Unschuld. Plötzlich wurde ihr schlecht. In ihrem Magen begann es zu rumoren. Sie dachte an Roger, dem sie erklärt hatte, dass sie seinen Vater liebe und der ihr schrieb. „Das werde ich dir nie verzeihen."
Ihr Handy läutete und riss sie aus ihren Gedanken.
„Inspektor Baumann", meldete sich.
„Wann kann ich Herrn Princ besuchen, haben Sie schon etwas in Erfahrung bringen können", sprudelte es aus Marion heraus.
„Können Sie morgen um neun Uhr ins Präsidium kommen, Frau Wyker?"
„Aber natürlich, entgegnete Marion.
Als sie am nächsten Morgen Inspektor Baumanns Büro betrat, war dieser guter Laune.
„Frau Wyker, ich kann sie beruhigen, Herr Princ ist un-

schuldig und schon auf dem Weg nach Hause."
Marion atmete tief durch. Sie war erleichtert.
„Und das Kokain, wie kam es in seinen Keller?"
„Wir haben bei Herrn Princ im Tresor einen Brief sichergestellt, der uns half alles aufzuklären.
Marion wartete voller Ungeduld.
„Kennen Sie eine Frau Irene Neumann aus Linz?", fuhr der Inspektor fort.
„Nie gehört", antwortete Marion.
„Diese Frau Neumann hatte schon in Kolumbien Kontakt zu Herrn Princ aufgenommen. Sie war auf der Suche nach dem Bruder von Herrn Princ mit dem sie während des Krieges zusammengelebt hatte. Aus dieser Beziehung bekamen sie ein Mädchen. Ihre Tochter ging während eines Bombenangriffs verloren und sie suchte die ganzen Jahre nach ihr. Durch einen Zufall erfuhr sie von Marc Princ. Dieser glaubte ihr kein Wort, da sein Bruder nie etwas von Irene erwähnt hatte. Sie wandte sich auch in Wien mehrmals an Herrn Princ. Doch er ignorierte sie. Daraufhin wollte sie sich rächen.
Sie nahm zu Mario dem Kunststudenten Kontakt auf. Der brauchte immer Geld und besorgte das Kokain. Es war kein Problem für ihn, es im Keller zu verstecken. Dann alarmierte Irene die Polizei.
„Das ist ja schrecklich, wie konnte sie das tun", rief Marion
„Sie war verzweifelt, Frau Wyker."
Marion blickte erstaunt Inspektor Baumann an.
„Übrigens, der Name der Tochter war Marion. Frau Wyker, Ihre Mutter hat sie gefunden. Sie sind die Nichte von Herrn Princ."

Villa Grauenfels

Valentina Kramer

Als ich ihn ansah wusste ich, dass es entschieden war. Ich würde ihn nicht umstimmen können, egal, was ich tat. Und schon drehte er sich um und nickte dem Makler zu.
„Wir nehmen es."
Der Makler, ein untersetzter Herr mit tiefliegenden Schweinsäuglein, versicherte uns überschwänglich, dass wir damit nichts falsch machen würden und verabredete sofort einen Termin zur Schlüsselübergabe.
Erst im Auto, auf dem Weg in unsere alte Wohnung, fand ich meine Stimme wieder.
„Ein Geisterhaus? Bist du wahnsinnig?" Sebastian zuckte mit den Schultern.
„Ich fand es hübsch. Es ist günstig. Und außerdem willst du mir doch nicht sagen, dass du an Geister glaubst." Ich schüttelte den Kopf. Wer glaubte schon heute noch an Geister? Niemand.
„Natürlich nicht. Der alte Fürst von Grauenfels ist bestimmt an Herzversagen gestorben oder so. Aber vielleicht hätten wir den Makler noch ein bisschen warten lassen sollen?"
„Wozu? Denkst du, er wäre im Preis runter gegangen? Das ist ein Traumhaus und wir hätten das Risiko eingehen müssen, dass es uns jemand vor der Nase wegschnappt."
Damit hatte er Recht und ich beschloss das Thema zu wechseln.
Drei Tage später fand die Schlüsselübergabe statt. Der Makler verschwand so schnell, dass ich ihm nicht mal mehr einen schönen Tag wünschen konnte. Sebastian zuckte mit den Schultern und lächelte mich an.
„Wahrscheinlich hat er noch einen Termin."
Ich nickte. Natürlich. Rückblickend betrachtet hätten wir

es ernst nehmen sollen, aber damals, als wir vor unserem neuen Haus standen, konnten wir unser Glück kaum fassen, sodass wir beschlossen, das nicht für wichtig zu nehmen.

Wir zogen ein. Ganze zwei Wochen lebten wir völlig zufrieden in unserem neuen, kleinen Heim.
„Sag mal, hast du im Bad schon wieder das Licht angelassen?"
Ich schüttelte den Kopf.
„Du weißt, dass ich es immer ausmache!"
Sebastian warf mir einen fragenden Blick zu.
„Hey, ist doch kein Problem, nur muss das ja nicht den ganzen Tag brennen."
Ich nickte, dachte mir aber insgeheim, dass er es wahrscheinlich selbst angelassen hatte. Kurz darauf fand ich die Balkontüre offen. Eiskalte Luft wehte ins Schlafzimmer und blähte die Vorhänge, bis sie im Raum flatterten wie Nebelschaden. Fluchend stemmte ich mich gegen die Türe, zwang sie zu und brüllte gleichzeitig: „Sebastian!"
„Was?", brüllte er schroff zurück. Dann folgte ein Rumpeln und Schritte auf der alten Holztreppe. Das entnervte Gesicht meines Freundes erschien in der Tür.
„Was machst du da?"
Ich verdrehte die Augen.
„Nach was sieht's aus?" Endlich schaffte ich es die Tür zuzudrücken und den Riegel umzulegen.
„Die blöde Tür zu. Wie kommst du eigentlich drauf die Balkontür bei fünf Grad Minus und Sturm aufstehen zu lassen?"
Sebastian zog eine Augenbraue hoch.
„Warum ich? Die Tür hast du aufgemacht."
Ich brummte zur Antwort. Den Unsinn hatte ich langsam satt.
„Was soll das den jetzt heißen?"
Sebastian klang ähnlich gereizt wie ich mich fühlte. Der Streit, der im Folgenden entbrannte soll hier nicht ge-

schildert sein. Es mag ausreichen, wenn ich sage, dass es alles andere als freundlich zuging. Allerdings folgte die Versöhnung sehr schnell.

Mitten in der Nacht weckte mich ein Geräusch. Zuerst glaubte ich jemanden weinen zu hören. Sebastian neben mir schlief fest. Mit klopfendem Herzen lauschte ich, hörte aber nur das leise Knarren vom alten Holz.
Ich beschloss, das Geräusch nicht zu beachten. Als ich schon fast wieder eingeschlafen war, hörte ich erneut das Heulen. Seufzend stand ich auf. Irgendwo musste Sebastian mal wieder ein Fenster oder eine Tür offen gelassen haben. Den Gedanken, dass das Heulen weit menschlicher Klang verdrängte ich. Das war Unsinn. Ich glaubte nicht an Gespenster und dass dieses Haus angeblich ein Geisterhaus sein sollte, störte mich gar nicht. Aber beim Gedanken an die Geschichte, die uns der Makler erzählt hatte, stellten sich mir trotz allem die Nackenhaare auf.
Und der alte Herr Grauenfels erdolchte sich im heutigen Schlafzimmer.
Ich schob den Gedanken energisch bei Seite und suchte das Haus nach offenen Türen und Fenstern ab. Als ich gerade das leerstehende Zimmer im oberen Stock betrat hörte ich Sebastian schreien.
Hastig rannte ich die Treppen hinunter, achtet sorgfältig darauf, dass ich nicht die Stufen hinunter fiel, und stürmte ins Schlafzimmer. Sebastian saß aufrecht im Bett, das Gesicht kreidebleich.
„Was ist denn?"
Er schüttelte den Kopf. In seinen Augen sah ich etwas, das ich an ihm nicht kannte: Angst. Die Dunkelheit schien plötzlich erdrückend. Ich krabbelte unter die Decke und schmiegte mich an Sebastian, der immer noch intensiv damit beschäftigt war den Kopf zu schütteln.
„Ich ... ich ... dachte, ich hätte ... etwas gesehen."
„Es war bestimmt nur ein Schatten. Die Vorhänge können nachts echt unheimlich aussehen. Und dann die Ge-

schichte von dem Makler." Ich schauderte.

„Da kann man ja wirklich Angst kriegen. Aber das mit dem erdolchten Vorbewohner ist bestimmt Quatsch." Sebastian entspannte sich ein wenig.

„Na ja, nur sind die ganzen Besitzer nach ein paar Tagen wieder ausgezogen."

Ich lächelte an seinem Hals.

„Vielleicht haben die ja alle an Geister geglaubt?"
Sebastian schien sich zu entspannen.

„Du hast Recht."

Sebastian schlief fast sofort wieder ein. Obwohl ich müde war, schaffte ich es nicht seinem Beispiel zu folgen. Jedes Mal, wenn mir die Augen zufielen, glaubte ich ein Heulen zu hören. Ich setzte mich gerade auf um die Fenster noch einmal zu kontrollieren, da spürte ich einen eisigen Luftzug im Nacken. Die winzigen Härchen stellten sich auf. Ein Schauer lief mir über den Rücken. Ich spürte Augen, die mich beobachteten. Langsam drehte ich mich um.

Weißer Nebel waberte hinter mir und schien plötzlich Gestalt annehmen zu wollen. Wie gelähmt saß ich da und starrte es an. Aus dem Nebel formten sich zwei Hände. Die eine hielt einen Dolch. Schreiend sprang ich aus dem Bett, stolperte über irgendetwas am Boden und fiel der Länge nach hin.

Das Nebelgespenst lachte höhnisch. Der Dolch schwebte auf mich zu.

Ich kroch davon, versuchte dem gnadenlosen Dolch zu entkommen, aber er schwebte weiter, metallisch schimmernd über mir. Dann stieß er zu. Ich spürte, wie das neblige Metall fest wurde und den Schmerz, als es eindrang. Ungläubig starrte ich auf das Loch, aus dem dunkelrot das Blut floss. Ein letztes höhnisches Geisterlachen später war der Nebel verschwunden. Aber der Einstich blieb. Blut sickerte mir durch die Kleider. Mein Schreien wurde schwächer.

Jemand packte mich an den Schultern. Ich fuhr vor Schreck zusammen.
„Was hast du gemacht?" Sebastian starrte mich an. Ich folgte seinem Blick und sah den Dolch in meinen Händen.
„Wo hast du den her? Wir haben keinen Dolch."
Ein höhnisches Lachen drang aus meinem Mund, ohne dass ich etwas dagegen unternehmen konnte.
„Nein. Wir hatten einen!" Meine Hand schoss hoch, der Dolch blitzte auf. Die Haut gab nach. Ganz leicht. Der weiße Nebel kehrte zurück und ich glaubte verschwommen ein Gesicht zu erkennen. Es lächelte.

Fluesternde Stille

Simone Hehl

Manche sagen, ich sei verrückt. Es gab Momente, in denen ich es selbst geglaubt habe. Aber dann habe ich hin und her überlegt, bis ich letztendlich zu dem Schluss gekommen bin, dass ich mir unmöglich alles, was geschehen ist, eingebildet habe. Nein, ich bin nicht verrückt. Noch nicht einmal ansatzweise, auch wenn mein Therapeut das glaubt. Ich musste mich hartnäckig dagegen wehren, dass er mich einweist. Er hat es versucht, glauben Sie mir.
„Es wäre zu ihrem Besten", höre ich ihn immer wieder in einem versteckten Winkel meines Kopfes sagen.
An alles erinnere ich mich, was er zu mir gesagt hat. Eine Irre oder Verrückte könnte das nicht. Oder? Und ich erinnere mich auch noch, wie alles begann. Eine Wahnsinnige könnte so etwas nicht. Oder?
Ich muss mich dafür entschuldigen, wie es hier aussieht. Es gab Zeiten, da war ich eine ordentliche Frau und mehr als akkurat. Vielleicht sollte ich mich erst einmal vorstellen. Gestatten, Simone. Sehr angenehm, Sie kennen zu

lernen. Verzeihen Sie mir, dass ich ihnen meinen Nachnamen nicht nenne, aber ER soll auf keinen Fall … ach, Sie würden mir ohnehin nicht glauben. Kein Wort meiner Geschichte würden Sie mir glauben. Ich hätte es bis vor ein paar Monaten selbst nicht für möglich gehalten, bis ich eines Besseren belehrt wurde. Schauen Sie nicht so skeptisch. Normalerweise bin ich nicht so kryptisch und geheimnisvoll, aber heutzutage kann man niemandem glauben. Wirklich niemandem. Aber vielleicht könnte ich bei Ihnen eine Ausnahme machen. Schließlich sind sie nun einmal hier und können sich getrost meine Geschichte anhören. Solange bis ER kommt. Wer ER ist? Dazu kommen wir später. Eine Geschichte sollte man niemals am Ende beginnen, auch wenn ich zugeben muss, dass dieses Stilelement in Quentin Tarantinos Filmen seinen Reiz hat. Doch so ergäbe die Geschichte keinen Sinn und Sie würden mir erst recht keinen Glauben schenken. Nehmen Sie Platz.

Ich muss noch einen Augenblick überlegen, wie ich am Besten beginne. Moment, ich räume nur gerade den Baseballschläger zur Seite. Passen Sie auf, dass Sie nicht in die Scherben auf dem Boden treten und Vorsicht mit den Messern. Sie sind frisch geschliffen und äußerst scharf. Wundern Sie sich nicht, dass hier mehrere Telefone liegen. Ich muss jederzeit einen Notruf tätigen können. Egal wie und wo ich in diesem Zimmer bin. Es tut mir leid, dass es ein wenig streng riecht, aber ich komme zu nichts mehr. Ich muss ständig Acht geben und aufpassen, dass ER nicht vor der Tür steht. Sie können Gift darauf nehmen, dass ich IHN gebührend empfangen werde. Und schauen Sie mal, wer da ist. Hallo, meine Kleine. Darf ich vorstellen? Isis. Meine kleine schwarze Samtpfote. Ja, du bist die Beste und wirst mir helfen, wenn ER da ist und mich holen will. Nein, ER wird mich nicht bekommen. Wir werden es IHM zeigen. Bis auf den letzten Tropfen Blut werden wir kämpfen. Was schauen

Sie mich so fragend an? Ach ja, meine Geschichte. Ich vergesse bisweilen die Zeit und meine Gedanken. Aber ich bin nicht verrückt. Seien Sie vorsichtig mit Isis. Sie braucht eine Zeit bis sie weiß, wen wir um uns dulden. Ich fasse es nicht. Sie gibt Ihnen das Köpfchen. Die kleine scheint sie zu mögen. Sie können wohl gut mit Katzen. Haben Sie eigene? Nicht? Nur eine Vorliebe für die kleinen Schnuckelchen? Das spüren Katzen habe ich mir sagen lassen. Haben Sie das gehört? War da nicht gerade ein Geräusch? Nein? Sind Sie sicher? Ganz sicher? Nun gut, dann werde ich beginnen.

Ich weiß es so genau, als sei es erst gestern passiert. Wie jeden Morgen stand ich um halb acht auf und begab mich ins Bad. Noch etwas schlaftrunken muss ich zugeben, aber das war nichts Ungewöhnliches. Ich schlafe sehr gern und sehr lange müssen Sie wissen. Schlafen und lesen sind sozusagen die wichtigsten Bestandteile meiner Selbst und ich bin vollkommen aus der Spur, wenn ich eines davon vernachlässige. Ich sage immer: Lesen bildet und ein gesunder Schlaf lässt einen alle Sorgen dieser Welt vergessen. Schon meine Mutter sagte dies zu mir, als ich noch ein kleines Kind war. Ich stand also im Bad und wollte mich gerade frisch machen, als ich die offenen Lippenstifthülsen sah. Natürlich erschrak ich, weil ich nie, wirklich nie im Leben vergesse, alles zu kontrollieren. Egal, ob es der Kühlschrank, der Herd oder meine Kosmetika sind. Alles wird, nachdem ich es benutzt habe, ausgestellt oder verschlossen. Selbst meine Bücher lasse ich nicht offen liegen. Immer lege ich ein Lesezeichen zwischen die Seiten. Ich hasse es, wenn die Leute Bücher so schlecht behandeln und sie im schlimmsten Fall sogar knicken, wenn sie sich schlafen legen und das Buch achtlos zur Seite schieben. Nein, das geht gar nicht. Der Buchrücken bekommt davon so furchtbare Falten und das kann man einem Buch doch unmöglich antun. Bücher sind für mich eine Art Lebewesen. Nein, ich bin nicht verrückt. Nur, weil man eine Leidenschaft für Bücher hegt und sie pfleglich behandelt, ist man noch lange nicht wahnsinnig. Nennen wir es doch ganz einfach eine Berufskrankheit. Kennen Sie das etwa nicht? Zeigen Sie mir einen Arzt, der nicht, natürlich nur rein aus Interesse, sich im Urlaub ein Krankenhaus anschaut. Nur einmal ganz kurz. Oder einen Kranführer, der sich ein neues Modell auf einer Baustelle aus der Nähe ansehen muss, weil er rein zufällig daran vorbeigeht. Man kann nicht aus seiner Haut, das wissen Sie doch sicherlich genauso wie ich. Ich bin eben Buchhändlerin und liebe Bücher. Schon als Kind habe ich mich in Bücher vertieft und zusammen mit meinen Helden fremde Welten erobert und gegen Bösewichte gekämpft.

Wie so viele habe ich mein Hobby, wenn man es nicht sogar Liebe nennen kann, zu meinem Beruf gemacht. Und bis vor kurzem habe ich auch keinen Tag an dieser Liebe und meiner Berufung gezweifelt. Bis ... ja, bis es nach den offen im Bad liegenden Lippenstiften zu anderen merkwürdigen Vorfällen kam. Denken Sie nicht, ich sei verrückt. Wagen Sie sich bloß nicht, auch nur einen Gedanken daran zu verschwenden, sonst ... entschuldigen Sie bitte, ich bin etwas angespannt. Aber wie könnte man das in meiner Situation auch nicht sein. Natürlich dachte ich daran, dass ich in der Hektik der Vorbereitung einer Verabredung die Stifte einfach nicht verschlossen hätte, was zwar gegen meine Gewohnheiten gewesen wäre, aber man weiß ja nie.

Jeder kann einmal etwas vergessen. Meine Verabredung, ein netter gebildeter Mann, aber das nur am Rande, meinte ähnliches. Also dachte ich mir nichts weiter dabei. Nun ja, nichts wäre gelogen, wenn ich ehrlich bin. Um solche Kleinigkeiten mache ich mir sehr viele Gedanken und gehe immer vom Schlimmsten aus. Auch wenn ich in den Laden komme, denke ich zuerst immer daran, was alles schief laufen könnte. Bestellungen, die nicht angekommen sind, Ware, die nicht richtig einge-

räumt wurde. Solche Sachen eben. Das liegt nun einmal in meiner Natur. Die Frage, ob nicht vielleicht doch jemand in meiner Wohnung war, ließ mich nicht los.
Die Tür war abgeschlossen und niemand außer mir hat einen Schlüssel, wenn man von meinen Eltern absieht, die zweihundert Kilometer entfernt wohnen und sicherlich besseres zu tun haben, als in meine Wohnung zu kommen und die Kappen der Lippenstifte abzuschrauben, nur um mir einen Schrecken einzujagen. War ich wirklich so vergesslich gewesen? Ich? Die Frage ließ mich nicht los, bis ich im Laden ein an mich adressiertes Päckchen ohne Absender vom Postboten in die Hand gedrückt bekam. Eigentlich nichts Besonderes, mögen Sie denken, aber für mich war es etwas Besonderes. Mein Arbeitgeber sah es nicht gern, wenn wir uns private Dinge ins Geschäft liefern ließen. Theoretisch hätte es eine Sendung eines Verlages mit einem Leseexemplar sein können, aber die wurden in der Regel nicht anonym verschickt. Meine Finger zitterten, als ich das Päckchen in die Hand nahm. Ich schaute mich voller Erwartung um, ob mich nicht jemand beobachtete. Ein heimlicher Verehrer oder jemand, der sich einen Spaß mit mir erlauben wollte. Ja, ich bin von Grund auf misstrauisch. Seien Sie also froh, dass Sie hier sitzen dürfen. Nun gut, ich sah niemanden und weil ich leider zugeben muss, dass Neugierde eine meiner wenigen Schwächen ist, riss ich das Päckchen umgehend auf. Außer einer kleinen schwarzen Fibel war nichts darin enthalten. Nicht mehr als ein Büchlein, kaum dicker als zwei übereinander liegende Finger. Ich nahm es heraus und las den Titel: Simone.
In blutroter Schrift stand mein Name auf dem Buchdeckel. Mich schauderte und ich bekam sofort eine Gänsehaut. Natürlich schaute ich mich noch einmal im Laden um, aber alles war vollkommen normal. Meine Kolleginnen waren entweder mit Kunden oder mit dem Einräumen der Ware beschäftigt. Auch von den Kunden schien keiner sonderlich von mir Notiz zu nehmen. Nie-

mand beachtete mich, weder im Laden noch draußen vor dem Schaufenster. Mein Puls schlug heftig in meiner Kehle und ließ mich zittern. Wer mochte sich einen solchen Schabernack, für den ich dieses Buch hielt, erlauben? Wer konnte ein Interesse daran haben, mich so zu überraschen?

Ich mag keine Überraschungen, müssen Sie wissen. Besucher müssen sich ankündigen und Geschenke erhalte ich auch nur äußerst ungern. Auch wenn es mir äußerst leicht fällt, selbst bei missglückten Geschenken Freude zu heucheln, weiß ich doch lieber, was mich erwartet. Vielleicht liegt es an meinen bisherigen Erfahrungen, dass ich Überraschungen nicht sonderlich positiv gegenüber aufgeschlossen bin. Das Leben hält viel zu viele Überraschungen bereit, meist, so zeigt es jedenfalls meine Lebensgeschichte, nicht gerade die besten. Somit weiß ich lieber, was mich erwartet. Sie können sich glücklich schätzen, dass ich Ihnen Einlass gewährt habe. Fragen Sie mich nicht wieso, aber Sie erschienen mir auf eine unerklärliche Art und Weise vertraut, so als seien wir uns schon einmal begegnet.

Doch zurück zu dem mir gelieferten Buch. Einen Absender suchte ich auf dem Päckchen vergeblich und auch das Buch trug keinen Namen des Autors. Nur mein in blutroten Lettern geprägter Name verzierte den Buchdeckel. Mich fröstelte, ein ungutes Gefühl schlich sich Zentimeter für Zentimeter über meinen Rücken und richtete die feinen Härchen auf meiner Haut eins nach dem anderen auf. Hätte ich nicht eine langärmlige Bluse getragen, hätte jeder mich für ein frisch gerupftes Huhn halten können. Meiner Neugierde war es geschuldet, dass ich natürlich wissen wollte, was man denn so über mich schreiben konnte, noch dazu so viel. Ich schlug also die erste Seite auf und fand mich mit meinen ersten Erinnerungen konfrontiert. Ja, genau. Jemand beschrieb haarklein und äußerst detailreich meine frühesten Kindheitserinnerungen. Ich möchte Sie nicht sonderlich da-

mit belästigen, aber stellen Sie sich einmal vor, Sie läsen etwas, von dem Sie bislang glaubten, nur Sie selbst könnten es beschreiben. Es war fast so, als wäre der Autor, oder war es gar eine Frau, bei mir gewesen, mit mir in einem Raum oder vielmehr in meinem Kopf. Denn ich hätte genau dieselben Worte gewählt, wie diejenigen, die dort vor meinen Augen die Seiten verzierten.
Wieder schaute ich mich um, ob ich nicht doch jemanden sähe, der sich gerade vor Lachen biegen würde, aber niemand beachtete mich. Ich klappte das Buch zu, konnte nicht mehr weiter lesen, obwohl mich meine Neugierde mehrmals dazu drängte. Auch wenn ich mir mitunter ein kleines Defizit in Sachen Selbstdisziplin vorwerfen muss, so bin ich, wenn es um die Erledigung meiner Arbeit geht, doch eine sehr pflichtbewusste Person. Der Gedanke an das Buch ließ mich natürlich nicht los und ich würde lügen, wenn ich nicht zugäbe, dass ich nicht hundertprozentig bei der Sache war. Mehr als einmal starrte ich gedankenverloren in den Bildschirm und vergaß dabei fast völlig, eine Kundenbestellung einzugeben. Daher war ich mehr als erleichtert, als die Glocken endlich den Feierabend einläuteten und ich mich auf den Heimweg machen konnte.
Am liebsten hätte ich in der Bahn gelesen, doch irgendetwas hielt mich davon ab. Eine innere Stimme kämpfte gegen meine Neugierde, so als säßen sie auf meinen Schultern, während der eine das wollte und der andere mir genau das Gegenteil ins Ohr flüsterte. Ich beherrschte mich, auch wenn es mir mehr als schwer fiel. Das Büchlein verwahrte ich in meiner Handtasche, die ich fest an mich gedrückt hielt. Auf dem gesamten Heimweg blickte ich mich immer wieder um. An der Haltestelle, in der Bahn selbst und natürlich auf dem Weg zu meinem Haus. Nein, ich bin weder verrückt, noch bin ich paranoid, aber wie würden Sie sich denn fühlen, wenn sie solch intime Details aus ihrem Privatleben läsen, ohne zu wissen, wer sich die Mühe gemacht hat, sie niederzuschrei-

ben? Ich hastete die Stufen zu meiner Wohnung hinauf, drehte hastig den Schlüssel im Schloss herum, wobei ich natürlich mitzählte, wie oft sich der Schlüssel drehte, und entledigte mich schnellstens meines Mantels. Meine kleine Isis musste sich mit ein paar gedankenverlorenen Streicheleinheiten begnügen, da ich unbedingt das Buch lesen wollte.

Die Neugierde trieb mich dazu und ließ mich meine sonstige Fürsorge für meine kleine Mitbewohnerin vergessen. Mit vor Anspannung zitternden Händen zog ich das Buch aus meiner Handtasche und begann zu lesen. Meine Augen flogen regelrecht über die Seiten und je mehr ich las, umso neugieriger wurde ich. Jemand hatte sich die Mühe gemacht, mein Leben zwischen diesen Seiten zu verewigen, meine Gedanken festzuhalten und jedes einschneidende Erlebnis so zu schildern, als käme es aus meinem eigenen Munde, respektive aus meiner eigenen Feder. Vor lauter Lesen bekam ich nicht mit, wie die Zeit verging. Ich las und las, bis ich das Büchlein zur Hälfte durchgelesen hatte.

Erst dann gönnte ich mir eine kleine Verschnaufpause und ging in die Küche, um mir einen heißen Kakao zuzubereiten und für Isis, die mittlerweile herzergreifend miaute und ihre Mahlzeit einforderte, ein Schälchen mit Katzenfutter zu öffnen. Mein schlechtes Gewissen ihr gegenüber meldete sich und ich riss eine Packung mit Katzenfutter auf, eines mit Gelee, das Isis am liebsten fraß. Wissen Sie, Katzen sind sehr wählerisch. Von daher stimmt so manche Werbung, wonach es nur das Beste für die Katze sein soll. Ganz im Vertrauen ist das Beste für jede Katze etwas anderes. Meine Isis bevorzugt keine Markenartikel, ganz im Gegenteil. Ihr ist es allerdings wichtig, dass ihr Nassfutter mehr Gelee als Fleischstücke enthält. Nur für den Fall, dass Sie sich einmal überlegen sollten, sich eine Katze anzuschaffen, so wie Sie mit der Kleinen umzugehen wissen. Bei Fremden macht sie das sonst nie. Doch zurück zum Kühlschrank. Alles war

normal, jedenfalls schien es mir so, bis ich an den Kühlschrank ging und dort die Milchpackung herausnehmen wollte.
Kaum, dass ich die Tür geöffnet hatte, stieg mir ein unangenehmer Geruch in die Nase. Ich schreckte zurück, erwartete ich doch, dass mir gleich eine Horde Ratten, Mäuse oder ähnliches Ungeziefer entgegen springen würde. Doch dem war zum Glück nicht so, obwohl mich die Wahrheit hinter dem unerträglichen Gestank nicht sonderlich beruhigte, sondern nur noch mehr grübeln ließ. Alles, und wenn ich sage alles, dann meine ich auch alles, war verschimmelt oder vergoren. Die Milch, vor gerade einmal einem Tag geöffnet, war sauer. Selbst die noch original verschlossenen Packungen waren sauer. Ungläubig öffnete ich eine der vier Tüten nach der anderen, nur um immer wieder diesen säuerlichen Stich in der Nase zu empfinden, der mir sagte, dass die Milch nicht mehr zum Verzehr geeignet wäre. Käse und Wurst waren von einer dicken Schimmelschicht überzogen, so als wäre ich wochenlang nicht mehr am Kühlschrank gewesen. Ich musste mir die Nase zuhalten, so unangenehm roch der gesamte Kühlschrank und mir blieb nichts anderes übrig, als alles in den Mülleimer zu werfen und gleich in die Mülltonne nach draußen zu bringen.
Natürlich fragte ich mich, wie das sein konnte, während ich alles mit spitzen Fingern in die Tüte warf und dann aus dem Haus trug. Ekel packte mich und ich spürte ein leichtes Kribbeln an meinen Lippen, das mir verkündete, dass ich am nächsten Morgen mit Herpesbläschen aufwachen würde. So etwas habe ich in meinem ganzen Leben noch nie erlebt und Sie können sicher sein, dass mir mehr als mulmig zumute war. Ich suchte die ganze Wohnung nach einer Ursache für dieses mir unerklärliche Phänomen ab, aber weder ließ sich ein Stromausfall, noch ein defektes Kühlschrankthermostat feststellen. Scheinbar hatte sich auch niemand Zutritt zu meiner Wohnung verschafft, denn seitdem Zwischenfall mit den

Lippenstiften achtete ich peinlich genau darauf, wie und wo ich alles in meiner Wohnung gelassen hatte. Natürlich war Isis in diesem Punkt eine gewisse Fehlerquelle, aber meine Kleine stellt so gut wie nichts an und spielt in der Regel nur mit ihren eigenen Sachen. Wie konnte das also möglich sein?
Bis heute habe ich keine Antwort auf diese Frage gefunden. Mein Hunger trieb mich jedenfalls an diesem Abend noch einmal hinaus. Wenn man gar nichts Essbares mehr im Kühlschrank vorfindet, wird einem erst einmal bewusst, was Hunger bedeutet. Nicht, dass man wirklich Hunger leidet, wie Millionen anderer Menschen, aber ich konnte mich nicht gegen dieses nagende Gefühl in der Magengegend wehren, welches mich in den Supermarkt trieb. Bis ich wieder daheim war dachte ich nur darüber nach, wie es möglich sei, dass auf einen Schlag alle Lebensmittel verrotten konnten. Natürlich reinigte ich den Kühlschrank bevor ich meine neu erworbenen Einkäufe darin verstaute. Völlig erschöpft von der Aufregung an diesem Tag legte ich mich schließlich schlafen, nur um mitten in der Nacht von einem Geräusch geweckt zu werden.
Zuerst dachte ich, ich sei noch in einem Traum gefangen, denn ich bildete mir ein, dass ich ein Lachen gehört hätte. Isis schlief neben mir den Schlaf, den nur eine Hauskatze haben kann. Ich habe schon mit einigen Katzen zusammengelebt, aber ich werde nie verstehen, wie sie manchmal selbst bei offenkundigen Geräuschen oder gar einem zu laut aufgedrehten Fernseher schlafen können, und manchmal beim kleinsten Mucks aufspringen, so als sei ihnen der Leibhaftige auf den Fersen. Angespannt lauschte ich in das Dunkel der Nacht und wollte mich gerade wieder hinlegen, als das Lachen erneut ertönte. Es war ein hohes spitzes Lachen, das mir beinahe das Blut in den Adern gefrieren ließ. Obwohl ich fast starr vor Angst war, befahl mir eine innere Stimme, um nicht zu sagen meine Neugierde, aufzustehen und

aus dem Fenster meines Schlafzimmers zu schauen. Es war mühsam, mich mit zitternden Beinen auf wackligen Füßen die wenigen Meter hin zum Fenster zu bewegen, aber es gelang mir doch, während Isis sich nur einmal umdrehte und dann weiter schlief. Zunächst konnte ich nichts sehen, da nur jede zweite Straßenleuchte ein mehr als diffuses Licht verbreitete. Doch als sich meine Augen an die schummrige Umgebung gewöhnt hatten und ich mir halbwegs sicher sein konnte, dass meine Augenlider nicht durch Streichhölzer künstlich geöffnet gehalten werden mussten, sah ich das Unfassbare. Trauen Sie mir oder nicht: Auf der Mauer vor meiner Wohnung, stand hinter der Hecke, die das Haus umgab, eine Hexe. Ja, wirklich, eine Hexe.
Woher ich weiß, dass es eine Hexe war?
Wie könnte es keine gewesen sein? Schwarzer Umhang, schwarze mit Flicken besetzte Röcke, ein ebenso schwarzer Hut und noch dazu ein Besen, den sie mit der einen Hand festhielt, während sie mit den knochigen Fingern der anderen auf mich zeigte und wieder zu lachen anfing. Das Gesicht war mit Warzen gespickt und ihre Haare waren pechschwarz und mit vereinzelten grauen Strähnen. Es war fast so, als wäre sie den vergilbten Seiten eines Märchenbuchs entsprungen und würde nur darauf warten, mich in ihrem Ofen zu einem Sonntagsbraten herzurichten. Ich versteckte mich hinter dem Vorhang, aber sie lachte und lachte weiter, schien mich regelrecht auszulachen. Ohne dass ich es mitbekommen hätte, sprang auf einmal Isis auf das Fenstersims und fauchte. Eigentlich war ich ja immer der Auffassung, dass Katzen und Hexen miteinander konnten, aber Isis fauchte und miaute, bis das Lachen erstarb.
Obwohl ich am ganzen Leib zitterte konnte ich nicht anders als nachzuschauen, ob die Hexe weg war oder nicht. Halten Sie mich für wahnsinnig, aber ich habe mit eigenen Augen gesehen, wie sie auf ihren Besen stieg und in die Dunkelheit der Nacht flog. Spätestens in diesem

Moment war mir klar, dass es jemand auf mich abgesehen hatte. Noch einmal, ich bin nicht paranoid. Aber wie würden Sie sich denn diese Zufälle erklären? Nicht ordnungsgemäße Kosmetika in ihrem eigenen Badezimmer, ein Buch mit ihrer Lebensgeschichte, ein mit verdorbenen Lebensmitteln gefüllter Kühlschrank und nicht zuletzt die Hexe. Was macht man, wenn einem solches widerfährt? Ich trank ein Gläschen eines hochprozentigen Gesöffs, das ich allerdings schon am nächsten Morgen bereute. Ob es nun ursächlich der Kurze oder der mangelnde Schlaf waren, ich fühlte mich gerädert und meldete mich krank.

Etwas, was ich noch nie zuvor getan hatte, doch so elendig wie ich mich fühlte, blieb mir kaum etwas anderes übrig. Ich versteckte mich den ganzen Tag über in meiner Wohnung und traute mich nicht, trotz all meiner Neugierde, in dem Buch weiter zu lesen, da ich den Verdacht hegte, dass diese kleine Fibel und der Hexenbesuch, den ich mir garantiert nicht eingebildet hatte, in einem direkten Zusammenhang standen. Es gibt keine Zufälle, pflege ich zu sagen. Irgendwie schaffte ich es, den Tag zu überstehen und sank abends früh ins Bett. Natürlich hätte ich auch einen Mittagsschlaf halten können, doch leider wollte es mir nicht gelingen, den wohlverdienten Schlaf zu finden. Vielleicht lag es einfach nur daran, dass ich seitdem ich ein Kind gewesen war, keinen Mittagsschlaf mehr benötigte, vielleicht lag es auch mehr an meinen Gedanken, die sich permanent um die Begegnung und das Buch drehten.

Wie auch immer fiel ich völlig erschöpft ins Bett und war froh, dass sich Isis neben mich legte. Sie spürte wohl, dass ich Nähe und vielleicht sogar so etwas wie Schutz brauchte. Was soll ich sagen? Mitten in der Nacht erklang erneut das unheilvolle, hämische Lachen und wieder stand ich auf, versteckte mich hinter den Vorhängen, nur um, der Neugierde sei es geschuldet, nach draußen zu schauen. Selten zuvor habe ich mich so erschrocken, wie

an diesem Abend. Nein, eigentlich noch niemals zuvor so wie in dieser Nacht. Die Hexe stand dort, zeigte mit ihren knorrigen Fingern auf mich und lachte so schrill, dass es mir das Blut in den Adern gefrieren ließ. Doch sie war nicht allein. Auf der Hecke thronten unzählige nachtschwarze Raben, die mich mit blutroten Augen ansahen und ihre Blicke bis ins Innerste meiner Seele schickten. Ich zitterte wie Espenlaub, versteckte mich hinter dem Vorhang, nur um einen Moment später wieder auf die schreckliche Szenerie zu blicken, die mich schaudern ließ und gleichzeitig auf unheimliche Art faszinierte.
Ich wusste nicht mehr, was ich denken, geschweige denn fühlen sollte, sah ich mich doch in einen Film Hitchcocks hineinversetzt. Sie können sich gar nicht vorstellen, wie sehr mein Herz in der Brust schlug und wie schnell mein Atem ob des gruseligen Besuchs vor meinem Haus ging. Ich kniff mich in meine eigenen Unterarme, es schmerzte und ich schrie kurz auf, nur um mich auf diese Art und Weise zu versichern, dass ich nicht in einem gar schrecklich grotesken Albtraum festsaß. Es erforderte allen Mut, noch einmal hinauszuschauen, doch auch diesmal sahen meine Augen nichts anderes. Eine Hexe und ihre gefiederte Gefolgschaft. Ich wusste nicht, was von beiden schlimmer war, doch wenn ich so darüber nachdenke, dann würde ich behaupten, dass es die Raben waren. Ihre roten Augen flößten mir Angst ein, denn sie starrten mich unentwegt an, keiner blinzelte auch nur ein einziges Mal. Und über all dem drang das hysterische Lachen der Hexe zu mir herauf. Ich bemerkte nicht, wie Isis sich mir näherte, auf das Fenstersims sprang und mit einem einzigen Fauchen, die Spukgestalten vertrieb. Kaum, dass sie einen Ton von sich gegeben hatte, flatterten die Raben in die Luft, flogen in das Dunkel der Nacht, so als sei der Leibhaftige hinter ihnen her. Nur die Hexe ließ sich etwas mehr Zeit, zeigte mit ihrer ausgestreckten Hand auf mich und es schien mir fast so, als klammerten sich ihre klapperdürren Hände um mein Herz, drückten es

zusammen und ließen ihm keinen Platz in meiner Brust. Ich taumelte zurück und wäre dabei fast über die Wäsche gefallen, die ich unachtsamerweise und entgegen meiner sonstigen Gewohnheiten einfach auf den Boden geworfen hatte.

Zu meiner Erleichterung verstummte das Lachen augenblicklich und als Isis mit einem Satz von der Fensterbank sprang, zu mir schlich und sich mit ihrem Köpfchen an meinem Bein rieb, da wusste ich, dass die Gefahr gebannt war. Sie müssen mir glauben, dass diese Erzählung kein Produkt meiner Phantasie ist. Es ist alles so geschehen, wie ich es Ihnen schildere, auch wenn es sich noch so verworren und unmöglich erscheint. Das Schlimmste an einer solchen Sache ist, dass man irgendwann nicht mehr weiß, ob man nicht doch verrückt ist. Der Besuch der Hexe wiederholte sich jeden Tag aufs Neue und bei jedem Besuch schienen es noch mehr Raben zu werden, als in der Nacht zuvor. An Arbeit war nicht mehr zu denken. Ich stand neben mir. Mein körperlicher Verfall, der einzig und allein im Schlafentzug begründet war, schritt voran. Man sagt, dass ein Mensch nach vier, spätestens nach fünf Tagen ohne Schlaf stirbt. Nun konnte ich, mehr schlecht als recht, einschlafen und muss wohl auch ein klein wenig gedöst haben, jedenfalls solange, bis mein Besuch mich wieder weckte.

Jedenfalls macht es sich nicht gut, wenn man mit blutunterlaufenen und tief eingefallenen Augen in meiner Branche arbeitet. Meine Chefin riet mir zu einem Doktor, nachdem ich ihr etwas von einem schweren familiären Verlust vorgelogen hatte. Betroffen zeigte sie Verständnis und gab mir die Nummer eines Seelenklempners, den ich, allein schon aus Respekt vor ihrer Anteilnahme, aufsuchte. Der Zufall wollte es wohl, dass er noch am selben Tag einen Termin frei hatte, den ich auch prompt annahm. Der Doktor, ein schlanker, adrett gekleideter Mann von Mitte Vierzig, begrüßte mich sehr nett und ich fühlte mich bei ihm sofort gut aufgehoben. Nein, es war keine sexuelle Anziehungskraft, eher ein unerklärliches Vertrauen, das man am ehesten noch mit der Beziehung zwischen Isis und mir vergleichen könnte. Auch bei Isis wusste ich sofort, dass wir füreinander bestimmt waren. Und sie musste es auch gespürt haben, denn sonst wäre sie als Streunerin wohl kaum freiwillig in meine Wohnung gekommen, nur um dann für immer bei mir zu bleiben. Ich schilderte dem Mann meine Problematik, erzählte von dem Buch, der Hexe und den Raben. Ohne mit der Wimper zu zucken, ohne den Anflug des Erstaunens hörte er mir geduldig zu. Erst am Schluss bat er mich, dass wir uns drei Tage später wiedersehen sollten und ich mir bis dahin alles einprägen sollte, was des Nachts geschehen würde.

Ich war erstaunt, um nicht zu sagen perplex, dass er mich nicht gleich in eine geschlossene Anstalt stecken wollte. Allerdings schrieb er mich krank, auch wenn ich mich zunächst noch etwas zierte. Seinen Vorschlag, mir ein leichtes Schlafmittel verschreiben zu wollen, lehnte ich dankend ab. Ich wollte unter keinen Umständen von diesen chemischen Keulen abhängig werden oder was noch viel schlimmer gewogen hätte: nachher hätte man behaupten können, meine Beobachtungen wären einzig und allein das Produkt dieses Mittelchens gewesen. Bis zu meinem nächsten Besuch änderte sich nicht viel, wenn man einmal von einem zweiten Buch über mich und mein Leben absieht, das ich in meinem Briefkasten fand und das nahtlos an das erste Buch anschloss. Es war genauso detailliert beschrieben, wie das erste Büchlein, wieder war es in schwarzes Leinen eingebunden, auf dem in roten Buchstaben mein Name geprägt war. Trotz meiner Müdigkeit las ich soviel ich nur konnte, doch zum Glück fielen mir ein ums andere Mal die Augen zu. Wenigstens bekam ich am Tag ein wenig von dem Schlaf nachgeholt, der mir in der Nacht nicht vergönnt war. Man mag vielleicht glauben, dass man sich an solchen skurrilen Begegnungen irgendwann einmal gewöhnt,

doch dem ist nicht so. Das versichere ich Ihnen.
Die Hexe und die Raben kehrten immer wieder zurück und ich war froh, als ich beim nächsten Gespräch mit meinem Therapeuten als Beweise eine schwarz bläulich schimmernde Feder als Beweis der Besuche mitbringen konnte. Er beäugte sie kritisch, strich mit den Fingerspitzen über die Hinterlassenschaft eines Vogels und ließ mich dann erzählen. Ich erzählte von meinen Nächten, den Besuchen und auch von dem Buch, für das sich mein Therapeut sehr zu interessieren schien. Er wollte es unbedingt sehen und ich versprach ihm, es in der kommenden Woche bei meiner nächsten Sitzung mitzubringen. Er lauschte und lauschte, während ich fortan erzählte. Es tut gut, einen Zuhörer zu haben, der einem nur sein Ohr und seine Zeit schenkt. So wie Sie es gerade tun. Wo war ich stehen geblieben? Mein Therapeut.
Auch in der zweiten Sitzung fühlte ich mich gut aufgehoben, war um jede Minute froh, die ich bei ihm sitzen durfte. Am Ende redete er mir gut zu, machte mir Mut, dass wir gemeinsam das Problem aus der Welt schaffen könnten. Zunächst aber erachtete er es für sinnvoll, mir ein Medikament zu verschreiben und schrieb mich für eine weitere Woche krank. Natürlich nahm ich das Rezept und den gelben Zettel an, doch als ich in die Apotheke ging und mir von der Dame das Medikament beschreiben ließ, überkamen mich erste Zweifel. Trotz allem nahm ich die Arznei mit, da ich auch keinen Argwohn erzeugen wollte. Nicht, dass die Frau am Ende noch meinen Therapeuten anrief und ihm sagte, dass ich die Pillen nicht mitgenommen hätte. Zudem nahm ich mir vor, mir den Beipackzettel durchzulesen und mich über den Wirkstoff auf eigene Faust zu informieren. Daheim angekommen las ich und was soll ich sagen? Das Medikament sollte Wahnvorstellungen vertreiben.
Ich hatte keine Wahnvorstellungen! Die Hexe und die Raben waren real. Die Feder war schließlich ein unumstößlicher Beweis. Ich hatte und habe keine Wahnvor-

stellungen! Wie konnte dieser Mann mich nach nur zwei Sitzungen so einschätzen? Gelinde gesagt, war ich enttäuscht, um nicht zu sagen, zutiefst verletzt. Hatte ich nicht meine Empathie und guten Willen gezeigt, mit ihm zusammen an mir zu arbeiten? Die Medikation war ein Schlag ins Gesicht, von den Nebenwirkungen, die ich gelesen hatte ganz zu schweigen. Und dennoch wollte ich den nächsten Termin wahrnehmen. Auch wenn Vertrauen auf Gegenseitigkeit beruhen sollte, so war ich doch entschlossen, ihm nunmehr nur noch soviel anzuvertrauen, wie ich für richtig hielt. Doch dazu später mehr. Es tat gut erst einmal nicht arbeiten zu gehen und stattdessen nur noch in meiner Wohnung zu bleiben.
Seitdem ich fast ausschließlich daheim war, ereigneten sich, abgesehen von den nächtlichen Besuchen, keine weiteren Vorkommnisse. In der dritten Nacht nach meiner letzten Sitzung, ich hatte das mir geschickte Buch fast zur Hälfte gelesen, hörte ich das Lachen lauter als jemals zuvor und die ehedem stummen Raben krächzten mit der Hexe um die Wette. Mir blieb nichts anderes, als aufzustehen, während Isis wie in den Nächten davor, zunächst im Bett verharrte und sich nicht anmerken ließ, dass sie überhaupt etwas von dem Spektakel mitbekommen hatte. Also schlich ich ans Fenster und schrie vor Entsetzen auf, als ich das Teufelsweib keine drei Schritte vor mir stehen sah. Sie streckte ihre Hand aus und bedeutete mir mit ihrem Zeigefinger zu ihr zu kommen. Ich schrie wie am Spieß, doch die Hexe verschwand nicht. Im Gegenteil. Sie näherte sich noch einen Schritt und dann noch einen und noch einen, bis sie direkt vor dem Fenster stand. Ich wusste nicht, was ich außer schreien tun sollte, befand mich in einer Schockstarre, die mich gelähmt der Frau gegenüberstehen ließ. Ihre Haut war runzelig, von tiefen Falten durchzogen und ihre Augen fahl, ohne dass ihre Pupillen noch den Hauch eines Farbtons gehabt hätten. Unter ihrer Haut traten die Adern hindurch und ich glaubte zu sehen, wie sich das Blut langsam wie Würmer

durch diese hindurch schob. Im Hintergrund flatterten die Raben, dutzende oder hunderte. Ich vermag es nicht zu sagen. Meine Stimme versagte, mir fehlte schlichtweg die Kraft, um noch mehr zu schreien. Und dann öffnete die Hexe ihren Mund, der mit faulen, schwarzen Zähnen nur so bestückt war und sagte: „Deine Zeit ist reif!"
Ich taumelte einen Schritt zurück, schüttelte nur mit dem Kopf. Was meinte dieses Weib nur. Meine Zeit war nicht reif. Egal wofür. Die Hexe zeigte mit dem Zeigefinger auf mich und bedeutete mir, ihr zu folgen, doch dann kam mir Isis zur Hilfe, sprang auf das Fenstersims und im nächsten Augenblick war der Spuk vorüber. Es kann sein, dass ich mich täuschte, aber ich vermeinte die Hexe sagen zu hören: „Du kannst dich nicht mehr lange verstecken!"
Was hätten Sie an meiner Stelle nach solch einer Begegnung getan? Ich tat das einzig Sinnvolle. Für mich war und ist diese Hexe real. Also ergriff ich gewisse Maßnahmen, die ich für hilfreich erachtete. Zunächst einmal stellte ich eine Vogelscheuche im Vorgarten auf, um es den Raben nicht angenehm zu machen. Danach kaufte ich einen Baseballschläger, ein Samuraischwert und mehrere Pfeffersprayflaschen ein. In jedem Zimmer meiner Wohnung findet sich in strategischer Reichweite eine dieser Flaschen. Der Baseballschläger und das Schwert liegen neben meinem Bett, jederzeit griffbereit, sollte dieses Weib den Mut haben, hier eintreten zu wollen. Sie wird schon sehen, was sie davon hat, sollte sie es jemals wagen. Doch zurück zu meinem Therapeuten. Ich erzählte ihm von dieser Begegnung und er fragte mich nur, ob ich denn auch das verschriebene Medikament zu mir nähme. Natürlich bejahte ich die Frage und er antwortete, dass es wohl noch ein paar Tage dauern würde, bis sich die gewünschte Wirkung einstellte. Sicherheitshalber wollte er mich allerdings im zweitäglichen Rhythmus sehen. Damit war die Sitzung auch schon beendet. Die Zeit verfliegt, wenn man von sich und allem erzäh-

len kann. Ich willigte in seinen Vorschlag ein und versprach auch weiterhin pflichtbewusst das Medikament zu schlucken. In den folgenden Nächten hielt die Hexe wieder etwas mehr Abstand. Dennoch zeigte sie immer wieder auf mich, wollte mich zu sich locken. Doch ich blieb standhaft und hielt meine Waffen einsatzbereit in der Hand. Das Weib musste wirklich selten dumm sein zu glauben, dass ich ihr freiwillig wohin auch immer folgen würde. Meine Angst wuchs von Tag zu Tag, allerdings auch meine Entschlossenheit notfalls einen Kampf mit der Hexe auszutragen. Nein, ich würde mich nicht wie ein Opferlamm zur Schlachtbank führen lassen. Ich versuchte mich auf das Lesen meines Buches zu konzentrieren, doch als ich an die neueren Einträge gelangte, traute ich mich kaum noch die Seiten umzublättern. Wissen Sie wie schwer es ist, diese Ereignisse noch einmal nachzulesen? Ganz allein? Hätte ich von einer Fremden gelesen, hätte ich sicherlich gedacht, ich läse die Gedanken einer geistig Verwirrten. Doch ich las von mir und nicht von einem wildfremden Menschen. Ich muss gestehen, dass die ständige Angst mich leider in meinem täglichen Leben lähmte. Zum Arbeiten war ich schon lange nicht mehr fähig und auch meine sonst penibel saubere Wohnung litt unter meinem Zustand. Aber das sehen Sie ja. Die folgenden Sitzungen drehten sich immer mehr um die Frage, ob sich mein Zustand nicht langsam aber sicher besserte. Fragen Sie mich nicht, warum ich mich so vehement wehrte die Tabletten zu nehmen oder warum ich meinem Therapeuten nicht gestand, dass ich keine einzige dieser Pillen geschluckt hatte. Es war eben so. Ich wollte sie nicht nehmen, da ich mich nicht für verrückt hielt und auch jetzt nicht für verrückt halte. Das zweite große Thema waren die beiden Bücher, aus denen ich ihm vorlesen musste. Anfangs kam ich mir noch sehr albern vor, einem Erwachsenen etwas vorzulesen, hatte ich doch bislang allenfalls einem Kind einmal vorgelesen. Er lauschte, wie er sonst meinen Berichten zuhörte. Ruhig, fast schon andächtig und nur von Zeit zu Zeit notierte er sich etwas auf einem Blatt Papier. Nur einmal warf er einen kurzen Blick in die Bücher hinein, fragte mich, ob mir aufgefallen sei, dass beide per Hand geschrieben worden waren. Ich verneinte, hielt ich die vermeintliche Handschrift doch eher für eine sehr schöne, fast schon kalligraphische Schriftart. Meine folgenden Tage waren eintönig. Entweder saß ich lesend daheim, bis mich die Schrecken der Nacht riefen, oder ich saß meinem Therapeuten gegenüber, der mir langsam aber sicher zu verstehen gab, dass er mich gern in einer täglichen Obhut wüsste. Ich bin nicht dumm. Dass nicht er selbst damit gemeint war, war mir klar. Was war denn mit mir? Ich war und bin nicht verrückt. Diese Hexe und ihre Raben sind real. Warum sonst würden sie sonst jeden Tag vor meinem Haus stehen? Ich sehe sie und was ich sehe, bilde ich mir nicht ein. Gestern stand sie allerdings noch einmal direkt vor meinem Fenster und sagte so etwas wie: „Wenn du mir nicht folgen willst, dann kommt ER eben persönlich."

Meine Waffen und nicht zuletzt Isis haben das alte Weib vertrieben und nun, ja, nun sind wir am Ende meiner Geschichte angelangt. Glauben Sie nach allem, was ich erzählt habe, dass ich verrückt bin? Wohl kaum. Sie hören mir genauso gut zu, wie mein Therapeut. Dieser ungläubige Jonas. Er wollte mir partout nicht glauben und hielt schon den Telefonhörer in der Hand, um mich direkt einweisen zu lassen. Glücklicherweise konnte ich das verhindern. Fragen Sie nicht wie. So viel Vertrauen, wie ich ihm anfangs entgegengebracht habe, hatte er jedenfalls nicht verdient. Nur soviel sei Ihnen verraten. Das Samuraischwert ist nicht die einzige Klinge, die ich mein Eigen nenne. Nun, was sagen Sie zu meiner Geschichte? Ich sage Ihnen. Wenn diese Hexe glaubt, dass ich noch vor irgendjemandem Angst habe, dann hat sie sich gewaltig geschnitten. ER. Wenn ich so etwas schon höre. ER. Jeder hat einen Namen, schließlich leben wir nicht in einer Welt, in der man denkt, dass die Preisgabe des Namens gleichbedeutend mit Macht über diese Person ist. Ein Name ist nur ein Name und sollte kein Geheimnis sein. Hier in dieser Welt verleiht einem die Kenntnis des Namens jedenfalls keine Zauberkräfte. Oder wie sehen Sie das? Ich habe das Gefühl, dass Sie mich besser verstehen als mein Therapeut. Entschuldigen Sie bitte, aber hatten Sie mir eigentlich ihren Namen genannt? Nicht, dass ich Ihnen nicht trauen würde, aber in unseren Breitengraden gehört es sich doch, einander vorzustellen. Mein Name war Simone, wenn Sie sich erinnern, was nicht bedeuten soll, dass ich Ihrem Namensgedächtnis nicht trauen würde. Vielleicht hatten Sie mir Ihren Namen auch schon genannt, dann bitte ich vielmals um Entschuldigung, aber Sie wissen ja, wie angespannt ich momentan bin. Isis scheint sehr viel Vertrauen zu Ihnen zu haben, sonst würde sie sich nicht so geduldig von Ihnen streicheln lassen. Und wie die Kleine schnurrt. Komm her, meine Kleine. Du hast den Herrn lange genug belästigt. Aber ... aber was hast du denn? Warum kommst du nicht zu mir? Und ... wie sehen Sie auf einmal aus? Wie haben Sie das gemacht? Woher kommt auf einmal diese Sense? Und warum sind sie plötzlich ganz in schwarz gekleidet? Was soll die alberne Kapuze? Gehen Sie. Sofort! Ich warne Sie! Ich bin bewaffnet! Sie können mir nichts anhaben. Ich werde mich mit allen Kräften wehren! Lassen Sie die Sense fallen! Ich warne Sie ein letztes Mal. Verlassen Sie sofort meine Wohnung! Sofort! Gehen Sie! Und lassen Sie sofort die Sense los! Nein, bitte nicht. Ich ...

Toedliche Liebe

Jan Vlasák

Ich renne ..., renne die Treppen wieder hoch. Ich renne schneller als alle Lolas der Welt ... Na so ein Ding! Uff! ... Eigentlich wollte ich sie begraben, also nur einen Teil von ihr, aber nein, alles ist plötzlich wieder anders. Typisch! ... Da fing sie an zu quasseln ...! Ja, wirklich! Zu quasseln und zu plappern! Ehrenwort, ich schwöre es! Sie spricht! Ja! Trotz alledem, was mit ihr geschah, bewegt sie jetzt wieder ein wenig ihre Lippen und, näselnd zwar, aber spricht! ... Sie versprach mir, zu mir zurückzukehren, will dafür nur, dass ich sie zurückbringe. Dann sprach sie noch von irgendeiner Wundersalbe, und dass es angeblich noch nicht zu spät sei. Hoffentlich schaff ich das! Hoffentlich ist es wirklich noch nicht zu spät! ... Ich renne nach oben.

Hinter mehreren halbgeöffneten Türen entlang des Treppenhauses spähen Nachbarn ... Huch!, haben die etwa etwas mitbekommen?! ... Sie gaffen mich an, aus ihren kleinen, schwarzen, finster dreinblickenden Pupillen strahlt mir nur pure Angst entgegen.
Noch eine Etage ... Ah, Nathalie! ...
„Hallo", gähnt sie, in ihrer Wohnungstür stehend und reibt sich die Augen, „komm rein, willst du n` Tee?"
„Nein, danke, heute nicht, wirklich ...", schlage ich überstürzt aus.
„He? ... Ist was passiert?", frage Nathalie verstört.
„Was sollte immerzu passiert sein?! Nichts ist passiert, nichts! Ich hab jetzt nur schrecklich wenig Zeit! ... Klar?"
Ich explodiere fast, versuche sie anzulächeln, aber sie ...
Ach, was weiß ich, was sieht sie? ... Hol` dich der Teufel!
Ohne weitere unnötige Worte husche an ihr vorbei und renne die Treppen weiter nach oben.
„Etwas muss in deiner Tasche kaputt gegangen sein",

ruft sie noch hinter mir her. Ich schaue nach unten ... Mein Gott! ... Es gießt jetzt tüchtig! Im Treppenhaus bleibt hinter mir eine dünne Spur.
"Ach du Scheiße!", tue ich überrascht. "Das ist die Tomatensuppe!", rufe ich zurück.
Wie versteinert steht Nathalie auf der Schwelle und wie es scheint, denkt sie über etwas intensiv nach.
Ach, na ja, dann denke nur, grüble ruhig nach! ... Jetzt bin ich nicht im Stande dir das zu erklären. Schnell ... Sooo ... Ich trete an meine Wohnungstür heran und versuche den Schlüssel in das Schlüsselloch zu stecken ... Also was ist? Was ist los?! ... Der Schlüssel passt nicht! Mein Kopf dreht sich, im Magen Krämpfe ... Ein anderer Schlüssel steck von innen! Jemand ist dort, jemand ist da drin! ... Aber Unsinn! Wer sollte schon da drin sein? ... Ich versuch es von neuem. Wieder nichts. Was soll das?! Ich schaue mir den Schlüssel in meiner Hand genauer an. Ach, na ja! ..., das ist dann wirklich ein schwierig Ding! ... Du Trottel! Passt nicht, passt nicht! ... Schnell wende ich den Schlüssel zwischen meinen Fingern und führe ihn dann in das Schlüsselloch richtigrum. Na bitte, du passt nicht! Klack und die Tür steht offen ... Uff! ... Eine Welle fürchterlicher Luft eilt mir entgegen. Schnell trete ich ein.
Ein dunkler Korridor, ein Blecheimer in der Ecke, an der Wand Brennholz, obendrauf ein Beil; auf seinem stählernen Teil zeichnet sich im Halbdunkel deutlich ein dunkler glänzender Fleck ab ... Schnell! Beeile dich! ... Ich schließe die Tür hinter mir zu und beeile mich durch den Korridor in das Hinterzimmer ... Schnell! ... Küche, WC, ein Zimmer links, schmales Tischchen mit Telefon. Ich schreite über die Schwelle des hinteren Zimmers.
Zak Zak! Hop Hop! Alles, wie gewohnt. Alles, wie ich es verlassen habe: schwarzer Docht einer ausgebrannten Kerze ragt aus einem Berg krummer Kippen, die einen kleinen, auf dem breiten Wäschekorb stehenden Porzellantellerchen völlig unsichtbar machen. Eine leere Wein-

flasche und zwei Gläser mit dunklem lila Bodensatz stehen daneben. Ein Tonbandgerät auf dem Boden, Kassetten überall ringsherum; links an der Wand, vor dem Wäschekorb, eine schwere Matratze mit einem runden Loch zu deren Füßen, durch das man eine rostige Feder in der Strohpolsterung sehen kann. Auf der Matratze eine zerknüllte Decke, unter der Decke sie ... Na ja, ehm ... Sie nur zum Teil versteht sich. Beeile dich, schnell!
Ich knie neben der Matratze nieder, nehme meine Tasche von der Schulter ab und öffne sie ... Uhhh! ... Drinnen tiefe Nacht ... Ich muss. Muss! Also los, nicht verzagen. Los! ... Ich tauche meine Arme in die Tasche hinein ... Uhhh! ... Es klebt! Es rutscht! ... Igitt ! ... Ich greife nach ihrem Kopf, ihrer Rübe, mit den Händen und vorsichtig, so, dass er mir nicht ausrutscht, ziehe ich ihn, wie eine große tropfende Melone ans Licht ... Wie??! Das hier soll sie sein?!! Ist das so?! ... Huuu! ... Ein Wunder, dass ich mir von der Schau nicht in die Hose mache! Uff! Das ist entschieden zu viel ... Also ne, wirklich, Medusa hättest du zur Schwester haben können! Auf jeden Fall! ... Wasch ihr wenigstens das Gesicht ab.

Ich lege den Kopf auf den Boden und renne in die Küche ... Schell, dort! Ich trete an das Spülbecken heran. Eine Wolke winziger Fliegen fliegt aus einem Berg von Töpfen, Tellern, Topfdeckeln und Gläsern heraus. Uff! Es duftet schon tüchtig! Ich greife nach dem Geschirrlappen ... Bewegung! ... Ich mach ihn unter dem Wasserhahn nass ... Es geht nicht ... Was ist jetzt schon wieder los?! Ach ne! Ne! ... Der Lappen ist mit altem Fett durchtränkt, das Wasser fließt von ihm herunter, in ihn hinein will es nicht. Ach ne! ... Na ja, was soll's? ... Schnell! Mit dem Lappen in der Hand eile ich zu ihr zurück.
„Also zeig mal, komm' mal her", ich setz mich hin auf den Boden, ihre Rübe zwischen meinen auseinandergespreizten Knien, ich streiche ihre kastanienbraune, mit

dickem schwarzem Blut zusammengeschweißte Haarsträhne weg vom Gesicht.
„Also, zeig mal, du Ärmste ..." Mit dem Lappen wisch ich ihre Stirn, ihre Augenbrauen, ihre Augenlieder - zwei, ein wenig angeschwollene, dünne Häutchen mit ein bisschen Blassblau am unteren Rand bei den Wimpern ab. Ich wisch ihr das Blut von der Nase, den Wangen, dem Kinn weg. Es geht, zwar schwer, aber es geht. Allerdings bleiben dicke Fettstreifen zurück, sie glänzt jetzt gänzlich, wie ein Weihnachtsmarktapfel, aber ansonsten geht es einigermaßen.
Ich mache ihre schmalen, regelmäßig geformten Lippen sauber. Sie zittern, kaum bemerkbar zucken sie zusammen. Jetzt haben sie sich ein wenig bewegt! ... Oh, wie schön du im Grunde bist! ... Also gut, wo ist die Wundersalbe? Im Rucksack? Sagte sie, im Rucksack? ... Ich schaue mich im Zimmer um.
„Du, wo hast du deinen Rucksack?" frage ich, aber sie tut so, als wenn sie mich gar nicht hört. Die Augen hält sie geschlossen, Gesichtsausdruck so gut wie keiner, nur ein sanftes Lächeln in den Mundwinkeln verrät sie ..., oder ist das Spott?
„Hörst du?" frage ich von neuem und schüttle den Kopf in meinen Händen. „Wo hast du den Rucksack mit der Salbe hingetan?"
„Hmm ...", murt sie und mustert mich mit überraschten Augen. „Was?"
„Den Rucksack?" wiederhole ich.
„Rucksack?", gähnt sie.
„Ja, zum Teufel! Den Rucksack mit der Salbe?!"
„Ich hab geschlaaafen ...", knurrt sie vorwurfsvoll. „Ej, du hast mich geweckt!!"
„Hör jetzt endlich mit den Dummheiten auf und sag mir endlich, wohin hast du deinen Rucksack hingetan!", verliere ich langsam die Geduld.
„He? Was hast du immer mit dem Rucksack?" fragt sie.
„Wozu brauchst du meinen Rucksack? Ich weiß nicht,

wo ich ihn hingelegt habe. Irgendwo wird er schon sein."
„Eben nicht", erneut schaue ich mich im Zimmer um. „Hier ist er nirgendwo!"
„Ach, na ja, dann habe ich ihn wohl woanders hingelegt. Was weiß ich. Vielleicht ist er im Flur, oder in der Küche …"
Ich lege den Kopf wieder ab auf den Boden und renne aus dem Zimmer. Das war zuerst ein Geheul: „Och och aua! … Was hast du da nur getan?! Mein junges Dasein hast du vernichtet! Och! Och! Och! Und ich wollte dich lieben! Mit dir leben! Dir wollte ich Kinder geben! … Ich wollte, dass es uns allen gut geht!" Das waren Bitten! „Bringe mich nicht in den Wald! Bringe mich zurück zu meinem Körper! Hörst du? Dort gehöre ich hin, zum Körper! Es ist noch nicht alles verloren … Im Rucksack, er liegt neben der Matratze in deinem Zimmer, hab ich eine Heilsalbe, die gab mir einst eine Zigeunerin. Bringe mich zurück, füge mich dem Körper zu, beschmiere die Wunde mit der Salbe, dann werde ich langsam, innerhalb von zwei Stunden, dem Körper wieder anwachsen. Alles wird wieder in Ordnung sein, keiner wird was erfahren … Machst du das so, ja? Der ganze Tag liegt noch vor uns … Hörst du? Der ganze Tag!" … Tja! …, das war zuerst Aufregung und jetzt bist du zu allem so lax! Ich eile durch den Korridor, schaue mich im Zwielicht um, nirgendwo ist was. Rechts die Küche, ich laufe hinein. Also was ist? Wo ist er? Wo? … Na, wo ist er?! Ah, hier! … Ich stürze zum Tisch, an einem Stuhl dort liegt ein schwarzgefärbter Militärrucksack, ich tauche meinen Arm in ihn hinein. Ich wühle in durch, ich taste mich vorwärts, eine Fülle von allerlei, etwas halte ich fest … Ich ziehe es raus, auf der flachen Hand kullert mir hin und her ein kleiner Plastikbehälter mit irgendeiner Flüssigkeit darin - ihre Kontaktlinsenkapsel. Ich leg sie auf den Tisch. Weiter! Weiter! … Ich ziehe eine Geldbörse raus, sie fliegt auf den Tisch. Weiter! - Ein Kamm - auf den Tisch …, aber, was soll's?! … Ich hebe den Rucksack

hoch und drehe ihn mit dem Boden nach oben. Sein Inhalt kracht auf die Tischplate. Meine Güte, das sind Geschichten! ... Also schnell, wo ist sie ..., deine Salbe? ... Ein Schlüsselbund, eine Zigarettenschachtel, ein Notizbuch ... Weiter! Weiter! ... Aha? Sieh da! Na, wer hätte das gedacht?! - Ein Lippenstift! - Mann erfährt immer wieder etwas Neues. Tsjaaa! Na, das sind mir ja Neuigkeiten! Ach du Backe! ... Also weiter! Weiter! ... Eine Zeitung, ein Buch ... Ha! Mein Buch! Aber, na das ist wohl ... Zum Teufel, wie geht sie mit ihm um?! Ich hebe das Buch hoch. Hier ist es schon von irgendetwas besudelt, die Seiten sind zerknickt ... Hier! Hier! Der Einband ist auf dem Rücken zerrissen! ... Ich öffne das Buch, glätte wieder grade die zerknickten Ecken. Himmelarsch, wie liest sie denn?! Das ist doch nicht normal! Ich schließe das Buch und lege es vorsichtig auf den Tisch, abseits der ganzen Unordnung. Ich werde ihr nicht einmal noch was borgen! Niemals wieder!

Also, was ist zum Teufel los?! Wo steckt die Salbe? Ich wühle in dem Haufen. Hier ist sie doch gar nicht! Nichts ist hier! Nichts! ... Ach du Scheiße! Na klar! Ich Dummkopf! Das es mir auch nicht sofort einfiel! Hier ist nichts und niemals war hier auch was! Na klar doch, ich Hirni! - So ein Blödsinn: ‚... du beschmierst mich, fügst mich bei, innerhalb von zwei Stunden werde ich anwachsen ...' O je o je! Ich Idiot! Betrogen hat sie mich! Betrogen! ... Ausgetrickst!

Mein aufgeschrecktes Herz pumpt mir in den Kopf eine Unmenge von Blut, es sticht mich scharf in der rechten Schläfe, am oberen Gaumen Geschmack der Galle ... Was nun? ... In den Augen stehen mir die Tränen ... Was nun? Was nun?

Aber warte! Warte doch! ... Nicht so stürmisch! Keine Panik auf der Titanic ... Was ist das, dieses Ding hier? Ich greife nach einem kleinen hellbauen Kästchen, das dort zwischen einem zerknüllten Handschuh und irgendeinem verdreckten Heft liegt. Es handelt sich um ein ovales

Blechetui, nicht größer als eine Streichholzschachtel, mit einem schönen Klappdeckelchen ... Vielleicht doch? Beeilung! ... Mit dem Daum hebe ich ein wenig das Deckelchen an - das Deckelchen springt zur Seite ... und wirklich! Da drin befindet sich tatsächlich irgendwelche Salbe. Heilbalsam? Es handelt sich um eine farblose gallertartige Masse - es sieht mehr nach einem Masturbationsgelle aus. Vorsichtig hebe ich das Etui zu meiner Nase hoch ..., hm einen Geruch hat es auch nicht. Weiß der Kuckuck, was das ist, aber nach wie vor, es handelt sich um eine Salbe! ...

Im Hinterzimmer ist ein leises Husten vernehmbar. Ich verlasse die Küche und mit dem Gelle in meiner Hand eile ich zurück zu Ihr ... Zimmer links, Tischen, Telefon ... Ich springe über die Schwelle.
Was?! ... Unmöglich! ... Der Kopf! Wie?! Er ist weg! ... Weg? ... Nicht weg, nicht weg. Der Kopf ist wieder auf seinem Platz! Nämlich auf seinem richtigen Platz! ... Ja! Der Kopf sitzt wieder auf dem Hals!
Ich verstehe es nicht. Wie kommt das? - Irgendwie gelang es ihm, auf den Hals zu kommen, während ich in der Küche war. Er sitzt dort fest und natürlich, wie die ganze Zeit davor.
„Hier", flüstere ich und reiche die Salbe Chris, die ich, mit dem Rücken gegen die Wand angelehnt, in der einen Hand brennende Zigarette, in der anderen ‚Die unerträgliche Leichtigkeit des Seins', auf meiner Matratze sitzen sehe. Es besteht kein Zweifel: es ist Sie! Wirklich Sie ..., lebendig, gesund, zufrieden. Sie sitzt hier, als wenn es sich um die selbstverständlichste Sache der Welt handeln würde, auf der Matratze und, den Kopf ein wenig zur Seite geneigt, einfach liest!
„Hier ...", wiederhole ich, „... die Salbe."
Chris hebt ihren Kopf und blickt mich an, ihre nackten Beine hat sie unter der Decke versteckt, sie ist hinreißend, wunderschön ..., nichts verstehe ich. Ich habe sie

doch noch nicht eingesalbt! Chris lächelt mich kurz an, zieht an ihrer Zigarette und den Rauch durch ihre Lippen ausblasend, beugt sich wieder über ihrem Buch.
Mir ist schwindelig, ich wanke vorwärts, kurz vor der Matratze bleibe ich stehen. Es handelt sich doch um Sie, nicht wahr? Sie ist es! ... Sie sitzt hier, atmet, raucht ihre Zigarette ... Ich lasse mich vorsichtig auf den Rand der Matratze nieder. Christiane blickt konzentriert die Buchseite an, ein dünner, blaugrauer Rauchstrahl steigt von der Zigarette, die sie mit dem Glutende nach oben hält, zur Decke hinauf.
Störe sie nicht! Lass sie ..., lass sie lesen! Beobachte nur. Leise ..., ja, so ...
Ach, Chris! Uhhhh! ... Du bist vollkommen! Wie hat es mir nur gelingen können? Wie konnte es mir gelingen, Dich zu ergattern?!! Chris! ... Was? ... Oha!
Christiane guckt mich plötzlich direkt an, in ihren Augen strahlen Freude und Wut gleichzeitig.
„Chris?" ich lächle sie an. Aber sie ..., oha! Mit einem lauten Knall klappt Christiane das Buch zu, holt einmal aus und wirft es gegen meine Brust.
„Was iiiiiisst?!!" kreischt sie, wie verrückt und schmeißt sich mit dem Gesicht auf das Kissen. „Was ist an mir zu sehen?! Du starrst mich ununterbrochen so an!"
„Das stimmt nicht! Was hast du denn?" wehre ich mich.
„Ich starre dich überhaupt nicht an!"
„Doch!" knurrt Christiane und mit beiden Händen hämmert sie auf das Kissen ein. „Immer hab ich das Gefühl, dass du mich beobachtest!"
„Was?! ... Dass ich dich beobachte?!"
„Ja! Die ganze Zeit, immer fühle ich mich von dir beobachtet!"
„Das ist Unsinn! Ich beobachte dich doch gar nicht!"
„Doch, tust du doch!" bleibt Christiane beharrlich.
„Nein, tue ich nicht!"
„Doch!" knurrt Christiane, die Schläge ihrer Fäuste werden jedoch immer schwächer, ihr ganzer Körper wird

allmählich ruhiger und die Muskelspannung lockerer.

„Na und?", spreche ich in der Stille, „… auch wenn ich dich beobachten würde, was wäre dran, he? Du gefällst mir einfach! Hörst du, Chris?! Du gefällst mir unglaublich sehr! Du bist die alle alle schönste …, die wunderbarste, die …"

Christiane richtet sich schnell auf, den Zeigefinger der rechten Hand senkrecht über die zusammengepressten Lippen. Sie schaut mir streng in die Augen und schüttelt eifrig den Kopf. Ich verstumme.

Wir sitzen uns gegenüber, einer dem anderen ins Gesicht schauend. Durch das halbgeöffnete Fenster strömt kühle Luft ins Zimmer hinein.

„Hey", atmet Christiane plötzlich aus und schwenkt mit dem Arm in meine Richtung. „Guten Morgen", grüßt sie und lächelt, ihre Fingerspitzen berühren im Flug leicht den Kragen meines Hemdes.

„Guten Morgen …", erwidere ich kaum hörbar.

„Wo warst du so lange?" fragt sie.

„In der Küche", antworte ich.

„Ich dachte, du kommst nie wieder. Wie spät ist es?"

Ich schaue mich im Zimmer um, aber weder der Wecker noch meine Armbanduhr sind irgendwo zu sehen.

„Warte, ich guck mal nach!" ich springe auf, will in die Küche.

„Hey!" ruft mich Christiane zurück, ihr Blick verfolgt mich mit großer Dringlichkeit. „Hey …", wiederholt sie flüsternd und streckt ihren Arm nach mir. Ich bleibe stehen. Christiane lächelt mich an, deutet mit dem Arm neben sich, sie senkt ihren Blick und sogleich mustert sie mich forschend; von den Handflächen schießt mir eisiger Schweiß hervor. Ich drehe mich an der Schwelle um und gehe zurück zu der Matratze. Ich schaue auf Chris herab, ich zögere, mein Atem bebt.

„Hm …", deutet mir Christiane erneut, dass ich mich hinsetzen soll.

„Chris!" dringt es mir aus der Brust. „Ist das wahr? Chris

..., bist du das? Wirklich? Ist das nicht nur ein Traum? ... Chris!"

„Hmm ...", lächelt Christiane leise und senkt ihren Blick. Ich setze mich auf die Matratze zu ihren Füßen.

„Chris, ich dachte, dass ..."

„Pst ...", unterbricht sie mich, ihre Finger dringen in mein Haar ein. Christiane beugt sich über mir und bläst mir leicht ins Gesicht.

Ich rutsche näher zu ihr. „OJ! Ojoj! ... Ojojoj!" Ungewollt versetze ich ihr dabei mit meinem Elenbogen einen harten Stoß in das Knie. „Verzeihe!" schreie ich hysterisch auf. „Verzeih! Tut es weh? ..."

Christiane schaut mich stumm an, sie lächelt ..., oder was ist das? Ach! Ich schließe meine Augen, ich sinke ..., immer tiefer, langsam lege ich meinen Kopf auf Christianes Bauch. Ich spüre, wie sich Christiane über mich beugt.

„Pssst ...", flüstert sie, streichelt mein Haar und bläst mir sanft ins Gesicht. Ich atme tief, ihr geschmeidiger nackter Bauch wärmt mich am linken Ohr. Draußen rauscht Laub im Wind ...

„Chris", flüstere ich und strecke mich nach ihrem Arm aus. Unsere Fingerspitzen berühren sich, streicheln sich gegenseitig, zittern ... Ihre Hand drück meine Hand, sie wärmt sie, sie schmiegt sich an sie heran und entwischt ihr sogleich, wie verrückt ..., ich greife nach ihr wieder. Ich streichle ihr Handgelenk, steige höher: der Flaum auf dem Unterarm, der Ellbogen, das Grübchen über dem Ellbogen, ein langer glatter Bizeps. Ich will näher, mache die Augen auf ... Christiane neigt sich tief über mir und beobachtet mich konzentriert aus der Nähe.

„Das ist schon komisch", sagt sie nachdenklich. „Ein komisches Gefühl, wenn mir ein erwachsener Mann einfach so im Schoß liegt ..., wie ein kleines Kind."

Ich erhebe mich auf die Knie, ich knie vor Christiane, greife nach ihren beiden Händen: „Chris!" frage ich heiser, „sag, ist zwischen uns etwas?"

Christiane schweigt, betrachtet mich fest.
„Ist?" frage ich von neuem.
„Zwischen uns ist das alles hier", lacht Christiane und macht eine Bewegung mit den Augen im Raum.
„Nein, nein ..., ich meinte nicht die Luft", wende ich ein.
„Ich meine auch nicht die Luft", sagt Christiane ernst und schaut mir direkt in die Augen. „Zwischen uns ist das alles hier ... Der ganze Raum! Zwischen uns ist oben und unten ... Spürst du das denn nicht? Zwischen uns ist so ein sehr dünner Faden ..., hier ... und hier. Siehst du es?" Christiane deutet auf eine, durch die Luft von meiner zu ihrer Stirn führende, unsichtbare Gerade. „Spürst du es nicht?"
„Ja, ich spüre es", stimme ich aufgeregt zu, „ich spüre es auch. Aber warum hast du mir gestern erzählt ...?"
„Pst ...", lässt mich Christiane nicht zu Ende reden und bläst mir wiederholt ins Gesicht. „Pst ... Pst ..."
„Aber du sagtest doch ..."
„Ich sagte, ich sagte!", unterbricht mich Christiane energisch. „Sagen kann man vieles. Das, was ich sagte war gestern ... und heute ist heute. Klar?"
Ich schau sie an. Ich nicke zu.
„Hast du da nicht eine schöne Musik?" fragt Christiane und lächelt mich verschwörerisch an.
„Was ..., Musik? Aber sicher!" ich eile zum Tonbandgerät. Schnell ... Was? Was ist das? Etwas ist dort! ... Etwas steht mir im Weg. Ich schaue nach unten: auf dem Fussboden liegt meine Tasche. Aber das! ... Was? ... Ich denke nach ... Na, was? Was ist denn?! Was? ... Mit einem Tritt befördere ich die Tasche in eine Ecke und beuge mich zu dem Tonbandgerät hinunter ... Klick. - Eine Kassette der vergangenen Nacht ... Ich nehme sie raus, drehe sie um und schiebe sie in das Gerät zurück.
Christiane streckt sich nach einer Schachtel Cabinet auf dem Wäschekorb aus und zündet sich eine neue Zigarette an.
Ich werfe mein Hemd ab, ich mühe mich aus der Hose,

ich eile zu ihr ..., zu ihr, unter die Decke. Ich rücke näher, ich schmiege mich an sie heran. „Chris", flüstere ich, meine Fingerspitzen berühren ihre Lippen. „Chris", ich streichle ihr die Schultern, ich lege ihre weichen Brüste in meine Hände.
„Eeej ..., das kitzelt!" erzittert sie und lachend jagt sie meine Hände fort. „Hm? Willst du?", sie bietet mir ihre brennende Zigarette an. Ich nehme sie von ihr, ziehe einmal kräftig ..., in wilden Akkorden einer Gitarre tönt aus dem Tonbandgerät Gesang russischer Roma:

> *Za poslednuju, poslednuju petjortschku*
> *kuplju ja trojku loschtschadej*
> *a tam ja kutschum za Wodku*
> *a padnimam brat praskarej*

„Chris, wie ist das möglich?" frage ich. „Ich hab dich doch ..." Christiane legt mir ihren Zeigefinger quer über die Lippen, mit der anderen Hand nimmt sie sich ihre Zigarette zurück, sie schaut mich an und schüttelt den Kopf: „Pst ...", flüstert sie. „Pst ..."
„Chris ...", stottere ich, „ ... ich. Chris ..., ich ... Ich hab ... Ich liebe dich. Chris ..."
Christiane schaut mich an, sie bewegt mit dem Kopf im Takt der Melodie. Ich kuschle mich an sie heran ... Ich küsse sie auf die Lippen, ich küsse ihren Hals, ihre beiden Brüste, Christiane schließt die Augen, sie lacht, leise summt sie mit den Zigeunern. Wir liegen nebeneinander, halten uns an den Händen; irgendwo in der Ferne heult ein Zug ...
Eine plötzliche Windböe weht ins Zimmer eine Handvoll frischer Luft hinein.
„Chris!", sage ich und richte mich ihr gegenüber auf. „Komm, lass uns wegfahren! Ja? ... Jetzt gleich! ... Bist du dafür?"
„Ja!", atmet sie heftig aus.
„Wir fahren sofort weg ..., weit weg!"

„Ja!"
„Per Anhalter ..., irgendwo ans Meer!"
„JA!" ruft Christiane begeistert, streckt ihre Arme nach mir aus, umarmt mich und küsst mich lange und langsam.
„Sofort pack ich meinen Schlafsack!", sage ich und stehe auf. „Brauchen wir noch was?" Ich schaue Christiane an, aber sie lacht nur, schüttelt den Kopf, strahlt ...
„Hu, Chris! Wir brechen auf!"
Ich beuge mich zu ihr und küsse sie auf die Stirn. „Hast du nicht Hunger?" frage ich sie.
„Hm", nickt sie zu.
„Warte, sofort mach ich uns Frühstick ... Eier? ... Rühreier, ja?"
Christiane lacht, zieht sich die Decke über ihre Schultern. Ich renne weg ... „Heey ...", stoppt sie mich noch, ich gehe zurück. Christiane streckt ihre Arme mir entgegen, sie fast mich an den Händen, sie schaut mich an, sie ist plötzlich ganz anders ... Oh, ist das ein Blick! ... Noch nie hatte mich irgendeine Frau so angeschaut! Ich spüre, dass auch mein Blick sich schnell ändert. „Jan", flüstert Christiane, „du bist so groß! Du bist so schön! ... Jan."
Eine unendliche Ergebenheit überschwemmt plötzlich ihre braunen Augen. Sie blickt mich zärtlich, scheu, ein wenig traurig im Dämmerlicht des Zimmers an. Am liebsten würde ich vor Freude schreien! ... Aber ... Was? ... Was ist das?
„Aufmachen! Aufmachen!" Jemand hämmert gegen die Wohnungstür. „Machen Sie auf! Im Name des Volkes!"
„Ja, ja ...", rufe ich in den Flur, „... ich gehe schon! Moment mal! ... Chris, zieh dir etwas über." Ich streichle Christianes Gesicht und stehe von der Matratze auf.
„Aufmachen!", unaufhörlich hämmert die Faust gegen meine Tür.
„Ja doch immer! - Chris?", sage ich und schaue Christiane an, die jetzt ein wenig geduckt an der Wand hockt.
„Ist was?"

Christiane schüttelt den Kopf und lächelt mich scheu an.
„Machen Sie auf! ... Aufmachen!"
„Ja-ha! ... Was soll der Krach?! Ich gehe schon ... Chris?!"
Christiane windet sich in einen Knäuel, sie zittert am ganzen Körper.
„Chris!" erschrocken schaue ich meine Heißersehnte an.
„Mein Gott, Chris! Was ist?!" Ihr Gesicht verändert sich schnell: es wird blass, es nimmt eine unschöne Kreidefärbung an, um ihre Augen bilden sich zwei große dunkelblaue Ringe, ihre Lippen werden schmal, ihre Nase ist urplötzlich zum Kotzen spitz. Ich stürze wieder zu ihr, ich streichle ihre Arme. „Chris, was ist mit dir? Was fehlt dir? Chris!"
„Nichts", sagt sie müde. Ihre Augenlieder werden schwer, ihre Augen schließen sich.
„Chrisiii", wimmere ich und reibe ihre Handflächen, die plötzlich regungslos auf meinen Oberschenkeln liegen ...
„Chris! Ne!", bricht verzweifelt aus meiner Kehle hervor. Auf ihrem Hals sehe ich deutlich eine tiefe blutige Rille.
„Lass mich", röchelt Christiane mit Anstrengung, sie müht sich zu lächeln, „hindere mich nicht."
„Nein", keuche ich.
„Es muss so sein", sagt Christiane. „Am Anfang dachte ich, dass ich es alleine schaffen werde, dass ich dessen noch fähig bin, aber jetzt sehe ich, dass ich meine Kräfte überschätzt habe ... Es geht einfach nicht. Wahrscheinlich hab ich schon zu viel Blut verloren."
„Die Salbe!" schreie ich auf und stürze mich zum Wäschekorb, auf den ich das Blechetui hingelegt habe.
„Salbe?", bewegt Christiane kaum hörbar die Lippen.
Ich klappe den Deckel auf, mit zittrigem Finger nehme ich ein bisschen von der Masse und schmiere sie Christiane in die Wunde auf ihrem Hals hinein.
„Hej ...", flüstert Christiane, in den Mundwinkeln zuckt ihr ein leises Lächeln, „ ... was machst du da? Es ist kalt!"
„Zwei Stunden?", frage ich. „Sagtest du, zwei Stunden?"

„Zwei Stunden? ...", wiederholt Christiane heiser. „Ach ja ..., die Salbe! Tsja, weißt du, lass es ..., lass es sein. Das mit der Salbe, das habe ich mir nur ausgedacht. Es gibt keine Salbe. Mit der Anspannung aller ihrer Kräfte bemüht sich Christiane um ein Lächeln. „Bist du mir böse?", fragt sie und sucht mich mit ihrem erschöpften Blick.
„Chris!" schreie ich und rüttle ihr die Schultern. „Chris, was ist mit dir? Hörst du? ... Was soll ich tun? Sag, Chris!"
Die Schläge gegen meine Wohnungstür nehmen an Intensität zu. Ich höre das Krachen des Holzes. Christiane schweigt, sie guckt mich an ..., oder sie gafft einfach nur so vor sich hin? Sie grinst erstarrt.
„Chris!!!", will ich erneut schreien, aber die Stimme bleibt mir irgendwo im Hals stecken. „Chris, nicht doch! Das darfst du nicht! Hörst du? ... Chris, das darfst du nicht! - Ich brauche dich! ... Nein, nicht so ... Ich liebe dich!!! ... Aber nein ... Ach, Chris! Ach je! ... Ach!"
Der Lärm im Flur hört plötzlich auf. Ich horche - in die Stille, die jetzt rings herum herrscht, tönt nur das Weinen der Roma.
„Chris ...", flüstere ich. „Chris, hörst du? Wenn du also unbedingt willst, dann geh. Hörst du? ... Du kannst gehen. Kehr zurück, wenn das nicht anders geht ... Kehr zurück zum Falko. Ich bin nicht mehr eifersüchtig. Wirklich! ... Ich hab mich damit schon abgefunden. Chris, hörst du? Bist frei! ...Kannst gehen ..."
Christiane hebt ihre Hand hoch, sie streckt sich nach meinem Gesicht aus.
„Bist frei", wiederholen meine Lippen, „... kannst gehen!"
Christiane versucht von neuem zu Lächeln, sie nickt.
„Ja, bist ..." ... aber ... Mein Gott! Nein!! Christianes Kopf verlässt plötzlich seinen festen Platz auf dem Hals und ... Nein, nicht! Das nicht!!! ... fällt herunter, schnell, leise, unaufhaltsam ... „Chris!" zische ich. „Chriiiiiissss!"

Wie ein Riesenrettich fällt der Kopf auf das Parkett und mit einem Höllenkrach rollt er auf die Mitte des Zimmers zu.
„Chris!" schreie ich, will zum Kopf. „Aufn Hals! ... Aufn Hals gehörst du!"
Huch! Jemand ist im Flur ... Lärm! Im Flur ist Lärm! Irgendjemand ist in meiner Wohnung!
Mein alter Kohleneimer klirrt, eine Männerstimme schimpft.
„Hilfe! ... Chris! ... Hilfe!" Schritte. Viele Schritte!! ..., ein nervöses Flüstern. „Hilfe!"
Huch! ... Schnell, schnell ... Ich krieche zurück auf die Matratze hinauf. Schnell! ... Eilig reiße ich noch ihren Körper an mich und werfe über uns die Decke ... Huch! ...
Ich ducke mich unter der Decke, mein Atem bebt, in der Dunkelheit drücke ich ihre kalten Schultern. Der Lärm kommt näher. Der Zigeuner wird wehmütiger. Und schon sind sie da! - Ich presse mich an sie, schließe die Augen ... Der Zigeuner singt:

> *Tschewo tu njet, tschewo ta zschal*
> *kawo ta sjerdce bjot sa v dal*
> *ja wam skazschu adin seckret*
> *kawo ljubju, tawo zdes net.*

> *Wer ist nicht hier, wen miss ich sehr?*
> *Wem schlägt mein Herz nach in die Fern?*
> *Ich sag euch ehrlich und das ist wahr...*
> *Die, meines Herzens, ist nicht da!*

Ueber ein Maedchen, dessen Geschichte boese ausging

Sonja Fischer

Wie geht es dir jetzt? – Ich fühle mich, als hätte mich ein Traktor überrollt. – Das gibt sich mit der Zeit, glaube mir. – Wohin gehen wir? – Lass dich überraschen. – Noch eine Überraschung? – Ja, aber eine sehr angenehme! – Wie geht es weiter, da unten? – Jemand wird eine kurze Geschichte über uns schreiben. – Du meinst, die Ereignisse geben nicht mehr her? –Für einen Roman haben wir nicht lange genug gelebt. – Werden wir uns immer an diesen Alptraum erinnern? – Du wirst vergessen, bald schon, aber hör auf, Fragen zu stellen. Sie verschwenden Energie und wir kommen nicht schnell genug vorwärts. – Eines muss ich noch wissen: Warum ich und warum auf diese Weise? – Was für seltsame Fragen du stellst. Deine Zeit war gekommen und du warst zum richtigen Zeitpunkt am richtigen Ort. –

*

Über ein Mädchen, dessen Geschichte böse ausging

Veränderungen sind Bestandteil unseres Lebens. Nichts ist von Dauer, nichts wird morgen sein, wie es heute ist. Eine Wahrheit, die tröstet, hinter der sich Schönes, aber auch Schreckliches verbirgt. Heute lache ich, weil ich bin und schon morgen bin ich tot.

*

Ich starre auf die menschenleere Straße vor meinem Fenster, ein regennasser glänzender Rücken, der vor mir liegt, gehe sie mit meinen Augen auf und ab, als würde ich hier die Lösung finden, die ich suche und endlich begreifen, warum der Gedanke an den Tod mein Leben bestimmt, wie das Atmen, wie Essen und Trinken. Auch jetzt versuche ich, den Ursprung meiner schwermütigen Stimmung zu ergründen, der meine Nerven in alle Richtungen gleichzeitig zerrt, und wie immer beginnt und endet meine Suche hier, in dieser Wohnung, in der sich mein Leben aufs Überleben reduziert hat.

Vor beinahe einem halben Jahr bin ich in das Apartment gezogen und zieht man die ersten beiden Monate ab, die vergnüglich waren, wie all die Jahre in meinem so kurzen Leben, verbleiben vier Monate, in denen ich, verfolgt von Zweifeln und gefangen in Todesahnungen, erkennen musste, dass die Realität meiner Ängste einen wahrlich bösen Einfluss auf mein Leben hatte. Ich weiß, dass das Verhängnis eines gewaltsamen Todes über mir schwebt und die Verbissenheit, mit der ich an diesem Gedanken festhalte, ist nur schwer zu begreifen. Jeder Beweis, den ich heranziehe, klingt dürftig und an den Haaren herbeigezogen. Und doch… Ich spüre es mit all meinen Sinnen. Überdenke ich Details und Ereignisse, egal, wie unbedeutend sie auch erscheinen und gleichgültig, wie unauffällig sie sich im Nachhinein auch darstellen mögen, es sind und bleiben Auffälligkeiten, die aneinandergereiht, sich wie ein Puzzle zu einem Ganzen fügen, die seltsam grauenvoll nur dann einen Sinn ergeben, wenn an ihrem Ende mein Tod steht.
Seit ich das begriffen habe, schleicht Angst durch diese Wohnung, das Gekicher eines bösen Windes, Angst, die mich mit riesigen Maul gierig verschluckt.
Hatten Sie schon einmal eine Angstattacke? Sie beginnt im Bauch, windet sich durch jede Ader, glühende Lava, die einen verbrennt, die das Herz zusammenpresst, einem die Luft abschnürt, die Logik des Verstandes ausschaltet und Gliedmaßen lähmt, weil die Angst sich in ihnen aushärtet. Ich weiß nicht mehr, ob ich je versucht habe, den Grund für all das Unerklärliche herauszufinden und die Person ausfindig zu machen, die dafür ver-

antwortlich ist, dass ich nicht mehr schlafen kann, nicht mehr lache und mich vom Leben in die Einsamkeit meiner verrückten Vorstellungen zurückziehe.

Natürlich habe ich meine Befürchtungen der Polizei mitgeteilt: ‚sammeln sie Beweise, mit denen wir etwas anfangen, liefern sie uns einen triftigen Grund, eingreifen zu können.' Bald schon werde ich ihnen den Grund liefern, der sie davon überzeugt, dass ich weder überspannt noch verrückt war.

Die Hausmeisterin wird die Polizei rufen, weil sich die Nachbarn über den Lärm meines Fernsehers beschweren und ich auf ihr Klopfen und Klingeln nicht öffne. Sie wird ihnen die Türe aufschließen und sie werden mich finden. Blutüberströmt, mit gebrochenem Genick, das Gesicht grotesk zum Rücken verdreht. Und sie werden sich erinnern und die junge Person bedauern, die so grausam sterben musste, weil sie ihren Befürchtungen keinen Glauben schenkten. Nur für mich ist es dann zu spät. Ja, ich glaube an die Vision eines Bildes, das plötzlich an der Innenseite meiner Wohnzimmertüre klebte und dessen Botschaft so entsetzlich ist, dass sie mich in jeder meiner Nächte heimsucht, egal, ob ich träume, oder wach bin..

Etwas hat sich auf eigenartig besitzergreifende Weise auf mein Leben fixiert und es wird nicht damit enden, dass es plötzlich vorbei ist und ich wieder zu Alltagsdingen zurückkehre, als wäre nichts geschehen. Es ergäbe keinen Sinn. Wenn Böses sich soviel Mühe gibt, mein Leben zu besetzen, als wäre es mein Schatten, als hätte es ein Recht darauf, dann doch nur aus dem Grund, mich zu vernichten. Ich will nicht sterben und glauben Sie mir, die Frage, wann und durch wen es geschehen wird, begleitet mich durch die Stunden meiner Tage, beschäftigt meine Gedanken, wenn Dunkelheit mich vom Leben außerhalb meiner Wohnung isoliert und in die Rolle des Opfers zwingt, das von Furcht zerfressen, in einer Ecke des Zimmers kauert. Wer hasst mich sosehr, dass er den

Wunsch verspürt mich zu töten und es ihm egal ist, dass er dadurch zum Mörder wird? Wer versetzt meinem Leben den Todesstoß, vernichtet Pläne und Wünsche, die meine Orientierung waren und die jetzt, bedeutungslos geworden, vor mir die Flucht ergreifen?
Die Ereignisse spitzen sich zu, drängen auf das blutige Finale. Die Hoffnung, ich hätte mir alles nur eingebildet, ist gestern Nacht endgültig gestorben und kurz vor meinem Ableben kann ich Ihnen versichern, dass mir der Tod jetzt nicht mehr Angst bereitet, als die Summe aller Vorkommnisse, die mich auf ihn vorbereitet haben.

*

In dieser Wohnung ist schon einmal ein Mord passiert. Ein Mord, der ein Jahr zurückliegt und nie gesühnt wurde. Es gab Verdächtigungen, gestreut auf viele Personen, denen zu viele Beamte nachgingen. Sie verzettelten sich in ihrem Bemühen, den Verbrecher zu überführen und letztendlich blieb die Tat für den Mörder ohne Konsequenzen.
Auch die Frau damals war jung, hübsch und hatte nur das eigene Vergnügen im Kopf. War Unbekümmertheit der Grund und die Art, wie sie spielerisch mit Menschen und Situationen umging? Vielleicht störte den Mörder, dass sie nichts ernst nahm und das Leben in vollen Zügen genoss. Sie besaß keine Tiefe, wenn Sie verstehen, was ich meine. Und wie immer, wenn ich mich an die Greueltat zurückerinnere, stellt sich mir die Frage, warum der Fall nicht gelöst wurde. Spuren gab es reichlich und jede wies mit ausgestrecktem Finger auf den Mörder. Macht Übereifer wirklich so blind, dass die Ermittler die Fährte nicht sahen, der sie nur folgen mussten, um zum Täter zu gelangen?
Jetzt wird wieder ein Mord passieren, in dieser Wohnung, ausgeführt von derselben Person. Der Mörder wird sein Opfer langsam in den Wahnsinn treiben, um es am Ende kaltblütig zu töten. Und ich werde dabei zu-

sehen, obwohl ich Gewalt in jeglicher Form verabscheue. Ich werde zusehen und nichts dagegen unternehmen.
Sie fragen, warum? Dieser Mord hat die Aufgabe, den Täter zu überführen und das erste Verbrechen zu sühnen und er soll weitere Morde verhindern. Ohne diesen Mord würde das Töten weiter gehen, in Abständen, die immer kürzer werden, weil der Täter ein beinahe sinnliches Vergnügen verspürt, sein Opfer vom Leben zu isolieren, dessen Verstand mit Angst zu demütigen, und es am Ende grausam zu töten. Sie erkennen die Notwendigkeit dieser Bluttat? Einer musste den Stein ins Rollen bringen und wer wäre dafür besser geeignet gewesen, als ich?
Das Zimmer ist wieder bewohnt. Die Katze liegt auf der Lauer und ich warte, bis mein Stichwort kommt. Noch ist das Opfer ahnungslos, der Mörder ergötzt sich am eigenen Wahnsinn, der ihn auch diesmal leiten wird und ich? Ich lasse es aus egoistischen Gründen geschehen. Möge Gott mir diese Sünde verzeihen.

*

Als sie einzog, wusste ich, das Schicksal meint es gut mit mir. Freundlich hieß ich sie willkommen, bot ihr Hilfe an, wann immer sie meine Hilfe nötig hätte. Erregt spürte ich ihr Vertrauen, das naiv und augenzwinkernd versprach, gerne auf mein Angebot zurückzukommen. Freude zu töten, ergriff mich, keimte in meinem Herzen, schlug Wurzeln und wuchs mit jedem Atemzug, der meinen Körper verließ.
Ich sitze in meinem Zimmer, lausche den Geräuschen ihres Einzugs, höre das fröhliche Lachen, schmunzle über die Befehle der hellen Stimme, die ihre Helfer samt Kartons in dieses oder jenes Zimmer dirigieren. Ab und zu gönne ich mir Blicke in die Vergangenheit, erfreue mich an Aufzeichnungen, die das Chaos festhalten, das Umzüge mit sich bringen. Ich war bei jedem ihrer Schritte dabei, sah und hörte, was ich sehen und hören wollte.

Die Technik macht es möglich. Behaglich lehne ich mich zurück, und während meine Erinnerung abschweift, zu der Frau, die vor ihr das Apartment bewohnte, erschauere ich bei jedem Schlag der notwendig war, mich von ihr zu befreien. Kommandos holen mich zurück und belustigt sehe ich zu, wie sie jeden Ordnungsversuch der Helfer durcheinander bringt, spule wieder zurück an den Anfang, als sie einzog und ich mir in schillernden Bildern ausmalte, wie sie, nach meiner Fürsorge, so gar nichts mehr mit der lebenslustigen Person zu tun haben würde, die sie in den Aufzeichnungen noch war. Adjektive wie, gehetzt, angsterfüllt, schreckhaft, beschleunigten schon damals den Schlag meines Herzens und bringen mich, auch heute wieder, zum Schwärmen.

Auch die andere hatte nicht mit mir gerechnet, als ich unerwartet hinter ihr stand und die Überraschung mich zu sehen, stand in ihrem Gesicht. Ein Erstaunen, dass sich sehr schnell in panische Angst verwandelte, als sie begriff, worum es ging und dass ich die Lösung war, für all das Unerklärlichrätselhafte in ihrem Leben. Wie gelähmt, leistete sie kaum Widerstand, obwohl der Wille zu leben deutlich in ihrem Gesicht zu lesen war. Etwas explodierte in meinem Kopf und das Vergnügen, dass ich empfand, als ich sie hilflos und bettelnd vor mir sah, ist mit Worten kaum zu beschreiben. Das Büschel Haare in meinen Händen, das Knacken des Knochens, als ihr Kopf gegen die Tischkante schlug, die Leichtigkeit, mit der ich ihn hin und her pendelte und verdrehte. Erst als das Stöhnen und Röcheln aufgehört hatte und nichts mehr zu hören war, als das trommelnde Schlagen meiner Fäuste auf nacktes Fleisch, als der Tod mit gebrochenen Augen durch mich hindurchblickte, erst da habe ich innegehalten. Keuchend und bespritzt mit Blut, das warm an meinem Körper klebte, musste ich nicht hinterfragen, was so offensichtlich war. Ich verspürte keine Schuld, nur unendliche Erleichterung, in die ich hineinhorchte. Die Lust zu töten war befriedigt. Stille hüllte mich ein,

eine Bestätigung, dass ich nichts Unrechtes getan hatte? Konnte ich mehr erwarten? Ich hatte ihrem oberflächlichen Leben ein Ende bereitet, so gründlich, wie ich immer an Aufgaben herangegangen bin, die man mir gestellt hatte, weil Gründlichkeit mir von Kindesbeinen an mit Fäusten eingetrichtert worden war. Wie lange das alles schon zurückliegt.
Jetzt hat das Schicksal die Weichen gestellt, will, dass ich erneut mein Können unter Beweis stelle. Ein weiterer Geniestreich, der mich herausfordert und dafür belohnt, dass ich geduldig auf diese Chance gewartet habe.
Ihre Lebensuhr tickt dem Ende zu, ich höre deutlich das Seufzen ihrer letzten Wochen, auch sie wird sterben. Schon webt meine Phantasie aus Fäden der Furcht ein zärtliches Netz, in dem sie sich verfangen wird, in dem sie kleben bleibt, um ihr Leben zappelt und auf mich wartet, damit ich sie endlich daraus befreie. Wird Jemand eines Tages mich aus den Klauen dieses Wahnsinns befreien?

*

Mein Tagebuch hilft mir, nicht verrückt zu werden. Freunde raten mir kürzer zu treten, weil ich wie ein Gespenst aussähe. Dieser Rat ist nicht kostenlos. Ich verliere sie, weil ich mich verändert habe. Man sieht mir an, dass ich schlecht schlafe. Seltsame Dinge geschehen. Todesangst begleitet sie und erdrückt mich mit ihrer Gegenwart.
Ich weiß, dass während meiner Abwesenheit jemand in meine Wohnung und mein Leben eindringt, dass er Teile davon in Besitz nimmt und sie verändert! Ich komme nach Hause und weiß, er war hier! Ich fürchte mich vor dem Interesse eines Unbekannten!
Die Person scheint durch geschlossene Türen zu gehen, wie ein Geist. Die Tür war nie beschädigt, war verschlossen, ebenso wie die Fenster. Gestohlen wird nie etwas. Er verändert Dinge, beinahe unmerklich! Es klingt so lä-

cherlich, wenn ich es laut ausspreche. Das Bild im Flur. Ein missglückter Versuch, ein Bild aufzuhängen. Es hängt vollkommen schief. Besser gesagt, es hing schief, denn seit ein paar Tagen hängt es gerade, einfach so. Ich komme nach Hause, mein schmutziges Geschirr ist gespült und steht im Schrank, das Bett ist gemacht, der Wasserhahn tropft nicht mehr. Ist das normal? Seit wann spült sich Geschirr von alleine, hören Wasserhähne auf zu tropfen, warum ist mein Bett am Abend nicht zerwühlt, so wie ich es am Morgen verlassen habe? Was bedeutet das Alles?

Würden Sie Worten glauben, die beschreiben, jemand atme leise und so dicht neben ihnen aus und ein, dass sie den Luftzug der Bewegung in ihrem Nacken spüren, ein Streicheln, das sie berührt, obwohl niemand außer ihnen im Zimmer ist? Glauben Sie mir, dass ich das Geräusch federweicher Schritte fürchte, die verhaltener sind, als das Schlagen meines Herzens, die dennoch das Parkett zum Knarren bringen, während ich auf dem Stuhl sitze und mit ansehen muss, wie Staubflusen über den Boden schweben, weil eine leichte Bewegung die angstverbrauchte Luft durcheinander wirbelt, obwohl Fenster und Türen geschlossen sind? Was halten Sie davon, wenn ich Ihnen sage, dass Dinge verschwinden und an völlig irrationalen Plätzen wieder auftauchen, so, als hätte ich sie selbst verlegt, weil meine Gedanken einfach nicht bei der Sache waren? Zuerst belächelt man die eigene Vergesslichkeit. Doch bald wird man stutzig, weil es zu oft passiert und man fängt an, sich zu merken, wo man etwas hinlegt und erkennt, dass man mit dem Versteckspiel nichts zu tun hat. Und die Frage, wer und warum, oder wie er es anstellt, beschäftigt einen ununterbrochen. Eine Gedankenfalle, der man hilflos ausgeliefert ist und der man nicht mehr entkommt.

Als ich heute nach Hause kam und die Wohnungstüre aufschloss, wäre ich am liebsten wieder umgedreht. Warum nicht weglaufen, soweit einen die Füße trugen und

nie mehr wieder zurückkommen in eine Wohnung, die einen, sonnig und warm, dennoch zum Frösteln brachte? Nur, wie sollte ich eine Flucht begründen? Damit, dass frische Blumen und ein liebevoll gedeckter Tisch mich zu Tode erschrecken? Dass die Theaterkarte, die einladend unter der Stoffserviette hervorlugt und die ich mir so gewünscht habe, mir plötzlich Gänsehaut verursacht und der Eintopf, der auf dem Herd duftet und den ich heute zubereiten wollte, mir jetzt Übelkeit verursacht? Würden Sie davonlaufen, wenn jemand so auf Ihr Wohl bedacht, Ihnen jeden Wunsch von den Lippen abliest? Würden diese Annehmlichkeiten Sie unter die Bettdecke treiben, weil es der einzige Platz in der Wohnung ist, an dem sie sich noch einigermaßen sicher fühlen?
Ja, ich habe mit meiner Freundin über all diese Dinge gesprochen, über das Theaterstück und den Eintopf, doch sie kann es nicht gewesen sein. Sie lebt Hunderte Kilometer entfernt in einer anderen Stadt. Sie hätte es niemals geschafft, niemals und unter keinen noch so günstigen Umständen hätte sie, in der Kürze der Zeit, dieses grauenvolle Szenario für mich erschaffen können.
Bald geht die Sonne unter. Ich starre immer noch auf den Tisch, der mit den länger werdenden Schatten der beginnenden Nacht verschmilzt, der zu etwas Bösem wird, dass zurückstarrt, ein lebendiges Wesen, das mich für Stunden ans Bett fesselt, weil es sich in mein Bewusstsein eingenistet hat und es mit Angst vergiftet. Seine Bedrohlichkeit lähmt mich und erst viel später, als ich die Nachtischlampe anknipse, entdecke ich das Kleid, das ich morgen aus der Reinigung holen wollte, das frisch gebügelt, geschützt unter dünner Folie, schon jetzt auf einem Bügel an meinem Schrank hängt. Und was bedeutet der Zettel, auf den mit ungelenker Schrift die Zahl elf geschrieben steht?

*

Zufrieden lehne ich mich zurück. Es läuft gut und ganz nach Plan. Meine liebevollen wohldosierten Aufmerksamkeiten zermürben sie. Sie ist nur noch ein Abklatsch ihrer fröhlichen Unbeschwertheit. Wie erfrischend ihre Reaktionen immer noch für mich sind! Jetzt liegt sie seit Stunden unter der Bettdecke, ohne sich zu bewegen, weil meine Bemühungen sie erneut vor Angst erstarren ließen. Undankbare Schlampe. So wie sie jetzt ist, habe ich keinen Grund mehr, auf sie eifersüchtig zu sein, weil sie beliebt und begehrt ist. Die Leichtigkeit ist dahin, wie das strahlende Lächeln, das jeden bezauberte. Die Haare sind stumpf, die Augen, matt, leuchten nicht mehr, sie wirkt ungepflegt, fahrig, unkonzentriert, älter, weil ihr Körper sich duckt und die Schultern hochzieht, als erwarte er Schläge. Ich fühle mich ihr in tiefer Zärtlichkeit zugetan und beginne doch, mich ein klein wenig zu langweilen. Der Anreiz sollte gesteigert werden. Warum nicht für ein paar Tage verreisen? Der Abstand wird uns beiden gut tun. Wenn ich zurück bin, werde ich entscheiden, wann sie sterben wird. Der Auftakt zum Finale. Ich kann vor Erregung kaum einschlafen.

*

Auch ich unterliege der schwer fassbaren Faszination des Bösen. Sie hat sich in meine Gegenwart geschlichen und ich zapple in einem Netz psychischer Absonderlichkeiten. Ich stehe in der Mitte. Weiß, was der eine denkt, spüre, was der andere fühlt und umgekehrt. Ihr Tod ist in greifbare Nähe gerückt. Wie sehr sich die Ereignisse gleichen!
Bald wird man über sie reden. Das arme Ding, werden sie sagen, wenn sie die Fotos in der Zeitung vergleichen. Das Bild mit dem hübschen Lächeln, den strahlenden Augen, den vom Wind zersausten Haar und dann das Bild, das ihr zerschundenes, bis zur Unkenntlichkeit entstelltes Gesicht zeigt. Warum nur sind Menschen so wenig an guten Nachrichten oder normalen Todesfällen

interessiert? Weil sie gerne über Opfer und Täter spekulieren? Das Wie und Warum ausweiden, bis nichts mehr davon übrig ist? Ich kann die Tat nicht verhindern, die Gründe, es nicht zu tun, sind mir zu wichtig. Jetzt muss ich die nächsten Schritte einleiten, die ein oder andere Sache beschleunigen. Der Mörder will verreisen. Eine Verzögerung, mit der ich nicht gerechnet habe.

*

Seit einer Woche passiert Nichts. Das ungespülte Geschirr steht immer noch auf dem Tisch. Mein Blick saugt sich gierig an dem ungemachten Bett fest und die Socken, die ich auf dem Weg ins Bad verloren habe, entlocken mir ein hysterisches Lachen. Ist es vorbei? Ist es einfach so vorbei, wie es begonnen hat? War es das?
Meine hektische Suche nach irgendeiner Veränderung endet auch heute ohne Ergebnis. Die Person war nicht hier und ich folge dem unwiderstehlichen Drang meine Erleichterung in die Welt hinauszuschreien. Ich lache und weine meine angegriffenen Nerven durch jedes Zimmer. Unordnung, wohin das Auge blickt, eine Wohnung, in der sich nichts verändert hat, die immer noch unordentlich ist, weil man sie so hinterlassen hat und eben erst nach Hause gekommen ist. Gibt es etwas Schöneres, als diesen Anblick? Die Angst ist wie weggewischt. Ist mir, ohne mein Zutun, der Schritt in die Normalität geglückt und darf ich bleiben? Habe ich mein altes Leben zurück, kann ich mich wieder sicher fühlen? Ich greife nach einem schmutzigen Glas und trinke gierig einen großen Schluck des abgestandenen Wassers, als sich mein Blick an der Bewegung unter der Türe festsaugt. Die Freude beruhigt sich, als ein weißer Zettel durchgeschoben wird und ich begreife, dass Hoffnung kein Weg ist, zu entkommen. Die Erschütterung, selbst in diesem glücklichen Moment Teil einer fremden Aufmerksamkeit zu sein, wirkt sich seltsam auf mich aus. Beunruhigt krieche ich unter die Bettdecke, die verbraucht und nach

kaltem Schweiß riecht und betrachte die tiefen Schatten, die in den Ecken des Zimmers hängen, weil das Licht des Tages schwächer wird. Das unaufdringliche Ticken der Uhr wiederholt sich in meinem Kopf zu dröhnenden Schlägen. Mit brennenden Augen starre ich auf den weißen Zettel vor der Tür, der noch nicht da war, als ich nach Hause kam und der, wie von Geisterhand befördert, seine Nachricht an mich übermittelt. Das zittrige Rund einer schwarzen drei.

*

Mitleid überflutet mich. Sie weiß nicht, dass ihr Mörder in diesem Moment an seinen Bildschirm zurückkehrt, dass er, angewidert von der Unordnung in ihrer Wohnung, beschließt, ihr seine schlechte Laune heimzuzahlen. Ich werde dem damaligen Kommissar die Akten des ersten Mordes zuspielen. Der fähigste Mann von allen Beamten, die damals ermittelten. Den Zeitungsausschnitt aus den Ermittlungsunterlagen behalte ich. Der kurze, mit Vermutungen gespickte Bericht wird sie beeindrucken, wie das Foto der Toten sie abstoßen wird. Sie ahnt den Zusammenhang, seit ich den ersten Ausschnitt an ihre Türe geklebt habe. Jetzt wird sie begreifen. Nicht sofort, doch nach und nach.
Ich muss mich beeilen, jeder Schritt, jede Handlung kostet mich Kraft und die Zeit auf Erden läuft mir davon.

*

Ich bin verunsichert. Ein Zustand, der mich wütend macht. Die Tage meiner Abwesenheit scheinen die Regeln verändert zu haben. Die Unordnung in ihrer Wohnung ekelt mich an und meine Wut schmälert das Vergnügen, sie wieder zu verwöhnen. Ein Verlust, den ich ihr anlaste und den ich nicht entschuldigen kann. Was mich jedoch alarmiert, ist die Veränderung, die nicht geplant, sich einmischt, von der ich nicht weiß, aus welcher Richtung sie kommt und wie ich sie einordnen soll. Das

Gefühl der Unsicherheit befremdet mich, weil ich Situationen nicht mag, die mir entgleiten. Wer glaubt das Recht zu haben, in meiner Inszenierung mitzumischen? Ich allein agiere und bringe zuende, was ich begonnen habe, ich allein bestimme den Zeitpunkt ihres Todes und niemand sonst! Merk dir meine Worte, egal, wie viele Zettel und Zeitungsausschnitte du noch in ihre Wohnung flattern und dort herumliegen lässt!

*

Ich habe mir einige Tage frei genommen, die Wohnung hat eine Generalsäuberung mehr als nötig. Dann werde ich meine Freundin besuchen, wir haben uns lange nicht gesehen. Alltagsdinge, neue Pläne. Wunderbare Nichtigkeiten, die mir noch vor einem halben Jahr ein verächtliches Stöhnen über die Lippen getrieben hätten. Jetzt freue ich mich darauf. Ich habe mich sehr verändert, seit … halt! Nicht darüber nachdenken, es ist vorbei und der Zettel, der gestern unter der Türe durchgeschoben wurde, ist nichts weiter, als der dumme Streich eines Kindes. Erleichtert betrete ich die Wohnung. Schon im Flur schlägt mir die Veränderung entgegen. Es riecht nach Zitrone und Amoniak. Die Rollos sind hochgezogen, Sonne flutet herein. Die Gardinen blähen sich leicht im Wind. Der Tisch ist liebevoll gedeckt, das kräftige Rot der Rosen wirkt wie ein Blutstropfen auf der schneeweißen Tischdecke. Auf dem frisch bezogenen Bett ein Zeitungsausschnitt und ein Stück Schokolade. Das Steak in der Pfanne bruzelt ein würziges *Willkommen*
Plötzlich fühle ich mich alt. Meine Beine tragen mich nicht mehr, die Lippen sind trocken. Ich befeuchte sie mit rauer Zunge. Das Schlucken fällt mir schwer. Das Herz trommelt dumpf gegen meine Rippen und erschüttert sammle ich Bild für Bild einer Anwesenheit, die Zeugnis ablegt, dass die Person zurück ist, dass sie wieder teilnimmt an meinem Leben, dass sie niemals wirklich fort war. Und ich weiß, dass sie nur zurückgekehrt ist, um

mich zu töten. Ich akzeptiere die Tatsache, weil ich keine
Kraft mehr habe, an ihr zu zweifeln und decke mich mit
dem Leichentuch der Gewissheit zu, dass es bald schon
vorbei sein wird.
Irgendwann bin ich eingeschlafen. Hat mich das Gefühl,
nicht alleine zu sein, geweckt? Ich blinzle in die Dunkelheit meines Zimmers, das vom kränklichen Licht eines
blassen Mondes erhellt wird. Noch schwebt der Traum
über mir. Die Höhlen in dem blutverschmierten Gesicht
sezieren mich. Kalte, schwarze Löcher ohne Leben, die
mich, ohne zu blinzeln, durchbohren, als wäre ich etwas
Absonderliches. Das Lächeln der entstellten Fratze ist
entsetzlich und gezwungen, eine Grimasse, die mich anstarrt, als hätte sie Mitleid. Ich halte den Atem an, glaube, wenn ich mich nicht bewege, unsichtbar zu sein. Als
die Gestalt sich auflöst, verpestet der Gestank der Verwesung aus ihrem Mund meine Lungen. „Verzeih mir."
Was soll ich mit ihrer Botschaft anfangen? Und noch
während ich mir die Frage stelle, entdecke ich den Zettel
auf dem Kopfkissen und weiß, dass ich nie eine Chance
hatte, zu entkommen. Ich werde in zwei Tagen sterben.

*

Die Dinge nehmen ihren Lauf. Die Nacht ist bald vorbei,
Morgen wird sie mir folgen. Dann wird das Morden aufhören, dafür habe ich gesorgt.

*

Kommissar Mattke ist schlecht gelaunt. Wieder eine
Nacht die zuende war, bevor sie begonnen hatte. Er
steht in der Wohnung der Ermordeten, betrachtet das
von Schlägen entstellte Gesicht. Der Körper liegt in einer
riesigen Blutlache, das Genick ist gebrochen, das Gesicht
grotesk zum Rücken verdreht. Die Hausmeisterin lehnt
kreidebleich im Türrahmen. Sie hat die Leiche entdeckt
und die Polizei verständigt. Sie benimmt sich seit deren
Eintreffen mehr als seltsam und verschwindet, bevor er

sie auffordern kann, zu gehen. Und als ob dieser Mord hier nicht gereicht hätte, beschäftigt Mattke seit Stunden die Frage, wer gestern die Akte des Falls auf seinen Schreibtisch gelegt hat, der nie gelöst wurde. Er sieht den Mord noch vor sich. Die gleiche Wohnung, die gleiche Todesart. Der gleiche Täter? Alles nur Zufall? Er glaubt nicht an Gott und erst recht nicht an Zufälle.

Seufzend verlangt er nach einem Kaffee. Vergeblich. Gereizt drängt er den Gerichtsmediziner nach einer schnellen Klärung des Wie und Wann. Die Spurensicherung verrichtet ihre Arbeit, Mattke kommt sich überflüssig vor und nötigt sich ins Erdgeschoss, in dem die Hausmeisterin wohnt. Lustlos klingelt er und ist überrascht, als die Tür nur angelehnt ist. Der Duft nach gebrühtem Kaffee schlägt ihm entgegen. Er betritt die Wohnung. Niemand beantwortet sein Rufen. Er folgt dem Kichern, das er aus dem Zimmer am Ende des Flurs vernimmt. Er fühlt sich nicht wohl. Seine Schritte sind leise, in seinem Kopf schrillen sämtliche Alarmglocken, der Körper ist aufs Äußerste angespannt. Vorsichtig drückt er die Türe nach Innen. Die Hausmeisterin sitzt kichernd vor einer Wand mit Monitoren. Er erkennt die Wohnung der Toten. Sieht zu, wie die Spurensicherung arbeitet, erkennt die Küche, hier das Schlafzimmer, dort das Bad. Das Wohnzimmer, in dem der Mord geschah. Die Tote wird gerade in einen Sarg gelegt. Er telefoniert nach Verstärkung.

Behutsam spricht er die Frau an. Das dauernde Gekicher geht ihm auf die Nerven, ist ihm unheimlich. Offensichtlich ist sie verrückt. Die Frau reagiert erst, als mehrere Beamte versuchen, sie von den Bildschirmen wegzuführen. Mit kalten Augen fixiert sie Mattke und deutet auf den Monitor, der das Wohnzimmer zeigt. „Sehen Sie sich die Aufzeichnungen genau an und zwar beide!" Ihre Stimme ist eisig.

*

Ich habe mir die Aufzeichnungen angesehen. Die Aufnahmen der Morde immer und immer wieder. Ich weiß, was passiert ist, obwohl mein Verstand sich heftig gegen die Erkenntnis wehrt, die ich mit Worten nicht einmal annähernd erklären kann. Der erste Mord ist gelöst. Die Aufnahme zeigt deutlich die Täterin, beweist, dass sie tötet. Der Wahnsinn, der aus ihren Augen leuchtet, hat mich erschreckt und ich bin, verdammt noch mal, einiges gewöhnt.
Die zweite Aufnahme zeigt das Opfer. Das Gesicht verrät grenzenlose Überraschung, die in panischer Angst endet, weil es weiß, wie grausam es sterben wird. Diese Aufzeichnung zeigt das Opfer, die Tat, doch keinen Täter. Es ist, als hätte man ihn wegretouchiert. Ich werde die Möglichkeit natürlich überprüfen lassen.
Glauben Sie an Gerechtigkeit? An Dinge, die, sagen wir mal, außerhalb unseres Vorstellungsvermögens passieren? Um diesen Fall zu begreifen, sollten Sie die Angst in den hintersten Winkel Ihres Bewusstseins verbannen und die Vorstellung loslassen, dass Mörder immer aus Fleisch und Blut sein müssen. Dinge, die Sie nur davon abhalten, andere Möglichkeiten in Betracht zu ziehen. Folgen Sie meinem Rat und Sie werden sehr schnell verstehen, warum ich auch diesen zweiten Fall als geklärt betrachte.

Nachwort
Auf dem Zettel heute stand keine Zahl, ist man der Meinung Null als Zahl zähle nicht. Ich stehe im Wohnzimmer und betrachte den Sonnenuntergang, der heiter und voller Leichtigkeit einen orangefarbenen Himmel überflutet. Mücken umtanzen zuckend das Kleid, das ich auf den Balkon zum Lüften gehängt habe. Ich bin als Person in dieser Welt entbehrlich und die Welt dreht sich weiter. Ich zerbreche an der Unermesslichkeit meines Unverständnisses und die Welt kümmert sich nicht darum. Ich werde sterben. Welch kargen Lohn erhalte ich für

mein kurzes Leben und wie glücklich wäre ich, würde das Gute siegen, jetzt und in diesem Moment und das Böse nicht nur eine Niederlage einstecken. Die Sonne geht unter. Eine schwarze Wolkenwand schiebt sich in Richtung Stadt.
Die Luft im Zimmer verändert sich, wird kühl und ich fröstle, mein Atem gefriert zu kleinen weißen Wölkchen. Unruhe treibt die Schläge meines Herzens vorwärts, etwas braut sich hinter meinem Rücken zusammen. Gewissheit wird zur Angst, explodiert zur Panik, es ist soweit.

Es war das Letzte, was Inka sah und dachte, bevor sie den weichen Atem im Nacken spürte und der Gestank der Verwesung ihre Sinne benebelte.

Road's end Inn

Veronika Lackerbauer

Suza war verzweifelt.
Seit man ihr ihre beiden Töchter weggenommen hatte, sah sie in ihrem Leben keinen Sinn mehr. Ihre Mädchen waren alles für Suza. Doch ohne Mann, ohne Arbeit und ohne eine Perspektive für die Zukunft konnte sie den Kleinen nichts bieten.
Doch jetzt hatte Suza endlich einen Job, endlich. Und sie würde alles daran setzen, ihn auch zu behalten.
Das Hotel lag nicht besonders schön, aber das stört Suza nicht, solange sie hier nur arbeiten durfte und regelmäßig Geld bekam. Wenn sie zeigte, dass sie ihr Leben wieder im Griff hatte, dann würde man ihr sicher auch die Mädchen zurückgeben.
Sie hatte alles Mögliche probiert, schließlich war ihr gar keine andere Wahl mehr geblieben, als ihr Glück in dem seltsamen alten Hotel am Ende der Waldstraße zu ver-

suchen. Die Allee, die zum Eingang führte, war voller Schlaglöcher und die Bäume alt und knorrig. Am Eingang standen Säulen, von denen der Putz abbröckelte, und über dem Portal flackerte eine Anzeigetafel. Das Glas war blind und von den Lampen waren zwei ausgebrannt, die dritte beleuchtete den Namenszug notdürftig: „Road's End Inn". Das Haus hatte einmal Charme besessen, das sah man noch, ein mächtiges Gebäude, vielleicht sogar einmal ein Geheimtipp. Heute verirrten sich nur Verzweifelte hierher, wie Suza.

Die Tür knarzte, als Suza sie vorsichtig aufschob. Beinah hatte sie das Gefühl, in ein leer stehendes Gebäude einzudringen. Doch an der Rezeption, auf die sie zusteuerte, lehnte ein hagerer Mann. Er blätterte in den vergilbten Seiten eines alten Reservierungsbuches und hob gelangweilt den Kopf, als er Suza eintreten hörte. Fragend sah er sie an. Suza starrte zurück und schien für einen kurzen Moment völlig vergessen zu haben, weshalb sie gekommen war. Außer dem Hageren war weit und breit kein Mensch zu sehen. Hinter ihm hingen an der Wand, an vielen kupfernen Haken, Schlüssel für die Zimmer. Wie es den Anschein hatte, war keines der Zimmer im Augenblick belegt, alle Schlüssel schienen vollzählig am Brett zu hängen. Der durchdringende Blick des Rezeptionisten riss Suza schließlich aus ihrer Betrachtung und erinnerte sie daran, dass sie ein Anliegen hatte.

„Arbeit?", fragte der Hagere unbewegt. „Wieso wollen Sie denn hier arbeiten?"

„Ich will ..., weil ich ..., meine Kinder!", stotterte Suza zusammenhanglos, dann riss sie sich zusammen und setzte noch einmal mit fester Stimme nach: „Ich möchte meine Kinder zurückhaben."

Der Mann nickte, als hätte er diese Antwort erwartet. „Ja, was können Sie denn?"

Suza wunderte sich, ob die Mitarbeiter in diesem merkwürdigen Hotel vom Rezeptionisten eingestellt wurden, aber sie entschied, dass sie nicht in der Position war, kleinlich zu sein.

„Ich kann arbeiten", sagte sie schlicht. Und das entsprach der Wahrheit. Der Hagere nickte, so als wäre damit alles gesagt. „Und wann können Sie anfangen?"

Suzas Herz begann zu klopfen. „Sofort. Also, jederzeit. Morgen?", fragte sie hoffnungsvoll.

Wieder nickte der Mann. „Ja, morgen ist gut. Dann kommen Sie morgen früh wieder."

Beinahe beschwingt machte Suza sich auf den Heimweg. Natürlich war es seltsam, wie alles gelaufen war. Wahrscheinlich verirrten sich ebenso wenige Arbeitswillige hier heraus, wie Gäste. Suza beschloss, nicht weiter darüber nachzudenken. Wie es aussah, hatte sie einen Job gefunden und das war alles, was zählte.

Schon früh am nächsten Morgen, machte Suza sich wieder auf den Weg durch die Allee zum Hotel. Im morgendlichen Licht der Sonne sah es doch noch weit heruntergekommener aus, als am Tag zuvor. Im oberen Stockwerk fehlte eine Scheibe, die Fensterkreuze waren abgeblättert und an mehreren Stellen bröckelte der Putz. Die Beete, die den Aufgang zum Portal begrenzten, waren verwildert, wilde Rosen blühten zwischen Brennnesseln und Disteln. Doch die Auffahrt war sauber gekehrt, kein einziges Blatt verunreinigte den Weg.

Suza schob die Tür auf, wie schon am Tag zuvor lehnte der hagere Mann an der Rezeption. Suza spürte, wie die Nervosität ihre Brust umklammerte und schluckte einen Klumpen hinunter, der ihr in der Kehle saß.

„Guten Morgen!", sagte sie. Der Hagere, der sich schon am Vortag wenig gesprächig gezeigt hatte, nickte nur zur Begrüßung. Er rückte hinter seinem Tresen ein Stück zur Seite und ließ sie sich neben ihn stellen. Wie schon am Vortag blätterte er in dem vergilbten Buch, das scheinbar die Reservierungen enthielt. Suza stand unschlüssig neben ihm und wartete. Sollte sie ihn ansprechen? Ihn bitten ihr etwas zu zeigen? Sie wusste immer noch nicht einmal seinen Namen, fiel ihr dabei auf. War er nun der Geschäftsführer? Sie hatte noch keinen Arbeitsvertrag und über ihr Gehalt hatten sie auch noch nicht gesprochen. Suza trat unruhig von einem Bein aufs andere. Der Mann, der jetzt ihr Kollege war, ließ sich davon nicht stören. Schließlich schlug er das Buch mit einem lauten Klaps zu, der eine Staubwolke aufwirbelte, und sah sie zum ersten Mal an diesem Tag direkt an.

„Gehen Sie bitte einmal in den ersten Stock, die Zimmer 4, 6 und 7 werden heute neu bezogen. Sehen Sie nach, ob sie gemacht wurden."

Suza tat, was man ihr aufgetragen hatte. Der Weg in den ersten Stock war leicht zu finden, die Treppe ging direkt neben der Rezeption ab. Die Stufen waren ausgetreten und ungleichmäßig, der Teppich, der das Holzparkett vor Abnutzung hatte schützen sollen, war an vielen Stellen so fadenscheinig, dass man das Holz durchsah. Das Geländer, ehemals aus blankem Messing, war gleichmäßig angelaufen. Suza lief beschwingt die Treppe hinauf, sie hatte einen Job und jetzt war sie dabei ihre erste Aufgabe in diesem neuen Job zu bewältigen. Obwohl das Hotel nicht gerade das erste Haus am Platz war, fühlte sie sich so gut, wie schon lange nicht mehr. Vom Treppenabsatz aus ging ein langer, dunkler Flur ab, den zu beiden Seiten Türen säumten. Suza hatte erwartet, dass der Wagen der Zimmermädchen irgendwo auf diesem Flur stehen würde, doch er war menschenleer. Suchend blickte sie sich um, nach den genannten Zimmernummern, die sie begutachten sollte.

Als sie die erste Tür mit der Nummer 4 aufdrückte, blieb ihr vor Schreck fast das Herz stehen. Atemlos presste sie sich an die gegenüberliegende Wand und starrte mit zitternden Knien auf das, was sich da vor ihr auftat. Sie hatte ein normales Hotelzimmer erwartet, ein wenig heruntergekommen, wie alles in diesem Hotel. Einfache Möblierung, ein Bett, ein Tisch, ein Schrank. Doch auf das, was sie hinter dieser Tür Nummer 4 erwartet hatte, war sie überhaupt nicht vorbereitet gewesen. Mit heftig klopfendem Herzen machte sie ein paar vorsichtige Schritte näher heran und spähte über die Türschwelle. Unmittelbar hinter dem Türstock brach der Boden steil ab. Soweit sie sehen konnte, fielen zerklüftete Felsen zu einem nicht erkennbaren Abgrund ab. Eiskalte Luft umwehte Suza, obwohl sie die Messingklinke fühlte, an die sie sich klammerte, war das Hotel plötzlich verschwunden. Suza stand alleine am Abhang, nur wenige Zentimeter trennten sie vom Absturz, die Tür baumelte vor ihr über dem gähnenden Loch. Sie musste sich erst bewusst machen, dass sie es mit einer optischen Täuschung oder etwas ähnlichem zu tun haben musste. So wie das Zimmer lag, müsste es in den Hof hinaus weisen. Suza war erst vor wenigen Minuten über diesen Hof gekommen, da gab es kein Gebirge, keine Felswände und keinen Abgrund. Was immer das hier war, es war nicht echt. Suza atmete tief durch und machte einen Schritt zurück, dabei trat sie Kiesel los, die in die Tiefe rollten. Sie hörte, wie sie noch ein paar Mal auf den Fels aufschlugen, bevor sie ins Verderben stürzten. Sie lauschte, doch der Abgrund war so tief, dass sie den Aufprall der kleinen Steinchen nicht hören konnte. Ich muss die Tür zuschlagen, dachte Suza. Doch die schwang lose über dem Abgrund hin und her. Vorsichtig beugte Suza sich hinaus, um den Türgriff zu erwischen. Ein kalter Wind umfing sie und zerrte an ihr. Suzas Blick streifte den bodenlosen Abgrund unter ihr, sie spürte, wie ihr Magen rebellierte. Sie griff nach dem Türgriff, doch ein plötzlicher Windstoß ließ die Tür von ihr wegschwingen, sie griff ins Leere und fühlte, wie ihre Füße den Halt verloren. Sie taumelte einen Augenblick zwischen Fallen und Bleiben, dann sog die Tiefe sie unaufhaltsam an. Ein gellender Schrei entfuhr ihrer Kehle, als sie in rasendem Fall dem unsichtbaren Erdboden zusteuerte. In ihren Ohren begann es zu rauschen, sie nahm ihre Umgebung nicht mehr wahr, nur das ohnmächtige

Gefühl jeden Moment aufzuschlagen war übermächtig in ihrem ganzen Körper. Vor ihren Augen wurde es Schwarz. Ein Gedanke zuckte ihr durch den Kopf, man stirbt, bevor man aufkommt, dann traf sie schmerzhaft auf harten Grund. Der Aufprall riss sie aus ihrer Ohnmacht. Der Boden fühlte sich falsch an, nicht felsig und rau, sondern weich. Zwar hatte sie unsanft auf den Boden aufgeschlagen, doch ihre Knochen fühlten sich nicht zerschmettert an. Einen Sturz aus so einer Höhe kann man unmöglich überleben, ging es ihr durch den Sinn.
Suza öffnete langsam die Augen. Sie lag nicht wie erwartet in einem Tal unterhalb einer Felsenklippe, sondern auf dem Fußboden eines Hotelzimmers. Immer noch ging ihr Atem schneller und sie fühlte sich, als hätte sie einen Sprint hinter sich. Doch der abgetretene Teppich, die verschossene Tapete und die geschwungenen Beine des Tischchens wiesen in keiner Weise auf das hin, was sie eben erlebt hatte, und fast dachte Suza jetzt, dass sie sich alles nur eingebildet hatte. Sie sollte nachsehen, ob die Zimmer geputzt worden waren, von Lebensgefahr war keine Rede gewesen. Sie lag naselang auf dem Fußboden des Hotelzimmers. Suza fragte sich, ob es ihre überstrapazierten Nerven waren, die ihr einen kleinen Streich spielten. Wahrscheinlich war das jetzt einfach eine Art psychische Überreaktion.
Suza schüttelte die panischen Gedanken ab und machte sich wieder an die Arbeit. Ein paar Meter weiter, trug die nächste Tür die Nummer 6. Suza griff nach der Klinke. Für einen kurzen Moment überkam sie Panik. Was würde sie hinter dieser Tür erwarten? *Spinn nicht,* scholt Suza sich selbst. *Was soll Dein neuer Arbeitgeber von Dir denken? Soll er glauben, dass Du nicht einmal in der Lage bist, die einfachsten Aufgaben zu erledigen?* Beherzt griff Suza erneut nach der Klinke und drückte sie hinunter, bevor die Angst sie davon abhalten konnte. Wohlweislich blieb sie mit beiden Beinen fest auf dem alten Teppichboden des Flurs stehen und beugte sich nur leicht vor, um die

Tür zu öffnen. Doch was sie nun sah, enttäuschte sie beinah.
Hinter der Tür lag ein kleiner Raum, durch das schmale Fenster gegenüber fiel ein bisschen Tageslicht. Es beleuchtete einen ausgewaschenen Flickenteppich auf altem Holzparkett, ein schmales Bett mit hohem Fuß- und Kopfteil, daneben ein kleines, rechteckiges Nachttischchen, auf dem ein gehäkeltes Deckchen lag und eine kleine Stehlampe stand, mit einem roten Papierschirm. Über dem Bett hing ein altes Gemälde, das im Gegensatz zu der sonstigen Einrichtung edel wirkte mit seinem mächtigen Rahmen. Womöglich war es ein Original. Gegenüber stand ein Schrank, der für den kleinen Raum ein wenig zu wuchtig wirkte. Daneben ein schmaler Tisch, auf dem Papier und Stift bereit lag. Zwei Haken an der Wand warteten darauf, dass jemand seinen Mantel daran aufhängte. Suza ließ den Blick ungläubig über das Hotelzimmer schweifen. Genauso hatte sie sich die Zimmer in diesem Haus vorgestellt. Zusammengewürfelte Möbel, die miteinander eine altmodische Gemütlichkeit erzeugten. Umso mehr war sie sich jetzt sicher, dass das, was sie eben nebenan erlebt hatte, nichts weiter gewesen war, als ihre eigenen überreizten Nerven. Sie trat in das Zimmer hinein, blieb mitten auf dem Flickenteppich stehen und sah sich mit aufmerksamem Blick um.
Gerade als sie wieder gehen wollte, begann sich der Raum seltsam vor ihrem Blick zu verändern. Ihr Magen rebellierte, als säße sie in einer Achterbahn. Die Wände begannen sich zu drehen, die Möbel kreisten um sie, als wäre sie die Achse eines seltsamen Karussells. Sie wollte sich irgendwo festhalten, einen Punkt fixieren, um nicht umzufallen, doch alles rund um sie her war in Bewegung. Suzas Blick ging gehetzt ins Leere, alles verschwamm, die rasante Fahrt verursachte ihr Übelkeit. Die Möbel und die Tapete verschmolzen zu bunten Streifen, sie konnte keine Details mehr wahrnehmen. Dann gaben ihre Beine nach. Sie sackte zu Boden wie eine Ma-

rionette, der man die Fäden durchtrennt hatte. Vor ihren Augen wurde alles schwarz, die Dunkelheit hüllte sie ein und beinah war sie froh darüber.
Suza wusste nicht, wie lange sie so gelegen hatte. Als sie wieder zu sich kam, spürte sie den rauen Stoff des Teppichs unter ihren Händen und als sie weiter tastete fühlte sie das kühle Holz des Parkettbodens. Der Boden bewegte sich nicht. Alles um sie herum war still. Da wagte Suza es, die Augen vorsichtig zu öffnen. Das Zimmer sah aus wie zuvor. Sie lag zwischen Bett und Schrank auf dem Teppich. Über ihr hing das Ölgemälde, als wäre nichts gewesen.
Langsam rappelte Suza sich auf. Sie rieb sich den Kopf mit einer Hand und fragte sich, was nur mit ihr los war. Die Aufgabe war doch ganz einfach gewesen. Was sie erlebt hatte, war doch vollkommen unmöglich. Suza verließ hastig das Zimmer und zog die Tür hinter sich zu. Auf dem Flur kam ihr, wie schon zuvor, das Erlebte noch seltsamer vor.
Die dritte Türe, die sie aufgetragen bekommen hatte, die Nummer 7 lag gegenüber. Jetzt überkam sie wirklich Panik. Was, wenn ihr dort drinnen noch etwas Schlimmeres passierte? Fast wollte Suza umkehren, die letzte Türe nicht mehr öffnen und einfach wieder hinunter gehen, in den Schutz der Rezeption. Doch was sollte sie dann sagen? Sie brauchte diese Arbeit.
Also blieb ihr nichts anderes übrig, als sich auch noch die Nummer 7 vorzunehmen. Mit aufgeregt pochendem Herzen drückte sie die Klinke hinunter. Dieses Mal würde sie in der Türe stehen bleiben. Von der Schwelle aus wollte sie hineinschauen, ein ganz kurzer Blick nur, ob alles an seinem Platz war, dann würde sie sofort die Tür zuschlagen und gehen. Innerlich zählte sie bis drei, dann stieß sie die Tür auf. Statt des Parketts und dem Teppich lag moosiger Waldboden vor ihr. Suza sog hörbar die Luft ein und klammerte sich an den Türstock. *Bitte nicht,* flehte sie, *bitte nicht schon wieder!* Vor ihr lag ein Wald-

weg, umstanden von hohen Bäumen, die jedes Tageslicht aussperrten. Die Illusion war noch realer als die beiden eben gesehenen: Es roch nach Moos und Erde. Sie hörte Vögel rufen und den Wind, der durch die Blätter der Bäume fuhr. Außer dem Holz des Türrahmens, an den sie gelehnt stand, erinnerte nichts auch nur im Entferntesten daran, dass sie im ersten Stock eines allein stehenden Gebäudes war. Ein Tier huschte über den Weg und verschwand im Unterholz. Suza stand wie angewurzelt da und starrte auf den Punkt, an dem das Tierchen eben noch zu sehen gewesen war. Was sollte sie bloß tun?
Das ist alles nur Einbildung, rief sie sich in Erinnerung. Langsam ging sie in die Hocke, ohne dabei die Bäume aus den Augen zu lassen. Dafür gibt es eine logische Erklärung! Sie beugte sich vor und fasste in das Moos. Es fühlte sich feucht und kühl an. Kein Zweifel, die Tür führte hinaus in den Wald, auch wenn das vollkommen unmöglich war. Suza machte einen mutigen Schritt hinein in diesen Wald. Der Boden fühlte sich hart an, der sandige Lehm knirschte unter ihren Schuhen. Sie streckte die Arme aus und berührte einen Baumstamm in der Nähe. Rau. Die spröde Rinde bröckelte unter ihrer Berührung. Hier nahm sie die Geräusche noch viel deutlicher wahr: Vögel und andere Tiere, der Wind in den Bäumen und Schritte. Plötzlich hörte sie ganz deutlich Schritte. Sie kamen auf sie zu. Da war noch jemand in diesem Wald. Es war so düster, dass sie nur die Bäume sah, die in ihrer unmittelbaren Nähe standen, dahinter verschluckte Schwarz alles. Suza fuhr herum, wollte durch die Tür zurück in die Sicherheit des Hotelflurs, doch die Türe war verschwunden. Nach allen Seiten sah sie nur ein paar handbreit. Die Schritte kamen immer näher. Es waren schwere Stiefel, die im gleichmäßigen Laufschritt auf den Waldboden schlugen. Schon konnte Suza den stoßweisen Atem des Läufers hören. Panisch setzte sie sich ebenfalls in Bewegung und rannte in die entgegengesetzte Richtung. Der schmale Waldweg

führte in Schlangenlinien vor ihr her. Suza hastete in die Richtung, die er vorgab, ohne Nachzudenken. Egal wie sehr Suza sich abmühte, die Geräusche waren immer knapp hinter ihr. Sie stolperte und riss sich an herab hängenden Zweigen, Dornenranken legten sich um ihre Beine und brachten sie fast zu Fall. Die Schritte kamen näher und näher, gleich würde er sie eingeholt haben. Suza lief der Schweiß über die Stirn, tropfte ihr in die Augen, dass es brannte. Ihr Atem ging keuchend. Voll Angst hastete sie weiter ohne sich umzublicken. Sie hatte keine Ahnung, wohin sie lief, noch wovor sie floh, sie hatte nur das Gefühl, weiter laufen zu müssen, dem Verfolger entkommen.

Dann machte der Weg eine scharfe Biegung, Suza hetzte um die Kurve und stand plötzlich vor der offenen Tür, die sie verlassen hatte. Abrupt blieb sie stehen. Ungläubig starrte sie auf das rechteckige Loch, das unvermittelt vor ihr den Wald unterbrach. Die Geräusche um sie herum verstummten. Erleichtert und gleichzeitig zu tiefst verunsichert überschritt Suza die Türschwelle und zog die Tür hinter sich ins Schloss. Augenblick war sie wieder im Hotel. Der Flur sah genauso aus wie vorher. Es war totenstill, nur Suzas eigener Atem ging gehetzt und keuchend.

Als Suza wieder unten bei der Rezeption ankam, war sie zutiefst verwirrt. Der Rezeptionist sah von seiner Arbeit auf, als er sie die Treppe herunterkommen hörte. „Na, das hat aber ganz schön gedauert.", brummte er. „Passt alles auf den Zimmern?"

Suza starrte ihn aus großen Augen an. Was sollte sie sagen? Suza schluckte. Nein, er wird mich für verrückt erklären, schoss es ihr durch den Kopf. Sie versuchte ein zaghaftes Lächeln und nickte vage. „Alles in Ordnung."

„Na wunderbar. Dann hilf mir, die Koffer hochbringen, die Gäste sind schon da."

Der hagere Mann krempelte die Ärmel zurück und ging vor ihr um den Tresen herum. Erst jetzt bemerkte Suza die vielen Koffer und Taschen, die vor der Rezeption standen. Suza packte zwei Taschen, die ihr am nächsten standen und folgte ihm, der mit raschen Schritten die Treppe hinauf ging, die Koffer balancierte er dabei locker über der Schulter, als wögen sie nichts.

Oben angekommen musste Suza ihre Taschen absetzen und ausschnaufen. Ihr Kollege schien keine Mühe mit den Koffern zu haben, vermutlich war er diese Arbeit besser gewöhnt als sie. Er stellte seine Koffer vor der Tür der Nummer 4 ab. Er drückte die Klinke hinunter. Suzas Puls begann wieder zu rasen, ihre Hände fühlten sich schweißnass an. *Oh nein, bitte nicht,* dachte sie. Doch ihre Warnung blieb ihr im Hals stecken, als die Tür aufschwang und den Blick auf das Zimmer dahinter freigab. Fassungslos starrte Suza an dem Hageren vorbei, der zwei der Koffer ins Zimmer schleppte. Das Zimmer sah genauso aus, wie es aussehen sollte! Keine Klippe, kein Abgrund, keine Felsen, nur ein Bett, ein Schrank und eine Schreibkonsole. Der Rezeptionist stellte die beiden Koffer ordentlich vor das Bett und zog den Vorhang zurück. Er strich mit der flachen Hand prüfend über die Platte des Schreibtisches und nickte.

„Gute Arbeit. Alles in Ordnung." Damit verließ er das Zimmer und zog die Tür, vor Suzas entgeisterten Augen, wieder zu.

Bei Zimmer 6 und 7 wiederholte sich das Schauspiel. Nummer 6 stand vollkommen still, als sie die Taschen abstellten, und in Nummer 7 gab es keinen moosigen Waldboden, als Suza zögernd eintrat, um ihre beiden Taschen abzustellen, nur Parkett und einen alten Teppich. Statt der unheimlichen dunklen Baumkronen bedeckten weiße Holzpanelen die Decke, von der statt Blättern und Zweigen eine Jugendstillampe hing. Der Hagere schien davon keinerlei Notiz zu nehmen. In jedem Zimmer zupfte er am Vorhang und kontrollierte den Staub auf den Ablagen, dann nickte er, brummte zufrieden und ging hinaus, ohne einen weiteren Blick.

Unten an der Rezeption begann er augenblicklich wieder in dem zerfledderten Buch zu blättern, er kontrollierte offenbar die Anreisen. Dann klappte er das Buch wieder zu und sah Suza an. „Das war's für heute. Du kannst Feierabend machen."
Überrascht wanderte Suzas Blick zur Uhr, die über der Rezeption hing. Seit sie gekommen war, waren kaum zwei Stunden vergangen. Ihr neuer Kollege nahm bereits keine Notiz mehr von ihr. Suza zuckte die Schultern und machte sich auf den Nachhauseweg. Nach den unheimlichen Ereignissen ihres ersten Arbeitstages, ging sie früh ins Bett.
Als Suza am anderen Morgen erwachte, fühlte sie sich frisch und ausgeruht. Die Schrecken des letzten Tages waren vergessen und wirkten mit dem Abstand einer ganzen Nacht dazwischen noch viel irrealer. Beschwingt macht Suza sich fertig und auf den Weg zu ihrer Arbeitsstelle. Trotzdem, beschloss sie, würde sie versuchen ein paar Informationen zu dem merkwürdigen Hotel aus dem seltsamen Hageren herauszubekommen. Doch als sie ankam, war ihr Kollege schon in heller Aufregung. Er stand auf einer wackligen Staffelei und staubte mit einem riesigen Flederwisch die Aufbauten der Rezeption ab. Suza stand unschlüssig da, nicht sicher, ob er sie gesehen hatte. Wie ein seltsamer, zu groß geratener Schmetterling flatterte er um seine Rezeption herum. Da er keinerlei Notiz von Suza zu nehmen schien, räusperte sie sich vernehmlich. Ihr Kollege zuckte zusammen, als habe sie ihn bei etwas ertappt.
„Oh, Guten Morgen.", sagte er.
Dieses Mal beschränkte Suza sich aufs Nicken. „Was ist denn hier los?", fragte sie.
„Nach was sieht es denn aus? Ich putze."
Suza griff nach einer Tube mit Politur und wog sie unschlüssig in der Hand. „Kann ich helfen?"
Der Hagere nickte und deutete mit dem Kinn zur Treppe, zu deren Fuß ein Eimer und ein Schrubber standen.

„Soll ich die Halle wischen?", fragte Suza zur Vorsicht, ob sie die wortlose Anweisung richtig gedeutet hatte. Er nickte. Suza stellte die Tube zurück auf den Tresen und wandte sich dem Schrubber zu.
„Auch hinter der Rezeption!", wies ihr Kollege sie an. „Es muss alles tiptop sein." Suza nickte und hievte den Eimer um die Rezeption herum. Sie tunkte den Schrubber ins Wasser und begann damit, den abgetretenen Fußboden hinter der Rezeption zu wischen. Wie es aussah, war das länger nicht mehr getan worden. Nach ein paar Zügen färbte sich das Wasser bereits schmutzig braun. Eine Weile putzten sie schweigend neben einander her. Ganz konzentriert auf den alten Holzboden, stieß sie plötzlich mit dem Rücken gegen das Schlüsselbord. Einige Schlüssel fielen klappernd zu Boden. Suza bückte sich erschrocken, um sie wieder aufzusammeln. Als sie sie wieder an die zugehörigen Haken sortierte, stellte sie fest, dass alle Schlüssel da waren. Es fehlte kein einziger. Suza strich grübelnd über die Zahlenplaketten. „Sind unsere Gäste schon ausgecheckt?", fragte sie. Sie hatten doch gestern erst die Taschen hinaufgeschafft in die drei Zimmer. Ein kalter Schauer lief ihr über den Rücken bei der Erinnerung an ihre Erlebnisse dort.
Ihr Kollege sah von seiner Arbeit auf, er blickte sie überrascht an.
Suza zögerte. „... die Koffer...? Gestern..."
Der Hagere nickte, als erinnere er sich erst jetzt wieder daran. „Ja, natürlich, schon lange. Alle weiter gereist." Suza nickte, obwohl sie sich nicht sicher war, dass sie verstand. Wann waren diese Gäste denn gekommen? Außer ihrem Gepäck hatte sie nichts von ihnen gesehen. Und obwohl sie so zeitig angefangen hatte, waren sie samt Koffer bereits wieder verschwunden.
Suza lehnte den Schrubber an die Wand und nahm den Eimer mit dem schmutzigen Wasser hoch.
„Wohin damit?", fragte sie.
„Hinten in der Küche ist ein Abfluss", erwiderte er, so als

müsste sie wissen, wo das war. Suza zuckte die Schultern und machte sich mit dem Eimer in die Richtung auf, in der sie die Küche vermutete. Außer der Eingangstür zweigte von der Halle nur noch eine weitere Tür ab, Suza stieß sie auf und schleppte ihren Eimer hindurch. Dahinter lag ein düsterer Gang, nur notdürftig von zwei flackernden Wandleuchten erhellt. Obwohl draußen helllichter Tag war, herrschte hier Dunkelheit. An der Decke hingen Spinnweben. *Hier müsste aber auch mal jemand sauber machen*, dachte Suza. Am Ende des Ganges gingen zwei Türen ab, auf der einen stand in verblassten Buchstaben *Rest urant*, auf der anderen *Zutritt verboten*. Suza nahm an, dass die zweite zur Küche führte und schob sie auf. Tatsächlich lag dahinter etwas, was wohl einmal die Küche gewesen war. Doch es war offensichtlich, dass hier schon lange nichts mehr gekocht wurde. Der alte Ofen, der den großen Raum dominierte, wirkte wie aus einem Museum. Über dem Herd hingen Pfannen und Töpfe, bedeckt von einer dicken Staubschicht und meterlangen Spinnenfäden. Irgendwie wirkte die Küche wie aus dem Märchen vom Dornröschen, fast erwartete Suza irgendwo in der Ecke, den schlafenden Koch vorzufinden. Die beiden Fenster waren blind von Staub und Schmutz. Suza entdeckte den Abfluss. Sie hievte ihren Eimer hinauf und kippte ihn in das Waschbecken. Der Ausguss beschwerte sich lautstark über die schmutzige Fracht, die er da transportieren sollte. Offenbar hatte auch schon lange niemand mehr etwas in dieses Waschbecken gekippt. Suza spülte den Eimer aus, dann hielt sie ihn zweifelnd in der Hand. Sollte sie ihn hier lassen? Oder wieder mit nach vorne nehmen?
„Der Eimer gehört in den Abstellraum an der Treppe." - Suza fuhr erschrocken herum, sie hatte weder jemanden hereinkommen hören, noch war ihr bewusst gewesen, dass außer ihr und dem Hageren vorne noch jemand im Hotel war. Die Stimme klang freundlich, doch bestimmt. An der Tür stand eine Frau, ungefähr in Suzas Alter. Sie

war sehr gut gekleidet, ihr Haar auffällig gut frisiert und ihr makelloses Gesicht zeigte keine Regung. Suza fühlte sich ertappt, obwohl sie nichts Unrechtes getan hatte.
„Ich habe Sie nicht kommen hören, erklärte Suza und konnte sich einen vorwurfsvollen Unterton nicht verkneifen. Die fremde Frau ließ ein glockenhelles Lachen hören. „Ja, das ist ja auch mein Job, nicht?"
Suza starrte sie verständnislos an.
„Ich bin die Chefin hier. Wenn mich meine Angestellten nicht kommen hören, kann ich besser kontrollieren, was sie treiben."
Suza zuckte unwillkürlich einen Schritt zurück, beinahe hätte sie geknickst. „Entschuldigen Sie. Das wusste ich nicht."
Betreten betrachtete Suza ihre Fußspitzen. Die Hotelchefin ließ einen Blick über die Küche wandern, dann wandte sie sich wieder dem Ausgang zu. „Kommen Sie bitte in mein Büro, wenn Sie hier fertig sind."
Suza war verwirrt. Sie brachte den Eimer, wie befohlen, in die Abstellkammer an der Treppe, dann kehrte sie zu ihrem Arbeitsplatz an der Rezeption zurück. Suza atmete tief durch. Jetzt nur nicht in Panik verfallen. Vielleicht war es ja gar nichts Tragisches. Doch in Suza kochte die Angst, dass sie diesen Job, den sie so unendlich dringend brauchte, nach zwei Tagen bereits wieder verlor. Sie kämpfte die Angst nieder und fragte: „Wo ist das Büro?"
Der Hagere deutete hinter sich. Dort war sie noch nie gewesen und offenbar war auch sonst selten jemand hier, denn dicke Spinnweben rankten sich von einer Wand zur anderen. Suza schob sie mit der Hand zur Seite und passierte hohe Schrankwände, die, weiß Gott was, enthalten mochten. Sie sahen aus, als hätte noch nie jemand etwas aus ihnen entnommen oder hineingestellt. Sie erreichte eine offene Tür, an der in abblätternden Buchstaben *Büro* geschrieben stand. Als sie am Türrahmen klopfen wollte, um ihre Ankunft mitzuteilen, hörte sie die Stimme der Chefin von drinnen: „Kommen Sie herein."

Suza zuckte zusammen, wie konnte die Chefin sie kommen gehört haben? Ein dicker, alter Teppich schluckte jedes Geräusch in dem düsteren Gang.
„Nun kommen Sie schon, ich hab nicht den ganzen Tag Zeit."
Die Stimme klang immer noch freundlich, aber bestimmt. Suza trat durch die geöffnete Tür. Das Büro wirkte auf den ersten Blick sogar ganz heimelig. Der Tür gegenüber dominierte ein offener Kamin die Wand, in dem ein Feuer loderte. Hinter einem mächtigen Schreibtisch saß die Chefin mit übergeschlagenen Beinen in einem riesigen Ohrensessel, der sie klein und zerbrechlich wirken ließ, was sie aber zweifellos nicht war. Sie hielt eine Mappe in der Hand, in der sie offenbar gelesen hatte, jetzt ließ sie sie achtlos auf die breite Arbeitsfläche des Schreibtisches gleiten. Auf der Arbeitsplatte und auch unter dem Schreibtisch stapelten sich ähnliche Mappen. Hinter dem Sessel reichte ein Regal von einer Wand zur andren, jeder einzelne Boden davon war mit weiteren Mappen voll. Der Raum hatte kein Fenster, die einzige Lichtquelle war das Feuer im Kamin, das zuckende Schatten auf die Chefin und ihren Arbeitsplatz warf. Sie sah Suza interessiert an. Suza fühlte sich unglaublich unwohl, sie trat nervös von einem Bein aufs andre.
Die Chefin brach schließlich das unangenehme Schweigen: „Was machen Sie hier?"
Suza blickte überrascht zu ihr auf und stotterte: „Ich ... äh ... ich arbeite hier. Also ... für Sie ... oder ... nicht?"
Nahm sie ihr nun den Job weg? Doch die Chefin schüttelte den Kopf, als hätte Suza ihre Frage falsch verstanden. „Sie halten an etwas fest, das nicht aufzuhalten ist", sagte sie.
Jetzt hatte Suza sie in der Tat nicht verstanden. „Wie bitte?"
„Das Vergangene ist vergangen. Es ist Zeit voran zu schreiten. Was hindert Sie daran?", erklärte die Chefin kryptisch.

Suza schluckte. „Ich... weiß nicht, was Sie meinen..."
„Oh doch, ich denke, Sie wissen sehr gut was ich meine. Was hat sie hierher geführt?"
Suza dachte an ihre Töchter, die irgendwo fern von ihr lebten.
„Ich habe Kinder!", sagte sie, als wäre damit alles gesagt.
Die Chefin nickte. „Das dachte ich mir schon. Und wo sind ihre Kinder?"
Suza spürte, wie Tränen ihr die Kehle zuschnürten. Sie wollte jetzt nicht heulen, sie wollte der Chefin als entschlossene und zuverlässige Arbeiterin erscheinen. Doch sie konnte nicht dagegen an. Mit zitternder Stimme sagte sie: „Sie sind mir weggenommen worden."
Die Chefin nickte verständnisvoll. „Aber es geht ihnen gut, da wo sie jetzt sind. Sie können sie loslassen."
Der Tränenkloß in ihrem Hals verwandelte sich in Empörung. „Niemals! Wie könnte ich? Sie sind meine Kinder!"
Die Chefin nickte wieder. Ihr Gesicht zeigte nichts als Verständnis. „Natürlich sind sie das. Sie sollen sie ja auch nicht vergessen. Aber sie müssen loslassen."
Die Tränen liefen Suza über die Wange, sie merkte es nicht einmal. „Stellen Sie sich Ihren Ängsten und überwinden Sie sie!", fuhr die Chefin ruhig fort.
Sie erhob sich und reichte Suza ein weißes Spitzentaschentuch über den Schreibtisch. Die nahm es und schnäuzte sich geräuschvoll.
„Sie waren schon oben, nicht?", fragte die Chefin sanft weiter. Suza sah sie durch ihren Tränenschleier an und nickte stumm. Sie wollte nicht auch noch als Verrückte dastehen, indem sie von ihren Halluzinationen erzählte. Doch die Chefin kam von selbst darauf zu sprechen: „Was haben Sie gesehen? Einen Sturz aus großer Höhe? Wilde Tiere, die Sie verfolgt haben?"
Suza schluckte schwer. „Einen Sturz. Im ersten Zimmer sah ich einen Felsen, von dem aus fiel ein Abhang unendlich weit in die Tiefe."

Die Chefin schlug den Deckel der Akte auf, die sie vorher auf den Schreibtisch geworfen hatte. Sie zog einen Füllfederhalter aus der Tasche und begann Notizen zu machen. „Fahren Sie ruhig fort, ich höre Ihnen zu", ermunterte sie Suza. „Im nächsten Zimmer, da war erst nichts ungewöhnlich. Aber dann, dann drehte sich plötzlich alles um mich herum."
Die Chefin nickte und notierte weiter. „Und im dritten Zimmer, da war ein Wald. Das ganze Zimmer war ein riesiger Wald und in dem Wald gab es seltsame Geräusche, ich dachte, jemand verfolgt mich."
Als sie zu Ende notiert hatte, klappte die Chefin die Akte wieder zu. Sie hob den Blick und sah Suza direkt in die Augen. „Die Höhe, das Drehen, die Schritte im Wald ... Angst vor Kontrollverlust, nicht wahr? Angst davor, dass alles aus dem Ruder läuft. Es dreht sich alles im Kreis, nicht? Was Sie auch tun, Sie landen immer wieder am Anfang und können nichts dagegen machen. Angst vor Unbekanntem. Sie gehen nicht gerne Risiken ein, oder?"
Suza schluckte, die Beschreibung traf ziemlich genau auf sie zu. Diese ganze unkontrollierbare Situation machte ihr Angst. Suzas Beine begannen zu zittern, ein gewaltiger Heulkrampf schüttelte sie. Alles brach aus ihr heraus. Sie weinte und schluchzte so hemmungslos, dass ihr ganzer Körper davon geschüttelt wurde. Es war, als wäre ein Damm gebrochen. Die Chefin kam um den Schreibtisch herum und legte Suza behutsam einen Arm um die Schulter, dann führte sie sie langsam zu dem großen Sessel und ließ sie sich setzen. Immer noch wurde Suza vom Weinen geschüttelt, doch die Verzweiflung ebbte langsam ab. Schließlich sah sie die Chefin aus nassen Augen erschöpft an. „Und was soll ich jetzt machen?", fragte sie.
Die Chefin lächelte freundlich. „Aber das habe ich Ihnen doch schon gesagt. Lassen Sie los. Es ist in Ordnung. Es ist alles in Ordnung."
„Aber ich ...", versuchte Suza einzuwenden.

„Sie wissen es doch längst. Erinnern Sie sich!"
Da stürzten Erinnerungen auf Suza ein, die sie die ganze Zeit verdrängt hatte Wie ein Spielfilm liefen sie vor ihrem inneren Auge ab. Sie sah ihre beiden Mädchen, wie sie zusammen ins Auto stiegen. Sie selbst saß am Steuer. Sie hatten zur Kirmes fahren wollen und die beiden kleinen Mädchen auf dem Rücksitz platzten fast vor Vorfreude. Sie waren so aufgedreht, dass sie schließlich anfingen sich zu streiten. Suza hatte versucht sie zu beruhigen, schließlich hatte sie ebenfalls geschimpft. Für einen Moment war sie unachtsam gewesen, hatte zu ihren Mädchen nach hinten geschaut, statt den Blick auf der Straße zu lassen. Und da war es passiert. Sie hatte das Lenkrad verrissen und war auf die Gegenfahrbahn geraten und genau in diesem Augenblick brauste der Lastwagen um die Kurve, direkt auf sie zu. Er hupte. Suza riss erschrocken das Lenkrad herum, doch es war zu spät. Ihr Wagen tuschierte den LKW mit dem linken Kotflügel. Durch den Aufprall wurde er zur Seite geschleudert, drehte sich um die eigene Achse und knallte mit der Fahrertür gegen einen Baum am Straßenrand. Suza spürte den Schmerz, sie hörte den Knall des Airbags, der sich öffnete, sie hörte ihre Mädchen schreien und etwas drückte sie tief in ihren Sitz. Dann hörte sie plötzlich nichts mehr. Der Schmerz hörte auf und um sie herum war nur noch ein warmes, helles Licht.
Danach erinnerte Suza sich nicht mehr genau, was geschehen war. Sie merkte, wie etwas sie zurückhielt, doch sie wusste nicht genau wovor. Etwas zerrte an ihr, sie fühlte sich innerlich zerrissen und dann sah sie nur noch ihre beiden Mädchen. Und sie klammerte sich an diese Erinnerung, nur an diese. Die Kraft, die an ihr zerrte, überwand sie. Dem Licht, das sie einhüllte, entkam sie. Und dann war sie plötzlich wieder ganz klar. Das Auto war verschwunden und ihre Mädchen ebenfalls. Sie erwachte in dem jämmerlichen Kämmerchen, das sie seitdem bewohnte, und sie war erfüllt nur von dem Wunsch

ihre Mädchen wiederzusehen. Bis jetzt. Alles was sie seither getan hatte, war nur darauf ausgerichtet gewesen, die Scherben ihres alten Lebens zu kitten und ihre Mädchen zurückzuholen.
Die Chefin berührte Suzas Schulter mit sanftem Druck und holte sie in die Gegenwart zurück. „Verstehen Sie jetzt?"
Suza blickte in die funkelnden Augen und das lächelnde Gesicht der Frau. „Wo bin ich hier?", fragte sie statt einer Antwort.
„Sagen wir, dazwischen.", antwortet die Chefin.
„Und Sie? Was machen Sie hier?" Die Chefin lächelte. „Langsam fangen Sie an, die richtigen Fragen zu stellen. Ich kümmere mich um verlorene Seelen, wie Sie. Sie kommen hierher, weil sie nicht loslassen können. Manche bleiben ein paar Tage, manche länger. Kommt ganz darauf an. Normalerweise checken sie hier ein, bis wir sie weiter schicken können. Sie sind ein ganz spezieller Fall, Sie haben meinen armen Pedro ganz schön verwirrt!", die Chefin lachte ihr glockenklares Lachen. „Als er mich anrief und mir sagte, es hätte jemand nach Arbeit gefragt", sie kicherte bei der Erinnerung. „Was hast Du gesagt, hab ich gefragt. Dass sie wiederkommen soll, hat er geantwortet. Und er hat nicht geglaubt, dass Sie wiederkämen."
„Aber ich bin wiedergekommen", ergänzte Suza überflüssigerweise.
„Ja, Sie sind wiedergekommen. Sie mussten ja auch. Sie sind eine verirrte Seele wie die andren auch, das hab ich Pedro gleich gesagt. Und ich hab ihm geraten, Sie in die Zimmer hinauf zu schicken."
Suza nickte, langsam fügten sich die Teile dieses Puzzles ineinander. „Die Menschen, die hierher kommen ... sind sie ...", sie wagte nicht es auszusprechen, doch die Chefin ergänzte für sie: „Tot? Ja, sie sind tot. Für die Welt da draußen sind sie gestorben. Nur für sich selbst können sie noch nicht von dieser Welt lassen. Sie glauben, sie

hätten noch Dinge zu erledigen. So wie Sie."
„So wie ich ...", wiederholte Suza und plötzlich war die schreckliche Befürchtung zur Wahrheit geworden. Und es schreckte sie gar nicht mehr so sehr, wie sie gedacht hatte.
„Der Unfall ...", flüsterte Suza. „Ich bin bei dem Unfall ums Leben gekommen."
Es war keine Frage, es war eine Erkenntnis. Und die Chefin nickte auch nur dazu.
„Und die Mädchen?", fragte Suza plötzlich erschrocken.
„Die nicht", antwortete die Chefin schlicht.
„Wo sind sie?"
„Sie waren im Krankenhaus, aber nicht lange. Jetzt sind sie bei ihrem Vater, er kümmert sich um sie. Sie gehen schon wieder zur Schule und mit seiner Freundin verstehen sie sich auch gut. Sie wird ihnen ihre Mutter nie ersetzen können, aber sie werden ihr bestes tun, die beiden in einer liebevollen Umgebung aufwachsen zu lassen. Sie können sie nicht ewig schützen."
Suza nickte. Das Wissen, dass es ihren Mädchen gut ging, beruhigte sie. Mehr hatte sie nicht gewollt.
„Und was mache ich jetzt?", fragte Suza schließlich.
„Jetzt können Sie gehen."
Suza erhob sich. Sie ging auf die Tür zu, durch die sie gekommen war.
„Nicht da hinaus.", hielt die Chefin sie zurück. „Dort geht's lang."
Sie wies ihr eine andere Tür neben dem Kamin, die Suza gar nicht beachtet hatte. Sie war verschlossen, doch als sie den Türknauf drehte, ließ sie sich öffnen. Bevor sie sie aufzog, drehte sie sich noch einmal zur Chefin um.
„Danke", sagte sie schlicht. Die Chefin neigte nur leicht den Kopf als Antwort und schenkte ihr noch ein Lächeln. Dann drehte Suza sich um, öffnete die Tür und trat ins Licht.

Lucas erster Fall

Raimund J. Höltich

Ich blickte in zwei Gläser, eingefasst in ein goldfarbenes Gestell, das die graublauen Augen umrahmte.
Die Augen schienen zu lächeln, der Mund aber wirkte seltsam verkniffen und ernst.
Jetzt bewegte sich der Mund und schien doch irgendwie unbeweglich. „Nun, wie gefällt es Ihnen hier in der Psychiatrie?", drang es kalt und bedrückend anteilnahmelos aus dem Mund. Der Glanz, das scheinbare Lächeln in den Augen war verschwunden.
Nach einem unterdrückten Schlucken versuchte ich mein keimendes Unbehagen mit einer schnellen Antwort abzulenken, was mir nicht sehr gut gelang, wie ich glaubte.
„Doch, doch, sehr gut. Ach, ich habe durch Zufall Ihre Fallstudien über die Fallsucht gefunden und gelesen. Hochinteressant, muss ich sagen."
„Nun ja, ja ja, das ist schon länger her. Heute aber betreibe ich andere Fallstudien", sagte er, stand auf und ging zur Tür. „Ich werde Sie jetzt mit Ihrem ersten Fall bekannt machen, ein hoffnungsloser Fall, wie ich denke, aber das wird Sie sicherlich nicht davon abhalten, sich diesem Fall anzunehmen."
Er öffnete die Tür mit einem kurzen „Folgen sie mir", und ging hinaus in den Gang.
Ich folgte ihm mit leicht zitternden Knien. Mir war gar nicht wohl zumute.
Der Gang war nur spärlich beleuchtet und wirkte beklemmend. Die Leuchten spiegelten sich mattgelb auf den Linoleumboden wieder und waren die einzigen Lichtquellen, denn das Fenster am Ende des Ganges war schon nachtdunkel.
„Wo sind denn die Patienten?", fragte ich, das sonst multireale bunte Treiben vermissend.
„Die brauchte ich für meine neuen Fallstudien, Fall für

Fall. Sie werden sie hinterher treffen."
Er blieb plötzlich vor einer Tür stehen, sodass ich fast auf ihn auflief.
Genauso plötzlich ging das Licht aus und ich fühlte eine Hand, die mein Handgelenk wie ein Schraubstock umklammerte.
„Keine Angst", sagte er zu mir, als ich ein leises Quietschen akustisch vernahm.
Ich fühlte einen Ruck am Arm und einen Stoß am Rücken. Mein Ausfallschritt trat ins Leere. Ich hatte keinen Boden mehr unter den Füßen und fiel, fiel mit einem Schrei in die Tiefe. Im Fallen noch sah ich das Licht wieder angehen und hörte sein schrilles, hysterisches Schreien.
„Ihr erster Fall, ein Reinfall, klarer Fall, ha, ha, ha, ha, ha, ha!"

Noch schreiend wachte ich schweißgebadet auf. Ich konnte mich nicht bewegen. Ich war schon wieder an das Bett geschnallt.
„Sie sind mein erster Fall", sagte jemand in einem weißen Kittel, den ich erst erblickte, als ich meinen Kopf drehte.
Ich blickte in zwei Gläser, eingefasst in ein goldfarbenes Gestell, das die graublauen Augen umrahmte.
Die Augen schienen zu lächeln, der Mund aber wirkte seltsam verkniffen und ernst.

Baobab

Shayariel

„... und hiermit sei Ihnen das einzig verbliebene Erbstück der ehemaligen Farm der von Blasslings hinterlassen.

Hochachtungsvoll
Dr. R. van Dijkken"

Hugo von Blassling erbleichte. Ein Erbstück aus dem fernen Südafrika? Aus Erzählungen war ihm bekannt, dass seine Familie zu Kolonialzeiten dort ihr Glück gesucht hatte. Widrige Umstände indes hatten sie dann zurück in deutsche Lande getrieben, wo sie zuletzt ein recht armseliges Leben gefristet hatten. Nur noch der Adelstitel verriet, dass seine Familie schon bessere Zeiten gesehen hatte. Natürlich hätte er längst den nutzlosen Adelstitel verscherbeln können oder das kleine Häuschen im Wald, welches er mutterseelenallein bewohnte, doch war es nun Nostalgie oder Sentimentalität oder beides, bisher hatte er davon abgesehen. Das Häuschen hatten ihm seine Eltern hinterlassen. Heizen tat er mit Holz, das auf seinem Waldgrundstück zur Genüge wuchs. Irgendwann in den Mittvierzigern hatte seine Gesundheit begonnen zu schwächeln, sodass er nach einer endlosen Odyssee von Krankschreibungen schließlich das Angebot seiner Firma, mit knapp zweiundfünfzig Jahren in den Vorruhestand zu gehen, angenommen hatte. Seither lebte er zurückgezogen von der Zivilisation, die er ausschließlich zum Zwecke der Nahrungsmittelbeschaffung aufsuchte oder wenn er anderweitige menschliche, genauer gesagt: männliche Bedürfnisse dringendst unallein zu befriedigen gedachte.
Er betrachtete das, wie er fand, hässliche Etwas. Es war geflochten aus rot gefärbten Baobabfasern, das an den Kufen und den gebogenen Armlehnen mit Wurzelstock

verstärkt war. Es erschien ihm weder einladend, noch vertrauenerweckend genug, darin Platz zu nehmen und sich gemächlich in den Lebensabend zu schaukeln. Er schnappte sich kurzerhand das Mobiliar und schaffte es auf den Speicher.
Tief in der Nacht wurde von Blassling von einem schaurig klingenden Seufzen geweckt. Zuerst dachte er, er hätte schlecht geträumt. Aber eindeutig jammerte es irgendwo in seinem Haus. Verwundert ging er den befremdlichen Klagelauten nach. In den Nebenzimmern war nichts. Er horchte in den Keller hinein. Totenstille. Es schien von oben zu kommen. Von Blassling holte sich eine Taschenlampe und stieg leise hinauf. Er öffnete vorsichtig die Tür und leuchtete ins Dunkel hinein. Der Schaukelstuhl wippte hin und her. Ihm schauderte. Wie zum Teufel kann das Ding sich ohne Not bewegen, fragte er sich. Er leuchtete den Spitzboden ab. Die Dachluke stand offen. Dies war vermutlich die Erklärung für die Schaukelstuhlkinese: der eindringende Wind. Beruhigt ging er und schloss das Fenster. Der Stuhl ließ sofort mit der Schaukelbewegung nach. Er begab sich zurück ins Bett, schlief hernach einen ungestörten Schlaf.
In der folgenden Nacht wurde von Blassling neuerlich von diesem jammernden, crescendoartigen Klagen wach gemacht. Ihm war es zu unheimlich. Er fand einfach nicht den Mut im Dunkeln hinaufzusteigen. Bei Tageslicht fasste er ein Herz und ging hoch auf den Dachboden. Das Sonnenlicht erhellte nur spärlich, aber er vermochte mehr zu erkennen als nachts mit Taschenlampe. Er fand indes keine Erklärung für das quälende Nachtkonzert.
Nach der zigsten Nacht ohne Schlaf fasste er schließlich einen Plan: Er stieg abends die Treppe hinauf und lauerte an der offenen Tür. Es war hart. Es war unbequem. Seine Ohren überreizt. Jedes noch so kleine Geräusch, das Knacken des arbeitenden Holzes in der Kälte der Nacht, das Rascheln der einen oder anderen Maus im Gebälk, das Tropfen des Wasserhahns in der Küche, welches un-

menschlich laut und kristallklar bis zu ihm nach oben drang, ließ ihn immer wieder aufschrecken. Es dauerte gefühlte Äonen, bis endlich geschah, dessen er harrte. Da! Es ächzte, es quietschte, es klagte.
Hellwach war er von einer Sekunde zur anderen und seine Nerven gespannt wie ein Flitzebogen. Ganz leise, wie beim Indianerspiel in Kindertagen, schlich er sich auf allen Vieren kriechend in Richtung der Geräusche.
Der Mond schien durchs Dachfenster und beleuchtete schummrig das Dunkel. Sein Licht fiel direkt auf den Schaukelstuhl, der rhythmisch vor- und zurückschaukelte und dabei wolfserbärmlich wimmerte und greinte. Mit einem Satz warf von Blassling sich auf den Schaukelstuhl und rief: „Hab ich dich!" Der Stuhl wehrte sich mit seinem ganzen Holz! Er wand und schüttelte sich unter ihm, jaulte auf, heulte wie eine Sirene.
„Was bist du nur für ein schrecklicher Stuhl?", kreischte von Blassling entsetzt und ließ den Schaukelstuhl fahren. Wie zur Salzsäule erstarrt beobachtete er das weitere Gebaren des Stuhls. Seufzend rückte der Stuhl sich zum Mondlicht hin und setzte sich erneut in gleichmäßige Schaukelstuhlkinese. Nachdem der Stuhl sich beruhigt zu haben schien, wandte er sich langsam und knarzend von Blassling zu. Der Stuhl machte knackende Geräusche. Es wirkte, als ob er mit ihm sprechen wollte. Plötzlich fühlte von Blassling einen drängenden Impuls in sich: Er hatte das dringende Bedürfnis, den Stuhl in seine Wohnstube hinunterzutragen.
Er steipte ihn trotz schlafmangelnder Kraftlosigkeit die Treppe hinab. Er rückte ihn hin und her, bis er das Gefühl hatte, den rechten Platz gefunden zu haben. Das harte Holz fühlte sich auf einmal weich und nachgiebig an. Leise seufzte der Stuhl, stand still in der Nähe des Kamins. Von Blassling fühlte eine bleierne Müdigkeit in sich aufsteigen und gähnte herzhaft. Schlaf schön, Stuhl, dachte von Blassling und tätschelte diesen noch einmal.

Irgendwie kam er sich albern vor, doch sein Herz war jetzt leicht, und der Stuhl schien auch seinen Frieden zu haben.
Er begab sich zu Bett und schlief zwei Tage und Nächte einen traumlosen Tiefschlaf.
Als er erwachte war das Haus eiskalt. Es musste in den letzten Tagen ordentlichen Schneefall gegeben haben, verriet ihm ein Blick aus dem Fenster. Alles war weiß, die Bäume bogen sich unter der schweren Schneelast. Von Blassling machte eine Katzenwäsche, beeilte sich von draußen ein paar Scheite Holz zu besorgen und feuerte ein. Er brühte sich einen köstlich riechenden Kaffee auf und stellte sich mit der Tasse ans Feuer, um sich zu wärmen. Knarrende Geräusche hinter sich ließen ihn herumfahren. Der Schaukelstuhl wippte einige Male hin und her, blieb dann stehen. Versteinert betrachtete von Blassling den Stuhl. Dieser wiederholte diese Wippaktion einige Male.
„Möchtest du etwa, dass ich mich …?"
Der Stuhl schaukelte zweimal hin und her. Dabei gab er wohlige Knarrgeräusche von sich.
„Hm, wenn du meinst!", grunzte von Blassling und ließ sich überaus vorsichtig in den Stuhl sinken, welcher erleichtert aufseufzte. Erschrocken sprang von Blassling aus dem Stuhl. Nach einem kurzen Schreckmoment schritt von Blassling achtsam und mit laut klopfendem Herzen auf den Stuhl zu, sprach sich selbst Mut zu: „Okay, ich mach's!" Er ließ sich neuerlich auf ihm nieder, jederzeit zum Absprung bereit. Dieses Mal war er auf das Seufzen gefasst. Bedächtig lehnte er sich zurück, übte sich in einem ersten, kleinen Schaukelversuch. Überrascht stellte er fest, dass er Erleichterung in sich spürte.
„Hm", knarrte von Blassling ein wenig unzufrieden, „angenehm ist allerdings was anderes. Ein Ohrensessel, das ist bequem!" Was jetzt geschah, konnte er kaum fassen: Der Schaukelstuhl wurde unglaublich gemütlich

unter ihm. Er konnte sich behaglich darin zurechtrücken, die Augen schließen und wunderbar entspannen. Wie in einem Ohrensessel.
„Potztausend! Was für ein Teufelsstuhl!", murmelte er und erhob sich nach einer Weile kopfschüttelnd. Immer wieder nahm er auf ihm Platz, genoss einen Augenblick, verließ den Stuhl dann. Bald schon hatten sich die beiden aneinander gewöhnt und verbrachten viele gemeinsame, glückliche Stunden.

In einer lauen Sommernacht wurde von Blassling unerwartet von einem herzzerreißenden Wimmern und heftigem Gelärme aufgeweckt. Er stürzte in die Wohnstube und schrie den Stuhl an: „Was ist denn nun wieder?"
Der Schaukelstuhl stand an der Tür zur Veranda und wummerte greinend dagegen. Just als er nach ihm greifen wollte, schwoll das Klagen zu einem unnatürlich lauten Geheul an und der Stuhl widersetzte sich seinem Zugriff mit aller Macht. Dieses Mal war von Blassling klüger als seinerzeit auf dem Dachboden. Sofort ließ er ab vom Stuhl und wartete bis er kam, der unerklärliche Impuls: Von Blassling verspürte das unwiderstehliche Verlangen, die Verandatür zu öffnen. Der Schaukelstuhl hechtete fröhlich juchzend mit einem Riesensatz auf die Veranda hinaus, suchte sich eigenständig einen Platz und rückte sich endlich seufzend auf einer Stelle zurecht. Leise summend begann er vor sich hin zu wippen.
„So einer bist du also", brummte von Blassling. „Nun denn, genießen wir die frische Luft gemeinsam?"
Der Stuhl wippte zur Antwort zweimal hin und her.
„Ich muss zugeben", meinte von Blassling anerkennend, „das ist eine wirklich schöne Stelle, die du ausgesucht hast, sogar bei Nacht. Wie wunderbar muss sie erst bei Tag sein!" Von Blassling genoss den Anblick eine ganze Weile schweigend. Das regelmäßige Hin- und Herschaukeln machte ihn irgendwann schläfrig. Er nickte ein, träumte von Sommerhitze, rhythmischen Trommeln,

tanzenden, dunkelhäutigen Menschen. Als er wieder aufwachte, schien der Mond auf ihn herab. Eine angenehme, kühle Nachtbrise wehte dazu.
„Ob das wohl Erinnerungen aus Südafrika waren?", sinnierte er.
Der Stuhl wippte zweimal vor und zurück.
„Hm, eine neuer Lebensabschnitt hat begonnen, was?", lachte von Blassling. „Gemeinsame Erinnerungen tauschen, auch gut."
Von dieser Nacht an erzählten sie sich ihre Geschichten, von Blassling von seiner Familie, seinen verlorenen Träumen, seiner langen Zeit der Einsamkeit. Der Schaukelstuhl teilte mit von Blassling Bilder aus den Tagen der Sklaverei, ließ ihn den heißen Wind Afrikas auf seiner Haut spüren. Manchmal konnte von Blassling die fremdartigen und zugleich seltsam vertrauten Gerüche der Savanne riechen, lauschte den traurigen und gleichzeitig Trost spendenden Liedern der Sklaven, die von den Feldern her zu ihm herüberdrangen.
Einmal träumte ihm von einem uralten Afrikaner, dessen Blick so wild war wie Wasserfälle, die an steilen Felsen vorbei in die Tiefe stürzen, und gleichzeitig so sanft wie der einer schnurrenden Wildkatze. Ein anderer Afrikaner trat hinzu und erzählte jenem alten Mann, dass sein weißer Herr oft so gemein und herzlos zu den Feldsklaven wäre. Er glaubte, dass dies so wäre, weil dem weißen Herrn großes Unglück widerfahren war. Der Herr hatte nämlich seine geliebte Frau im Kindbett verloren, und mit ihr waren offenbar alle Liebe und Lebensfreude von ihm gegangen.
Er winkte jetzt jemand zu. Dieser trat hervor mit einem Schaukelstuhl. Der Mann erklärte, dass er diesen Schaukelstuhl seinem Herrn zum Trost schenken wollte. Er fragte, ob der weise Alte nicht einen Zauber darauf legen könnte, sodass der weiße Herr wieder Freude erleben würde.

Der Schamane hatte die ganze Zeit schweigend gelauscht. Er nickte kurz und sagte, dass der Mann in zwei Tagen um Mitternacht zurückkehren sollte.

Der heilige Mann ölte den Schaukelstuhl mit einem Öl aus besonderen Wurzeln ein, bog und dehnte seine Kufen über heiligem Feuer, härtete sie mit dem Pflanzenpulver einer seltenen Blume und bemalte ihn mit fremdartigen Zeichen, die böse Geister fernhalten sollten.

In einer feierlichen Zeremonie wurde der Stuhl einem großen, verbittert wirkenden Mann überreicht, dessen Augen sofort freudig zu leuchten begannen, als dieser sich auf dem Stuhl niederließ und zu schaukeln begann. Er verblieb Stunden in dem Stuhl, in Glückseligkeit verharrend. Als schließlich die zeremoniellen Feuer verlöschten, fiel der Schamane mit einem leisen Seufzer zu Boden. Ein helles Licht fuhr aus ihm heraus und in den Stuhl hinein.

Man fand von Blassling erst viele Monate nach seinem Ableben. Es waren Wanderer, die zufällig an seinem Haus vorbeikamen.

Als sie ihn für die Beerdigung vom Stuhl nehmen wollten, stellten sie fest, dass sein Fleisch und seine Sitzknochen untrennbar mit dem Stuhl verschmolzen waren. Aus diesem Grunde brachten sie ihn samt Stuhl zur Verbrennung.

Der Bestatter erschrak fast zu Tode, denn als die Flammen Leiche und Stuhl anleckten, durchschwoll freudiges Gelächter die Halle, dem ein jubilierender Aufschrei folgte: „Endlich frei!"

Eintagsfliege

Veronika Wehner

Zufällig lese ich in der Zeitung: ... *junger Chefkoch aus seinem Lokal spurlos verschwunden...*

Meistens übersehe ich absichtlich Schreckensmeldungen. Früh am morgen beim Kaffeetrinken möchte ich mir eigentlich nicht gleich die Laune verderben. Doch fast jede Seite bringt etwas Unangenehmes, und so ist es auch nicht verwunderlich, dass die Augen bei der einen oder anderen negativen Schlagzeile dann doch hängen bleiben. So geschah es auch an diesem Morgen. Und wenn ich schon angefangen habe zu lesen, dann lese ich den Bericht auch zu Ende. Diese Meldung macht mich etwas stutzig. Wie kann jemand verschwinden ohne Spuren zu hinterlassen?
Doch ich bin nicht die Einzige, die sich für den Fall interessiert. Die Polizei hat den Fall bereits aufgenommen. Die Kriminalpolizei wurde benachrichtigt, nachdem der Koch seit Tagen nicht in seinem Lokal erschienen war und auch sonst nicht zu erreichen war.

Der Teufel soll ihn holen.
Umso länger die Zeit verstreicht, desto wütender werde ich.
„Wie konnte das nur passieren", stelle ich mir die Frage.
Eigentlich ahnte ich schon von Anfang an, dass es nicht gut gehen würde.
Doch warum sollte das Ganze ein schlechtes Ende haben, wenn alles genau besprochen wird und die Aktion von beiden Seiten gewollt ist?
Das Ambiente habe ich gefunden. Ein kleines Lokal mit Gewölbekeller. Ebenfalls klein und ohne Fenster. Aber mit elektrischem Licht kann man viel bewirken. Ich war mir sicher: Hier möchte ich ausstellen.

Meine Sachen passen gut hier her und ich freue mich schon meine erste Vernissage hier ausrichten zu können. Bis zur Eröffnung gibt es noch viel zu tun und ich arbeite daran, dass dieses Vorhaben auch gelingen möge.
Eines Tages ist es dann auch soweit. Alles steht auf seinem Platz, genau so, wie ich es mir vorgestellt habe. Die Besucher kommen und es wird ein wundervoller und erfolgreicher Abend.
„Mittwoch komme ich und zahle die Rechnung", sage ich zum Chef, als ich mich nach der Vernissage bei ihm verabschiede.
„War alles in Ordnung"? fragt er und natürlich bejahe ich seine Frage, nachdem der Abend wirklich gelungen war.
„Na also."
Noch ein kurzer Blick auf das bereits verlassene Gewölbe. Meine Gäste haben sich schon verabschiedet und ich betrachte meine Werke nochmals mit einem kritischen Blick. Sie sind mir wirklich gut gelungen, stelle ich fest und andere Menschen dürfen ruhig sehen, was aus einer geistigen Vorstellung werden kann. Dann verlasse ich ebenfalls das Lokal.

Kurz nach halb zwei, als ich Mittwochmittag wie vereinbart das Lokal erneut betrete, sind noch Speisende da und einige, die noch bedient werden wollen. Bis um zwei Uhr wird er sicher nicht mit kochen fertig sein, und so wundere ich mich auch nicht, dass er sich noch nicht bei mir blicken lässt. Ich bestelle bei Alice, der rechten Hand vom Chef einen Espresso und setze mich vorne zu dem Bar-Pult hin auf noch einem leer stehenden Hocker. Ein junger Mann sitzt neben mir und wartet auf sein Essen. Alice macht mir zwischen durch den Espresso stellt ihn mir wortlos hin. Schon ist sie wieder weg. Mit zwei Tellern erscheint sie wieder aus Richtung Küche. Einen Dritten bekommt ein paar Minuten später der junge

Mann neben mir. Endlich darf auch sein Hunger gestillt werden.

Zwischenzeitig rühre ich meinen Kaffee um und trinke die Tasse leer, bevor er noch kalt wird. Ich warte geduldig bis Einer von Beiden Zeit und Erbarmen mit mir hat und mir endlich die Rechnung bringt. Dann kommt Alice zu mir. In der Hand einen weißen Zettel. Den legt sie mir ebenfalls wortlos vor meine Nase. Macht nichts. Ich muss auch nicht reden. Ich will nur mein Geld loswerden, sonst nicht.

80,00 Euro mehr, wie ich sehe, doch es soll Wert genug sein und ich denke an den erfolgreichen Samstagabend zurück und die kommenden spannungsvollen vier Wochen, solange meine Ausstellung hier gehen soll.

Als ich zahle und Alice das Geld verstaut hat, fasst sie doch Mut und macht ihren Mund auf: „Wir haben am übernächsten Freitag eine größere Veranstaltung mit DJ. Sie müssen ihre Sachen räumen."

Mein Gehirn arbeitet schnell, doch ich schaue sie trotzdem etwas verdattert an und frage sie, was das sein soll.

„Ja, Ihre Skulpturen können definitiv nicht stehen bleiben, wegen der Gefahr, dass etwas kaputtgeht. Die Vitrine muss auch raus, denn dort wollen wir den DJ-Pult aufstellen." In mir steigt der Blutdruck, doch ich bleibe ruhig. „Die Abmachung war aber eine ganz andere", sage ich dann zu ihr.

Ihre Mine bleibt unverändert. Kalt und abgebrüht wirkt die junge Frau auf mich.

„Die Bilder können bleiben", sagt sie „ nur an dem Tag müssen sie auch noch von der Wand herunter genommen werden, wegen des Anrempelns und so. Sie fallen womöglich noch herunter und wer zahlt dann den Schaden? Sie können die Bilder danach wieder aufhängen hat der Chef gesagt."

Ich möchte nicht streiten. Meine Rechte zu fordern hielt ich in diese klarer Situation für ziemlich sinnlos. Der Chef ließ er sich auch weiterhin nicht blicken.

Die ganze Angelegenheit überlässt er bis zum Schluss seinen Angestellten. Sonst kommt er immer wieder mal zwischendurch aus seiner Kombüse und plaudert mit den Gästen. Heute bleibt er weg.

Wegen der Vitrine müssen meine Männer aktiviert werden und die können nur am Samstag kommen. Also gleich am kommenden Samstag. Unter der Woche läuft wegen der Arbeit nichts. „Werden sie um zehn Uhr schon hier sein können?", frage ich sie noch um eine kurze und genaue Antwort zu bekommen. Ich möchte nämlich dieses peinliches Gespräch so schnell, wie möglich beenden und das Lokal verlassen.
„Es passt", sagt sie und dann bin ich draußen.

Ich bin mir ziemlich sicher, dass die Kripo bei mir bald klingelt, denke ich, nachdem ich die Zeitung beiseite gelegt habe. Sie werden mich verdächtigen. Mir ist dem Bericht nach klar, um welches Lokal es sich handelt. Gestern bin ich nämlich, trotz, dass ich mir geschworen habe, vorerst nicht mehr in die Nähe des Lokals zu kommen, vorbeieigelaufen. Insgeheim wollte ich wissen, ob an dem besagten Tag tatsächlich die große Fete mit DJ stattfindet. Doch statt einer Fete stand gut sichtbar an der Tür: *vorübergehend geschlossen*. Hab mir nichts dabei gedacht und bin weitergelaufen.

Mich so austricksen.
Je länger ich darüber nachdenke, desto wütender werde ich. Dass ich ihn im Zorn zum Teufel gejagt habe, ist nicht verwunderlich. Doch jemanden ermorden? Dazu bin ich nicht fähig.
Mord ohne Leiche. Ob es nur ein Trick von der Kripo sein soll, das wird sich noch herausstellen. Trotz allem muss ich mich nun auch noch mit der Kripo herumärgern. Meine nicht stattfindende Ausstellung zu verarbeiten wäre schon reichlich genug, und ich suche immer

noch nach möglichen Erklärungen auf das warum.
Die Kripo wird es sicherlich schnell herausfinden, was sich in den letzten Tagen im Lokal abgespielt hat und sie werden auch mich befragen. Der Hinweis auf die Vernissage und auch die Dauer der Ausstellung wurden in der Zeitung veröffentlicht.
Bei der Durchsuchung des Lokals und der Suche nach einer Leiche oder anderen Beweisstücken finden sie nur leere Räume, keine Ausstellungsgegenstände.
Von der angekündigten Ausstellung also keine Spur. Keine Skulpturen und keine Bilder an der Wand. Genauso verschwunden, wie die Leiche auch. Würde mich wundern, wenn sie mich nicht verdächtigen oder zumindest befragen würden.

An dem Mittwoch, auf dem nach Hauseweg, fällt mir plötzlich ein: Wenn meine Männer Samstag die Vitrine wieder abtransportieren, muss ich vorher meine Figuren ausräumen.
Heute ist Mittwoch. Am Freitag habe ich schon verschiedene Termine. Bleibt nur der Donnerstag. Also morgen. Mir wird warm in Sekunden. Doch was bleibt mir anderes übrig, als mich zusammenzureißen und ran an die Sache zu gehen. Kartons und Folien ins Auto und nochmal alles retour.
Ich rufe aber erst morgen im Lokal an, kurz bevor ich komme. Jetzt bestimme ich. Sie müssen parieren und Sorge dafür tragen, dass ich das Lokal betreten und ausräumen kann. Sie sind diejenigen, die die Räumung veranlasst haben.
„Ich bin da", sagt Alice, als ich anrufe. 10 Minuten später mache ich die Lokaltüre auf und trage meine ersten leeren Kisten die Treppe hinunter.
Es geht schneller, als ich mir gedacht habe. Ich schwitze zwar, denn ich laufe unzählige Male die steile Treppe hinunter und hinauf. Doch eine gute Stunde und ich habe alles im Auto verstaut. Sogar die Bilder. Die habe

ich auch noch abgehängt. Alice hat sie gesehen, doch sie sagte nichts.
Ich werde hier keinen Krümel hinterlassen. Mir war bereits jetzt schon klar, dass ich dieses Lokal nicht mehr betreten werde.

Doch was passierte an dem Tag, als der Chefkoch nicht zur gewohnten Zeit in seinem Lokal erschienen ist?
Er hätte längst anfangen müssen zu kochen. Manch hungrige Gäste kommen schon vor Zwölf und möchten essen. Daraus wird heute nichts.
Alice kommt, wie gewöhnlich eine Stunde vor ihm, um in dem Lokal Ordnung zu schaffen. Sie räumt weg, was am Vorabend liegengeblieben ist. Die leeren Flaschen schafft sie in den Keller, die schmutzigen Gläser verstaut sie in der Spülmaschine und schaltet den Spülgang ein. Dann läuft sie nochmal in den Gewölbekeller. Abends kommen meist mehr Besucher und es wird auch unten gesessen. Sie schaut nochmals nach dem Rechten, ob die Tische richtig stehen. Sie rückt den einen oder anderen Stuhl zurecht und wischt sorgfältig die Tischplatten mit einem feuchten Tuch ab. In einer Ecke entdeckt sie im Vorbeilaufen auf dem Boden ein paar Glasscherben. Sie holt schnell Besen und Schaufel und lässt nach dem Aufkehren die Scherben im Mülleimer, ebenfalls im Abstellraum, verschwinden. In dem schlummern schon seit einigen Tagen Scherben von kaputtgegangenen Flaschen und Gläsern. Dann schaut sie auf die Uhr. Sie müsste bereits den Chef in der Küche klappern hören. Doch sie hört nichts.
Sie wird langsam nervös und eilt die Treppe hinauf. Vom Chef ist keine Spur. Was soll sie machen? Kochen kann sie nicht und die Gäste werden bald kommen.
Doch sie ist nicht auf den Kopf gefallen. Sie holt ein DIN A 4 Blatt aus einer Schublade und schreibt in Windeseile mit Filzstift drauf: -Heute bleibt unser Lokal wegen einem Messebesuch geschlossen. Wir bitten um Verständnis.-

Dann klebt sie das Blatt mit Tesafilm gut sichtbar an die Eingangstüre. Anschließend holt sie ihre Tasche, nimmt das Handy heraus und ruft die Polizei an und meldet, dass ihrem Chef etwas zugestoßen sein könnte, weil er bis jetzt noch nicht zum Dienst angetreten und auch telefonisch nicht zu erreichen ist. Ansonsten sei er immer pünktlich. Sie gibt die Adresse durch und legt auf, ohne eine Rückmeldung abzuwarten.
Als sie eine Stunde später das Lokal verlassen und die Tür abschließen will, steht ein Polizeibeamter vor ihr und möchte mit ihr sprechen.
„Kann ich bitte herein kommen? Ich hätte ein paar Fragen an Sie, die sie mir vielleicht beantworten können."
Alice lässt den Polizeibeamten widerwillig hinein. Sie bittet ihn sich mit ihr im Untergeschoss zu unterhalten, da sie von den neugierigen Blicken der Leute verschont bleiben möchte.
Alice wartet bis der Beamte seine Fragen stellt: „Wann haben Sie gestern Abend das Lokal verlassen, Frau ...?"
„Sagen sie ruhig Alice zu mir", unterbricht sie den Beamten. „Kurz nach Elf Uhr, nachdem der letzte Gast bezahlt hat und gegangen ist", sagt sie. Eigentlich hatte sie mit anderen Fragen gerechnet.
In der Stunde, die sie vorher noch im Untergeschoß aufräumte, versucht sie ihre Gedanken nochmals zu ordnen, wie sie die Geschehnisse der Polizei bei der Protokoll-Aufnahme schildern will. Und jetzt? Jetzt sitzt sie mit einem Beamten hier unten im Gewölbe, der ihr komische Fragen stellt.
Während der Beamte seine zweite Frage stellt, schweifen seine Blicke durch den Raum.
„Wo sind die ausgestellten Bilder? Hier sollte doch eine Ausstellung laufen, habe ich in der Zeitung gelesen. Stattdessen sehe ich leere Wände und keine Skulpturen, wo sind sie geblieben?"
Doch Alices Kaltschnäuzigkeit lässt sie nicht im Stich. Sie hat sich genau auf diese Frage vorbereitet. Sie beginnt ...

Beim Ansetzen der ersten Worte klopft es heftig an die Tür. „Es muss die Kriminalpolizei sein, machen sie bitte die Tür auf", unterbricht sie der Beamte.
Alice steht wiederwillig auf und läuft die Treppe hoch und lässt zwei weitere Herren herein. So kompliziert hat sie sich das Ganze doch nicht vorgestellt. Sie wollte nur ihre Geschichte loswerden, sonst nichts. Doch sie lässt sich nicht aus dem Konzept bringen. Sie setzt sich nun zu den drei Herren an den Tisch und ohne nochmal aufgefordert zu werden, beginnt sie zu erzählen.
„Die Künstlerin hat hier alles wieder mitgenommen. Ich kann wirklich nichts dafür. Es war eine wirklich schöne Vernissage am Samstag. Der Chef hatte sich sehr ins Zeug gelegt und sich etwas Besonderes einfallen lassen, um die Gäste mit einem besonderen Menu zu überraschen. Was er dann servieren ließ, hat wirklich gut zu dem Ambiente gepasst. Eben etwas Ausgefallenes. Mein Chef war von der Ausstellung begeistert, wenn wir beiden auch nicht viel von Kunst verstehen. Trotzdem weiß ich nicht, warum er so kurzfristig umgedacht und mir aufgetragen hatte, der Künstlerin zu sagen, die Ausstellung wegen einer größeren Veranstaltung zu räumen. Gefallen hat es mir zwar nicht, doch ich habe gelernt bei ihm nicht lange nachzufragen. Er ist sehr eigen. Ich mache einfach, was er mir sagt. Es hat mich zwar überrascht, dass die Frau ohne Widerrede alles so hingenommen hatte, denn ich hatte mit etwas anderem gerechnet, und ein Krach blieb, Gott sei Dank, aus. Doch was ausgeblieben war, kam eine Woche später.
Die Künstlerin rief schon am nächsten Tag an. Sie kündigte an, dass sie vorbei kommen möchte. Sie war schnell da. Sie trug ihre Kisten hinunter und fing an auszuräumen. Sie war ruhig und störte niemanden. Ich bin ein oder zwei Mal zu ihr heruntergekommen. Ich sah, dass sie auch die Bilder eingepackt hat, doch ich sagte nichts. Als sie alles in ihrem Wagen verstaut hatte, fuhr sie los, ohne sich zu verabschieden. Sie war halt sauer und ich

dachte wir sehen sie bestimmt nicht wieder. Doch dann eine Woche später betritt sie erneut das Lokal.
Sie kam am Abend. Gerade waren die letzten Gäste gegangen. Sie hatte ausspioniert, wann der letzte Gast geht, dann kam sie unerwartet herein. Wir haben uns nichts dabei gedacht.
Ich habe noch nie so eine Furie gesehen und gehört. Wie ausgewechselt. Die Frau war nicht mehr zu erkennen. Ich wurde beschimpft als Hure, der Chef als verblödeter Idiot. Sie war nicht mehr zu bändigen, ihre Wut prallte auf uns herunter. Der Chef winkt mir zu, ich solle nach Hause gehen, er kläre das alleine.
Was anschließend passierte, kann ich ihnen nicht sagen, denn ich bin gegangen. Ich hätte sowieso nichts ausrichten können. Es war eine Sache zwischen der Beiden."
Der Beamte lässt sie reden. Er hört zu und macht fleißig Notizen.
„Als ich heute kam und er dann nicht zur gewohnten Zeit erschien, kam mir der Verdacht auf, dass zwischen den Beiden etwas passiert sein musste. Sie war so wütend gewesen, dass ich alles für möglich halten könnte.
Als ich herunterkam, in den Gewölbekeller, musste ich wieder alles aufräumen."
„Sind auch Flaschen dabei kaputtgegangen?", hört sie den Polizisten fragen.
Sie wird zum ersten Mal rot im Gesicht. „Ja, eine Flasche", antwortet sie fehlerfrei. „Vorhin habe ich ein paar Scherben aufgekehrt, die ich beim Aufräumen entdeckt hatte. Bestimmt war sie bei dem Streit mit einer Flasche auf ihn losgegangen."
Der Kollege, der sich im Abstellraum umschaut, sammelt die Scherben aus dem Eimer vorsichtig in eine Tüte und verstaut diese dann in seiner Diensttasche. „Für heute sind wir fertig", sagt er noch auf dem Weg zur Treppe.
Alice steht auf und begleitet die beiden Kriminalbeamten zum Ausgang.
Der Polizeibeamte, der immer noch auf seinem Stuhl

sitzt, wird nachdenklich, weil Alice alles so fehlerfrei heruntergeleiert hat, doch er sagt ihr kein Wort, als sie wieder Platz nimmt. Er greift in seine Tasche und holt sein Handy heraus. Eine Kollegin meldet sich vom Revier. Er bittet sie, bei der Künstlerin vorbeizufahren, deren Ausstellung abgebrochen werden musste. Kurz schildert er der Kollegin noch den Tatverdacht und sie soll nun die Künstlerin über die Geschehnisse der letzten Tage aus ihrer Sicht befragen. Er gibt ihr noch die Adresse durch und legt dann auf. Danach wählt er eine andere Nummer. Der Kripo meldet sich. Nochmal eine kurze Schilderung, dann gibt er noch eine Adresse durch, dieses Mal aber die vom Chefkoch. „Er ist nicht zu erreichen, sagt er weiter. Keiner geht zu Hause ans Telefon, vielleicht ist es stummgeschaltet, auf dem Handy erreiche ich nur die Mailbox.
„Wird gleich erledigt", antwortet der Kollege am anderen Ende. Tut, tut und das Gespräch ist beendet.
Während dieser Gespräche sitzt Alice immer noch ruhig da.
„Für heute sind wir fertig, Frau Alice", sagt er dann zu ihr. „Ich habe Sie ziemlich lange strapaziert. Vielen Dank. Sie können jetzt nach Hause, müssen für uns nur jeder Zeit erreichbar sein, falls wir noch weitere Fragen an Sie haben. Wir werden Ihren Chef schon finden. Doch bevor Sie gehen", bittet der Beamte Alice, „tauschen Sie bitte noch den Zettel an der Lokaltüre aus. Informieren Sie Ihre Gäste, dass sie vorrübergehend geschlossen haben. Dann sehen wir weiter."
Alice folgt ihm die Treppe hinauf. Sie reißt das Papier von der Türe und schreibt einen neuen Zettel. Dann schnappt sie ihre Tasche, verlässt das Lokal und schließt die Türe ab. Der Beamte versieht das Lokal noch mit einer Plombe und verlässt er ebenfalls den Tatort.

„Frau Alice. Sie müssen mit uns kommen. Sie sind verdächtigt ihren Chef und Freund ermordet zu haben."

Alice bleibt erstarrt an der Tür stehen, als sie nach dem Öffnen ihrer Wohnungstür zwei Beamte vor sich stehen sieht. Der eine öffnet bereits seine Handschellen und greift geschickt nach dem Handgelenk der jungen Frau. Sie wird abgeführt.

Ja, sie haben gestritten. An diesem besagten Abend. Nachdem alle Gäste gegangen waren, wollte auch er nicht mehr länger im Lokal bleiben. Alice wird morgen früh aufräumen, wie immer. Er ist müde. Er kocht zwar gerne, doch heute ist es besonders viel gewesen.
Kaum zu Hause angekommen klingelt es an seiner Tür. Alice steht vor ihm. Er lässt sie, wie gewohnt, herein. Alice holt gleich zwei Gläser aus dem Schrank und er den wohltemperierten Rotwein aus der Küche. Beide trinken gerne noch ein Glas Wein nach der langen Arbeitszeit bevor sie ins Bett gehen. Ein paar Minuten später sitzen die Beiden auf der Couch und prosten sich zu. Es ist still. Sie wartet auf seine zärtliche Umarmung die heute ausbleibt.
Er nimmt noch einem großen Schluck Wein, holt tief Luft und beginnt ganz leise zu reden. Er muss es ihr endlich sagen, dass er so nicht mehr weiterarbeiten kann.
„Wir müssen uns trennen. Es fällt mir schwer, es dir zu sagen, doch es funktioniert nicht zwischen uns. Du hast mich überrumpelt und wir sind im Bett gelandet. Das heißt aber nicht, dass ich mich in dich verliebt habe. Ich habe es versucht, ich habe es dir auch schon gesagt, doch du bist wie eine Klette, ich kann dich nicht abschütteln. Ständig bist du da. Ich brauche meine Freiheit."
Alice spürt dieses Mal die Ernsthaftigkeit seiner Worte und wird nervös. Die zarten Umarmungen taten ihr immer gut nach einem langen Arbeitstag. Und jetzt soll auf einmal Schluss sein? Sie liebt ihn und würde alles für ihn tun. Im Geschäft geht sie ihm zur Hand. Er muss im Lokal nur kochen und sich gelegentlich mit einem Gast unterhalten, den Rest macht sie. Das Geschäft ist gut an-

gelaufen. Sie sind ein gutes Team. Es spricht sich bereits überall herum, dass der Koch gut ist. Sie bleibt Nebensache, doch es macht ihr nicht aus, Hauptsache sie ist bei ihm. Während ihr dies durch den Kopf geht, wartet er auf ihre Reaktion.
Sie hat mit der Zeit gelernt bei ihm nicht allzu viel zu sagen oder zu fragen. Auch jetzt kann sie nicht viel sagen. Sie spürt nur, dass sie langsam wütend wird.
„Du kannst selbstverständlich so lange bei mir im Lokal bleiben, bis du eine andere Arbeitsstelle gefunden hast, doch in meiner Wohnung möchte ich dich nicht mehr sehen".
„Das könnte dir so passen, du Zwerg, du Drückeberger", sagt sie unerwartet und springt auf. Er springt ebenfalls von der Couch. Doch sie ist schnell und schnappt nach der Weinflasche, die auf dem Tisch steht, holt aus und mit einem Schwung trifft sie den Kopf ihres Freundes, der diesen gerade von ihr abwendet. Die Flasche zerbricht. Der junge Mann wackelt und er sieht nichts mehr.
„Jetzt hast du das bekommen, was du verdienst, du Missgeburt", schreit sie völlig außer sich.
Dann nimmt sie schnell ihre Tasche, schnappt nach dem Handy, das greifbar auf dem Tisch liegt und rennt aus der Wohnung.
Als der junge Mann zu sich kommt, ist ihm immer noch schwindelig. Schwach erinnert er sich daran, dass Alice da war. Er ruft nach ihr, doch sie meldet sich nicht. Er ist alleine. Er sieht immer noch verschwommen. Er sieht umgekippte Gläser und Glasscherben um sich herum. Er spürt etwas Nasses auf seinem Stirn herunterlaufen. Er blutet. Er möchte telefonieren, Hilfe holen und er greift nach seinem Handy. Doch bevor er die Nummer wählen kann bricht er endgültig zusammen.

Der junge Mann ist tot, verblutet, stellt ein junger Gerichtsmediziner fest, als er den leblosen Körper neben dem Wohnzimmertisch, zusammengeklappt über einem

Scherbenhaufen beugend, untersucht.
„Den Rest überlasse ich nun Ihnen", sagt er seinen Kollegen, die neben ihm stehen.
Die beiden Kripobeamten untersuchen die Wohnung weiter. Sie entdecken nah an der Hand des Toten ein Handy.
„Er wollte Hilfe holen, bevor er zusammenbrach", sagen die beiden Männer beinahe zeitgleich, während der eine das Gerät vorsichtig in einer Plastiktüte verschwinden lässt.

Einige Zeit später.
Auf der Anklagebank sitzt eine junge Frau. Neben ihr sitzt ihr Verteidiger. Der Anklageschrift wird vorgelesen. Die Anklage lautet Totschlag im Affekt.
Am selben Tag, am Ende der Verhandlung wird das Strafmaß verkündet. Unter Berücksichtigung mildernder Umstände wird die Anklage auf unterlassene Hilfeleistung mit Todesfolge umgewandelt und das Urteil dementsprechend gesprochen. Die Angeklagte hat das Recht, durch ihren Anwalt innerhalb einer vorgegebenen Frist Widerspruch einzulegen.
Alice: „Das verdammte Handy! Ich habe sie vertauscht", und sie lässt sich widerstandslos aus dem Gerichtsaal führen.

Der Spiegel der Seele

Thomas Karg

„Ph'nglui mglw'nafh Cthulhu R'lyeh wgah'nagl fhtagn."

Ich war damals vierzehn. Unsere Klasse fuhr in ein Schullandheim in den Bergen.
Ich war später nie wieder dort - meine Gedanken jedoch

lange Zeit täglich. Die Ereignisse von damals brannten sich schmerzhaft in mein Gedächtnis. Ich fürchte, nicht einmal der Tod wird die Wunden in meinem Kopf heilen können. Ein eisiger Mantel legt sich jedes Mal über mich, wenn ich daran denke. Die Gnade des Vergessens wurde mir nie zuteil. Unregelmäßig verfolgt mich dieses Wochenende immer noch in meinen Albträumen. Auch letzte Nacht träumte ich davon – zum zweiten Mal diese Woche bereits – und wachte schwer atmend auf.
Ich bin alt, krank und stehe dem Tod näher als dem Leben. Der Alb setzt sich vermutlich deswegen nachts nun wieder häufiger auf meine Brust. Die Ereignisse von damals müssen eine Auswirkung auf mich haben, bin ich überzeugt. Ich habe schreckliche Angst vor dem, was mich nach meinem Ableben erwartet. Zwischenzeitlich dachte ich in der Blüte meines Lebens kaum noch daran, als meine Frau noch lebte und meine drei Söhne noch bei mir wohnten. Nun aber kehrt die Furcht in mir zurück, genau, wie zu jener Zeit als ich vierzehn Jahre jung war. Ich habe nie darüber gesprochen. Wer hätte einem Kind schon geglaubt? Sogar vor meinen eigenen Eltern verschwieg ich die Gründe meiner gelegentlichen Angstausbrüche. Die wahren Umstände von Cletus Bates Verschwinden erfuhr niemand von mir – bis zu diesem Tag, an dem ich sie in mein Tagebuch schreibe.

Wir waren sieben Jungen, neun Mädchen, unser Lehrer und zwei heimische Betreuer, eine Frau und ein Mann. Das Programm war bunt zusammengestellt und machte die ersten beiden Tage sehr viel Spaß. Meistens wurden Spiele gespielt, uns Einblicke in das alltägliche Bergleben und die zu machende Arbeit gewährt und es wurde unwahrscheinlich viel gewandert. Das Wandern mochte ich als kleiner Junge schon sehr gerne und diese Leidenschaft blieb mir lange erhalten, bis schließlich meine Beine aufgaben. Wir wanderten oft stundenlang durch die idyllische Gegend, machten auf dem Weg Witze und re-

deten vergleichsweise unbeschwert mit unserem Lehrer und den beiden Betreuern.
Also, nicht ganz. Der männliche Betreuer wirkte aufgrund seiner Art und dem langen grauen Bart etwas unheimlich auf die meisten von uns, sodass man zu ihm eine etwas weitere Distanz hielt. Er war kein alter verbitterter Knacker, der Kinder zum Frühstück fraß, ganz und gar nicht. Vorausgesetzt man traute sich dazu, bekam man immer eine klare Antwort auf jede Frage. Ein Lächeln entkam dem Mann in diesen drei Tagen aber kein einziges Mal. Der durchweg guten Stimmung tat das keinerlei Abbruch.
Es waren schöne Tage, die ich dort mit meinen Freunden verbrachte und sie vergingen wie alle schönen Dinge einfach viel zu schnell. Ehe man sich versah, verbrachten wir den letzten gemeinsamen Tag dort.
Für den Abend hatte man sich etwas Besonderes überlegt. Ein Stück von der Herberge entfernt entfachten wir schon am Nachmittag ein Lagerfeuer, über dem wir später unser Abendessen zubereiteten. Es war richtig lustig. Es wurde gelacht, gespielt, gesungen und die Mädchen tanzten zum Gitarrespiel der Betreuerin. Irgendwann, es war schon sehr spät und ganz unmerklich dunkel geworden, kam jemand von uns auf die Idee (ich habe vergessen, wer es gewesen war), Gruselgeschichten zu erzählen.
Wir Jungen saßen uns nahe zusammen und fingen damit an, reihum jeweils eine Geschichte zu erzählen. Manche von uns kannten die Erzählungen aus Büchern, von Eltern und Verwandten oder dachten sie sich just in dem Moment aus, während sie sprachen. Schon nach den ersten Geschichten hatte jeder von uns eine mächtige Gänsehaut, das konnte man an den bleichen Gesichtern und an dem einen oder anderen Frösteln erkennen. Zwei von uns gingen vorzeitig zu Bett, ohne eine einzige Geschichte erzählt zu haben, und wurden dafür vom Rest ausgelacht. Dass jeder von uns mit dem Gedanken spielte,

in sein Zimmer zu gehen, sein Plüschtier, das streng bewacht vor den Blicken der Öffentlichkeit mitgenommen wurde, zu umarmen und sich bei eingeschaltetem Licht in den Schlaf zu fürchten, durften die beiden selbstredend nicht wissen.

Kurze Zeit später verzog sich der Dritte in Richtung Bett, mit der Ausrede, dass er schon sehr müde sei. Von uns Übrigen wurde er dafür belächelt und als Weichei bezeichnet. Zu viert erzählten wir uns weiter Geschichten. Wir lauschten dem Erzählenden und mimten diesen zwischendurch selbst, bis schließlich der Lehrer unserer Gruppe beitrat und meinte, dass Schlafenszeit wäre und wir uns langsam in unsere Betten verkriechen sollten.

Da bemerkte ich erst, dass sich der Kreis der Mädchen aufgelöst hatte und auch die Betreuerin nicht mehr am Lagerfeuer war. Sie alle waren bereits auf dem Weg zurück zur Herberge, sah ich aus der Entfernung. Es waren nur noch wir vier Jungen, unser Klassenleiter und der Betreuer. Innerlich war jeder von uns froh, endlich den Gespenstergeschichten entfliehen zu können, ohne als Warmduscher abgestempelt zu werden – obgleich wir bei unserem Lehrer monierten. Der Lehrer war von seiner Meinung nicht abzubringen, was mich im ersten Augenblick erleichterte. Er wolle schlafen, es sei allemal spät genug geworden, deswegen sei jetzt Schluss und man dürfe sich nachts in diesem Alter nicht alleine draußen aufhalten, erklärte er. Es war letzten Endes der Betreuer, der dafür sorgte, dass wir sitzen bleiben durften – beziehungsweise mussten. Es sei der letzte Tag, widersprach der alte Mann unserem Lehrer, da dürfe man schon ein Stündchen länger aufbleiben als sonst. Er passe schon auf die Jungs auf, versprach er und überzeugte den Lehrer so nach kurzer Zeit, alleine zurück zur Herberge zu gehen.

Der Betreuer setzte sich zu uns. Zunächst sagte niemand mehr etwas. Der Wunsch jetzt abzubrechen und sich schlafen zu legen, verstärkte sich im Beisein des unheim-

lich wirkenden Mannes. Cletus Bates war derjenige, der sich als einziger traute das Schweigen zu brechen – und zwar mit einem Vorschlaghammer. Er fragte den Mann, ob er unseren Geschichten zugehört hätte, oder ob er sich mit den Mädchen geschminkt hätte – zu meiner Zeit durfte Derartiges noch nicht einmal im Traum ausgesprochen werden. Ich packte Cletus sofort an der Schulter, blickte ihn entgeistert an und gab ihm zu verstehen, dass er nicht alle Tassen im Schrank hätte, so etwas zu sagen. Cletus aber zwinkerte mir zu und sagte zum Betreuer: „Was ist, alter Mann?"
Ich bekam richtig Angst. Der Betreuer schien mir nicht für Späße dieser Art offen zu sein, doch unter seinem dichten Bart war etwas wie ein Lächeln zu erkennen. Er erklärte, er hätte ein bisschen hingehört und am Rande mitbekommen, um was es ging.
Cletus setzte einen drauf, indem er ihn wortwörtlich fragte, ob er ein paar Gespenstergeschichten erzählen könnte, sein Aussehen an sich ähnele ja sehr Graf Dracula, oder ob er sich dabei in sein Höschen machen würde. Entgegen allen Erwartungen änderte sich der Gesichtsausdruck des Manns nicht und er stieß einen Laut aus, der einem Lachen zum Verwechseln ähnlich war. Es war das erste Mal, dass wir ihn lachen hörten. Er antwortete kurz, er kenne keine Geschichten. Dann fügte er hinzu, er kenne wahre Begebenheiten, die sich zum Teil auf diesem Berg abgespielt hatten, die weitaus furchterregender seien als alles, was wir uns jemals hätten vorstellen können. Er erklärte aber, dass er nicht weiter davon sprechen wolle, da diese Begebenheiten Kinder bis zu ihrem Lebensende verstören könnten. Wir sollten uns gegenseitig unsere eigenen harmloseren Geschichten vortragen, meinte er.
Wir alle waren bis zum Anschlag gespannt und drängten den Mann, uns unbedingt eine seiner Geschichten zu berichten. Er wiederholte, dass es sich um keine Phantasiegeschichten handle, und warnte uns noch einmal.

Niemand von uns verließ den Kreis. Wer etwas Warmes zwischen seinen Beinen spüren sollte, ginge besser ins Bett, erklärte der Mann ernst.
Er bekam dafür das gestellte Lachen von vier Vierzehnjährigen zu hören. Der Mann begann damit, uns die erste Geschichte zu erzählen. Ich legte die Beine übereinander und hörte – wie wir alle – über die Maßen ängstlich, doch fasziniert zu. Eine Erzählung war packender und furchterregender als die andere. Ich hatte den unwahrscheinlich starken Drang, nach meiner Mutter zu schreien und einfach nur weit, weit wegzurennen. Unser Betreuer war ein großartiger Erzähler. Er behauptete von jeder seiner Geschichten mit grauenerregendem Ernst, dass sie genau so geschehen sei, wie er sie uns schilderte. Was wir uns zuvor gegenseitig berichtet hatten, war Pipifax im Gegensatz dazu. Die Geschichten, die mir am heftigsten im Gedächtnis geblieben sind, waren die, in denen er das Necronomicon des verrückten Arabers Abdul Alhazred erwähnte.
Geschichten von uralten höheren Wesen, welche diese und weitere Welten beherrschen, erzählte der Mann uns Kindern. Das Buch befände sich in seinem Besitz, berichtete er.
Am Ende einer seiner markerschütternden Geschichten sprangen zwei Jungen auf und rannten schreiend wie vom Blitz getroffen zur Herberge zurück. Einer von ihnen hatte einen riesigen dunkelblauen Fleck zwischen den Beinen seiner Jeanshose. Nur zwei von ursprünglich sieben Jungen blieben bei dem alten Mann – Cletus und ich. Hätte ich mich bewegen können, wäre ich den beiden gefolgt, doch ich war vor Angst erstarrt. Der alte Mann lächelte nur versteckt hinter seinem Bart, während er den beiden schreienden Kindern hinterhersah. Zu gerne wäre auch ich davongerannt. Nie in meinem Leben hatte ich eine solch schreckliche Angst. Jede einzelne der teuflischen Erzählungen war schließlich wahr!
„Was ist mit euch, Kinder?", fragte der Betreuer.

In keiner Weise war ich dazu fähig, eine Antwort zu geben, außer man hätte mein Zittern und Beben als solche akzeptiert. Cletus war anders.
Cletus antwortete mit einer Gegenfrage: „Was soll sein?"
Der Betreuer meinte, wir beide hätten gewaltigen Mumm, derart unberührt sitzen zu bleiben, nachdem wir erfuhren, an welch einem Ort wir uns tatsächlich aufhielten. Er hätte erwartet, teilte er uns mit, dass wir alle auf einmal vor ihm weglaufen würden.
„Beeindruckt?", fragte Cletus salopp.
Der Betreuer nickte.
Cletus und er unterhielten sich daraufhin noch einige Minuten lang, während ich schwerstens dagegen ankämpfte, in die Hose zu machen. Die Unterhaltung fand ihren finsteren Höhepunkt, als plötzlich (ich weiß nicht, wie es dazu gekommen war, da ich dem Gespräch über weite Strecken aufgrund absurdester Bilder in meinem Kopf nicht folgen konnte) das Thema Mutprobe angeschnitten wurde.
Der Mann machte uns beiden einen furchterregenden Vorschlag. Er berichtete uns von einem alten Brauch und erwähnte in diesem Zusammenhang die Kapelle, an der wir bei unseren Wanderungen mehrfach vorbeigegangen waren. Alles, was man dazu bräuchte, wäre ein spitzes Messer, ein Handspiegel, größer als zehn Zentimeter müsste er nicht sein, und den nötigen Mut, es zu wagen. Was genau zu tun war, wollte uns der Mann zunächst nicht verraten. Wir sollten lediglich die beiden Gegenstände bereitstellen und damit zur Kapelle hinaufgehen.
Cletus stand infolgedessen sofort auf und wollte zur Herberge gehen, um zu tun, was der Mann gesagt hatte. Er fragte mich, was los sei, da ich eigentlich vorhatte, mich unter dem Vorwand, sehr müde zu sein, abzukapseln.
„Nichts", antwortete ich und folgte ihm. In meiner kindlichen Naivität wollte ich auf keinen Fall als feiges Huhn gelten, obwohl ich natürlich eines war. Was sollte

man von einem Vierzehnjährigen anderes erwarten? Ich fürchtete mich vor Gewittern und der Dunkelheit. Dass Cletus das nicht tat, lag daran, dass in seinem Kopf etwas offenbar nicht stimmte.

Es vergingen höchstens fünf Minuten, bis wir mit den benötigten Utensilien wieder draußen bei dem Betreuer standen und uns auf den Weg zur etwa einen Kilometer entfernten Kapelle machten. Es wurde wenig gesprochen, bis wir dort angekommen waren. Cletus fragte immer wieder neugierig, was denn zu tun sei, doch der alte Mann entgegnete unentwegt: „Das sage ich euch, sobald wir da sind."

Ich selbst übrigens sparte mir jedes Wort, da ich ohnehin nicht wissen wollte, was uns erwartete.

Als wir angekommen waren, beendete der Mann sein Schweigen. Die Anleitung erfolgte Schritt für Schritt. Er wies uns an, das Messer in die rechte Hand zu nehmen – also nahmen wir das Messer in die rechte Hand. Dass ich Linkshänder bin, ließ ich unerwähnt. Er wies uns an, die linke Hand flach vor uns in der Luft auszubreiten, was wir ebenfalls kommentarlos befolgten. Daraufhin forderte er uns dazu auf, mit dem Messer in die Handfläche zu stechen. Cletus und ich tauschten kurz die Blicke aus, was dem alten Mann nicht entging. Er meinte, der Stich müsse weder tief sein, noch müsse ein Schnitt gemacht werden, woraufhin wir schließlich die Messerspitze vorsichtig in unsere Handinnenfläche stachen. Ich zitterte so sehr, dass ich den Schnitt über die ganze Handfläche zog. Es tat furchtbar weh, doch ich schwieg. Wir sollten das Messer jetzt weglegen und den Spiegel auf den rechten Handrücken legen. Wir wussten nicht, weshalb die Anweisungen so lauteten, aber Cletus und ich folgten ihnen bedingungslos und exakt. Auch als der Mann uns anleitete, die blutende Hand flach aber locker auf den Spiegel zu legen, taten wir genau das. Den Spiegel mit der dünnen Blutspur sollten wir anschließend im Boden vergraben. Das Loch bräuchte gerade so tief und breit sein, dass der Spiegel liegend darin Platz fände, erklärte der Betreuer. Wir vergruben also unsere Spiegel vor dem Eingang der Kapelle. Dann verstummte der Betreuer eine Weile. Meine Knie bebten und ich überlegte düster, ob dieser alte Herr dazu in der Lage wäre, uns beide in der finsteren Nacht zu ermorden. Selbst Cletus wagte es nicht, ein Wort zu sagen. Ich war fast erleichtert, als er wieder zu sprechen begann. Um drei Uhr, meinte er, sollten wir wieder zur Kapelle zurückkehren und den Spiegel ausgraben. Wenn wir dann die Erde und das Blut von dem Spiegel wischen würden, begann der Mann und machte eine Sprechpause. Erst Cletus brachte den Mann dazu, weiterzusprechen. Sobald der Dreck und das Blut vom Spiegel gewischt wären, sodass der Spiegel wieder sauber wäre, sollten wir hineinblicken. Ich ließ Cletus einen unsicheren Blick zukommen, doch da fragte er unseren Betreuer auch schon.

Man sollte hineinsehen und dann, erklärte der Mann, sähe man, wer man in Wirklichkeit sei: „Vielleicht wirst Du Dich selbst sehen – vielleicht etwas Anderes."

Mir wurde eiskalt. Schon der Klang seiner Stimme ließ meinen Magen rotieren. Ich erinnere mich, einen Satz zurückgewichen und beinahe gestolpert zu sein.

Was Cletus antwortete, bekam ich nur am Rande mit. Er sagte so etwas wie: „Ich weiß doch, wer ich bin."

Der Betreuer erwiderte unberührt: „Dann brauchst Du ja keine Angst zu haben." Er ging los.

Nachdem Cletus und ich einen Augenblick verdutzt stehen geblieben waren, folgten wir ihm zur Herberge. Cletus ging voran, ich folgte ihm. Allen Fragen zum Trotz gab uns der Mann keinerlei Anhaltspunkte in Bezug darauf, was wir zu erwarten hatten. Ich war einerseits froh, dass der alte Mann an seinem Schweigen festhielt, und hasste Cletus für sein ständiges Nachfragen. Andererseits wollte ich jeden Moment hören, dass es nichts Schlimmes wäre, und hasste den Betreuer für seine Heimlichtuerei.

Als wir dort waren, ging der Mann ins Bett, ohne ein weiteres Wort zu diesem Thema zu verlieren. Es schlug bereits die erste Morgenstunde. Ich war nicht müde, denn die Aufregung versetzte mich in ein fortwährendes Zittern und Beben. Mein Herzschlag war unkontrollierbar. Allerdings behauptete ich gegenüber Cletus, unsicher zu sein, ob ich bis um drei Uhr wach bleiben könne, weil ich schon hundemüde wäre. Cletus schlug vor, sich etwas schlafen zu legen und sich dann zu entscheiden, ob wir zur Kapelle hinaufgehen sollten oder nicht. Seine Sprechweise und das ständige Herumspielen mit seinen Fingern waren jedoch ein eindeutiger Hinweis dafür, dass er keine Sekunde ruhen würde, bis es drei Uhr schlug und er endlich losmarschieren konnte. Ich schluckte zwar, weil ich genau wusste, dass er vorhatte, mich später mit dorthin mitzuschleppen, aber akzeptierte das Angebot. Ich verzog mich also in mein Zimmer, das ich mit zwei anderen Jungen teilte, die bereits tief und fest dem Schlaf verfallen waren (Cletus war in einem anderen), und legte mich hin. Die Furcht hatte mich fest in ihrem Griff und ließ mich erst nach einer Weile einschlafen. Die Worte des Betreuers lasteten tonnenschwer auf mir.

Ich wurde nach kurzem, unerholsamen Schlaf aus einem schrecklichen Traum durch ein unsanftes Rütteln geweckt. Es war Cletus. Er fragte, ob ich wach wäre, und sagte mir im gleichen Atemzug, dass er sich vor Aufregung noch keine Sekunde hingelegt hätte. Ich fragte ihn, wie spät es wäre. Es war zwanzig vor drei. Erst nachdem er mir geantwortet hatte, bemerkte ich die Nässe in meinem Bett. Ich hatte mir im Schlaf in die Hose gemacht – mit vierzehn Jahren. Er forderte mich dazu auf, aufzustehen und loszugehen. Wir müssten unbedingt zur Kapelle, meinte er. Ich schilderte ihm meine Bedenken nur zaghaft und schob meine Scheu auf meinen schläfrigen Zustand und auf die Kälte, die draußen zweifellos vorherrschte, um nicht als Memme dazustehen. Genau als solche aber bezeichnete mich Cletus jedoch ohne zu zögern und zog mich am Arm. Ich wehrte mich dagegen, aber er zog immer fester und war mir deutlich überlegen. Aus Angst, dass ihm mein Bettnässen auffallen würde, sobald er mich aus dem Bett gezogen haben würde, gab ich nach, und erklärte ihm, dass ich noch fünf Minuten bräuchte und wir uns dann draußen treffen würden. Nach kurzem Nörgeln gab er letztendlich nach und ging aus der Tür. Ich blieb zunächst liegen. Die Gedanken kreisen wie Geier in meinem Kopf. Als mir bewusst wurde, dass ich mich in eine Situation gebracht hatte, aus der ich mich nicht ohne Weiteres befreien konnte, seufzte ich und stand auf. Ich wechselte die Hose und ging schweren Mutes nach unten.

Mein Freund hatte dort schon ungeduldig auf mich gewartet und setzte sich sofort in Bewegung, als er mich sah. Meine Knie schlotterten. Weichei hin oder her, ich konnte ihm nicht folgen. Meine Zweifel mussten ausgesprochen werden, das wusste ich ganz genau. Immerhin hatte ich mir bereits in die Hose genässt und konnte gerne darauf verzichten, es ein zweites Mal zu tun. Doch ich blieb taten- und wortlos stehen, bis Cletus sich nach einigen Metern nach mir umsah. Er fragte mich, was mit mir los sei. Hätte ich nur irgendwie die Hoffnung gehabt, glaubwürdig klingen zu können, hätte ich ihm erklärt, dass es viel zu kalt wäre. Weil man meine Angst riechen konnte, ersparte ich meinem abenteuerlustigen Freund diese fadenscheinige Ausrede und berichtete ihm von meinen Ängsten. Cletus lachte und bezeichnete mich abermals als Weichei. Ich blieb dieses Mal bei meinem Standpunkt und unternahm sogar den kläglichen Versuch Cletus zu warnen. Ich hatte ein grauenvolles Gefühl in mir, das mich nicht loslassen wollte. Cletus aber lachte nur über mich und ging allein weiter. Ich blieb festgefroren zurück. Es war das letzte Mal, dass ich sein heiteres Lachen hörte.

Ich blieb draußen auf der Terrasse stehen und entschloss mich trotz meiner unerträglichen Angst dazu, auf ihn

zu warten. Schon nach kurzer Zeit verschwand er in der Dunkelheit. Immer wieder dachte ich an die makaberen Worte des alten Mannes: Vielleicht wirst Du Dich selbst sehen – vielleicht etwas Anderes. Ich grübelte, was er damit meinen konnte, und blieb während meiner ganzen Überlegung äußerst pessimistisch und von Furcht beherrscht. Womit ich rechnete, konnte dem Tatsächlichen, was ich später erleben musste, jedoch keineswegs das Wasser reichen. Ich wartete und wartete und hoffte, wenn ich auch nicht daran glauben konnte, auf die heile Rückkehr meines Freundes. Mir kam es vor, als müsse er bereits seit Stunden fort sein, während die Minuten nur mühsam verstrichen. Cletus war ein Teufelskerl. Niemals würde er auf halbem Weg umkehren – egal, ob er wusste, dass es sich um eine schlechte Idee handelte. Zu gut kannte ich ihn, um dergleichen von ihm zu erwarten. Er würde die Mutprobe bis zum bitteren Ende durchziehen, da gab es für mich keine Skepsis. Meine Furcht war daher umso größer. Ich wusste, dass es besser wäre, ihm nachzurennen und ihn von diesem Fehler abzuhalten.
Bis zum Tag meines Todes werde ich mir dafür Vorwürfe machen, davor zurückgeschreckt zu haben. Manchmal denke ich daran, dass ich ihn trotz meiner Besorgnis nicht stoppen hätte können, und ich nichts ändern hätte können. Cletus war Cletus und Cletus hatte schließlich seinen ganz eigenen Willen … Andererseits hatte ich es nicht einmal versucht. Ich hatte tatenlos vor der Herberge auf das nahende Unheil gewartet.
Was ich dann plötzlich dort in der Dunkelheit zu sehen bekam, raubte mir sämtlichen Verstand. Es war nur eine Silhouette, dennoch bin ich davon überzeugt, genau das gesehen zu haben, wofür ich es halte. Ich glaubte, ich sei verrückt. Ich glaubte, ich träumte. Jahrelang schob ich die Schuld für den grotesken Anblick auf einen einmaligen Ausbruch meiner Phantasie, die durch die Geschichten des alten Mannes angeregt worden war. Doch alles, was ich glaubte und versuchte mir einzureden, hatte nichts

mit der grauenvollen Realität zu tun und das wusste ich sehr genau. Wahnsinnig rannte ich in das Haus zurück.

Niemand wusste, wo Cletus war. Niemand bekam ihn jemals wieder zu Gesicht. Man vermutete offiziell schließlich, dass er verunglückte. Doch auch seine Leiche fand man nie.
Ob der alte Mann es wusste? Ich traute mich nicht, ihn danach zu fragen, aber als er davon hörte, dass eines der Kinder verschwunden war, schienen seine in die Ferne gerichteten Augen die Wahrheit zu kennen. Ich bin mir sicher, er wusste, was Cletus Bates in Wirklichkeit war. Er war sich darüber im Klaren, dass sich im Spiegelbild des Vierzehnjährigen etwas Anderes gezeigt hatte.
Ich habe nie gesehen, welches Bild mein Spiegel gezeigt hätte. Diese Fragen verfolgen mich mein ganzes Leben lang: Was hätte ich gesehen? Was wäre mit mir geschehen? Ich habe es nie erfahren. Doch nun, da ich auf dem Sterbebett dem Tod entgegenblicke, wird es sich bald zeigen, denke ich. Meine Albträume lassen mich daran zweifeln, dass mir nach meinem Ableben der ewige Frieden bevorsteht.
Ich kann bis heute bestenfalls erahnen, was Cletus dort bei der Kapelle erblickte und was infolgedessen mit ihm geschah. Verstehen werde ich es nie, egal, wie oft ich es in meinen schrecklichsten Albträumen wieder erlebe. Um ihm eine eindeutige Beschreibung zuzuordnen, waren das unheilige Schlagen der gigantischen schwarzen Schwingen und die wahnsinnigen Laute in der tiefen Nacht zu eigenartig.

Gerd, bist du es?

Werner Leuthner

Ich musste wohl eingedöst sein. Kein Wunder, so mittags in der warmen Aprilsonne. Und auf einer Bank, hoch über der noch jungen Donau, einer Bank, die direkt nach Süden ausgerichtet war. Aber richtig geschlafen konnte nicht haben, denn sonst hätte den vorbei ziehenden Schatten nicht bemerkt. Ich zog meine ausgestreckten Beine an, um den Pfad, der vor der Bank vorbeiführte, freizumachen und öffnete die Augen zuerst nur einen Spalt. Einen Schritt neben mir stand jemand in Wanderklamotten: Wanderstiefel, Cargohosen, den Anorak offen, darunter ein grüngemustertes Hemd.
„Tschuldigung", sagte ich, „ich hab' sie behindert!"
Der Andere antwortete nicht, aber er rührte sich auch nicht von der Stelle.
Mit einem Ruck richtete ich mich auf und sah ihm ins Gesicht.
Mir wurde ganz mulmig: „Mensch – Gerd - bist du es?"
Wir blickten uns unverwandt in die Augen.
„Tschuldigung", sagte ich nochmals und war bemüht, meine Stimme locker klingen zu lassen.
„Ich hab' Sie verwechselt. Ich hatte einen Schwager, der genauso aussah, wie sie. Auch in ihrem Alter. Nur, der ist vor ein paar Jahren gestorben. Aber er hat hier in der Nähe gewohnt und liebte den *Naturpark Obere Donau* sehr. Hier am Eichfelsen hat er mit anderen zusammen das große Biotop mit den seltenen Albpflanzen angelegt. Gelegentlich komme ich hierher – am liebsten im Frühjahr."
Der Andere trat einen Schritt auf mich zu und setzte sich neben mich.
Mich fröstelte.
Schweigend sahen wir in das Donautal hinab. Dort waren Grüppchen von Radlern unterwegs – manche von

ihnen strampelten wohl bis Wien.
Ruckartig wandte ich mich ihm zu und wir sahen uns wieder an.
„Gerd" sagte ich gedehnt, „Spinn' ich, oder wie ist es möglich: du, bist hier? Oder: wieder hier?" Ich machte eine Pause. „Das kann doch kein Zufall sein – unser Treffen - gerade hier!" Mir kam eine läppische Idee: „Hast du Heimaturlaub bekommen?" Ich versuchte zu lachen, aber es klang eher wie ein Räuspern.
Gerd schwieg und mir schien, als läge ein müdes, trauriges Lächeln in seinem Gesicht.
„Nicht zu fassen. Mir geht's wie dem ungläubigen Thomas damals. Darf ich dich denn berühren?"
Gerd hob abwehrend seine rechte Hand.
„Okay, okay – ich tue nichts!"
Und nach einer Pause: „Hast du was Ansteckendes?"
Fast unmerklich schüttelte Gerd den Kopf.
„Jetzt erzähl' doch mal: wie ist es da drüben? Ich bin neugierig!"
Gerd schwieg.
„Dürft ihr nicht reden?" Und als er nicht antwortete, sprach ich weiter: „Als ich klein war, hat meine Mutter einmal davon gesprochen, wie sie sich das Paradies vorstellt. Diese Schilderung hat mich schon damals eigenartig berührt und deshalb habe ich sie mir merken können. Für meine Mutter müsste das Paradies eine sonnenbeschienene Almwiese sein mit dem Gelb von Löwenzahn, drin, angenehm warm – so wie jetzt hier – am Himmel Wattewölkchen, die Bergkuppen im Hintergrund noch mit Schnee, tiefer Frieden, nur die Glocken, die die Kühe umhängen haben, von Ferne zu hören. Kein Mensch weit und breit."
Prüfend sah ich Gerd an und er erwiderte stumm meinen Blick. Früher war sein Gesicht braun gebrannt, jetzt eher grau. Sein Haar war unverändert silberweiß, aber jetzt richtig lang. Mir fiel auf, dass es am Anorakkragen ab stand. So lang hatte er es früher nie getragen.

„Tiefer Frieden – wen wundert's, wenn sonst niemand da ist außer den Kühen! Sehr viel später dachte ich mir dann, dass da ein jeder so seine eigene Paradiesvorstellung entwickelt."
Jetzt erwartete ich, dass er mich nach meiner fragen würde, doch er schwieg weiter.
„Du bist unterwegs – es ist also nichts mit der viel beschworenen Ewigen Ruhe! Wenn du früher nicht ein gläubiger Mensch gewesen wärest, würde ich mich das jetzt nicht zu fragen trauen: Hat dein Zustand vielleicht mit dem Fegefeuer zu tun?!" Einen Moment schwieg ich.
„Also, wenn du gar nichts sagst, nicht einmal ein ‚Ja' oder ein ‚Nein', bleibt dies eine sehr einseitige Unterhaltung."
Ich mochte ihn gar nicht mehr ansehen – so verschlossen kam mir inzwischen seine Miene vor. So griff ich den Faden wieder auf: „Fegefeuer – das fände ich in deinem Fall sehr ungerecht. Du hast dir, außer deinem Ferienhäuschen hier", ich deutete mit dem Daumen über die Schulter nach hinten, „nichts Besonderes geleistet. Du warst ein beliebter Bio-Lehrer, warst großzügig, hast immer viel gespendet und deine ganze Freizeit dem Naturschutz geopfert."
Nach einer weiteren Pause fuhr ich fort: „Es war übrigens gar nicht einfach, dein Häuschen hier zu verkaufen. Alle Interessenten lobten die Lage und vor allem den Blick hier rüber zum Donautal. Aber die Bausubstanz", seufzte ich „hat alles runtergezogen. Zum Schluss ging es deutlich unter dem erwarteten Erlös weg!"
Gerd wandte sich ab.
„Langweile ich dich mit meinem Geplapper? Dabei freue ich mich über das unerwartete Wiedersehen mit dir, gerne würde ich dich in die Arme nehmen und drücken – was ich nicht darf, würde so viel von dir erfahren wollen – aber du schweigst mich an. Was soll ich nur tun?"
Ich erhielt wiederum keine Antwort.
Ich seufzte. „Na, vielleicht kann ich dich ja erheitern. Nach dieser Durststrecke, die du jetzt durchmachst, soll

es richtig schön werden, so sagt man. Aber offensichtlich nicht für alle. Kennst du den köstlichen Schwank von dem Münchner im Himmel? Aloisius Hingerl hieß der und hatte dann als Engel keinen Spaß am Frohlocken. Er wollte wieder lieber zurück nach München ins Hofbräuhaus."

Da näherte sich uns eine Gruppe von Wanderern, für mich ein willkommener Anlass, meinen Monolog zu unterbrechen. Im Gänsemarsch schritten sie den Pfad auf uns zu. Meine Beine hatte ich wieder angezogen, um deren Passieren zu erleichtern. Alle grüßten mich im Vorbeigehen und ich erwiderte jeweils den Gruß. Als der Letzte vorbei war, drehte er sich um, sah mich an und schüttelte seinen Kopf.
Was ist? - Der hat sie wohl nicht alle? - Gerd!
Ich wandte mich wieder ihm zu.
Doch auf dem Platz neben mir saß niemand.

Knoepfe

Sabine Frambach

Dieser Traum kam immer wieder. Sie war mit ihrer älteren Schwester alleine im Haus. Es klingelte, und ihre Schwester lief zur Türe. Jana schrie, wollte sie aufhalten. Sie spürte, dass es ein schrecklicher Fehler war, diese Tür zu öffnen! Aber ihre Schwester lachte nur und drückte die Klinke herunter. Der Schatten eines großen Mannes füllte die Tür nahezu vollständig aus. Er schaute hinein. Der Mann lächelte, und Jana fürchtete sich umso mehr. Er trug einen großen Werkzeugkoffer bei sich und hatte schwarz gefärbte Hände. Nachdem er ihre Schwester freundlich angesehen hatte, trat er in den Flur hinein. Nun erst konnte Jana sehen, dass er eine Augenklap-

pe trug. Sie schrie und lief, lief die Treppe hinunter bis in den Keller. Ihre Schwester rannte ihr hinterher, aber sie lachte immer noch, als wollte sie Fangen spielen. Im Heizungsraum drückte Jana die Türe zu und flehte ihre Schwester an zu helfen. Sie mussten diese Türe zuhalten! Doch die Schwester lachte und lachte. Die Klinke senkte sich; Janas Kraft versiegte. Es knarrte, krachte, und die Tür glitt auf. Der fremde Mann packte Jana, trug sie in ihr Zimmer, legte sie auf das Bett und stellte den Werkzeugkoffer ab.
Jana fragte: „Warum hast du eine Augenklappe?"
„Damit ich mich verstecken kann."
Sodann packte er einen ganzen Haufen Knöpfe aus, und sie fragte: „Warum hast du so viele Knöpfe dabei?"
„Die drücke ich den Kindern auf ihre Augen, damit sie nichts sehen können."
Er holte eine Säge heraus und sie fragte: „Warum hast du eine Säge dabei?"
„Damit säge ich den Kindern die Beine ab, damit sie nicht weglaufen können."
Er lachte; mit einer Hand griff er einen Knopf und drückte ihr die Augen zu. Sie schrie, als die Dunkelheit sie zu verschlingen drohte, schrie im Angesicht völliger Lähmung, bis sie endlich erwachte. Auch dann, wenn Jana allmählich aus den Schatten der Nacht auftauchte, blieb dieses beklemmende Gefühl bei ihr. Die Furcht, völlig ausgeliefert zu sein, nicht aufspringen, nicht fortlaufen und nicht mehr erwachen zu können.
Wie oft sie diesen Traum hatte, wusste sie später nicht zu sagen. Irgendwann ließ er von ihr ab, als sie älter wurde und sich mit anderen Dingen beschäftigte. Hin und wieder erinnerte sie sich an den Mann mit seiner Augenklappe und ihr fröstelte, aber er ließ sich wegscheuchen wie ein blasses Nachtgespenst. Seine Gestalt war erträumt, seine Hände aus Furcht geformt.
Das Verhältnis zu ihrer Schwester war nie wirklich eng gewesen. Es trennten sie mehr als vier Lebensjahre und

der Rest der ganzen Welt voneinander. Ihre Schwester war ein liebes Mädchen, klug, schweigsam und gefügig; sie lebte, ohne je Aufsehen zu erzeugen oder einen Aufstand zu versuchen. Ihre Noten waren gut, die wenigen Freundinnen, die sie hatte, waren ebenso freundlich und farblos wie sie selber. Mit sechzehn bettelte sie ihren Vater um Erlaubnis an, bei einer Freundin übernachten zu dürfen. Er erlaubte es schließlich, brachte sie hin und holte sie morgens wieder ab. Als Jana selber sechzehn war, verriet sie nicht, wo sie zu übernachten plante, verließ das Haus und kehrte nicht vor Mittag des nächsten Tages zurück. Ihre Noten waren schlecht.

Ihr Vater pflegte trotz der Zensuren, der vielen Freunde und der nächtlichen Ausflüge darüber zu lächeln. Er protestierte nicht, mahnte nicht, sah sie nur lächelnd an und schüttelte ganz leicht seinen Kopf. Was sie auch tat, es genügte nicht, das Schweigen zu brechen.

Als ihre Schwester ihr Studium begann und in eine andere Stadt zog, blieb Jana mit ihrem Vater zurück. Sie selber hatte noch nicht daran gedacht, das Haus zu verlassen. Oft genoss sie die Stille, wenn sie nach einer langen Nacht einkehrte. Auch verdiente sie nicht ausreichend Geld, um eine eigene Wohnung zu suchen. Jana begann zu sparen, um immer wieder einen Teil des Geldes für andere Dinge auszugeben. Ihr Vater äußerte sich nicht dazu.

In der Nacht des Unglücks feierte Jana. Leben pulsierte durch ihren Körper, Alkohol betäubte ihre Sinne. Kräfte tobten mit roter Tinte durch die Straßen und hinterließen eine Furche aus verwirrtem Schmerz.

Als Jana erwachte, glaubte sie, immer noch zu schlafen. Alles, was sie schemenhaft zu erkennen vermochte, war dumpfes Weiß. Sie wollte sich bewegen, doch ihre Muskeln blieben in der Dämmerung gefangen. Sie hörte ein Rauschen, versuchte zu blinzeln; schon war ihre Kraft verbraucht und sie schloss die matten Lider.

Eine Stimme drang zu Jana durch und herrschte sie an.

Sie wollte antworten, dass sie nur noch ein wenig schlafen wollte, doch der taube Klumpen in ihrem Mund war ihre Zunge und bewegte sich nicht. Mit aller Kraft öffnete sie erneut ihre Augen und blickte durch das Weiß hindurch auf die andere Seite.
Das Gesicht beugte sich zu ihr. Die Stimme durchdrang Watte und Nebel und sprach sanft, viel zu sanft zu Jana, sie wollte es nicht hören. Und doch drang die Stimme zu ihr, zerschnitt die Luft und fraß sich in ihr Ohr. „Sie sind im Krankenhaus. Sie hatten einen schweren Unfall!"
Jana wehrte sich, doch konnte sie ihre Hände kaum rühren; sie schrie, und die Stimme verschwand wieder. Nie wusste sie, wann die Stimme erneut einbrechen würde. Sie versuchte, den Kopf zu drehen, doch der Schmerz wallte durch ihren Körper. Wenn Jana sich lange konzentrierte, glaubte sie, ihre Finger zu fühlen, ein leises Kitzeln bis in ihre Spitzen. Ihre Augen konnte Jana offen halten, ihre Pupillen sausten suchend umher, als die Stimme erneut zu ihr trat. Sie hatte eine Hand mitgebracht, die sich locker auf ihren Arm legte. Jana spürte den sanften Druck und ließ die Stimme ein.
„Haben Sie verstanden, dass Sie im Krankenhaus sind?"
Sie nickte und schloss die Augen.
„Sie hatten einen sehr schweren Unfall. Können Sie sich daran erinnern?"
Kaum merklich schüttelte sich ihr Kopf.
„Sie sind offenbar angefahren worden. Man hat Sie am Samstag eingeliefert, bewusstlos. Und sie hatten sehr viel Alkohol im Blut."
Ein Blitz schoss durch ihren Kopf, und sie konnte sich auf der Straße sehen, betört durch den Sirup, den man Alkohol nennt.
„Haben Sie den Wagen gesehen? Haben Sie gesehen, was für ein Modell es war? Die Farbe? Die Marke?"
Ein Blitz erhellte Areale ihres Gedächtnisses; Jana konnte plötzlich aufflammende Scheinwerfer in glänzend rotem Lack erkennen, die sich auf sie richteten.

Erneut spürte sie die plötzliche Angst, das Rauschen in ihrem Kopf. Sie sah, wie sie zu laufen versuchte und stürzte. Vor ihr entlud sich ihre Handtasche. Sie griff danach, als eine Welle des Schmerzes sie erfasste, sie auf den Boden presste und nicht mehr von ihr ließ.
Manche Wahrheiten reifen nahezu ein ganzes Leben; manche weiß man in einem Augenblick. Die Hoffnung versucht, uns vor den härtesten Wahrheiten zu schützen und flüstert uns tröstende Worte zu. Doch in manchen Augenblicken stoßen wir jede Hoffnung von uns, nur um die Wahrheit zu sehen, wie verkümmert sie auch aussehen mag.
„Meine Beine", schrie Jana auf. „Ich kann meine Beine nicht fühlen. Wo sind meine Beine?"
Der Druck der Hand wurde stärker.
„Sie waren zu schwer verletzt. Der Wagen ist über sie gerollt. Wir konnten ihr Leben retten, aber ihre Beine mussten wir amputieren."
Jana jaulte auf wie ein verwirrtes Tier, bis man ihr eine gnädige Spritze anlegte.
Im Nebel der Beruhigungsmittel blieb sie einige Tage. Sie merkte kaum, dass man aus den Stümpfen die Drainage entfernte, dass man die Stümpfe täglich wusch, trocknete und frisch verband, dass man sie gestreckt lagerte, um eine Dauerbeugung zu verhindern. Sie reagierte kaum auf die drückenden Hände, auf die geflüsterten Worte und die vorbeiziehenden Gesichter.
Als der Arzt Jana erklären wollte, wie er ihre Muskulatur angenäht und den Knochen abgedeckt habe, begann sie erneut zu weinen; die übrige Zeit regte sie sich kaum.
Es kamen Menschen, um mit den Resten der Beine Bewegungen zu üben. Es kamen Studenten, um sich ihre Stümpfe anzusehen. Es kamen Seelsorger, ohne zu trösten.
Da der Stumpf auf der rechten Seite nässte und sich entzündete, musste sie eine weitere Woche im Krankenhaus bleiben. Sie erhielt Beruhigungsmittel und leichte

Stimmungsaufheller. Alles in der ohnehin eintönigen Umgebung zerfloss zu einem weichen Brei aus duftigem Weiß. Jana kicherte. Sie stellte sich vor, dass all dies aus Zuckerwatte war und sie sich durch den Raum fressen musste, um zur Tür zu kommen. Unbemerkt hatte ihr Vater das Zimmer betreten, doch als er Jana lachen hörte, verharrte er auf der Schwelle. Jana hatte nie bemerkt, wie massig ihr Vater war. Er füllte nahezu die Türe aus.

Die Zypressen

Oliver Henzler

Die Geschichte, von der ich heute erzählen will, wäre um ein Haar böse für mich ausgegangen. Nur Glück und eine merkwürdige Begebenheit ließen mich unbeschadet wieder in meine Heimat zurückkehren. Gerne hätte ich mich für das Wunder bedankt, das ich erfahren habe. Doch die Umstände, unter denen meine Gesundheit so schnell wieder hergestellt wurde, lassen einen Dank nicht zu. Deswegen bleibt es dabei, dass jenes Ereignis vor vielen Jahren mir immer rätselhaft bleiben wird.
„Muss denn der Mensch alles wissen?", wird der geneigte Leser fragen. Eine endgültige Antwort darauf kann ich nicht geben.
„Ja", wird der Forscher sagen, der in jedem Menschen steckt und dem ein ungelüftetes Geheimnis ein Graus ist.
„Nein", wird uns der Verstand raten, denn tief in uns wissen wir, da ist so viel auf der Welt, das sich unserer Vernunft widersetzt und daher in seinem Wesenskern nicht erfassbar ist. Dazu tritt die Gelassenheit des Alters. Muss die Jugend den Dingen noch auf den Grund gehen, damit sich die Welt fortentwickelt, kann der Greis darauf verweisen, dass seine Fortentwicklung abgeschlossen ist und ihm daher auch diejenige der Welt einerlei sein kann. Das soll mich indes nicht hindern, euch zu er-

zählen, was mir einst als junger Mann widerfuhr und bis heute in einer merkwürdigen Lebendigkeit in meinem Gedächtnis verhaftet geblieben ist. Wer Zweifel an der Wahrhaftigkeit meines Berichts hegt, möge selbst die lange Reise in den Süden antreten und sich überzeugen.

Um etwas von der Welt zu sehen, wie es der Jugend wohl geziemt, verließ ich meinen Studienort und begab mich nach Süden in die Provinz Siena. Der Ruf der Toskana als einzigartige Kulturlandschaft war bis zu meiner Heimat in den Alpen heraufgeklungen und so war es mir ein Vergnügen, das Land einige Tage zu durchwandern. An einem schwül-warmen Sommertag kam ich auf meinem Weg nach Siena gegen Abend auf die Spitze eines Hügels im Val d´Orcia. Die Luft war wie statisch aufgeladen und schnell heranziehende dunkle Wolken kündigten eine baldige Entladung in einem mächtigen Sommergewitter an. Von meinem erhabenen Standort aus konnte ich weit über das sanft gewellte Land blicken. Die Felder und Wiesen waren an die Unebenheiten der Landschaft angeglichen und bildeten zusammen mit den Flächen, auf denen Wein angebaut wurde, einen prächtigen Flickenteppich, wie Gott ihn nicht hätte schöner entwerfen können. Vereinzelt wurden die verschiedenen Bewirtschaftungsformen durch prächtige Säulenzypressen geschieden oder schmiegte sich eine Gruppe von Pinien in einen Einschnitt, der ihnen eine ausreichende Versorgung mit Wasser bieten konnte. Von der Ferne grollte ein dumpfer Donnerschlag, der meine Befürchtung bestätigte, dass mir nicht mehr lange Zeit blieb, ein Obdach zu finden. Meine suchenden Augen fanden schließlich das scheinbar einzige Gebäude weit und breit. Es war auf einer kegelförmigen Anhöhe errichtet, die Hügel kaum zu nennen war und auf deren mir zugewandter Seite Wein angebaut wurde. Aus der Ferne betrachtet schien es sich um ein prächtiges Bauernhaus zu handeln, dessen massiver zweigeschossiger

Baukörper in einen kleineren, quer stehenden vorderen Teil und einen größeren lang gestreckten Abschnitt im Hintergrund geteilt war. Die Mauern wurden von jeweils einem zum First sanft ansteigenden Dach gekrönt, das von einer stattlichen Anzahl an Kaminen durchbrochen wurde. Eine genauere Betrachtung des Anwesens war mir trotz meines Bemühens nicht möglich, denn die Gebäude waren ringsum von hohen Mittelmeerzypressen umstellt, die es gegen neugierige Blicke abzuschirmen schienen.

Weil mir nicht mehr viel Zeit blieb, beschloss ich, mein Glück in dem Gut zu versuchen und um einen Unterschlupf zu bitten. Er müsste nicht komfortabel sein, ich wäre auch mit einem Stall oder Schuppen zufrieden gewesen, böte er mir denn Schutz vor dem Unbill der Natur, das ich geradewegs auf mich zu rollen sah. So nahm ich mein Bündel Habseligkeiten auf und eilte einen Fahrweg hinunter in die Senke, vorbei an einem Feld mit prächtigen Mohnblumen und an Getreidefeldern mit Weizen, Roggen und Gerste. Das Korn schien, anders als ich, den bevorstehenden Regen herbeizusehnen, war es doch in den letzten Tage trocken gewesen und die sengende Sonne tat ihr übriges, um die Felder auszudörren und das Wasser knapp erscheinen zu lassen.

Gerade als ich eine einsam am Wegesrand stehende Zypresse passierte, kam Wind auf, der unvermittelt in das dichte Laub des Baumes fuhr. Durch den Druck begann sich die Pflanze zu bewegen, gab geschmeidig nach hinten nach und so verlor sich der Windstoß schadlos in dem Dickicht des Solitärs.

Atemlos stellte ich fest, dass das Unwetter bald herangeeilt sein würde und es höchste Zeit war, ein Dach über dem Kopf zu bekommen. Ich begann, meine Schritte zu beschleunigen, weswegen ich in einen leichten Trab verfiel, was mir umso mehr Mühe bereitete, als das Gelände nun begann, hin zu dem Anwesen auf der Erhebung an-

zusteigen und die Schwüle der Luft mir den Schweiß aus jeder Pore meines Körpers trieb.
Keine Sekunde zu früh erreichte ich die Kuppe. Die ersten großen Regentropfen wurden von dem tönernen Himmel auf die Erde gedrückt. Die schnell abfallende Temperatur ließ mich frösteln, als ich an die dicke Eichentür des Hauptgebäudes klopfte. Nichts geschah. Bis auf das Geräusch des immer heftiger einsetzenden Regens blieb alles still. Ein Blitz durchzuckte die mir nun feindselig gegenüberstehende Landschaft. Der kurz darauf folgende, sich mehrfach überschlagende Donner schien alles Leben aus der Umgebung fegen zu wollen. In diesem Moment wurde mir bewusst, dass das Leben aus dem Gehöft bereits geflohen sein musste, denn jedes landwirtschaftliche Gerät und jedes von Menschenhand gefertigte Kleinod um mich herum wirkte wie versteinert. Die Gebäude schienen demnach unbewohnt zu sein, auch wenn die Felder rings um die Anhöhe noch bewirtschaftet wurden. Bange blickte ich die Fassade des Hauses entlang, die sich für ein leer stehendes Bauwerk in einem erstaunlich intakten Zustand befand. Die braun gestrichenen Klappläden waren im Erdgeschoss überall geschlossen und die Eingangstür bestand aus massiven Holzbalken, die jeder Gewaltanwendung trotzen würden. Gleichwohl war mir angesichts des prasselnden Regens und der schweren Gewitter, die nicht mehr weit entfernt sein konnten, sehr daran gelegen, in die schützenden Mauern der Behausung zu gelangen. Eilig begab ich mich zur Hinterseite des Anwesens und schritt die ockerfarbene Rückfront ab, die fast in der Färbung der Getreidefelder gehalten war. Ein schmaler Pfad führte entlang der schnurgeraden Mauer. Auch auf dieser Seite des Hofes befand sich eine Vielzahl von Zypressen in verschiedenen Größen, die dicht neben den Pfad gepflanzt worden waren. Sie boten mir ein wenig Schutz vor dem Regen, was ich dankbar registrierte. Jenseits

der Bäume neigte sich die Anhöhe bereits sanft dem tiefer liegenden Gelände zu, das ich noch vor kurzer Zeit durchschritten hatte.
Erfreut stellte ich fest, dass die beiden Flügel eines Klappladens aus der Verankerung gerissen waren. Mit einem leichten Quietschen schaukelte der herannahende Sturm sie von links nach rechts und wieder zurück. Ich spähte durch das geschlossene Fenster hinein in die Dunkelheit, konnte jedoch nichts ausmachen, denn die Schwärze, wie sie das Unwetter in die Luft zeichnete, war nichts im Gegensatz zu der Düsternis, die in dem Haus herrschte. Ein weiteres tiefes Donnergrollen, das die Luft erzittern ließ und von den Hügeln mit Vehemenz zurückgeworfen wurde, hieß mich schnell handeln. Ich packte ein Stück Holz, das neben der Mauer lag und stach kräftig gegen das Glas des Fensters. Es zersprang sogleich mit einem durchdringenden kreischenden Ton, der sich bis in das dichte Laub der Bäume auszubreiten schien. Mir gelang es sodann, durch das gezackte Loch zu greifen und mit Hilfe des Knaufs das Fenster zu öffnen. Wenige Augenblicke später befand ich mich auch schon in einem Raum, der noch vollständig eingerichtet zu sein schien. Es dürfte sich um ein Speisezimmer gehandelt haben, wie ich aus dem Vorhandensein einer langen Tafel in der Mitte des Gemaches schloss, auf der sich noch vertrocknete Reste einer Mahlzeit unter einer dicken Staubschicht befanden. Mehr war in dem undurchdringlichen Zwielicht, das sich über das Haus wie eine Glocke gestülpt zu haben schien, nicht auszumachen.
Mir blieben zwei Möglichkeiten. Entweder harrte ich in der Räumlichkeit aus und wartete auf das Ende des Unwetters, oder ich nutzte die Zeit und sah mich in dem Gehöft um. Ich entschied mich für letzteres, denn wer schon wagte, gewaltsam einzudringen, dem war auch vor weiteren Erkundigungen nicht bange. So durchquerte ich das Zimmer und kam in einen lang gestreckten Gang, der zur Mitte des Hauses führte, wo eine ge-

schwungene Treppe aus der Düsternis auftauchte, die in das obere Stockwerk führte. Das kam mir gerade recht, denn die Dunkelheit im Erdgeschoss nötigte mich dazu, mich langsam tastend vor zu bewegen. Dabei stieß ich mehrfach gegen Gegenstände, die auf dem Boden lagen und offenbar danach trachteten, zu einer Stolperfalle für mich zu werden und meinen ohnehin durch die Wanderung geschundenen Füßen weitere Qualen zuzufügen. Mich trieb die vage Hoffnung auf mehr Licht im Obergeschoss, denn ich hatte von außen wahrgenommen, dass die Klappläden dort überwiegend offen standen und mittels kunstvoller Beschläge an der Außenwand fixiert waren. Offenbar rechnete niemand mit Spitzbuben, die sich die Mühe machen würden, an der glatten Außenwand hinaufzusteigen und von oben in das Gebäude einzudringen.

Am oberen Treppenabsatz angekommen, war eine Verbesserung der Lichtverhältnisse nicht festzustellen. Auch hier herrschte eine tiefe Dämmerung derart, dass lediglich schemenhafte Umrisse einzelner Gegenstände auszumachen waren. Alles wirkte, als ob das Gehöft nicht auf Dauer aufgegeben werden sollte, sein verlassener Zustand vielmehr mit vorübergehenden Umständen zu erklären war, von denen ich nichts wusste und die ich mir auch nicht vorzustellen imstande war.

Eine merkwürdige Stille hatte die Räume erfasst. Nur die häufigen Donnerschläge durchbrachen die Geräuschlosigkeit des Ortes. Was war mit dem heranbrausenden Sturm, der sich ohne Zweifel nun gegen jede Erhöhung auf der Kuppe mit aller Macht warf? Was war mit dem niederprasselnden Regen, der gegen die Fenster und Läden schlagen müsste? Es schien eine aller Naturgewalten entrückte Welt zu sein, in die ich mich begeben hatte. Ein ungutes Gefühl beschlich mich, doch hatte ich eine Wahl? Draußen musste die Hölle losgebrochen sein. Die Donner schienen aus allen Himmelsrichtungen zu kommen und sich genau über dem Hof zu vereinigen, indem

sie mit jener Urgewalt aufeinander prallten, der ich die Kraft zuschrieb, einen Keil in die Erde zu treiben um sie auf ewig in zwei Hälften zu spalten.
Ich begab mich in einen Raum auf der Rückseite. Wie ich vermutete, waren die Läden nicht geschlossen. Gleichwohl gelang es kaum einem Lichtschimmer, durch das Fenster in das Gebäude zu dringen. Ich schaute nach draußen, um diesem Phänomen auf den Grund zu gehen, denn kein Gewitter der Welt konnte das Tageslicht derartig absorbieren, dass die Finsternis derjenigen der Nacht glich.
Was ich erblickte, ließ jede Regung aus meinem Körper entweichen. Die Zypressen und das Haus schienen eine Symbiose eingegangen zu sein. Die Bäume legten ihr dichtes Astkleid schützend vor das Fenster und die nackten Mauern. Auf diese Weise riegelten sie das Gebäude vor allem Unbill durch die Natur ab. Der Sturm schien das biegsame Gehölz gleichsam gegen die Wände zu pressen, um dort Stein und Holz auf immer zu verschmelzen. Ich begriff, dass dieser Umstand das Haus nicht oder nur langsam altern ließ und es auf diese Weise auf Ewigkeit mit den Bäumen eine vollkommene Einheit auf der Anhöhe bildete. Vielleicht trog der erste Schein, wonach der Ort noch nicht lange so verlassen da lag und hatten ihm seine Bewohner schon vor langer Zeit den Rücken gekehrt. Ein Schauer durchlief mich, denn mir war der Vorgang gänzlich unerklärlich und ich sehnte mich nach der freien Landschaft und der frischen Luft. Zunehmend setzte mir die stickige Atmosphäre in den leblosen Räumen zu und ich begann, lauthals zu husten.

Mehr taumelnd als gehend bestritt ich den Rückweg. Ich hatte Mühe, wieder zu demjenigen Raum zu gelangen, der mir Auslass gewähren sollte. Mehrfach betrat ich ein falsches Zimmer und es dauerte regelmäßig eine gewisse Zeit, bis mich das wenige Restlicht meinen Irrtum erkennen ließ. Schließlich befand ich mich unzweifelhaft an meiner Einstiegsstelle. Unterdessen schienen sich die Gewitter mehr und mehr zu entfernen, auch wenn die Donnerschläge noch immer einen gewaltigen Nachhall über das weite Land zogen. Der Sturm schien sich ebenfalls zu beruhigen, denn ich bemerkte, wie die Zypressen langsam von der Mauer abließen und sich wieder in eine für Bäume gewohnte vertikale Stellung brachten. Sonnenlicht flutete in den Raum und ließ mich Dinge erkennen, die zuvor nur zu erahnen waren. Das Portrait einer Frau hing an der Stirnseite der Tafel. Sie schien nicht alt und nicht jung zu sein; ihr Blick verriet eine gewisse Strenge und Überheblichkeit. Das Haar war ordentlich zu einem Zopf zusammengebunden, der über ein schwarzes Kleid hing. Keine besondere Aufmachung für das Landvolk in Italien zu dieser Zeit. Wer sie wohl sein mochte? Ich hätte jede Wette eingehen können, dass es sich um die Patronin des Hauses handelte, deren Bildnis den Dienstboten ihre ständige Anwesenheit und Kontrolle auch während der Einnahme von Mahlzeiten in das Gedächtnis rufen sollte. Ihre dunklen Augen, die von südländischem Temperament zeugten und keinen Winkel des Speisezimmers unbeobachtet ließen, wurden mir mit längerer Betrachtung des Ölgemäldes zunehmend unangenehm und daher nahm ich das Bündel mit meinen Habseligkeiten auf und begann, über die Fensterbank das Gebäude zu verlassen. Wie ich mich bereits zur Hälfte auf der Außenseite befand, erhielt ich ohne Vorankündigung einen kräftigen Schlag gegen die Schläfe. Meine letzten Empfindungen waren ein sirrendes Geräusch, das die Luft durchschnitt und ein flüchtiger Zypressenduft, dann wurde alle Wahrnehmung durch eine durchdringende Schwärze meines Bewusstseins überlagert.

Es mochte wohl zwei Wochen nach meiner Einlieferung in das Krankenhaus von Siena gewesen sein, als eine Schwester mir den Besuch ankündigte. Mit meinen passablen Italienischkenntnissen brachte ich mein Erstaunen zu Ausdruck, dass jemand beabsichtigte, mich aufzusuchen, denn ich war ein Fremder ohne jede Beziehungen zu der dortigen Bevölkerung. Weil ich auch ohne Gefährten unterwegs gewesen war, verdankte ich den Umstand, lebend geborgen worden zu sein, nur einem Zufall. Die Weinreben standen zur Ernte an. Weil die Bewirtschaftung aufgrund der hervorragenden Lage an den sanften Hängen der Anhöhe bis zu den Zypressen reichte, fand mich der Winzer früh am nächsten Morgen in meinem Blute liegend. So erreichte ich das Ziel meiner Reise nicht wie von mir gewünscht in der Art eines triumphalen Einzuges in die Stadt, sondern liegend und schwer verletzt in einer Kutsche, die mir keinerlei Blick nach draußen in meine Umwelt bot.

Doch die Schwester blieb dabei und versicherte mir lebhaft, dass draußen eine Frau stünde, die mich unbedingt sprechen wollte, indes einen Grund nicht genannt habe. Schließlich bat ich um Einlass und wartete gespannt auf die Begegnung.

Das Gesicht war mir lebhaft in Erinnerung geblieben. Es dauerte nur den Bruchteil einer Sekunde und ich konnte die Fremde, die in mein Krankenzimmer trat, einordnen. Es waren nicht nur die zu einem Zopf gebundenen pechschwarzen Haare und das ebenso schwarze Kleid. Ihre Augen musterten mich auf eine Weise eindringlich, dass ich dem Blick nicht lange standhalten konnte und mich abwandte. Sie setzte sich wortlos an die Kante meines Bettes, ohne von mir hierzu aufgefordert worden zu sein. Es gelang mit jedoch nicht, mein Erstaunen über die unerwartete Nähe zu einer mir vollkommen fremden Person in Worte zu fassen und so blieb ich still. Meine Wunden begannen zu schmerzen, stärker als an den Tagen zuvor. Die Wucht des Schmerzes nahm mir den Atem und so war mein verzweifeltes Keuchen als Ausdruck des Ringens um Luft das einzige Geräusch in dem Zimmer.

Schließlich begann die Frau zu sprechen. Es war eine sanftmütige Stimme, die in einem merkwürdigen Gegensatz zu dem strengen Äußeren stand, das von ihrer Gestalt ausging.

„Die Bäume", setze sie an „sind gute Wächter. Sie mögen es daher nicht, wenn sich jemand gewaltsam Zutritt zu dem Haus verschafft, das Teil des Ganzen ist. Doch was sie verletzt haben, sind sie in der Lage, auch wieder zu heilen. Es ist so viel Schmerz auf der Welt, dass es deines nicht auch noch bedarf!"

Damit zog die Besucherin ein Fläschchen aus ihrem Kleid und öffnete es. Ein aromatischer Geruch nach Zypressenöl erfüllte unverzüglich das Zimmer.

„Das Öl wirkt nicht nur desinfizierend, sondern auch wundheilend", erklärte die geheimnisvolle Frau, während sie begann, sich mit dem Öl die Hände zu benetzen. Ohne dass ich in der Lage gewesen wäre, dem Tun Einhalt gebieten zu können, schlug sie meine Decke hoch und begann, meinen geschundenen Körper mit dem Öl einzureiben. Die ätherischen Dämpfe beruhigten meine Nerven sogleich und ich fühlte, wie ich ruhiger und ruhiger wurde. Bald war ich eingeschlafen. Ein Traum, oder zumindest hielt ich es dafür, ergriff von meinem Bewusstsein Besitz. Ich war wieder dort, dort wo die Zypressen und der Hof die Spitze der Anhöhe krönten. Doch diese Mal war ich nicht allein. Es herrschte ein geschäftiges Treiben ringsum. Auf den Feldern arbeiteten die Knechte und Mägde im gleißenden Sonnenlicht und ernteten das Korn oder die Weintrauben. Das Tor der Scheune stand weit geöffnet, um die Gaben der Natur aufnehmen zu können. Die Gebäude machten einen freundlichen Eindruck mit ihren geöffneten Klappläden, die Fassade schien neu zu sein, oder zumindest frisch getüncht. Kurzum, alles deutete auf eine prachtvolle Szene hin, wie sie das Landleben nicht schöner zu bieten imstande ist.

Doch mit einem Mal verfinsterte sich der Himmel und starke Gewitter nahten heran. Die Arbeiter verharrten, ein frischer Wind kam auf und trug die Luft in jeden Winkel, jede Ritze des Hofes. Dann zeigten die Menschen plötzlich schwarze oder bläuliche Flecken am Hals, bei dem einen groß und spärlich, bei dem anderen klein und dicht gedrängt. Die eitrigen Geschwüre waren ein sicheres Zeichen des kommenden Todes, dem keiner entkam. Die Unglücklichen sanken in den grotesken Haltungen darnieder, die ihnen die Schmerzen auferlegten. Ihre verzweifelten Schreie verstummten erst mit dem Ende ihrer Qual. Ich entdeckte die Herrin des Hauses neben dem großen Scheuentor, wo sie soeben noch gewacht hatte, dass die Garben allesamt ihren Weg in den schützenden Schober finden. Auch sie verschonte die Pest nicht. Ihre Geschwüre zerfielen und mit einem Ausdruck grenzenlosen Erstaunens in den Zügen klappte der Körper nach vorne. Dann sank die Gestalt auf die Knie und kippte schließlich seitlich auf den Erdboden, wo sie gleichsam als Mahnung an die Lebenden mitten auf der Hoffläche liegen blieb.
Die Zypressen aber neigten sich in dem Wind, der sie hin und her warf, sodass die grausame Szene bald ganz von ihrem dichten Blattwerk bedeckt war.

Als ich wieder zu mir kam, war mein Fieber vollständig verschwunden und meine Knochenbrüche weitgehend verheilt. Schon bald sollte ich entlassen werden. Niemand konnte mir Aufschluss über meine geheimnisvolle Besucherin geben. Ich befragte jeden in dem Krankenhaus nach der Frau mit dem schwarzen Kleid und dem feurigen Blick. Doch sie war niemandem aufgefallen. Auch die mich betreuende Schwester konnte lediglich bekunden, einige wenige Worte mit ihr gewechselt zu haben. Daher musste ich mich damit zufrieden geben, dass meine Genesung schneller vorangeschritten war, als mir prophezeit wurde und niemand hierfür eine vernünftige medizinische Erklärung fand. Als die Rückkehr in meine Heimat anstand, wendete ich meinen Kopf ein letztes Mal dem gewellten Land zu, das so hell in der Sonne glitzerte und doch so dunkle Geheimnisse barg.

In Ewigkeit Amen

Norbert Lütke

An einem Totensonntag des 21. Jahrhunderts entschied sich Sturmtief *Eurosia*, das Örtchen Feldkappel heimzusuchen. Gegen 23.00 Uhr schoben sich düstere Wolkenberge vor den Mond, dann heulte die wütende *Eurosia* auf, fegte mit gewaltigen Böen um malerische Fachwerkhäuser, rüttelte an kahlen Baumkronen und schüttelte lebloses Gesträuch. Fensterläden klapperten, in den Vorgärten quietschten schmiedeeiserne Eingangspforten. Als obendrein eine fürchterliche Regenpeitsche niedersauste, flüchteten die Dorfbewohner panisch in ihre Betten. Der Reihe nach verlöschten alle Lichter, die zuvor aus Wohnstuben in die Nacht geblinzelt hatten.
Nur das Pfarrhaus von St. Quirinus – hingeduckt am Backsteingemäuer des gotischen Kirchenbaus – schien den tobsüchtigen Elementen seine Stirn zu bieten. Ein helles Flackern in der Bibliothek legte Zeugnis davon ab, dass klerikales Leben auch bei Wind und Wetter stattfindet. Wie jeden Sonntag hockten die Kapläne Emanuel Leisentritt und Bernard Fokke am Kaminfeuer, um den Tag ihres Herrn bei katholischer Fachsimpelei und Messweinprobe ausklingen zu lassen.
Leisentritt war ein ergrauter Mittvierziger und hütete die Schafe von St. Quirinus. Er dachte konservativ, kleidete sich aber progressiv – vorzugsweise trug er Lederjacke und Jeans.

Fokke war ein blonder Enddreißiger und kümmerte sich ums kollektive Seelenheil der zehn Kilometer entfernten Nachbargemeinde St. Dionysos. Er dachte progressiv, kleidete sich aber konservativ – vorzugsweise trug er Soutane und ringförmigen Stehkragen.

Als vom Kirchturm zwölf dumpfe Glockenschläge erklangen, gewann die klerikale Wochenend-Zeremonie deutlich an Substanz. Denn just in diesem Augenblick sprach Leisentritt ein Thema an, dessen geistiger Gehalt beachtliche 11,5% Vol. aufweisen konnte.

„Soll ich mal den grünen Veltliner köpfen?", fragte er seinen Gast und lächelte vergnügt.

„Du gibst doch deinen Segen, oder?"

„Ja aber ..." Fokke schielte auf den funkelnden Veltliner. Ohne Widerrede verfolgte er, wie Amtsbruder Leisentritt mit Korkenzieher und Bouteille hantierte. Als es Plopp machte, zuckte er zusammen.

„Keine Angst, mein lieber Bernard", beruhigte Leisentritt. „Das Zeug ist noch nicht verwandelt. Du musst also keineswegs das Blut unseres Heilands saufen."

„Aber ich muss noch fahren. Und heute haben wir nicht nur reingespuckt."

Fokke deutete zum Beistelltisch, auf dem sich eine stolze Heerschar inhaltsleerer Flaschen gebildet hatte.

„Zudem lungert ganz bestimmt mein Freund Schnepperer herum. Ekelhafter Bulle! Bei dem müssen sogar Priester blasen. Auch sonntags!"

„Mein Gott! Spielt doch längst keine Rolle mehr, ob du ein Promille mehr oder weniger intus hast."

Leisentritt füllte die Gläser.

„Zudem gibt's einen guten Schleichweg. Kommt nie eine Menschenseele hin."

„Kenn ich", entgegnete Fokke, „ein kurzes Stück Bundesstraße, dann die erste Abzweigung rechts. Bin ich schon entlang gefahren. Uns dürstet ja nicht zum ersten Mal."

„Also Prosit!"

Leisentritt schlürfte am Veltliner.

„Und keine Bange! Deinem Führerschein passiert gar nix! Nur ein halbes Stündchen Fahrt, und du bist zuhause. Nach St. Dionysos dauert es schließlich keine Ewigkeit!"

„Wer weiß, wer weiß?", sinnierte Fokke. „Wer ans ewige Leben glaubt, darf ewige Fahrten nicht ausschließen. Es gibt ja bereits EINEN, der verdammt ist, für alle Zeiten zu reisen."

„Willst du mir etwa das Märchen vom Fliegenden Holländer auftischen?"

„Um Gottes Willen!" Fokke schüttelte den Kopf. „Ich glaube nicht an Märchen, ich glaube an unseren HERRN. Und ich bin felsenfest überzeugt, dass Jesus Christus für immer und ewig durch die Weltgeschichte gondeln muss."

„Oh." Empört runzelte Leisentritt die Stirn. „Versündige dich nicht, lieber Bernard. Verbreite keine Irrlehren. Der Heiland soll umhergeistern? Nee, nee! Unsere Mutter Kirche verortet IHN an einem genau definierten Punkt. Was ich dir sogleich beweisen werde!"

Leisentritt erhob sich, schlurfte mit leicht schwankendem Schritt zur Bücherwand und kehrte mit einem abgegriffenen Katechismus zurück. Nachdem er wieder Platz genommen hatte, blätterte er sich hastig durch katholische Wahrheiten. Schließlich hielte er inne und setzte ein triumphierendes Lächeln auf. In seine Stimme mischten sich belehrende Untertöne.

„Jetzt hab ich es Schwarz auf Weiß. Das apostolische Glaubensbekenntnis. Verbindlich für die gesamte römische Christenheit. Und für dich als Priester ganz besonders. Ich zitiere, was über Jesus geschrieben steht. ER sitzt zur Rechten Gottes, des allmächtigen Vaters. Hast du gehört?"

„Na und?" Fokke war nicht im Geringsten beeindruckt.

„Ich sage es noch einmal." Leisentritt wurde ungeduldig. „Jesus SITZT zur Rechten seines Vaters. Und wer sitzt, ist nicht unterwegs. Klare Sache, oder? Der Sohn Gottes hat einen WohnSITZ!"

Hochzufrieden mit seiner Argumentation lehnte sich Leisentritt zurück und blickte seinen Amtsbruder herausfordernd an.

Fokke starrte ins bläulich flackernde Kaminfeuer. Knisternd und knackend verglühte ein harziges Stück Birkenholz. Von draußen drängte sich Sturmtief *Eurosia* ins eingetretene Schweigen. Fette Tropfen trommelten auf Fensterscheiben, unermüdlich jaulte eine entfesselte Windsbraut.

Endlich griff Fokke zum Glas, gönnte sich einen herzhaften Veltliner-Schluck und nahm den Gesprächsfaden wieder auf.

„ER sitzt also", hob er an. „Schön, schön. Stellt sich nur die Frage: Wo? Das musst du mir verraten. Wo, bitteschön, hat sich unser HERR zur Ruhe gesetzt?"

„Wo?" Leisentritt stutzte. Mit einem solchen Einwand hatte er nicht gerechnet. Irritiert nahm er den Katechismus zur Hand. Eine Weile kreisten seine Augen übers vergilbte Papier, dann hellte sich des Seelsorgers Miene auf.

„Ich wusste es doch! ER sitzt neben seinem Vater. Auf der rechten Seite des himmlischen Throns. Und wo befindet sich dieser Thron? Richtig – im Himmel! Und was folgt daraus, lieber Bernard? Ich sage es dir: Jesus hat sich im Himmel niedergelassen!"

„Das reicht mir nicht, Emanuel", antwortete Fokke. Er begoss erneut seine Kehle mit Veltliner, stellte das Glas ab und schlug die Beine übereinander.

„Im Himmel soll ER stationär vor sich hinvegetieren? Hmmm! Und wo finde ich diesen Himmel? Vielleicht nebenan?"

„Gott bewahre!"

Leisentritt hob abwehrend die Hände.

„Nebenan veredelt Bauer Stoppelkamp die Fäkalien seiner Nutztiere. Produziert ökologisch wertvollen Dünger.

Ein höllischer Gestank! Den Duft im Garten Eden stelle ich mir ein wenig anders vor. Nein, der Himmel liegt anderswo, vermutlich weit, weit entfernt, jenseits unserer Galaxie!"

„Wenigstens kommst du jetzt zur Sache. Aber diese Sache hat leider einen Haken."

Fokke beugte sich vor.

„Ich will dir mal auf die Sprünge helfen. Welches Tempo hatte ER bei seiner Himmelfahrt drauf? Was glaubst du?"

„Nun, darüber steht im Katechismus nichts geschrieben", bedauerte Leisentritt.

„Aber das irdische Jammertal wird ER wohl so schnell verlassen haben, wie es nur geht."

„Also mit Lichtgeschwindigkeit! Schneller geht's nicht. Es sei denn, ER verstößt gegen Naturgesetze, die sein Vater aufgestellt hat."

„So etwas tut ER nicht", entgegnete Leisentritt. „Unser Jesus Christus war seinem Vater stets gehorsam. Bis in den Tod am Kreuz!"

„Gestorben ist ER ja nicht, sondern auferstanden und noch im selben Jahr zur Himmelfahrt gestartet. Wahrscheinlich im Jahr 33 nach IHM. Das heißt, seit ungefähr 2000 Jahren saust er mit Lichtgeschwindigkeit durchs All. Weit gekommen ist er da nicht. Ich vermute, dass wir IHN heute im Sternbild Schwan suchen müssen. 2000 Lichtjahre entfernt. Vielleicht landet er gerade auf Kepler 11."

„Kepler 11?" Leisentritt lächelte dümmlich. „Und was will ER da?"

„Kepler 11 ähnelt unserer Sonne", dozierte Fokke, „umschwirrt von Planeten, auf denen intelligente Wesen hausen könnten. Wie wir Menschen sündig und göttlicher Gnade bedürftig. Daher bin ich sicher, dass unser HERR in den Tiefen des Kosmos sein Erlösungswerk fortsetzt. Er hopst von Planet zu Planet, opfert sich den Eingeborenen, bis er eines Tages wieder auf unserer Erde

niedergeht. Dann beginnt der Kreislauf von vorn ..."
„Das ist ja ..." Leisentritt schnappte nach Luft. Ihm fehlten die Worte.
„... eine ewige Reise!" ergänzte Fokke den Satz. „Und ich fahre jetzt auch. Zum Wohle!"
Beide Kleriker leerten ein letztes Glas, danach geleitete Leisentritt seinen Gast zur Tür. Auf der Schwelle blieb er abrupt stehen.
„Huh, ein Wetter wie beim Weltuntergang!"

Fokke stürzte sich todesmutig in die tosenden Gewalten und rannte über den Kirchhof. Völlig durchweicht erreichte er seinen rettenden Mercedes, der neben einer wild wuchernden Rosenhecke parkte. Zitternd wühlte er nach dem Autoschlüssel – da schoss aus dichtem Gestrüpp ein vierbeiniges Ungeheuer hervor. Der kleine Teufel klefftte, knurrte und versuchte mit spitzen Zähnen, einen Zipfel von Fokkes Soutane zu erhaschen.
„HALT DIE SCHNAUZE, ZERBERUS!", brüllte Leisentritt, „KOMM HER!"
Der pudelnasse Terrier parierte aufs Wort und trottete zu seinem Herrchen, das noch immer auf der Schwelle stand und schadenfroh grinste.
„Keine Angst, Bernard, das ist nur Zerberus, mein neuer Wachhund!"
„Du Scheißkerl!", fluchte Fokke und zwängte sich verärgert hinters Lenkrad. Als er den Motor startete, überfiel ihn leichtes Schwindeln.
„Etwas benebelt bin ich schon", überlegte er und schätzte in Gedanken ab, auf welchen Pegelstand sein Blutalkohol geklettert sein mochte. Das Ergebnis war eindeutig. Er hatte mehr getankt als die Polizei erlaubt.
Sollte er Schnepperer in die Hände fallen, würde sein Führerschein den Bach runtergehen. Damit stand die Fahrtroute fest: Schleichweg! Entschlossen drückte Fokke aufs Gaspedal, kurvte über den Kirchhof und bog in die Bundestraße ein.

Hinter Feldkappel überkam ihn das Gefühl, als ob alle Verbindungen zur zivilisierten Welt abgerissen seien. *Eurosia* gab ihm grausam zu spüren, dass mit ihr nicht zu spaßen war. Seine Karosse schien den Elementen schutzlos preisgegeben. Von der Seite attackierten wuchtige Böen, von oben prasselten wahre Sturzfluten herab. Beide Scheibenwischer kämpften eine verzweifelte Abwehrschlacht. Bei gnadenloser Dunkelheit. Im Scheinwerferkegel konnte Fokke nur erkennen, wie Starkregen den Asphalt überschwemmte. Jenseits der Straße war die Welt vollends abgetaucht - ins trügerische Reich der Schemen.
Nach zwei Kilometern passierte Fokke den neuen Friedhof von Feldkappel – vor wenigen Jahren in den Boden gestampft, da der alte Gottesacker aus allen Nähten geplatzt war. Fokke warf einen scheuen Blick auf die Todesstätte und erschrak. Über den Gräbern tanzte ein Irrlicht!
„Verdammt noch mal, ich muss mich zusammen reißen!" Nervös klopfte er aufs Lenkrad.
„Schließlich gibt es für alles eine rationale Erklärung. Das Irrlicht ist nichts anderes als eine Laterne, die vom Sturm geschaukelt wird. Vermutlich auf Rosenplüths Grab. Die einzige Leiche, die in Feldkappel erleuchtet ist."
Als Fokke des Verblichenen gedachte, überfiel ihn leichtes Frösteln. Rosenplüth galt als bedeutendster Sohn Feldkappels. Ein herausragender Förderer des Fremdenverkehrs und exquisiter Drei-Sterne-Gastronom, dessen mediterrane Bouillabaisse immer wieder mutige Touristen angelockt hatte. Bis der Meisterkoch beim Abschmecken ums Leben kam, als eine sperrige Gräte auf atemberaubende Weise zum Verhängnis wurde ...
„Dumm gelaufen, da bleibt dem Typen die eigene Plörre im Hals stecken", belustigte sich Fokke. Auf einmal fühlte er sich besser. Offenbar hatte der schräge Todesfall frische Lebensgeister geweckt. Fokke schaltete einen Gang höher, beschleunigte den Mercedes, erfreute sich am Ge-

räusch zischender Reifen auf nassem Straßenbelag.
„Stopp, stopp, stopp!"
Fokke stieg in die Bremsen. Die Abzweigung! Beinah wäre er dran vorbei gerauscht. Und auf direktem Wege in Wachtmeister Schnepperers Alkoholfalle geschlidert.
„Ohne mich, du gottverdammter Wegelagerer! Steck dir das Pusteröhrchen in den ..., ...Himmel, Arsch und Zwirn!", schimpfte Fokke. „Man sieht ja die Hand vor Augen nicht!"
Soeben war er von der Bundesstraße abgebogen, der Mercedes rumpelte nun über einen schmalen Wirtschaftsweg und drohte jederzeit, in morastigen Furchen zu versinken.
Fokke drückte kräftig aufs Gaspedal, der Motor dröhnte, sämtliche Räder drehten durch, bis die Reifen im schlammigen Untergrund wieder Halt fanden. Langsam schob sich die Limousine vorwärts. Fokke beugte sich vor, spähte durch Windschutzscheibe und Seitenfenster.
„Links müsste eigentlich Knüpfertolls Busch liegen", ging es ihm durch den Kopf. Beinahe automatisch schaltete sein ansonsten rational funktionierender Gehirnapparat auf anderen Betriebsmodus. Die grauen Zellen produzierten eisiges Schaudern.
Die Knüpfertolls!
Ein uraltes Rittergeschlecht, das in den Wirren von Reformation und Bauernkriegen hochkantig aus seiner Stammburg geflogen war. Seitdem schienen die Knüpfertollschen Gene von Rastlosigkeit und religiösem Wahn befallen. So hatte die Sippschaft mehrere Generationen lang alle Winkel des deutschen Reiches durchstrolcht – stets auf der Suche nach einem geheimnisvollen Land des Lichts. Obskuren Weisungen gemäß sollte dort Gottes Herrlichkeit in Stein gemeißelt und die missionarische Kommune Neu-Jerusalem errichtet werden. Als fromm-fanatische Wahrzeichen waren für den Ortskern gigantische Taufbecken vorgesehen - mit höchster Bekehrungskapazität für größten Sünderansturm. Das ehr-

geizige Projekt wurde jedoch zum grandiosen Schlag ins Wasser. Vor ungefähr 400 Jahren kamen die Eiferer und ihre Odyssee grausam an ihr Ende.

Das Unheil geschah in der Nähe von Feldkappel, während sich der Tross durch dichtes Waldgestrüpp kämpfte und dabei unversehens auf eine Lichtung geriet. Jan van Knüpfertoll, letztes Familienoberhaupt, interpretierte die abrupte Sonneneinstrahlung als Fingerzeig Gottes, wähnte sich im Land der Verheißung, welches er auf der Stelle zu segnen gedachte. Sogleich wurde ihm der stets mitgeführte und stets gut gefüllte Weihwasser-Bottich gebracht. Als er sich übers Fass lehnte, verlor er plötzlich das Gleichgewicht und stürzte kopfüber in die heilige Brühe. Seine entsetzte Gefolgschaft bemühte sich vergeblich, den Gestrauchelten an zappelnden Füßen wieder herauszuziehen. So blieb dem Unglücksraben nichts anderes übrig, als jämmerlich zu ersaufen. Trotzdem war Jan van Knüpfertoll nicht tot zu kriegen. In Erzählungen Feldkappeler Bürger lebte er munter weiter. Noch heute sollte er nachts herumgeistern, um brave Christen per Zwangstaufe zu ertränken. Angeblich war ihm die Heimatforscherin Dr. Andersen-Grimm erst kürzlich mit knapper Not entronnen ...

Lächerliche Geschichte!, dachte Fokke. *Kinderkram!*
Dennoch verspürte er ein flaues Gefühl im Magen. Um Knüpfertolls Busch möglichst schnell hinter sich zu bringen, gab er ein wenig mehr Gas. Der Mercedes ruckte vorwärts und quälte sich einen kleinen, aber steilen Hang empor. Offenbar führte der Weg jetzt über eine Brücke. Brücke? Verdammt! Fokke wurde unruhig. Er konnte sich an keine Brücke und keinen Fluss erinnern, obwohl er die Strecke schon einige Male entlang gefahren war. Allerdings hatte er sich nicht jeden Grashalm eingeprägt. Moment!

Fokke drosselte das Tempo und kniff seine Augen zusammen. Richtig gesehen – die Scheinwerfer tanzten über ein grün-gelb schimmerndes Straßenschild. Durch Regen und Dunkelheit waberte ihm der Hinweis STÜX entgegen.
„So heißt wahrscheinlich der Fluss", grübelte Fokke und nahm sich vor, baldmöglichst den Reiseführer *Wunderschönes Feldkappeler Land* zu erwerben. „Hätte ich schon längst tun sollen," brummte er und glotzte krampfhaft in die nasse Finsternis. Nichts, woran er sich hätte orientieren können. An den Wegrändern erahnte er vom Sturm gebeuteltes Blattwerk, flatterhafte Gespenster, die unerträglich langsam an den Seitenfenstern vorbei krochen. Plötzlich durchfuhr ein Schreck sämtliche Glieder. Dort draußen war jemand! Lauerte im Gebüsch. Jan van Knüpfertoll? Unmöglich – der gehörte ins Geisterreich. Wachtmeister Schnepperer? Auch nicht - die Gestalt trug keine Uniform, sondern einen Hundekopf. Auf menschlichem Rumpf!
„Verschwinde", krächzte Fokke. Von Panik ergriffen schleuderte er dem Ungeheuer ein wildes Hupkonzert entgegen, schaute ein zweites Mal hin und...
... atmete tief durch. Verschwunden, das Monstrum schien vom Erdboden verschluckt.
Vermutlich eine optische Täuschung, dachte Fokke erleichtert. *Kein Wunder bei diesem Unwetter. Ich muss unbedingt meine Nerven beruhigen. Vielleicht wäre Musik angebracht ...*
Während sich der Mercedes weiter in die Nacht hinein fraß, bekurbelte Fokke mit klammen Fingern sein Radio. Als Brahms ertönte, hielt er inne. Deutsches Requiem. Wohltuend. Entspannend. Genau das wollte er jetzt hören. Gleichzeitig betrachtete er inbrünstig und Hilfe suchend ein tröstendes Amulett – den heiligen Christophorus, in Silber geprägt vor der Windschutzscheibe baumelnd. Limitierte Münzauflage, geweiht und abgesegnet vom Kloster St. Lazarus. Derart himmlischen Beistands versichert, konzentrierte sich Fokke wieder auf

die Fahrbahn. Nur noch wenige Kilometer, vielleicht ein Viertelstündchen bis nach Hause, aber ...

... jetzt war er ganz sicher. Dieses Mal irrte er sich nicht! Vor ihm schwankte ein hektisch winkender Wandersmann. Gebeutelt von Wind und Wetter. Fokkes Pupillen weiteten sich. Der Kerl musste Priester sein. Schließlich klebte auf seinem Leib eine Soutane. Über und über mit Lehm verschmiert. Ob dem Amtsbruder ein Unglück zugestoßen war?

Eines stand felsenfest – der Kerl hielt sich nicht freiwillig hier draußen auf. Jedenfalls kannte er keinen Geistlichen, der soviel Gottvertrauen besaß, um sich mutterseelenallein völlig entfesselten Naturgewalten auszusetzen. Mit Sicherheit war es ein Auswärtiger. Denn in der Nähe wohnten eigentlich nur Leisentritt und er selbst. Kurzum: die Situation schrie nach christlicher Nächstenliebe. Fokke gab sich einen Ruck und beschloss, auf Spuren des heiligen Martins zu wandeln. Zwar hatte er keinen Mantel, wohl aber ein trockenes Plätzchen zu teilen. Auch wenn der triefende Kollege seine Polster total versauen würde. Vorsichtig erhöhte Fokke die Geschwindigkeit, Meter für Meter näherte sich der Mercedes dem arg gerupften Wandervogel. Als er sich auf gleicher Höhe befand, hielt Fokke an und öffnete die Beifahrertür.

„Steigen Sie doch ein!", forderte er den verdreckten Priester auf. „Dort draußen holen Sie sich ja den Tod."

Mit steifen Knochen zwängte sich der Angesprochene ins Wageninnere und plumpste wie ein nasser Sack auf den Ledersitz.

„Gott sei Dank!", schnaufte er. Und verstummte.

Fokke drückte aufs Gaspedal.

„Wenn ich bloß mehr sehen könnte", stöhnte er leise und linste durch die Windschutzscheibe. Den überforderten Wischern gelang es mit Mühe und Not, ein winziges Guckloch frei zu schaufeln. Überdies meinte Fokke zu erkennen, dass sich nun an beiden Fahrbahnrändern tiefe Gräben entlang zogen.

„Auf gar keinen Fall darf ich vom Wege abkommen", grübelte er und schaute unverwandt auf die Schotterpiste. Vom zugestiegenen Passagier erhaschte er nur ab und zu einen flüchtigen Blick. Seltsamer Zeitgenosse. Kein Sterbenswörtchen kam über dessen Lippen. Zögernd versuchte Fokke, ein Gespräch zu beginnen.
„Wo darf ich Sie denn absetzen, lieber Kollege? Suchen Sie ein Hotel?"
Schweigen. Der Amtsbruder schien andächtig der Musik zu lauschen. Immer noch Brahms. Deutsches Requiem. Außerdem hatte Fokke den Eindruck, dass sein Fahrgast wie gebannt den heiligen Christophorus fixierte. Da erhob sich vom Beifahrersitz eine wütende Stimme.
„WAS FÄLLT IHNEN EIN, MEIN AUTO ZU KLAUEN!"
Fokke zuckte zusammen.
„Wie bitte?" Mehr brachte er nicht hervor. Zu groß war seine Verblüffung. Und sein Ärger. Was für eine Beschuldigung! Diebstahl! Unverschämt, dieser rotzfreche Lümmel, dieser schmierige Pfaffe! Aber wie sollte er reagieren? Den Burschen hinauswerfen? Wieder im Regen stehen lassen? Fokkes Geist arbeitete fieberhaft. Ebenso fieberhaft arbeitete sein Körper. Reichlich genossener Veltliner beschäftigte sehr rege den Parasympathikus, der wiederum die Blasenmuskulatur zu höchster Anspannung reizte. Als physiologische Folge stellte sich unerträglicher Harndrang ein, vor dem Fokke schließlich kapitulierte.
„Ich muss mal", ächzte er und stoppte seinen Mercedes. „Bin sofort wieder da."
Als er die schützende Karosse verlassen hatte, pfiff ihm sogleich der Orkan um die Ohren. Dazu kam es knüppeldick aus den Wolken. Bereits am Wegesrand war Fokke klatschnass. Ungestüm nestelte er an den Knöpfen der Soutane, um sein bestes Stück ins Freie zu lassen. Unbedacht machte er einen Schritt nach vorn, da verloren seine glatt polierten Sohlen den Halt. Beide Schuhe schlid-

derten die Böschung abwärts und scherten sich nicht drum, dass in ihnen noch Füße steckten. So erlebte Fokke eine schlammige Rutschpartie nach unten, zeitgleich rutschte die morastig gewordene Soutane am Körper nach oben.
„Wenigstens etwas, kein Aufknöpfen mehr erforderlich," seufzte Fokke und brachte es endlich fertig, sein Geschäft in Angriff zu nehmen. Als der Strahl befreiend aus ihm hervorschoss, hörte er, wie ein Motor aufheulte. Sein Mercedes? Fokke schwante Übles. Er musste unbedingt zum Auto zurück. Sofort. Eine aufreibende Angelegenheit. Denn auf glitschigem Boden blieb ihm nichts anderes übrig, als die Böschung hinauf zu robben. Völlig ausgepumpt kam er oben an. Zu spät. Er sah gerade noch, wie rote Rückleuchten in einer dunklen Regenwand verschwanden.
„So ein elendes Miststück!", fluchte Fokke. „Diese Schweinerei werde ich dem Kerl heimzahlen."
Doch vorerst hatte er andere Sorgen. Es galt, sich irgendwie nach St. Dionysios durchzuschlagen. Und das kam einem Marsch durch Armageddon gleich. Durch Platzregen, Sturm und Kälte. Ohne zu wissen, wie viele Kilometer in dieser Hölle zu durchmessen waren.
„Auf geht's!", feuerte sich Fokke an und beugte sich gegen den Wind.
Dann setzte er tapfer einen Fuß vor den anderen...
....einen Fuß vor den anderen...
....einen Fuß vor den anderen...
Plötzlich wildes Hupen. Fokke blieb stehen. Irgendwo im nächtlichen Inferno hatte jemand eine Autohupe gequält. Unüberhörbar. Er blickte sich um. Nichts. Nur rabenschwarze Finsternis. Also weiter! Einen Fuß vor den anderen...
... einen Fuß vor den anderen...
... einen Fuß vor den anderen...
Motorengeräusch! Fokke drehte sich um. Tatsächlich. Durch die Regenschleier schlichen zwei Scheinwerfer

auf ihn zu. Die Rettung? Hoffentlich! Fokke begann, heftig zu winken. Voller Erleichterung registrierte er, dass der Wagen neben ihm hielt. Ein Mercedes. Gehobene Klasse wie sein eigener. Die Beifahrertür wurde aufgestoßen, drinnen erklang die Stimme eines barmherzigen Samariters.
„Steigen Sie doch ein! Dort draußen holen Sie sich ja den Tod."
Durchgefroren und schachmatt sank Fokke auf weiche Polster nieder.
„Gott sei Dank!", schnaufte er. Um sich zu sammeln, schloss er für eine Weile die Augen, lauschte wohltuender und entspannender Musik. Brahms. Das Deutsche Requiem. Fokke riss die Augen wieder auf und stutzte. Brahms? Unglaublicher Zufall! Oder nicht? Misstrauisch beäugte er seinen Chauffeur, der ihn unvermittelt mit einer neugierigen Frage belästigte.
„Wo darf ich Sie denn absetzen, lieber Kollege? Suchen Sie ein Hotel?"
Statt zu antworten, inspizierte Fokke die Innenausstattung und war schlagartig hellwach. Vor der Windschutzscheibe baumelte ein heiliger Christophorus. In Silber geprägt, limitierte Münzauflage, geweiht und abgesegnet vom Kloster St. Lazarus. Kein Zweifel möglich, Fokke befand sich genau in dem Auto, das unter schamloser Ausnutzung seiner Pinkelpause entführt worden war. Und am Lenkrad saß niemand anderes als der verschmutzte Priester, dem er Obdach gewährt hatte. So ein Dreckskerl! Fokkes Wut steigerte sich von Sekunde zu Sekunde und entlud sich in heftigen Worten.
„WAS FÄLLT IHNEN EIN, MEIN AUTO ZU KLAUEN!"
„Wie bitte?"
Der kriminelle Geistliche fuhr weiter, als ob nichts geschehen wäre. Aber schon nach wenigen Metern hielt er an und wandte sich mit flüchtigem Blick an Fokke.
„Ich muss mal. Bin sofort wieder da."

Dann kletterte er hastig aus dem Wagen, tänzelte eine Weile am Wegesrand, warf die Arme nach oben und...
... versank im Erdboden.

„Unglaublich!"
Fokke rieb sich die Augen. Dann grinste er. Einem unwiderstehlichen Impuls gehorchend wechselte er auf die Fahrerseite, brachte den Motor auf Touren und rumpelte von dannen. Kurz darauf quälte sich der Mercedes einen kleinen, aber steilen Hang empor. Offenbar führte der Weg jetzt über eine Brücke. Davor ein grün-gelb schimmerndes Straßenschild. Durch Regen und Dunkelheit waberte Fokke der Hinweis STÜX entgegen ...

Am Montag nach Totensonntag klingelte im Pfarrhaus St. Dionysos das Telefon. In aller Herrgottsfrühe. Mit verschlafener Stimme meldete sich Haushälterin Käte Emmerich.
„Hier Gemeindebüro. Womit kann ich dienen?"
„Leisentritt, Emanuel Leisentritt", tönte es am anderen Ende der Leitung. „Ich möchte nur wissen, ob mein Freund Fokke wohlbehalten angekommen ist?"
„Wieso? Hat der Kaplan nicht bei Ihnen übernachtet? Wegen des Unwetters?"
„Nee."
„Hier ist er auch nicht. Wann ist er denn los?"
„Irgendwann nach Zwölf."
„Aber ... aber dann müsste er längst hier sein. Herrje, die Fahrt dauert doch nicht ewig."
„Wer weiß, wer weiß, liebe Frau Emmerich. Gottes Wege sind unergründlich. Nun gut – der HERR sei mit Ihnen!"
„In Ewigkeit, Amen", hauchte Käte Emmerich und legte den Hörer auf.

Sommernacht

Max Heckel

Wo das Blattwerk der Buchen lichter wurde, sich die letzten Sonnenstrahlen in abendlicher Röte über das Sommergras verschwendeten, der hölzerne Stamm, umwirkt vom in die Krone strebenden Efeu begann, die Hitze des Tages aus seinem Innern zu entlassen, betrat, den Namen der Paris Versprochenen tragend, Helena das dämmernde Rondell. Indes die Stille dies' Refugium umschloss, war die Einsame erfüllt von den Ahnungen der beginnenden Nacht. Beseelt von Traum und Wirklichkeit schritt sie in die Mitte der leiser werdenden Idylle, die, frei vom Blätterdach, die Wärme der nachmittäglichen Sonne versprach. Und während die Schöne den Ort freudiger Verheißungen sanften Schrittes durchquerte, bemerkte sie nicht, dass hinter einer Buche voll Verzückung Hylas sie gewahrte.

Wiewohl sie mit nacktem Fuße das weiche Gras durchschritten, war er an jenem Ort erwacht, auf dem die Unbekannte nun in trügerischer Einsamkeit stand. Zuflucht suchend, verbarg er sich im Schatten eines Baumes, schmiegte sich hinter den stolzen Stamm, der Erscheinung aus der Ferne zu folgen. Helena, nicht den Teilhaber ihrer Stille ahnend, ergab sich den Visionen ihrer Verzückung. Hylas, vom Scham und Zauber erfüllt, getraute sich nicht, das Versteck zu verlassen, und schaute im Verborgenen, was wenige je gesehen hatten. Verstohlenen Blickes wusste er nicht, – das Geschaute höher denn jedes Menschenworte wissend – die Unbekannte zu beschreiben.

Ihr schmaler, weißer Rücken, der, kaum bedeckt vom hellen Stoff, ihm zugewandt, die leichte Rötung der sommerlichen Hitze trug, zog ihn näher und so verließ er das Versteck im tiefen Unterholz, der Erscheinung näher zu sein, wagte sich zum nächsten Stamm, an dessen Rinde er sich schmiegte. Ihr schwarzes Haar, das sich über ihre Schultern gen Hüfte vom Winde unbewegt ergoss, war wie aus eines Dichters Traum.

Da erhob Helena die Stimme zum Gesang: »Vergang'ne Nacht, wie klingst du nach, / da ich dich zum ersten Mal gesehen. / O, Feuer, bist endlich nun entfacht, / wirst auch heute mir geschehen?« Weiter wagte Hylas sich, den Gesang zu erlauschen, da erklang die zweite Strophe: »Ich kann nicht mehr verweilen / und bin dir ganz erlegen. / Will sich doch der Mond beeilen, / die Nacht um uns zu legen.«

Hylas erkannte die in zauberhafter Lieblichkeit vorgetragene Melodie nicht, noch entsann er sich des Textes, da ertönte die dritte Strophe: »Kaum gesehen hast du mich, / doch taumle ich im Liebgenuss. / Den tollen Reigen tanze ich, / mein heißgeliebter Philonous.«

So sank der Lauschende in Bitterkeit hinter seinem Baum zusammen. Philonous galten diese Worte. Dieser vertrieb seit Jahren die Zeit im Spiel des Geistes, das sich beständig um sich selbst drehte. Doch der schönen Dame würde auch er erliegen. So war alles Buhlen, das Hylas durch den Kopf gesponnen, vergebens. Indes Salz ihm die Lippen netzte, brach die Nacht über der Harrenden und dem Unglücklichen herein.

Philonous lag in warme Laken gebettet. Die Sonne hatte heute ihre letzten Strahlen getan und würde schon bald, am Himmel erstarkend, auch den Geist des jungen Mannes mit morgendlicher Schärfe erhellen. Die Erscheinung des gestrigen Abends, die naive Dame Helena, hatte sich verflüchtigt, ehe noch der erste Traum ihn umfing. So bedeckte die Nacht die ruhig auf und ab gehenden Laken, in denen der große Leugner träumte.

Als die Wärme des Tages restlos verflogen, die Leidenschaft der Ernüchterung gewichen war, verließ die schöne Helena das Rondell. Das Singen war der Stille gewichen, die stille Anmut dem Auf und Ab ihrer weißen Füße. Das Gras war zertreten von der Ungeduld der jungen Frau. Nur Hylas war der Namenlosen nicht von der Seite gewichen und wenngleich er sie kaum noch ahnen konnte, fern von ihr, dem erkalteten Holz so nah, verriet doch der stete Klang brechender Halme ihre Anwesenheit. So harrte er, gefangen von Stille und Trauer, ihres Fortgangs und genoss – ebenso wie er sie erlitt – die endliche Nähe ihres nymphengleichen Antlitzes. Und als die Geräusche in der Ferne verstummt waren, umfasste auch Hylas die Nacht.

Geweckt vom lauen Strahl der ersten Sonne schrak Hylas aus seinem traumlosen Schlaf. Fort war die Erscheinung des Vorabends und das Gras reckte sich wie unbetreten gegen den erwachenden Himmel. Kein Abdruck verriet den Besuch, dem er mit der untergehenden Sonne erlegen war. Mit dem spurlosen Fortgang wich die untrügliche Erinnerung, die Schöne gesehen zu haben. Fort zog es Hylas, fort vom Ungewissen, fort aus dem Wald. Unter dem Dach der Buchen folgte er der spurlosen Fährte, weg von der Lichtung, in deren Zauber er die Nacht verbracht. Fort, nur fort, durchstrich er den Hain. Als der Wald sich der Stadt öffnete, gewahrte er eine Person, die ihn anrief: »Guten Morgen, Hylas. Dich so früh im Freien anzutreffen, hatte ich nicht erwartet.«
So erkannte er den Leugner, sich des nächtlichen Trugbildes zu entledigen.

Spuren

Markus Cremer

Mondlose Nächte erfüllen mich mit Furcht. Es ist nicht die Angst vor der Dunkelheit. Das Wissen über bestimmte Vorgänge und Zusammenhänge ängstigt mich. Es ist nicht leicht mit diesem Wissen zu leben, doch bin ich froh zu den wenigen Menschen zu gehören, die es je erlangten.

Alles begann mit der Beerdigung meines Onkels Henry James Brewster am 18. Februar 1927. Mein Onkel wurde nur 47 Jahre alt. Offiziell ein Herzversagen, doch angeblich starb er durch eigene Hand. Henry James hatte keinerlei Nachkommenschaft, noch ein Testament hinterlassen. Das wenige Erbe wurde unter den Geschwistern meines Onkels aufgeteilt. Da meine Eltern nicht mehr lebten, verfügte die Familie, dass die Bücher und Schriftwerke mir, Sarah Brewster, zufielen. Einige Wochen nach der Beerdigung erreichte mich das Erbe meines Onkels in Form zweier Holzkisten. Sie enthielten Briefe, alte Bücher und eine Anzahl handgeschriebener Aufzeichnungen. Viele der Schriftwerke beschäftigten sich mit Okkultismus und Mythologie. Wenige mit Geschichte. Einige der Werke waren mir nur namentlich bekannt, so das Werk von Dr. Margaret Murray *The witch cult in Western-Europe* von 1921 und *The Golden Bough* von Sir James George Frazer aus dem Jahre 1890. Was wollte mein Onkel mit diesen Schriftwerken? Henry Brewster verdiente seinen Lebensunterhalt als Handlungsreisender und galt in der Familie schon immer als äußerst verschroben. Er besaß ein Faible für ausgefallene Theorien und mysteriöse Vorkommnisse. Meine Tante Marple hatten die Befürchtung gehegt, dass er wie sein Vater George Brewster eines Tages spurlos verschwinden würde.

Da auch in mir die Neugier für Ungewöhnliches und alles, was fern ab vom Weg des Alltäglichen lag, laut schlug, begann ich die Unterlagen von Henry zu studieren. Meine Arbeit wurde durch das Fehlen von Datums- oder Ortsangaben erschwert. Beim Lesen der ersten Seiten beschlich mich das Gefühl, auf etwas Wichtiges gestoßen zu sein. Nicht, dass auf diesen Seiten Bedeutsames geschrieben stand, es war vielmehr die Art wie Henry bestimmte Details schilderte. Seltsam, da er das Datum oder andere elementare Angaben ausließ. Damals wusste ich nicht, dass Henry sich nur an Details erinnern konnte. Später verstand ich das Vorhandensein dieser Lücken und wäre dennoch nicht in der Lage gewesen, sie zu füllen.

Mit dem Studium der Briefe verdichteten sich meine Ahnungen. Ich las von geheimen Versammlungen. Alles legte die Existenz eines uralten Geheimbundes oder Kultes nahe. Wo? Wann? Immerhin entdeckte ich einige Hinweise, welche stets in den Schriften von Onkel Henry auftauchten. Bei den Begriffen schien es sich um Namen zu handeln. Worte wie Uriel, Simiel, Sabaoc, Tubuas, Adinus, Tubuel und Raguel. Diese Bezeichnungen kamen mir vage vertraut vor, doch ich fand keinen Zusammenhang mit einem Kult.

Dachte ich in falschen Bahnen? Meine Nachforschungen in der Bibliothek von Colchester förderten Erstaunliches zu Tage. Es handelte sich um die Namen von christlichen Engeln. Aber keine gewöhnlichen himmlischen Wächter. Diese Engel wurden von der Kirche zu Dämonen erklärt. Um so erstaunlicher, da es sich bei Uriel um einen der vier Erzengel handelte. In den geschichtlichen Werken im Nachlass von Henry Brewster fand ich die entsprechenden Textstellen der Lateransynode aus dem Jahre 745. Offensichtlich hatte sich im 7. Jahrhundert ein Engelskult gebildet, welchen die Kirche auf diesem Wege zu zerschlagen versuchte. Meine späteren Erlebnisse stellten den Erfolg dieser Vorgehensweise in Frage. Zum damaligen Zeitpunkt jedoch beschäftigte ich mich mit der hypothetischen Frage, ob dieser Kult es geschafft haben könnte, auf die eine oder andere Weise die Jahrhunderte zu überdauern? Selbst wenn, welche Gefahr ging von ihm aus? Besaß er Macht? Wo war der Zusammenhang mit dem Selbstmord meines Onkels? In seinen Aufzeichnungen fand sich der Hinweis, dass Uriel der Engel des Südwindes war. Seltsamerweise hatte er diese Bemerkung mehrmals markiert.

Ich benötigte Antworten und die okkulten Schriftwerke aus dem Besitz von Henry Brewster sollten sie mir liefern. Später erhielt ich Antworten, die ich lieber vergessen wollte. Einige der Bücher habe ich mittlerweile vernichtet, damit niemand seinen Verstand zwischen diesen Seiten aus altem Papier verlieren möge.
Im Laufe der Wochen erkannte ich ein Muster hinter der Vielzahl von Informationssplittern. Die entscheidenden Hinweise erhielt ich aus Unterlagen, welche Henry anfertigte, als er versuchte, das Geheimnis hinter dem Verschwinden seines Vaters George Brewster zu ergründen. Gespräche mit dem Hausarzt brachten eine erstaunliche Tatsache zu Tage. George Brewster litt in den letzten Jahren vor seinem Verschwinden unter einer besonderen Form von Somnambulismus. In manchen Nächten verließ er das Haus und irrte wie in Trance umher. Stets kehrte er in den frühen Morgenstunden ohne jede Erinnerung an seinen nächtlichen Ausflug zurück. Jedes Mal bedeckten blutigen Wunden seine Unterarme. Wie der Arzt bemerkte, trat dieser Zustand des Schlafwandelns nicht wie gewöhnlich bei Vollmond, sondern nur bei Mondfinsternis oder wolkenverhangenen Nächten auf. Auf seinen späteren Reisen besuchte Henry viele verschiedene Städte in Europa und überall befragte er Spezialisten nach seltsamen Fällen von Somnambulismus. In manchen Siedlungen war die schiere Masse der Patientenzahlen alarmierend. Genau wie bei George Brewster klagten alle Schlafwandler am nächsten Morgen über Wunden an Unterarmen oder Händen. Die Fälle derer, welche im Morgengrauen nicht mehr zurückkehrten, waren erschreckend hoch. Henry erfuhr auch von einem Arzt in Paris, welcher versuchte hatte, einen Patienten in der Nacht zu verfolgen. Der Schlafwandler habe sich scheinbar ziellos durch das Straßenlabyrinth von Paris bewegt, bis er schließlich von einem wahren Strom aus Schlafwandlern erfasst wurde. Dies war die letzte Erin-

nerung des Arztes an seine Verfolgung. Am nächsten Morgen wachte er ebenfalls mit Wunden bedeckt auf. Henry sprach anschließend mit der französischen Polizeibehörde und auch mit etlichen Anwohnern in den verschiedenen südlichen Stadtteilen, doch ohne Erfolg. Offenbar konnten oder wollten die Menschen nicht sehen was dort nächtens vor ihren Türen vorging. Zurück in Colchester, begann mein Onkel mit der Suche nach Spuren des Kultes. Durch meine eigenen, späteren Erfahrungen weiß ich jetzt, wie töricht seine Nachforschungen waren. Wenngleich ich mich selbst in die gleiche Gefahr begab. Henry wanderte nachts durch die Straßen der Stadt, immer auf der Suche nach möglichen Spuren oder Hinweisen auf eine Kultstätte. Der Briefwechsel mit dem Pariser Arzt brach irgendwann unvermittelt ab. Schriftliche Nachfragen bei der Polizei wurden umgehend beantwortet. Man erklärte ihm, der Arzt sei ohne irgendein Motiv verschwunden. Ein Verbrechen könne nicht ausgeschlossen werden, jedoch fehlte jeder Hinweis auf eine Leiche.

Wieder war ein Mensch spurlos verschwunden. Henry intensivierte seine Bemühungen. In einer mondlosen Nacht muss ihm Ähnliches wiederfahren sein, wie dem Arzt in Paris. Mittlerweile frage ich mich, wie viel Tausende in den Städten dieser Welt leben und nicht einmal wissen, welche Dienste sie in diesen Nächten verrichten? Ich kann nur vermuten, dass mein Onkel der geheimnisvollen Anziehungskraft erlag und am nächsten Tag die Wunden an seinen Armen entdeckte. Noch am selben Tag starb er. Es wäre denkbar, dass ihn der Schock tötete. Eine andere Möglichkeit will mir zu grauenvoll erscheinen, um sie hier auszubreiten. Unkenntnis ist manchmal besser als Wissen. Ich hoffe, er hat seine Ruhe gefunden. Heute würde ich gewiss umsichtiger handeln, doch damals war ich begierig darauf, das Rätsel zu lösen. Von einem befreundeten Apotheker versorgte ich mich mit einem Mittel, welches den Schlaf hinauszögern sollte. Meine Theorie basierte auf der Idee, dass die Schlafwandler, wenn sie ihren Zielort erreichten, plötzlich in einen schlafähnlichen Zustand versetzt wurden. Wenn dies einmal geschah, gehörte man danach zu dem geheimnisvollen Kult. Eine meiner favorisierten Erklärungsversuche befasste sich mit Massenhypnose. Des Weiteren bewaffnete ich mich mit einem Stück Kreide, fest entschlossen meinen nächtlichen Weg zu markieren. Die schlafvertreibenden Mittel sollten mich vor einem Gefühl der Müdigkeit und dem vorzeitigen Schlafen beschützen.

Wie Henry wanderte ich in mondlosen Nächten durch die Straßen der Stadt. Dann entdeckte ich tatsächlich einige Schlafwandler. Ich folgte ihnen. Plötzlich und unerwartet umfing mich starke Müdigkeit. Nur mit Hilfe der Medikamente gelang es mir, nicht ebenfalls in Trance zu fallen. Die Schlafwandler strömten aus allen Teilen der Stadt herbei. Ihr Weg führte sie in den Süden und ich blieb ihnen auf den Fersen. Meinen Weg markierte ich mit Kreidepfeilen. Zumindest dachte ich dies. Auf einem großen Platz versammelten sich einige hundert Menschen. Gebannt und gegen den Nebel in meinem Kopf ankämpfend, beobachtete ich die Menge von einem Hauseingang aus. Die Szenerie war gespenstig. Die gesamte Menschentraube, unter denen sich sowohl Kinder wie Frauen und Männer befanden, blieb völlig stumm. Kein Geräusch drang aus dieser gewaltigen Menschenmenge. Alle Gesichter blickten nach Süden. Die Menge wartete. Einige hielten ihre Köpfe schräg, ganz so, als lauschten sie auf einen lautlosen Ruf. Plötzlich, wie auf ein geheimes Zeichen hin, begann die Menge leise zu singen: „Uriel, der von Süden kommende, Simiel, Tubuas, Adinus, Tubuel, Rafuel ..."

Jeder aus der schlafwandelnden Menge hob seine entblößten Arme in die Höhe. Sie schienen darauf zu warten,

etwas aus der Höhe zu empfangen. Was? Ein Gefühl des Unbehagens machte sich in mir bemerkbar. Die Augen fielen mir zu. Endlich schlafen zu können, war mein einziger Wunsch. Aber noch hielten mich die Medikamente künstlich wach. Ohne diese pharmazeutische Hilfe wäre ich augenblicklich ein Mitglied der singenden Menge geworden. Der Drang, sich den Reihen anzuschließen, wurde übermächtig, doch ich gab diesem Drängen nicht nach. Wie lange noch?
„Blut ist Leben!" Scharfe Gegenstände wurden in die Höhe gehalten. Ich entdeckte Messer, Glasscherben oder spitze Steine. Ich hielt den Atem an. So entstanden die Wunden. Es widerstrebte mir, doch ich konnte dem Anblick nicht widerstehen.
„Nehmt unser Blut für euer Leben", ging der Singsang weiter. Ich sah Blut auf den gepflasterten Boden tropfen. Viel Blut. Blut aus tausend Armen. Blut, welches übernatürlichen Wesenheiten als Lebensspender diente. Spirituell? Oder stärkte sich ein dämonisches Wesen mit diesen Opfergaben? Ich verlor den Boden unter den Füßen und brach zusammen.

Am Morgen weckte mich ein Regenschauer. Sofort untersuchte ich meine Unterarme. Erleichtert atmete ich auf. Keine Wunde zu sehen. Ich war den Klauen der blutdürstigen Engel entkommen. Zumindest dieses Mal. Ich lief über den Platz, auf dem sich noch vor einer unbestimmten Zeit eine Menschenmenge selbst zur Ader gelassen hatte. Der Regen bedeckte das Pflaster mit Wasser, dennoch hätte ich Blutspuren sehen müssen. Doch nichts war zu entdecken. Keine Spur der lebensspenden Körperflüssigkeit. Nicht einmal eingetrocknete Reste. In diesen Moment drohte ich den Verstand zu verlieren. Ich erkannte meine letzten Kreidezeichen und den Türeingang, in dem ich mich verborgen hatte. Alles war vorhanden, nur das Opferblut nicht. Ich kehrte in meine Wohnung zurück.

Seit diesem Tag trage ich ständig die rettenden Medikamente mit mir herum. Auch werde ich die Stadtwohnung aufgeben, sobald mir dies möglich ist. Doch am Wichtigsten erscheint mir der Vorsatz, in mondlosen Nächten das Haus nicht zu verlassen. Nie mehr.

Der Abgrund

Horst-Werner Klöckner

Ich trat auf etwas Weiches. Es dämpfte auf eine ganz unangenehme Weise meinen Tritt; ich schaute nach unten. Flügelreste und Blut klebten an meinem Schuh, und mit Verzögerung kroch nun Ekel in meine Kehle. Die Taube lag direkt vor meiner Haustür, und doch hatte ich sie nicht gesehen; und erst auf den zweiten Blick bemerkte ich, dass der Kopf abgerissen war. Mit einem Papiertuch umwickelt, warf ich den Kadaver in die Mülltonne. Das Blut an meinem Schuh ließ sich nicht so leicht entfernen. Schon länger trug ich ein ungutes Gefühl in mir; eine Mischung von Beklemmung, Wehmut und Einsamkeit ließ mich Unangenehmes erwarten. Und nun wollte sich auch Ekel dazugesellen.
Dieses Unbehagen, lästig genug, nahm immer mehr Raum ein und füllte bald den ganzen Körper. Es schien sich einen Spaß zu machen, gegen meinen Willen zu wachsen.
Wieder mal hatte ich nur wenig schlafen können und mich durch die Nacht gequält. Bis vor kurzem trieb mich mein Ehrgeiz. Schlafen, dachte ich, könnte ich nachholen. So spürte ich kaum, dass all meine Ressourcen sich nach und nach verbrauchten. Ich war Chemiker, Eigentümer einer kleinen Medizin-Firma. Meine systematische Forschung und meine Arbeitswut zeitigten stolze Ergebnisse. Es war mir gelungen einen Stoff zu entwickeln, der den Verbrennungsschmerz völlig eliminieren konnte

und zusätzlich das Gewebe verblüffend schnell regenerieren ließ. Und dann kämpfte ich lange, um Geldgeber für dieses Projekt zu gewinnen. Nun, seit einigen Wochen zeigte sich auch wirtschaftlich der Erfolg. Ich musste mich nicht mehr bis zur völligen Erschöpfung verausgaben, hatte ich doch genug kompetente Mitarbeiter eingestellt. Meinen Alltag gestaltete ich seitdem bewusst gemäßigt und moderat: die Mahlzeiten, die Spaziergänge, die Arbeitszeiten, die sozialen Kontakte; alles regelmäßig, aber nicht zu viel. Und doch wurde mein Körper seit dieser Zeit zunehmend knotiger und verhärtet, und so starr, dass er zu zerbrechen schien. Und immer noch blieb mir ein tiefer Nachtschlaf verwehrt. Manchmal, gerade wenn ich mir im Sessel Ruhe gönnen wollte, zuckte ich zusammen. Aus den Augenwinkeln heraus hatte ich wieder etwas wahrgenommen: es wirkte wie eine plötzliche Veränderung meiner Umgebung, als ob sie kurz ruckelte, oder sie für einen Moment stehen blieb. Natürlich war das Einbildung. Zunehmend meinte ich, meinen Sinnen misstrauen zu müssen. Gefühlsausbrüche waren mir bisher fremd, fast schon zuwider; doch konnte ich es seit einiger Zeit nicht verhindern, dass mir Tränen in den Augen standen. Die zugehörigen Gefühle schienen in mir ohne Ziel zu vagabundieren und zielten auf kein Objekt. Sie gruben sich in tiefe Bahnen durch meinen Körper und nährten mein andauerndes Unbehagen. Deutlich fühlte ich, dass ich am Rande eines Abgrundes stand. Seltsam war die Bestimmtheit dieser Empfindung. Es war einfach so; ich wusste es, der Abgrund wartete schon seit Jahren auf mich. Zudem plagte mich seit Tagen schon ein äußerst lästiger Schnupfen, der meinen Kopf zu höhlen schien und meinen Körper in Schwere lagerte. *Gebeutelt, gebeutelt* – das Wort tanzte in meinem Kopf -, gebeutelt, ausgebrannt und leer fuhr ich mit dem Zug zur Arbeit. Der monotone und rhythmische Klang der Schienenschwellen schickte mich trotz meiner Erschöpfung in einen unruhigen Halbschlaf. Und bald träumte ich: Es war ein herrlicher Tag, ein Tag, um Frösche zu schießen. Der Bunker war ausgebombt, im entstandenen Krater hatte sich ein Tümpel gebildet. Ein Paradies für Frösche, Ringelnattern und Wasserflöhe. Sobald die Frösche uns hörten, tauchten sie ab. Wir mussten uns nur ein wenig gedulden und durften uns nicht rühren; nach ein paar Minuten kamen sie wieder an die Oberfläche. Der Schuss mit der Schleuder saß, dem Frosch blieb nur noch Zeit sich zu strecken, dann schwamm er regungslos an der Wasseroberfäche. Schnell fingerte ich ihn mit einen Stock heraus. Er zuckte noch einmal, als ich ihn mit einem Strohhalm aufblies. Endlich gab es eher ein reißendes als ein knallendes Geräusch, und er platzte. Überall war verschleimtes Gewebe. Wir lachten und wuschen unsere Arme und Gesichter im Wasser des Tümpels. Erschrocken spürte ich dem nach, was ich träumte und ich wusste, nie durfte das so in der Realität geschehen sein. Aber warum fühlte ich mich mit dem Jungen und warum schmeckte mir der Charme des Bösen.

Die Augen brannten, als ich ausstieg. Halb stolperte, halb zog ich mich zu meiner Arbeit. Der Kopf wurde heiß, die Muskeln kalt und zittrig.
Zum Glück brauchte ich am heutigen Tage nur Routinetests mit den Versuchstieren auszuführen. Alles andere konnte ich verschieben.

Es war nur eine kleine Unachtsamkeit, ich hatte es einfach geschehen lassen. Mein Fehler war, dass ich nicht wegschaute. Zutiefst menschlich sah er mich an. Mein Blick versank und ich vergaß alles, was ich wusste. In der Tiefe meiner Seele hatte ich schon lange diesen Augenblick ersehnt. Er warf mir seine Welt entgegen, so klar und wahr war sie, sollte ich endlich merken, was ich doch schon immer wusste. Sein Blick, aus Schmerz und Qualen geronnen, hielt mich in Bann und ließ mein Blut versacken, und wir atmeten, im Rhythmus gleich und verbunden.

Der zweite Guss kochenden Wassers ergoss sich über die definierte, rasierte Stelle am Rücken. Er brüllte, an Beinen, Kopf und Füßen festgeschnallt, er tobte.

Drei Mal 50 ml in 0,5 Sekunden, dazwischen zweimal eine Pause von zwei Sekunden; erschöpft vom Kämpfen und Jaulen schnappte er nach Luft. Erst zitterte er noch, dann erstarrte er. In Angst fest gefahren, geschrumpft wie erfroren. Das Echo seiner Schreie in meinem Kopf wollte nicht enden, je leiser sie klangen, desto mehr zerrten sie in meinem Inneren, das ich in tiefer Schwärze fühlte. Der Geschmack von Verbranntem zog in meine Nase und Vergessenes wollte leben.

Ich schloss für einen Moment die Augen und sah mich im Bett liegen, noch ein Kind, vom Fieber getreten, von der Bettdecke erdrückt. Teufelsfiguren tanzten vorbei. Sie grinsten nur und ihre Gesichter brannten vor Leben. Luftanhalten, Aufstehen, Videoanlage ausschalten. Und Anweisungen zur Versorgung der Tiere geben. Das war das Nötigste, das ich noch zu erledigen vermochte. Mir war übel, und auf der Toilette überkam mich die Hitze und nur mit Mühe rettete ich mich nach draußen. Ich hatte mir wohl eine Grippe zugezogen. Sie kitzelte meine Empfindlichkeiten, sie entzog vom Magen aus meinen Körper Wärme und ließ mich fröstelnd taumeln. Fiebrig, in Trance, kam ich nach Hause. An die Heimfahrt blieb nur eine trübe Erinnerung, ein Rückweg durch einen unförmigen dunklen Tunnel.

Einsamkeit begrüßte mich. Ich war allein, verloren. Meine Erinnerung erholte sich langsam wie nach einem ko-Schlag – ja, sie war nicht mehr hier. Nach einem heftigen Krach hatte ich ihr die Tür gewiesen. Sie solle verschwinden und sich nicht mehr sehen lassen, hatte ich ihr in einem Anfall von großer Heftigkeit bedeutet, sie dann auf die Straße gezerrt und als ironischen Liebesbeweis das Taxi bezahlt. Es war nur noch öde mit ihr, nur verlorene Zeit. Ihren Namen hatte ich vergessen, zumindest wollte ich es versuchen; eigentlich habe ich ihn nie gelernt. Doch jetzt vermisste ich sie schon, ihren Geruch nach überreifen Flieder, ihre warme Haut, ja, sogar ihr endloses Geplapper. Vielleicht zeigte sich in dieser heftigen Reaktion ja ein Vorbote meiner sich anbahnenden Erkrankung.

Übelkeit, Enttäuschung und Ekel pochten von innen und kontrollierten meinen Körper. Schwer und unkonzentriert schleppte ich mich durch meine Wohnung ins Wohnzimmer, erschöpft in Schweiß getränkt und ins Zittern getaucht, Ruhe und Erholung suchend. Doch der Raum war eiskalt. Der Kamin schluckte gierig das Holz, das ich ihm hektisch zuwarf. Er pustete die Wärme mit großem Druck durch den Kamin, sie verpuffte dort oben im Nichts. Unter meinem flirrenden Blick schaute ich mich um, als wäre es das erste Mal. Allzu deutlich zeigte sich in der Gestaltung meiner Wohnung das Fehlen einer übergreifenden gestalterischen Idee – ja, ich möchte sagen, mein Zuhause war lieblos zusammengestückelt, es besaß keine Wärme. So klar schien diese Botschaft, doch nie hatte ich sie vordem vernommen. Zwar musste ich schon oft den Satz hören, "du hast kein Herz!" Und ich war nicht stolz darauf. Aber jetzt empfand ich zum ersten mal wirklich, das mir etwas Essentielles fehlte. Wenn die Wohnung das Abbild der eigenen Seele abgibt, lag es nahe, die Frage nach der Beschaffenheit meines Innersten zu stellen, nach meinen tiefsten Überzeugungen, nach meinem Herz und meiner Seele. Der Kopf glühte und suchte Sinn und Kontinuität. Und ich bemerkte verwundert, dass mir als alleinige Ordnungsfaktoren meine Puppen- und Marionettenfiguren verblieben. Sie strahlten in Ruhe. Seit Jahren sammelte ich Teufel, die als Handpuppen gestaltet waren. Sie saßen und standen oben auf den Regalen und schützten und beobachteten alles, was sich unter ihnen befand; sie legten sich wie eine Mütze über den Raum. Abadon, Luzifer, Koru Ruh, Beelzebub, Kehrwisch, Rundanda, so klangen ihre Namen. Aber irgendwas irritierte mich an ihrem heutigen

Auftritt. Es gab eine kleine Disharmonie in der Komposition ihrer Aufstellung. Ich schaute ein zweites Mal. Und schon hatten sie sich selbst zurück zur Ordnung hin bewegt. Es erschien mir als normaler Vorgang, warum sollten sie es nicht tun? Aber, was ich da wahrnahm, so überlegte ich schwerfällig, das konnte nicht sein.
Mein Schädel wollte platzen. Ich konnte nicht mehr denken, ich dachte zuviel. Schwindel ließ mich stürzen. Mit meinem letztem Rest an Energie zog ich mich in das Bett. Bekleidet, wie ich war, wühlte ich mich in Decken und Kopfkissen. Und ebenso arbeitete es in meinem Kopf. Mühselig und gebeugt gelang es mir noch, die Schuhe abzustreifen.
Erschöpft, nein mehr noch: ausgebrannt und vernichtet lag ich nun im Bett; dahin gestreckt wie ein aufgebahrtes Lamm. Mein Körper glühte im Schmerz, Fieber kochte das Blut, die Luft flirrte und füllte den Raum mit rotem Sirup. Eine seltsame Beklemmung erfasste mich, als ob sich von überall Augen auf mich richteten. Doch nichts war unter den Schatten zu sehen. Um so fester verschloss ich meinen Blick. Es beruhigte mich, dass vor meiner inneren Welt sich Figuren, Gesichter, ja ganze Personen formten, die sich drehten, heranflogen, um dann zu platzen wie Seifenblasen - eine nach der anderen. Bis eine der Figuren sich zum Teufel wandelte, aus Holz geschnitzt, dessen Wangen glühten und lebten, der mir seine aufgeplatzten Lippen entgegenwarf und mich heftig fasste. Als dann mein Bett im Takte schwang und ich das Erbrechen herbei sehnte, öffnete ich, aus Versehen nur, die Augen; das Licht kam grell und gleißend, die Umrisse sprangen mich an, so scharf gezogen waren sie, dass die Luft verbrannte und mit Stahlfasern in meine Lungen drang, um sich dort Platz zu verschaffen. Langsam senkte sich die Decke nieder und atmete mit mir im Gegentakt. Und, ich sah es genau, auch die Wände rückten näher, unmerklich, dann anwachsend wie Gitter in Wachs gekettet, lustvoll und böse auf der Suche nach

meiner weichen, in Angst begriffenen Form.
Mit Mühe wand ich den Kopf, richtete mich auf, stützte mich mit den Händen, um ihn zu suchen, meine Verzweiflung sehnte ihn, rief ihn herbei und wirklich, mein Blick fand ihn: den Spiegel auf der Kommode. Er kannte mich und ließ mich gnädig im Glas erscheinen. Er zeigte mich als achtjähriges Kind; so rosig war damals die Haut, die Wangen erhitzt, gerötet vom Fieber, der Körper entkräftet vom warmen Geruch der Wärmflasche. Mein jüngeres Ebenbild lebte in der Welt auf der anderen Seite. Nur allzu genau und ungern erinnerte ich mich, dass ich die Lungenentzündung nur knapp überlebte. Nicht vergessen hatte ich, dass ich mich mit schweren, den heftigsten Bildern auch nach Jahren noch quälte. Der Spiegel schenkte mir gnadenlose Sicht. Ich sah, wie mein Pendant im Schmerz stöhnte, als meine Mutter nach seiner Hand griff. Verschreckt, ohne Trost geben zu können, musste sie loslassen und hörte nun in Angst gespannt und fassungslos auf seinen Atem. Es roch nach feuchter und modriger Wäsche und geronnenem Schweiß, und der faule, warme Geruch ließ den Spiegel von den Rändern her beschlagen, bis mein Gegenbild von einem auf den anderen Moment die Augen aufriss und mich fixierte. Er wusste, dass ich da war. Er wusste es die ganze Zeit. Wir erstarrten in einem Blick, der ewig währte, während ganz in der Nähe eine Kirchenglocke die Zeit in Klänge schlug. War da nicht ein Lächeln, das seine Lippen sprengte?
Angenehme Kühle streichelte meinen Bauch. Deutlich spürte ich die wiederkehrende Kraft! Ich stand auf, alles schmerzte zwar, die Knie, die Haut, die Stirn; - die Beine, der Bauch, das Gehirn; - die Zunge, der Hals und der Nacken. Es war kalt, doch die Haut glättete sich unter meinen Bewegungen. Es war vorbei, die Schwäche nur noch ein Mantel, den ich leicht ablegen konnte. Das Unbehagen, nur noch ein kleiner Rucksack, den ich nicht mehr brauchte. Ich ging, schneller werdend voran, der Spiegel,

er zeigte mich von vorn. Und da lag ich, ein friedlicher Junge, lächelnd jetzt, der Blick schwerelos, ohne Spur, ohne Hass, ohne Makel. Es war vorbei!
Alle Bewegungen waren leicht geworden, fließend, gelassen, ohne Anstrengung, die Atmung, einfach und tief. Ich ging zum Fenster, die Nacht hatte gerade begonnen; ich wollte die alte Luft ablassen. Mir war, als ob sich die Trennwand, die mich bisher vom wahren Leben abhielt, sich auflöste und verschwand. Ich öffnete das Fenster, seufzte und atmete tief ein. Ein seltsamer Ruf ließ mich aufhorchen. Er klang zutiefst nicht menschlich und doch erkannte ich darin meinen Namen.
Da sah ich sie – es waren Dutzende. Sie drängten sich, sie schauten mir zu, hämisch, verdreht und feixend, dumpf geformte Massen, Torsos mit zufälligen Extremitäten; die Augen glühten in Schwarz, Schattenrümpfe, böse und ruhig, glänzend und verzerrt, sie zerbellten Geräusche, öffneten ihre Münder, die nach Unrat stanken, und kratzten über Glas. Sie beobachteten mich, ich sah es genau, die Augen wie Stiele gereckt, sie reihten sich, fassten sich. Ihre ausgehungerten nackten Körper standen dicht, hielten sich, fixierten mich, sie streckten sich. Ihre überlangen Hände, knotig, drahtig, blutig, sie griffen, stießen, klammerten sich und sie kamen näher. Ihr schwerer langsamer Rhythmus packte mich, schüttelte mich, ließ mich nicht los. Es presste mich, verschloss mich in Ekel und Angst. Es roch nach verschmortem Fleisch. Mein Schrei erstickte, röchelte und erstarb, während mir schwarzer Beton in den Kopf knallte und mein Hirn zerdrückte.
Aus den Augenwinkeln sah ich, wie ein Junge von einer riesenhaften Gestalt weggezogen und gezerrt wurde, als wäre er eine halb gefüllte Abfalltüte. Der Riese reckte im Takt der Glockentöne die freie Hand triumphierend nach oben. Der Junge kämpfte noch immer verbissen.
Sollte ich stolz sein?
War das der Abgrund?

Totenruhe stoert man nicht

Helmut Brüggemann

„James, ich bitte sie, fahren sie doch nicht so schnell. Wir möchten doch gesund zu Lady Kathleen`s Geburtstagsfeier ankommen."
„Sehr wohl, Madame, ich will doch nur, dass wir pünktlich bei Lady Kathleen eintreffen."
„Ich weiß, James, sie meinen es ja gut. Aber bei diesem Wetter wird Lady Kathleen es uns verzeihen, wenn wir etwas später eintreffen."
Als James die Geschwindigkeit der Limousine drosselte, sah er, wie Lady Stuart sich entspannt im Fond des Wagens zurücklehnte.
James hasste nichts mehr als Verspätungen, die man ihm anlasten konnte. Aber wie sollte er auch vor Beginn der Fahrt wissen, dass der herrliche Sonnenschein bei ihrer Abfahrt, in ein Unwetter umschlagen würde. Sturm und Regen hatten den herrlichen sonnigen Tag urplötzlich in eine dunkle Nacht verwandelt. James hatte Mühe, die Allee durch die, von den Scheibenwischern nur unzulänglich vom Regenwasser befreiten Scheiben zu erkennen. Voller Sorge schaute er immer wieder hoch zu den Bäumen. Er wagte sich nicht vorzustellen, was ihnen zustoßen könnte, wenn ein dicker Ast von einem der Bäume abbrechen und auf ihren Wagen schlage würde. Das Auto war zwar ein stabiler Bentley aus dem Jahr 1951, aber ob die Windschutzscheibe oder das aus feinstem Leder hergestellte aufrollbare Dach, einen vom Sturm abgerissenen Ast standhalten würde, bezweifelte er doch sehr.
James übermüdete Augen kamen die Schatten der Bäume wie riesige Dämonen vor, die sich alle Mühe gaben, das Auto und seine Insassen mit wedelnden Armen von der Straße zu fegen.

Endlich und voller Erleichterung erkannte James die Einfahrt von Lady Kathleens Anwesen.
Lady Stuart lächelte, als sie zu James sagte: „Da haben sie aber Glück gehabt James, dass das Tor offen ist. Nun müssen sie bei diesem Unwetter nicht aussteigen."
James seufzte erleichtert und antwortete: „Ich wundere mich, dass es geöffnet ist. Lady Kathleen ist doch sehr ängstlich und sorgt immer dafür, dass das Tor nie lange offen bleibt. Vielleicht ist das Tor aber offen, weil noch mehr Gäste kommen und ihr Butler Parker es bei diesem Wetter nicht immer öffnen und schließen muss."
Lady Stuart seufzte als sie James antwortete: „Das wäre schön. Denn nachdem ihre Schwester Anne nicht mehr im Schloß wohnt, waren wir immer die einzigen Gäste. Ohne ihre lebenslustige Schwester hasst sie jede große Feier. Nur mich als ihre engste Freundin, lädt sie hin und wieder einmal ein."
Mittlerweile fuhr James den schweren Bentley auf dem von Pappeln gesäumten Kiesweg zum Schloss hoch.
Als James die Lichter des Schlosses durch die breite Frontscheibe des Bentley sah, atmete er erleichtert auf. Selbst auf den letzten Metern zum Schloss hatte er jeden Moment erwartet, einen vom Sturm abgerissenen Ast auf das Auto schlagen zu hören.
Wie Lady Stuart, war auch James nicht mehr der Jüngste. Seine einundsechzig Jahre spürte er vor allem im Rücken. Langsam stieg er aus dem Wagen und begab sich zur Hintertür des Bentley, um Lady Stuart den Ausstieg durch die von ihm weit geöffnete Tür zu ermöglichen.
Lady Stuart schien kein Rückenleiden zu kennen; wie ein junges Mädchen hüpfte sie aus dem schweren Wagen und schlüpfte unter dem von James aufgespannten großen schwarzen Regenschirm.
Erst jetzt sah James in einiger Entfernung mehrere Menschen mit Regenschirmen und Taschenlampen, auf einen am Rande des Parks stehenden kleinen Hain zugehen.
Mit einer dezenten Handbewegung machte James Lady

Stuart auf die Gruppe aufmerksam und sagte zu ihr: „Ich glaube, wir sind doch nicht Lady Kathleens einzige Gäste. Aber warum gehen alle bei diesem Wetter in das kleine Wäldchen?"

Lady Stuart antwortete: „James, das sind keine Gäste. Sieh dir doch die hier stehenden Autos an. Jedes Auto ist mit einer Funkantenne ausgestattet. Ich nehme an, dass es sich um Polizeifahrzeuge handelt.

Aber nun lass uns ins Schloss gehen, sonst weicht der Regen uns noch völlig auf."

Erst jetzt bemerkte James, dass er mit dem Regenschirm noch immer auf das kleine Wäldchen zeigte und dadurch Lady Stuart dem prasselnden Regen preisgab.

Mit der Bemerkung: „Entschuldigen Sie, Mylady, ich glaube ich werde alt", hob er den Regenschirm an und schützte Lady Stuart wieder vor dem feuchten Nass.

Dann führte James Lady Stuart zur großen Eingangstür des Schlosses.

James hatte eben die Hand gehoben, um den an der Tür angebrachten Klopfer zu betätigen, als ihnen die Tür durch Lady Kathleens Butler Parker geöffnet wurde. Neben Parker stand ein kleiner schmächtiger Mann. Der Mann sah die Ankömmlinge an, grüßte stumm mit einem Kopfnicken und verließ, einen Regenschirm aufspannend, das Schloss.

Lady Stuart kräuselte ihre Stirn und murmelte: „So ein unhöflicher Mensch. Jetzt sind wir schon soweit, dass eine Lady nicht mehr respektiert wird. Zumindest vorstellen hätte der Mensch sich ja können."

„Ja, die Zeiten werden immer schlimmer", bestätigte ihr Parker, der froh war, dass Lady Stuart ihm nicht anlastete, ihr den Mann nicht vorgestellt zu haben. „Das war Inspektor Smith von der örtlichen Polizei."

Langsam und nun die Stirn fester gekräuselt antwortete Lady Stuart: „Umso schlimmer, ein Polizeibeamter ohne Manieren. Aber Parker sagen sie, Polizei, hier im Schloss, was ist geschehen?"

„Ich werde sie zu Lady Kathleen führen. Sie wird ihnen alles erklären", antwortete ihr Parker.

Den nassen Regenschirm noch immer in der Hand haltend sagte James zu Parker: „Dann gehe ich in die Küche, vielleicht kann ich ja bei der Zubereitung des Tee`s helfen."

„Das ist nicht nötig, James", antwortet Parker. „Lady Stuart ist der einzige Gast heute, und ich habe Tee und Gebäck schon in der Bücherei bereitgestellt. Lady Kathleen wünscht, dass außer Lady Stuart, sie, James und ich ebenfalls mit ihr den Tee einnehmen.

Gemessenen Schrittes, so wie alle Butler der Welt jeden Besucher zu ihrer Herrschaft führen, ging Parker nun Lady Stuart und James voraus, um sie mit aller Würde bei Lady Kathleen anzumelden.

Als Parker die Tür zur Bibliothek öffnete, bot sich den Besuchern ein freudloses Bild. Der Raum war durch schwere Brokatvorhänge an jedem der fünf Fenster vollkommen abgedunkelt. Unmittelbar vor den Fenstern stand ein schwerer Eichentisch, der zwölf Personen bequem Platz bot. Die Wände waren mit Eichenholz verkleidet und mit Regalen voller Bücher versehen. Von der so gar nicht zum Raum passenden weißen Stuckdecke hingen zwei riesige Kronleuchter hinunter.

Bevor Parker die Gäste bei seiner Herrschaft anmelden konnte, lief Lady Stuart, die sich beim Anblick ihrer Freundin fast zu Tode erschreckt hatte, auf Lady Kathleen zu, die vollkommen eingesunken auf ihrem Stuhl saß.

Lady Kathleens sonst immer so hervorragend sitzende Frisur war völlig durcheinander. Ihr ehemals zartes gesundes Antlitz war weiß wie Schnee, und aus ihren angstvoll blickenden Augen, war jedes Lächeln gewichen.

Lady Stuart kniete sich vor ihre noch immer sitzenden Freundin, umfasste deren eiskalte Hände und voller Für-

sorge sprach sie zu ihr: „Meine Liebe, was um Himmelswillen ist geschehen?"
Langsam hob Lady Kathleen den Kopf und schaute ihrer Freundin lange ins Gesicht, bis sie mit zitternder Stimme antwortete: „Meine Schwester, du erinnerst dich noch an Anne, meine Zwillingsschwester? Bauarbeiter haben sie in der alten Sickergrube, in dem Wäldchen am Ende des Parks, gefunden. Die Ärmste und dann noch die armen Männer."
Verständnislos sah Lady Stuart Parker an: „Die armen Männer?"
Parker wusste sehr wohl die Frage Lady Stuarts richtig einzuschätzen, als er ihr antwortete: „Als ein Arbeiter das Skelett in der Grube fand, stieg er mit Hilfe der Leiter aus dem Schacht, um seinem Kollegen oben am Rand der Grube über den Fund zu berichten. Er hatte fast den Rand der Grube erreicht, als sein Kollege mit Entsetzen sah, wie eine Frau in einem verschmutzen weißen Kleid aus der Dunkelheit des Grabes dem Mann auf der Leiter folgte und ihn von der obersten Sprosse zog. Der Ärmste stürzte zurück in den Schacht und brach sich das Genick. Sein Kollege ist vollkommen verwirrt. Nur mit Mühe konnten wir das Geschehene von ihm erfahren."
„Das ist ja schrecklich! Aber wie soll eine Frau aus der Grube dem Arbeiter auf der Leiter folgen? Wenn, dann müsste es in diesem Fall ja schon ein Geist sein, und die gibt es ja nun zum Glück nicht. Ich nehme an, der Unfall war es, der den Kollegen des Verunglückten so verwirrt hat und ihn diese irre Geschichte erzählen ließ", murmelte Lady Stuart und schüttelte sanft den Kopf.
Dann versuchte sie ihre Freundin zu beruhigen: „Das kann doch nicht deine Schwester sein, die die Männer gefunden haben. Du hast mir doch erzählt, dass deine Schwester Anne mit ihrem Verlobten nach New York gezogen ist. Ihr Verlobter soll dort doch eine hochdotierte Anstellung in einer Anwaltskanzlei erhalten haben."
„Das dachte ich auch", antwortete ihr Lady Kathleen.

Besorgt schaute Lady Stuart ihrer Freundin in die Augen: „Ja, und deine Schwester hat dir vor einigen Tagen doch noch geschrieben. Wie kann sie dann die Tote, in der schon vor einigen Jahren zugeschütteten Sickergrube sein?"

„Ich weiß es doch auch nicht. Aber sie ist es. Der Toten fehlt genau wie meiner Schwester an der rechten Hand der Zeigefinger", schluchzte Lady Kathleen.

Tröstend strich Lady Stuart ihrer Freundin über die Wange.

Leise flüsterte Parker James zu: „Ich habe es bisher Lady Kathleen nicht gesagt, dass der Arbeiter am Rand der Grube deutlich gesehen hat, wie die Frau seinen Kollegen mit der rechten Hand um den Knöchel fasste und ihn so von der Leiter zog. Dabei kann sich trotz aller Verwirrung, die das furchtbare Geschehen bei dem Manne hervorgerufen hat, dieser genau an die Hand erinnern: ihr fehlte der rechte Zeigefinger."

James überkam ein ungutes Gefühl, und ein leichtes Frösteln überzog seinen Körper. Er sah Parker verständnislos an, als er ihn fragte: „Verstehen Sie Parker, was geschehen ist?"

Parker hob seine Schulter leicht an und antwortete: „Ich weiß es nicht James, und ich will es auch nicht wissen. Ich denke, ich werde in Zukunft einen weiten Bogen um das Wäldchen machen."

Inzwischen schmiegte Lady Kathleen ihr Gesicht in die Hände ihrer Freundin, als sie schluchzend zu Lady Stuart sprach: „Ich habe mich schon gewundert, dass die Briefe meiner Schwester immer mit einer Schreibmaschine geschrieben waren. Vor allem, weil Anne persönliche Briefe, die nicht von Hand geschrieben waren, hasste. Manchmal ging es soweit, dass sie diese Briefe ungelesen zerriss."

„Du glaubst also, dass die Briefe nicht von deiner Schwester stammen und sie auch nie mit ihrem Verlobten nach New York ausgewandert ist?"

James schaute Lady Stuart an, als er fragte: „Aber wie kommt sie in die Sickergrube?"
Laut aufstöhnend sank Lady Kathleen noch weiter in ihrem Stuhl.
„James!", schimpfte Lady Stuart: „Bitte mehr Taktgefühl. Sehen sie nicht, wie schlecht es Lady Kathleen geht?"
Sanft über die Haare ihrer Freundin streichelnd sprach sie zu Lady Kathleen: „So schlimm es ist, meine Liebe, aber James hat recht. Wieso findet man Anne hier auf deinem Grundstück? Wie heißt denn der Anwalt, mit dem Anne nach Amerika zog?"
Lady Kathleen antwortete ihrer Freundin: „Er hatte eine Anwaltskanzlei in London und heißt Brian Wolter."
„Meine Liebe", sagte Lady Stuart zu Lady Kathleen: „Ich werde James bitten nach London zu fahren, um soviel als möglich über den Verlobten deiner Schwester herauszufinden. Bis James aus London zurück ist, werde ich, wenn es dir recht ist, meine Liebe, bei dir wohnen."
Zum ersten Mal an diesem Abend lächelte Lady Kathleen und dankbar antwortete sie ihr: „Das ist lieb von dir, und ich freue mich auf deine Gesellschaft. Wohl nie habe ich sie dringender benötigt."
James verbeugte sich dezent vor den beiden Damen als er sie ansprach: „Ich werde sogleich nach London fahren, um ihren Wunsch zu erfüllen, Lady Stuart."

Als James das Schloss verließ um mit dem Bentley nach London zu fahren, bemerkte er erleichtert, dass der Sturm sich gelegt hatte und es nur noch ein wenig regnete.
Da während der Fahrt auch noch der Regen aussetzte, erreichte James in den frühen Morgenstunden problemlos, nach einer durchfahrenden Nacht, sein Ziel London. Er war sich ganz sicher, den Wohnort von Rechtsanwalt Wolter erfahren zu können. Soweit er sich erinnern konnte, arbeitete sein alter Schulfreund Mike immer noch bei der Londoner Polizei. Er würde ihm sicher weiterhelfen

können. Mit einem Blick auf seine Uhr stellte James fest, dass es erst sechs Uhr in der Früh war. Zu früh, um Mike einen Besuch abzustatten. Daher beschloss er, in einem Bistro zu frühstücken und anschließend zur Wohnung seines Freundes zu fahren. Bald hatte James ein schon in dieser frühen Morgenstunde geöffnetes Bistro gefunden und parkte den Bentley dicht vor der Eingangstür. Als James eintrat empfingen ihn wohlige Wärme und starker Geruch nach frischem Kaffee. In dem Bistro waren trotz der frühen Stunde schon zwei Tische besetzt. An einem saß, vertieft in angeregter Unterhaltung ein Pärchen, und an dem Anderen, James glaubte seinen Augen nicht zu trauen, saß sein Freund Mike bei einer Tasse Kaffee und einem Butterhörnchen.

Freudig trat er an den Tisch seines Freundes und begrüßte ihn: „ Hallo Mike, schön dich zu sehen. Darf ich mich zu dir setzen, oder bist du noch immer so ein Morgenmuffel, dem man am besten um diese Zeit aus dem Wege geht?"

Mike schaute in James Gesicht, und James bemerkte, das sein Jugendfreund versuchte, sich zu erinnern, wer der Mensch war, der ihn um diese frühe Tageszeit störte.

James lächelte, als er sich Mike zu erkennen gab: „Mike, ich bin es, James. Wir haben zusammen einige Zeit auf der Schulbank und dann auf den Tanzböden verbracht. Erinnerst du dich nicht mehr?"

Schmunzelnd bemerkte James wie sich das Gesicht seines Schulfreundes aufhellte, als dieser James nun endlich erkannte. Dann aber, verdunkelte sich das Antlitz von Mike und brummend sagte der: „James, ich hätte nicht gedacht, dass du dich noch nach London traust. Warte ab, wenn dich unsere anderen Gefährten sehen. Sie werden dich mit Freuden aus der Stadt jagen. Ich sehe dich schon geteert und gefedert durch das Stadttor laufen."

Verwundert sah James seinen angeblichen Freund an und antwortete ihm: „Mike, was habe ich getan, dass du und die anderen mich nicht mehr mögen?"

Mit grimmigem Gesicht drehte Mike James den Rücken zu als er zu ihm sagte: „Was du gemacht hast? Das fragst du noch? Du hast uns in der Blüte unseres Lebens auf jedem Tanzboden die schönsten Mädels weggeschnappt."
Dann, laut lachend drehte sich Mike wieder zu seinem Freund um und zog ihn in seine Arme.
„Mensch, James, wie ist das schön, dich wiederzusehen."
Dann schob er James ein wenig von sich und betrachtete ihn von oben bis unten mit einem wohlwollenden Blick.
James seufzte erleichtert auf, als er den Spaß den der Freund auf seine Kosten gemacht hatte, erkannte.
Das Pärchen am Nachbartisch hatte die Unterhaltung mitverfolgt, und man sah ihnen an, dass sie froh waren, dass sich in dem Lokal kein Streit zwischen zwei Gästen anbahnte. Und schon bald setzten sie ihre angeregte Unterhaltung fort.
James hatte sich zwischenzeitlich auf Einladung seines Freundes an dessen Tisch gesetzt und beim Ober ein Glas Wasser bestellt. Nachdem er sein Getränk erhalten und einen kleinen Schluck getrunken hatte, konnte Mike seine Neugier nicht mehr unterdrücken und fragte:
„Nun erzähl James, was führt dich zurück nach London und wie ist es dir bisher ergangen?"
Wie es die Art eines Butlers nun einmal ist, berichtete James, ohne von seinem Freund unterbrochen zu werden, ausführlich von seinem Leben nachdem er London verlassen hatte. Als er eine Stunde später auch die Lebensgeschichte seines Freundes Mike kannte, kam James auf den Grund seiner Reise nach London zu sprechen:
„Mike, wie ich dir eben gesagt habe, bin ich im Haushalt von Lady Stuart als Butler beschäftigt. Gestern Abend nun fuhr ich mit Lady Stuart zu ihrer Freundin Lady Kathleen. Wir fanden sie völlig aufgelöst in ihrer Bibliothek vor. Als Lady Stuart ihrer Freundin nach dem Grund ihrer Verfassung fragte, erzählte sie uns eine verwirrende Geschichte!

Nun ist Lady Stuart davon überzeugt, dass der Verlobte von Lady Anne, Rechtsanwalt Wolter, Tröstendes über Lady Anne für Lady Kathleen berichten könnte. Leider ist uns der Aufenthalt von Rechtsanwalt Wolter nicht bekannt, aber wir hoffen, hier an seinem letzten uns bekannten Wohnort seine aktuelle Adresse zu erfahren."
Entspannt lehnte sich Mike in seinem Stuhl zurück. Dabei streckte er beide Arme von sich und legte diese auf den Tisch. Mit zusammen gefalteten Händen und einem enttäuschten Gesichtsausdruck antwortete er seufzend seinem Freund: „So war es nicht die Sehnsucht nach mir, die dich nach London führte, sondern nur eine simple Auskunft, die du von einem Polizisten benötigst? Ich bin schrecklich enttäuscht von dir. Aber wie auch immer, ich hätte Appetit auf ein großes Steak und ein Glas Ale."
James begriff sofort, dass er soeben die Rechnung für die Auskunft von seinem Freund erhalten hatte und bestellte das Gewünschte und für sich einen Kaffee.
Dann fragte er Mike: „Ich wundere mich, dass die Küche um diese frühe Morgenstunde dir ein Steak zubereitet."
Mike lächelte als er antwortete: „Die kennen mich halt und wissen, dass ich zu jeder Tages – und Nachtzeit gerne ein Steak esse."
Als Mike seine Mahlzeit beendet hatte, stand er auf und sagte zu James: „Dann schaue dir heute London an, du wirst sehen, es hat sich einiges verändert. Heute Abend um neunzehn Uhr treffen wir uns dann wieder hier.
Nachdem Mike gegangen war, verlangte James beim Ober die Rechnung. Lächelnd sah James, dass das Pärchen am Nachbartisch noch immer verliebt miteinander plauderte.
Mit einem Seufzen verweilte er einen Augenblick in seiner Jugendzeit.
Langsam spürte James die Müdigkeit einer durchfahrenden Nacht in seinem Körper aufsteigen.
Nein, er würde den Rat seines Freundes sich London anzusehen nicht befolgen. Da er sich vorgenommen hatte,

nach dem Treffen mit Mike noch am heutigen Abend zurück zu Lady Stuart zu fahren, wollte er versuchen ein Hotel zu finden, um ein wenig zu schlafen.
Wo nur blieb der Ober?
Eben wollte James aufstehen um den Ober zu suchen, als er sah, wie dieser aus der Küche auf ihn zukam.
James zahlte die Rechnung und während der Ober das Geld in seine Geldbörse legte, fragte James ihn: „Ich würde gerne den Tisch heute um neunzehn Uhr für zwei Personen reservieren und da ich die letzte Nacht nicht geschlafen habe, bis dahin ein paar Stunden schlafen. Können sie mir ein Hotel empfehlen?"
Der Ober, von James Trinkgeld noch ganz erfreut, antwortete: „Betrachten sie den Tisch als reserviert. Wenn sie möchten, können sie ein kleines, aber gemütliches Zimmer hier im Hause haben."
James atmete erleichtert auf.
„Ja", sagte er: „Das wäre wirklich schön. So kann ich mir die lästige Suche nach einem Hotel ersparen."
„Wenn sie möchten, zeige ich ihnen sofort das Zimmer", antwortete der Ober.
James stand vom Tisch auf und erwiderte: „Von mir aus gerne, ich hole nur meine Tasche aus dem Auto."
Nachdem James wieder zurück in dem Lokal war, ging er gemeinsam mit dem Ober in die erste Etage um das Zimmer zu besichtigen.
Als der Ober mit James das Zimmer betrat, erkannte James, dass der ihm das Zimmer angemessen beschrieben hatte. Es war klein, aber recht gemütlich. An der linken Wand stand ein Doppelbett. An beiden Kopfenden befanden sich jeweils ein Nachttisch mit einer kleinen Lampe. Oberhalb des Bettes hing ein Landschaftsbild, das im Vordergrund ein kleines Bergdorf und im Hintergrund von der Abendsonne rot gefärbte Berge zeigte. Das Fenster gegenüber der Tür war nicht sehr groß und sorgte für ein Dämmerlicht in dem Zimmer. In der Wand links neben der Tür war der Eingang zu einem kleinen

Badezimmer. Auf einem Nachttisch erblickte James ein Telefon.

James sah den Ober an und fragte: „Kann ich mit dem Telefon auch ins öffentliche Netz wählen?"

„Selbstverständlich, sie müssen sich auch nicht von der Rezeption mit dem Teilnehmer verbinden lassen. Gefällt ihnen das Zimmer?"

„Es ist sehr nett. Ich nehme es", antwortete James.

Lächelnd erwiderte der Ober: „Dann lasse ich sie jetzt alleine, damit sie sich ausruhen können."

Nachdem der Ober das Zimmer verlassen hatte, begab sich James ins Bad.

Als er sich im Spiegel ansah musste James lächeln. Er war es gewohnt sich den Bart am Morgen zu rasieren, bevor er den Tag begann und nicht um am Morgen ins Bett zu gehen. James hatte sein Gesicht eben zur Rasur eingeseift, als ein polterndes Geräusch aus seinem Zimmer ihn zusammenzucken ließ.

Glücklicherweise hatte er sich nicht geschnitten.

Sich vom Spiegel abwendend, ging er zurück in das Zimmer. Was er sah ließ ihn grübelnd auf sein Bett sinken. Beide Nachttischlampen waren von ihren Tischen gefallen, und die gläsernen Lampenschirme, waren ebenso wie die Glühbirnen, zerbrochen.

Ein Blick zum Fenster zeigte ihm, dass es verschlossen war. Auch stand die Eingangstür nicht auf. Kein Windzug konnte somit die Lampen umgeworfen haben. James war sich auch sicher, dass er die Zimmertür abgeschlossen hatte, sie konnte nicht aufgegangen und wieder zugefallen sein. Als er aufstand und versuchte die Tür zu öffnen, stellte er fest, dass er sich nicht geirrt hatte.

Aber halt, was war das? Hatte sich nicht eben der Fenstervorhang leicht bewegt? Wie konnte das sein? Das Fenster war doch verschlossen, und da er allein im Zimmer war, konnte auch kein Luftzug einer vorübergehenden Person den Vorhang bewegt haben. James schüttelte den Kopf, er konnte sich das alles nicht erklären.

Sein müder Kopf ließ ihn auch keinen klaren Gedanken mehr fassen. Jetzt merkte James, wie der eingeseifte Bart in seinem Gesicht anfing zu jucken. Es wurde Zeit sich zu rasieren, um endlich zu schlafen.
Nachdem James sich rasiert und frisch gemacht hatte ging er zurück ins Zimmer, zog den Fenstervorhang zu und legte sich auf das Bett. Er hatte die Augen eben geschlossen, als ihm plötzlich einfiel, hatte er dem Ober gesagt dass er um achtzehn Uhr geweckt werden möchte? Ja, er war sich sicher das getan zu haben. Bevor James noch weiter darüber nachdenken konnte, war er eingeschlafen.

Plötzlich spürte James, dass er nicht alleine im Zimmer war. Ihm kam es vor, als ob eine Person still neben seinem Bett stand und ihn beobachtete.
James wagte sich nicht zu bewegen, und ein eiskalter Schauer lief über seinem Rücken. Dabei traute er sich nicht seine Augen zu öffnen.
Dann vernahm er ein leises Flüstern: „James, James, warum lässt du mich nicht ruhen!"
Und dann urplötzlich traf ein eiskalter Hauch sein Gesicht, der ihn in seinem Bett erstarren ließ und völlig unbeweglich machte.
Langsam fasste er all seinen Mut zusammen und öffnete vorsichtig die Augen, was er sah, jagte einen neuen eiskalten Schauer seinen Rücken hinunter.
Voller Panik schaute er auf eine, in einem ehemals wohl weißen, jetzt aber voller Lehm verschmutzten Kleid, neben seinem Bett stehende Frau. Die Haare der Frau waren, ebenfalls voller Lehm und standen ihr, wie die Schlangen der Medusa, vom Kopf ab. Obwohl vom Anblick der Frau noch immer geschockt, sah er sich die Gestalt nun genauer an. Das Gesicht und die Nase waren sehr schmal und ihre Wangen stark eingefallen. Überall traten die Schädelknochen hervor. Das Gesicht war fleischlos und die Knochen nur von der Haut bedeckt.

Die Frau musste einmal sehr schön gewesen sein. Jetzt aber, sah sie vor allem auch durch die langen, schmutzigen Fingernägel die ebenso lang wie die Finger waren, erschreckend aus. Die Gestalt war barfuß und ihre Waden und Füße vollkommen verschmutzt. Auch an ihnen waren die Knochen nur von Haut bedeckt. Da dem Körper das Fleisch fehlte, hing die Haut schlaff von den Knochen hinunter. Mit Entsetzen sah James, wie die Frau mit ihrer rechten Hand und den langen, schmutzigen Fingernägeln auf ihn zeigte. Langsam öffnete sich ihr zahnloser Mund und wieder traf James Gesicht ein eiskalter Hauch als die Frau zu ihm sprach: „James, James warum lässt du mich nicht ruhen? Fahre nach Hause und vergiss die Tote in der Sickergrube. Wenn du mich weiter in meiner Ruhe störst, James, dann", jetzt schloss die Frau ihren fürchterlichen Mund, und ihr grauenvoller Blick traf James, bevor ihr zahnloser Mund weitersprach: „werde ich dich holen!"

Ein schriller Ton schreckte James aus seinem Schlaf. Er benötigte eine Weile, bis er den Ton dem klingenden Telefon auf seinem Nachttisch zugeordnet hatte. Dann griff er zum Hörer und bestätigte dem Ober, dass er wach sei. Nachdem James das Gespräch beendet hatte, erinnerte er sich voller Unbehagen an seinen Alptraum.
Ein Glück, dachte er, *dass es nur ein Traum war.*
Langsam richtete James sich in seinem Bett auf, stellte die Füße auf den Boden und zog sie voller Schreck sofort zurück auf das Bett.
Als er seine Füße ansah, blickte James auf völlig verschmutzte Fußsohlen. Er beugte sich aus dem Bett, sah hinunter zum Boden, als sein Herz ein Sprung machte. Der Boden vor seinem Bett war mit einer Schicht Lehm überzogen.
Erstarrt saß James auf dem Bett.
Das konnte doch nicht sein, es war vollkommen unmög-

lich, dass sein Traum kein Traum, sondern Realität gewesen war?
Ich bin doch völlig normal, dachte James, *es gibt keine Geister.*
Aber wenn es ein Traum gewesen war, woher kam dann der viele Lehm?
Verzweifelt sah er seine Schuhe an, aber seine Hoffnung an ihnen würde er Spuren von Lehm finden, erfüllte sich nicht. Auch den Gedanken, dass der Ober den Lehm mit seinen Schuhen ins Zimmer getragen hatte, verwarf er sofort. Den Lehm hätte er beim Zubettgehen, trotz seiner Müdigkeit, bemerkt.
James konnte sich das alles nicht erklären. Ein Blick auf seine Uhr zeigte ihm, dass es halb sieben war und er sich, wollte er Mike nicht warten lassen, beeilen musste. Schnell ging James ins Badezimmer und machte sich frisch.
Kurz vor sieben Uhr verließ er das Zimmer und begab sich zur Rezeption. Dort begrüßte ihn der Ober: „Ich hoffe, Sie haben gut geschlafen. Ihr Gast ist mittlerweile angekommen und hat bereits am reservierten Tisch Platz genommen."
Obwohl noch immer von seinem Erlebnis im Hotelzimmer verwirrt, lächelte James als er antwortete: „Danke sehr. An meinen Schuhen muss etwas Lehm gewesen sein. Leider habe ich den Teppich im Zimmer damit verschmutzt."
Der Ober verzog keine Mine als er antwortete: „Aber das ist doch nicht schlimm, mein Herr. Ich werde mich gleich darum kümmern. Wenn sie jetzt gleich zu ihrem Tisch gehen, kann ich, wenn sie es wünschen, sofort die Bestellung aufnehmen."
„Das wäre sehr nett", erwiderte James.
Dann begab sich James zu dem reservierten Tisch. Als er den Tisch erreichte stand sein Freund Mike auf und reichte ihm zur Begrüßung die Hand.

James bemerkte sofort, dass Mike sich in einer ernsten Gemütsverfassung befand. Das fehlte ihm noch. Er hatte gehofft, dass die fröhliche Art seines Freundes, ihn nach seinem Erlebnis ein wenig aufheitern würde. Aber auch Mike erkannte schnell, dass James in keiner guten Stimmung war.

„James, hat dich London so verstört? Du siehst aus, als ob du eines der altehrwürdigen Gespenster Londons gesehen hättest."

James stöhnte laut auf, als er die Worte seines Freundes vernahm.

„Wenn du wüsstest Mike, wie recht du hast. Aber davon später. Erzähl mir vorher, was deine Nachforschungen über Rechtsanwalt Wolter ergeben haben."

Mike wollt soeben mit seinem Bericht beginnen, als der Ober kam, um die Bestellung aufzunehmen. Nachdem sie ihm ihre Wünsche mitgeteilt hatten, und der Ober sich zur Küche begab, begann Mike mit seinem Bericht.

„James, ich habe den Aufenthaltsort von Rechtsanwalt Wolter erfahren können. Er befindet sich nach einem Herzanfall in der vergangenen Nacht auf der Intensivstation des St. Thomas Hospitals. Wie du dir vorstellen kannst, hat man mich nicht zu ihm gelassen. Allerdings habe ich von einer Schwester erfahren, dass er, seitdem er wieder zu Bewusstsein gekommen ist, völlig zusammenhanglos immer wieder von einer Frau in Lehm verschmierten Kleidern spricht."

Während Mike seinem Freund über seinen Nachforschungen berichtete, hielt James ein Glas Wasser in der Hand. Als Mike die Frau mit dem Lehm verschmierten Kleid erwähnte, verkrampfte sich die Hand und das Glas zersprang.

Mike sah, wie sein Freund leichenblass und mit blutverschmierter Hand in seinem Stuhl zurücksank.

Schnell erhob sich Mike von seinem Stuhl und ging zu seinem Freund. Er fasste die verwundete Hand und sah, dass aus ihr ein Glassplitter ragte. Vorsichtig zog er den

Splitter hinaus und wickelte die von James noch nicht benutzte Stoffserviette um die verletzte Hand.

Erleichtert erkannte Mike, dass James sich wieder fing und das blasse Gesicht wieder Farbe bekam.

„Mein Gott, James, was ist mit dir? Wie kann dich die Nachricht so erregen?"

Krampfhaft versuchte James wieder Ordnung in seine Gefühlswelt zu bekommen.

Er war froh, als eine Kellnerin kam und das Essen servierte. So hatte er noch etwas Zeit sich zu sammeln, bevor er Mike seine Frage beantworten musste.

Aber auch diese Schonzeit ging vorüber und Mike stellte seine Frage nochmals: „Also, James, was hat dich so erschreckt?"

„Mike, die Frau in dem verschmutzten Kleid gibt es wirklich. Sie war auch in meinem Zimmer als ich schlief. Nach dem Bericht einer der Arbeiter an der Sickergrube war sie es, die seinen Kollegen bei seinem Aufstieg aus der Grube von der Leiter zog, sodass der Ärmste zurück in die Grube stürzte und sich das Genick brach."

„Ich dachte", sagte Mike: „Du wolltest dir London ansehen und jetzt höre ich, du hast dir ein Zimmer genommen und geschlafen. Wie auch immer, was war mit der Frau in deinem Zimmer?"

Während sie nun ihr Essen einnahmen, erzählte James seinem Freund von seinem Erlebnis in seinem Zimmer.

Mike hatte, während James sprach, seinen Freund nicht einmal unterbrochen. Als James nun seine Geschichte beendet hatte, war es an Mike, blass und sprachlos in seinem Stuhl zu sitzen.

„Das glaube ich einfach nicht", murmelte Mike. Was, James, willst du jetzt tun?"

Beide hatten nicht bemerkt wie der Ober an ihren Tisch getreten war. Nachdem dieser sich mit einem leisen Räuspern bemerkbar gemacht hatte, schauten sie ihn fragend an.

Erstmals ohne ein Lächeln im Gesicht sprach der Ober zu James gewandt: „Ich wäre ihnen dankbar, mein Herr, wenn sie nach dem Essen ihre Rechnung begleichen und unser Haus verlassen würden."
Bevor James antworten konnte erwiderte Mike dem Ober: „Was soll das? Warum soll mein Freund das Restaurant verlassen?"
Immer noch mit eisiger Miene antwortete der Ober: „Ich nehme an, ihr Freund weiß das ganz genau."
„Ich vermute", sagte James: „Es ist der Lehm im Zimmer."
„Sie vermuten sehr richtig", antwortete der Ober. „Sie haben mir erzählt, durch ihre Schuhe hätten sie etwas Lehm ins Zimmer getragen. Als ich nun hoch in ihr Zimmer ging um es zu säubern, bot sich mir ein wahrlich fürchterlicher Anblick. Es war kein Lehmfleck auf dem Teppich. Nein, dass ganze Zimmer ist mit Lehm verschmiert. Der Lehm ist überall. Auf dem Boden, dem Bett, im Bad, einfach überall und von den zerbrochenen Nachttischlampen haben sie mir nichts erzählt."
Völlig verständnislos schaute James den Ober an. „Das kann nicht sein, ich weiß genau, dass, als ich das Zimmer verließ, nur auf dem Teppich vor dem Bett Lehm lag."
„Dann bitte ich Sie, mir auf ihr Zimmer zu folgen", antwortete der Ober.
Gemeinsam gingen James, der Ober und Mike nun zu James Zimmer. Als der Ober aufschloss und sie eintraten, bot sich ihnen ein fürchterliches Bild. Genau wie der Ober beschrieben hatte, war das Zimmer voller Lehm. Selbst an den Wänden und auf den Vorhängen war Lehm zu finden.
Mike stand kopfschüttelnd im Zimmer und sagte leise zu James: „Riechst du das auch? Es riecht ganz leicht nach Verwesung."
Mittlerweile völlig teilnahmslos sagte James zum Ober: „Ich kann das nicht erklären. Dennoch, schicken sie mir die Rechnung über die Reinigung des Zimmers und den

Lampen." Dann gab er dem Ober seine Karte.
„Das werde ich tun. Aber ich muss sie dennoch bitten, das Haus nach dem Essen sofort zu verlassen."
Mike schob James aus dem Zimmer als er dem Ober antwortete: „Setzen Sie das Essen auch auf die Rechnung. Wir werden keinen Moment länger hierbleiben."
Als beide auf dem Parkplatz vor dem Hotel standen, sogen sie die frische Luft gierig in ihre Lungen.
„Was wirst du jetzt tun, James?"
„Mike, wenn sich Rechtsanwalt Wolter erholen sollte, möchte ich, dass du ihn wie abgesprochen nach Lady Anne befragst. Ich werde jetzt zurück zu Lady Stuart fahren und ihr von meiner missglückten Reise erzählen."
„James, bist du sicher, dass du in deinem Zustand fahren kannst?"
„Mach dir keine Sorgen, ich bin wieder voll da. Meine Hand blutet auch nicht mehr, dass Wetter ist ruhig. Kein Sturm, kein Regen und auch kein Londener Nebel", lächelt James. „Ausgeschlafen bin ich auch, also was soll schon passieren, Mike?"
Mittlerweile hatten die beiden Freunde den Bentley erreicht und James stieg ein. Mit der Hand winkend grüßte Mike seinen Freund, als der schwere Wagen langsam vom Parkplatz rollte.
James hatte die Stadt eben verlassen, als dichter Nebel auf seinem Weg aufzog.

Als Mike am anderen Morgen beim Frühstück die Zeitung las, erregten ihn zwei Artikel.
Der erste berichtete über den bekannten Londoner Rechtsanwalt Wolter, der einem erneuten Herzanfall im St. Thomas Hospital erlegen war. Da sich an seiner rechten Hand Spuren von Lehm befanden und noch in seinen gebrochenen Augen ein Blick voller Wahnsinn lag, hatte die Krankenhausleitung die Polizei gebeten in dem Fall zu ermitteln.

Im zweiten Artikel las Mike, dass auf einer Straße kurz hinter London ein Mann in seinem Bentley mit hoher Geschwindigkeit gegen einen Baum gerast war und dabei tödlich verletzt wurde.

Da an dem Abend ruhiges Wetter bei klarer Sicht herrschte, die Obduktion ergab, dass der Mann vollkommen gesund und das Fahrzeug vor dem Unfall verkehrssicher war, ist der Polizei völlig rätselhaft, wie es zu dem Unfall kam.

In die Ermittlungen einbezogen ist die Suche nach einer Person, die auf dem Rücksitz und im Fußraum hinter dem rechten Vordersitz Lehmspuren hinterlassen hatte.

Warum nur, fragte sich Mike, hatte der Geist von Lady Anne die beiden getötet? Er schauderte, als er die Antwort erkannte. Hatte die Tote James nicht davor gewarnt ihre Ruhe zu stören, und hatte James nicht genau das getan, als er ihn bat Rechtsanwalt Wolter nach dessen Genesung über Lady Anne zu befragen?

Langsam faltete Maike die Zeitung zusammen und als er sich vom Tisch erhob, hatte er beschlossen, die ganze Geschichte ruhen zu lassen

Die Gasse

Heike Knaak

Das Geräusch war jetzt wieder ganz nah. Lisa zwang sich ruhig weiterzugehen und sich nicht danach umzudrehen. Es war dunkel geworden, doch noch kamen ihr Passanten entgegen. Die harte Straßenbeleuchtung verzerrte die Gesichter und Lisa suchte vergeblich nach einem freundlichen Blick, der ihren erwiderte. Stattdessen starrten die Menschen ungläubig an ihr vorbei - auf etwas, das sich hinter ihrem Rücken bewegte, und wich-

en dann abrupt aus. Da wusste sie, dass es keine Einbildung war.
Ihr Herz hämmerte und für einen Moment war sie verwirrt. Hier in der Seitenstraße lag irgendwo das Café mit der netten Bedienung und Lisa bog hastig um die Ecke. Sie brauchte eine Pause um die aufsteigende Panik in den Griff zu kriegen. Vielleicht ein Glas Wein trinken, sich beruhigen, ein Taxi rufen. Schlagartig stoppte das leise Atmen, das sie die ganze Zeit verfolgt hatte.
In der schmalen Gasse war es still und düster, der Lärm der Hauptstraße verstummt. Lisa suchte die Fassaden ab nach einem Geschäft oder Schaufenster, das ihr bekannt vorkam. Die wenigen Straßenlaternen warfen matte Lichtkegel auf das Pflaster - zu schwach, um die toten Zonen dazwischen zu erhellen. Die Gasse machte einen scharfen Knick, dahinter rückten die Hauswände beklemmend eng zusammen. Lisa folgte der Kurve, aber sie fand das Café nicht. In diesem finsteren Winkel war sie hoffnungslos verkehrt. Kalter Schweiß hatte ihr Bluse und Jacke an den Körper geklebt und sie fror.
Zögernd wandte sie sich um, wollte den Weg zurück, als sie im Augenwinkel ein Huschen registrierte. Nur wenige Meter entfernt bewegte sich ein konturloser Schemen und zerfloss im undurchdringlichen Grau abseits der Laternen. Lisas Haut prickelte. Wie die Flügel eines Vogels in einem zu kleinen Käfig schlug ihr Herz schmerzhaft gegen die Rippen. Sie begann zu rennen, immer tiefer hinein in den steinernen Tunnel. Ihre Absätze knallten überlaut auf dem Asphalt.
Vergeblich hoffte sie auf eine Abzweigung, einen Ausweg, da tauchte vor ihr ein grünliches Rechteck auf, offenbar ein Ladenfenster. Es schien ein Antiquariat oder eine Kunsthandlung zu sein. Schwere Folianten ruhten auf schwarzem Samt in der Auslage und wurden aus unsichtbarer Quelle beleuchtet. Die Einbände zeigten Figuren, halb Mensch, halb Tier, die an Bosch-Gemälde

erinnerten oder an die Wasserspeier gotischer Kathedralen.
Lisa drückte die Klinke der Eingangstüre und fuhr zusammen beim Scheppern der Glocke. Das Geräusch drang weit in die Nacht, wurde von den steilen Hausfassaden verstärkt. Rasch zog sie die Tür hinter sich zu. Sie stand oben auf einem Treppenabsatz. Ausgetretene Stufen führten hinunter in einen Raum, der vor Büchern überquoll. Bis unter die Decke wucherten gefüllte Regale, verdunkelten die Lampen und überzogen alles mit bizarren Schatten.
Anspannung hatte Lisa in festem Griff gehalten, nun lockerte sich das Korsett aus Adrenalin. Ihr sackten die Beine weg und zittrig ließ sie sich auf der Treppe nieder. Sie musste unbedingt eine Weile ausruhen, einen klaren Kopf bekommen und diese namenlose Furcht verbannen. Derjenige, der im Laden war, konnte ihr sagen, wohin sie sich verirrt hatte. Dann würde sie einen Freund anrufen, ausnahmsweise um Begleitung bitten, sich abholen lassen und bis dahin hier warten.
Von ihrem Platz auf der Treppe blickte sie in das Regallabyrinth; den Inhaber konnte sie nicht entdecken doch an der gegenüberliegenden Wand flackerte Licht. „Hallo", rief Lisa und inmitten des stillen Raumes klang ihre Stimme fremd und verloren. Keiner antwortete und sie wurde unsicher. Erschöpft erhob sie sich und folgte der Lichtquelle, die unregelmäßig die Farben wechselte. Irgendwer musste im Geschäft sein, sonst wäre die Türe abgeschlossen gewesen.
Lisa zwängte sich durch zwei Regalwände hin zum Ende des Ladenlokals. Bücherstapel versperrten ihr den Weg und polternd fiel ein großer Bildband auf den Boden. Jetzt sah sie, was die Helligkeit verursachte: der eingeschaltete Monitor eines Computers. Davor saß eine Gestalt, die sich langsam zu Lisa umdrehte und die Sicht auf den Bildschirm freigab. Das, was er zeigte, war monströs und jagte eine Welle des Grauens durch Lisas Körper. Sie

lief los, fort aus diesem Albtraum, Richtung Ausgang. Es war zu eng zwischen den Regalen; ihr Fuß verfing sich und sie stürzte. Die Türglocke schepperte und ein Mann betrat den Laden. Riesig malte sich seine Silhouette ab gegen den Nachthimmel. Lisa hörte das leise Atmen oben auf dem Treppenabsatz.

Der Phoenix

Gerhard Fritsch

Das Rodenwälder Tagblatt berichtete am zweiten Mai von einem sehr tragischen Geschehen. Das Haus eines emeritierten Professors der Zytologie, etwas abseits eines kleinen Dorfes im Rodenwald gelegen, war in der Walpurgisnacht vollständig abgebrannt. Brandursache, hieß es, wäre ein Kurzschluss im Privatlabor des Professors gewesen, hervorgerufen wahrscheinlich durch das Herabfallen eines elektrischen Prüfgerätes. Die Begleitumstände waren überaus mysteriös: der Professor selbst hatte sich anscheinend ins Freie retten können, wurde aber mit ausgestochenen Augen aufgefunden. Seine Ehefrau war im Bett liegend verbrannt und der 30jährige, nach einem unverschuldeten Autounfall seit Jahren querschnittsgelähmte Sohn spurlos verschwunden. Er musste zuletzt im Labor gewesen sein, da sich dort sein umgestürzter Rollstuhl befand. Ohne diesen hätte er sich aber kaum bewegen können, weshalb man von einem Verbrechen ausging. Schwere Körperverletzung, Entführung, Brandstiftung und Totschlag.
Der Professor konnte bislang noch keine Aussage machen, da er dem Vernehmen nach immer noch unter Schock stand.

*

Carlos Bezkron war erst vor kurzem nach Obschonfurt zugezogen. Er war als Referendar zur Realschule im Nachbarort Alskanfeld versetzt worden, hatte dort aber keine passende Wohnung gefunden. Im Nachhinein dachte Carlos, dass es so besser war, denn die Leute sagten, in Alskanfeld würde man öfter den unangenehmen Geruch der Chemiefabrik in der Nase haben. Außerdem war der Weg zur Schule nicht weiter als drei Kilometer: die Brücke über den Fluss und noch zwei Querstraßen, dann war er dort. Bei gutem Wetter konnte er das mit dem Fahrrad oder zu Fuß machen. Aber das Beste war, dass er in Obschonfurt am Berghang wohnte und von seiner Wohnung aus einen sehr guten Blick auf das große Werk auf der anderen Seite des Flusses hatte. Es faszinierte ihn einfach: die vielen Kamine, Rohrleitungen, Kräne und dergleichen, aber am allermeisten der höchste Schlot. Zweihundert Meter, hatte er gehört, soll er hoch sein, am Fundament breit wie ein Wohnhaus und ganz oben bestimmt noch fünf Meter dick.
Selbst aus dem Hinterland der Stadt und den umliegenden Hügeln aus war seine Spitze noch zu sehen. Sozusagen war dieser Industriekamin der zentrale Orientierungspunkt für die ganze Gegend. Was die Aufmerksamkeit Carlos Bezkrons besonders auf sich lenkte, waren die rundherum befindlichen, rechteckigen Öffnungen knapp unterhalb der Schornsteinmündung. Unter Zuhilfenahme eines Fernrohres konnte er erkennen, dass sich dahinter tatsächlich ein Hohlraum befinden müsse. Dafür sprach auch, dass ganz oben nur ein abgasführendes Innenrohr, anscheinend aus Edelmetall, herausragte, das einen erheblich geringeren Durchmesser hatte als der eigentliche Kamin.

*

Die Kriminalpolizei hatte eigentlich eine Lösegeldforderung erwartet, aber eine solche war selbst nach fünf Tagen noch nicht eingegangen, weshalb die Vermutung einer Entführung wieder in Frage gestellt wurde. Die Spurensicherung durchsuchte zwei Tage lang die ausgebrannten Räume und das gesamte Grundstück des Anwesens, konnte aber keinerlei Hinweise auf irgendwelche Eindringlinge entdecken. Wenn aber der Sohn des Professors vor Ort umgekommen sein sollte, so hätten Überreste gefunden werden müssen, denn ein absolut restfreies Verbrennen eines menschlichen Körpers konnte ausgeschlossen werden, umsomehr, als ja auch die Feuerwehr relativ rasch zur Stelle war. Die meisten Aufschlüsse erhofften sich die Kriminalisten von einer Befragung des Professors. Dieser aber hatte bislang noch kein einziges Wort gesprochen. Auf Schockzustand konnte man das nach einer Woche nicht mehr zurückführen. Erschwerend für die Beamten kam hinzu, dass sie dem Professor dabei nicht in die Augen sehen konnten, was ihnen möglicherweise einen Eindruck von seiner Gefühlslage oder seinen Absichten vermittelt hätte.

*

Carlos Bezkron kam sehr gelegen, dass er an seiner Schule auch Berufskundeunterricht erteilte. Er bemühte sich um einen Termin für eine Werksbesichtigung im Chemiewerk, was wenig später tatsächlich auch gewährt wurde. In den Produktionshallen, in denen viskosehaltige Kunstfasern hergestellt und auf riesige Rollen aufgespult werden, herrschte großer Lärm, sodass keiner ein Wort des anderen verstehen konnte. Auf den Freiflächen vor den Hallen erklärte der Werksführer jeweils, was zu sehen war und was in den nächsten Räumen besichtigt werden konnte. Das Interesse der Schüler nahm mit der Zeit ab, sodass Carlos Bezkron endlich die Initiative ergreifen und den Werksführer über die verschiedenen technischen Aggregate im Freigelände und vor allem über den großen Industrieschlot ausfragen konnte. Viel Neues erfuhr er dabei nicht, hörte aber bestätigt, dass sich ganz oben eine begehbare Plattform, und darunter, hinter den Öffnungen ein Raum befindet, der für Wartungs- und Inspektionsarbeiten genutzt werden kann. Carlos sah nun auch die eingemauerte Steigleiter, die bis ganz nach oben führte. Der Werksführer erklärte aber, dass die jährlich durchzuführenden Messkontrollen erst spät im Jahr durchgeführt werden durften, und zwar aus Artenschutzgründen. Mehrere Jahre lang nämlich hatte dort oben ein Wanderfalkenpärchen gebrütet, deren Art vom Aussterben bedroht sei. In diesem Jahr aber, sagte er, müsse etwas Größeres dort Unterschlupf gefunden haben. Die Überreste von großen Vögeln, Enten oder Schwänen, Hasen, ja sogar ein angefressener Schäferhund wurden unten im Bereich des Kaminsockels gefunden. Gesehen hatte das Vieh bis dahin noch niemand, aber hinaufsteigen dürfe aus besagten Gründen auch keiner. Jedenfalls, so schloss der Werksführer das Thema ab, müsse es schon ein ganz großer Vogel sein, ein Adler oder so etwas.

*

Irgendwie war die Polizei am Ende ihres Lateins. Wäre der Sohn des Professors nicht unauffindbar gewesen, hätte sie die Ermittlungen einstellen können. So aber musste sie der Sache nachgehen, denn dass irgendein Verbrechen geschehen war, war mehr als wahrscheinlich.
Der Professor war vom Krankenhaus in eine Pflegeeinrichtung verlegt worden. Er beteuerte, zum Hergang des Unglückes nichts sagen zu können, drängte aber darauf, alles zu erfahren, was dazu an Erkenntnissen und Vermutungen vorlag. Die Polizisten redeten viel mit ihm - in der Hoffnung, doch noch den einen oder anderen Hinweis zu bekommen. Was sie ihm jedoch nicht erzählten, war, dass sie mittlerweile im Privatleben von ihm und seinem Sohn nachforschten: welchen Beschäftigungen

sie nachgingen, welche Kontakte sie hatten und ähnliches mehr.
Für die Beamten ergaben sich dabei keine Erkenntnisse, die den Fall zu lösen geholfen hätten. Der Sohn des Professors war wohl unter regelmäßiger medizinischer Beobachtung und Betreuung, weil er durch den Autounfall nicht nur körperlich, sondern auch mittelschwer geistig behindert war. Ansonsten hatte er dem Anschein nach kaum Kontakte zu Menschen außerhalb der häuslichen Sphäre.

Der Professor selbst hingegen hatte anscheinend regen Briefwechsel mit diversen anderen Wissenschaftlern, darunter auch ausländischen. Dies ergab sich aus den Schriftstücken, die er gemeinsam mit anderen Dokumenten und Notizen im Safe aufbewahrt hatte. Auch ein Großteil seines E-Mail-Verkehrs konnte mit Hilfe des Providers gesichert und eingesehen werden. Ein russischer Gelehrter hatte angeblich das Geheimnis des Phoenix, eines sagenumwobenen Vogels, der immer wieder zu neuem Leben erwacht, entschlüsselt. Mehrere Seiten, die nur chemische Formeln enthielten, waren dazu beigefügt.

*

Das Werksgelände war auf Alskanfelder Seite überall eingezäunt. Da es aber nach Oschonfurt hin an den Fluß grenzte, war es mit dem Schlauchboot leicht zu erreichen. Man musste nur Geduld haben, dann erreichte man auch den großen Fabrikschlot ungesehen.
Carlos Bezkron tat, wonach ihn drängte, sosehr drängte, dass er allen rationalen Einwänden, die sich einem intelligenten Menschen wie ihm normalerweise stellten, keine Chance auf Gehör mehr einräumte.
Im Schutz der Dunkelheit hatte er übergesetzt, an einem Wochenende, wo nur Minimalschichten gefahren wurden. In grauen Trainingsdress gekleidet, war die Wahr-

scheinlichkeit, an der Steigleiter entdeckt zu werden, relativ gering. Langsam stieg er auf, ganz langsam, denn schnelle Bewegungen werden immer eher wahrgenommen. Die ersten achtzig Meter waren die gefährlichsten, denn sie befanden sich noch im beleuchteten Bereich des Werks. Darüber waren nur noch die roten Warnlichter für den Flugverkehr sichtbar.

Um von der obersten Plattform in den Raum darunter zu gelangen, musste man eine Metallleiter hinunterklettern, die normalerweise mit einer Klapptüre gesichert ist. Sie war aber offen, und Verwesungsgeruch stieg empor. Die Taschenlampe offenbarte die Gründe: Reste von Tierkadavern, schmutzige Lumpen und anderer Unrat. Carlos Bezkron beschloss, nicht in die Kammer zu steigen, sondern lieber oben auf der Plattform zu bleiben und das erhabene Gefühl auszukosten, weit über den Häusern der umliegenden Gemeinden den nächtlichen Himmel zu bestaunen. Er ließ die Klapptüre ins Schloss fallen. So entging ihm allerdings, dass sich in der Kammer auch eine stoßfeste Umhängetasche befand, wie sie manchmal bei Rettungsdiensten in Gebrauch sind. Sie enthielt Phiolen mit einer zähen braunen Flüssigkeit. Carlos Bezkron war der letzte Mensch, der sie hätte sehen und mitnehmen können.

Dem lautlosen Schatten war er nicht gewachsen. Ehe er verstand, dass er nicht alleine war, wurde er gepackt und über die Brüstung geworfen. Noch im Fallen spürte er stechenden Schmerz in seinem Gesicht, den näher kommenden Boden aber sah er nicht mehr.

*

In ihrer Ausgabe vom Gründonnerstag berichtete das Rodenwälder Tagblatt von zwei tragischen Unglücksfällen, die sich an unterschiedlichen Orten zutrugen und allem Anschein nichts miteinander zu tun hatten. Jedoch waren beides Todesstürze:

Ein junger Lehrer ist in der Nacht zum Mittwoch bei dem

Versuch, die Steigleiter des großen Kamins im Chemiewerk hinaufzuklettern, abgestürzt. Seine zerschmetterte Leiche wurde in den frühen Morgenstunden kurz vor Schichtwechsel in einer Blutlache liegend auf dem Fabrikhof gefunden. Die Werksleitung zeigte sich schockiert und verkündete, die Sicherheitsvorkehrungen in Zukunft zu verstärken. Wie außerdem bekannt wurde, war der Lehrer erst zwei Wochen zuvor mit einer Schulklasse zur Werksbesichtigung vor Ort gewesen, wobei dem für Werksführungen zuständigen Mitarbeiter aufgefallen war, dass sich der Verunglückte insbesondere für den großen Industrieschlot interessiert hatte.

In einem gemeinsamen Plädoyer mit der Polizei wies die Werksleitung angesichts dieses Vorfalles darauf hin, dass das unbefugte Eindringen auf das Werksgelände verboten ist, und im übrigen das Erklettern von hohen Gebäuden oder anderen steilen Anstiegen ohne fachkundige Absicherung lebensgefährlich sei.

Im Gegensatz zum zweiten am selben Tag geschehenen Todessturz wurde aber eine Selbsttötungsabsicht nicht angenommen:

„*In der idyllisch im Rodenwald gelegenen Rehabilitationsklinik stürzte sich ein Professor im Ruhestand gestern abend von einem Balkon im dritten Stock in die Tiefe. Er starb noch an der Unfallstelle. Der Professor hatte nach einem Brand seines Wohnhauses auf mysteriöse Weise sein Augenlicht verloren (wir berichteten). Wie die Klinikleitung mitteilte, hatte er vor einigen Tagen um ein Diktiergerät gebeten, auf dem er, wie sich jetzt herausstellte, seine Selbstmordabsicht ankündigte. In einer ersten Stellungnahme geht die Polizei jetzt auch davon aus, dass der Professor selbst den Brand gelegt und sich anschließend selbst die Augen ausgestochen hat. Wahrscheinlich hat er auch das Geheimnis um das Verschwinden seines Sohnes mit ins Grab genommen.*"

*

Der Schatten wand sich in Gram und Selbstzweifel. Sein Versteck war entdeckt worden. Er wollte keinen

Menschen mehr sehen. Dunkel erinnerte er sich an sein rollendes Gefängnis, dem er für immer entronnen war. Ohne die Worte wiederholen zu können, wusste er, was sein Retter gemeint hatte, als er ihm die Tasche mit den Phiolen gegeben hatte. Er holte sie herauf, hängte sie sich um und flog in die Nacht davon. Und in den Tiefen seines Bewusstseins regte sich so etwas wie Bedauern darüber, was er dem alten Mann angetan hatte, der jahrelang für ihn gesorgt hatte.

Die Nonne als Vamp

Heinz-Helmut Hadwiger

Mit dem Auto war ich in Richtung Bosnien-Herzogowina unterwegs. Ich folgte der E 73, die der nationalen M 17 entspricht, und dem blauen Vorwegweiser: Krivoglavci. Im Bezirk Raska der Region Sandzak wollte ich von Ribarici aus Ilias erreichen, was eher einer Odysee glich, da es in gleicher Entfernung von 1 km ein Ilijas gibt, in dem ich vergeblich das Haus meiner Tante Mary suchte.
Nachdem ich mir der Verwechslung bewusst geworden war, kam ich alsbald an mein Ziel. Im Nebenhaus der Tante wohnt deren Schwester Elvira mit ihrem Mann Tom. Bei ihnen sollte ich den Hausschlüssel abholen, da meine Tante überraschend nach Kroatien hatte fahren müssen, weil sich mein Onkel Iwan die Hand gebrochen hatte. Sobald er wieder fahrtüchtig wäre, würden sie nachkommen. Ich sollte mich inzwischen einquartieren und mich ganz wie zuhause fühlen.
Elvira und Tom bereiteten mir ein herzliches Willkommen, luden mich auf einen Imbiss ein und stießen mit einem feinen Sliwowitz Zufanek auf meinen Urlaub an. Dann begleitete mich Tom in das Haus seiner Schwägerin, wo ich die Wohnung im Parterre beziehen sollte, indes meine Tante Mary den 1. Stock mit einem eigenen

Eingang an der Rückseite des Hauses bewohnt, von wo aus sie auch in ihre Garage gelangen kann, während ich mein Auto südlich davon auf der Promenade vor dem Haus abstellte.

Mein Onkel zeigte mir das für mich vorbereitete Schlafzimmer, das Bad und die Wohnküche, in der mir Mary zur Begrüßung einen Teller mit Käse, Wurst und Brot sowie eine Flasche Grasevina aufgestellt hatte, einen Weißwein aus ihrer engeren Heimat, Kroatien.

Nachdem mich mein Onkel verlassen hatte, packte ich meinen Koffer und meine Reisetasche aus und verstaute meine Wäsche und mein Toilettezeug. Dann setzte ich mich in die Wohnküche, entkorkte die Weinflasche, schenkte mir ein Gläschen ein und las in meinem Reiseführer über die wichtigste Sehenswürdigkeit der Umgebung nach, über das Manastir Crna Reka, das Kloster Crna Rijeka, benannt nach dem *Schwarzen Fluss*:

Zu diesem Namen kam es der Legende nach, weil Ioanikios von Devic, der Gründer, durch das Tosen des unterhalb des Klosters vorbeirauschenden – damals noch weißen – Flusses in seinem Gebet so gestört war, dass er Gott bat, er möge den Fluss verschwinden lassen, wonach dieser oberhalb des Klosters in den Berg floss und erst 500 m unterhalb wieder an die Erdoberfläche trat. Wo Ioanikios betete, sei heute noch der Abdruck seiner Schulter im Stein zu sehen, weshalb diese Stätte als heilig gelte.

Als ich dies und die weiteren geschichtlichen Anmerkungen las, ahnte ich freilich noch nicht, dass ich schon früher als erwartet mit dem Kloster wundersame Bekanntschaft machen würde.

Das drei Kilometer von Ribarici entfernte Kloster stammt aus dem 14. Jahrhundert, sein ältester Teil ist die dem Erzengel Michael geweihte Höhlenkapelle. Außerdem beherbergt es die Reliquien des bedeutenden serbischen Heiligen Petrus von Korisa, die von dort vor den Türken in Sicherheit gebracht worden waren, wodurch das Klo-

ster über ein wichtiges Heiligtum verfügt.
Das mittelalterliche Bauwerk ist noch getreu erhalten, thront auf einem Felsen und ist über eine alte, ursprüngliche Holzbrücke erreichbar, die man früher hochzuziehen pflegte.
Mit dieser Erkenntnis zog ich mich vom Küchentisch hoch und in mein Bett zurück, wenngleich ich auch nicht sofort einschlafen konnte. Gedanken beschäftigten mich bis 23 Uhr, ob denn meine Tante gut in Kroatien in Novi Vinodolski angekommen sei, ob sie ihre Wohnung im Haus oben auch ordentlich versperrt habe, ob es ihrem Iwan wohl schon besser gehe.
Unvermittelt nahm ich über mir einen dumpfen Laut wahr, so als ob ein schwerer Gegenstand zu Boden gefallen wäre. Ob meine Tante vielleicht doch nicht heimgefahren und die Nacht über noch da geblieben war?
Dann trat wieder Stille ein, bis ich das deutliche Knarren einer Tür zu hören vermeinte. Danach wieder minutenlange Stille.
Vielleicht war das Geräusch nur aus einem Nebenhaus gekommen.
Da erspähte ich zwischen den nicht ganz zugezogenen Vorhängen den Schein der Gartenlaterne, die angezündet worden war, um vorzutäuschen, das Haus sei ständig bewohnt. Der Lichtschein fiel an die Wand neben meinem Bett. Plötzlich verfinsterte er sich, und an der Wand erschien der Schatten einer langen, dünnen Gestalt.
Neugierig eilte ich ans Fenster und sah eine Person in einer grauen Kutte unter der Palme im Vorgarten stehen. Eine Frau, schloss ich aus ihrem schwarzen, schulterlangen Haar. Sie lud mich mit einer Handbewegung ein, zu ihr hinaus zu kommen. Ohne nachzudenken, wie hypnotisiert, folgte ich ihrer Geste. Überraschend gab sie mir die Hand: ein fester, energischer, ja, männlicher Händedruck, der schmerzte. Sie bedeutete mir, ich möge ihr folgen.

Vor einem an eine Zypresse angelehnten Tandem-Rad hielt sie an, sie schwang sich auf den vorderen Sattel und forderte mich auf, hinten Platz zu nehmen. Die Ausgefallenheit des Ausflugs fand meinen Gefallen. Wir radelten zwei, drei Kilometer, etwas bergan, bis wir an ein im Dunkeln imposant wirkendes Gebäude gelangten. Hier stellte die Fremde das Tandem ab und holte auch mich herunter. Über eine Holzbrücke gingen wir Hand in Hand – sie hatte mich, ohne Einwand zu dulden, angefasst – zu einem schmiedeeisernen Tor, an das sie irgendwo gedrückt haben musste, weil es unversehens aufsprang. Durch einen kargen Vorhof zog mich die Fremde – jetzt erkannte ich an der Kutte die Nonnentracht – zum Stiegenhaus und hinauf ins zweite Obergeschoss, schlurfte mit ihren Schlapfen oder (in der Klostersprache) Herrgottssandalen den Gang entlang bis an eine vermoderte Holztür, die sie mit einem Griff in den steinernen Rahmen rechts öffnete.
Nachdem sie eine Kerze angezündet hatte, sah ich, dass wir in einer Klosterzelle standen, mit einer Holzpritsche, einem kleinen Tischchen und einer Gebetsstufe im Felsen.
Ehe ich noch Fragen stellen konnte – mir war inzwischen klar geworden, dass wir uns im vom Reiseführer als äußerst sehenswert empfohlenen Kloster Crna Reka befanden –, warf die stumme Nonne ihre Kutte ab und stand vor mir, wie Gott sie erschaffen hatte: schlank und ansehnlich, eine Augenweide von alabasterner Durchsichtigkeit, umrahmt von ihrer kohlrabenschwarzen Mähne. Bevor ich mich noch an dieser Ikone – ich befand mich ja in einem serbisch-orthodoxen Kloster – sattsehen konnte, machte sie mir unmissverständlich verständlich, ich sollte gleichfalls meine Kleidung ablegen. Die Scham wich meiner Überraschung. Ich entkleidete mich schnell und kroch unter die raue Decke. Die nackte Nonne legte sich neben mich und schmiegte sich eng an mich, sodass mich ein Schauer überlief, den ich nicht zu deuten ver-

mochte: War es die Furcht vor einer ungewissen Weiterung? War es eine erotische Initialzündung?
Als sie ihren Kopf zu mir drehte, erwartete ich ihren Kuss. Sie entzog mir jedoch ihre Lippen und presste sie mit überraschender Heftigkeit an meine rechte Halsseite, und statt der erhofften, zärtlichen Umarmung verspürte ich die beklemmende, zangenartige Einengung einer Fesselung. Ich wich nach links aus, um mehr Luft zu bekommen.
Da klopfte es laut an der Zellentür. Die Nonne machte mir ein Zeichen, ich möge mich still verhalten, und forderte mich durch Gebärden auf, die Zelle durch ein kleines Fenster an der Außenwand schleunigst zu verlassen. Ich raffte meine Kleider zusammen und zwängte mich durch die enge Öffnung, bis ich auf einem steinernen Sims im Freien stand und mich in eine ungewisse Richtung entlang der Klostermauer vorantastete, ohne mir der Gefahr bewusst zu sein, dass ich jeden Augenblick abstürzen könnte. So gelangte ich an die Hausecke, wo ich im schwachen Mondschein einen Vorbau unter mir erspähte, auf den ich einen Sprung wagte.
Auf dem Dach zog ich meine Kleider an. Kurz danach fand ich eine passable Abstiegsmöglichkeit und trat einigermaßen verzweifelt den Heimweg zu Fuß an, von den abenteuerlichsten Gedanken gepeinigt, was wohl so schlagartig unser Schäferstündchen verhindert haben mochte.
Meiner Übermüdung verdankte ich, dass ich trotz vielerlei Zweifel alsbald einschlief.
Durch ein lang anhaltendes, quietschendes Geräusch wurde ich geweckt, das ich als Versuch deutete, das Eisentor zur Garage über mir zu öffnen. Im Pyjama jagte ich die Stufen neben dem Haus empor und sah gerade noch, wie ein großer, weißer Lieferwagen mit der gut leserlichen Aufschrift *Biofrost* und mir unverständlichem Bosnisch von der Terrasse vor dem Eingang zur Wohnung meiner Tante ausscherte.

Was wird der Fahrer wohl gewollt haben? Nur eine Zustellung? Oder?
Als ich mich eben davon überzeugen wollte, ob die Eingangstür versperrt sei, ging diese behutsam auf und ein männlicher Kopf lugte vorsichtig hervor, nach allen Seiten. Mich bemerkend, gab er seine Deckung auf, trat heraus und auf mich mit dem Wort zu: „Mrtav".
Dann stürzte er an mir vorbei, lief in Panik zu seinem auffälligerweise einige Seitengassen entfernt abgestellten Auto und brauste davon.
Unschlüssig ging ich zur angelehnten Wohnungstür, und in böser Vorahnung betrat ich das Haus. Meine Tante lag in ihrem Bett, bleich und unbeweglich, eine Art grauen Stoffgürtel oder eine graue Kordel um den Hals.
Mit einem Male wusste ich, das „mrtav" tot heißt.
Sie war also nicht mehr weggefahren, sondern davor schon – wie auch immer – verstorben. Eines natürlichen Todes? Oder durch Mörderhand?
Jedenfalls schied der letzte Besucher, wenn er nicht stundenlang bei ihr gewesen war, damit als mutmaßlicher Täter aus. Auch der „Biofrost"-Lieferant, der zudem die Wohnung gar nicht betreten haben dürfte, sonst wäre er ja auf den Besucher vor ihm gestoßen. Offenbar hatte er sich damit begnügt, bei seiner Ankunft anzuläuten, und, als sich niemand meldete, noch das Eisentor zur Garage geöffnet – welcher Lärm mich geweckt hatte –, um sich davon zu überzeugen, dass Marys Auto noch da war, dann hatte er aber seine Lieferung auf einen späteren Zeitpunkt verschoben.
In meiner Ratlosigkeit verständigte ich Onkel Tom und Tante Elvira im Nebenhaus. Tom meinte nur kurz und ohne sichtbare Teilnahme: „Also ist sie doch nicht weggefahren!", während Elvira verzweifelt aufschrie: „Du hättest sie ja auch nicht gar so rücksichtslos vor den Kopf stoßen müssen!", und dann in ein lang anhaltendes Schluchzen verfiel.

Wir sprachen ihr Trost zu. Kaum hatte sie sich einigermaßen beruhigt, begleiteten mich die beiden in Marys Schlafzimmer, wo Tom, nachdem sich sein Schrecken gelegt hatte, versuchte, von Marys Hals den Gürtel zu entfernen, der sich dabei als Strick herausstellte und offenbar zum Erdrosseln verwendet worden war. Das bestätigten die blau verfärbten Hämatome und die Muskelblutungen rund um den Hals sowie an einer Stelle seitlich ausgetretenes Blut, das bereits angetrocknet und verkrustet war.
Arme Tante, ich hatte nicht erwartet, sie so wiederzusehen.
Die Totenstarre war schon eingetreten.
Uns blieb nur, die Kriminalpolizei zu verständigen.
Die Mordkommission und die Spurensicherung trafen ein. Wir wurden gefragt, was wir an der Leiche und am Tatort verändert hätten, und aus dem Haus geschickt, worauf wir uns bei Elvira und Tom daheim zusammensetzten, Mutmaßungen über den Mord anstellten und darüber, dass wir nichts davon bemerkt hatten. Als wir noch besprachen, wer Iwan, den Mann der Toten, verständigen solle, und, ob telefonisch, nahm sich der leitende Kommissar dieser Aufgabe an, wobei er Iwan auftrug, unverzüglich anzureisen, als hätte er ihn in Verdacht. Und nachdem ihm Elvira bestätigt hatte, das Haus habe Mary allein gehört, hatte der Kommissar auch sein Motiv: Iwan würde es allein erben.
Die weitere Hypothese des Kriminalisten, die Ehe Marys wäre ernstlich zerrüttet gewesen und die beiden hätten nur mehr gestritten, ließen Elvira und Tom nicht gelten. Mary habe zwar im Sommer viele Wochen allein hier gelebt und ihre Gäste betreut, allerdings mit Iwans Einverständnis, der lieber am Velebiter Kanal blieb, demnach am Haus in Ilias nicht interessiert war.
Trotzdem würde der Kommissar Iwans Alibi überprüfen.

Kurz nach dem Eintreffen der Fahrzeuge der Mordkommission war als erster neugieriger Nachbar Ivo Prsar herbeigeeilt. Kaum dass er vom Tod Marys erfahren hatte, brach er in die für ihn offensichtlich erfreuliche Feststellung aus: „Na, hat es die alte Zwiderwurz endlich erwischt."

Tom erklärte mir und dem über so viel Offenheit überraschten Kommissar, dass Ivo mit Mary wegen eines Grundstückes zerstritten war, das an seines angrenzte und das er gern erworben hätte, während Mary nicht bereit war, es ihm abzutreten, ungeachtet der Tatsache, dass sie es selbst weder brauchte noch bewirtschaftete.

Schon wieder ein Motiv!

Der Kommissar trug einer Handvoll Kriminalbeamter „bei Gefahr im Verzug" – wie er es nannte – auf, das Haus von Ivo Psar, der noch dazu lediglich versichern konnte, die letzte Nacht allein zuhause zugebracht zu haben, welches Alibi niemand bestätigen könne, aufs Gründlichste zu durchsuchen und vor allem nach einem grauen Kleidungsstück Ausschau zu halten, zu dem der bei der Toten zurückgelassene Gürtel, der von ihm makaber *das Halsband* genannte Strick, passen könnte.

Nach zwei Stunden kam die Fehlmeldung, und Ivo durfte sich wieder auf sein Anwesen zurückziehen. Seine Schadenfreude über den Tod der unliebsamen Nachbarin war dem Ärger über seine Einschränkung durch die polizeilichen Ermittlungen gewichen.

Nach weiteren zwei Stunden kamen die Beamten zurück, die in der Umgebung nach allfälligen Wahrnehmungen gefragt und etwaige Zeugen zu ermitteln gehofft hatten. Niemand habe verdächtige Geräusche gehört, lediglich, dass ein Ausländer mit einem in Österreich zugelassenen Wagen am Nachmittag auf der Promenade vorgefahren sei, wo sein Auto noch immer parke, sei ihnen aufgefallen.

Damit rückte ich in das Interesse des Kommissars: Was ich denn hier zu suchen habe? Ob ich vielleicht auf das

Haus der Tante aus war? Wo ich die Nacht verbracht habe?

Als sich Tante Elvira einschaltete und für mich bürgen wollte, vorbrachte, welch lieber Junge ich wäre, zu so einer Tat keineswegs fähig, außerdem hätte ich die Nacht in der Wohnung darunter zugebracht, wand der Kommissar nur lakonisch ein, gewiefte Mörder erkenne man eben auf den ersten Blick gar nicht, und fragte die Tante scheinheilig, ob sie etwa die ganze Nacht bei mir gewesen sei, sodass sie ausschließen könne, ich hätte meine Unterkunft verlassen und sei bei Tante Mary eingedrungen.

Eingedrungen? Das Schloss an der Eingangstür war doch nicht beschädigt noch war sonst gewaltsam eingebrochen worden. Dies spreche dafür, dass die Ermordete den Täter oder die Täterin freiwillig eingelassen hätte. Da selbst im Schlafzimmer keinerlei Spuren eines Kampfes oder einer Auseinandersetzung zu finden waren, müsse der tödliche Angriff überraschend erfolgt sein.

Dadurch hätten – meinte der übereifrige Kommissar – wir nahen Angehörigen recht gehörigen Erklärungsbedarf.

Ein weiteres Indiz glaubte er entdeckt zu haben: Vom Bett des Opfers über den Gang und durch die Eingangstüre führen Schleifspuren, wie sie jemand hinterlässt, der beim Gehen die Füße zu wenig anhebt oder sie gar nachzieht. Auffällig sei, dass diese Spuren über die Stiege an der Seite des Hauses hinunter bis zum Eingang der von mir benützten Wohnung zu verfolgen seien, wo sie im Gras davor endeten, so als sei der Täter – der Kommissar hatte unzweifelhaft mich im Auge – in die Wohnung im Parterre *zurückgekehrt*.

Ich musste über seine Aufforderung mit einer *Gehprobe* beweisen, dass ich dabei meine Füße nicht nachziehe. Sicherheitshalber ordnete er auch eine Nachschau in meiner Unterkunft an, nach Schuhwerk, das solche Spuren hätte hinterlassen können. Ein Paar Schuhe mit Leder-

sohlen stellte er sicher, um sie der kriminaltechnischen Untersuchung zuzuführen.
Gleichzeitig wurde das Alibi Elviras und Toms verlangt, wobei sie getrennt verhört wurden. Während Tom angab, den Abend über und die ganze Nacht bis zur Auffindung der Leiche durch mich zu Hause gewesen zu sein, was seine Frau bezeugen könne, widersprach ihm diese, indem sie behauptete, er habe zwischen eins und zwei Uhr früh das Haus für ungefähr eine Stunde verlassen.
Nun musste Tom einräumen, wegen Schlaflosigkeit spazieren gegangen zu sein.
Ob er denn da nicht noch bei seiner Schwägerin vorbeigeschaut habe, ein letztes Mal?
Er, Tom, und Elvira seien doch der Überzeugung gewesen, Mary habe noch am späten Nachmittag, nachdem sie sich von ihnen verabschiedet hatte, die Fahrt nach Kroatien angetreten.
Vielleicht habe, so warf der Kommissar ein, Tom ihr davon wieder abgeraten und sie – wie einer Äußerung eines Nachbarn zu entnehmen war – erneut dahin angegangen, dass sie ihr Haus seinem Sohn anstatt ihrem Iwan testamentarisch vermache. Darüber habe – so der Nachbar – schon seit einiger Zeit eine heftige Diskussion bestanden.
Da hätte er, hielt Tom entgegen, seine Schwägerin doch nicht umgebracht, ehe sie das Testament geändert hätte, weil ja ihr Tod geradezu seinen Plan, seinen Sohn zum Erben zu machen, vereitelt hätte.
Möglicherweise sei er über die ablehnende Haltung seiner Schwägerin so erzürnt und erbost gewesen, dass er sie erdrosselt habe.
Die gerichtliche Obduktion würde noch mehr Klarheit verschaffen, habe der Polizeiarzt versichert, der lediglich die Drosselmarke am Hals der Toten eindeutig erkannt haben wollte, mehr Klarheit, was den Todeszeitpunkt und die damit verbundenen Indizien anlangte.

Wir sollten uns jedenfalls zur Verfügung der Polizei halten.

Damit blieb jeder von uns mit seinen Vermutungen, wie es zu Marys Tod gekommen sein könnte, allein.

Wieder in meiner Wohnung, über deren Unordnung ich mich ärgerte, die die Polizei durch ihre Stöberei zurückgelassen hatte, fragte ich mich schließlich, warum ich dem Kommissar gegenüber mein nächtliches Abenteuer mit der Nonne verschwiegen hatte. Es gehe ja nicht um meine sittliche Ehrenhaftigkeit, sondern um die Aufklärung eines Mordes; auch hätte ich damit für die Stunde vor Mitternacht ein unumstößliches Alibi gehabt.

Dies wog umso schwerer, als wir tags darauf das Ergebnis der gerichtlichen Obduktion erfuhren, wonach der Tod durch Erdrosseln zwischen 22 und 1 Uhr des nächsten Tages eingetreten sei.

Damit war aber auch Onkel Tom rehabilitiert, der seinen Spaziergang mit Sicherheit erst nach 1 Uhr unternommen hatte.

Als besonderes, nicht schon bei der ersten Leichenschau erkennbares Anzeichen habe die Obduktion ergeben, dass das Opfer an der Halsseite, an der vertrocknetes Blut klebte, zwei nagelgroße Einstiche in einer Entfernung von fünf Zentimetern zueinander aufweist. Ihre Herkunft könne sich der Obduzent nicht recht erklären, zumal er nicht wisse, welches Werkzeug der Täter dafür angewendet habe, Messer sei es keines gewesen, dass er zwei Nägel unabhängig voneinander in den Hals des Opfers geschlagen habe, sei eher unwahrscheinlich.

Übrig bleibe noch die denkmögliche Vorstellung, die beiden Löcher stammten von spitzen Eckzähnen, ohne dass sich das ganze Gebiss am Hals abgedrückt habe.

Bei diesen Worten des Kommissars griff ich mir unwillkürlich an die rechte Halsseite, als verspürte ich einen Biss.

Dann brach alle Zurückhaltung in mir zusammen, und ich legte dem Kommissar meine Schlüsse dar:

Die Nonne, die sich mir als verführerischer Vamp genähert hatte, sei nach dem Mord in ihren Herrgottsschlapfen zu meiner Wohnung heruntergekommen, wobei sie die sichergestellten Schleifspuren verursacht habe. Ich hatte sie in ihrer grauen Kutte im Licht der Laterne wahrgenommen, jener grauen Kutte, deren Kordel sie um den Hals der Tante geschlungen hatte, sie zu erdrosseln.

Ich sei der offenbar Stummen, die kein einziges Wort an mich gerichtet, sondern mir nur durch Gesten zu verstehen gegeben hatte, was sie von mir wolle, in der fälschlichen Erwartung eines erotischen Abenteuers auf dem Tandem bis zum Kloster gefolgt und dort bis in ihre Zelle. Als sie gerade zum Biss in meinen Hals angesetzt habe, sei sie durch ein Klopfen an der Zellentür daran gehindert worden und habe mir die Flucht durch eine Fensterluke nahegelegt.

Nun erst kam mir mit Erschrecken zum Bewusstsein, dass ich das nächste Opfer des als harmlos-verführerischen Vamps getarnten Vampirs hätte sein sollen!

Vampire, warf der erstaunte Kommissar ein, gebe es keine mehr, weder in Siebenbürgen noch hier.

Was nichts daran ändere – gab Onkel Tom zu bedenken –, dass sich manch geisteskranke Menschen wie Vampire aufführen zu müssen dächten. Das Kloster Crna Reka sei seit einiger Zeit ein Rehabilitationszentrum für Drogenabhängige, die dort von den Mönchen betreut würden. Auch seine Schwägerin Mary habe diese Klienten infolge ihres Helfersyndroms öfter aufgesucht, an der Gesprächstherapie teilgenommen und zu ihnen menschlichen Kontakt gehalten. So ist auch begreiflich, dass die als Nonne aufgetretene Suchtgift-Userin sie kannte und Mary sie selbst nachts einließ, weil sie glaubte, ihr helfen zu müssen.

Der Kommissar zweifelte noch an meiner phantastischen Schilderung und fuhr, um sich Gewissheit zu verschaffen, ins nahe Kloster, allenfalls auch, um die der Tat überführte Mörderin sofort zu verhaften.

Nach nicht einmal einer Stunde kam er ohne die Mörderin zurück:
Der für dieses Mädchen verantwortliche Pope oder Klosterbruder habe ihm bestätigt, dass so eine Drogenabhängige hier untergebracht war. Sie habe an Schizophrenie gelitten und sich bei ihren Schüben eingebildet, sie sei ein Vampir. In dieser Zwangsvorstellung sei sie wohl auf Beute ausgezogen. Als er sie kurz vor Mitternacht nach ihrer Rückkehr, die er zufällig an dem an die Klostermauer angelehnten Tandem erkannt habe, zur Rede stellen wollte, sei sie ihm nach Öffnen ihrer Zellentür nackt entgegengetreten und habe von ihm mit der Behauptung, sie habe die Kordel ihrer Kutte verloren, Ersatz verlangt.
Um Lärm und eine größere Unstimmigkeit zu vermeiden, habe er ihr seine Kordel überlassen und sie zur Nachtruhe ermahnt.
Als er sie am Morgen in ihrer Zelle bei unversperrter Tür aufgesucht habe, sei sie schon tot gewesen.: An der Kordel erhängt.
Ein trauriges Ende für einen verführerischen Vamp, der ein Vampir hatte sein wollen.

In einer zerschnittenen Nacht

Christoph Gross

Carcassonne hat mich verschluckt, diese so mittelalterlich-schreckliche und darum so bezaubernde Stadt. Nun zersplittert ihr Licht an meinem Körper. Das ist schwarzromantischer Dünger, gepaart mit Kitsch wie ich ihn liebe.
Die Basilique Saint Nazaire ist ein bisschen wie eine gemauerte Kreuzung aus einem Kristall und einer Moschee, aus welcher gequälte Dämonen sich winden, die Mäuler weit aufgerissen. Blätter begrüssen mich ... In

ihnen scheinen die Vorläufer der Freimaurer weiterzuleben ...

Schießscharten beobachten mich, Fenster zwinkern mir zu. Ein jedes Gebäude hier hat ein Herz. Und manch eines dieser Herzen schlägt sogar noch, das fühle ich. – Ach, würden sie doch allesamt ewig schlagen!

Manche Gassen kommen mir vor wie schlafende Riesenschlangen mit prachtvoll gemusterter Schlangenhaut ... Mir ist, als hätte die Schizophrenie Besitz von mir ergriffen, was ich im Augenblick bloß geniessen kann.

Schreite ich da an einer Reihe stramm stehender Soldaten ohne Köpfe vorbei, mit traumwandlerischer Sicherheit!? Besoffen bin ich von den alten Gemäuern, von den Türmen, deren Dächer aussehen wie spitze Zaubererhüte.

Und zuweilen erschrecken mich herumhuschende Katzen, welche vermutlich im Gegensatz zu mir wissen, warum sie noch draußen sind. Immer wieder werfen sie unheimliche Schatten, die etwas von brennenden Scherenschnitten aus schwarzem Papier haben. Und ein kleines Kätzchen säuft geradezu gierig aus einer schmutzigen Pfütze. – Ich denke, dass es eine völlig verantwortungslose (oder tote) Mutter haben muss, weil diese doch sonst mit Gewissheit etwas gegen das unhygienische Verhalten ihres Kindes unternehmen würde: eine gedankliche Absurdität von der Art, wie mein krankes Gehirn sie in manchen Situationen nun einmal gerne produziert. – Ich wünschte, eine Handvoll Wegelagerer würde mir auflauern!

Von Novalis stammt die Frage: „Trägt nicht alles, was uns begeistert, die Farbe der Nacht?"

Die Ratten von London

Carola Kickers

Das große Tier erwachte wie jedesmal kurz nach Einbruch der Dämmerung. Es konnte sich nicht strecken, wuchs aber dennoch beständig weiter. Sein mächtiger, unregelmäßiger Herzschlag erklang in den Gongschlägen von Big Ben und war selbst in weiter Ferne noch gut zu vernehmen. Jede Nacht erwachte es zu neuem Leben. Tausend winzige, glänzende Augen in geschmeidigen Körpern machten sich auf den Weg, um für das große Tier zu sehen. Dieses Tier war die Stadt, die sie fütterte und die gut zu ihnen war. London spie den Nebel über die Themse weit hinaus, dick und kühl wie feuchte Watte, um allem Lebendigen den Atem zu nehmen. Sie waren hungrig!

John Doe wusste, dass dieses Tier, diese unbarmherzige Stadt gefüttert werden musste, wie jede Nacht, wenn die Nebel von der Themse heraufzogen. Aber diesmal konnte er sich kaum bewegen. Er hätte seine heiße Stirn gerne gegen die kühlen Eisenstäbe gelegt, aber seit er sich das letzte Mal absichtlich daran verletzte, indem er immer wieder den Kopf dagegen schlug, hatten die Pfleger ein Drahtgitter davor befestigt. Auch diesmal presste er den Kopf dagegen, aber das Gitter gab leicht nach. Er beobachtete, wie sich sein Atem mit dem schweren Odem des Nebels vermischte. Aus der Ferne drangen die gedämpften Geräusche vom Hafen herüber. Ein Nebelhorn erhob seine klagende Stimme. Wieder ruckte John Doe an den schweren Lederriemen, die seine Arme auf den Rücken zwangen. Sie bewegten sich keinen Millimeter. Er biss die Zähne zusammen. Heute, gerade heute war wieder so eine Nacht, in der der Tod umging! Aber sie glaubten ihm nicht.

John wusste, dass die Anderen ihn durch die Türklappe ansahen. Die feinen Doktoren in ihren weißen Kitteln warteten dort draußen Dazu brauchte er sich nicht einmal umzudrehen. Sie flüsterten miteinander, damit er sie nicht verstehen konnte. Doch er ahnte, worüber sie sich unterhielten.

Professor Rainford und sein Assistent Dr. Stokes beobachteten ihren Patienten durch das Guckloch in der schweren Tür. „Er verhält sich immer nur so merkwürdig, wenn Nebel heraufzieht", stellte Stokes fest.

Seine untersetzte Gestalt erinnerte an eine Bulldogge. Auch sein Gesichtsausdruck war damit vergleichbar. Nur die Hornbrille gab ihm etwas Gelehrtes. Rainford, gut zwei Köpfe größer und denkbar hager, hatte die Hände in den Taschen seines weißen Kittels verborgen. Er schien über einige Freud´sche Theorien nachzudenken. Aus Bewunderung für sein großes Vorbild hatte er sich sogar die gleiche Bartform zugelegt. Dann brummte er nur weise „Hmm…" und nochmals „hmmm."

„Wenigstens kann er sich jetzt selbst keinen Schaden mehr zufügen. Wir haben die Zelle so gut wie möglich gesichert und die Zwangsjacke tut ihr übriges", berichtete Stokes weiter und sah dabei auf den Block mit seinen Notizen.

„Wichtig ist ja wohl, dass er anderen keinen Schaden mehr zufügt", mahnte der Professor und sah Stokes fast strafend an.

„Ja, natürlich, da haben Sie recht. Das, was er seinen Opfern angetan hat, war ja auch mehr als…perfide", beeilte sein Assistent sich, zu sagen.

„In der Tat, und ich würde sehr gerne wissen, woher er all diese medizinischen Fachkenntnisse hat", murmelte Rainford und sah wieder in die Zelle hinein.

Ihr Patient stand immer noch mit dem Rücken zu ihnen und starrte aus dem kleinen Fenster.

„Die Polizei geht von einem Autodidakten aus."
„Unmöglich! So, wie er die Frauen… äähm.. zerlegt hat…"
„…könnte er auch Schlachter gelernt haben", ergänzte Stokes übereifrig.

„Phhh", machte Rainford nur verächtlich. Dieser Mann dort am Fenster war ihm unheimlich, doch das ließ er sich nicht anmerken.

Er hatte seit seiner Einlieferung nur ein einziges Mal mit ihm gesprochen. John Does unheimliche Augen hatten den Professor angestarrt, oder besser, durch ihn hindurch gestarrt. Auf seine Fragen antwortete dieser unbekannte Mann mit dem angeblichen Gedächtnisschwund in einer Weise, die auf eine gewisse Bildung schließen ließ. Aber er weigerte sich nach wie vor, seinen Namen zu nennen. Vielleicht wusste er ihn ja wirklich nicht. Also nannte man ihn nach alter Polizeimanier John Doe, was so viel hieß wie *Mister Unbekannt*.

Körperlich erfreute sich dieser Mann bester Gesundheit. Aber sein Geist schien in zweierlei Welten zu leben. Und jedesmal, wenn der Nebel aufstieg, drehte er durch und wurde aggressiv.

„Bringen Sie ihn in mein Büro. Ich möchte noch einmal mit ihm sprechen", gab Rainford seine Anweisung.

„Jetzt? Mitten in der Nacht?"

„Jetzt! Aber lassen Sie ihm die Zwangsjacke an."

Stokes konnte es nicht glauben, dass sein Vorgesetzter zu dieser nachtschlafenden Zeit noch eine Sitzung anberaumen wollte. Und wenn ihm was passierte? Das Sanatorium litt unter Personalmangel und wenn dieser Verrückte auf den Professor losging, dann war ein Wärter vielleicht nicht schnell genug zur Stelle.

Wenig später saß der Mann in der weißen Zwangsjacke dem Professor gegenüber. Dieser hatte sich eine Pfeife angesteckt und betrachtete den Mittvierziger, der einen etwas ungepflegten Eindruck machte, was durch die Bartstoppeln noch verstärkt wurde.

„Welches Verhältnis hatten Sie zu Ihrer Mutter?", fragte Rainford dann sehr direkt.

„Ich hatte nie eine Mutter."

Missmutig zog Rainford die Augenbrauen hoch.

„Und zu Ihrem Vater?"

„Hatte ich auch nicht!"
„Dann sind Sie in einem Waisenhaus groß geworden?"
„Arbeitslager!"
Der Mann starrte ihm jetzt geradewegs ins Gesicht mit einer Mischung aus Abscheu und Furcht. Seine dunklen Augen schienen sich zu weiten und er ließ den Gelehrten einen Blick in seine Vergangenheit tun: Rainford sah einen elfjährigen Knaben auf den Kohleschiffen. Er wurde getreten und geschlagen, wenn er nicht fleißig genug arbeitete.
Das Bild wechselte: Jetzt sah Rainford einen Siebzehnjährigen im Bett einer Dirne, die ihn auslachte.
Wieder wechselte das Bild und Rainford zuckte unwillkürlich zurück: Er sah das Aufblitzen eines langen, scharfen Chirurgenmessers in der Hand des Wahnsinnigen. Aber nur dessen Hand und das Messer, sein Körper und auch die Umgebung waren in einen grauen Nebel getaucht.
Rainford schloss die Augen, schüttelte den Kopf, wie, um aus einem bösen Traum zu erwachen und öffnete sie dann wieder.
„Verdammt, was war das?", murmelte er.
Der Typ da vor ihm schenkte ihm ein sarkastisches Grinsen.
„Genug gesehen, Professor? Wie gefallen Ihnen meine Fähigkeiten?"
Rainford legte seine Pfeife beiseite, klopfte sie sorgfältig aus. Er wollte irgendwie Zeit gewinnen.
„Offenbar sind Sie ein Telepath", stellte er mit ruhiger Stimme fest. Dann, im gleichen Tonfall: „Haben Sie die Frauen getötet?"
„Haben Sie das gesehen?"
Rainford schüttelte den Kopf.
Der Typ beugte sich vor. „Ich weiß aber, wer es war", zischte er. „Ich folge ihm schon seit langem."
„Und warum haben Sie das nicht der Polizei gesagt?"
Der Mann lachte bitter auf. „Na, die glauben bestimmt

einen obdachlosen Bettler."

„Kein Wunder, so wie Sie bisher reagiert haben", meinte der Klinikchef zynisch.

„Na, was soll ich denn tun. Ich kann den Mörder nur finden, wenn ich hier herauskomme. Er wird heute Nacht wieder töten. Das schwöre ich Ihnen. Jedesmal tötet er, wenn die Nebel kommen."

„Und woher wissen Sie das?"

Sein Patient sackte in sich zusammen. Er schien seinen Widerstand aufzugeben. „Ich habe ihn gesehen, damals in dem Hurenhaus in Aldgate. Das erste Mal, wo er eine von denen umgebracht hat. Ausgeweidet hat er sie wie ein Tier."

Er schien sich bei der Erinnerung daran zu ekeln. Sein Gesicht nahm einen leidenden Ausdruck an, als er weiter erzählte: „Er weiß, dass ich ihm folge und jedesmal hat er mehr Vergnügen daran, mir zu zeigen, wie clever er ist. Er weiß genau, dass ich ihn aufspüren kann. Durch meine Fähigkeiten. Aber ich kenne seinen Namen nicht. Ich kenne ja nicht einmal meinen eigenen seit dem Unfall. Beim letzten Mal hat er sogar den Verdacht auf mich gelenkt. Und jetzt sitze ich hier, statt dieser Kreatur."

„Kreatur?" Rainford war sich nicht klar darüber, ob es sich um Phantasien handelte oder ob dieser Mann da vor ihm die Wahrheit sagte. Er hatte jedenfalls nicht viel zu verlieren. Außer seinem Leben.

John Doe sah wieder auf und grinste Rainford an. „Na, wie würden Sie denn so jemanden bezeichnen? Nach außen hin der ehrbare Bürger und dann ..."

„Hm. Wenn Sie recht haben, dann wird es morgen wieder eine Leiche geben."

John Doe nickte. „Es hat schon mehr gegeben als Sie ahnen!", fügte er leise hinzu.

„Wenn nicht, bleiben Sie bei uns und werden eventuell hingerichtet", stellte Rainford weiter fest. Er versuchte, diesen merkwürdigen Fall so nüchtern wie möglich zu behandeln.

Doe nickte erneut. Rainford stand auf und klingelte nach einem Wärter. „Gut, dann warten wir bis morgen. Ich lasse Sie jetzt zurück in die Zelle bringen."

*

Am nächsten Morgen stand nichts in der Zeitung von einer Frauenleiche und auch in den nächsten Wochen gab es keine ungeklärten Todesfälle in London. John Doe wurde am 24. September 1888 zum Tode durch den Strang verurteilt.
Fünf Tage nach seinem Tod zog der Nebelatem des großen Tieres erneut durch die Straßen. Ein paar Ratten mit feucht-verklebtem Fell glitten durch die Rinnsteine. Ihre Schnauzen waren blutverschmiert. Seit einigen Wochen fanden sie dort unten in der Kanalisation reiche Beute, doch sie waren viele. Und dann waren selbst die Knochen ihrer letzten Mahlzeit abgenagt. Sie haben geduldig gewartet.
Endlich hatte es in dieser Nacht wieder frisches Futter für sie gegeben. Irgendwo in den Elendsvierteln Londons war bei diesem Wetter der Mann unterwegs, der sie so gut versorgte. Der Mann, den die Menschen später *Jack, the Ripper* nennen würden. Nach den ersten fünf toten Prostituierten wähnte man die Mordserie als beendet. Die anderen Opfer hat man bis heute nie gefunden.

Ein ungewoehnliches Andenken

Bernd Polster

Es kam mit dem Postboten; ein ganz normal aussehendes Paket, eingewickelt in grauem Packpapier und verschnürt mit derber Schnur. Es unterschied sich in nichts von den vielen anderen Paketen, die Postboten tagtäglich austragen. Dieses aber war ein ganz besonderes Paket ...

Da war es nun. Edward stand vor seinem Schreibtisch und starrte es unentwegt an. Er hatte schon eine ganze Weile auf dieses Paket mit ständig zunehmender innerer Unruhe gewartet.

Jetzt, da es vor ihm lag, war er seltsamer Weise ungewöhnlich ruhig und eine gewisse Befriedigung überkam ihn. Noch zögerte Edward mit dem Öffnen. Obwohl ein inneres Verlangen ihn regelrecht drängte, es sofort zu tun.

Er nahm sich den Stuhl, der vor seinem Schreibtisch stand, zog ihn zu sich heran und setzte sich. Eine Weile noch schaute er fast wie geistesabwesend auf das Paket. Er atmete noch einmal tief durch. Dann nahm er sein Taschenmesser aus der Westentasche, klappte es auf und begann die derbe Doppelschnur behutsam zu durchtrennen.

Bei jeder Bewegung, die er dabei machte, drang aus dem Inneren des Paketes ein dumpfes Glucksen. Dieses Geräusch erinnerte Edward sofort wieder an seine Studienzeit.

Oft brachte er Stunden im Keller der Pathologie zu, um Präparate fertigzustellen. Die größte Schwierigkeit für ihn dabei war, sie in die Glasbehälter zu befördern und die Flüssigkeit Formalin einzufüllen. Der sich dabei im gesamten Raum ausbreitende stechende Geruch machte ihm jedes Mal furchtbar zu schaffen.

Auch jetzt schien es ihm, als wenn seine Nase einen Hauch dieses Geruchs erahnen würde. Heutzutage gab es zum Glück andere, nicht so übel riechende Flüssigkeiten. Trotz dieser damals für ihn so ekligen Prozedur hatte sich bei ihm eine Art Sammelleidenschaft für skurrile und seltene Erscheinungen für seinen jetzigen Fachbereich entwickelt. Seine Sammlung war inzwischen beachtlich angewachsen und oft kamen Kollegen, um sie anzuschauen oder um Studien zu betreiben.

Eigentlich wollte Edward Chirurg werden, hatte sich aber dann von der Humanmedizin abgewandt und war

Tierarzt geworden. Bis heute hatte er diesen Entschluss nicht bereut. Inzwischen war er ein weit über die Grenzen seines Bezirks hinaus geachteter und bekannter Tierarzt geworden.

Edward war auf dem Lande aufgewachsen und hatte dort auch seine ganze Kindheit verbracht. Ständig von Tieren umgeben, die Eltern hatten einen großen Bauernhof, hatten in ihm ein besonderes Verhältnis zu Tieren, über die normale Tierliebe hinaus, entwickeln lassen.

Insbesondere diese Liebe zu den Tieren, die ihm auch seine Mutter von Anfang an nahegebracht hatte, ließ ihn sein Studienziel letztendlich ändern und Tierarzt werden.

Seiner Mutter hatte er alles zu verdanken.

Sie machte ihm immer wieder Mut und bestärkte ihn in seinen Bestrebungen. Sie unterstützte ihn, wo sie nur konnte. Auch als sein Vater starb und seine Mutter die Bewirschaftung des Hofes aus gesudheitlichen Gründen aufgeben musste. Die Stallungen wurden abgerissen und seine Mutter wohnte nur noch in dem kleinen alten Haus. So oft es seine Zeit erlaubte, besuchte Edward seine Mutter. Wegen ihrer unendlichen Güte, ihrer Liebe zu ihm, die aus tiefstem Herzen zu ihm kam und ihrer selbstlosen Aufopferung für ihn, liebte und verehrte er sie wie keinen anderen Menschen auf dieser Welt.

Vor wenigen Tagen musste er sie schweren Herzens zu Grabe tragen.

Edward hatte beschlossen, sie auf eine ganz besondere Art und Weise in der Welt der Lebenden zu belassen, zumindest einen Teil von ihr.

Heute, mit Erhalt dieses Päckchens, sollte ein ungewöhnliches Stück seiner Sammlung hinzugefügt werden.

Inzwischen hatte er das Packpapier entfernt, das Knüllpapier und die Holzwolle beiseite gelegt. Zum Vorschein kam eine Holzkiste in Form eines Quaders.

Edward stellte sie aufrecht vor sich hin und entfernte vorsichtig den aufgenagelten Deckel. Behutsam, mit der linken Hand den Holzquader haltend, griff er mit der rechten von oben in die Öffnung hinein, umschloss fest den darin befindlichen Glaszylinder und hob ihn langsam aus seiner Verpackung heraus. Als er ihn fast vollständig herausgezogen hatte, nahm er auch seine linke Hand zu Hilfe. Fast liebevoll umschloss er jetzt mit beiden Händen den Glaszylinder und stellte ihn in der Mitte des Schreibtisches ab.
Nun stand es vor ihm. Ein leichter Schauer überkam Edward, aber er hatte es ja so gewollt.

Ein Freund, ehemaliger Mitstudent, der im Gegensatz zu ihm Chirurg geworden war, hatte ihm diesen, wenn auch etwas ungewöhnlichen Wunsch erfüllt.
Das Herz seiner von ihm über alles geliebten Mutter würde sich von nun an für immer in seiner Nähe befinden.

Die Akte Hotzel

Andreas Schumacher

14.April
Ein Mann aus der Tanzgruppe meinte, ich solle ein Tagebuch beginnen, wir alle sollten das. Der Regelmäßigkeit wegen, der Disziplin zuliebe. Die anderen murrten, nickten unwillig. Ich weiß schon, was sie davon hielten.
Im Leben nicht!
Was soll man auch schreiben, es passiert ja

NICHTS !!!

Ich muss noch dran denken, die Pflanzen zu gießen.

15. April
Die Therapiestunde hat mich sehr gelangweilt. Ich kenne das ALLES. Wie oft noch? Holte mir danach im Café ein Eis und ging im Park spazieren ...
Überall Irre! Es ist nicht auszuhalten. Du hockst dich auf eine Bank, lehnst dich zurück, schließt die Augen, leckst an deinem Eis, genießt die Sonne, passt einen Augenblick nicht auf – zack! bekommst du ein Gespräch reingedrückt.
„Die Vögel gehen unter der Straße. Mutter hat mir das gesagt. Die Bäume tragen Gondeln. Vater hat das Wellholz weggetan. Sie sind noch nicht da, aber nachher kommen sie. Sie sind noch gar nicht da, aber nachher kommen sie ..."
„Ja", versicherte ich, erhob mich und lächelte. „Selbstverständlich, natürlich. Viel Freude Ihnen und einen lieben Gruß an alle." Solche Aussagen sind gefährlich, ich weiß. Man kommt schnell in eine Sache hinein, sie merken sich dein Gesicht. Was soll ich tun?
Ich gehöre hier NICHT hin –

18. April
Mutter besucht mich nicht. Ich verstehe das. Sie braucht selber Hilfe, Gott, wie soll sie andern helfen! Heute in der Bastelgruppe schnitt sich ein Mann mit einer Laubsäge in die Hand. Er hatte Schaum vor dem Mund, blutete, machte einfach weiter. Olaf legte ihm einen Verband an, ich half dabei. Das machte Spaß. Ich kümmere mich gern. Dann begleitete ich den Verletzten, er hieß Reiner, zum Anstaltsarzt. Als wir am Caféladen vorbei kamen, riss sich Reiner los und stürmte hinein. Ich hielt ihn für schwerst suchtkrank und rechnete fest damit, dass er gleich mit einer Pulle Schnaps rauskam, eine Verkäuferin im Schlepptau, die Kacke am Dampfen. Ich schwitzte. Wie sollte ich Olaf in die Augen schauen, wenn ich Reiner besoffen zurückbrachte?
Doch weit gefehlt!

Reiner kam raus, baute sich breitbeinig vor der Ladentür auf, nuckelte an einem Zuckerkugel-Babyfläschchen – heißt es so? – und strahlte wie ein Honigkuchenpferd. Da begriff ich. Ich schlug ihm vorsichtig auf die Finger, kassierte das Fläschchen, sachte, versprechend, er bekomme es nach dem Onkel Doktor wieder, wenn er brav sei, packte ihn an der Schulter und drängte ihn vorwärts. Reiner weinte.
Schnell langten wir beim Arzt an. Reiner bekam eine ordentliche Desinfektion, ein Wundpflaster und einen neuen Verband. Draußen vor der Tür tätschelte ich seinen Rücken und händigte ihm die Flasche aus. Er biss sie auf und ließ sich den Mund mit Zuckerperlen voll laufen.

19. April
Die Therapie scheint, wie man so leichthin sagt, anzuschlagen. Psycho sprach von AABE.
Die Langeweile ist nicht auszuhalten, übersteigt jegliche menschliche Vorstellungskraft. Wer erfindet ein Mittel dagegen? Sie macht mich noch wahnsinnig!

21. April
Ich habe im Park ein Spielzeug gefunden, eins dieser Tamagotchi-Dinger.
Ich kann mir nicht vorstellen, dass irgend jemand es weggeworfen hat, es steckte in einer Ritze meiner Lieblingsbank. Vielleicht ist es jemandem aus der Tasche gerutscht, einem kleinen Jungen, der hier seine Mutter oder seinen Vater besuchte, und der jetzt sehr traurig ist. Mein erster Impuls lautete, das eiförmige Teil an der Pforte der Direktion abzugeben, wo sich ein allzeit florierendes Fundbüro befindet. Ich sah mir das Objekt genauer an. Es war angeschaltet, funktionierte, wenngleich ich im Sonnenlicht wenige Einzelheiten zu unterscheiden im Stande war. Ich schlug mich seitlich in die Büsche und hier erlebte ich eine Überraschung, fast einen Schock. Auf dem Display des Tamagotchis erkannte ich einen,

wie soll ich ihn nennen, Kobold, eine jedenfalls wüste, grämliche, beinahe ekelhafte kleine Person, die sich darbend, abgehärmt, dem Tode nahe, auf einer Art Thronsessel fläzte, freilich kurz davor infolge schwächlicher Konstitution von diesem herabzugleiten. Man denke sich meine Verwunderung! Wie konnte man kleinen Kindern, für die das Spielzeug doch zweifelsohne konzipiert war, einen solchen Anblick zumuten! Aus dem zusammengekniffenen Mund des garstigen Männleins stieg eine Sprechblase. Darin war eine Frucht abgebildet, ein Apfel, eine Apfelsine oder dergleichen. Offenbar war das Spiel arg vernachlässigt worden. Ich rief mir in Erinnerung, was ich über Tamagotchis gehört oder gelesen hatte. Sie waren einmal schwer in Mode gekommen, für ein paar Monate. Wann war das gewesen – Ende der Achtziger, Mitte der Neunziger? In Japan, wo es, wenn ich mich recht besann, ausgebrochen war, hatte das Tamagotchifieber derartige Ausmaße angenommen, dass gleich eine ganze Legion von Kindern und Jugendlichen, die nichts anderes mehr als das Wohl ihrer kleinen süßen virtuellen Tier-Baby-Freunde im Hirn hatten, sie überall vor sich hertrugen, im ohnehin gefährlichen japanischen Straßenverkehr umkam – Experten sprachen von über 300 dokumentierten Fällen. Bei uns ebbte die Welle schneller ab. Ich hatte niemals auch nur im Traum eines besessen, war damals schon zu alt für solche Kindereien, hörte Accept und Kreator.

Nun jedoch, in meiner gegenwärtig doch recht unerquicklichen Lage!, bin ich froh und dankbar, das Ding gefunden zu haben, wenngleich ich keinen blassen Schimmer habe, wie der Findling fachgerecht zu handhaben ist.

Ich schob ihn in meine Hosentasche und ging noch einmal zur Bank zurück, nach außen betont unauffällig, innerlich mächtig aufgewühlt. Ich malte mir aus, wie ich das kleine Hutzelmännchen aufpäppeln und daran meine helle Freude haben würde. Etwas Abwechslung von

den ewigen Beschäftigungsstunden schien mir jedenfalls sicher – und konnte bestimmt nicht schaden. Auf der Bank sitzend sah ich mich wie beiläufig um. Nein, niemand beobachtete mich, zumindest nicht offen. Überhaupt war nur eine Person da, etwa fünfzig Meter entfernt, eine harmlose Irre, ich kannte sie aus der Singstunde, die sich immerfort im Haar wühlte. Nein, da steckte keine versteckte Anleitung in den Ritzen, jetzt konnte ich mir sicher sein.
Ich stand auf, und bereitete mich zur Therapiestunde.

22. April
Reiner hat sich eine Blutvergiftung zugezogen, entgegen aller Wahrscheinlichkeit. Ich sitze auf meinem Bett, spiele die Situation durch und mache mir Vorwürfe.
Das Tamagotchi bereitet mir weit weniger Freude als angenommen. Wie habe ich nur glauben können, ausgerechnet dieses kleine seelenlose Massenprodukt, das, weiß Gott wie, in diese Anstalt gelangt ist, könne mir die Tage versüßen. Nun schüttle ich selbst den Kopf über mich und meine kindliche Begeisterung. Ich habe am Morgen beim Versuch, es zu füttern, blindlings ein paar mal auf die Knöpfe gedrückt. Es sind ihrer nur drei, aber sie sind in keiner Weise beschriftet oder einem Symbol zugeordnet. Der Kobold zeigte keinerlei, nicht die geringsten Zeichen der Besserung oder Sättigung. Im Gegenteil, mir war, als husche ein verächtliches Grinsen über sein Gesicht. In der Singstunde bekam ich Magenkrämpfe.

22. April, nachts
Man muss nur mit System vorgehen – wie hatte ich das vergessen können! Am Nachmittag, die Turnstunde fiel aus, es regnete, von Reiner gab es nichts Neues, nahm ich mir den kleinen Hutzelmann noch einmal vor, ordentlich vor. Ich probiere, glaube ich, alle überhaupt möglichen Kombinationen durch, kurzes Drücken, langes

Drücken, wiederholtes Drücken, gleichzeitiges Drücken, etc., machte mir Notizen, erstellte eine Tabelle. Zwischenzeitlich verschlimmerte sich der Zustand Hotzels (so habe ich den Kleinen schließlich getauft) bedenklich, er glitt gar von seinem Thron, worauf der Thron verschwand, und eine Friedhofskulisse auftauchte, inklusive Sarg, ausgehobener Grabstätte und bereitgelegtem Holzkreuz. Immerhin, ich hatte es mit einem christlich getauften Kobold zu tun, aber wahrhaftig, ich war kurz davor, das Fenster meines Zimmers aufzureißen und das verdammte Ei hinauszuschleudern! Wiewohl, nach einiger Zeit, während welcher ich natürlich weiterhin nichts tat, als den verworrenen Wegen meines Systems zu folgen, erwischte ich eine Art Glückssträhne. Zum ersten mal lächelte Hotzel, wenngleich schwach, und vielleicht noch ironisch. Wenig später richtete er seinen Oberkörper auf – er hatte zuvor auf dem Rücken gelegen – und nach einem neuerlich geglückten Versuch – ich war jetzt sicher, dass es simple Äpfel waren, die ich ihm da fütterte – saß er gar aufrecht, freilich noch immer inmitten der Grabszene. Ich hielt inne, stellte fest, dass meine Stirn klatschnass war und beschloss, es für heute gut sein zu lassen. Ich versteckte Hotzel samt seiner Futter-Matrix im Stapel meiner Unterwäsche und legte mich für einen Augenblick hin.
Ich verschlief das Abendessen.

23. April, mittags
Reiner ist in eine Spezialklinik verlegt worden, er soll eine Blutwäsche bekommen. Morgens, gleich nach dem Aufwachen sah ich nach Hotzel. Er saß unverändert da, forderte zur Abwechslung Bananen. Ich sah auf die Uhr. Ich durfte das Frühstück auf keinen Fall sausen lassen. Schon wieder durch Abwesenheit Aufsehen zu erregen, gar zur Vorsorge auf Beobachtung zu kommen, all das konnte ich mir nun in meiner neuen Situation nicht mehr einfach so mal erlauben. Und wie schnell drohte eine

Zimmerdurchsuchung! Unterhaltungselektronik wird hier auf dem Gelände nur in sehr geringem Maße geduldet. Die Fernsehchips sind streng rationiert. Ohne Frage, einfach so, mir nichts, dir nichts, würden sie mir Hotzel wegnehmen. Nie werde ich sein Versteck nennen!
Ich ging also Frühstücken, erfuhr die Reiner-News, würgte scheinbar unbekümmert vier Brötchen runter und trug mich zur Tarnung in eine Liste für Korbflechterei ein. Was man nicht alles tut!

23. April, abends
Da hockt er nun wieder auf seinem Thron, stolz wie ein König, der nie das Elend gesehn. König Hotzel, du bist der King! Dir diene ich, haha (hihi hoho!) Hotzel will Bananen – Hotzel kriegt Bananen. Ich glaube, ich habe das System geknackt, nach einer halben Woche. Was für ein Kinderspiel! Werde ich nun das Interesse verlieren? Ich denke nicht. Hotzel hat mich fest im Griff, seine Aura ist durchaus magisch zu nennen, seit er glücklich ist, schwebe auch ich auf einer Wolke.

Merkwürdig, ich habe seit zwei Tagen die Pflanzen vernachlässigt. Die Pflanzen sind – ein Kaktus.

26. April
Reiner wird totgeschwiegen. Ich habe die komplette Belegschaft ausgefragt, meine Version des Unfallhergangs geschildert. Man beruhigt mich, rät mir lächelnd, ich solle mich nicht hineinsteigern. Man tue das Beste für Reiner, da sei man sich sicher, ich würde bestimmt in Bälde einen persönlichen Dankesbrief von ihm erhalten.

30. April
Korbflechten ist die Hölle. Im Zuge meiner zahlreichen Aufenthalte in dieser und ähnlichen Anstalten, bin ich nicht immer vollständig drum herum gekommen, diese Kurse abzuleisten. Ich habe nie dazugelernt. Mein Ge-

dächtnis ist ein Sieb, und auch wenn ich am Ende eines Kurses mit Hängen und Würgen, unter dem ständig korrigierenden Einschreiten der Aufsicht, irgendwie einen Korb zusammenbekomme, so könnte ich schon am nächsten Tag, auf mich gestellt, nicht mal ansatzweise von vorn beginnen.

02. Mai
Wieder Korbflechten! Es gibt kein Entrinnen. Wieso soll ich, frage ich, wider meine Natur einen Korb flechten, wo die Idee eines Korbes in Gedanken viel eleganter, zeitsparender und bequemer ist! Reicht es nicht, dass ich mir einen perfekten Korb vorstelle? Und was geschieht denn, bitte schön, mit diesen ach so handfesten Körben, die ich jedes mal aufs Neue nach Hause schleppe? Verschenke, verkaufe ich sie? Oh nein, ich verbrenne sie ...

03. Mai
Ich habe lange nicht von Hotzel berichtet. Das ist gut, denn Hotzel geht es gut. Mittlerweile kenne ich seinen Tagesablauf (und habe den meinigen so gut es geht angepasst), weiß, wann er schläft (von 3:41 bis 3:48 nachts), Hunger verspürt (um 5, 13 und 22 Uhr) und Spielen will (1 Uhr nachts). Denn dies ist nachzutragen, am dritten Tage auf seinem Thron äußerte Hotzel Verlangen nach körperlicher Zerstreuung. Er stand schräg vor einer Dosenpyramide und hielt einen Ball in der Hand. Ich geriet in Sorge, fürchtete, ich würde mich nicht auf die Spiele verstehen und Hotzel verärgern. Doch auch diesmal ging ich mit Köpfchen vor, demonstrierte nebst gutem Timing eine hohe Geschicklichkeit, und bald erreichte Hotzel, von mir gesteuert, auf der Spielwiese Höchstleistungen. Ob Dosenwerfen, Kegeln, oder Skispringen – Hotzel räumte überall ab, und war glücklich wie ein kleines Kind. Es ist eine schöne Zeit, die ich hier verlebe, die beste seit langem. Noch ein paar Sitzungen, gute Nachrichten von Reiner, und ich komme raus. Mit Hot-

zel werde ich zuhause ein neues Leben beginnen, ich werde mich um Mutter kümmern, viel im Park spazieren gehen und einen kleinen Job annehmen.
Mein Leben ist lebenswert.
(Gott, ich höre mich an wie mein Psycho.)

05. Mai
Hotzel raucht jetzt nach jeder Mahlzeit eine Zigarre, immer morgens gegen halb vier steht ihm der Sinn nach einem Drink, den ich ihm eifrig verschaffe.
All das ist fein ausgedacht. Die kreativen Köpfe hinter diesem Produkt müssen sehr gescheite und grundvernünftige Leute gewesen sein.

06. Mai
Was geschieht hier? Als hätte Reiner nie existiert! Bin ich denn hier der einzig normale Mensch? Natürlich, jeder hat genug mit sich selbst zu schaffen, ich verstehe das. Aber eine derartige Ignoranz …
Ich habe versucht, und ich betone versucht, mich mit einem Teilnehmer des Bastelkurses über Reiner zu unterhalten, nicht zufällig, sah ich Reiner doch mehrfach in ein Gespräch mit eben jenem vertieft, woraus ich rückblickend schloss, es habe eine Freundschaft, zumindest wohlwollende Vertrautheit zwischen ihnen bestanden.
Wer beschreibt mein Erstaunen, als der Ausgefragte darauf beharrte, nie einen Reiner gekannt zu haben, schon gar nichts von einem Arbeitsunfall zu wissen.
Ich blieb hartnäckig, der Mensch wurde handgreiflich und ich verschwand. Auf meinem Zimmer, ich blieb vor Erregung dem Abendessen fern, versuchte ich mich zu beruhigen. All das war unglaublich, Minuten lang war ich nicht imstande, auch nur einen geordneten Gedanken zu fassen. Dann ging mir – wie aus dem Nichts – ein Licht auf. Ich musste lachen. Natürlich! Zweifelsohne war ich ganz einfach an einen jener Irren geraten, die unter Gedächtnisstörungen leiden. Ich erinnerte mich

doch genau, wie Reiner ihm über die Schulter gestreichelt hatte. Genauso war es möglich, dass dies (vielleicht auch anderes mehr!) dem Verleugner jetzt unangenehm war, und er mehr aus Scham denn aus Vergesslichkeit schwieg.
Diese Erklärungen heiterten mich auf, doch schien es in mir weiter zu brodeln. Ich patzte beim Dosenwerfen und Hotzel zog eine Schnute.

07. Mai
Man hat die Bank – meine Lieblingsbank! – entfernt. Ich lief sogleich zur Direktion, außer mir, geradezu erzürnt. Ich wolle den Direktor sprechen. Der Pförtner wiegelte ab. Er wisse nichts von der Bank, wahrscheinlich sei sie wurmstichig gewesen, es werde schon einen Grund gegeben haben, seine Richtigkeit haben. Der Direktor sei momentan beschäftigt, er werde sich der Sache aber bei Gelegenheit noch einmal prüfend annehmen.
Ich musste zugeben, dass ich nicht sonderlich darauf acht gegeben hatte, ob die Bank wurmstichig war, ich setzte mich drauf, basta, solange sie nicht zusammenkrachte ... ich bin ein praktischer Mensch, bescheiden und alles andere als zimperlich.
Und doch wurmte mich der Verlust. Der Nachmittag verstrich, ich ließ die Turnstunde sausen, und versagte – übermotiviert – auf der Kegelbahn.
Ich muss wieder disziplinierter werden.

08. Mai
Reiner ist tot. Nicht, dass ich es wüsste. Ich fühle es. Alle schweigen. Es hat keinen Sinn, noch einmal nachzuhaken. Man wird mich schonen wollen, um jeden Preis. Sie wissen, was mir an ihm lag, obwohl ich nur einmal in meinem Leben für einige Minuten persönlich mit ihm zu tun hatte. Welche Bevormundung! Die Wirklichkeit vor mir verbergen ...
Gebt mir meinen Korb und ich hacke ihn in Stücke!

9. Mai, 1 Uhr nachts
Seit wann trinke ich? Alkohol tut mir nicht gut, ich bin ihn nicht gewöhnt, verabscheue ihn geradezu. Ich muss im Caféladen gewesen sein. Die Weinbrandflasche ist halb leer, ich bin besoffen, und Hotzel ruft zur Kegelbahn!

9. Mai 3:45 Uhr nachts
Es blieb nicht beim Kegeln. Hotzel, erbost über meine Schusseligkeit, beharrte auf einer Skisprungsession. Er verletzte sich schwer (ich wusste nicht, dass Stürze überhaupt möglich sind), wurde eingeliefert. Jetzt schläft er. Wann schlafe ich?

10. Mai, 21.30 Uhr
Sie haben mich abgeholt. Ich bin nicht beim Frühstück erschienen, roch nach Alkohol. Man nahm mir Blut ab, und ließ mich Stunden lang in einem Bett liegen. Ich musste immerzu an Hotzel denken, brachte kein Wort heraus. Kaum auszudenken, was mit ihm geschah, wenn ich nicht bald auf mein Zimmer zurückkam und ihn versorgte. Dann kam Psycho und setzte sich an mein Bett. Er müsse jetzt mal ganz im Ernst mit mir über diesen Reiner reden. Ob ich mir sicher sei, dass ich mir da nicht ein bisschen was eingeredet hätte. Welche Frisur Reiner gehabt habe, welche Farbe sein Oberteil, und dergleichen mehr. Ich konnte mich nicht erinnern, fing an zu schluchzen. Ich bekam Beruhigungstabletten und musste versprechen, das Kapitel Reiner bald mit *gebotener Entschiedenheit und aller Kooperationsbereitschaft* aufzuarbeiten.
Psycho nickte zufrieden und gab mir die Hand. Ich durfte mit den andern zu Abend essen, und tat dabei, als sei nichts geschehen. Um 19 Uhr wurde ich auf mein Zimmer gebracht. Man durchsuchte vor meinen Augen das Zimmer auf Alkohol, fand GOTT SEI DANK WEDER HOTZEL noch sonst was, und beschwor mich noch ein-

mal, ganz ungeniert und freiheraus den Klingelknopf zu betätigen, sobald irgend etwas nicht in Ordnung sei.

10. Mai, 23.15 Uhr
Ich habe eine Stunde geschlafen. Der Schlaf tat mir gut, ich habe Kraft getankt. Ich brauche sie. Gleich werde ich aufstehen (ich schreibe unter der Bettdecke, beim Schein der Taschenlampe, und muss mich schwer beherrschen, nicht loszukichern) – ganz langsam, auf Zehenspitzen werde ich zum Schrank gehen, ihn lautlos öffnen, die Unterwäsche herauslupfen. Ich weiß, dass draußen vor der Tür zwei kräftige Männer meinen Schlaf überwachen. Ich darf kein Licht machen. Nur Hotzel wird leuchten, er leuchtet aus sich selbst. Ich bin guter Dinge. Ich werde ihn wieder aufpäppeln, ihn gesund pflegen. Wie lange heilt ein Knochenbruch? Reiner ist tot, ich las es nach dem Abendessen, beim Abräumen in der Küche, auf einem Stück Zeitung, darin Fisch eingewickelt war. Hotzel wird nicht sterben, Hotzel ist mein Leben. Wieso habe ich eine scharfe Glasscherbe in meiner Matratze versteckt? Wieso drängt es mich, die Scherbe vorsichtig herauszuklauben und sie mit hinüber zum Schrank zu nehmen? Meine Nerven sind ganz ruhig.
Das kann ich jetzt brauchen.

AZ _ TKL 59.42. I/I

Der Schneemann von Wagenitz

Uwe Gronau

Als wir unser Zuhause erreichten, strahlte er uns schon von weitem entgegen, maß etwa stattliche zwei Meter dreißig an Höhe und war zirka 80 Zentimeter breit. Wer diesen wundersamen Schneemann in unserer Abwesenheit vor dem Schlafzimmerfenster erbaut hatte, blieb

rätselhaft. Des Weiteren mutete merkwürdig an, dass im schneebedeckten Garten keinerlei Spuren hinterlassen worden waren, die Bau und Entstehung des Riesen bezeugten. Der Rasen war puderbezuckert weiß, und da es erst gestern Nacht ausgiebig geschneit hatte, konnte der Schneemann nicht bereits vor Tagen geboren worden sein.
Sein Erbauer hatte das Gesicht klassisch gestaltet: Zwei Gießkannenaufsätze dienten als Augen, eine Banane (mit Hinweis auf biologischen Anbau) als Mundersatz. Als Cora der weißen Figur lachend ihren roten Schal um *den Hals* hängt, scheint diese plötzlich zu grinsen. Beide haben wir es beobachtet und hätten darauf schwören können!
Sturm kommt auf, und eine weitere Schneefront war bereits im Radio angekündigt worden, also befreien wir das Auto von Koffern und Reiseutensilien und begeben uns ins Haus, um dort schnellstmöglich den Kamin zu bestücken. Hofkatze *Minka* – vom Nachbarn in unserer Abwesenheit zur rundlichen *Wuchtbrumme* gefüttert – hat sich ebenfalls eingefunden und leckt vor dem Kamin die weißen Pfoten. In der Ferne, und durch die großen Atelier-Fenster sichtbar, erscheinen Figuren auf der scheinbar unendlichen Landstraße Richtung *Wagenitz*, merkwürdig gekleidete Figuren, wie auf dem Weg zu einem Molière-Ball. Windrosen schmiegen sich in den blühenden Schnee, Lichtmühlen verwaister Straßenlaternen, Laubsäulen werden ins Helle getrieben, melodisch rinnt Tauwasser vom Dach. Und jetzt ist da nur noch das Knistern der Holzscheite im Kamin, Erinnerungsschleifen, Wortdiamanten, nichts mehr zwischen den Zeilen. Nur Du und Ich.
Kein Mensch weiß, warum es plötzlich an der Tür klopft. Das Unterbewusste registriert bekanntermaßen alles, was wir hören. Ein junger französischer Mann rezitierte während einer Nervenkrise ganze Seiten aus dem *Phedre* von Racine. Nach der Heilung konnte er sich an keinen

Vers mehr erinnern, obwohl er große Anstrengungen unternahm. Er erklärte, er habe in seinem ganzen Leben die Tragödie nur einmal gehört, als kleiner Junge.
Ich habe in meinem Leben schon des öfteren Türklopfen vernommen. Aber dieses hier lässt meine Synapsen ein Fest feiern. Das so spezielle Klopfgeräusch lässt Erinnerungen wach werden an eine Reise nach Paris, wo Freund Phil und ich kostengünstig in einer Spelunke abstiegen, um danach die Stadt zu erobern. Mit dem Klopfen verbinde ich die hünenhafte Gestalt eines breitschultrigen Mannes, der Einlass in unsere vier Wände forderte, der Überzeugung anhängend, wir hätten (irrtümlicherweise) sein Zimmer besetzt. Der Mann stand da wie ein zugereister Revolutionär, souverän die bedrohliche Mimik durchhaltend, dazu irgendwelche frankophile Vokabeln von sich gebend, deren Sinn und grammatikalische Herkunft uns – sprichwörtlich gesehen – an Spanien erinnerte.
Merkwürdig. Dieses Ereignis liegt Jahrzehnte zurück und doch wird der Gedanke an jenen Fremdling durch ein Türklopfen stimuliert, auf das wir nun eingehen können oder auch nicht. Draußen braust mittlerweile ein Schneesturm übers Land und man könnte Gewissensbisse bekommen angesichts eines prasselnden Kaminfeuers sowie der Tatsache, einem Klopfenden den Einlass zu verwehren.
Phil und ich hatten uns seiner Zeit nach beigelegtem Streit mit unserem imaginären Zimmernachbarn ins *Cafe des Federation* begeben. Ein lebhaftes Lokal, in dem stets Betrieb herrscht. Zweifelhafter Knüller: Enorme Würste hängen von der Decke, der Boden ist mit schützendem Sägemehl bestreut, Zeitungen baumeln an den Handtuchhaltern neben der Bar. Sträußchen von Brunnenkresse zieren die Tische, und schon beim Eintreten ins Café entdeckt man hinter der Theke unterschiedlichste Käsesorten in verschiedenen Stadien ihrer Reife.

Pantomnesie! Die Etymologie dieses Wortes bedeutet, dass keine Spur unserer kognitiven Vergangenheit verlöscht, sondern dass wir uns an alles erinnern! Dazu kommt bei manchen Menschen die Fähigkeit, winzige Signale mit den Sinnen wahrnehmen zu können. Derartige *fleischgewordene Seismographen* findet man häufig unter Künstlern, etwa bei Malern, die feinste Farbabstufungen wahrzunehmen imstande sind.
Sah ich vielleicht deswegen die merkwürdig gekleideten Figuren auf der Landstraße nach *Wagenitz*?
Noch steht die Entscheidung im Raum, die Tür zu öffnen, um dem Klopfenden Einlass zu gewähren, oder die Situation der Landschaft der Phantasie zu übereignen.
Derweil, zeitgleich, serviert man im *Cafe des Federation* weißes Kalbsragout, sitzen die Stammgäste auf langen, mit rotem Kunststoff überzogenen Bänken.
„Öffne", höre ich Cora sagen, und so spähen wir zunächst durch den Vorhang der Eingangstür in die schneegeschwängerte Nacht. Vorsichtiges Türöffnen. Der Wind treibt welkes Laub und feinen Puderzucker ins Atelier. Ansonsten herrscht Stille. Es ist niemand zu sehen.
Wohliges Schnurren der Katze übertönt den Kamin.

Der nächste Morgen.
Wie hypnotisiert starre ich in den Garten: Der Schneemann ist fort!